Un danger dans la nuit

DU MÊME AUTEUR CHEZ MIRA

Noire était la nuit
Les disparues de la nuit
L'hiver assassin
Piège de neige

LISA JACKSON

Un danger dans la nuit

Roman

MIRA

Titre original :
HOT BLOODED
publié par KENSINGTON PUBLISHING CORP.

Traduction de l'américain par JEAN-CHRISTOPHE NAPIAS

Photos de couverture
Paysage : © ROYALTY FREE / JUPITER IMAGES
Barque : © ROYALTY FREE / UNLIMITED 2009 / JUPITER IMAGES
Réalisation graphique couverture : © V. ROCH

83-85 boulevard Vincent-Auriol 75646 PARIS CEDEX 13.
www.harlequin.fr
ISBN 978-2-2802-1208-3 — ISSN 1765-7792

A John Scognamiglio, qui a non seulement été le responsable éditorial de ce livre, mais a joué un rôle considérable dans le processus créatif — comme cela a été le cas pour tous mes livres publiés chez Kensington, en particulier pour If She Only Knew. Toujours raisonnable, doté d'une patience infinie et d'idées brillantes qui m'ont encouragée à aller plus loin, John a été une telle source d'inspiration que je le remercie aujourd'hui en donnant son prénom au méchant de ce livre. Merci, John !

Prologue

Juin
La Nouvelle-Orléans, Louisiane

— T'as envie de quelque chose en particulier? demanda-t-elle, provocante, en passant la pointe de sa langue sur ses lèvres.

Il secoua la tête.

— Si tu veux, je peux...

— Tu te déshabilles, c'est tout.

« Il est pas net, ce type. Pas net du tout », songea Cherie Bellechamps. En sentant un début de peur s'insinuer en elle, elle envisagea de s'en tenir là, de lui dire de partir. Mais elle avait besoin de cet argent. Et puis son imagination lui jouait des tours... Ce type n'était pas dingue. Juste un peu bizarre.

Tandis qu'elle déboutonnait lentement sa robe, elle sentit ses yeux sur elle. Un regard comme des centaines d'autres avant lui. Pas de quoi en faire un plat.

Par-dessus la rumeur de la ville, la radio de la table de chevet diffusait une chanson de Frank Sinatra. Sa voix de velours l'apaisait, en général, mais pas ce soir-là.

Une brise chaude, typique du mois de juin, soufflait par la fenêtre ouverte, chargée de l'haleine humide du Mississippi. Elle agitait les voilages en dentelle jaunie, caressait le front de Cherie, où perlaient des gouttes de sueur, mais ne l'apaisait pas. Elle se sentait les nerfs à vif.

Assis sur un tabouret, le client tripotait un rosaire dont les grains rouge sang luisaient dans la pénombre. Qui était ce type? Un fanatique religieux? Un prêtre qui ne supportait plus le célibat? A moins que ça ne soit encore un de ces fétichistes bizarroïdes comme il y en avait des milliers à La Nouvelle-Orléans, avec chacun ses fantasmes sexuels particuliers.

— Tu aimes ? demanda-t-elle en prenant un léger accent cajun.

Elle fit courir un doigt entre ses seins, tout en repoussant l'inquiétude qui persistait en elle.

— Continue.

Toujours assis sur son tabouret, il désigna le soutien-gorge et la culotte de Cherie.

— Tu ne veux pas me les retirer ? interrogea-t-elle d'une voix rauque et sensuelle.

— Je te regarde.

En vérité, elle ne savait pas trop ce qu'il pouvait voir. Il n'y avait pas beaucoup de lumière dans ce petit studio situé en périphérie du quartier français, juste une lampe dont l'abat-jour était recouvert d'un morceau de dentelle noire ; elle projetait sur les murs tout un entrelacs d'ombres qui cachaient les fissures du vieux plâtre. Pour ne rien arranger, le client portait des Ray-Ban aux verres opaques. Impossible de distinguer ses yeux… Mais quelle importance ?

Il était plutôt séduisant. Athlétique. Le cheveu brun et dru, la barbe naissante, il avait la mâchoire carrée, le nez droit et des lèvres fines. Il portait une chemise de couleur sombre, un jean noir. A moins que ses lunettes ne cachent une tare irrémédiable, il avait un physique digne d'Hollywood.

Et il était sacrément tordu.

Il avait commencé par lui demander de se démaquiller, puis de se coiffer d'une perruque rousse pour cacher ses cheveux blond platine coupés court. Elle n'avait pas discuté. Peu lui importait la manière dont ses clients prenaient leur pied.

Elle défit l'attache de son soutien-gorge, entre ses seins, et laissa le sous-vêtement en dentelle rouge glisser par terre.

L'homme n'esquissa pas le moindre mouvement. Excepté pour triturer son fichu rosaire.

— Tu as un nom ? lui demanda-t-elle.

— Ouais.

— Et tu ne veux pas me le donner ?
— Appelle-moi « Mon Père ».
— Père ? Comme « papa », ou comme pour un prêtre ?
— « Mon Père », c'est tout.
Autant pour la conversation.
Il était vraiment temps d'en finir avec ce type, de le faire payer et de l'envoyer balader.
Elle se tortilla pour ôter sa culotte et s'assit au bord du lit ; elle ne lui cachait plus rien de son corps, à présent.
Certains clients trouvaient leur plaisir rien qu'au spectacle d'une fille en train de se déshabiller. D'autres se contentaient de la regarder se caresser. Mais lui, c'était un vrai glaçon, dépourvu de la moindre émotion. Inquiétant. Sans parler de ses lunettes.
— On pourrait s'amuser, proposa-t-elle pour essayer d'accélérer les choses. Rien que toi et moi…
Il avait déjà bien entamé le temps auquel il avait droit, et jusqu'ici il ne s'était pas passé grand-chose.
Sans lui répondre, il se pencha en avant et déposa un billet de cent dollars sur la table de nuit. La voix de Sinatra disparut quand il changea la fréquence de la radio. A *It Was A Very Good Year* succéda une cacophonie ponctuée de parasites, jusqu'à ce qu'il tombe sur la station qu'il cherchait — et qui diffusait un talk-show à succès dont elle avait entendu parler, animé par une psychologue qui prodiguait des conseils aux auditeurs. Mais Cherie n'écoutait pas. Elle fixait le billet de cent dollars, sur la table de nuit ; avec un feutre, on avait noirci les yeux de Benjamin Franklin, comme si lui aussi cherchait à cacher son identité.
Ou comme s'il ne voulait pas voir.
Il y avait quelque chose de bizarre, décidément, chez ce type. De vraiment dérangeant.
Il l'avait abordée à un pâté de maisons de Bourbon Street. Elle l'avait rapidement jaugé, puis elle avait décidé qu'il était réglo et lui avait annoncé son prix. Il avait acquiescé et elle l'avait amené ici, dans cet appartement minable qu'elle partageait avec deux autres filles pour travailler. Son autre vie, la vraie, se trouvait ailleurs… de l'autre côté du lac. Durant une fraction de seconde, elle pensa

à sa fille, son petit bout de chou de cinq ans, et à la bataille qui l'opposait à son ex-mari pour sa garde. A Convington, personne ne savait qu'elle se prostituait pour joindre les deux bouts ; personne ne *devait* le savoir, faute de quoi elle serait privée de la garde de sa fille. Et même de tout droit de visite.

Revenant au présent, elle se rendit compte qu'elle surveillait maintenant chaque geste de son client. Il était trop nerveux ; son calme apparent cachait une agitation qu'on devinait à la petite veine qui battait sur sa tempe et aux mouvements spasmodiques de ses doigts sur les grains du rosaire. Elle pensa au pistolet qu'elle gardait dans le tiroir du haut de la table de nuit. Si les choses tournaient mal, elle se pencherait pour récupérer le billet, elle ouvrirait le tiroir et sortirait le 38. Pour effrayer son client. Et pour garder le billet de cent dollars.

— Tu viens ? lui lança-t-elle en se laissant aller en arrière sur le couvre-lit en chenille.

Songeant qu'il faisait vraiment chaud, elle sourit. Elle était certaine qu'il ne bougerait pas.

Or, il se leva et marcha jusqu'au lit.

— Déshabille-moi.

L'ordre bref résonna étrangement à ses oreilles, mais au moins renouait-il avec le cours normal des choses. Elle allait pouvoir revenir à son travail. Malgré les minutes qui filaient, elle prit son temps. Se redressant de façon à lui déboutonner la chemise, lentement, elle découvrit des épaules musclées, puis un torse dépourvu de graisse, une paroi de muscles durs couverte de poils sombres et frisés. Alors qu'elle lui défaisait sa ceinture, il saisit la croix qui ne la quittait jamais et qui se balançait juste au-dessus de ses seins.

— Qu'est-ce que c'est ?

— Un… un cadeau de ma fille… pour Noël.

Seigneur, il n'allait quand même pas la lui voler ?

— Il te faut autre chose, dit-il.

Et il lui passa le rosaire au cou, par-dessus la perruque rousse. C'était peut-être un prêtre, tout compte fait. Un prêtre d'un genre bizarre.

Les grains du rosaire étaient chauds à force d'avoir été manipulés.

Ils glissèrent entre ses seins et lui donnèrent la chair de poule. Elle aurait dû lui dire de s'en aller, maintenant.

— Voilà, c'est parfait.

Il esquissa un sourire en coin, comme s'il était satisfait de son scénario. Et prêt à entrer dans le vif du sujet.

Il était temps.

— Qu'est-ce que c'est, ce rosaire ?

— Caresse-moi, ordonna-t-il.

Il avait un corps parfait. Ciselé. Bronzé. Ferme.

A l'exception de son sexe, flasque, sans le moindre début d'érection.

Alors qu'elle faisait glisser un doigt sur son torse, il l'attira contre lui et l'embrassa sans douceur, de ses lèvres froides et insensibles, avant de l'entraîner sur le matelas usagé du lit en fer. Elle s'était donné pour règle de ne jamais embrasser sur la bouche, mais elle le laissa faire pour en terminer au plus vite.

— Quel mec ! roucoula-t-elle.

Elle tendit la main vers les lunettes de soleil, mais il arrêta son geste en lui serrant le poignet.

— Pas de ça.

— Tu as peur que je puisse te reconnaître ?

C'était peut-être quelqu'un de célèbre. Il était assez séduisant pour cela. Ou alors il était marié. Oui, c'était plus probable...

— Tu ne touches pas... c'est tout, dit-il sans relâcher son étreinte.

— D'accord, d'accord... Comme tu voudras.

Elle lui embrassa la joue et suivit du bout des doigts les contours de ses muscles bien dessinés. Il s'agita contre elle, et Cherie sortit le grand jeu, caressant toutes les zones érogènes qui provoquaient habituellement une érection. En vain. Elle eut beau jouer de ses lèvres, de sa langue ou ronronner, rien ne semblait susceptible de l'émouvoir.

« Allez ! pensa-t-elle. Je n'ai pas toute la nuit, moi ! » Elle avait vaguement conscience de la radio, de la voix du Dr Samantha, la psychologue, qui était sur le point d'en terminer, et délivrait son traditionnel laïus sur l'amour et le désir à La Nouvelle-Orléans. Son client se tourna vers la radio pour l'écouter, lui aussi.

Peut-être le problème était-il là : la radio le distrayait. Cherie tendit la main vers le poste et…

— Ne touche pas à ça ! gronda-t-il, le corps tendu de tous ses muscles.

— Mais…

Le coup partit sans qu'elle l'ait vu venir.

Au contact du poing, une douleur aveuglante explosa sur le côté gauche de son visage. Elle poussa un cri perçant. Et sentit dans sa bouche le goût métallique du sang.

La situation était en train de déraper.

— Espèce de salaud, tu…

Il leva de nouveau le poing. Elle l'entrevit au travers d'un œil qui gonflait déjà.

— Laisse la radio et les lunettes ! grogna-t-il.

Cherie essaya de se dégager.

— Va-t'en ! cria-t-elle. Fous le camp !

Il essaya de l'embrasser, et elle le mordit. Il n'eut pas le moindre tressaillement de douleur.

— Fous le camp, espèce de salaud ! C'est terminé ! Tu as compris ? Terminé !

— Pas encore, non. Mais ça ne saurait pas tarder.

Il la plaqua sur le matelas et l'embrassa de nouveau. Sans douceur. Comme s'il prenait du plaisir à la douleur qu'il lui infligeait. Le côté du visage en feu, Cherie tenta de se dégager, mais il la maintenait fermement sous son corps athlétique.

Elle était prisonnière.

Paniquée, elle se mit à lui donner des coups, à le griffer, à le repousser.

— Oui, c'est ça, gronda-t-il. Vas-y, frappe-moi. Pécheresse… salope.

Il lui mordilla un sein, pinça l'autre.

Elle hurla, et il la fit taire en écrasant de nouveau les lèvres sur les siennes. Elle se débattit, chercha à le mordre, mais il était fort. Furieux. Et très excité. Seigneur, jusqu'où cela irait-il ?

La peur l'emplit d'un froid qui la glaça. Et si cela ne s'arrêtait pas ? Et s'il la torturait toute la nuit ?

Une douleur intense lui transperça le torse quand il lui mordit de nouveau le sein.

Tout en luttant pour se dégager, elle jeta un coup d'œil vers la radio, les chiffres lumineux digitaux qui éclairaient le billet de cent dollars, la voix du Dr Samantha, calme et pénétrante.

« Aidez-moi ! » supplia Cherie. En cherchant à atteindre le tiroir et son pistolet, elle renversa la lampe de chevet. Elle donna des coups de pieds furieux et sentit alors contre elle la pression d'une violente érection.

C'était donc ça. Un viol.

Il voulait la violer. Si seulement il l'avait prévenue, elle aurait joué son rôle depuis le début… A présent, elle avait peur. Une peur de tous les diables.

Qu'il en finisse et ne lui fasse pas trop de mal !

Soudain, il lui souleva la tête, et elle cria quand il serra le rosaire autour de son cou. Les grains aux arêtes coupantes lui mordirent la peau.

« Oh ! Mon Dieu, il va me tuer ! » La peur se diffusa à travers tout son corps, comme un long cri. Elle le regarda dans les yeux, derrière les verres teintés, et elle comprit ce qui allait se passer.

Il tordit le rosaire en même temps qu'il la pénétrait. Les yeux exorbités, Cherie ne pouvait plus respirer ; elle agita les bras, griffa son agresseur, mais sans résultat. Les ténèbres… il n'y avait plus que les ténèbres, autour d'elle… Ses poumons la brûlaient… son cœur semblait sur le point d'exploser…

« Je vous en supplie, mon Dieu, aidez-moi ! »

Il tira sur le rosaire, et elle suffoqua. Elle n'avait plus d'air. Elle sentit quelque chose céder ; puis un horrible gargouillement. Du sang ! Seigneur, c'était son propre sang qu'elle avalait, recrachait…

Les ténèbres qui l'entouraient s'immiscèrent en elle, et elle pensa furtivement à sa fille… son bébé…

Il était en nage, allant et venant contre elle, sa respiration se faisait de plus en plus rapide, et alors qu'elle renonçait à lutter, elle le sentit se raidir et entendit sa plainte gutturale. Ensuite, par-dessus le souffle saccadé de son assassin, et le grondement qui avait envahi son propre cerveau, elle entendit une autre voix. Lointaine. Très lointaine.

— Un dernier mot du Dr Samantha… Prenez soin de vous, habitants de La Nouvelle-Orléans. Bonne nuit à tous, et que Dieu vous bénisse. Quels que soient vos ennuis du jour, pensez qu'il y aura toujours un lendemain… Faites de beaux rêves…

1.

Juillet
Cambrai, Louisiane

« Nulle part on n'est mieux que chez soi, nulle part on n'est mieux que chez soi.

» Maintenant, fais claquer les talons de tes souliers rubis et… »

— Ça fera trente-sept dollars, annonça le chauffeur de taxi, dont la voix s'immisça soudain dans les pensées de Samantha.

Tandis qu'elle cherchait dans sa poche de veste sa pince à billets, il arrêta le véhicule dans l'allée circulaire, aussi près que possible de la porte d'entrée.

— Cela vous ennuierait de porter mes bagages à l'intérieur ?

Le chauffeur tourna la tête vers l'arrière et il la scruta de ses yeux sombres, le regard inquisiteur. Soupçonneux. Comme s'il craignait une entourloupe. Puis il finit par hausser les épaules.

— Si c'est ce que vous voulez…

— C'est ce que je veux, oui.

S'aidant de ses béquilles, elle sortit du taxi. La nuit était étouffante. Un brouillard léger enveloppait les chênes verts qui protégeaient la vieille maison, grande et biscornue, située sur le rivage méridional du lac Pontchartrain, à quelques kilomètres à l'ouest de La Nouvelle-Orléans.

C'était bon de rentrer chez soi.

Certaines vacances ressemblaient à des rêves, d'autres à des cauchemars. Celles-ci avaient été pires qu'un cauchemar.

Un désastre complet.

Mais au moins savait-elle, maintenant, qu'elle ne deviendrait jamais Mme David Ross. Elle aurait commis une énorme erreur.

Une de plus.

Un vent fort soufflait à travers les touffes de mousse espagnole accrochées aux branches noueuses des vieux arbres. Avec la pluie, les dalles de l'allée luisaient sous la lumière du porche. Des racines humides qui avaient réussi à passer à travers les pierres irrégulières chatouillèrent l'orteil nu de son pied blessé alors qu'elle avançait. Il faisait chaud, en ce début de mois de juillet, et des filets de transpiration lui coulaient dans le dos. Les dents serrées, elle gravit en boitillant les marches du large perron et accéda à la véranda qui faisait le tour de la maison. Les carillons à vent faisaient entendre leur chant monotone. Laissant une de ses béquilles contre la balancelle, Samantha récupéra la clé de secours cachée derrière un des volets, au milieu des toiles d'araignées. Elle ouvrit la porte. Le chauffeur du taxi arriva avec ses bagages, et elle éclaira l'entrée, lambrissée d'un bois bicentenaire qui luisait d'une belle patine. Dans la vieille maison, l'atmosphère renfermée était chaude, l'air immobile.

Le chauffeur posa les trois sacs près du portemanteau, avant de récupérer la béquille pour la rendre à Samantha.

— Merci.

Elle lui tendit quarante-cinq dollars et fut récompensée par un grognement de satisfaction et un hochement de tête.

— Bon retour, dit-il. Et bonne journée.

— Je vais essayer.

Fermant la porte derrière lui, elle glissa la clé dans sa poche et lança :

— Chéri, je suis là!

Pas de réponse. Juste le tic-tac de l'horloge, au-dessus du manteau de la cheminée, et le bourdonnement du réfrigérateur dans la cuisine. Elle pressa l'interrupteur du ventilateur, au plafond, et mit l'air conditionné en marche.

— Allez, viens..., appela-t-elle. Tu n'es quand même pas en colère parce que je t'ai laissé seul ? C'est vraiment masculin, ça.

Elle récupéra son trousseau de clés de secours dans le garde-manger, et elle attendit, guettant le cliquetis caractéristique des médailles d'identification ou le léger piétinement sur le sol. Au lieu de quoi, elle entendit un petit miaulement, et Charon sortit furtivement de l'ombre. Ses yeux aux pupilles dilatées étaient aussi noirs que son pelage couleur d'encre, avec juste un fin cercle doré à peine visible.

Comme il se glissait dans l'entrée, feignant le désintérêt, elle lui lança d'un ton accusateur :

— Laisse-moi deviner… Maintenant, tu vas nous jouer les difficiles à attraper, c'est ça ?

Mais il s'approcha avec nonchalance, lui frôla les jambes à plusieurs reprises et se frotta contre le plâtre qu'elle avait à la cheville.

Elle se mit à rire.

— Ça te plaît ? C'est un souvenir de mon fiasco mexicain.

Elle souleva l'animal pour l'amener contre sa poitrine et lui caresser le menton. Charon, un chat errant qu'elle avait baptisé comme le passeur de *l'Enfer* de Dante, se mit aussitôt à ronronner. Il oublia son petit numéro d'indifférence et frotta sa truffe humide dans le cou de Samantha, qui lui demanda :

— Alors, qu'est-ce qui s'est passé, pendant mon absence, hein ? Melanie s'est bien occupée de toi ?

Elle l'emporta dans son bureau et entrouvrit une fenêtre en attendant que la maison se rafraîchisse. Elle posa le chat sur le meuble bibliothèque, où il se faufila entre les ouvrages de psychologie et les piles de papiers, avant de sauter sur le bureau, où le courrier avait été trié et empilé soigneusement — les enveloppes, les publicités, les magazines et les journaux. C'était Melanie, l'assistante de Samantha, qui avait veillé sur la maison et sur Charon pendant les vacances de Samantha ; elle avait aussi assuré à sa place son émission de radio. Elle était d'une incroyable efficacité.

Samantha tira son fauteuil de bureau et s'assit sur ce siège si familier. Mais quand elle promena son regard autour de la pièce, elle lui parut différente, sans qu'elle puisse expliquer en quoi. C'était peut-être tout simplement la durée de son absence — plus de deux semaines. Il y avait aussi le décalage horaire et sa nervosité. Si le vol n'avait pas été particulièrement long, elle avait trop peu dormi, ces derniers jours, et cette quinzaine s'était révélée éprouvante pour les émotions.

Tout était allé de travers à la minute où elle était arrivée au Mexique, deux semaines plus tôt. Non seulement elle s'était disputée avec David, lorsqu'il avait tenté pour une énième fois de la persuader d'abandonner sa carrière et de revenir s'installer à Houston, mais il y avait eu l'« accident » de bateau, dans une zone d'eaux peu profondes du Pacifique, au large de Mazatlán. Elle s'en était sortie avec une entorse à la cheville et tous ses papiers perdus.... Impossible de retrouver son sac et son portefeuille. Quitter le pays s'était révélé un véritable cauchemar, et quand elle avait fini par convaincre les autorités de la laisser rejoindre les Etats-Unis, elle portait cet affreux plâtre.

— Ce sont des choses qui arrivent, avait commenté David en haussant les épaules, alors qu'ils embarquaient à bord du 737.

Cela n'avait rien fait pour apaiser la mauvaise humeur de Samantha. Elle soupçonnait que son sac, comme les affaires d'autres clients de la promenade en mer tombés à l'eau, avait été récupéré par des pêcheurs du coin. La filière était connue : les cartes de crédit, les billets et autres objets de valeur étaient utilisés ou mis en gage sur toute la côte ouest du Mexique. A en croire le capitaine, la petite embarcation de pêche avait tangué et évité par miracle de se fracasser contre un rocher. Elle n'y avait pas cru une seconde. Elle le soupçonnait plutôt d'être soûl ou sous l'emprise d'une drogue quelconque au moment des faits. Elle avait exigé réparation, sous une forme ou une autre, ou au moins des excuses. Au lieu de quoi elle avait atterri dans un minuscule hôpital, entre les mains d'un médecin hors d'âge, un Américain expatrié qui avait dû prendre sa retraite dans les années 70 — qui avait probablement été contraint de quitter les Etats-Unis pour faute professionnelle.

Charon alla se blottir dans son coin favori, sur le bord de la fenêtre. A travers la vitre couverte de pluie, il parut suivre des yeux quelque chose dans l'obscurité. Probablement un écureuil. Samantha jeta un coup d'œil à travers les carreaux et ne vit rien d'autre que les ombres noires de la nuit.

Elle pressa le bouton « play » de son répondeur téléphonique avant de s'emparer de son coupe-papier et d'ouvrir la première enveloppe — une facture. Sans doute la première d'une longue suite. Le répondeur fit entendre une succession de bips et de cliquetis avant de passer au premier message.

La personne avait raccroché sans rien dire.

« Super », pensa Samantha en posant la facture sur le bureau.

Le deuxième message avait été laissé par un prospecteur téléphonique désireux de savoir si elle avait besoin de faire changer son pare-brise.

Encore mieux. Elle pensa à sa Mustang rouge décapotable ; elle était impatiente de la conduire de nouveau. Mais elle n'avait que faire d'un nouveau pare-brise.

— Non, merci, dit-elle en déchirant plusieurs lettres, des offres commerciales et sollicitations diverses, notamment pour des bonnes causes.

Une voix familière, enfin, s'éleva dans le bureau.

— Bonjour, Samantha, c'est papa. J'avais oublié que tu étais partie… Tu me rappelles à ton retour, d'accord ?

— Je n'y manquerai pas.

Samantha lut en diagonale son dernier relevé de carte Visa, et elle se félicita d'avoir demandé à Melanie de faire opposition sur toutes ses cartes de crédit.

Deux personnes raccrochèrent sans laisser de message, puis elle entendit la voix tonnante de sa patronne sur le répondeur.

— Je sais que vous n'êtes probablement pas encore chez vous, dit Eleanor, mais je veux que vous m'appeliez à la minute — *à la minute* — où vous rentrerez. Et épargnez-moi les salades comme quoi vous ne pourriez pas venir travailler à cause de votre jambe… Ça ne marche pas, avec moi. J'ai eu votre message, depuis l'hôpital, et à moins que vous ne soyez reliée à un goutte-à-goutte *et* à un moniteur cardiaque, j'entends bien vous voir à la station, et rapidement. C'est compris ? Melanie fait du bon boulot, j'en conviens, mais depuis votre départ, les indices d'écoute ont baissé et Trish LaBelle, sur WNAB, est en train de vous piquer des parts de marché… Pas bon, ça, vraiment pas bon, Sam. C'est vous que les auditeurs veulent, ma fille, pas des remplaçants, quelle que soit leur valeur! Bon, je me calme, maintenant… Mais appelez-moi.

— Tu entends ça, Charon? On dirait qu'il y a des gens qui m'aiment, tout compte fait…

Samantha sentit la peau de sa nuque se hérisser. Un bruit, un mouvement… quelque chose d'impalpable avait attiré son attention.

Le chat était toujours assis sur l'appui de la fenêtre. Figé, à l'exception du mouvement à peine perceptible de sa queue.

— Tu as vu quelque chose? lui demanda-t-elle en essayant de repousser la désagréable sensation qui l'avait envahie.

Elle laissa de côté son courrier et rejoignit la fenêtre, fouillant du regard l'obscurité à travers les vitres troublées par la pluie.

Elle entrevit la silhouette sombre des grands chênes, pareils à des sentinelles immobiles qui semblaient veiller sur la vieille maison.

Un craquement.

Le cœur de Samantha s'arrêta presque de battre.

Etait-ce le vent dans les branches, les fondations de la maison, ou quelqu'un qui marchait sous la véranda? Sa bouche s'assécha soudain.

« Ça suffit, Samantha! Tu n'as aucune raison d'avoir peur. Tu es chez toi, non? » Elle était chez elle, certes, mais elle ne vivait là que depuis trois mois; et c'était après son emménagement, à la faveur des commérages d'une vieille voisine, de l'autre côté de la rue, qu'elle avait appris l'histoire de la maison. A en croire Mme Killingsworth, ce n'était pas pour rien si la bâtisse était restée très longtemps en vente, et si Samantha avait pu l'acquérir à un prix inférieur au marché : la précédente propriétaire avait été assassinée ici même, victime de la vengeance d'un petit ami furieux.

— Quel rapport avec toi? dit-elle à voix haute en se frictionnant les bras, comme s'ils étaient glacés.

Elle ne croyait pas aux fantômes, aux malédictions ni au surnaturel de façon générale.

Le répondeur, lui, continuait de livrer les messages enregistrés.

— Salut, Samantha.

En reconnaissant la voix de Melanie, Samantha se détendit un peu.

— J'espère que le retour s'est bien passé. J'ai appelé les sociétés de crédit de tes cartes, comme tu me l'avais demandé, et je t'ai laissé le courrier sur ton bureau — j'imagine que tu as dû le trouver. Charon était vraiment de mauvais poil, pendant ton absence. Il s'est même oublié sur le piano, mais j'ai tout nettoyé. Et je ne te parle pas des poils, un peu partout… Sinon, je t'ai acheté un quart de lait et le café aromatisé à la vanille que tu aimes bien. Ils sont dans le frigo. J'ai appris, pour ta cheville, et je suis désolée. C'est vraiment la poisse. Tu parles d'une escapade romantique… On se voit à la radio. Sinon, tu peux m'appeler quand tu veux.

Samantha revint s'asseoir à son bureau. Son regard tomba sur la photo de David. Grand, athlétique, avec des yeux gris et une mâchoire carrée. Séduisant. Directeur général *et* directeur des ventes, ainsi qu'il ne manquait jamais de le lui rappeler. Un homme promis à un bel avenir, doté d'un réel sens de l'humour, parfois mordant. Une « prise de choix », comme aurait dit Beth Matheson, si elle avait toujours été vivante.

« Oh ! Maman, si tu savais comme tu me manques… »

Le regard de Samantha se déplaça de la photo de David à une autre, un portrait décoloré de sa propre famille, avec ses parents souriants qui l'encadraient. Elle avait été prise sur le campus de l'UCLA, et elle portait la robe et le chapeau traditionnels des remises de diplômes. Son frère aîné, Peter, se tenait juste derrière leur père. Les sourcils froncés, il ne s'était même pas donné la peine de retirer ses lunettes de soleil et ne regardait pas l'appareil photo ; comme pour bien marquer qu'il ne voulait pas être là, que cela ne l'intéressait pas de partager la gloire de Samantha — contrairement à ses parents, illuminés de fierté. Les études étaient une chose, mais Beth Matheson croyait aussi au mariage et elle espérait de tout cœur voir sa fille unir son destin à un homme ambitieux ; à ce titre, David Ross semblait l'homme de la situation.

A ceci près qu'il avait une part d'ombre, une face cachée.

Comme Jeremy Leeds, l'ex-mari de Samantha.

Elle ouvrit une nouvelle enveloppe, de la publicité, tout en se demandant pourquoi elle avait toujours attiré ce genre d'hommes.

— Samantha, c'est encore papa, dit la voix de son père. Je m'inquiète. Je n'ai pas eu de tes nouvelles depuis que tu m'as téléphoné du Mexique, alors que tu essayais de quitter le pays. J'imagine que tu as réussi… enfin, je l'espère. Comment ça se passe, pour ta cheville ? Appelle-moi.

— Je vais t'appeler, papa. Je te le promets.

D'autres messages se succédèrent, des vœux de rétablissement pour la plupart, qu'elle écouta en même temps qu'elle continuait d'ouvrir les factures. Il y eut Celia, son amie institutrice à Napa Valley ; Linda, avec qui elle avait partagé sa chambre à la fac et qui s'était installée avec son policier de mari dans l'Oregon ; Arla, une amie avec qui elle était restée en contact depuis l'école primaire. Toutes avaient eu vent de sa blessure, et toutes lui demandaient de les rappeler.

— C'est super d'être populaire…, maugréa-t-elle en s'adressant à son chat.

Le message suivant avait été laissé par la standardiste de son dentiste, qui lui rappelait son détartrage annuel. Vint ensuite le Boucher Center, où elle intervenait bénévolement, pour lui rappeler que sa prochaine séance se déroulait le lundi suivant.

Elle s'empara de la dernière enveloppe — banale, blanche, standard. Son nom et son adresse avaient été inscrits sur une étiquette informatique. Elle l'ouvrit d'un trait de coupe-papier et le document qu'elle contenait tomba sur le bureau.

Son sang se glaça.

Elle avait sous les yeux une photo d'elle-même. Un cliché publicitaire pris quelques années plus tôt. Il avait été photocopié puis « arrangé ». Ses cheveux roux sombre encadraient son visage aux pommettes hautes, au menton volontaire, son sourire presque coquin, mais à la place de ses yeux verts malicieux aux cils épais, il n'y avait que des trous, irréguliers, comme découpés à la hâte. En travers des lèvres nuance pêche, on avait inscrit avec un stylo rouge :

« REPENS-TOI. »

— Oh, mon Dieu !

Elle s'écarta brusquement du bureau, révulsée, le souffle coupé.

Au même moment, elle entendit un grattement dehors.

Comme si quelqu'un l'observait par la fenêtre et s'en éloignait en hâte.

Des bruits de pas.

— Ah, ça, non!

Elle fit tourner son fauteuil et tituba jusqu'à la fenêtre. Mais elle ne vit que la nuit sombre. Les battements assourdissants de son cœur semblaient couvrir le tic-tac de l'horloge. Et alors qu'elle avait les yeux toujours fixés sur la fenêtre, le répondeur passa au message suivant.

— Je sais ce que tu as fait, murmura une voix masculine, grave et sensuelle.

Samantha se tourna et fixa l'appareil, avec sa petite lumière rouge clignotante.

— Et tu ne vas pas t'en tirer comme ça.

La voix n'avait rien de sévère. Elle était au contraire pleine de séduction, presque caressante, comme si la personne qui avait laissé le message connaissait Samantha. Elle eut la chair de poule.

— Tu vas payer pour tes péchés.

— Salaud!

Charon siffla et sauta de l'appui de fenêtre.

Le répondeur fit alors entendre un cliquetis et devint silencieux. Toute la maison parut envelopper Samantha; les angles de murs, noyés dans l'obscurité, semblèrent encore s'assombrir. Etait-ce son imagination, ou bien percevait-elle un bruit de course, dans le jardin?

Elle inspira profondément, à plusieurs reprises, puis, s'aidant de ses béquilles, elle alla vérifier tous les verrous des portes et les loquets des fenêtres. Sans doute une mauvaise farce, songeait-elle pour se rassurer. Rien de grave. Son métier l'exposait à ce genre de désagrément. Tous les soirs, à la radio, elle invitait les auditeurs à l'appeler pour évoquer leurs problèmes, en parler avec elle; dans la mesure du possible, et au travers de sa formation de psychologue, elle s'efforçait de les aider. Elle était donc exposée. Ce ne serait pas la première fois que sa vie privée était violée ; ce n'était pas non plus la dernière. Elle songea à appeler la police, David ou quelqu'un d'autre. Mais elle n'avait aucune envie d'apparaître comme une hystérique doublée d'une paranoïaque.

Y compris vis-à-vis d'elle-même.

Elle était docteur en psychologie, non ?

Pas question de courir le risque de s'attirer le mépris du public.

Le cœur battant trop vite, elle expira lentement. Qu'elle le veuille ou non, elle devrait contacter la police. Mais pas ce soir. Elle inspecta de nouveau les verrous et les volets, puis s'obligea au calme et résolut de monter se coucher. Elle lirait au lit. Et le lendemain, quand il ferait jour, elle reviendrait sur ce qui venait de se passer. Il n'y avait aucune raison de paniquer. Personne ne pouvait sérieusement lui vouloir de mal.

Se repentir…

Payer pour ses péchés…

Mais quels péchés ?

En tout cas, ce type l'avait mise dans tous ses états. Ce qui était probablement son but.

— Allez, mon gros, dit-elle au chat, on monte.

C'était sa première nuit chez elle depuis une éternité. Pas question de laisser qui que ce soit la gâcher.

2.

— A mon avis, c'est du pipeau, chuchota Melba à Tiny, le technicien.

Puis elle adressa un clin d'œil amical à Samantha alors que celle-ci longeait le comptoir de réception des bureaux de WSLJ, à un pâté de maisons de Decatur Street. Dotée d'une taille de guêpe, d'une magnifique peau couleur moka et d'un sourire éblouissant qui pouvait virer au glacial si quelqu'un essayait de passer sans son assentiment, Melba gardait l'accès de WSLJ à la manière d'un rottweiler bien dressé. Derrière elle, une vitrine éclairée au néon exposait un assemblage hétéroclite : photos de célébrités et récompenses gagnées par la radio voisinaient avec une poupée vaudoue ou un bébé alligator naturalisé, qui rappelaient au visiteur qu'on était bien au cœur de la Louisiane.

Samantha leva les yeux au ciel.

— Tu as raison, répliqua-t-elle en tapant son plâtre avec l'embout en caoutchouc de sa béquille. Je porte ce machin uniquement pour ne pas travailler et m'attirer la sympathie des gens… C'est pour ça aussi que je prends de l'ibuprofène toutes les deux heures. Je suis dans une logique masochiste.

— Tout ça, c'est du blabla de psychologue.

— Et alors ? C'est mon métier.

Samantha se détendit. Elle était heureuse de se retrouver à la radio, au travail. Dès le réveil, après une nuit au sommeil troublé, elle avait résolu ne plus se comporter comme une froussarde. Elle était allée inspecter le jardin à la recherche d'empreintes et n'avait rien trouvé. Puis elle avait examiné sa photo mutilée avec un œil de professionnel, en prenant de la distance. Elle avait aussi réécouté le message anonyme, sur le répondeur, et décidé de ne pas laisser la peur l'emporter. Elle aurait bien le temps pour ça, plus tard.

Le coude sur le comptoir, Melba posa son menton sur sa main. Une dizaine de bracelets cliquetèrent et étincelèrent dans la lumière.

— Moi, j'ai ma théorie sur tous ces psy machin-chose.

— Je t'écoute..., l'encouragea Samantha.

— Je pense que vous avez tous choisi cette spécialité à cause d'un problème de personnalité. La plupart des psy que je connais sont cinglés. Et vous autres qui travaillez à la radio, vous êtes les cas les plus graves. Comment peut-on avoir envie de s'asseoir une partie de la soirée et de la nuit dans ce studio, à écouter les autres parler de leurs problèmes — tout en sachant qu'on ne peut rien pour eux ? Ce sont surtout des gens seuls qui appellent.

— Ou des vicelards, ajouta Tiny en apparaissant dans le bureau de réception vitré.

Il déposa un paquet sur le bureau de Melba, alors que des haut-parleurs invisibles diffusaient une musique jazzy.

— Tu as raison, approuva Melba. Des vicelards... « Prenez votre pied en appelant le Dr Samantha au 1-800-Allô-Psy, le divan des couche-tard de La Nouvelle-Orléans. Confessez-vous et vous serez guéris. »

Samantha leva brusquement la tête. Elle ne souriait plus, soudain.

— Qu'est-ce que tu as dit ?

— Eh bien... Prenez votre pied en...

— Non, après. Tu as parlé de confession.

— C'est un peu ça, non ? répliqua Melba alors que le téléphone sonnait. Tu es une espèce de prêtre, ou ce que tu voudras d'autre, au féminin. Avec toi, cet endroit prend des allures de confessionnal ultramoderne ouvert de nuit. Comment s'appelle ton émission, déjà ? *Les Confessions de minuit*... Je continue ?

Elle pressa un bouton et étudia ses ongles peints en rose.

— Ici WSLJ, la radio du jazz cool et des talk-shows. A qui désirez-vous parler ?

— Ne l'écoute pas ! dit Tiny. Il faut toujours qu'elle fasse son petit numéro de rabat-joie. Elle t'aime bien, tu le sais.

— Et c'est bon d'être aimée…, marmonna Samantha, qui s'interrogeait toujours sur la remarque de Melba.

Elle était peut-être un peu nerveuse et allait chercher des significations cachées là où il n'y en avait pas. Elle n'avait pas assez dormi, sa jambe la faisait souffrir, et elle n'arrêtait pas de penser à ce fichu message et à cette photo mutilée. Son plâtre était lourd et encombrant, l'empêchant d'éprouver le moindre confort ; et jusque-là la journée avait été nerveusement éprouvante.

Elle avait d'abord contacté le commissariat de Cambrai, puis attendu que le policier qu'elle avait eu en ligne se montre. Tout en l'assurant qu'ils augmenteraient la fréquence des patrouilles dans son quartier, il avait pris la cassette du répondeur, ainsi que la photo. Plus tard, toujours aussi agitée, Samantha avait appelé les sociétés de ses cartes de crédits pour s'assurer que Melanie avait bien fait opposition. Non sans difficulté, elle avait pris sa voiture pour se rendre au Department Of Motor Vehicles afin d'obtenir un nouveau permis de conduire ; elle était allée chez le serrurier, à qui elle avait demandé de venir changer tous les verrous de la maison. Elle avait aussi fait faire un double de ses clés de voiture. Enfin, elle s'était arrêtée aux bureaux de la Social Security Administration, où elle avait dû attendre une heure pour effectuer une demande de nouvelle carte. Elle n'avait pas encore remplacé ses lunettes de vue, mais cela figurait en bas de sa liste ; elle fonctionnerait pendant un temps avec des lentilles ou des lunettes sans ordonnance.

— … je laisserai le message à M. Hannah, déclara Melba, avant de raccrocher et de prendre quelques notes. Je ne comprends toujours pas pourquoi on n'a pas de messageries vocales, ici. On se croirait à l'âge de pierre.

Elle jeta un coup d'œil à Tiny.

— C'est toi, le génie de l'informatique. Tu ne pourrais pas nous faire ça ?

— J'y travaille, mais il y a des problèmes de budget.

— Toujours la même chose : le budget, les indices d'écoute, les parts de marché…

Melba leva les yeux au ciel, et ses cheveux bouclés brillèrent sous les tubes au néon qui éclairaient la réception.

— Ça me fait du mal de l'admettre, dit-elle à Samantha, mais si j'en crois la pile de courrier qui t'attend dans ton box, il semblerait que tu aies beaucoup manqué.

— Surprenant…

Un nouvel appel détourna l'attention de Melba, et Tiny s'engagea avec Samantha dans le couloir central — « l'aorte », comme on le surnommait. La radio était un véritable terrier de lapin, un dédale de bureaux et de couloirs plus ou moins bien reliés les uns aux autres ; le vieil immeuble qui abritait WSLJ et ses filiales avait été remodelé à d'innombrables reprises au cours de ces deux derniers siècles, le moindre espace disponible se voyant transformé en toilette, studio, bureau ou salle de réunion.

— Jette aussi un coup d'œil à tes e-mails, conseilla Tiny en s'arrêtant devant la porte de son propre bureau.

La petite pièce sans fenêtre avait été auparavant un réduit. Le mobilier se composait en tout et pour tout d'une chaise, d'une table étroite aux allures de console et d'un ordinateur portable. L'unique concession de Tiny à la décoration était un alligator sur une grande affiche, qu'il devait utiliser pour jouer aux fléchettes, à en juger par la multitude de petits trous qui perçaient le papier autour de la gueule de l'animal. Mais l'endroit où il cachait ses fléchettes restait un mystère pour tout le monde.

Tiny semblait toujours tout savoir de ce qui se passait à la radio. Etudiant en communications à Loyola, il s'occupait du site internet de la station et résolvait tous les problèmes informatiques. C'était un garçon inestimable, même s'il se montrait un peu déphasé avec le reste du monde. Cet accro de l'informatique, un rien empoté, aurait eu un sérieux besoin de bretelles pour remonter son pantalon, de Scope pour se rafraîchir l'haleine et de Clearasil pour se débarrasser de ses boutons ; mais c'était indéniablement un bûcheur. Très récemment, il avait laissé entrevoir les signes d'un béguin pour Samantha. Qui faisait mine d'ignorer.

— Beaucoup d'e-mails ? demanda-t-elle.

— Des tonnes ! Pratiquement tous sur le même sujet : des auditeurs qui réclament ton retour.

— Parce que tu *lis* mes e-mails ?

Les oreilles de Tiny prirent une teinte cramoisie.

— Certains ne t'étaient pas adressés personnellement, mais au site de la radio. Et c'était toi et ton retour qu'ils concernaient presque tous. Je… Jamais je ne lirais du courrier personnel.

« Bien sûr », songea Samantha, sceptique. Mais, avant qu'elle eût une chance d'interroger davantage Tiny, la voix profonde de la directrice des programmes ricocha à travers le couloir :

— Le retour de la fille prodigue !

Eleanor fondit sur elle, avec un sourire éclatant qui tranchait sur sa peau noire.

— Regardez-moi un peu ça ! dit-elle en désignant le plâtre qui couvrait la jambe de Samantha. De la haute couture, ou je ne m'y connais pas ! Bon, traînez-vous jusqu'au bureau, que nous puissions parler.

Elle précéda Samantha dans « l'aorte », tournant sur la droite au fond du couloir. Elles longèrent la cabine de studio où Gator Brown était en train d'enregistrer les morceaux de jazz qu'il passerait au cours de son émission. De gros écouteurs sur son crâne chauve, il sourit et fit signe à Samantha quand il la vit. Il parlait dans son micro, comme s'il était réellement à l'antenne.

Une fois dans son bureau, Eleanor fit signe à Samantha de prendre place sur la chaise coincée entre des caisses pleines de dossiers, de CD, de bandes et de livres.

— Maintenant, dites-moi. Combien de temps allez-vous devoir garder ça ?

Elle désigna la jambe gauche de Samantha et alla s'asseoir derrière son bureau encombré.

— Encore un peu moins d'une semaine, j'espère. Ce n'est qu'une entorse. Je n'ai rien de cassé. Et ça ne m'empêche pas de travailler.

— Tant mieux. Parce que j'entends bien que vous vous y remettiez, au travail. Vos auditeurs vous réclament, Samantha. Et sur WNAB, ils deviennent très agressifs. Ils ont déplacé Trish LaBelle de 19 heures à 21 heures, pour prendre une longueur d'avance sur votre émission, puis pour se retrouver en concurrence directe quand vous prenez l'antenne à 22 heures. J'envisage de vous avancer d'une heure, mais Gator crie au meurtre. Il affirme qu'il perdra son public — son style de jazz doit être passé tard dans la soirée, dit-il. Si cela ne tenait qu'à lui, vous commenceriez à minuit, et non 22 heures.

Ouvrant le tiroir du haut de son bureau, elle en sortit une bouteille de Tums, un antiacide.

— Et mon cher mari qui ne comprend pas pourquoi j'ai de la tension...

Samantha ne croyait pas vraiment à cette histoire de concurrence.

— WNAB émet sur les ondes moyennes, fit-elle remarquer. Nous sommes sur la FM. Cela signifie des différences importantes, en termes de formats d'émissions et de publics.

— Pas tant de différences que ça, répliqua Eleanor en avalant deux comprimés. Ecoutez, j'ai travaillé dur pour faire de cette radio la meilleure, et je n'ai pas envie de voir l'audience chuter. Je ne vous reproche évidemment pas d'avoir pris des vacances, mais je dois être pragmatique. C'est mon boulot. Pas question de laisser WNAB ou une autre radio menacer notre position...

Elle esquissa un sourire peu naturel, et le téléphone sonna. Elle décrocha.

— Eleanor à l'appareil... Oui... Je sais.

Elle tira sur le fil et fit rouler son fauteuil vers l'arrière, cherchant dans une pile de dossiers entassés sur une console.

— Attendez que je voie ça... Vous en avez parlé avec le service commercial ? Je comprends. Nous y travaillons... Oui, Samantha est rentrée et elle sera à l'antenne dès ce soir... D'accord. Une minute.

Revenant à son bureau, elle attrapa de sa main libre la souris de son ordinateur et elle signifia à Samantha que leur discussion était terminée.

— Ne vous inquiétez pas, George. Je vous ai dit que je m'en chargerais.

Alors que Samantha quittait le bureau, la voix d'Eleanor la suivit un instant.

— Je vais vous proposer quelque chose. Oui, très vite. Dieu du ciel, n'allez pas me faire une crise cardiaque ! Calmez-vous... Oui, je comprends...

Samantha tourna à deux reprises et elle se retrouva dans le couloir qui desservait les cabines d'enregistrement et les cabines techniques. Elle jeta un coup d'œil à travers une des parois vitrées et aperçut Gator, toujours penché sur son micro, en train de parler comme s'il était en direct et comme si chaque auditeur était un ami intime.

Passant devant d'autres studios, une salle de montage, la bibliothèque, elle se retrouva enfin dans le grand bureau ouvert qu'elle partageait avec les autres animateurs. Comme le lui avait promis Tiny, son courrier était entassé dans son box. Ayant toujours à l'esprit la sinistre lettre qu'elle avait reçue chez elle, elle tria les enveloppes, avant de les ouvrir avec une appréhension qu'elle s'efforçait de dissiper par la raison.

Elle ne trouva rien qui sorte de l'ordinaire.

Rien de suspect.

Des propositions pour participer à des manifestations caritatives, comme oratrice ou présentatrice, des vœux de rétablissement d'auditeurs qui avaient appris son accident, des publicités, des propositions pour souscrire à des services bancaires… Rien d'alarmant. Elle décida de ne pas parler de la lettre et du message adressé ici, à la radio ; en revanche, elle contacterait de nouveau la police. Il pouvait s'agir dans les deux cas d'une sale blague, rien de plus. Un mauvais plaisant, un pervers qui s'amusait à ses dépens.

Et les bruits de pas sur le porche, alors ?

Et la réaction de Charon ? Comment l'expliquer ?

Sans parler de ce qu'elle-même avait ressenti, comme si des yeux invisibles surveillaient chacun de ses mouvements…

Serrant les dents, elle se répéta une énième fois qu'elle se laissait atteindre par des bêtises. Elle avait déjà été victime de plaisanteries douteuses. Dès lors qu'elle aurait changé les verrous, arrangé le système d'alarme défaillant de la vieille maison et se serait assurée que la police de Cambrai allait tenir sa promesse et augmenter les patrouilles dans son quartier, tout irait bien.

Non ?

Quelques heures plus tard, alors que la plus grande partie du personnel de la radio avait quitté les lieux pour la nuit, Samantha était occupée à jeter de la paperasse inutile dans sa corbeille. Le cliquetis de talons hauts attira son attention, et elle vit Melanie entrer en coup de vent dans la salle. Les cheveux ébouriffés, celle-ci avait les joues rosies par la chaleur de cette soirée d'été.

— Ça me fait plaisir de te revoir ! lança-t-elle en souriant.

Elle avait vingt-cinq ans et sortait d'All Saints, une petite université de Baton Rouge, où elle avait étudié la communication, mais aussi la psychologie en matière secondaire. A la fin de ses études, elle avait trouvé du travail à Baton Rouge, avant d'accepter un poste à WSLJ, peu de temps après que Samantha avait elle-même été embauchée. C'était Eleanor qui les avait recrutées toutes les deux.

— Merci.

— Je descends en vitesse à la boutique du coin m'acheter un grand café, avec quelque chose d'aussi calorique que possible. Peut-être un beignet saupoudré de sucre glace… Ça te tente ?

— Oui, mais je pense que je vais résister.

Samantha mit son courrier de côté et elle fit rouler sa chaise le long du grand comptoir qui lui servait de bureau.

— Je te remercie encore de t'être occupée du chat et d'avoir pensé au café et au lait. Tu m'as sauvé la vie !

Le compliment illumina le visage de Melanie.

— Tâche de t'en souvenir quand viendra le moment de mes évaluations.

— Je vois : c'était de la corruption…

— Absolument !

Melanie se tenait dans l'encadrement de la porte, une main de chaque côté de l'ouverture. Maquillée avec soin, vêtue d'une robe pourpre vaporeuse, avec une petite pèlerine noire et des *platform shoes*, elle donnait l'impression d'être sur le point de sortir en ville plutôt que de venir travailler.

— Un rendez-vous galant ?

— Je vais peut-être avoir un peu plus de chance que d'habitude… Et s'il te plaît, pas de conseils de prudence comme si tu étais ma mère. Je suis une grande fille, maintenant.

— Je ne suis tout de même pas assez âgée pour être ta mère.

— Alors, pas de recommandations à titre amical ou professionnel, d'accord ?

Samantha savait quand elle devait se taire. Les précédentes aventures de Melanie avaient été tout, sauf des réussites ; et la jeune femme attendait d'avoir de nouveau le cœur brisé. Mais Samantha n'avait pas son mot à dire. Après tout, elle-même ne brillait guère dans le domaine sentimental.

— Tu termines à quelle heure ?

Melanie consulta sa montre.

— Après l'émission, comme toi. Bon, je te rapporte quoi, avant que le *coffee shop* ne ferme ? Du thé ? Un Perrier ?

— Tu n'es pas obligée de t'occuper de moi comme ça, tu sais ?

— C'est uniquement à cause du plâtre. Dès que tu seras de nouveau sur pied, je te laisserai te débrouiller. Mais maintenant, si le cœur t'en dit, tu peux faire de moi une esclave.

— Puisque tu insistes… rapporte-moi un Coca Light.

— Ce sera fait, répondit Melanie, qui baissa les yeux sur le plâtre de Samantha et demanda : Ça gratte ?

— Horriblement !

Melanie disparut aussi vite qu'elle était apparue. Samantha jeta un coup d'œil rapide à son courrier électronique. Son pouls s'accéléra légèrement ; sa main droite devint moite sur la souris. Mais elle n'avait rien reçu qui puisse être considéré comme menaçant. Il y avait là quelques messages de fans qui l'interrogeaient sur son retour, deux dizaines de plaisanteries qu'elle effaça tout de suite, du courrier interne obsolète, une proposition pour intervenir à un événement caritatif local, un autre pense-bête du Boucher Center pour sa prochaine réunion, et plusieurs petits mots d'amis qui lui souhaitaient de se rétablir vite. Notamment un de Leanne Jaquillard, une adolescente de dix-sept ans avec qui elle travaillait comme bénévole au Boucher Center.

Rien d'extraordinaire dans tout cela. Rien de menaçant. Elle commença à se détendre.

Le temps que Melanie revienne, sans sa pèlerine, avec un peu de sucre glace sur les lèvres, une canette de Coca Light dans une main et un grand gobelet de café dans l'autre, Samantha avait répondu aux mails auxquels elle pouvait répondre, sauvegardé ceux qui le méritaient et détruit tout le reste.

— Merci, dit-elle à Melanie, qui lui tendait la canette.

Alors que Samantha l'ouvrait, Gator passa la tête dans la pièce.

— Il te reste quinze minutes, annonça-t-il. J'ai encore deux morceaux à passer, puis ce sera la météo, la pub. Et tu auras l'antenne.

Il fit le geste de partir, avant de se raviser.

— Heureux de te revoir, dit-il avec une sincérité discutable.

— Merci.

— Qu'est-ce qui t'est arrivé ?

— C'est une longue histoire. Pour faire vite, le capitaine de notre bateau de pêche était un idiot, et moi, je suis une empotée de première.

Gator souriait, mais d'un sourire contraint.

— Ça n'est pas un scoop… Bon, il faut que je me dépêche. Quelque part dans cette ville, il *doit* bien y avoir une femme qui meure d'envie de me rencontrer.

— Ça, je n'en suis pas certaine, murmura Melanie tandis qu'il s'en allait.

— Je me demande pourquoi j'avais autant hâte de revenir ici, moi, remarqua Samantha.

— Il est furieux parce qu'on parle de couper son émission pour allonger la tienne. C'est de la jalousie.

Samantha pouvait-elle en vouloir à Gator ? Il avait d'abord occupé l'antenne le matin, avant d'officier l'après-midi pour l'émission de disques à la demande et de se retrouver en début de soirée. Pas besoin d'une boule de cristal pour deviner qu'on l'évinçait lentement mais sûrement de la grille des programmes… A présent, avec le succès de ses *Confessions de minuit*, Samantha devait supporter le poids de son ressentiment.

— Je pense que je devrais me remettre en selle, maintenant, dit-elle en bataillant pour se lever.

Elle sentit un tiraillement douloureux au niveau de sa cheville et l'ignora.

— Merci d'avoir assuré l'intérim pendant mon absence, dit-elle.

— Pas de problème. J'ai bien aimé.

— Normal, tu es faite pour ça.

Melanie soupira tandis qu'elles s'engageaient dans le couloir.

— Espérons que mes talents serons reconnus en haut lieu.

— Ne t'inquiète pas pour ça. Laisse-leur juste du temps. Et commence donc par obtenir ton doctorat. Une licence en psychologie n'est pas suffisante.

— Je sais, je sais. Merci pour ce conseil… *maman*.

Melanie était très bonne, derrière un micro ; ce qu'il lui fallait, c'était l'expérience de la vie, mais aussi des références universitaires avant de pouvoir régulièrement délivrer des conseils au public de trentenaires et de quadragénaires qui appelait. Assurer un remplacement était une chose ; avoir sa propre émission en était une autre.

— Pas d'événement notable ? demanda Samantha pour passer à un sujet moins sensible.

— Rien, répondit Melanie en haussant les épaules, avant de prendre une gorgée de café. C'est d'un ennui…

— La Nouvelle-Orléans n'est jamais ennuyeuse.

— La radio, si. Toujours les mêmes vieux trucs. On évoque la possibilité que WSLJ soit vendue à un groupe ou qu'elle fusionne avec une autre radio.

— J'entends ça depuis que je travaille ici.

— Cela occasionnerait de gros changements. Les DJ ont peur d'être remplacés par des ordinateurs ou des programmes sous licence venus de Tombouctou ou Dieu sait où.

— Rien de nouveau sous le soleil, je t'assure.

— Exact. Sauf que cette fois, il y a du nouveau, justement. George parle d'investir beaucoup d'argent dans l'informatique, de réduire les effectifs et de diffuser plus de programmes enregistrés. Melba est tout excitée par la perspective d'une messagerie vocale, et Tiny aime l'idée, bien sûr. Plus il y a de la technologie, plus il est content.

— C'est l'avenir…, commenta Samantha avec un brin de cynisme.

Les ordinateurs remplaçaient rapidement les animateurs et disc-jockeys, de la même façon que les CD avaient supplanté vinyles et cassettes. A la radio, les 33 et 45 tours prenaient la poussière dans une armoire vitrée que seul Ramblin' Bob, le plus vieux DJ de l'immeuble, utilisait de temps à autre.

— Animer l'émission était la seule chose intéressante, ici, déclara Melanie.

— Mensonge ! Mensonge ! s'exclama Melba alors qu'elle passait récupérer sa veste à la penderie aménagée dans une alcôve, près des bureaux. Ne te laisse pas avoir par ces salades, Samantha. Il y a un nouvel homme dans la vie de notre jeune fille…

Rougissante, Melanie leva les yeux au ciel.

— C'est vrai ? lui demanda Samantha alors qu'elles tournaient dans le couloir et entraient dans le studio.

L'information n'avait en soi rien d'un scoop. Son assistante semblait changer de petit ami toutes les semaines ou presque.

— C'est sérieux, cette fois, affirma Melba en glissant son parapluie sous son bras. C'est le grand amoooouuuur !

— Nous nous sommes vus deux fois, se défendit Melanie, qui jouait avec la chaîne qu'elle avait au cou.

— Mais tu es amoureuse ?

— Pour l'instant.

— Je le connais ?

— Non.

Melanie se glissa dans la cabine voisine de celle de Samantha.

— Je vais commencer à filtrer les appels, annonça-t-elle.

Samantha s'installa sur sa chaise et régla son micro. Elle jeta un coup d'œil à l'écran de l'ordinateur. Il lui suffisait de presser un bouton pour passer à l'antenne des publicités préenregistrées, ainsi que le générique de l'émission ou la météo. Elle se coiffa du casque tandis que Melanie, d'un hochement de tête, lui signifiait que les lignes téléphoniques fonctionnaient et qu'elles étaient connectées à l'ordinateur.

Samantha laissa passer les trente secondes d'une publicité pour un loueur de voitures de la ville, puis elle pressa un bouton, et les premières notes de *A Hard Day's Night* des Beatles retentirent sur l'antenne.

— Bonsoir, La Nouvelle-Orléans. C'est le Dr Samantha qui est de retour. Et vous écoutez *Les Confessions de minuit* sur WSLJ. Comme vous le savez probablement, j'avais quitté la ville pour aller prendre un peu de repos au Mexique. Mazatlán, pour être précise.

Posant les coudes sur le bureau, elle garda les yeux fixés sur l'écran de l'ordinateur.

— Un bel endroit, très romantique, à condition d'être dans une bonne disposition d'esprit… Mais plutôt que de vous livrer un récit circonstancié de mon voyage, c'est vous que je vais écouter. Pour me remettre dans le bain, j'ai pensé reprendre avec un sujet léger… Je me suis dit que nous pourrions ouvrir la discussion de cette première émission en évoquant les vacances, justement. Le stress qu'elles représentent, la détente qu'elles sont censées apporter, leur part de romantisme… Appelez pour me raconter où vous êtes allés et comment cela s'est passé. A Mazatlán, il faisait chaud, très chaud, les couchers de soleil étaient à tomber. Un soleil et un sable brûlants, des palmiers, des couples qui se promenaient sur la plage, des *piñacoladas*… Bref, tout ce qu'il faut.

Pendant quelques minutes, Samantha évoqua les vacances romantiques, leurs ingrédients supposés, avant de redonner le numéro de téléphone pour les auditeurs désireux d'appeler. A travers la vitre qui les séparait, elle vit Melanie, son casque sur les oreilles, qui hochait la tête alors que les voyants des lignes téléphoniques commençaient à clignoter.

C'était parti.

Le prénom d'un auditeur, Ned, apparut sur l'écran en première ligne. Venait ensuite Luanda. Samantha pressa la première touche.

— Bonsoir… je crois que c'est Ned qui nous appelle…

— C'est bien ça, oui…, fit une voix masculine, un peu nerveuse. Je… euh… je suis heureux de vous entendre de nouveau. J'écoute tout le temps votre émission et… et j'avoue que vous m'avez manqué.

— Merci, répondit Samantha, qui s'efforça de mettre son correspondant à l'aise. Et si nous en venions à notre sujet, Ned. Vous êtes allé en vacances, récemment ?

— Oui… je… j'ai emmené ma femme à Porto Rico. C'était il y a environ deux mois et c'était… en fait, c'était pour essayer de me faire pardonner.

— Vous faire pardonner quoi ?

— Eh bien… j'ai fréquenté quelqu'un d'autre, et ma femme et moi, on s'est séparés un moment. Un jour… j'ai décidé de lui faire une surprise avec des vacances dans les Caraïbes. Je me disais que ça aiderait à nous remettre ensemble.

— Et que s'est-il passé, Ned ? interrogea Samantha.

C'était une histoire classique, songea-t-elle tandis que son auditeur continuait de s'ouvrir à elle. Une aventure extraconjugale autour de la quarantaine — c'était même la seconde, avoua Ned. Mais il aimait sa femme, avec qui il était marié depuis douze ans. A Porto Rico, elle avait pris sa revanche. Au nez et à la barbe de son mari, elle s'était trouvé un bel amant latino. Ned avait été meurtri. Les vacances romantiques avaient tourné à la catastrophe.

Sur ce plan au moins, Samantha pouvait établir un lien avec sa propre histoire.

— Qu'est-ce que vous ressentez, maintenant ? demanda-t-elle.

Elle remarqua que Luanda avait disparu de l'écran. Sans doute s'était-elle lassée d'attendre et avait-elle raccroché. Mais un certain Bart venait d'apparaître en ligne 3.

— Je suis comme un fou ! répondit Ned. J'avais dépensé deux mille dollars pour ce voyage !

— Vous avez donc perdu votre argent et votre femme. Mais j'aimerais vous demander : qu'est-ce qui vous a poussé à avoir une liaison avec cette femme, à l'origine ?

Les voyants des lignes téléphoniques se mirent à clignoter comme des lumières sur un sapin de Noël. Les gens étaient impatients de commenter l'histoire de Ned ou de raconter la leur, de demander son avis à Samantha. Il y avait Kay en ligne 2, Bart en 3 et Luanda venait de réapparaître en 4.

Samantha prit un moment encore pour parler avec Ned, évoquant notamment l'injustice faite aux femmes en matière de vieillissement par rapport aux hommes. Elle passa ensuite à Kay, une auditrice un peu excitée qui se disait prête à infliger les pires supplices à Ned et aux autres hommes infidèles. Samantha s'imagina qu'elle devait avoir l'écume aux lèvres. Elle écouta Bart, dont la petite amie l'avait accompagné à Tahiti et avait refusé d'en repartir.

Chargées de colère, de rire ou de désespoir, les histoires se succédèrent à l'antenne. Samantha entrecoupait les appels de publicités, de flash météo actualisés et d'éventuelles informations. Le temps filait, et elle se sentait un peu plus chez elle à chaque minute. Les conversations avec ses auditeurs lui avaient presque fait complètement oublier le message et la photo qu'elle avait reçus.

Cela faisait bientôt trois heures qu'elle était en direct ; elle avait terminé son Coca, en était à son deuxième café et s'apprêtait à rendre l'antenne, quand elle prit un nouvel appel. Un certain John, à en croire son écran.

— Bonsoir, John. Comment allez-vous ?

— Ça va, répondit une belle voix masculine.

— De quoi souhaitez-vous parler ? demanda Samantha en prenant sa tasse de café.

— De confession.

— D'accord.

— Il en est question dans le titre de votre émission.

— Exact, John. Mais encore ?

— Vous me connaissez.

— Je vous connais ? Et comment ?

— Je suis le John de votre passé.

Samantha décida d'entrer dans son jeu.

— J'ai connu beaucoup de John.

— Ça, je veux bien le croire.

Etait-ce de la désapprobation qu'il lui avait semblé percevoir dans sa voix ? Voire une certaine arrogance ? Il était temps d'en revenir à l'émission.

— Vous désirez nous parler de quelque chose en particulier, ce soir, John ?

— Des péchés.

Elle manqua laisser échapper sa tasse. Son corps s'était glacé, soudain. La voix… n'était-ce pas la même que sur le répondeur ?

— Quel… genre de péchés ? parvint-elle à demander.

— Les vôtres.

— Les miens ?

Mais qui était ce type ? A quoi jouait-il ? Elle devait libérer la ligne au plus vite.

— Les gens sont punis pour leurs péchés, ajouta-t-il.

— Et comment ?

Le cœur battant à grands coups sourds, elle leva les yeux vers Melanie, qui secoua la tête. John avait dû lui soumettre une tout autre question quand elle l'avait pris en ligne afin de filtrer les appels.

— Vous verrez bien, dit-il.

Samantha fit signe à Melanie, espérant qu'elle allait comprendre qu'il fallait mettre un terme à cette conversation. Tout de suite. C'était ce type qui lui avait laissé le message sur son répondeur, elle en était presque certaine.

— Je vais peut-être devoir me repentir…

— Bien sûr que vous allez vous repentir. Une confession, Samantha. La confession de minuit.

Seigneur ! C'était bien lui !

— Je vais y réfléchir avec soin.

— Ce serait une bonne chose, Samantha. Car Dieu sait ce que vous avez fait. Et moi aussi, je le sais.

— Ce que j'ai fait ?

— Exactement, espèce de salope. Nous savons tous les…

Samantha coupa net la communication. Du coin de l'œil, elle entrevit Melanie, de l'autre côté de la vitre, qui lui désignait l'horloge à grands gestes. Il ne lui restait plus que vingt secondes pour conclure l'émission. Les voyants des appels téléphoniques clignotaient furieusement.

— Ce sera tout pour ce soir, déclara Samantha à l'antenne, tout en essayant de se reprendre et de se rappeler la formule par laquelle elle refermait invariablement son émission.

Son cœur tambourinait. Elle appuya sur le bouton qui lançait le générique de fin, le *Midnight Confession* des Grass Roots. Elle laissa passer les premières mesures, puis le volume diminua.

— Un dernier mot du Dr Samantha… Prenez soin de vous, habitants de La Nouvelle-Orléans. Bonne nuit à tous, et que Dieu vous bénisse. Quels que soient vos ennuis du jour, pensez qu'il y aura toujours un lendemain... Faites de beaux rêves...

Elle lança une série de publicités, avant de détourner son micro d'un geste brusque et de faire rouler sa chaise vers l'arrière. Arrachant son casque, elle saisit ses béquilles, se leva et sortit en claudiquant de la cabine. Elle était en état d'hyperventilation, ou peu s'en fallait.

— Comment ce malade a-t-il pu se retrouver à l'antenne? demanda-t-elle à Melanie lorsqu'elles furent dans le couloir.

— Il a menti, voilà comment! s'exclama Melanie, sur la défensive, le visage en feu. Mais où est Tiny, bon sang? Il lui reste moins de cinq minutes pour lancer l'émission suivante, *Extinction des feux*!

Du regard, elle fouillait fébrilement le couloir.

— Oublie donc Tiny. Dis-moi plutôt ce qui s'est passé avec l'autre fou.

— Mais je ne sais pas, moi! rétorqua Melanie en levant les mains avec exaspération. Il... il m'a eue. Il m'a dit qu'il avait un commentaire à livrer au sujet de... du paradis et du paradis perdu... Bon, d'accord, j'ai merdé. Vas-y, crucifie-moi!

Samantha était furieuse. Terrifiée. Et les mots qu'avait choisis Melanie la firent tressaillir.

— Evitons les références bibliques, veux-tu?

— C'est terminé, maintenant. Et cela ne se reproduira plus. J'ai dit que j'étais désolée.

— Tu t'es fait avoir. Tu es censée filtrer les appels et...

Samantha laissa sa phrase en suspens, mesurant à quel point elle était injuste de se défouler ainsi sur son assistante. Elle inspira profondément en tâchant de se calmer.

— ... et moi, reprit-elle, je réagis de manière excessive.

— Amen... euh... excuse-moi. Voilà que je refais dans le « biblique ».

Avec ses doigts, Melanie traça des guillemets dans l'air et, malgré sa peur et sa colère, Samantha ne put s'empêcher de sourire.

— Oublie ça.

— Je vais essayer.

Dans l'immédiat, Melanie semblait surtout inquiète de trouver

Tiny. Remontant le couloir étroit, elle passa la tête dans toutes les pièces dont les portes n'étaient pas fermées à clé.

— Il ferait mieux de se montrer…

— Paradis ! s'exclama Samantha.

Elle venait soudain de comprendre le sens des mots que leur correspondant anonyme avait donnés à Melanie. Elle se laissa aller contre une des portes vitrées de la discothèque dans laquelle étaient rangés les vieux disques vinyle, le trésor sacré de Ramblin' Rob.

— Il ne parlait pas d'un paradis romantique… c'était une allusion au *Paradis perdu* de Milton.

— Hein ?

— Le type qui vient de nous appeler, il faisait référence au poème de Milton… A Satan qui se fait chasser du paradis.

Melanie s'arrêta net.

— Tu crois ? demanda-t-elle en haussant les sourcils. Tu penses qu'il est branché littérature classique ?

Elle semblait plus que sceptique.

— J'en suis certaine, affirma Samantha. Il n'y est question que de péché, de rédemption et de châtiment.

Elle n'aimait pas le tour que prenaient ses pensées. Elle fixa son assistante, qui se tenait plus loin dans le couloir, et décida de jouer franc-jeu.

— Ce n'est pas la première fois que j'ai affaire à lui. A mon retour du Mexique, j'ai trouvé un message sur mon répondeur.

— Quoi ? s'exclama Melanie, qui semblait avoir soudain oublié Tiny. Mais… je pensais que tu étais sur liste rouge.

— C'est le cas. Mais il y a mille façons de trouver un numéro sans annuaire. Un peu de savoir-faire informatique, par exemple, et on rentre dans des ordinateurs, on y récupère des fichiers, toutes sortes d'informations comme les numéros de cartes de crédit, ceux de Sécurité sociale ou de permis de conduire. Pour quelqu'un qui s'y connaît un peu, ça ne doit pas être sorcier de récupérer un numéro de téléphone.

— De même qu'il n'est pas sorcier de berner la personne censée filtrer les appels, marmonna Melanie, dont le regard s'assombrit. Je suis vraiment désolée, Samantha. Il m'a eue.

Elle rejeta ses cheveux derrière ses épaules et ajouta :

— Donc, tu as ton cinglé attitré... Je sais que le mot « cinglé » n'est pas très politiquement correct, mais j'ai l'impression qu'il est sérieusement atteint.

— C'est ma spécialité, non ? Je suis psy...

Des bruits de pas se rapprochèrent, et Tiny déboucha dans cette partie du couloir, manquant percuter Melanie.

— Hé, fais attention ! s'exclama-t-elle en le foudroyant d'un de ses regards assassins. Il ne nous reste que deux minutes avant *Extinction des feux*. Où étais-tu, bon sang ?

— J'étais sorti.

— Je te rappelle que l'enregistrement devrait déjà être prêt à partir.

— Ne t'inquiète pas, lança Tiny par-dessus son épaule.

Son manteau était humide de pluie, et tandis qu'il gagnait la cabine que Melanie venait de quitter, il laissa dans son sillage une odeur de cigarette.

— J'ai la situation en main.

— Tu vas me rendre cardiaque.

— Pourquoi ? Ce n'est pas toi qui diriges la radio.

— Je sais, mais...

— Laisse tomber, Melanie. Je t'ai dit qu'il n'y avait pas de souci.

Tiny lui jeta un coup d'œil peu amène. Melanie, toujours prompte à se mettre en colère, ouvrit la bouche pour répliquer, avant de se raviser.

— C'est bon, vas-y.

Pour Samantha, c'était le signal du départ. Elle était fatiguée, physiquement et nerveusement, et sa cheville commençait à la lancer.

— Je vous vois demain tous les deux, dit-elle, avant de se diriger vers le grand bureau ouvert.

Là, elle récupéra son imperméable, son nouveau sac à main, et elle s'engagea dans le labyrinthe des couloirs de WSLJ pour rejoindre les ascenseurs. Alors que la cabine descendait, elle éprouva une bouffée d'angoisse. Le vieux bâtiment lui paraissait soudain menaçant, avec le dédale de ses couloirs et son odeur d'humidité omniprésente.

« Ça suffit ! » se dit-elle quand la cabine s'arrêta au rez-de-chaussée.

Son imagination lui jouait des tours.

Elle ouvrit la porte de l'immeuble avec sa carte magnétique, avant de sortir dans la nuit humide. L'air était lourd et moite, collant. Chaud, oppressant. Quelques voitures circulaient dans les rues étroites sur lesquelles pesait l'odeur du Mississippi ; les lumières des réverbères se reflétaient sur le feuillage des palmiers de Jackson Square. Il y avait encore un peu de monde, dehors, et ce fut plus fort qu'elle : elle se demanda si parmi eux ne se trouvait pas son « cinglé attitré », comme avait dit Melanie, cet homme dont la voix calme lui avait glacé le sang.

Plutôt que d'essayer de marcher avec son fichu plâtre jusqu'au parking, qui se trouvait quelques pâtés de maisons plus loin, elle héla un taxi. Et durant le court trajet, elle scruta les piétons, toujours présents dans les rues, quelle que soit l'heure.

« Un des habitants de cette ville semble avoir un compte à régler avec toi, se dit-elle. Un compte personnel. » Pourquoi ? Pourquoi voulait-il qu'elle se repente ? Qui était-il ? Et, plus important, dans quelle mesure était-il dangereux ?

Elle se laissa aller contre le dossier de la banquette et se prit à espérer que c'était terminé. Qui sait ? Maintenant que son correspondant, John, avait fini par entrer en contact avec elle, il allait peut-être la laisser tranquille.

Pourtant, alors que les rues sombres défilaient derrière la vitre, elle pensa à la photo qu'on lui avait envoyée, avec les yeux découpés, et elle eut la certitude absolue que cela ne faisait que commencer.

3.

De lourds nuages, assombris par la nuit, masquaient la lune. Il tombait une pluie battante, et les assauts du vent formaient des moutons d'écume à la surface d'ordinaire unie du lac Pontchartrain. Un vrai grain d'été. Les voiles gonflées, le bateau de pêche de Ty Wheeler roulait et tanguait furieusement sur l'eau presque noire. Mais il s'efforçait d'ignorer ce temps exécrable, tout autant que la certitude qu'il s'était engagé dans une mission impossible — qu'il se trouvait au mauvais endroit à la mauvaise heure. Il aurait dû affaler les voiles et se rabattre sur ce fichu moteur, mais il ne lui faisait pas confiance ; et quelque part, il aimait provoquer le destin.

Telles que les choses lui apparaissaient, c'était la chance de sa vie, et il comptait bien la saisir !

Solidement campé sur le pont, qui dansait, il se tenait à la barre et regardait dans ses jumelles, les plus puissantes qu'il avait pu trouver. Il les régla sur l'arrière de la vieille maison de style plantation qu'occupait à présent Samantha Leeds.

Le Dr Samantha Leeds. Docteur en psychologie, avec assez de références pour lui laisser le droit de délivrer toutes sortes de conseils sur les ondes. Peu importaient les dégâts que cela pouvait occasionner.

Les mâchoires serrées, il entrevit du mouvement derrière les rideaux légers. Et il l'aperçut. Ses doigts se crispèrent sur les jumelles détrempées tandis qu'il la suivait du regard. Elle se déplaçait avec une drôle de démarche.

Il consulta sa montre. 3 h 15 du matin.

Si les photos publicitaires qu'il avait vues d'elle rendaient justice à sa beauté, elle était encore plus belle avec ses cheveux roux en bataille et sa petite tenue, une chemise de nuit boutonnée jusqu'au cou dont le bas effleurait ses longues cuisses bronzées. Elle arpentait en claudiquant une pièce éclairée par des lampes Tiffany et décorée de meubles anciens — probablement des antiquités. Il s'attarda sur le plâtre qui lui enserrait le pied gauche et une bonne moitié du mollet. Il avait aussi entendu parler de ça. Un accident de bateau.

Les lèvres serrées, il maintenait la barre avec sa cuisse. Il sentait la pluie se glisser sous le col de sa parka. Malgré le vent qui lui avait enlevé sa capuche et lui rabattait des cheveux sur les yeux, il gardait les puissantes jumelles braquées sur la maison nichée au milieu des chênes verts. La mousse espagnole accrochée aux branches se balançait sous les bourrasques. La pluie ruisselait dans les gouttières. Un animal — il lui sembla qu'il s'agissait d'un chat — passa en filant sur le carré de lumière que projetait une fenêtre sur le sol. L'animal disparut rapidement dans les buissons détrempés qui flanquaient la véranda.

Ty se concentra sur l'intérieur de la maison, à travers les fenêtres. Pendant une seconde, il perdit de vue Samantha, avant de la retrouver, qui se penchait pour ramasser sa béquille. La chemise de nuit se souleva et lui livra un aperçu d'une culotte en dentelle et de petites fesses bien fermes.

Son ventre se serra. Crispant un peu plus les dents, il ignora sa réaction très masculine, de la même façon qu'il restait indifférent à la pluie qui le cinglait.

Pas question de penser à elle en tant que femme.

Il avait besoin d'elle. Il allait lui mentir. L'utiliser. Et voilà tout.

Mais Dieu qu'elle était belle ! Ces jambes…

Soudain, elle se redressa, comme si elle se sentait observée.

Elle se tourna et gagna la fenêtre pour regarder au-dehors. En la voyant ainsi, sans le moindre maquillage, les cheveux ébouriffés comme si elle sortait du lit, il retint son souffle. Elle plissa les yeux. Pouvait-elle apercevoir la silhouette du bateau, et lui-même à la barre ? Etrangement, comme si elle captait ses pensées, elle croisa son regard. Il eut l'impression que ses yeux méfiants le transperçaient…

Impossible !

Elle était trop loin. Et la nuit était aussi noire que l'encre.

Il ne devait pas laisser son imagination prendre le pas sur sa raison et lui jouer des tours.

Il était peu probable qu'elle puisse voir les feux de position du bateau ou ses voiles blanches ; et elle avait tout aussi peu de chances de distinguer la silhouette d'un homme sur l'embarcation. Sans jumelles, il lui était tout simplement impossible de discerner ses traits, de le reconnaître. Quant à deviner ce qu'il pensait, ses intentions…

Il avait tout le temps pour une confrontation — et pour le tissu de mensonges qu'il allait devoir tisser afin d'obtenir ce qu'il désirait. L'espace d'une fraction de seconde, il éprouva la morsure du remords. Mais il ne pouvait pas se permettre ce luxe. Il s'était engagé. Un point, c'est tout.

Dans les jumelles, il la vit qui levait les mains pour fermer ses rideaux, et elle disparut.

Dommage… Elle n'était pas désagréable à regarder. Loin de là.

Cela risquait de poser des problèmes, du reste.

Selon Ty, le Dr Samantha Leeds était beaucoup trop jolie pour son propre bien.

— Tu es certaine que ça va, alors ? s'enquit David pour une énième fois en l'espace de dix minutes.

L'écouteur de son téléphone sans fil collé à l'oreille, Samantha marcha jusqu'à la fenêtre de sa chambre et contempla le spectacle lugubre qu'offrait l'extérieur en cet après-midi. Le lac Pontchartrain était d'un gris sombre, avec une eau aussi agitée que les nuages qui filaient dans le ciel.

— Oui, ça va, je t'assure.

Elle regrettait à présent de lui avoir parlé de l'homme qui avait appelé pendant son émission ; mais quand David lui avait téléphoné, elle s'était dit qu'il le découvrirait, de toute façon, bien assez tôt. Il s'agissait d'une affaire publique, qui dépasserait inévitablement les limites de La Nouvelle-Orléans.

— Je me suis adressée à la police et j'ai fait changer tous les verrous de la maison. Ça ira, ne t'inquiète pas.

— Ça ne me plaît pas, Samantha. Tu devrais peut-être voir là un… un avertissement, un signe qu'il est temps de donner une nouvelle direction à ta vie.

— Un signe ? répéta Samantha en scrutant le lac. Comme si Dieu essayait de s'adresser à moi, c'est ça ? Une espèce de buisson ardent…

— Tu n'as pas besoin d'être sarcastique ! coupa David.

— Tu as raison, excuse-moi. C'est que je suis un peu nerveuse, en ce moment. J'ai mal dormi.

— J'imagine.

Et encore n'avait-elle pas fait mention du bateau. Elle était en effet certaine d'avoir aperçu un voilier qui dérivait à proximité de son ponton. Il lui semblait bien avoir vu les feux de position, la silhouette de grandes voiles et celle d'un homme qui se dessinait sur l'une d'elles. A moins que son imagination ne se soit emballée et lui ait joué des tours.

— Où es-tu ? demanda-t-elle.

Tout en parlant, elle se pencha sur la table de chevet et récupéra une aiguille à tricoter dans le petit meuble, un des objets personnels qu'elle avait hérités de sa mère. Non sans culpabilité, elle glissa l'aiguille entre le plâtre et sa jambe pour se gratter. Son médecin la tuerait, s'il savait — mais elle ne verrait sans doute jamais plus le vieux bonhomme qui s'était occupé d'elle à Mazatlán.

— Je suis à San Antonio, et c'est le déluge, expliqua David. Je me tiens à la fenêtre de ma chambre d'hôtel, qui donne sur le River Walk, et j'ai l'impression d'avoir un mur d'eau devant moi. Je ne peux même pas apercevoir les restaurants de l'autre côté de la rivière. On dirait que le ciel s'est ouvert.

Il soupira et, pendant une seconde, la communication fut coupée, avant de revenir.

— … dommage que tu ne sois pas là, Samantha. Il y a un Jacuzzi et une cheminée dans la chambre. On pourrait passer un bon moment.

Ou le pire des moments. Samantha se rappela le Mexique. La façon dont David l'avait étouffée. Leurs affrontements. Il lui avait dit une fois de plus son désir de la voir revenir s'installer à Houston ; et comme elle refusait, il lui avait offert une facette inédite de sa personnalité.

Son visage avait viré à l'écarlate et une petite veine s'était mise à palpiter au-dessus d'un de ses sourcils. Les poings serrés, il lui avait dit qu'elle était une idiote de ne pas accepter son offre. A cet instant précis, elle avait compris qu'elle ne l'accepterait jamais.

— Je pensais avoir été claire sur mes sentiments, dit-elle en suivant du regard une goutte de pluie qui coulait en zigzaguant sur la vitre.

Elle posa l'aiguille à tricoter sur le bureau.

— Tu aurais pu changer d'avis.

— Ça n'est pas le cas. Ça ne marchera pas, David. Je sais que ça va te paraître cliché, mais j'ai pensé que toi et moi, nous pourrions…

— … être juste amis, c'est ça?

— Le « juste » n'était pas indispensable. Ce n'est pas rien, l'amitié.

— Sauf que je ressens autre chose pour toi.

Samantha imagina son visage sérieux tandis qu'il prononçait ces mots. C'était un bel homme. A l'allure soignée. Athlétique. Assez séduisant pour jouer les mannequins quand il était à la fac — il y avait d'ailleurs un press-book pour le prouver. Il attirait les femmes… et Samantha avait été attirée, ou du moins l'avait-elle cru. Durant les deux ans qu'avait duré leur liaison, il avait peu à peu perdu de son éclat; et elle n'était jamais vraiment tombée amoureuse. Il n'avait pourtant rien de particulier à se reprocher — en tout cas, rien qu'elle puisse nommer. Il était beau, intelligent, il avait le bon âge, et son poste au sein des Regal Hotels lui assurait la possibilité de devenir plusieurs fois millionnaire. Mais, entre eux, cela n'avait pas fonctionné, tout simplement.

— Je suis désolée, David.

— Vraiment? répliqua-t-il d'un ton mordant.

David Ross n'aimait pas perdre.

— Oui.

Et elle était sincère. Jamais il n'avait été dans ses intentions de le mener en bateau; elle s'était montrée prudente afin d'être sûre, cette fois.

— Dans ces conditions, j'imagine que tu ne veux pas que je t'accompagne à cette soirée de bienfaisance dont tu m'as parlé ?

— La vente aux enchères du Boucher Center ?

Elle grimaça en se rappelant qu'elle avait évoqué l'événement plusieurs mois auparavant.

— Non, il est préférable que j'y aille seule.

Il ne réagit pas, comme s'il espérait qu'elle changerait d'avis. Ce qu'elle ne fit pas. La tension qui s'installa sur la ligne devint presque palpable.

— Très bien, dit-il enfin. Je pense qu'il n'y a rien à ajouter. Prends soin de toi, Samantha.

— Toi aussi.

Elle éprouva un léger serrement de cœur. Et tandis qu'elle raccrochait, elle songea que c'était une bonne chose. C'était terminé, et voilà tout.

Toutes ses amies pensaient qu'elle était folle de ne pas l'épouser. A commencer par Corky, sa copine de toujours.

— Ferré comme il l'était, lui avait-elle confié un mois plus tôt, devant une bisque de homard, moi, j'aurais donné un bon coup sur la ligne et je l'aurais ramené dans mon épuisette.

Ses yeux s'étaient mis à pétiller malicieusement, brillant autant que les trois bagues à son annulaire droit — des trophées de ses précédents mariages et relations.

— Je ne saisis pas pourquoi tu es aussi nerveuse à propos de tout ça.

— J'ai déjà été mariée. Tu sais ce qu'on dit : « Chien échaudé craint l'eau froide… »

— Ça n'est pas plutôt « chat échaudé » ?

Corky avait rajouté des croûtons de pain dans sa bisque, tout en suivant du regard, par les fenêtres du restaurant, une barge transportant du gravier qui passait sur le Mississippi.

— C'est pareil.

— Le problème, c'est que jamais tu ne retrouveras quelqu'un comme David.

— Je te le laisse, si tu en veux.

— Je le prendrais bien. Mais c'est de toi qu'il est amoureux.

— Il est surtout amoureux de lui-même.

— Tu es bien sévère, Samantha. Attends donc ton retour du Mexique, et nous en reparlerons.

Corky avait accompagné sa remarque d'un sourire entendu. Comme si le sable chaud, un soleil encore plus chaud et — c'était implicite — une sexualité torride pouvaient changer les sentiments de Samantha. Il n'en avait rien été. Le sable était chaud, certes, le soleil aussi, mais la sexualité avait été inexistante. Cela venait d'elle, pas de David. Elle n'était pas amoureuse : là était le nœud du problème. Pour tout dire, il l'exaspérait à plus d'un titre. Enfant unique, étudiant brillant, David était habitué à ce que tout se déroule comme il l'entendait. Et il voulait que les choses soient toujours parfaites.

Avec lui, la vie devait être simple, sans complication — ce qui, bien sûr, n'était presque jamais le cas.

— Tous les hommes ne sont pas à l'image de Jeremy Leeds, avait encore dit Corky, dont le nez s'était plissé à l'évocation de l'ancien mari de Samantha.

— Dieu merci.

De la main, Corky avait demandé un autre verre de chardonnay au serveur, tandis que Samantha faisait tourner sa cuillère dans sa soupe en repoussant toutes les images de son ancien mari.

— Tu es peut-être encore amoureuse de lui…

— De Jeremy ?

Samantha avait écarquillé les yeux.

— Sois sérieuse !

— Surmonter ce genre de rejet n'a rien d'évident…

— Je sais. N'oublie pas que je suis psychologue.

— Mais…

— Le problème de Jeremy, c'est qu'il tombe trop facilement amoureux de ses étudiantes.

— D'accord, d'accord, admettons que ce soit de l'histoire ancienne, avait admis Corky en évacuant la question d'un geste de la main. Mais qu'est-ce qui ne colle pas avec David ? Il est trop séduisant ?

Samantha avait juste secoué la tête.

— Non ? C'est un trop bon parti, alors : jamais marié, donc sans enfants ni ex-femme.

De nouveau, Samantha avait juste secoué la tête.

— Oh, je sais ! s'était exclamée Corky. Il est trop riche… ou trop ambitieux. Il a une trop belle situation. Qu'est-ce qu'il est déjà ? Directeur général des Regal Hotels ?

— Directeur général *et* directeur des ventes pour tout l'est des Etats-Unis.

Se laissant aller contre le dossier de sa chaise, Corky avait levé les mains en signe de capitulation.

— J'y suis ! Cet homme est trop parfait.

« Certainement pas », avait pensé Samantha. Mais si Corky et elle étaient amies depuis le CE1, elles avaient toujours eu des avis différents concernant les hommes, la séduction et le mariage. Ce déjeuner n'y avait rien changé — et le voyage à Mexico avait définitivement convaincu Samantha : David Ross n'était pas l'homme de sa vie. Ce qui était aussi bien. Elle n'avait pas besoin d'un homme dans son existence, en tout cas pas en ce moment.

A travers les vitres embuées, elle scruta encore le lac. Ce lac où, au beau milieu de la nuit, il lui avait semblé apercevoir un homme sur le pont de son voilier, des jumelles braquées sur la maison. Rien que ça ! Sa propre sottise lui arracha une grimace.

Avec Charon à sa suite, elle gagna en boitant la salle de bains. Elle enveloppa son plâtre dans un sac en plastique, pria qu'on la débarrasse au plus vite de ce fichu truc, puis se glissa dans la cabine de douche. Elle pensa à David, à l'homme du voilier, sur le lac, à la voix séduisante au téléphone et à la photo aux yeux découpés.

Frissonnante, elle tourna le robinet d'eau chaude et, fermant les yeux, laissa le jet brûlant tomber sur elle.

4.

— Mais qu'est-ce qui s'est passé, hier soir ?

La voix tremblante de colère, Eleanor suivait Samantha à travers « l'aorte », dans les locaux de WSLJ. Elle attendait une explication.

— Vous avez entendu parler du coup de fil ? demanda Samantha.

Elle laissa son parapluie trempé dans un coin du bureau ouvert, avant de poser ses béquilles par-dessus.

— Si j'en ai entendu parler ? Mais toute cette fichue ville est au courant ! Cela s'est passé à la radio et en direct, vous vous rappelez ? Qui était-ce ? Et comment est-il passé à travers le filtrage ?

— Il a réussi à tromper la vigilance de Melanie. Le sujet de l'émission était les vacances, il lui a parlé du paradis et…

— Je sais tout ça ! coupa Eleanor, les lèvres pincées, tandis que Samantha ôtait son imperméable. J'ai la bande. Je l'ai écoutée une bonne demi-douzaine de fois. Ce que je vous demande, ajouta-t-elle en pointant un index accusateur sur Samantha, c'est si vous connaissez ce type et si vous avez une idée de ce qu'il veut !

— Non aux deux questions.

— Je suis certaine que vous ne me dites pas tout. Est-ce que cela a un rapport avec votre accident au Mexique ?

— Je ne pense pas.

— Avec votre ex-mari, alors ? Je me souviens de lui, à l'époque où nous travaillions ensemble à Houston…

— Je ne crois pas que Jeremy perdrait son temps avec des blagues téléphoniques. Il jugerait cela indigne de lui.

— Mais il habite toujours ici, à La Nouvelle-Orléans, n'est-ce pas ? Il a eu cette chaire, à Tulane…

— Laissez tomber cette piste, Eleanor, d'accord ? Jeremy s'est remarié, et notre histoire est désormais de l'histoire ancienne, très ancienne.

— Soit, mais quelqu'un a appelé, et j'entends bien savoir qui. Ce n'est pas faute d'avoir demandé qu'on installe un système d'identification des gens qui téléphonent. Je l'ai proposé, mais vous connaissez George — il est d'un radin...

Samantha sourit avec un brin de cynisme.

— Avec un peu de chance, John va rappeler.

Eleanor continua de la poursuivre jusque dans la cuisine, où le café passait et où flottait une odeur persistante de chili, lointain souvenir d'un déjeuner. La pièce était très fonctionnelle. Il y avait en tout et pour tout trois tables rondes, des chaises ici et là, un micro-ondes et un réfrigérateur. Si cette cuisine avait eu un jour de l'éclat, il avait été depuis longtemps enseveli sous le Formica, le vinyle et la peinture blanche. Le seul témoignage du charme originel de l'endroit se trouvait peut-être dans les portes-fenêtres au cadre en fer ouvragé, qui donnaient à une époque sur un petit balcon couvert, six étages au-dessus de la rue. A présent, les portes-fenêtres étaient fermées et verrouillées.

Samantha clopina jusqu'à la machine à café et se servit une tasse.

— On vous l'enlève quand, votre plâtre ? demanda Eleanor, qui semblait avoir recouvré son calme.

Samantha la servit, dans son mug favori sur lequel on pouvait lire : « J'*entends* bien ce que vous dites, mais je n'y *crois* tout simplement pas ! »

Samantha n'avait évidemment pas la naïveté de croire que le sujet du coup de fil de la veille avait été abandonné. Ce n'était pas le genre de sa patronne. Lorsque quelque chose la contrariait, Eleanor était comme un pittbull avec un os entre les crocs. Elle ne le lâchait pas.

— Je devrais en être débarrassée demain, répondit Samantha en levant sa jambe plâtrée. Du moins, si j'arrive à convaincre le médecin que je m'en tirerai mieux sans ces deux kilos et demi supplémentaires à traîner. J'ai rendez-vous avec mon orthopédiste à 11 heures.

— Bien.

Eleanor prit une chaise et fit signe à Samantha de s'asseoir.

— Il faut que vous sachiez que la radio a été noyée de coups de téléphone et d'e-mails, après le passage de ce cinglé. Un vrai siège! Les auditeurs n'ont pas cessé d'appeler de la journée.

Ses yeux sombres étincelaient tandis qu'elle fermait ses longs doigts sur le mug en porcelaine ébréchée.

— George devient fou.

— Je m'en serais doutée, murmura Samantha.

Grand, brun et séduisant, George était né avec une cuillère en argent dans la bouche. Ses seules préoccupations, dans la vie, étaient les résultats financiers de ses entreprises et la hantise de perdre ne fût-ce qu'un dollar. Il était prêt à tout pour augmenter le taux d'audience. Samantha avait assez peu de considération pour le personnage.

Elle souffla sur son café.

— Autant que je sois honnête avec vous..., commença-t-elle, tout en se demandant si elle n'allait pas commettre une grosse erreur.

— Qu'est-ce que vous voulez dire?

— L'homme, celui d'hier, ce n'était pas la première fois qu'il me contactait.

— Je vous écoute...

Eleanor avait oublié son café. Ses yeux étaient rivés sur ceux de Samantha.

— Il m'a laissé un message sur mon répondeur. Je pensais que Melanie vous en avait parlé.

— Elle n'est pas encore arrivée.

— Il y a ce message, et puis aussi une lettre, avec une photo publicitaire... arrangée.

— Quelle lettre?

Samantha donna de rapides explications à sa patronne, dont l'expression se modifia. En entendant parler des yeux découpés de la photo, elle se pencha en avant, sur la table, et saisit les poignets de Samantha.

— Dites-moi que vous avez prévenu la police!

— Mais oui, ne vous inquiétez pas.

— C'est mon travail de m'inquiéter. Et qu'est-ce qu'ils ont dit ?

— Qu'ils viendraient patrouiller un peu plus souvent dans mon quartier.

Eleanor plissa les yeux.

— Ils ne sont pas venus chez vous ?

— Pas encore.

— Pourquoi ça ?

— Je n'ai pas été beaucoup chez moi...

— Seigneur !

Eleanor soupira lourdement. Ses sourcils épilés avec soin se rejoignirent.

— La police de Cambrai n'ayant aucune compétence ici, à La Nouvelle-Orléans, vous allez me faire le plaisir de vous traîner jusqu'à mon bureau et de leur téléphoner pour leur expliquer ce qui s'est passé ici. Car si vous ne le faites pas, je m'en chargerai.

— Je vais m'en occuper.

— J'espère bien ! Et sitôt que vous aurez fini votre café.

— Je pensais appeler demain..., dit Samantha.

— Pourquoi attendre ?

— J'aimerais voir si ce détraqué se manifeste ce soir. Je préfère être certaine qu'il ne s'agit pas d'une histoire sans suite.

— Quand j'entends ce qui s'est passé chez vous, j'en doute.

— Vous avez dit vous-même que la station était inondée d'appels. Cela signifie aussi probablement une audience plus importante. Est-ce que ça n'est pas justement ce qu'il cherche — un public ?

Eleanor tapota sur sa tasse avec son ongle.

— Certes... Mais je pense vraiment que vous jouez avec le feu.

— Possible. Je reconnais qu'il m'a fait peur. Malgré tout, j'ai envie de découvrir ce qu'il a dans la tête. Jusque-là, ses menaces ont été assez vagues. J'aimerais comprendre.

Samantha termina son café d'une gorgée, avant d'ajouter :

— Et je suis certaine que mes auditeurs aussi.

— Je ne sais pas si...

— Ecoutez, si je reçois un nouvel appel, je vous jure d'aller voir la police de La Nouvelle-Orléans.

Samantha leva deux doigts à la manière des scouts.

— Vous me le promettez? insista sa directrice.

— Croix de bois, croix de fer, si je mens je vais en enfer.

— Ne dites pas ça! Quoi qu'il en soit, reprit Eleanor en tapant de l'index sur le Formica de la table, ça ne me plaît pas. Mais alors pas du tout.

— Qu'est-ce qui ne vous plaît pas? demanda une voix grave.

Ramblin' Bob venait d'apparaître, habillé comme s'il était sur le point d'aller rassembler un troupeau de bétail. Il sentait la fumée, la pluie, et le bord de son Stetson dégouttait d'eau.

— Samantha a l'intention de prendre l'antenne ce soir sans avoir parlé à la police de son cinglé.

Bob grimaça un sourire.

— Je suis surpris que les flics ne t'aient pas appelée, déclara-t-il en posant une main sur l'épaule de Samantha. Vu le nombre d'e-mails reçus, c'est à croire que la moitié de cette fichue ville écoutait l'émission.

— La police a d'autres soucis.

— Bon, ça suffit maintenant, dit Eleanor en consultant sa montre. J'ai une réunion dans dix minutes. Promettez-moi juste d'être prudente.

— Je le suis toujours.

Eleanor leva les yeux au ciel.

— C'est ça, et moi, je suis Cléopâtre, reine d'Egypte! Je suis sérieuse, Samantha. Ne jouez pas avec ce type. Il est peut-être dangereux. Imaginez qu'il soit drogué, déséquilibré… Je vous en prie, allez-y doucement, ajouta-t-elle en tendant les mains de façon expressive.

— Vous semblez trop souvent oublier que je suis psychologue. J'ai l'habitude de ce genre de situation.

— D'accord, d'accord, marmonna Eleanor, tout en quittant la cuisine.

— Elle a raison, ma belle, dit Bob en s'asseyant.

Il souleva le bord de son chapeau et transperça Samantha de ses yeux bleus, des yeux qui en avaient vu d'autres.

— Ne fais pas de bêtises.

— Je ferai de mon mieux, cow-boy, répliqua Samantha, un rien moqueuse. Vraiment.

Le ton était léger, mais elle avait bel et bien l'intention de jouer la carte de la prudence avec son auditeur mystérieux, si jamais il rappelait. Au moindre élément laissant penser qu'il était dangereux, elle contacterait la police. Sans plus attendre.

Alors qu'elle suivait les couloirs de la station, une tasse de café à la main, les bureaux lui parurent plus sombres que d'ordinaire. Les ombres, dans les coins, semblaient plus profondes, les couloirs plus tortueux. C'était évidemment stupide ; le vieux bâtiment situé au cœur de la ville n'avait pas changé. Mais, contrairement à ce qu'elle avait laissé entendre à Eleanor, elle était fébrile. La nuit et la journée avaient pourtant été calmes. Peu après son retour chez elle, dans la nuit, elle avait bien cru entendre du bruit, dehors, mais quand elle s'était aventurée sous la véranda, à l'arrière, elle n'avait rien vu d'anormal à travers le rideau de pluie ; et il n'y avait rien d'autre à entendre que le sifflement du vent et le tintement des carillons à vent. Plus tard, elle avait scruté les eaux agitées du lac, à la recherche du bateau, avant de fermer les rideaux et d'oublier tout cela.

Pourquoi était-elle aussi nerveuse ?

D'autant qu'ici elle n'était pas seule. Melanie était là, qui s'occupait du téléphone ; Tiny n'était pas loin non plus, pour s'assurer que tout fonctionnait bien et que les programmes de la nuit, préenregistrés, étaient prêts à partir.

La routine, en somme.

« A ceci près qu'il y a en ville quelqu'un qui cherche à te faire peur.

» Et qui y parvient.

» Et pas qu'un peu… »

Tendue, l'estomac noué, elle ferma la porte de la cabine insonorisée et s'installa derrière son micro.

Eleanor et George avaient raison, songea-t-elle tandis que les premières notes de son générique s'échappaient des haut-parleurs installés au-dessus de son pupitre. Ces dernières vingt-quatre heures, la radio avait reçu comme jamais appels téléphoniques et courriers électroniques. La conversation entre le Dr Samantha et « John », la veille, avait suscité un regain d'intérêt pour *Les Confessions de minuit*.

— Bonsoir, La Nouvelle-Orléans, et bienvenue...

Elle commença l'émission avec sa formule habituelle. Puis, tout en sachant qu'elle jouait avec le feu, elle ajouta :

— J'ai pensé que nous pourrions reprendre là où nous en étions quand nous nous sommes quittés hier soir. Un auditeur m'a appelée et il a soulevé les thèmes du pardon, du repentir, du péché...

Ses doigts tremblaient légèrement tandis qu'elle se penchait un peu plus vers le micro.

— Je me suis dit qu'il serait intéressant d'explorer cette voie. Je sais que vous êtes nombreux à nous écouter, ce soir, et j'aimerais savoir ce que le mot « péché » signifie pour vous.

Le voyant de la première ligne téléphonique clignotait déjà. Les lignes 2 et 3 suivirent presque aussitôt. Elle allait en entendre parler, après l'émission : Eleanor lui reprocherait de chercher les ennuis. Mais, en dépit de ses mains moites et des battements sourds de son cœur, elle voulait avoir de nouveau John en ligne. Pour aller plus loin, tâcher d'en découvrir plus sur lui. Qui était-il ? Pourquoi l'avait-il appelée ? C'était forcément lui qui avait laissé le message sur le répondeur et avait envoyé la photo aux yeux découpés. Quelles étaient ses motivations ? Pour quelle raison cherchait-il à lui faire peur ?

Sur l'écran de son ordinateur, elle vit qu'elle avait Sarah sur la ligne 1 et Tom sur la 2. Marcy était sur la 3. Elle les prit à l'antenne. D'autres suivirent. La Nouvelle-Orléans avait très envie de parler du péché, de la rédemption, de citer des versets de la Bible et de donner des avis, parfois véhéments. Deux hommes prénommés John appelèrent — mais aucun n'était celui de la veille. Les heures passèrent, au fil desquelles Samantha sentit monter en elle un sentiment partagé, entre soulagement et déception.

Il restait toutefois l'émission du lendemain.

— Prenez soin de vous, habitants de La Nouvelle-Orléans. Bonne nuit à tous, et que Dieu vous bénisse. Quels que soient vos ennuis du jour, pensez qu'il y aura toujours un lendemain… Faites de beaux rêves…

Tandis que son générique passait, elle ôta son casque et pressa le bouton pour lancer la publicité. Elle rejoignit Melanie dans le couloir.

— On dirait que mon cinglé n'a pas ressenti le besoin d'appeler, ce soir.

— Déçue ? demanda Melanie.

— J'aurais bien aimé savoir ce qu'il avait en tête.

— C'est peut-être terminé. Il a eu ce qu'il voulait hier soir et il a laissé tomber… Il est allé voir ailleurs.

— Peut-être…

Samantha n'était pas convaincue. En vérité, si stupide que cela puisse paraître, elle avait le sentiment que l'inconnu jouait avec elle. Il l'écoutait, ce soir, il savait qu'elle espérait son appel ; mais il était resté muet, essayant une nouvelle tactique pour l'effrayer.

— Oublie-le. Avec ton sujet, ce soir, tu l'as pour ainsi dire supplié de téléphoner. Je pense que ça ne l'intéresse plus.

— Ou bien il a décidé de se montrer prudent. Il doit penser que j'ai déjà contacté la police — et qu'on risque de l'identifier.

Melanie étouffa un bâillement.

— Il est aussi possible que tu ne sois pas aussi importante que tu le penses, à ses yeux.

Comme si elle était agacée, elle ajouta :

— Ça n'est peut-être rien d'autre qu'un gamin à la voix grave qui s'amuse à faire des blagues téléphoniques.

Pour Samantha, rien n'était moins sûr.

— Tu t'attendais vraiment à ce qu'il appelle, hein ? demanda Melanie alors qu'elles gagnaient le vestiaire.

Tiny les croisa en courant.

— Oui, je le pensais, avoua-t-elle.

— Et tu l'espérais, n'est-ce pas ? Tu en avais envie ?

En avait-elle envie ? Cette idée n'avait rien d'agréable.

— J'étais simplement persuadée qu'il allait téléphoner et que cela me permettrait de comprendre, ou du moins d'essayer de comprendre où il voulait en venir, hier.

Une pensée s'imposa à elle tandis qu'elle se laissait aller sur une de ses béquilles.

— Mais quand tu m'as remplacée, durant mon séjour au Mexique, il ne t'aurait pas appelée, par hasard ?

— Moi ? s'exclama Melanie avec un rire qui sonnait faux. Pas du tout. Il est rien que pour toi, celui-là.

— Peut-être.

— Samantha ? fit la voix de Tiny, au bout du couloir. Tu as un appel sur la 2. Il dit qu'il s'appelle John.

Elle se figea.

— Quoi ?

— Tu as un ap…

— Oui, oui, j'ai compris.

Elle vit volte-face et revint en boitillant vers la cabine technique de Melanie, plongée dans l'obscurité. Le voyant de la ligne clignotait.

— C'est ton gars, chuchota Tiny, bien que personne ne pût l'entendre tant que Samantha n'avait pas décroché.

— Débrouille-toi pour tout enregistrer.

Tiny hocha la tête et remit en marche la bande d'enregistrement de l'émission. Samantha se coiffa du casque de Melanie, avant de se pencher vers la console pour presser le bouton de la ligne téléphonique.

— Dr Samantha, à l'appareil.

— C'est John.

Il était essoufflé, et posé en même temps — comme s'il essayait de faire croire à un calme qu'il n'éprouvait pas.

— *Ton* John. Je sais que tu attendais mon appel, mais j'étais occupé.

— Qui êtes-vous ?

— Il ne s'agit pas de moi ! répliqua-t-il d'un ton soudain cassant.

— Bien sûr que si. Qu'est-ce que vous voulez ?

Il ne répondit pas tout de suite.

— J'ai pensé que tu aimerais savoir que ce qui s'est passé est entièrement ta faute. La tienne.

Un froid oppressant l'envahit.

— Que… que s'est-il passé ?

— Tu le sauras.

Clic.

Il avait raccroché.

— Qu'est-ce que je dois savoir ? demanda-t-elle encore.

Mais la communication avait été coupée.

— Merde !

Elle arracha le casque et fixa la console, avec l'espoir qu'un voyant allait se remettre à clignoter. Il n'en fut rien. Les lignes téléphoniques restèrent désespérément muettes. En fait, la pièce semblait étrangement sombre, silencieuse ; et quand elle leva les yeux et regarda à travers la paroi vitrée, vers la cabine où elle travaillait, elle vit son propre reflet, mais aussi les images translucides de Tiny et Melanie sur le verre — les fantômes qui peuplaient le bâtiment vide.

— C'était lui ? demanda Melanie dans un souffle.

— Oui.

— Tu devrais appeler quelqu'un, conseilla Tiny.

Tout en frottant son menton mal rasé, il fixait la console.

— La police ?

— Non… enfin, pas encore, dit-il en secouant la tête. Je pensais à Eleanor ou à M. Hannah.

— Je ne me risquerais pas à réveiller George…

George Hannah, le propriétaire de la radio, n'aimait pas que l'on fasse des vagues. Un appel en pleine nuit ne serait pas du tout de son goût.

— Il faut tout de même prévenir quelqu'un — que quelqu'un sache ce qui se passe.

— Oh, mais quelqu'un sait, répondit Samantha en songeant à la voix caressante sans visage.

Lui savait à quoi elle ressemblait. Où elle habitait. Quel était son métier. Et il savait comment la joindre. Il avait un avantage certain sur elle, qui jusqu'à présent ignorait tout de lui.

Absolument tout.

5.

— Ça y est, on en a une autre.

L'inspecteur Reuben Montoya se tenait à la porte du bureau de Rick Bentz, dans le vieux bâtiment qui abritait le commissariat. Les cheveux noirs du jeune policier luisaient comme les plumes d'un corbeau ; le petit bouc qui ornait son menton était net et bien rasé, et ses dents blanches étincelaient quand il parlait. A son oreille, un anneau en or accrochait la lumière bleuâtre vacillante des néons du plafond.

— Une autre ?

Bentz jeta un coup d'œil à l'horloge. 3 h 15 du matin. Il était de service depuis 19 heures et s'apprêtait à lever le camp. Derrière lui, un ventilateur brassait l'air chaud que la climatisation n'avait pas réussi à rafraîchir.

— Une pute assassinée.

La nuque de Bentz se raidit.

— Où ça ?

— Du côté de Toulouse Street et de Decatur Street. Pas très loin de Jackson Brewery, le centre commercial.

— Merde, lâcha Bentz en faisant rouler son fauteuil vers l'arrière.

— C'est sa colocataire qui l'a trouvée en rentrant.

— Tu as appelé le légiste ? demanda Bentz, qui récupérait déjà sa veste.

— Il est en route.

— La colocataire, elle n'a pas touché trop de trucs sur place ?

— Elle a juste crié assez fort pour réveiller tous les habitants de l'immeuble. Le concierge jure qu'il a fermé la porte et tenu les gens à distance.

Bentz fronça les sourcils.

— C'est Brinkman qui suit cette affaire. Tu devrais peut-être l'appeler.

— Il est en vacances. Et puis c'est une tête de nœud. Vous, vous avez l'expérience pour ce genre de truc.

— C'est vieux, ça, souligna Bentz.

— Pas si vieux. Et le fait que vous ne travailliez pas officiellement sur les affaires criminelles, ici, n'a aucune espèce d'importance, d'accord? Alors, vous en êtes, ou pas?

— J'arrive.

Quand Bentz franchit la porte du bureau, la torpeur qu'il avait sentie le gagner lentement, une demi-heure plus tôt, disparut sous la poussée de l'adrénaline. Ils traversèrent une salle peuplée de bureaux vétustes, descendirent un escalier métallique couvert d'un vieux linoléum, et ils se retrouvèrent dans la rue. La voiture banalisée de Montoya était arrêtée en stationnement interdit. Bentz ne s'interrogeait pas sur les éventuelles conséquences de ce qui était en train de se passer. Brinkman serait évidemment furieux — pour ne pas changer. Quant à Melinda Jaskiel, qui dirigeait la criminelle, elle avait plus ou moins donné carte blanche à Bentz.

Malgré ce qui avait pu se passer à Los Angeles.

Si jamais elle n'était pas contente de le voir prendre les choses en main, elle pouvait toujours lui retirer l'affaire et abréger le séjour de Fred Brinkman à Disneyland. Bentz avait toujours pensé qu'il valait mieux demander l'approbation plutôt que la permission. Ce qui lui avait valu plus d'une fois de se retrouver dans de sérieux ennuis.

Il monta dans la voiture alors que Montoya démarrait. S'il était le cadet de Bentz de presque vingt ans, Montoya avait gagné ses galons au mérite, en franchissant les barrières du racisme, de la pauvreté et des préjugés pour se retrouver à vingt-huit ans inspecteur au sein de la police de La Nouvelle-Orléans. Il rêvait de travailler à la criminelle, et il avait fait ce qu'il fallait pour y arriver.

Malgré la nuit et la pluie, il conduisait dans les rues de la ville comme sur le circuit de Daytona. Tout en négociant ses virages, il trouva même le moyen de glisser une cigarette entre ses lèvres et de l'allumer. Une brume persistante s'accrochait comme un voile aux vieux immeubles et se mêlait à la vapeur que rejetaient les bouches d'égouts.

Au bout de quelques minutes, la voiture s'arrêta dans un dérapage contrôlé devant le bâtiment. En descendant, Montoya laissa tomber sa cigarette dans la rue, où des policiers en uniforme tenaient une petite foule de curieux à distance. Un ruban jaune et noir délimitait le périmètre de sécurité. Deux camionnettes de télévision se trouvaient déjà là, et Bentz s'emporta.

— Bon sang ! Ça aiderait, s'ils pouvaient nous laisser deux heures pour faire notre boulot avant de rappliquer comme des chacals...

Un micro apparut brusquement devant lui, mais avant que le reporter ait pu poser sa question, Bentz lâcha :

— Pas de commentaire.

Et, avec Montoya, il gravit deux à deux les marches du perron, jusqu'à une porte coincée contre une épicerie-restaurant. Un autre policier en uniforme les fit entrer.

— Deuxième étage, dit-il simplement.

Montoya s'engagea le premier dans l'escalier. Des relents de marijuana, d'humidité et d'encens flottaient sur le palier du deuxième étage. Les habitants étaient sortis dans le couloir exigu. Ils bavardaient, fumaient et jetaient de fréquents coups d'œil vers l'appartement 3F.

Montoya montra son insigne au policier qui gardait la porte, même s'il les connaissait tous les deux. Ça l'« excitait », aimait-il à répéter. Bentz, lui, avait depuis longtemps renoncé à l'ivresse de l'autorité. S'il avait appris quelque chose, à Los Angeles, c'était bien l'humilité. Un flic apprenait plus par la finesse que par l'intimidation. Mais à l'âge de Montoya, Bentz voyait les choses autrement.

Avant d'entrer, il se tint à la porte et jeta un coup d'œil dans la petite pièce. Son estomac se retourna. Comme chaque fois qu'il se trouvait sur une scène de crime, il sentit la bile monter ; mais jamais il n'aurait avoué ça à qui que ce soit. L'impression disparut dès qu'il endossa son rôle d'inspecteur. Cela sentait le vieux café et le sang ; la puanteur de la mort, même récente, était déjà là. Il entendit une conversation étouffée par-dessus une radio qui passait de la musique, un morceau instrumental.

— J'aimerais parler à la colocataire, dit-il sans s'adresser à quelqu'un en particulier.

— Elle est dans l'appartement voisin — le 3E. Elle est plutôt choquée.

Le policier en uniforme, Mike O'Keefe, désigna une porte à la peinture écaillée, ouverte. Dans l'entrebâillement, Bentz aperçut une jeune femme, pâle et mince, presque maigre, avec une vilaine peau et des poches sous les yeux. Il ne restait plus grand-chose de son maquillage ; son mascara avait coulé et marqué ses yeux de cercles noirs. Une tasse de café à la main, elle fumait et semblait terrifiée. Bentz ne pouvait pas lui en vouloir.

— Vous la gardez là, dit-il. Je la verrai tout à l'heure.

— Vous êtes chargé de l'affaire ? interrogea O'Keefe.

— Jusqu'à ce que quelqu'un en décide autrement.

Malgré son évidente curiosité, O'Keefe n'en demanda pas plus.

Prenant soin de ne rien déranger, Bentz longea une kitchenette où une cafetière de verre était à moitié remplie du café de la veille, avec des miettes du grille-pain répandues sur le comptoir qui n'avait pas dû voir une éponge depuis un moment. De la vaisselle ébréchée s'empilait dans l'évier. Il y avait des toiles d'araignées près du plafonnier.

La pièce à vivre était petite, presque entièrement occupée par un grand lit poussé dans un coin. C'était là, sur les draps froissés, que la victime était étendue, vêtue d'un body noir. Ses yeux vitreux étaient ouverts sur le plafond, où les pales d'un ventilateur tournaient au ralenti. Blanche, peu maquillée, des cheveux bruns coupés court, elle devait avoir une trentaine d'années. Elle avait le cou contusionné, avec de minuscules entailles où le sang avait perlé — comme si elle avait été garrottée par une corde d'un genre spécial. Du fil barbelé ou un de ces colliers de chiens pour sado-maso qu'on aurait retourné. Les jambes grandes ouvertes, elle avait les mains jointes, les doigts croisés, comme si elle priait. L'assassin avait pris le temps de soigner sa mise en scène.

La gorge de Bentz se serra.

— On a une idée de l'heure de la mort ?

— A première vue, un peu après minuit. Le légiste nous en dira plus.

— Comment s'appelle-t-elle ?

— Rosa Gillette.

— Et il n'y a qu'un lit pour sa colocataire et elle ?

— Elles utilisent juste l'endroit pour leurs passes. Rosa et deux amies. La troisième — une certaine Cindy Sweet, qui se fait aussi appeler Sweet Sin — n'a pas encore été localisée. Elles n'ont pas de mac, elles travaillent en indépendantes.

— Regardez ça.

Montoya désignait une petite table, et le billet de cent dollars qui s'y trouvait, coincé sous une bougie. Etrange, pensa Bentz. Etrange que ni la colocataire ni l'assassin ne l'aient récupéré. C'est alors qu'il remarqua qu'on avait noirci au feutre les yeux de Benjamin Franklin. Cela, il l'avait déjà vu. Son estomac se noua un peu plus.

— Ça vous dit quelque chose ? demanda Montoya, les yeux brillants.

Bentz hocha la tête. Oui, cela lui rappelait furieusement un autre meurtre. La victime, une prostituée, avait été étranglée avec un garrot d'un genre particulier, qui lui mordait le cou en laissant un motif très semblable à celui-ci.

— Il y a quelques semaines. Cette pute dans le quartier français. Cherie quelque chose…

— Cherie Bellechamps.

— Ouais, c'est ça.

Une affaire bizarre. La fille était serveuse et mère de famille le jour, et prostituée la nuit ; elle était aussi en procès avec son ex-mari, qui avait obtenu par défaut la garde de leur fille.

— Merde, lâcha Bentz dans un souffle.

Il en avait assez vu.

— Faites attention à ce que rien ne soit dérangé jusqu'à l'arrivée des techniciens. Allons causer avec la colocataire, maintenant.

Alors qu'il traversait le couloir, le légiste et l'équipe des techniciens arrivèrent dans l'escalier et rejoignirent l'appartement 3F. A côté, Bentz se présenta à la jeune femme, frêle et tendue, sur ses gardes. Elle s'appelait Denise LeBlanc ; et dès qu'elle eut obtenu l'assurance que les policiers ne l'embarqueraient pas, elle admit qu'elle revenait à l'appartement après avoir effectué une passe du côté de Garden District, quand elle avait trouvé Rosa sur le lit. Visiblement morte. Elle avait commencé à crier, et le concierge, Marvin Cooper, un métis costaud au crâne rasé qui n'avait presque plus de dents, avait pris les choses en mains. Il avait verrouillé la porte et appelé le 911. Marvin, qui était l'occupant du 3E, était à moitié assis sur le petit meuble de la salle de bains en alcôve, ses gros bras musclés croisés sur un T-shirt noir. Denise fumait des cigarettes à la chaîne et tenait le coup grâce à des tasses de café coupé de whisky.

— Je sais que c'est dur, lui dit Bentz tandis qu'elle allumait une énième cigarette, la précédente fumant encore dans le cendrier plein.

— C'est flippant, vous voulez dire. Superflippant.

Les yeux grands ouverts, Denise avait les mains qui tremblaient.

— Vous avez remarqué si quelque chose avait disparu ?

— Comment vous voulez que je sache ? Je suis entrée et… et j'ai vu… Oh, merde…

Elle laissa tomber sa tête entre ses mains et se mit à sangloter.

— C'était une brave fille, Rosa… Elle rêvait d'ouvrir sa propre affaire… Mon Dieu…

Bentz laissa passer un instant, puis demanda :

— Est-ce qu'on a pris ou dérangé des objets ?

— Dérangé ? Mais c'est le type qui a fait ça, qui est dérangé !

Elle se remit à sangloter, et Bentz eut toutes les peines du monde à la calmer.

— Je veux juste découvrir le coupable. Et pour ça, j'ai besoin de votre aide.

— Elle est terrifiée, remarqua Marvin d'un ton bourru.

Il s'assit sur le canapé à côté de Denise, qui se pelotonna sous un de ses bras musclés.

— Il y a le billet de cent dollars, sous la lampe de chevet…, ajouta-t-il. Je me suis précipité ici, quand Denise s'est mise à crier, et j'ai vu ce billet, avec les yeux noircis au feutre. Celui qui a fait ça, il est pas net, c'est moi qui vous le dis.

— Autre chose qui aurait attiré votre attention ? demanda Bentz. Vous avez vu le corps...

— Ouais.

Il se mordilla les lèvres, tout en tapotant machinalement l'épaule de Denise.

— J'ai vu ce que ce malade lui a fait. Il lui a laissé les jambes bien écartés et... bon sang!

— Vous avez remarqué d'autres détails bizarres ?

— Mais tout est bizarre, mec! Tout!

Cette discussion ne menait nulle part, décida Bentz.

— Et l'autre colocataire, Cindy, où est-elle? demanda-t-il à Denise.

— Je ne sais pas. Rosa et elle se sont disputées, il y a une ou deux semaines. Cindy s'est cassée. Depuis, je ne l'ai plus revue.

— Elle n'a pas appelé ?

— Non. Et elle n'a pas payé sa part du loyer, d'ailleurs. Bon débarras! C'était vraiment une chieuse.

Bentz posa encore quelques questions, sans rien apprendre de nouveau.

Dans les grandes lignes, l'histoire de Marvin recoupait celle de Denise. Et à mesure que l'aube approchait, Montoya et Bentz interrogèrent les autres habitants de l'immeuble Riverview Appartments. Personne n'avait vu Rosa monter avec un homme ; et personne n'avait vu d'homme seul quitter les lieux. Il devait y avoir tellement d'allées et venues, ici, qu'il aurait vraiment fallu que l'assassin ait quelque chose de particulier pour qu'un des locataires le remarque.

Il faisait jour quand Bentz et Motoya prirent le chemin du commissariat. Les rues étaient déjà pleines d'hommes et de femmes en route pour le travail. Quelques nuages dérivaient dans le ciel bleu, et le soleil déversait sur la chaussée ses premiers rayons, qui rebondissaient sur les capots des nombreuses voitures. La Nouvelle-Orléans s'éveillait dans un tintamarre de coups de Klaxon, de freins et d'accélérateurs. La circulation dense obligeait Motoya à conduire d'un pied léger ; c'est à peine s'il dépassait la vitesse autorisée.

Une fois dans son bureau, Bentz se débarrassa de sa cravate et prit le temps de parcourir les dossiers des affaires en cours. Il trouva assez vite celui qu'il cherchait : Cherie Bellechamps, la prostituée assassinée quelques semaines plus tôt, dans un appartement sordide. Des détails attirèrent son attention. Elle avait été étranglée avec un objet qui lui avait laissé des marques particulières autour du cou, et son cadavre avait été disposé comme si elle priait. On avait laissé un billet de cent dollars sur la table de nuit — dans le tiroir de laquelle se trouvait un pistolet chargé. Toutes les lumières de l'appartement étaient allumées, de même que la radio. Les techniciens avaient récupéré des résidus divers, des poils et des cheveux, du sperme et des empreintes digitales. Le meurtrier de Cherie ne s'était pas inquiété de laisser des traces.

L'ancien mari, Henry Bellechamps, qui vivait de l'autre côté du lac Pontchartrain, avait été le premier suspect. Mais il avait un alibi en béton et aucun élément de preuve ne l'incriminait ; on l'avait interrogé, avant de le laisser partir. La police de Convington était censée garder un œil sur lui, et jusque-là, cette surveillance n'avait rien donné. Henry Bellechamps était soudain devenu un citoyen modèle.

Bentz passa la main sur son menton en mal de rasage et fit jouer sa tête pour dissiper un début de torticolis. Il allait devoir s'intéresser à Bellechamps, vérifier ce qu'il avait fait la veille, mais il savait déjà que le chauffeur de camion était réglo. Du moins en ce qui concernait les crimes. Quant à la troisième colocataire — Cindy Sweet —, il avait très envie d'entendre ce qu'elle avait à dire et de savoir où elle se trouvait au moment du crime.

Dans l'affaire Bellechamps, les techniciens avaient relevé des dizaines d'empreintes digitales qui avaient mené vers d'autres suspects. Tous avaient affirmé que la jeune femme était bien vivante quand ils l'avaient vue pour la dernière fois. Et tous possédaient des alibis solides pour confirmer qu'ils n'étaient pas dans l'appartement à l'heure supposée du crime. Les échantillons de poils et de sang prélevés sur eux ne correspondaient pas à ceux de l'assassin.

L'affaire s'annonçait coriace.

Bentz fixa l'écran de l'ordinateur sur lequel était affichée une photo du cadavre de Cherie. Elle avait les mains jointes, comme pour une prière — la même position que la femme assassinée cette nuit. Les meurtres étaient forcément liés. Il y avait trop de ressemblances.

Merveilleux ! songea-t-il avec aigreur tandis que le ventilateur lui soufflait de l'air chaud dans le cou. Exactement ce dont on avait besoin, ici : un tueur en série.

6.

— Avez-vous fait la connaissance du nouveau voisin ? demanda Mme Killingsworth.

Son chien, un minuscule carlin au museau écrasé et aux yeux exorbités, reniflait et creusait la terre de son parterre de fleurs.

— Arrête donc, Hannibal !

Mais l'animal l'ignora et entreprit d'effriter une motte de terre fraîchement retournée.

— Il n'écoute jamais !

La corpulente Mme Killingsworth était presque toujours occupée à travailler dans son jardin. Vêtue du bleu de son mari, elle poussait une brouette pleine de sphaigne, cette plante vivace typique des marais, vers l'arrière de sa maison, quand elle avait remarqué Samantha, qui peinait pour apporter sa poubelle sur le trottoir. Le ramassage avait lieu le lendemain.

— Quel voisin ? demanda Samantha.

— Il doit avoir trente-cinq ou quarante ans. Il a emménagé chez le vieux Swanson, c'est à environ cinq cents mètres d'ici.

De sa main gantée, Edie Killingsworth désigna un point situé plus bas dans la rue bordée de chênes.

— J'ai entendu dire qu'il avait loué la maison pour les six prochains mois.

— Vous l'avez rencontré ?

— Oui, et il mérite le coup d'œil, si vous voyez ce que je veux dire. C'est quelque chose…

Les sourcils gris d'Edie se haussèrent au-dessus de la monture métallique de ses lunettes retenues par une chaînette. Hannibal, qui avait renoncé à ses opérations de fouille, trottina pour venir s'affaler aux pieds de sa maîtresse. La langue pendante, il haletait.

Dans le ciel, le soleil brillait avec force.

— Quelque chose ? répéta machinalement Samantha.

Alors qu'elle s'essuyait les mains sur son jean, elle devina ce qui allait suivre. Elle n'avait emménagé que depuis trois mois, et pratiquement dès le premier jour, Edie Killingsworth avait fait une affaire personnelle de lui trouver un candidat au mariage.

— Oui, un croisement entre Harrison Ford, Tom Cruise et Clark Gable.

— Et on ne se l'arrache pas encore à Hollywood ? s'étonna Samantha en réprimant un sourire.

Du coin de l'œil, elle aperçut Charon, qui se glissait dans l'épaisse haie délimitant son terrain.

— Oh, mais il n'est pas acteur ! s'empressa de corriger Edie. Il est écrivain, un écrivain diablement séduisant. Avec cet irrésistible accent de l'est du Texas…

Elle fit mine de s'éventer, comme si le fait de penser à son nouveau voisin lui donnait des vapeurs.

— Si vous le dites…

— Je sais reconnaître un bel homme quand j'en vois un. Et je vous parie gros qu'il a de l'argent, en plus. Il est près de ses sous, le Milo Swanson, et il ne louerait pas à n'importe qui.

Elle secoua la tête pour donner du poids à ses propos, puis se baissa pour saisir les poignées de sa brouette.

— Toujours est-il que ce monsieur a emménagé la semaine dernière. Vous devriez aller lui souhaiter la bienvenue dans le quartier.

— Je pourrais lui préparer un gâteau. Un dessert à la gélatine, peut-être…

Edie gloussa et évacua d'un geste de la main la moquerie de Samantha.

— Je pense qu'une bouteille de vin serait préférable, dit-elle en sortant un mouchoir à carreaux. Chez Zehler, ils vendent un merveilleux pinot noir de la région de Mollala, dans l'Oregon. Croyez-moi, c'est autre chose qu'un dessert à la gélatine !

— C'est noté, dit Samantha, alors que le chien s'était redressé pour venir renifler ses chaussures.

— J'espère bien.

Edie essuya la sueur qui perlait à son front, sous les larges bords de son chapeau et, soulevant de nouveau les brancards de sa brouette, elle s'éloigna vers l'arrière de sa maison. Hannibal, la queue tirebouchonnée, la suivit en trottinant. Samantha sourit. C'était Edie Killingsworth qui était venue l'accueillir au sein du voisinage, quelques jours seulement après son arrivée. Elle lui avait apporté un plat cuisiné, une salade de fruits et une bouteille de pinot noir, le tout dans un panier de pique-nique. Elle avait aussi invité Samantha à lui rendre visite quand bon lui semblerait.

Le regard de Samantha descendit vers l'endroit où se trouvait la propriété du vieux Swanson, une bâtisse ancienne pittoresque à laquelle des travaux de rénovation n'auraient pas fait de mal. Un break Volvo était stationné dans l'allée. Sur le trottoir, à côté d'une grosse corbeille à papier, on avait laissé des caisses en carton, aplaties et pliées. Malgré sa cheville douloureuse, elle s'avança avec curiosité dans la rue, passant devant les maisons ombragées par les chênes verts et la mousse espagnole. Lorsqu'elle se trouva assez près de chez Swanson, elle porta les yeux au-delà de la bâtisse ancienne, vers le rivage. Et là, à côté du ponton, dansant sur l'eau du lac, elle découvrit un grand voilier, à deux mâts, aux voiles affaissées. Un instant, il lui sembla que c'était lui, exactement, qu'elle avait cru voir deux nuits plus tôt — ce bateau avec un homme à la barre, en pleine tempête.

Mais il faisait un noir d'encre, alors.

Elle avait les nerfs à vif.

Et les bateaux étaient nombreux, par ici — sans doute des milliers.

Même si elle en avait vraiment aperçu un, l'autre nuit, il n'y avait aucune raison pour que cela soit celui-ci en particulier. Une main en visière au-dessus des yeux, elle scruta la coque élancée. Le nom — *Bright Angel,* « Ange de lumière » — avait été tracé près de la poupe, d'une peinture qui s'écaillait. Une boîte à outils était ouverte sur le pont, comme si le propriétaire était en train de bricoler à bord. Quand il n'écrivait pas, le nouveau voisin conduisait donc une vieille Volvo et passait une partie de son temps à naviguer et à réparer son voilier.

Mme Killingsworth avait peut-être raison.

Une bouteille de vin et un dessert à la gelée… ce n'était pas une mauvaise idée.

— Je me contrefiche de ce que vous dites, ça ne me plaît pas.

George Hannah se faisait sérieusement remonter les bretelles par Eleanor quand Samantha arriva à la radio, le lendemain. Les haut-parleurs diffusaient une musique jazzy, cachés dans les vitrines éclairées au néon où étaient exposés des objets emblématiques de la Louisiane, et qui séparaient la réception des bureaux et des studios. Mais la musique ne semblait en rien apaiser Eleanor. Pas aujourd'hui. Elle jeta un coup d'œil vers Samantha et, marquant une pause dans sa semonce, elle lança :

— On vous a enlevé le plâtre ! Tant mieux. Vous vous sentez mieux ?

— J'ai l'impression d'avoir perdu cinq kilos.

Sa cheville était encore enflée et lui faisait par moments un mal de chien, mais au moins était-elle débarrassée de son plâtre. Et elle ne se servait plus que d'une béquille.

Le téléphone se mit à sonner, et Eleanor eut un grand sourire, malgré son humeur exécrable.

— Vous tombez à pic, dit-elle. J'étais en train d'expliquer à George que le scandale ne m'intéresse pas, quelle que soit l'incidence sur le taux d'audience. Ce type qui vous appelle — votre dingo —, je ne veux plus en entendre parler.

— Vous avez appris ce qui s'est passé hier soir ?

— Oui, j'ai appris. Tiny a tout enregistré.

Tout de noir vêtue, Eleanor faisait les cent pas devant le comptoir de Melba.

— Et j'ai l'impression qu'on a un problème, là. Un gros problème.

Avec son calme habituel, Melba répondait au téléphone, prenant un appel après l'autre, tandis que George Hannah, le visage grave et respectueux, écoutait Eleanor en hochant la tête comme s'il approuvait chacun de ses mots.

Melanie arriva à son tour à la radio, apportant avec elle les fragrances d'une eau de toilette coûteuse, mêlées au parfum du gobelet de café qu'elle avait acheté dehors.

— Aucun auditeur n'a entendu la conversation, dit-elle. Il a appelé *après* l'émission.

Elle but une gorgée de café et se passa la langue sur les lèvres.

— Ça n'a donc eu aucune influence sur l'audience, ajouta-t-elle.

— Peu importe !

D'un regard dictatorial, Eleanor engloba tout son petit auditoire.

— Ce qui s'est passé lors de l'émission précédente a suffisamment attiré l'attention.

— On devrait en profiter, suggéra George en glissant un coup d'œil vers Samantha.

Il lui offrit un de ses sourires éclatants. Malgré tous ses défauts — à commencer par son narcissisme et sa nature intéressée —, il était charmant.

Mais Eleanor ne voulait pas entendre parler de tout cela.

— Ecoutez, George, nous avons déjà suivi ce chemin pour le moins risqué. Vous, Samantha et moi. Je n'ai aucune envie de revivre ce qui s'est passé à Houston.

Samantha se figea, avec l'impression que tous les yeux s'étaient soudain braqués sur elle. Eleanor parut soudain embarrassée.

— C'est de l'histoire ancienne, commenta George d'un ton paisible.

Son sourire, toutefois, avait perdu de sa vigueur. Sans doute se souvenait-il de la tragédie qui, neuf ans plus tôt, avait failli détruire la carrière de Samantha.

— Il n'y a aucune raison de faire ressortir ça maintenant.

« Dieu merci », songea Samantha, qui avait retenu son souffle.

— De quoi vous parlez ? demanda Melba, juste avant que le téléphone ne sonne de nouveau. Oh, flûte !

Avec un regard las, elle décrocha.

— Je suis sérieuse, George, insista Eleanor en lui prenant le coude. Nous devons gérer cette affaire en douceur. Ce type donne l'impression d'être un vrai fou, tout droit sorti d'*Un frisson dans la nuit* ou de *Scream*. Ça n'a rien d'une plaisanterie.

— Ai-je dit que c'en était une ? répliqua le propriétaire de la radio. Je suis conscient de la gravité de la situation.

L'expression d'Eleanor était éloquente : elle n'y croyait pas une seconde. Les lèvres pincées, elle se tourna vers Samantha.

— Où en est-on avec la police ? Vous les avez appelés ? Oui ? Et qu'est-ce qu'ils ont dit ?

— Qu'ils étaient très occupés, que je devais aller au commissariat et remplir une déposition. Et qu'ils enverraient quelqu'un chez moi, demain, et...

— Demain ?

— Le fait que j'habite Cambrai, où j'ai reçu le message et la lettre, et travaille ici même à La Nouvelle-Orléans, où notre homme m'a appelée, pose un problème de compétence. Il est possible que les services du shérif soient impliqués.

— Peu m'importe qui va se charger de cette affaire ! Faites en sorte que quelqu'un s'en occupe. Seigneur ! *Demain !* Epatant... vraiment.

Eleanor tenta de se contenir, de recouvrer son calme tandis qu'elle embrassait de nouveau son petit auditoire d'un regard impérieux.

— En attendant, nous allons tous être extrêmement vigilants... Je me fais bien comprendre ?

— Là-dessus, pas de souci, chuchota Melanie en réprimant un sourire.

— Epargnez-moi vos impertinences, ma fille ! Vous allez me retrouver la trace de tous les appels qui sont arrivés ici. Assurez-vous que l'ordinateur a bien enregistré les numéros. C'est à cela que sert le service d'identification de l'appelant, non ?

— Oui... *maman*, répliqua Melanie d'un ton moqueur, comme elle l'avait fait avec Samantha la veille. Mais il n'y avait pas de numéro correspondant à cet appel — sans doute grâce à un système permettant de ne pas être identifié, justement. Je n'ai rien pu faire.

— Il est là, le problème..., marmonna Eleanor. On ne me respecte pas, ici.

— J'ai le chef de pub sur la ligne 1 pour vous, intervint Melba en s'adressant à Eleanor.

Elle tendit ensuite un petit feuillet rose à George.

— Un certain M. Seely a appelé, aussi, qui veut que vous le rappeliez. Je l'aurais dirigé sur votre boîte vocale… si nous en avions. Mai comme ce n'est pas le cas…

George haussa un sourcil sombre tandis que Melba se tournait vers Samantha.

— Et votre père a encore téléphoné, conclut-elle en lui remettant deux notes.

— Nous nous manquons beaucoup l'un à l'autre, expliqua Samantha, tout en notant que l'autre appel venait de David.

N'avait-il donc pas compris que c'était terminé, entre eux ? Son opiniâtreté aurait pu la flatter, mais ce n'était pas le cas.

La réunion impromptue se termina, et elle prit la direction de « l'aorte ». Melanie lui emboîta le pas.

— Que s'est-il passé, à Houston ? demanda-t-elle.

— C'est une longue histoire…

Samantha n'avait pas envie d'en parler, d'évoquer ce qui était arrivé à cette adolescente terrifiée qui l'avait appelée durant son émission pour lui demander des conseils, et surtout, de l'aide. Sa voix continuait de hanter ses nuits. Des souvenirs sombres dérivaient à présent au milieu de ses pensées, mais elle ne voulait pas s'appesantir ni ressasser quoi que ce soit. Affronter la douleur ou la culpabilité était au-dessus de ses forces.

— Je t'expliquerai plus tard, dit-elle.

— Tu as intérêt !

— Compris.

Mais Samantha savait que jamais elle n'évoquerait ce qui était arrivé à Houston.

Installée devant son ordinateur, elle passa en revue les mails qu'elle avait reçus. Elle s'arrêta sur l'envoi de Leanne Jaquillard, qui lui rappelait leur réunion de groupe du lendemain après-midi au Boucher Center. Elle précisait aussi que le centre était en pleine effervescence, avec l'organisation de la future vente de charité. Samantha rédigea une courte réponse pour confirmer qu'elle y serait.

Elle se rendait au centre en tant que bénévole une fois par semaine, mais avec son séjour au Mexique, cela faisait presque un mois qu'elle n'avait pas vu les adolescentes qu'elle suivait. Un groupe intéressant, avec des filles souffrant de troubles divers, issues de familles gravement dysfonctionnelles, et qui essayaient de remettre leur vie sur les rails. Elles étaient toutes aussi gentilles, perturbées et malignes que possible. Leanne ne faisait pas exception. Elle était peut-être même la plus perturbée du lot. Elevée à l'école de la rue, peu instruite, cachant une gamine apeurée sous son apparente dureté, Leanne Jaquillard était une meneuse-née. Elle était devenue naturellement chef du petit groupe, et la seule qui restait en contact avec Samantha entre leurs réunions.

L'adolescente souffrait d'un manque cruel d'affection ; en la voyant, Samantha pensait toujours à elle au même âge — à cette différence près qu'elle avait grandi au sein d'une famille aimante et aisée, à Los Angeles. Au moindre signe de problème, les parents de Samantha l'avaient recadrée, ils lui avaient parlé, bravant sa révolte et ses angoisses. Leanne n'avait pas cette chance. Pas plus que les autres filles du groupe. Samantha les considérait un peu comme ses propres filles, elle qui n'avait pas d'enfant.

Pas encore. Car elle serait mère, un jour. Avec ou sans homme. Elle se refusait à penser au temps qui filait. Après tout, elle n'avait que trente-six ans, à une époque où les femmes accouchaient bien au-delà de la quarantaine. Et pourtant… le tic-tac de son horloge biologique faisait tellement de bruit, parfois, qu'elle n'entendait plus rien d'autre.

Si son ancien mari n'avait pas voulu d'enfant, David Ross en désirait, lui. C'était d'ailleurs un de ses traits les plus attirants, une des raisons pour lesquelles elle avait continué de le voir, d'essayer à toute force de tomber amoureuse de lui.

Mais rien n'y avait fait — et rien n'y ferait jamais. David Ross n'était pas l'homme qu'il lui fallait. Ce constat s'était imposé en même temps que la pensée déprimante qu'il n'y avait sans doute aucun homme pour elle.

« Allons, Samantha, se dit-elle, cesse donc de t'apitoyer sur ton sort. Garde espoir. Tu devrais mettre à profit certains des conseils que tu dispenses si facilement sur les ondes… »

Se secouant, elle pensa qu'elle avait eu de la chance de ne pas commettre l'erreur d'épouser David. Oui, une sacrée chance…

Ty Wheeler se laissa aller contre le dossier de sa chaise, posant le talon d'une botte sur le plateau du bureau. Des glaçons fondaient lentement dans un verre, à côté de la bouteille de whisky irlandais. Son vieux chien était couché sur le tapis, assez près pour que Ty puisse gratter le berger allemand entre les oreilles en se baissant. Une vieille lampe en laiton et opaline verte, pareille à celles des banquiers de Wall Street dans les années 30, était la seule source de lumière de la maison plongée dans l'obscurité.

Ty écoutait la radio en sirotant son whisky. Il écoutait le Dr Samantha Leeds donner des conseils à ces gens esseulés qui l'appelaient en pleine nuit. « Pauvres nazes… », pensa-t-il en esquissant un rictus. Ils espéraient qu'elle allait pouvoir résoudre leurs problèmes ou, au moins, qu'ils établiraient un lien avec elle.

Il regarda vers le lac, à travers les portes-fenêtres ouvertes. On entendait le vrombissement des insectes et le clapotis de l'eau. Une brise légère soulevait les rideaux, diminuant un peu l'impression de chaleur. Mais c'était à peine si Ty s'en apercevait. Il se concentrait sur la voix féminine, basse et sexy, qui s'échappait des haut-parleurs de sa radio.

Elle parlait d'engagement et de fidélité — un des sujets favoris du public, à cette heure. Lui-même projetait d'appeler le numéro qu'elle répétait sans cesse, pour lui poser une ou deux des questions qu'il avait en tête.

— Bonsoir… qui est à l'appareil ?

Il baissa les yeux sur le bureau et le portrait publicitaire de la jeune femme. Brune, presque châtaine, un regard vert lumineux qui semblait le fixer, et une peau de porcelaine, parfaite, avec des pommettes comme les femmes rêvaient d'en avoir. Elle avait une bouche large et sensuelle, un sourire plein de fraîcheur. Elle était naturelle, comme si elle n'avait pas posé… mais la photo avait pu être retouchée sur ordinateur, avec toute la palette d'outils dont disposent les photographes professionnels.

— Linda, répondit une voix féminine.

— Bonsoir, Linda. Vous avez un commentaire, ou une question à poser ?

— Une observation.

— Je vous écoute.

Ty imagina le sourire de Samantha, avec ses dents blanches éclatantes entre ses lèvres pleines. Il vit aussi ses yeux, lumineux d'intelligence, et d'une profondeur qu'elle préférait masquer, le plus souvent. *Mais c'était bien là*. Il le sentait. Il l'entendait dans les nuances de ses mots, il le sentait dans son rire de gorge… Oui, c'était là, juste sous la surface.

De petits incidents survenaient, à l'occasion desquels elle s'exposait, bien sûr. C'était sa profession qui voulait qu'en sondant au plus profond des autres elle laisse échapper un peu d'elle-même. Mais ces moments étaient rares, à la radio ; et ce qu'elle offrait à ses auditeurs, c'était une voix compréhensive, une réelle intelligence et un esprit surprenant. Il était exceptionnel qu'elle révèle son âme.

Ce qui n'avait aucune importance. Surtout à ses yeux. Elle n'était qu'un élément de ses recherches.

— Je pense que la monogamie est un fait sociétal. Et puisque à la base nous sommes des animaux, j'estime que cette monogamie est une erreur, une idée fausse.

— Vous dites cela en raison de votre expérience personnelle, ou bien est-ce notre style de vie que vous commentez ? interrogea Samantha, aiguillonnant subtilement son auditrice.

— Les deux… je crois.

Linda s'éclaircit la gorge.

— Vous voulez bien développer ? insista Samantha.

— J'ai dit ça comme ça…

— Vraiment ? Est-ce que quelqu'un aimerait commenter l'intervention de Linda ? Linda, vous restez en ligne ?

A l'évidence, le Dr Samantha cherchait à créer un débat, une controverse qui saurait capter l'attention du public et l'amènerait à réagir. Voilà pourquoi George Hannah avait embauché la jeune femme. Ty en savait suffisamment sur Hannah pour savoir qu'il se fichait éperdument des auditeurs et de leur bien-être. Une chose, et une seule, l'intéressait : qu'ils soient assez nombreux pour attirer les annonceurs. C'était à Houston qu'il avait pris la mesure des réactions que Samantha Leeds suscitait dans le public. Il capitalisait dessus. Tout comme Eleanor Cavalier, même si elle se montrait plus subtile.

— Entendu, je ne quitte pas, dit Linda.

— Allô ? Je vous écoute.

— C'est Mandy, à l'appareil. Je pense que Linda a tout faux. La monogamie est la volonté de Dieu ; et si elle ne me croit pas, qu'elle lise donc la Bible ! Elle pourrait commencer par les dix commandements…

— Vous êtes mariée, Mandy ?

— Bien sûr. Depuis quinze ans. Carl et moi, nous sommes ensemble depuis le lycée. Nous avons trois fils. Et si nous avons connu des hauts et des bas, nous sommes restés ensemble. Nous allons à la messe tous les dimanches et…

Ty caressa machinalement la grosse tête de son chien, tout en écoutant la suite de cette conversation radiophonique.

Le Dr Samantha prit à l'antenne d'autres auditeurs, et la discussion sur la fidélité et le mariage fit rage. Ty jeta un coup d'œil vers le téléphone, un vieux modèle à cadran, d'un autre siècle, dont il avait hérité avec la maison. Il sirotait son whisky, lentement. Sur le bureau, devant lui, il y avait des dizaines de notes, des pages éparses noircies de brouillons de pensées, de faits sans lien les uns avec les autres, de questions qui tournaient encore et encore dans son esprit alors qu'il essayait de trouver des réponses, d'écrire l'histoire qu'il avait en tête depuis très, très longtemps.

Cela remontait à l'époque où il était flic, à Houston.

En équilibre sur un coin du bureau de Milo Swanson, il y avait son ordinateur portable, allumé, attendant qu'il retranscrive ses notes. Mais les mots n'étaient pas venus, ce soir. Et il savait pourquoi.

Il était bloqué — cette fichue panne de l’auteur qui vous tombait dessus sans crier gare.

Il n’y avait qu’une façon de rompre le maléfice.

Aller affronter le brave docteur face à face.

7.

— J'aimerais que vous alliez voir ce qui se passe avec Samantha Leeds, dit Melinda Jaskiel en tendant un rapport à Rick Bentz. Elle est animatrice de radio, une émission de nuit assez psy, et elle pense être victime de harcèlement.

— J'ai entendu parler d'elle, oui. Mon fils l'écoute parfois.

Bentz était assis à son bureau, mâchouillant un chewing-gum Nicorette, tout en rêvant de pouvoir allumer une cigarette. Et de boire un verre de Jack Daniel's... Oui, ce serait super. Mais il ne fallait évidemment pas y compter.

— Le Dr Samantha, comme elle se fait appeler, ne vit pas ici, à La Nouvelle-Orléans. Elle habite dans une de ces jolies maisons de Cambrai situées en bordure du lac. Elle s'est déjà adressée au commissariat de Cambrai, il y a deux jours. Ils ont eu l'amabilité de nous faxer une copie de leur rapport. Les hommes chargés de l'affaire semblent tout contents de recevoir de l'aide.

Bentz feuilleta les pages du rapport, et Melinda, croisant les bras, laissa aller sa hanche contre son bureau.

— Je préférerais que tout se passe dans la plus grande discrétion, dit-elle. Notre cliente est une quasi-célébrité, ici. Les journalistes sont déjà à fureter partout en espérant que nous avons un tueur en série en liberté. Inutile de leur donner un nouveau motif d'exciter le public.

Bentz n'essaya même pas de la contredire. Son poste ici n'était que provisoire, et il ne faisait que dépanner, à la criminelle, principalement grâce à Melinda. Ses domaines d'attribution étaient assez variés, du cambriolage à l'incendie en passant par les violences conjugales. Il n'avait pas envie de tout gâcher. Il obéirait aux ordres sans discuter. Et il approuvait à cent pour cent sa supérieure lorsqu'elle lui demandait de maintenir un couvercle sur l'histoire du Dr Samantha. La dernière chose dont ils avaient besoin, c'était de pisseurs de copie qui se mettraient à appeler le commissariat. Il y avait sans doute déjà assez de petits plaisantins parmi les auditeurs de la psy.

— Je m'en occupe, promit-il en mettant de côté le dossier Rosa Gillette.

Il avait passé ces dernières heures sur le rapport d'autopsie et les indices trouvés sur les lieux du meurtre. Elle baissa les yeux sur les notes qu'il avait prises.

— Continuez là-dessus, lui dit-elle, mais voyez aussi pour Samantha Leeds. J'ai l'impression qu'elle est tombée sur un cinglé. Je veux juste avoir l'assurance qu'il n'est pas dangereux.

— Ce sera fait, promit-il en s'efforçant d'ignorer l'écran de son ordinateur, sur lequel s'affichaient, l'une à côté de l'autre, les photos de Rosa Gillette et Cherie Bellechamps.

Melinda désigna le rapport d'autopsie.

— Je sais que vous préféreriez travailler là-dessus. Et je ne vous en blâme pas. Mais nous avons d'autres priorités. Et ils sont tout à fait capables de s'en sortir, à la criminelle.

Il haussa un sourcil qui trahissait son incrédulité ; il avait bien plus d'expérience que tous les autres hommes. Mais il garda ça pour lui. Il le devait. Parce qu'un jour, il avait commis l'irréparable.

— Brinkman devrait bientôt revenir, dit encore Melinda en le regardant par-dessus ses lunettes sans monture.

Elle était comme à son habitude vêtue d'un tailleur ; et comme toujours, elle était impeccablement coiffée et maquillée. Intelligente et futée, elle était son supérieur direct, sans pour autant faire peser sur lui le poids de la hiérarchie. Elle n'éprouvait pas non plus le besoin de lui rappeler que jamais il n'aurait obtenu son poste sans elle, ici.

— Je sais que vous êtes débordé, à bout de nerfs et sous-payé, mais entre les vacances et les maladies, nous sommes à court d'effectifs. Je comprends aussi que ça ne doit pas être agréable d'être baladé d'un service à l'autre. Mais jusqu'à votre prochain passage devant la commission, il en sera ainsi.

Elle lui offrit un de ses rares sourires et ajouta :

— De toute façon, si j'ai bonne mémoire, vous m'avez dit un jour que vous ne vouliez plus travailler sur des affaires de meurtre.

— J'ai peut-être changé d'avis.

— Je l'espère... En attendant, j'aimerais que vous alliez parler à Samantha Leeds.

Ce n'était pas un souhait; c'était un ordre.

— Montoya peut vous aider pour le travail sur le terrain.

Il hocha la tête.

— Vous me le revaudrez.

— Il me semble que vous êtes largement débiteur, non? Il est temps de rembourser.

— J'étais persuadé que c'était le passé, tout ça...

Pur mensonge de forme. Le passé avait une façon bien à lui de s'accrocher à vous, un peu comme une vilaine tache. Impossible de s'en débarrasser, quelle que soit l'énergie avec laquelle on frottait. Il devait beaucoup à Melinda : non seulement son boulot, mais aussi la vie.

Elle inclina la tête sur le côté, sans cesser de le fixer.

— Bon, écoutez... Je vais faire part aux autorités compétentes de tout le bien que je pense de vous. Cela vous fera marquer des points.

Bentz se laissa aller en arrière et la regarda en souriant.

— Et moi qui croyais que *vous* étiez les « autorités compétentes ». A entendre parler les gens, ici, j'avais fini par voir en vous une espèce de déesse.

Derrière les lunettes, les yeux scintillèrent.

— C'est bien ce que je suis. Une déesse... Toute-puissante et asexuée. Vous seriez bien inspiré de vous en souvenir.

Il la fixa avec une attention nouvelle. Sous son tailleur bleu marine se cachait un corps sain et musclé. Une belle poitrine, une taille fine mince et de longues jambes.

— Sans sexe... Là, vous y allez peut-être un peu fort.

— Prenez garde. On pourrait interpréter ces propos comme du harcèlement sexuel.

— Vous parlez! C'est *vous*, le patron.

— Oui, eh bien, ne l'oubliez pas.

Comme le téléphone se mettait à sonner, elle ajouta :

— J'attends votre rapport, dès que vous vous serez entretenu avec Mme Leeds, d'accord ?

— Ainsi que je l'ai déjà dit : « Vous me le revaudrez. »

— C'est ça, oui. Quand les poules auront des dents !

Elle quitta le bureau, et Bentz décrocha.

— Rick Bentz.

— C'est Montoya, répondit son équipier.

Et au bruit de fond, Bentz comprit que le jeune inspecteur l'appelait sur son portable, au volant de sa voiture. Sans doute à une vitesse indue.

— Devinez quoi ! J'ai reçu un coup de fil de Marvin Cooper… Vous savez, le concierge des Riverview Apartments, là où on a trouvé la dernière victime — Rosa Gillette.

— Oui…

Le fauteuil de Bentz protesta tandis qu'il se laissait de nouveau aller en arrière.

— Eh bien, il m'a expliqué que la colocataire, cette Denise, s'était renseignée au sujet du bracelet de cheville de Rosa. Elle en portait toujours un, à ce qu'il paraît — c'était un cadeau, ou je ne sais plus quoi. Je suis retourné là-bas à toute blinde, et Marvin a pu retrouver Denise, qui m'a confirmé, pour le bracelet en or…

Bentz fit rouler son fauteuil tout contre son bureau et, coinçant le combiné du téléphone entre son épaule et son oreille, il feuilleta les rapports concernant Rosa Gillette.

— Elle ne portait aucun bijou, dit-il en même temps qu'il allait chercher dans le dossier Cherie Bellechamps. Et la première non plus.

Il fixa une fois encore les deux photos affichées sur l'écran de l'ordinateur.

— Ce n'est peut-être rien, dit Montoya. Mais peut-être que si. Denise pense que la troisième pute, Cindy Sweet, a pu dépouiller Rosa. Moi je n'y crois pas.

— Notre assassin ne serait pas le premier à garder un petit souvenir de ses exploits.

Rick zooma sur les photos des deux victimes, sur les chevilles de

Rosa, puis sur les deux corps, dans leur intégralité. Rien. Aucun bijou visible. Donc, le tueur conservait des trophées. Ce qui n'était pas vraiment une surprise.

— Autre chose que je devrais savoir ? demanda Montoya. Merde !

Un violent coup de klaxon suivit son exclamation.

— Un connard, qui vient de se rabattre devant moi. Bon sang, c'est à croire que personne ne sait conduire, dans cette ville !

— Il n'y a que toi, Montoya, rien que toi. Bon, on se reparle plus tard.

Bentz fronça les sourcils en examinant le rapport que Melinda lui avait remis.

— Il faut que je sorte un moment, expliqua-t-il. Jaskiel m'a demandé personnellement de m'occuper d'une animatrice radio qui reçoit des appels menaçants.

— Comme si on n'avait que ça à faire.

— Exactement…

Il raccrocha, recracha son chewing-gum sans goût, et attrapa sa veste en caressant le rêve impossible d'une cigarette.

Samantha fit courir ses doigts sur le dos des livres qu'elle avait conservés de l'époque de la fac. Elle ne les avait pas ouverts depuis des années, mais elle les gardait dans la bibliothèque de son bureau, sur l'étagère du haut, au cas où. Elle était certaine de posséder une édition du *Paradis perdu* de Milton, souvenir d'un cours de littérature anglaise à l'université de Tulane.

— Je sais qu'il est ici, dit-elle à Charon, qui venait de sauter sur son bureau. Ah, le voilà !

Le sourire aux lèvres, elle sortit le livre relié et le fourra sous son bras.

— Viens. On va descendre au ponton se reposer un peu.

Avec le livre, une canette de Coca Light et ses lunettes de soleil, elle fourra un de ses téléphones sans fil dans un sac en toile qui contenait déjà sa serviette de bain. Puis, grimaçant à cause de la douleur à sa cheville, elle sortit et suivit l'allée en brique qui menait au lac. Le soleil brillait haut dans le ciel, déversant des rayons de lumière qui étincelaient à la surface de l'eau. Des dizaines de bateaux sillonnaient le lac, qu'ils se partageaient avec les pêcheurs et les adeptes du ski nautique.

Samantha aimait cet endroit ; elle commençait à se sentir chez elle, dans la maison. En dépit des tentatives incessantes de David pour la faire revenir à Houston, elle aimait La Nouvelle-Orléans. Elle avait vécu les six premiers mois de son installation en Louisiane dans un appartement situé près du cœur de la ville. Jusqu'à ce qu'elle trouve cette maison dont elle était tombée amoureuse malgré son histoire macabre. David, lui, avait laissé éclater sa fureur en apprenant qu'elle avait acheté cette propriété où elle comptait bien s'établir durablement, et en découvrant qu'un meurtre y avait été commis.

Une affaire résolue, se rappela-t-elle. Un crime passionnel.

Elle s'assit à la table protégée par un parasol, ouvrit sa canette et commença de feuilleter les pages dont se dégageait un parfum léger d'humidité. Elle se faisait peut-être des idées ; il était fort possible que l'appel de John n'ait rien à voir avec le poème de Milton. Pourtant, elle n'arrivait pas à écarter cette impression qu'il existait un lien, si ténu soit-il.

Des pélicans et des mouettes passaient au-dessus d'elle, et un avion fila haut dans le ciel bleu pendant que Samantha parcourait le texte. Satan et son armée y étaient précipités en Enfer et se retrouvaient dans le lac de feu.

— « Mieux vaut régner en Enfer que de régner au Ciel », lut-elle à voix haute en reprenant les mots de Satan. Eh bien, quelle citation !

Elle jeta un coup d'œil vers Charon, occupé à pourchasser un papillon qui voleta vers l'eau, hors de sa portée.

— Oui, je sais, lui dit-elle. J'ai sans doute tort, dans cette histoire.

Et tandis qu'elle continuait de feuilleter le livre, elle se demanda si elle n'avait pas mal interprété les propos de son mystérieux correspondant.

Elle s'immergea dans les mots, tout en sirotant son Coca et en profitant de la douceur du soleil. Au bourdonnement des abeilles s'ajouta celui d'une tondeuse à gazon, quelque part dans la rue, et le chien de Mme Killingsworth se mit à aboyer comme un fou, sans doute à cause d'un écureuil ou d'un gamin à vélo. Le toussotement d'un moteur mal en point ricocha à la surface de l'eau. Samantha n'y prêta pas attention. Elle poursuivit sa lecture, portée par les images que Milton avait inscrites dans des mots quelque trois cents ans plus tôt.

Le soleil était nettement descendu dans le ciel quand elle leva les yeux et vit le voilier. Pas n'importe quel voilier, celui qu'elle avait aperçu au ponton de la maison Swanson — et qu'elle pensait aussi avoir entrevu en pleine nuit. Cette fois, les voiles étaient affaissées et le bateau avançait au moteur — un moteur capricieux qui hésita se tut, avant de toussoter et de repartir poussivement.

Un homme se tenait à la barre, manœuvrant pour s'approcher du ponton. Mme Killingsworth avait dit vrai, semblait-il. Malgré la distance, Samantha put constater qu'il était athlétique, musclé et séduisant. Sa chemise ouverte, qui faseyait dans le vent, révélait un large torse tanné qui luisait au soleil. Il portait un jean coupé laissant entrevoir des jambes parfaites. Ses cheveux bruns épais s'agitaient au-dessus de son front bronzé, et des lunettes de soleil cachaient ses yeux. A ses pieds, le nez au vent, un chien était couché, un berger allemand mélangé.

Non sans difficulté, il guida son bateau vers le ponton de Samantha, jeta une amarre sur un taquet, tira et accosta. Comme s'il la connaissait. Le moteur fit entendre un ultime grondement, puis se tut.

Samantha se raidit sur sa chaise et poussa son livre sur le côté tandis qu'elle étudiait le visage anguleux aux pommettes saillantes, avec une mâchoire carrée en mal de rasage. Non, elle ne le reconnaissait pas. Il marcha sur le pont du voilier pour rejoindre le moteur et se mit à bricoler dessus. Sans même jeter un coup d'œil vers elle.

Elle se leva.

— Je peux vous aider ?

Aucune réponse. Il était trop absorbé par sa tâche.

— Hé ! appela-t-elle en s'avançant sur le ponton.

Le chien aboya, une fois, et l'homme finit par regarder par-dessus son épaule.

— Désolé, dit-il en s'arrêtant de travailler. J'ai un problème. J'ai cru que je pourrais faire ça chez moi, mais… bon sang!

Il eut un sourire contrit, avant de désigner le moteur.

— Ce fichu truc a décidé de rendre l'âme.

— Je peux vous aider?

Il la regarda. Ses yeux étaient invisibles derrière les lunettes de soleil posées sur un nez légèrement busqué.

— Vous vous y connaissez en mécanique?

— Je suis déjà montée sur un bateau.

Il réfléchit à la question, parut la jauger de nouveau.

— D'accord, montez. Mais ce n'est pas simplement le moteur. Il y a aussi la quille qui me cause des soucis. Sans parler des voiles, qui sont déchirées. Je n'aurais jamais dû sortir, aujourd'hui.

La frustration plissa son front sur lequel d'épais cheveux couleur café se laissaient malmener par le vent. Se redressant, il donna un coup sur la bôme, du plat de la main.

— Je le savais!

Pieds nus, Samantha grimpa sur le pont, incapable de réprimer une grimace quand elle porta son poids sur sa cheville blessée.

— Samantha, dit-elle. Samantha Leeds.

— Ty Wheeler. J'habite par là-bas.

Il accompagna ces mots d'un geste vague de la main, puis il s'accroupit près du moteur et tripota des fils. Au bout d'un moment, satisfait, il tira sur le démarreur. Le moteur émit un vague toussotement. Et se tut piteusement. Wheeler étouffa un juron.

— Bon, ça ne sert à rien. Ça doit être l'alimentation. J'ai besoin de passer chez moi pour prendre d'autres outils.

S'essuyant le front, il regarda le bateau.

— Il n'est pas à moi — pas encore. Je voulais l'essayer.

Il secoua la tête.

— Je comprends maintenant pourquoi il est si peu cher. *Ange de lumière*? Tu parles! C'est plutôt *La Vengeance de Satan*, oui! Si je me décide à l'acheter, je le rebaptiserai.

Samantha en eut le souffle coupé. Mais elle resta impassible et tenta de se raisonner. Elle réagissait de manière excessive. C'était une coïncidence, s'il venait de parler de Satan — une coïncidence et rien d'autre. Elle était en train de parcourir le *Paradis perdu* ? Et après ? Cela n'avait rien à voir.

Rien.

Il consulta sa montre, puis regarda le soleil déclinant.

— Cela vous gêne, si je le laisse ici ? Le temps d'aller chercher mes outils. J'habite un peu plus bas dans la rue, à cinq cents mètres.

Il baissa de nouveau les yeux sur sa montre et secoua la tête.

— Bon sang ! Je pensais vraiment pouvoir retourner à mon ponton, mais ce fichu moteur en a décidé autrement. Je ne sais même pas s'il me sera possible de revenir aujourd'hui. J'ai un rendez-vous dans une heure et ce ne sera peut-être que pour demain…

— Ça ira, assura Samantha.

Et avant qu'elle ait pu mesurer les conséquences de son accord, il sauta de son voilier et se dirigea vers la maison, suivi de son chien.

Une main en visière, elle le vit qui traversait la vaste étendue de pelouse, passait sous un des grands arbres, longeait la véranda et se dirigeait vers le portail, près de l'avant de la maison. Il n'eut pas la moindre hésitation, comme s'il était déjà venu plusieurs fois.

Mais était-ce si extraordinaire ? Il fallait bien que le portail soit d'un côté ou de l'autre de la maison. Il avait une chance sur deux de se tromper… et il avait eu de la chance, voilà tout.

Elle se rassit à table et ouvrit le livre, pour renoncer assez vite à sa lecture. Elle ne parvenait pas à se concentrer. D'autant qu'elle entendit bientôt Hannibal, qui s'était de nouveau mis à aboyer furieusement ; il lui sembla aussi percevoir, par-dessus le souffle du vent qui s'était levé, une voiture dans son allée. Refermant le livre, elle se leva. Un peu trop vite, ce qui lui valut une décharge de douleur à la cheville gauche. Elle se reprocha sa stupidité.

Le temps qu'elle atteigne la véranda, à l'arrière, elle entendit le carillon de l'entrée. Elle traversa les pièces aussi vite qu'elle put et cria :

— J'arrive !

A la porte, elle regarda dans le judas optique et découvrit un homme de grande taille, le torse imposant, vêtu d'une veste brun clair. Les mains fourrées dans les poches de son pantalon, il mâchouillait un chewing-gum. Samantha ouvrit la porte en laissant la chaîne de sécurité.

— Oui ?

— Samantha Leeds ?

— C'est moi.

— Je suis Rick Bentz, de la police de La Nouvelle-Orléans.

Il ouvrit un portefeuille noir, laissant voir un insigne et une carte d'identification professionnelle. Il la fixa de ses yeux gris pénétrants.

— Vous êtes venue faire une déposition au commissariat. C'est une visite de suivi.

Tout paraissait en ordre ; la photo qui figurait sur la carte était bien celle de l'homme qui se tenait devant elle. Samantha décrocha la chaîne et ouvrit la porte. Bentz entra. Il semblait crispé.

— Voyons ce qui s'est passé, dit-il aussitôt. On peut commencer par…

Il baissa les yeux sur son calepin.

— Par l'appel téléphonique que vous avez reçu à la radio. Et je vois la mention d'une lettre de menaces qu'on vous aurait adressée ici même, chez vous. Vous avez contacté la police de Cambrai à ce sujet.

— Il y a aussi le message que j'ai retrouvé sur mon répondeur à mon retour de vacances. Suivez-moi.

Elle le guida jusque dans le bureau, où elle lui tendit une copie de la photo mutilée et de l'enveloppe, avant de changer la cassette de son répondeur.

— Tous les originaux sont au commissariat de Cambrai, précisa-t-elle.

— Bien.

Samantha passa le message qui la hantait depuis presque une semaine.

Bentz l'écouta avec attention, tout en fixant le portrait aux yeux découpés.

— *Je sais ce que tu as fait, et tu ne vas pas t'en sortir comme ça. Il va falloir que tu paies pour tes péchés.*

Cette voix qui lui était désormais familière se répandit dans le bureau, elle se diffusa dans tous les coins, se glissant derrière les rideaux.

Elle lui mit les nerfs à vif.

— Quels péchés ? demanda Bentz.

Une lueur d'intérêt fit briller ses yeux tandis qu'il promenait son regard dans la pièce et, pensa-t-elle, évaluait sa bibliothèque et son équipement.

— Je n'en sais rien, répondit Samantha en toute honnêteté. Je n'arrive pas à comprendre.

— Et les coups de fil à la radio, ils portaient sur le même sujet — le péché ?

Le regard du policier survolait toujours le bureau, la bibliothèque, comme s'il cherchait à se faire une meilleure idée d'elle en étudiant l'endroit.

— Oui. Il… a dit qu'il s'appelait John, qu'il me connaissait et qu'il était « mon John » — ce sont les mots qu'il a employés. Lorsque je lui ai fait remarquer que j'en connaissais un certain nombre, il a insinué que j'avais eu des relations avec de nombreux hommes et il m'a traitée de… de « pute ». J'ai coupé la communication.

— Et vous avez déjà eu une aventure avec un John ?

— J'y ai réfléchi. C'est un prénom très répandu. Je me souviens de John Petri, avec qui je suis sortie au lycée, et aussi d'un autre John… Là, c'était à la fac. Mais je ne me rappelle plus son nom de famille. Et dans les deux cas, il n'y a eu que deux ou trois rendez-vous, rien de sérieux ne s'est passé. Nous étions jeunes…

— Je vois. Il a rappelé ?

— Oui. La nuit dernière. Après l'émission — mais nous l'avons enregistré. C'est Tiny, le technicien, qui a répondu. Il était en train de lancer les programmes de la nuit. Un homme a demandé à me parler. Il a dit qu'il s'appelait John, et il a même expliqué qu'il n'avait pas téléphoné pendant l'émission parce qu'il était occupé. Il a dit que ce qui s'était passé était ma faute.

— Qu'est-ce qui s'est passé ?

— Je l'ignore.

Samantha secoua la tête.

— C'était assez inquiétant. Sinistre, même. Et j'étais plutôt nerveuse. J'ai pensé que j'allais rentrer chez moi et trouver ma maison ravagée par le feu, mise à sac, ou je ne sais quoi. Mais rien n'avait bougé.

— Il s'agissait du même homme qui a laissé le message ici, vous en êtes certaine ?

— Certaine. Je précise que mon numéro est sur liste rouge.

Bentz baissa les yeux sur la photo, tout en se perchant sur un coin du bureau.

— C'est une photo publicitaire, non ? Tirée à de nombreux exemplaires, j'imagine, et largement diffusée ?

— Oui.

— Pourquoi a-t-il découpé les yeux, selon vous ?

— Pour me faire peur ! Et je peux vous assurer que c'est réussi.

— Quand vous l'avez eu en ligne, il a fait allusion à vos yeux ou à quelque chose que vous auriez vu ?

— Non… non, pas que je me rappelle.

— Il me faudra des bandes de votre émission.

— Je vous ferai envoyer ça.

— Et je vais récupérer à Cambrai l'original de l'enveloppe, de la photo et du message, sur le répondeur.

— Entendu.

— Ça ne vous dérange pas si je garde ces copies, en attendant ?

— Non.

Avec soin, il glissa la lettre, l'enveloppe et la photo dans une pochette en plastique, avant de demander à Samantha s'il pouvait jeter un coup d'œil dans la maison. Sans savoir ce qu'il cherchait, elle lui fit faire le tour, qu'ils terminèrent dans le salon alors que crépuscule commençait de tomber. Elle alluma la lampe Tiffany, près de la fenêtre ouverte par laquelle entrait le concert des criquets et des moustiques. Le policier prit place sur le canapé et elle s'installa de l'autre côté de la table basse, sur un fauteuil. Au-dessus de leurs têtes, les pales du ventilateur tournaient doucement.

— Maintenant, déclara Bentz en déposant un petit enregistreur de poche sur le plateau de verre de la table, dites-moi ce qui s'est passé. En commençant par le commencement.

— J'ai déjà raconté ça au commissariat.

— Je sais. Mais je veux l'entendre de votre bouche.

— Eh bien… d'accord.

Elle se frotta sur les genoux.

— Tout a commencé à mon retour du Mexique…

Elle lui parla de l'accident de bateau et de ses papiers perdus, de la lettre qu'elle avait reçue, du message menaçant sur son répondeur et des coups de fil à la radio. Elle mentionna aussi le fait qu'elle avait eu l'impression que quelqu'un surveillait sa maison, avant de mettre cette sensation sur le compte de la nervosité. Tout ce temps, Bentz ne cessa de prendre des notes sur un calepin, tout en enregistrant leur conversation.

— Aviez-vous déjà reçu des menaces de ce genre ?

— Rien d'aussi personnel. On n'est pas à l'abri des appels de petits plaisantins, cela fait partie du métier, mais la plupart sont filtrés. De temps à autre, quelqu'un passe à travers les mailles du filet.

— Voyez-vous quelqu'un qui pourrait vous vouloir du mal, ou simplement vous effrayer ?

— Non, répondit Samantha.

Pourtant, l'image de David lui traversa l'esprit.

— Et votre famille ?

— Je n'en ai pas beaucoup. Mon père est à la retraite, il était courtier d'assurances ; il vit à Los Angeles dans la maison où j'ai grandi. Ma mère est décédée et mon frère… il a disparu, il y a très longtemps. C'était il y a dix ans, à peu près à l'époque où ma mère est morte. Cela fait une éternité que je n'ai pas entendu parler de lui. Pour ce que j'en sais, lui aussi pourrait être mort.

Elle entremêla ses doigts et éprouva cette tristesse profonde qui l'envahissait chaque fois qu'elle pensait à Peter. Enfants, ils avaient été très proches ; adolescents, ils s'étaient peu à peu éloignés l'un de l'autre ; adultes, ils n'avaient plus rien eu en commun.

— Leurs noms ?

— Comment ? Ah, oui… Mon père s'appelle Bill… enfin, William Matheson. Mon frère s'appelle Peter William Matheson.

— L'adresse de votre père ?

Elle la lui donna, avant d'évoquer deux cousins qu'elle avait dans la baie de San Francisco, près de San Mateo, ainsi que ses amis éparpillés à travers tout le pays.

— Vous avez été mariée ?

Samantha hocha la tête.

— Oui. Il y a longtemps.

Il haussa les sourcils, l'encourageant à poursuivre.

— J'étais en première année, quand j'ai rencontré Jeremy à l'université de Tulane.

— Jeremy Leeds ?

— Le Dr Jeremy Leeds. Il était professeur. Mon professeur. Il enseignait… enfin, il enseigne la philosophie.

Quelle idiote elle avait été de tomber amoureuse de lui ! L'histoire classique d'une gamine un peu naïve qui s'entiche d'un prof non conformiste, séduisant et séducteur, doté d'un esprit brillant et d'un sourire irrésistible.

— Il est toujours là-bas, à Tulane ? demanda Bentz en levant les yeux de son calepin.

— Pour autant que je sache, oui. Nous ne nous parlons plus, Jeremy et moi. Nous n'avons pas eu d'enfant, et il s'est remarié peu après notre divorce. A part ce détail, je ne sais rien d'autre à son sujet.

— Mais vous vivez dans la même ville…, souligna Bentz.

— La Nouvelle-Orléans est une très grande ville, que j'ai d'ailleurs quittée un temps. J'ai habité à Houston.

— Vous étiez encore mariée, à ce moment-là ?

— Oui. Mais notre mariage partait à la dérive. J'ai pensé qu'il ne s'agirait que d'une séparation temporaire… Les événements en ont décidé autrement. Je suis restée là-bas. Nous nous sommes définitivement séparés.

Elle regarda vers la fenêtre. Elle ne voulait pas penser à toutes ces années.

— Vous ne vous êtes pas remariée ?

— Non.

Elle secoua la tête et se laissa aller contre le dossier de son fauteuil. Jetant un coup d'œil vers le couloir voûté qui menait dans la cuisine, elle s'avisa que Ty Wheeler était maintenant parti depuis une demi-heure. Il avait dit qu'il reviendrait peut-être ce soir même. Elle espérait qu'il avait été retardé, car elle ne savait pas trop comment expliquer sa présence au policier.

— Vous avez eu des liaisons récemment ? lui demanda ce dernier.

« Nous y voilà », pensa-t-elle, tout en réalisant soudain que c'était précisément à cause de David, pour ne pas l'impliquer, qu'elle avait hésité à appeler la police.

— Rien en ce moment. Mais j'ai eu quelques petits amis depuis ma séparation.

— Un John, par hasard ?

— Non, juste ceux dont je vous ai déjà parlé. Il y a longtemps.

Le policier prit des notes tandis que Charon arrivait de la cuisine pour entrer dans la salle à manger. Furtif comme une ombre, il se glissa sous la table et vint regarder entre les pieds d'une chaise.

— C'est votre chat ?

— Oui. Depuis maintenant trois ans.

— Et le bateau ?

Il désignait, à travers les baies vitrées ouvertes et au-delà des arbres, le ponton où était amarré le voilier de Ty Wheeler. On apercevait le mât dans le crépuscule grandissant.

— Non, c'est celui d'un ami… ou plutôt d'un voisin.

Elle expliqua ce qui s'était passé, et le policier s'arrêta bientôt d'écrire. Il la fixa avec incrédulité.

— Donc c'est un inconnu complet ?

— Eh bien, oui, mais… il a dit qu'il allait revenir ce soir, ou plus probablement demain. Il habite un peu plus loin dans la rue.

Bentz avait froncé les sourcils, creusant son front de rides profondes.

— Ecoutez, je vais vous donner un conseil, d'accord ? Verrouillez vos portes, mettez votre système d'alarme, ne sortez pas seule et ne parlez pas à des inconnus — même des voisins.

Il se passa la main dans les cheveux et les repoussa vers l'arrière. Il parut vouloir ajouter quelque chose, et peut-être la chapitrer, avant de se raviser.

— J'imagine que vous comprenez ce que je veux dire…, reprit-il seulement. Voyez-vous des gens qui pourraient vous considérer comme une ennemie ?

— *Ennemie ?* Le mot est un peu excessif, non ?

Il haussa les épaules.

— La seule personne qui me vienne à l'esprit, c'est Trish LaBelle, qui est plus une rivale qu'une ennemie. Elle travaille à WNAB, où elle anime une émission comparable à la mienne. On parle souvent d'une espèce de guerre larvée entre nous. En réalité, nous évitons juste de nous croiser lorsque nous nous trouvons au même endroit. Ce n'est donc pas vraiment ce que j'appellerais une ennemie — et je ne pense pas qu'on puisse la soupçonner de ce qui m'arrive. Cela n'aurait même pas grand sens, parce que si les coups de fil de l'inconnu m'ont effrayée, ils ont aussi augmenté mon audience. Cette histoire intrigue les auditeurs, de la même façon qu'il y a toujours du monde autour d'un immeuble en feu ou sur les lieux d'un accident, dans la rue.

— Pensez-vous que quelqu'un de la station pourrait être à l'origine de tout cela, pour essayer de doper l'audience ?

— C'est impossible ! Ce serait… ignoble de terroriser un employé pour attirer des auditeurs, non ?

— Ce n'est pas moi qui le dis, c'est vous.

— Ce n'est pas ce que je pensais. Cela me paraît simplement plus logique que de tout mettre sur le dos de Trish.

Sans faire de commentaire, le policier demanda :

— D'autres personnes sont-elles jalouses de vous ? Des gens qui convoiteraient votre place ? Ou qui auraient des motifs de rancune ?

De nouveau, elle pensa à David. Qu'est-ce que cela voulait dire ? Pourquoi ce sentiment qu'elle devait le protéger ?

— Pas que je sache. Rien de récent, en tout cas.

— Et l'homme dont la photo se trouve sur votre bureau ? demanda Bentz, comme s'il lisait dans ses pensées. Vous n'avez personne dans votre vie, si j'ai bien compris, mais j'ai remarqué ce portrait, près de votre ordinateur. Et ce n'est pas le même homme que sur la photo de remise de diplôme — votre frère, j'imagine ?

— Oui. Peter. L'autre photo est celle de David Ross, avec qui je sortais.

— Et c'est vous qui avez rompu ? Ou lui ?

— C'est moi qui ai décidé que nous ne nous verrions plus.

— Il a accepté ? demanda Bentz, sceptique.

— Il a bien été obligé.

Bentz se frotta le menton.

— Mais ça ne lui a pas plu.

— Non. Il pense… du moins, il *pensait* que nous devrions nous marier.

— Vous étiez fiancés ?

— Non.

— Il vous a offert une bague ?

Samantha sentit le feu lui monter aux joues.

— Il a essayé. A Noël. Mais… je ne pouvais pas accepter.

— Et c'est à ce moment-là que vous lui avez annoncé que c'était terminé ?

— Cela faisait déjà cinq ou six mois que nous sortions ensemble… Ensuite, tout est allé de mal en pis. J'ai fini par décider d'accepter le poste qu'on me proposait à La Nouvelle-Orléans. Quelques années plus tôt, George Hannah avait quitté Houston et la radio pour venir s'installer ici. Il a convaincu Eleanor, ma patronne, de venir travailler pour lui à WSLJ. C'est lui, encore, qui a eu l'idée de ressusciter l'émission du Dr Samantha. Elle a accepté et elle a su me persuader de les rejoindre. Je me suis dit que c'était le bon moment.

— De quitter Houston ?

— Et de revenir derrière un micro. J'avais abandonné la radio neuf ans plus tôt. A la suite d'un… incident pénible. J'ai travaillé dans un cabinet de psychologues pendant quelques années. Mais Eleanor a donc réussi à me convaincre que ma vraie place était à la radio. Le fait est que cela me manquait. J'avais l'impression d'aider les gens — beaucoup de gens.

— Cela ne vous a pas empêchée d'arrêter un moment.

— C'était sans doute une erreur. J'avais laissé un incident me déstabiliser, m'influencer. J'ai décidé de réessayer. J'avais besoin d'un changement dans ma vie, et je connaissais quelqu'un de compétent qui pouvait prendre ma place au cabinet. Mes patients seraient entre de bonnes mains.

Ce récit passait sur les raisons fondamentales qui l'avaient poussée à quitter la radio, neuf ans plus tôt ; mais elle ne voyait pas de raison valable, en cet instant, de rentrer dans les détails de cette période horrible.

— David Ross était d'accord ? demanda Bentz en prenant ses notes. Que vous reveniez à la radio ?

— Pas vraiment.

Elle se rappelait encore le choc de David quand elle lui avait annoncé sa décision. La façon dont il avait pincé les lèvres. C'était presque comme si elle le trompait.

— L'idée ne lui plaisait pas du tout, expliqua-t-elle, mais je lui ai dit que ma décision était prise. J'ai quitté Houston pour la Louisiane en octobre dernier. A Noël, il a essayé de m'offrir la bague de fiançailles ; et puis nous nous sommes de moins en moins vus. Jusqu'à ce séjour récent au Mexique. Il avait tout organisé sans me prévenir, pour me faire la surprise, et j'ai décidé d'y aller afin de vérifier une bonne fois pour toutes si j'avais commis une erreur en voulant rompre.

— Et vous aviez commis une erreur ?

— Non.

— Cela ne vous empêche pas d'avoir sa photo sur votre bureau.

Samantha soupira.

— Oui, je sais. Ce n'est pas que je ne l'aime pas... Je pense que nous ne sommes pas faits l'un pour l'autre, voilà tout.

Elle se reprit, se redressa.

— Et je ne pense pas non plus que nous soyons obligés de rentrer dans le détail de ma vie amoureuse.

— Sauf si c'est lui qui vous a appelée.

— Je vous ai dit que ça n'était pas lui, répliqua Samantha d'un ton brusque. J'aurais reconnu sa voix.

Mais Bentz n'abandonnait pas si facilement.

— Quand l'avez-vous vu pour la dernière fois ?

— Il y a environ une semaine, répondit-elle alors que Charon venait sauter sur ses genoux. Au Mexique.

— Lors de ce voyage surprise ?

— Oui. Je l'ai retrouvé à Mazatlán. Il pensait que ce serait romantique. Et de mon côté, comme je vous l'ai dit, je voulais m'assurer que je ne m'étais pas trompée.

Elle lut le doute dans les yeux du policier.

— Je vous assure, je n'avais pas de réelle certitude. A présent, je suis sûre.

— Vous ne m'aviez pas parlé de lui.

C'était une remarque, pas une question.

— Je sais. Mais il ne pouvait pas avoir laissé le message ou posté la lettre : elle a été envoyée d'ici, de La Nouvelle-Orléans. Or, il se trouvait au Mexique. Et ce n'était pas sa voix, sur la bande. Je l'aurais reconnue. Croyez-moi, inspecteur.

Bentz ne paraissait guère convaincu.

— Si je suis ici, déclara-t-il en insistant sur les mots, comme s'il s'adressait à une gamine entêtée, c'est parce que vous êtes venue faire une déposition. J'attends un minimum de coopération.

— Je coopère !

Elle était sur la défensive, s'avisa-t-elle. Cet inspecteur commençait sérieusement à l'agacer. Elle se sentait presque obligée de justifier ses actions.

— Mais vous ne me dites pas tout, répliqua-t-il d'un ton accusateur en la regardant droit dans les yeux.

— Tout simplement parce que je tiens à éviter le scandale, d'accord ? Je jouis d'une certaine notoriété, ici. Mais comme je travaille à la radio, la majorité des auditeurs ignorent à quoi je ressemble. J'aimerais continuer à profiter de ce relatif anonymat.

Il mastiqua un instant en silence son chewing-gum, hocha la tête comme s'il comprenait, et finalement il ferma son calepin, arrêta l'enregistreur et rempocha les deux.

— Je vais voir ce que je peux faire. En attendant, il me faudrait des enregistrements des appels qu'il a passés à la radio. Je vérifierai les relevés téléphoniques et je reviendrai vous voir.

Sur ces mots, il se leva.

— Merci.
— J'imagine que vous allez rester le plus discrète possible pendant quelque temps.
Elle réprima un éclat de rire.
— Ce ne serait pas évident, inspecteur. J'exerce un métier public. Et je suis impliquée dans un certain nombre d'actions caritatives. La radio participe d'ailleurs prochainement à un gros événement au Boucher Center. J'y serai. Il me serait très difficile de me terrer et de me cacher.
— Pensez-y quand même.
Elle secoua la tête.
— Arrêtez cet homme, ce sera plus simple.
— J'y compte bien. Mais en attendant…
Il baissa les yeux sur le chat, qui ronronnait de plaisir sur les genoux de Samantha.
— … vous devriez peut-être envisager de troquer votre chat contre un rottweiler ou un doberman. Un animal un peu plus féroce, vous voyez ?
— Charon peut se montrer redoutable, assura Samantha alors que le chat s'étirait et commençait à se lécher le poil, comme pour la contredire.
Le policier esquissa un sourire.
— C'est bon à savoir, marmonna-t-il.
Samantha repoussa le chat pour accompagner son visiteur jusqu'à la porte.
— Le commissariat économiserait beaucoup d'argent en utilisant des chats de gouttière plutôt que des chiens entraînés, reprit-il. Je vais rédiger un rapport là-dessus, pour le commissaire. Il se mettra en relation avec la K-9 Division, la police canine.
— Heureuse d'être utile, répliqua-t-elle sur le même ton.
Il marqua une pause sous la véranda, où l'obscurité avait encore gagné du terrain. Il ne plaisantait plus, soudain.
— Pensez à verrouiller votre porte. Vous avez peut-être affaire à un petit plaisantin, mais j'en doute. Téléphoner à une émission de radio est une chose. Envoyer ça, dit-il en soulevant le sachet en plastique contenant la publicité aux yeux découpés, en est une

autre. Ce type est un malade, et il cherche vraiment à vous faire peur. Très peur.

— Je sais.

Sitôt qu'elle eut fermé la porte derrière le policier, Samantha tourna le verrou — le nouveau verrou. Elle était heureuse de les avoir tous changés et d'avoir fait arranger un système d'alarme de fortune. Celui de la maison était vétuste, et le dépanneur de la société de sécurité avait promis d'en installer un d'ici à un ou deux mois. En attendant, elle devrait se contenter de ce qu'elle avait.

Elle pensa à tout ce qui lui était arrivé ces derniers jours et tenta de se convaincre que la personne qui cherchait à la terroriser ne lui voulait pas vraiment de mal. Mais la vérité, c'était qu'elle était morte de peur.

8.

— … et donc, mon vieux, je l'ai jamais vu.

Anisha fronça les sourcils. C'était une des six adolescentes qui s'étaient présentées à la séance. Elle était affalée dans un vieux fauteuil, les jambes croisées au niveau des chevilles. La mine sombre, elle enroulait une boucle de cheveux autour de son index.

— Je pense que je le verrai jamais.

— Tu as essayé de le contacter ?

— En prison ? demanda Anisha avec un rire trop amer pour ses quinze ans. Et pourquoi je ferais ça ? J'ai un beau-père. Le *troisième*…

La séance se poursuivit sur le même registre. Six jeunes filles tourmentées, avec chacune ses problèmes, ses colères et ses rancunes, toutes à des degrés divers, et qui tentaient de mettre de l'ordre dans leur vie.

La réunion se déroulait à l'étage d'une *shotgun house*, ces vieilles maisons tout en longueur typiques de la Louisiane, près d'Armstrong Park. Alors que le soleil avait commencé de se coucher, en ce début de soirée, il faisait chaud dans la petite pièce, même si les lattes des stores étaient à moitié ouvertes et laissaient passer le moindre souffle de vent, en même temps que la rumeur de la circulation dans Rampart Street. Malgré le ventilateur posé sur une table, dans un coin, Samantha sentait son chemisier qui lui collait dans le dos.

Les adolescentes étaient réparties au gré de plusieurs vieux fauteuils et d'un canapé. Certaines parlaient de retourner au collège, de rester chez elles ou de prendre des cours du soir ; elles étaient plusieurs à avoir déjà un enfant. Il fut aussi question du gala de bienfaisance organisé au profit du centre ; elles étaient très excitées, car on leur avait demandé d'y participer. Elles attendaient le grand jour avec impatience. Assise juste à côté de Samantha, Leanne était, quant à elle, bizarrement tranquille, taciturne, comme si elle gardait un secret. Mais peut-être s'agissait-elle de sa façon à elle de punir Samantha, qui avait été absente presque trois semaines.

— Quelque chose te tracasse? lui demanda-t-elle au cours d'une pause dans la séance. Quelque chose dont tu aimerais parler?

Leanne haussa les épaules. C'était une jolie fille à la peau de porcelaine, avec des cheveux bruns et des yeux verts. Elle jouait avec les feuilles d'une fougère en pot, affectant un désintérêt absolu.

— Elle est flippée, parce que Jay et elle, ils ont cassé! lança Renée, une grosse fille noire qui mâchouillait son chewing-gum.

— C'est pas ça! répliqua Leanne.

Elle oublia la fougère assez longtemps pour transpercer son amie d'un regard dur. Une rougeur révélatrice monta de sa nuque à ses oreilles, auxquelles étaient accrochés une bonne dizaine de bijoux en métal.

— Elle se dope de nouveau, ajouta Renée en haussant un sourcil.

— C'est vrai?

— Juste quand j'ai cassé avec Jay. Et c'est moi qui ai décidé qu'on arrête, précisa Leanne en levant le menton. Il essayait de me contrôler.

— Parce qu'il voulait plus que tu prennes de cette merde, dit Renée.

— Personne me contrôle!

— C'est ça, ouais, ironisa Renée en levant les yeux au ciel.

Samantha intervint, la main tendue.

— Ecoutons ce que Leanne a à dire.

— J'ai rien à dire, affirma l'adolescente.

Elle croisa ses bras minces sur sa poitrine et détourna les yeux de Samantha, pour mieux fusiller Renée d'un autre regard assassin.

— Toi, tu la fermes! C'est pas tes oignons, tout ça!

— Nous devrions toutes réfléchir là-dessus, intervint Samantha avant que la dispute ne dégénère. Nous en discuterons la prochaine fois. J'aimerais que vous vous interrogiez toutes sur la notion de frontières. Dans quel genre de situations laissez-vous de la liberté à vos amies ? Quand empiétez-vous dessus ? Quelles sont les conséquences ? Entendu ?

Tout en marmonnant une vague réponse, les filles se levèrent.

— Je vous vois toutes la semaine prochaine. Et si l'une de vous tombe sur Collette, qu'elle lui demande de venir.

— Collette a déménagé, dit Renée. Elle est à Tampa, maintenant.

Samantha l'ignorait. Les filles étaient pourtant supposées la tenir informée du moindre changement dans leur vie, même si, dans les faits, peu se conformaient à cette règle.

Tout en discutant entre elles, les adolescentes ramassèrent livres et sacs, avant de descendre l'escalier. Les semelles compensées de certaines claquèrent bruyamment sur le bois brut. Leanne se tenait en retrait, comme chaque fois qu'elle était en défaveur et que Renée devenait la meneuse du groupe. Celle-ci sourit à Samantha, avant d'effleurer Leanne d'un regard suffisant.

— Je la hais, cette grosse pute ! maugréa Leanne.

— Tu veux me reformuler ça ?

— Je peux pas la blairer, cette connasse !

— Ce n'est pas ce que j'attendais...

— Oui, j'avais bien compris, marmonna Leanne en récupérant son sac sur le canapé. Mais je la hais.

— Est-ce contre toi, ou contre elle, que tu es en colère ?

Leanne se dirigea vers la porte.

— J'ai pas besoin de toutes ces conneries psy !

— Et moi, je crois que si.

— Renée est une truie.

Pivotant sur ses talons, Leanne fit face à Samantha.

— Il faut toujours qu'elle aille fourrer son groin là où elle devrait pas. Comme la vieille truie de mon grand-père...

Et elle se mit à imiter les grognements d'un porc pour souligner sa pensée.

— Peut-être qu'elle essaye d'être ton amie ? suggéra Samantha.

— Amie ? Elle sait même pas ce que ça veut dire ! Vous avez vu comment elle m'a attaquée ? De toute façon, comme je l'ai dit, c'est pas ses oignons, tout ça. Ce qui se passe entre Jay et moi, ça regarde que nous.

— Tu veux en parler ?

— La séance est finie, non ?

Samantha rangea ses notes dans son porte-documents.

— On peut en discuter en chemin.

— Y a pas grand-chose à dire.

Leanne fixa son regard vert sur le bord du tapis, où l'on devinait le bois brillant du parquet sous les franges. Il y eut un long silence, suivi d'un long soupir.

— J'en ai repris, reconnut-elle.

Elle paraissait bien plus jeune que ses dix-sept ans, malgré son maquillage criard et ses vêtements trop près du corps.

— C'est juste qu'il y avait trop de pression. J'avais Marletta sur le dos et… Jay s'est mis en pétard contre moi. J'ai pensé que j'allais leur montrer, à tous les deux.

— En fumant du crack ?

— Et alors ?

Elle se dirigea vers l'escalier pour éviter d'entendre un sermon. Mais Samantha n'avait pas l'intention de lui en imposer un.

— C'est toi qui vois.

Elle la rejoignit au rez-de-chaussée, où Leanne traversa les pièces en enfilade jusqu'à la porte d'entrée. Elle l'ouvrit d'un coup d'épaule et descendit sur le trottoir, où toute la chaleur de la journée semblait s'être accumulée.

Le crépuscule s'installait, les réverbères commençaient de s'allumer et les autres filles du groupe s'étaient déjà éloignées en jacassant. Deux d'entre elles fumaient de longues cigarettes. Au premier carrefour, elles se séparèrent et partirent dans des directions différentes.

— C'était peut-être pas une superidée de reprendre de la dope, admit Leanne alors qu'elles se tenaient sous un réverbère.

Elle semblait sincère. Pour la première fois depuis presque une heure, elle regarda Samantha droit dans les yeux.

— Penses-y, lui dit Samantha. Tu as essayé de punir ta mère et ton petit copain, mais à qui as-tu vraiment fait du mal ? Qui as-tu vraiment atteint ?

Leanne roula ses yeux expressifs.

— Moi. Je sais.

Et elle sourit, un sourire dévastateur, avec des dents blanches parfaites encadrées par ses lèvres pulpeuses.

— Comment te sens-tu ?

— Ça va.

— Tu en es certaine ? insista Samantha.

Quelque chose la touchait, chez Leanne. Sous la cuirasse de son langage parfois ordurier et de son attitude de dure se cachait la plus douce des âmes — une petite fille prise au piège dans le corps d'une ado rebelle.

— Ouais, je suis sûre, ajouta-t-elle. N'empêche que je suis une foireuse de première.

Et elle se mit à rire alors qu'un groupe d'adolescents passait à leur hauteur. Il y en eut plus d'un à la fixer avec insistance. Par habitude, elle chassa ses cheveux courts de son visage et affronta le regard des garçons avec un sourire amusé et plein de défi.

— Tu n'es pas une foireuse, assura Samantha. Souviens-toi : pas de mots négatifs.

— D'accord, j'en suis pas une. Mais j'ai foutu la pagaille. Une grosse pagaille.

— Tu as fait un pas en arrière. A présent, il faut repartir de l'avant.

— Ouais, je sais, murmura Leanne.

Du regard, elle suivait les garçons. Ils s'étaient arrêtés deux rues plus loin pour se joindre à un groupe de curieux qui écoutait des musiciens installés devant le parc.

— Je te vois la semaine prochaine, alors ?

— D'accord. Pas de problème.

Avec un geste de la main, Leanne traversa en vitesse St. Peter Street, s'arrêtant au coin de rue suivant pour allumer une cigarette. C'était une fille intelligente, dont la mère, Marletta, avait été arrêtée non seulement parce qu'elle revendait de la drogue, mais aussi parce qu'elle se prostituait. Confrontée au risque de perdre ses deux enfants, elle avait adopté depuis deux ans une conduite irréprochable. Leanne avait malheureusement eu le temps d'apprendre de sa mère. A dix-sept ans, elle avait déjà un casier judiciaire, pour des affaires de drogue et de racolage. Elle avait été condamnée à des travaux d'intérêt général et devait participer à un programme de sensibilisation sur la drogue, avec des tests de routine et les séances en compagnie de Samantha.

Alors qu'elle se dirigeait vers sa voiture, elle sentit un picotement, comme si quelqu'un l'observait. Pensant qu'il s'agissait de Leanne, elle jeta un coup d'œil par-dessus son épaule, mais ne vit la jeune fille nulle part. Près de l'entrée du parc, devant l'orchestre, la foule des badauds avait grossi. Un homme, toutefois, se tenait à l'écart. Grand, les épaules carrées, il portait un blouson en cuir noir, un pantalon assorti et des lunettes de soleil malgré la pénombre qui envahissait peu à peu les rues. Il ne s'intéressait pas aux musiciens. C'était elle qu'il regardait. Fixement. Il était trop éloigné, et il faisait maintenant trop sombre pour qu'elle puisse bien distinguer ses traits. Samantha, pourtant, eut le sentiment qu'elle l'avait déjà vu ; peut-être même qu'elle le connaissait.

Elle eut la chair de poule. Puis, aussitôt, elle se dit qu'elle était ridicule ; l'inconnu avait reporté son attention sur le groupe de musiciens, avant de se fondre parmi les badauds et de disparaître.

Comme s'il n'avait jamais été là.

Ce n'était pas forcément elle qu'il regardait, mais quelque chose ou quelqu'un qui se trouvait derrière elle. Ne laissait-elle pas les événements de ces derniers jours l'atteindre plus que de raison ? Possible… Pourtant, tandis qu'elle rejoignait sa Mustang, elle eut la sensation très nette que les choses n'allaient pas s'arranger. Bien au contraire.

La soirée était chaude, comme il les aimait, avec cet air lourd et moite sur sa peau, tandis qu'il pagayait entre les cyprès pour rejoindre la minuscule cabane sur pilotis cachée dans les profondeurs du bayou. Personne ne connaissait cet endroit, et personne ne le découvrirait jamais. Il accosta et escalada l'échelle pour accéder à la véranda qui ceinturait le cabanon composé d'une seule pièce. Inspirant profondément, il s'emplit les poumons de l'air des marais, de leur odeur et du sentiment qu'il était ici libre et en sécurité. Tous ses muscles se détendirent. Il ouvrit sa braguette et urina par-dessus la balustrade. Pour soulager sa vessie, mais aussi pour faire savoir aux autres créatures de la nuit qu'il était chez lui, ici. *Chez lui*.

Il entendit les chauves-souris qui voletaient parmi les arbres, et il remonta sa fermeture Eclair, avant de pénétrer dans la cabane. Il alluma alors une lampe. Les vieux murs de bois, avec leurs planches disjointes et les trous laissés par les nœuds, rayonnèrent chaleureusement. Les moustiques vrombissaient, les lucioles dansaient à travers la porte ouverte et l'eau stagnante clapotait contre les pilotis, peuplée d'alligators et de mocassins d'eau. Ils étaient nombreux dans cette partie du bayou, et il se sentait proche de ces animaux insaisissables. Lui aussi faisait partie de cette nuit noire, de cette forêt aquatique.

Il n'y avait pas d'électricité, et la vieille cheminée avait commencé de tomber en ruine. De toute façon, jamais il n'aurait allumé de feu. La fumée aurait pu le trahir… Il restait donc dans une obscurité relative, ne s'éclairant qu'avec la lampe à pétrole. Il ouvrit l'unique placard et regarda à l'intérieur. Une araignée se réfugia dans une fente tandis qu'il y récupérait un sac en velours usé. A l'intérieur se trouvaient ses trésors, qu'il sortit avec soin, les uns après les autres. Une croix accrochée à un collier. Une fine chaîne de cheville en or. Et aussi un vieux médaillon, vestige d'une autre vie. Tout ça n'était que le commencement.

Il déposa ses reliques sur la table branlante, près de son poste de radio à piles. Il encercla le collier et le bracelet de cheville avec son rosaire, créant une sphère parfaite autour de ses souvenirs. Satisfait, il jeta un coup d'œil à sa montre, attendit quarante-cinq secondes et alluma la radio.

Elle fut avec lui, alors. Par-dessus le ululement d'une chouette et les parasites de la radio, il reconnut le générique de début de l'émission, sur lequel vint se poser sa voix, aussi claire que si elle se trouvait à côté de lui.

— Bonsoir, La Nouvelle-Orléans. C'est le Dr Samantha, prête à prendre vos appels sur WSLJ. Comme vous le savez sans doute, nous avons abordé la dernière fois des questions complexes telles que l'amour, le péché et la rédemption. Ce soir, nous allons parler du pardon…

Il réprima un sourire. Le pardon… Elle le faisait exprès, elle l'appâtait, rentrait dans son jeu. Pour qu'il l'appelle. Il visualisa son visage, tel qu'il l'avait vu quelques heures plus tôt seulement, près du parc. Elle avait dû sentir son regard, car elle s'était retournée et l'avait fixé dans le crépuscule.

Le sang s'était mis à battre furieusement dans ses veines, à ses oreilles, et il sentit un début d'érection.

— … et dites-moi ce que vous en pensez, comment le pardon — ou au contraire l'absence de pardon — a marqué votre vie. Ce pardon, est-il toujours possible ? demanda-t-elle de sa voix douce et caressante, sexy.

La voix d'une Jézabel, d'une séductrice.

D'une garce.

La sueur se mit à couler entre ses omoplates, et il se leva pour marcher, tout en se concentrant sur les mots — ses mots à elle —, qui l'atteignaient au plus intime, comme si c'était à lui, et à lui seul, qu'elle s'adressait.

— Qu'est-ce qui constitue le pardon ? Et nous est-il toujours possible de l'accorder ?

La réponse était non. Il existait des actes trop abominables pour être pardonnés, et pour eux, il n'y avait qu'une réponse possible : le châtiment. Son érection s'était accentuée, son sexe dur forçait contre sa braguette. Alors, il se caressa, imaginant que c'étaient ses mains à elle qui le touchaient. Sa bouche. Sa langue.

La voix du Dr Samantha était loin, maintenant, étouffée par les parasites de la radio et le bourdonnement dans sa tête. Mais bientôt, oui, très bientôt, Samantha Leeds allait comprendre.

Elle saurait ce qu'étaient le pardon et la punition.

L'expiation et le châtiment.

Le fait de payer pour ses péchés.

Tous.

Car il allait la faire payer.

« Sois patiente, docteur, pensa-t-il, tout en se masturbant. Ton heure arrive. Et à ce moment-là, on verra ce que tu penses du pardon.

» On entendra tes supplications. »

9.

— Ça ne me plaît pas, Samantha, déclara William Matheson.

Il l'appelait depuis son appartement de Santa Monica, mais la liaison téléphonique était parfaite, comme s'il se trouvait dans la pièce à côté, et non à plus de mille kilomètres de sa fille.

— Ça ne me plaît pas du tout, insista-t-il.

— Moi non plus, reconnut-elle en coinçant le combiné contre son épaule pour lacer ses Nike. Mais cela fait partie du métier.

— Alors, laisse tomber. Ouvre un cabinet. C'est du vent, ces histoires de radio. Non seulement ça n'apporte pas grand-chose aux gens, mais c'est dangereux.

— Je n'aurais jamais dû te raconter tout ça…

— J'aurais bien fini par le découvrir.

— Je sais. C'est pour cette raison que j'ai tenu à t'en parler moi-même.

Il laissa échapper un soupir, dans lequel elle sentit toute sa frustration. La vie n'avait pas suivi le chemin qu'il avait espéré. Que ce soit pour lui, sa femme ou ses enfants.

— Je n'aimerais pas revivre une histoire semblable à celle de Houston, reprit-il.

— Ne t'inquiète pas, dit Samantha, qui sentit sa poitrine se serrer.

— Tout avait commencé par un coup de téléphone à la radio… Je n'ai pas besoin de te le rappeler.

— Non, c'est inutile, papa. Je m'en souviens très bien.

« Comme si c'était hier », ajouta-t-elle en silence, tout en quittant le salon pour rejoindre la cuisine. Elle ne put réprimer un frisson en se remémorant l'appel angoissé d'une adolescente désespérée.

— Eh bien, garde-le à l'esprit, d'accord ? Je me fais du souci pour toi.

— Tu t'en fais assez pour nous deux… Ne t'inquiète pas. Tout le monde est extrêmement vigilant à la radio, et j'ai parlé à la police. Mais je suis à peu près certaine que notre mauvais plaisant est déjà allé voir ailleurs. Il a eu ce qu'il voulait. Maintenant, il doit être occupé à torturer des petits animaux ou faire peur aux gamins dans un jardin public !

— Ce n'est pas drôle.

— Je sais. J'essayais juste d'alléger l'atmosphère.

Il y eut une courte pause.

— J'imagine que tu n'as pas de nouvelles de Peter…

Samantha ferma les yeux. Et compta jusqu'à cinq. C'était toujours la même chose, il fallait que son père pose la question.

— Non, pas de nouvelles.

— Je m'en doutais.

« Mais tu continues de demander. Même après dix ans. »

— Tu comprendras, quand tu auras enfin tes propres enfants.

— J'imagine, oui.

C'était la suite inéluctable, l'autre refrain bien connu. Il allait lui expliquer qu'il n'était plus tout jeune, que la cousine Doreen avait déjà deux enfants et un autre sur le point de naître.

— Tu sais, Samantha, ton premier mariage ne doit pas te faire renoncer à l'institution. Ta mère et moi, nous avons été mariés vingt-quatre ans, nous avons connu des hauts et des bas, mais cela valait le coup.

— J'en suis heureuse, papa, dit-elle, même si elle ne le croyait qu'à moitié.

Il avait survécu à la disparition de son fils, à la mort de sa femme, et il se concentrait désormais sur son unique fille, qui semblait ne jamais écouter le moindre de ses conseils.

— Tu sais que je t'aime.

— Moi aussi, je t'aime, mon cœur.

— Tu sors toujours avec ta voisine, la veuve qui habite de l'autre côté du couloir ?

— Helen ? On ne peut pas dire qu'on sorte ensemble. Nous jouons au golf ou au bridge ensemble de temps à autre, c'est tout.

— Et moi, je te garantis que c'est plus sérieux que cela, pour elle.

— Tu parles en professionnelle ?

Samantha sentit, au ton de sa voix, que son père souriait. Ses inquiétudes pour sa fille étaient momentanément apaisées.

— Absolument. Et la consultation va te coûter un max !

Il se mit à rire franchement.

— Ce n'est pas gratuit pour les gens de mon âge ?

— Pas du tout — *surtout* pour les gens de ton âge. Ecoute, papa, je suis pressée. Je te rappelle, d'accord ? Très vite.

— Je compte sur toi, Samantha. Et… sois prudente, hein ?

— Je te le promets.

Samantha raccrocha. Par la fenêtre, elle regarda vers le ponton où l'*Ange de lumière* était amarré. Les voiles affalées, il se détachait sur un fond de ciel bleu. Elle se massa la nuque. Quoi qu'elle fasse, quelle que soit sa réussite, son père verrait toujours en elle sa petite fille. De la même manière, jamais il ne renoncerait pour Peter, alors que dans l'esprit de Samantha, que ce soit ou non une réalité biologique, son frère aîné était pour ainsi dire mort.

Ty se montra chez elle un peu après midi. Avec une grosse boîte à outils et une bouteille de vin.

— Pour le dérangement, dit-il en lui tendant la bouteille, sous la véranda.

Il portait encore ses lunettes, un jean coupé, et il était accompagné de son chien.

— Je n'ai pas pu venir hier. J'étais occupé et il faisait nuit. Je vous aurais bien appelée, mais je n'avais pas votre numéro.

— Aucun problème, assura-t-elle, sans grande conviction.

Il y avait quelque chose de dérangeant chez cet homme. Une sensualité langoureuse et, elle le sentait, dangereuse.

A moins qu'elle ne devînt franchement paranoïaque. Etait-ce à cause des mises en garde du policier qu'elle ne faisait plus confiance à personne ?

Alors que Ty contournait la maison et empruntait l'allée pour rejoindre le lac, Samantha rangea la bouteille de riesling dans le réfrigérateur. Elle surprit un reflet d'elle-même dans le miroir biseauté de son buffet ancien. Elle avait les joues en feu ; elle pensa qu'elle aurait pu se mettre du rouge à lèvres, avant de se raviser aussitôt. Pourquoi se maquiller ? Pour cet homme ? C'était un voisin qui avait un problème avec son voilier, rien de plus.

Elle le rejoignit sur le ponton. Il était déjà aux prises avec le moteur, une clé à la main, les muscles saillants alors qu'il desserrait un vieil écrou.

— J'aurais pu vous prêter ça. J'ai quelques outils — des tenailles, des clés, un marteau…

— Je veux bien le croire, mais j'étais sûr que ces outils feraient l'affaire. Juste la bonne taille. Ce sont ceux du bateau.

Il la regarda par-dessus son épaule, un début de sourire aux lèvres.

— Je les avais sortis hier, pour vérifier qu'il n'y avait pas de fuite dans le moteur. Malheureusement, je les ai laissés sur le ponton, là-bas, lorsque je suis sorti faire un tour. Je sais, je sais, ajouta-t-il, comme pour prévenir un commentaire, ça n'était pas très malin. Simplement, je ne pensais pas que j'aurais besoin du moteur. Vous devez me prendre pour un idiot de première, non ?

Et il adressa un clin d'œil à Samantha.

— Une erreur comme une autre, répondit-elle.

— Un homme comme les autres…, ajouta-t-il à voix basse.

Sauf que Samantha n'y croyait pas une minute. Ty Wheeler n'était pas un homme comme les autres. Pas du tout. Son chien sauta avec souplesse à bord du voilier et il s'installa près de la barre, couché, la tête sur les pattes, suivant de ses yeux bruns ce qui se passait. Des nuages blancs flânaient dans le ciel, où un aigle planait paresseusement. La bôme, sur la grand-voile, glissa légèrement.

— Merde ! lança Ty en levant les yeux vers le mât, avant de regarder Samantha. Vous pouvez m'aider ?

— Bien sûr. Mais autant vous prévenir, je n'ai pas trop le pied marin.

— Moi non plus. Il faudrait juste que vous teniez la bôme pendant quelques instants. Elle n'arrête pas de glisser.

— Je vais faire de mon mieux.

— Elle est lourde.

— J'étais championne d'haltérophilie, à l'université.

— C'est ça, oui…

D'un regard éloquent, il détailla le corps de Samantha, des pieds à la tête.

— Bon, d'accord, reconnut-elle en montant à bord. Je faisais juste du tennis.

— Ce sera suffisant. Tenez-moi ça, maintenant.

Il lui plaça les mains sur la bôme, qu'ils soulevèrent ensemble tandis que Ty la remettait en place.

— Ça va ? demanda-t-il.

Il prit le temps de vérifier la bonne fixation du vit de mulet en tirant sur la bôme, avant de lever les yeux vers le haut du gréement. Il parut satisfait. La bôme resterait en place.

— Vous pouvez lâcher, maintenant.

— Je ne me rendais pas compte à quel point j'avais perdu la forme, remarqua Samantha, qui avait les bras un peu douloureux.

Ty la jaugea de nouveau.

— Nous en avons fini.

Il ôta ses lunettes de soleil, le temps de s'éponger le front, et pour la première fois depuis leur rencontre, elle vit ses yeux. Ils étaient noisette. Un regard brun-vert qui changeait au soleil.

— Merci.

Et il chaussa de nouveau ses lunettes.

— Je vous en prie. Surtout, n'hésitez pas, chaque fois que vous aurez des réparations à faire…

Un grand sourire révéla ses dents blanches.

— Espérons que ça n'arrivera pas trop souvent.

Son regard balaya le pont de l'*Ange de lumière.*

— Peut-être Dieu essaye-t-il de me faire comprendre que je ne suis pas fait pour être propriétaire d'un bateau. Vous connaissez la vieille blague ? Quel est le second jour le plus heureux pour le propriétaire d'un bateau ?

— Je donne ma langue au chat…

— Le jour où il achète le bateau. Et quel est le jour le plus heureux de sa vie ?

Elle attendit la suite.

— Le jour où il le vend.

Samantha sourit, tout en désignant le voilier.

— Et moi qui pensais que les hommes vivaient des histoires d'amour avec leur bateau…

— Certains. Mais il en va des bateaux comme des femmes. Il faut trouver le bon. Il arrive qu'on se trompe. Et parfois, on a de la chance.

Derrière les verres opaques de ses lunettes, il la fixait. Avec intensité.

— Et on dit aussi qu'il en va des hommes comme des voitures, répliqua Samantha. Rarement parfaits. Il n'y a jamais les bonnes options.

— Qui sont ?

— Je ne crois pas vous connaître assez pour le dire…

Alors qu'elle descendait du voilier, elle sentit une pointe de douleur lui transpercer la cheville. Elle grimaça.

— Ça va ?

— Une vieille blessure de guerre qui se rappelle à mon souvenir.

La souffrance reflua tandis qu'elle le regardait se battre avec le moteur. Il maniait toutes sortes d'outils — certains dont elle ignorait même le nom. Au bout d'un moment, il tenta de faire partir le moteur, mais fut peu satisfait des toussotements qu'il entendit. Il reprit alors sa tâche. Son vieux chien n'avait pas bougé ; il attendait patiemment au pied de la barre, le fixant de ses yeux bruns placides.

Samantha fit de son mieux pour ne pas suivre avec trop d'attention le mouvement fluide de ses épaules. Ses muscles ne cessaient de se tendre, puis de se relâcher. Au bas de son dos, elle vit aussi son short s'entrouvrir et révéler une bande de peau blanche juste sous la ceinture…

« Attention où tu mets les pieds ! se dit-elle aussitôt. Tu ne le connais même pas… » Ce qui ne l'empêcha pas de remarquer la façon dont ses lèvres minces se plaquaient sur ses dents, la manière dont ses yeux se plissaient pendant qu'il s'activait.

Il tenta de lancer le moteur, qui partit aussitôt.

— C'est sans doute ce que je pourrai en tirer de mieux en attendant de lui faire subir de grosses réparations, maugréa-t-il.

Il chercha dans un banc de rangement et en sortit un chiffon avec lequel il s'essuya les mains. Incapable de réprimer un sourire, il donna un coup léger sur la bôme.

— Oui, un sacrément bon investissement.

— Je peux vous apporter quelque chose ? Du vin ? Une bière ? En cherchant bien, je devrais pouvoir dénicher une canette de Coca.

Elle songea furtivement aux recommandations de l'inspecteur Bentz — sur son comportement à l'égard des inconnus, sur ses verrous qu'elle devait changer —, avant de les repousser. Au moins pour l'instant. Jusqu'à ce qu'elle en ait appris davantage sur cet homme.

Il débarqua du voilier.

— Ce sera pour une autre fois, dit-il.

Il sembla vouloir ajouter autre chose, puis regarda vers le lac, où un poisson sautait à la surface de l'eau. Des écailles argentées attrapèrent les rayons du soleil.

— Oui ? demanda Samantha, intriguée.

— Je ne devrais peut-être pas vous dire cela, mais je suis tombé sur une de vos voisines, l'autre jour. La vieille dame qui habite de l'autre côté de la rue.

Samantha réprima un grognement.

— Laissez-moi deviner. Elle vous a suggéré de venir frapper à ma porte avec une boîte de chocolats ou une bouteille de…

Elle s'interrompit en se rappelant la bouteille de riesling qui rafraîchissait dans le réfrigérateur.

— Oh ! C'est pour ça que…

— Je plaide coupable ! dit-il en levant les mains, paumes offertes.

— Et le bateau ?

— Il y a vraiment un problème. Difficile de simuler ce genre de truc… Et pour être complètement honnête, Edie m'a assuré que vous étiez un croisement entre Meg Ryan et Nicole Kidman, et que je serais fou de ne pas aller faire votre connaissance…

Ses yeux, derrière les lunettes, s'arrêtèrent sur ceux de Samantha, qui eut soudain envie de passer à travers le ponton.

— Voilà pourquoi je suis venu accoster ici, plutôt que chez un autre voisin. Il fallait que je constate par moi-même.

— Et ?

— Et tout ce que je vais pouvoir ajouter risque d'aggraver ma situation, je pense…

Il se passa la main sur la nuque et détourna les yeux.

— Si je vous affirme que vous êtes bien plus jolie que Meg ou Nicole, vous allez rire et me dire d'aller au diable. Vous allez penser que je vous drague. Et si je dis : « La vieille dame aurait besoin de changer de lunettes », vous serez légitimement vexée. Dans les deux cas, je suis perdant.

— Edie Killingsworth regarde trop de films à la télé.

N'avait-elle pas comparé Ty à Harrison Ford, Tom Cruise et Clark Gable ?

— Elle fait simplement partie de ces femmes qui ne peuvent pas s'empêcher de vouloir marier les gens, expliqua Ty. Elle était probablement déjà en train de vous entreprendre.

— Peut-être. Elle vous a dit que j'étais célibataire ?

— C'était implicite.

Il jeta un coup d'œil à l'annulaire de Samantha, dépourvu de bague.

— Pas de quincaillerie.

— Pas depuis longtemps. Je suis divorcée. Et vous ?

Il pinça les lèvres, une fraction de seconde, visiblement peu désireux de trop livrer de lui-même.

— Célibataire.

Sur le voilier, le chien couina doucement.

— Du calme, Sasquatch !

Comme s'il lisait dans les pensées de Samantha, il ajouta, trop heureux de changer de sujet de discussion :

— Ça n'est pas moi qui lui ai donné ce nom, c'est ma sœur. Sa femelle berger allemand a eu une portée qui ne devait donner que des animaux de pure race. Mais à la naissance des petits, il a bien fallu accepter le fait qu'elle avait commis quelques incartades avant d'être amenée au mâle de concours qui devait l'honorer. Toujours est-il que ma sœur s'est retrouvée avec six chiots sans certificat de pedigree. Et moi, j'ai hérité de cet avorton.

Il baissa les yeux vers le chien en souriant.

— Sarah l'avait déjà baptisé. Elle habite dans l'Etat de Washington, vers le mont Saint-Helens, — là où résiderait le Sasquatch, cette grosse bestiole mythique cousine du yeti. C'était il y a douze ans…

Ty siffla, et le chien sauta du bateau pour courir jusqu'à ses pieds, sur le ponton. Sa queue balayait les vieilles planches de bois. La langue pendante, il haletait bruyamment.

— Bien entraîné, commenta Samantha en le gratouillant derrière les oreilles.

L'animal se figea, soudain. Ses muscles se tendirent. Du coin de l'œil, il aperçut Charon, qui traversait la pelouse. Espionnant le chien, ce dernier s'arrêta net au pied d'un chêne vert. Son poil noir se hérissa et il scruta l'intrus avec de grands yeux.

— Tu oublies ça tout de suite, intervint Ty.

Le chien eut un gémissement dépité ; il n'esquissa pas un mouvement tandis que Charon filait comme une ombre en direction de la haie, à l'abri.

Ty caressa la grosse tête du berger.

— Tu as intérêt à bien te comporter, ou la dame va te flanquer dehors.

— L'avertissement ne vaut peut-être pas simplement pour les chiens…

Samantha se surprit elle-même. N'était-elle pas en train de badiner avec cet inconnu ? Mais il était agréable de parler et de rire ainsi, sans réserve, sans se demander comment il allait prendre ses commentaires. S'ils ne lui plaisaient pas, tant pis. Il pouvait s'en aller.

— Le chien peut faire absolument ce qu'il veut, dit-elle. Vous, en revanche, vous avez intérêt à être réglo avec moi.

— Mais je le suis toujours, répondit-il aussitôt.

Presque un peu trop vite. Ils se tenaient si près l'un de l'autre qu'elle était obligée de lever la tête pour le regarder dans les yeux, au coin desquels elle remarqua des pattes d'oie. Elle découvrit aussi une petite cicatrice au-dessus d'un de ses sourcils. Il était bronzé, avec une peau qui faisait penser au cuir. La peau endurcie d'un homme qui était capable de s'occuper des autres, quand il le voulait.

Les battements de son cœur se firent plus vifs. Malgré la décontraction de sa voix traînante et son physique agréable, il restait un étranger — un inconnu qui, sous son calme apparent, cachait de toute évidence une personnalité impétueuse.

Elle ne devait pas oublier que quelque part dans les rues de La Nouvelle-Orléans, à l'affût, il y avait un homme qui avait décidé de la terroriser. Un homme qui connaissait son nom, son adresse et le lieu où elle travaillait. Un homme dont elle ignorait tout, qu'il lui serait impossible de reconnaître si elle l'avait devant elle.

Pouvait-elle affirmer que Ty Wheeler, cet *inconnu* qui vivait non loin de chez elle, n'était pas le John qui avait appelé durant son émission ou le mauvais plaisant qui lui avait envoyé la lettre avec la photo aux yeux découpés ?

— Edie m'a laissé entendre que vous étiez le fameux Dr Samantha, avoua-t-il. Samantha Leeds, jolie femme, excellente cuisinière et psychologue à la radio…

Elle se tendit.

— Vous cherchez un psy ?

— Ça dépend à qui on a affaire.

Son sourire s'élargit insolemment.

— Mais n'appelez surtout pas ma sœur, ajouta-t-il. Elle m'inscrirait pour des séances jusqu'à la fin de ma vie.

— Je doute que vous ayez vraiment besoin de mon aide.

— Vous parlez d'un point de vue professionnel ?

Il jouait avec elle, marivaudant de nouveau.

— Je ne vous connais pas assez pour me livrer à une évaluation valable. Mais si vous voulez vous prêter au test des taches d'encre ou essayer de comprendre pourquoi votre mère ne vous aimait pas, prenons tout de suite un rendez-vous.

— Je croyais que vous n'exerciez qu'à la radio…

— C'est le cas. Du moins pour l'instant. Vous devriez peut-être m'écouter.

— Je l'ai déjà fait.

Il s'avança légèrement et masqua le soleil à Samantha, dont le cœur s'emballa légèrement.

— Et vous avez appelé ?

Il secoua la tête.

— Pas encore.

— Qu'est-ce que vous en pensez, alors ?

Ty gratta le début de barbe qu'on devinait sur son menton.

— Je ne sais pas trop quoi dire. Il m'a surtout semblé entendre des gens seuls qui appellent pour se répandre à propos de tout et n'importe quoi. Ils cherchent simplement à établir un contact avec quelqu'un, ou peut-être à obtenir leurs quinze minutes de gloire.

Il la fixait derrière ses lunettes de soleil. Le vent était tombé, et les rayons du soleil, qui faisaient étinceler la surface de l'eau, étaient soudain plus chauds.

— Et vous, qu'est-ce que vous cherchez ? demanda Samantha.

Un hors-bord passa en rugissant, tirant un garçon sur une planche de wakeboard. Il y eut soudain des cris et des rires à bord de l'embarcation, quand le garçon tomba. Le pilote du hors-bord fit un rapide demi-tour pour aller le récupérer.

— Grande question, répondit Ty en souriant.

Une fois encore, Samantha eut le sentiment qu'il était plus complexe qu'il ne voulait bien le laisser croire. Ce grand Texan au sourire sexy l'intriguait, et elle avait envie de gratter la surface, de découvrir ce qui se cachait sous cette apparence insouciante…

Mais c'était stupide. Dangereux, même. Cet homme ne pouvait que lui apporter des ennuis. Et des ennuis, elle en avait déjà son compte.

Ty Wheeler ne devait rester qu'un voisin. Voire, éventuellement, un ami. Pour le reste, il ne fallait pas y penser. Point final.

Sa relation avec David lui avait au moins appris ceci : elle n'était pas prête pour une relation.

Une *relation* ? Mais où avait-elle la tête ? Elle venait à peine de faire sa connaissance, et elle envisageait déjà l'hypothèse d'une aventure.

« Reviens sur Terre, Samantha ! » se dit-elle.

— Vous savez, en général, je ne fréquente pas mes fans, déclara-t-elle sans trop réfléchir.

Il eut un sourire éblouissant.

— Un *fan* ? J'ai simplement dit que j'écoutais votre émission.

Du menton, il désigna l'*Ange de lumière*.

— Vous aimeriez peut-être faire une sortie avec moi, un de ces jours ?

— Après tout ce que vous m'avez dit sur le bateau ? Désolée, mais je ne pense pas, non.

— Quand ce rafiot sera vraiment en état de naviguer, alors ?

— Et ce sera pour quand ?

Il haussa les épaules.

— Probablement dans le courant du prochain millénaire...

— Appelez-moi, dans ce cas, suggéra Samantha, avant de lui donner son numéro.

— Je n'y manquerai pas.

Il la fixa un instant sans rien dire, puis il siffla son chien et revint vers le voilier. Il appareilla, laissant Samantha pieds nus sur le ponton, une main au-dessus des yeux pour le suivre du regard tandis qu'il s'éloignait.

« Ce type est une source d'ennuis, Samantha, pensa-t-elle. Si tu es maligne, tu vas l'oublier. Tout de suite. Avant que ce petit flirt n'aille plus loin. »

En même temps, elle eut l'intuition funeste qu'il était déjà trop tard.

10.

— A votre avis, qu'est-ce qu'il veut dire par : « Tout est ta faute ? », demanda Montoya en écrasant le gobelet en carton dans lequel il avait bu son café.

Il le jeta par-dessus le bureau de Rick Bentz, et le projectile atterrit dans la corbeille à papier.

— Deux points, dit machinalement Rick.

— Trois. C'était un panier à trois points, ou je n'y connais rien.

— Si tu le dis…

Rick feuilletait les rapports concernant Rosa Gillette et Cherie Bellechamps.

— Donc, reprit Montoya, qu'est-ce qu'il voulait dire, le type qui a appelé ?

— Je n'en sais rien, répondit Rick, qui pensait à son entretien avec la psychologue.

— Vous ne devriez même pas y réfléchir, à mon avis. On a déjà assez de trucs sur les bras.

— Je fais ce que Jaskiel me demande de faire.

Il repoussa les documents sur le côté.

— Ecoute, Montoya, tu sais aussi bien que moi la chance que j'ai eue d'obtenir ce boulot. C'est à peine croyable que j'aie pu me retrouver dans un bureau.

— Vous le méritiez. Vous aviez fait votre compte d'années.

— C'était à Los Angeles.

— Et vous avez eu des ennuis ? La belle affaire ! Vous connaissez votre boulot, c'est ça, l'essentiel. Et sans ça, vous ne seriez pas ici, d'accord ?

Montoya avait raison. Vingt ans passés dans la police de Los

Angeles, ce n'était pas rien. Malgré tout, il avait eu de la chance de trouver un boulot ailleurs. Dire que les recommandations de ses supérieurs de Los Angeles n'avaient pas été excellentes était un grossier euphémisme. Tout le monde le savait ici. Y compris Montoya. Mais tout le monde ne connaissait pas les dessous de l'histoire. Il se crispa en y songeant... Un gamin malchanceux avait braqué sur son coéquipier un flingue qui s'était révélé n'être qu'un jouet. Bentz avait réagi et le gosse, qui n'avait que vingt ans, était mort. La famille avait porté plainte, tout à fait légitimement, et Bentz avait écopé de sursis avec mise à l'épreuve. Il aurait pu récupérer son insigne, s'il ne s'était pas mis à picoler. Cela avait duré deux ans. Jusqu'au jour où on avait décidé qu'il causait vraiment trop de problèmes.

— Oui, dit-il pour répondre à la question de son jeune collègue. Je connais mon boulot.

« Trop bien, même », songea-t-il.

— Alors, ne venez plus me bassiner avec la supposée chance que vous auriez eue de vous retrouver ici. Si Jaskiel vous a embauché pour travailler sur certaines affaires, c'est parce qu'elle a confiance en vous. Elle sait aussi que vous bossez sans compter, vingt-quatre heures sur vingt-quatre. A mon avis, vous vous en foutez, du temps libre, de toute façon. Maintenant que votre gamin est sur le point d'entrer à la fac, vous n'avez plus aucune raison de rentrer chez vous, pas vrai ?

— Il y a quand même Kristi, à la maison.

Sa fille était toute la famille qui lui restait. Jennifer, la mère de Kristi, était morte. Bentz et elle avaient divorcé voilà bien longtemps. Tout le monde avait alors pensé que c'était à cause du travail ; et si c'était en grande partie la raison, il y avait autre chose. Bentz s'était retrouvé avec un grand garçon et un secret qu'il n'avait jamais partagé. Il posa les yeux sur le double cadre posé sur son bureau. Il y avait une photo de Kristi à cinq ans, alors qu'elle entrait à la maternelle ; l'autre était la photo de sa terminale, prise en septembre dernier. Comment croire qu'elle avait dix-huit ans et déménagerait bientôt à Baton Rouge ?

— Elle ne rentre à All Saints que le mois prochain.

Montoya s'approcha du bureau de Rick et souleva une enveloppe ouverte. Il la fit jouer entre ses doigts.

— Vous pensez qu'il est dangereux, le type qui a appelé la psy ?

Rick fixa la photo aux yeux découpés et en tendit une reproduction à son collègue.

— C'en a bien l'air…

— Celui qui a fait ça est un malade ! lâcha Montoya entre ses dents.

— Donc, pour répondre à ta question, je dirais : « Oui, ce type est dangereux. » Si tout est réglo.

— Réglo ?

— Cette histoire pourrait être bidon. Pour se faire de la pub. L'audience des *Confessions de minuit* est montée en flèche, avec le premier appel. Depuis environ deux ans, la radio n'est pas au mieux, financièrement parlant. Quand il a acheté WSLJ, George Hannah pensait pouvoir rétablir la situation, mais il n'y est pas parvenu. Tout ça n'est peut-être qu'un truc pour faire parler de la station…

Mais Rick n'y croyait pas.

Les yeux fixés sur la photocopie couleur, Montoya fit la grimace.

— N'empêche que ça craint.

— Oui. J'attends un rapport du labo sur l'enveloppe et la photo — j'ai obtenu les originaux auprès des collègues de Cambrai.

— Vous savez ce que ça me rappelle ? demanda Montoya en lui rendant le document.

Bentz, qui avait une longueur d'avance sur son jeune coéquipier, répondit aussitôt :

— Le billet de cent dollars avec les yeux noircis.

— Et si c'était le même type ?

— J'y ai pensé. Je l'ai même mentionné dans mon rapport. Mais pourquoi ne s'est-il pas contenté de marquer les yeux au feutre, comme il l'a fait avec le billet ?

— Exact… Ce malade est peut-être plus malin qu'on ne pense.

— Les chances sont quand même faibles…

— Il y en a au moins une, sans quoi vous n'y auriez pas pensé.

Rick tendit la main vers sa tasse de café. Il était tiède et insipide.

— Je n'exclus aucune hypothèse, dit-il.

La vérité, c'était que la photo aux yeux découpés le tracassait plus que les appels téléphoniques à la radio. Il avait un pressentiment, un sale pressentiment. Avaient-ils affaire à un plaisantin, ou à un type très malin qui allait faire monter les enchères ? Et la psychologue ? Samantha Leeds aurait dû être morte de trouille — au lieu de quoi elle laissait des voisins qu'elle ne connaissait pas amarrer leur bateau à son ponton.

Montoya posa la photocopie sur une pile d'autres documents.

— Sinon, qu'est-ce qu'on a sur l'affaire du tueur en série ?

— On a retrouvé des traces de sperme sur les deux victimes. Le même groupe sanguin, selon le labo. Pareil pour certains cheveux prélevés sur place.

— Rien de vraiment surprenant…

— Et, à première vue, on a un mode opératoire identique. Deux putes, étranglées par une espèce de corde bizarroïde, dont les cadavres ont été disposés d'une manière particulière. Le tueur se fout de laisser ses empreintes un peu partout. Elles ne nous ont ouvert aucune piste. Il n'est pas fiché — pas d'antécédents judiciaires ni de passage par l'armée, pas de boulot où les empreintes sont exigées.

Rick désigna le dossier à Montoya.

— Et dans les deux cas, on a découvert des cheveux d'un genre particulier. Synthétiques. Roux.

— Une perruque ?

— Ouais… Sauf qu'on n'a rien trouvé de ce genre dans les deux appartements. Et d'après les témoins qui connaissaient les victimes, aucune d'elles ne portait de perruque rousse, même pour tapiner.

— Donc elles en portaient une au moment de leur mort et le tueur est parti avec… C'est là que vous voulez en venir ?

Rick hocha la tête.

— Comme s'il tenait à ce que sa victime ait les cheveux roux.

— Une rousse ? Bon sang ! Comme le Dr Samantha…

— Possible.

Montoya retint son souffle.

— Ça reste quand même un peu tiré par les cheveux… si je peux me permettre.

— Je sais, reconnut Rick. On est en train de faire tous les fabricants de perruques et revendeurs du coin. Je jette aussi un coup d'œil à d'autres affaires de meurtres, pour voir s'il y est question de perruque.

— C'est mieux que rien, murmura Montoya, qui fit aller et venir l'enveloppe ouverte sur les poils de son bouc. De mon côté, je me suis rencardé sur l'ancien mari de Cherie Bellechamps, Henri. Il s'avère qu'il avait une police d'assurance vie qu'il a gardée et alimentée après le divorce. Du coup, il se retrouve avec près de cinquante mille dollars.

— Il était où, au moment du second meurtre ?

— Au lit. Chez lui.

— Seul ?

— Non. Il a une petite amie qui jure ses grands dieux qu'il a passé toute la nuit avec elle. Mais elle a un casier. Des broutilles : vol à la tire, conduite en état d'ivresse et possession de drogue — de la coke. Il semblerait qu'elle ait été réglo ces deux dernières années, depuis qu'elle est avec Henri Bellechamps. Henri avec un « i », à la française, je précise.

— Ben voyons…, maugréa Rick.

— Même s'il a un alibi, il aurait pu payer quelqu'un pour tuer son ex.

— D'accord, mais l'autre pute assassinée ? Ce serait pour brouiller les pistes ? Ou alors un *copycat* ?

Rick n'y croyait pas.

Le bipeur de Montoya sonna. Il laissa tomber l'enveloppe sur le bureau de Rick et sortit son *pager*. Jetant un coup d'œil à l'écran, il ajouta :

— Même si je ne suis pas convaincu de l'innocence de Bellechamps, je n'ai aucun lien avec Rosa Gillette. Bon, il faut que je passe un coup de fil. Autre chose ?

— Un léger problème, dit Rick en se laissant aller contre son dossier. Dans la première affaire, la victime a été violée avant d'être tuée. Pour Rosa, il semblerait qu'elle ait d'abord été tuée.

— « Il semblerait » ?

— Le légiste n'est pas certain.

— Pourquoi ?

— Mon hypothèse, c'est que le type la violait en même temps qu'elle mourait. Ça doit l'exciter.

— Merde ! lança Montoya, dont les yeux sombres se plissèrent.

Il remit son *pager* dans la poche de son pantalon noir.

— Il est temps d'utiliser les grands moyens, non ?

Rick opina du chef.

— J'ai déjà réglé ça avec Jaskiel. La machinerie est en branle.

— Alors, vous allez avoir affaire aux fédéraux…

— Oui, les gars du coin, acquiesça Rick avec un sourire forcé. L'heure des réjouissances a sonné !

Assis à la table éraflée, il écoutait le concert de la nuit par la fenêtre ouverte. Le coassement des crapauds, les poissons qui bondissaient à la surface de l'eau, le vrombissement des insectes ou encore le clapotis du bayou contre les pilotis du cabanon, son unique lieu de refuge. La tête pleine d'une vive cacophonie, il éprouvait de nouveau le besoin de chasser. Mais il devait se montrer prudent et choisir ses gibiers avec discernement.

Il baissa les yeux sur son ouvrage et sourit en saisissant un des grains sombres, pour en aiguiser les facettes avec sa lime. La tâche n'avait rien d'évident, et il se mit bientôt à transpirer. Cela valait la peine. Au final, les grains trancheraient la chair comme des lames de rasoir. Aucun risque pour ses doigts calleux, quand il manipulerait le verre, mais la peau tendre d'un cou n'y résisterait pas.

Il pensa aux vies qu'il avait prises, au flash que lui procurait le spectacle d'une femme en train de mourir, de se rendre compte qu'elle mourait, au contact des grains dans ses mains au moment où elle laissait échapper son dernier souffle. Bon sang ! Rien que d'y penser, il bandait comme un fou… Un martèlement sourd avait empli sa tête, un sang bouillonnant circulait dans ses veines. Il revécut chacun de ces instants, et il comprit qu'il devait le refaire, pour garder ces souvenirs vivants.

Les images s'estompèrent, et son excitation se calma. Il reporta son attention vers son ouvrage, limant, aiguisant et polissant les grains, jusqu'à ce qu'il soit l'heure de l'émission. Il alluma la radio juste au moment où la musique du générique baissait de volume, laissant place à la voix du Dr Samantha :

— Bonsoir, La Nouvelle-Orléans…

Une voix si érotique, si sexy…

La salope…

S'arrêtant de travailler un instant, il écouta les jérémiades du premier auditeur. Il tendit ensuite la main vers sa caisse à outils. Il avait deux bobines. Du fil de pêche, testé pour une résistance à dix kilos… costaud, léger, facile à passer dans les grains. Ou alors de la corde à piano… encore plus solide, mais moins flexible. Les grains ne glisseraient pas comme du liquide entre ses doigts, la sensation n'aurait pas la même fluidité. Que choisir, alors? Il les avait déjà utilisés, l'un comme l'autre. Les deux avaient tenu.

Le Dr Samantha répondit aux questions de son auditeur. Elle semblait si calme… Il baissa machinalement la main vers sa braguette, pour se caresser, avant de se raviser. Il avait un travail à finir. Il laissa tomber la corde à piano dans la caisse à outils et déchira l'emballage du fil de pêche avec ses dents. Il l'observa alors qu'il tirait dessus pour le tester.

Les muscles de ses bras se bandèrent. Le fil s'enfonça dans sa peau, mais ne céda pas.

Il grimaça un sourire. Ce serait parfait.

Alors que le Dr Samantha poursuivait son émission, et s'entretenait avec les idiots qui l'appelaient, il entreprit d'enfiler les grains aux arêtes coupantes. Il prit soin de les mettre dans l'ordre afin que le rosaire soit parfait.

C'était le moins qu'il pût faire.

11.

Melanie referma son téléphone portable et pesta tandis qu'elle s'arrêtait sur un emplacement du parking du centre commercial. La semaine avait été épouvantable. Et cela ne semblait pas devoir s'arranger. Elle donna un coup sur le tableau de bord, avec le vague espoir que la climatisation de sa voiture allait finir par fonctionner. La température, dans le véhicule, devait avoisiner les mille degrés !

Son T-shirt, tout froissé, lui collait à la peau, et l'intérieur de ses jambes était poisseux de sueur. Elle descendit de la voiture en s'efforçant de ne plus penser à Trish LaBelle. Etait-ce une impression, ou elle semblait éviter ses coups de fil ? Super ! Alors qu'on parlait déjà d'augmenter le créneau horaire des *Confessions de minuit* sur WSLJ, aucun mot sur une éventuelle promotion de Melanie, qui la méritait pourtant amplement.

Ce que faisait Samantha n'avait rien de compliqué. Melanie était aussi capable. Ne l'avait-elle pas prouvé pendant le séjour de Samantha au Mexique ? L'audience avait légèrement baissé ? Il fallait s'y attendre. Si on lui laissait le temps, Melanie était certaine d'attirer un nouveau public, plus branché. Elle était jeune et dans le coup. Mais qu'on lui accorde au moins une chance de prouver ce qu'elle valait !

Elle pénétra dans la boutique à l'atmosphère surchauffée d'un teinturier et donna son nom à l'employée qui officiait au comptoir. Une petite blonde avec des racines brunes d'au moins trois centimètres, des dents gâtées et un petit rictus méprisant accroché aux lèvres.

En tout cas, si on ne la faisait pas travailler derrière un micro très rapidement, elle contacterait la radio concurrente, WNAB, où travaillait Trish LaBelle. Trish détestait le Dr Samantha, et Melanie avait toutes les raisons de penser qu'elle sauterait sur l'occasion de rencontrer l'assistante de Samantha et même de lui offrir du travail. Jusque-là, Trish n'avait pas répondu à ses messages.

Pas encore.

Melanie n'était pas du genre à abandonner.

— Et voilà!

La fille posa les vêtements sous plastique sur le comptoir. Melanie tendit sa carte de crédit.

— Désolée, mais la machine ne fonctionne pas. Vous pouvez payer en liquide ou par chèque.

— J'ai laissé mon carnet à la maison, répondit Melanie, tout en fouillant dans son portefeuille.

Elle n'y trouva que deux malheureux billets d'un dollar tout froissés. C'était insuffisant. Cette journée suivait vraiment une mauvaise pente. Elle se sentait ballonnée, elle avait mal à la tête et ses règles étaient imminentes; son travail ne menait nulle part; le peu de famille qu'elle avait se moquait éperdument d'elle; et son petit ami était une fois de plus injoignable.

Une vraie catastrophe!

— Il y a un distributeur au prochain pâté de maisons, indiqua la bécasse en mal de coiffeur.

Elle fit claquer le chewing-gum qu'elle mâchouillait et attendit, un air de profond ennui sur le visage.

Melanie se sentit bouillonner.

— Ce n'est quand même pas ma faute si votre stupide machine ne fonctionne pas!

La fille haussa les épaules, l'air de penser : « C'est pas à moi qu'il faut le dire. » Elle soutint le regard de Melanie, qui envisagea un instant de prendre ses affaires et de partir sans payer. Après tout, la jupe, le chemisier et le blouson court étaient à *elle*.

Comme si elle avait suivi le fil de ses pensées, la fille s'empara des affaires et les accrocha au convoyeur de vêtements, derrière le comptoir.

— C'est bon, dit Melanie en refermant son porte-monnaie. Je repasserai.

Mais ce serait un autre jour. Elle était épuisée. Elle sortit du magasin, dans le soleil aveuglant, remonta ses lunettes de soleil sur son nez et alla retrouver l'intérieur torride de son véhicule. Le volant était brûlant. Alors qu'elle reculait pour sortir, elle entrevit dans son rétroviseur une énorme Cadillac blanche qui quittait un autre emplacement. Elle freina brusquement et laissa passer l'espèce de paquebot sur roues. Son conducteur, un vieil homme, ne s'aperçut même pas de ce qui avait failli arriver.

— Abruti ! marmonna Melanie.

Elle recula et sortit du parking. Juste avant le premier croisement, elle doubla la Cadillac blanche, résistant à la tentation d'adresser un doigt d'honneur au conducteur. Après tout, ce n'était pas sa faute s'il était vieux.

Elle rejoignit l'autoroute et, tout en prenant de la vitesse, ouvrit le toit et baissa les vitres à l'avant. Le courant d'air la soulagea. Elle n'allait pas se laisser contrarier par une stupide employée sous-payée et désagréable. Elle récupérerait ses vêtements plus tard. Entre-temps, elle devait se concentrer sur son plan B.

D'une manière ou d'une autre, elle obtiendrait une promotion et se retrouverait derrière un micro. Jusqu'où était-elle prête à aller ? D'autant qu'il y avait aussi la télévision. Elle avait le physique pour ça. Un sourire aux lèvres, elle récupéra son portable. Elle allait appeler son petit ami et organiser un rendez-vous. Mais, pour cela, il fallait qu'elle parvienne à le joindre.

Elle avait juste besoin de décompresser.

Et il savait exactement comment l'y aider.

Samantha avait les mains moites et le cœur qui battait trop vite, quand elle entra dans sa cabine. Mais son appréhension était exagérée et sans fondement, se répéta-t-elle.

Cela faisait maintenant plus d'une semaine que rien ne s'était passé.

Chaque soir, elle avait abordé l'émission dans le même état de nervosité. Et jusque-là, « John » était resté silencieux, il n'avait pas donné de ses nouvelles. Avait-il laissé tomber ? S'était-il lassé de sa mauvaise plaisanterie, s'il s'agissait bien de cela ? Avait-il quitté la ville ?

Ou bien… attendait-il tranquillement son heure ?

Le bon moment ?

« Ça suffit ! » se dit-elle. Ce genre de divagation ne menait nulle part. Elle devait se féliciter qu'il ait disparu de la circulation, et voilà tout.

Elle restait néanmoins tendue, comme tout le monde à la radio. Chacun réagissait à sa façon. Gator et Bob la taquinaient au sujet de son « petit ami ». Eleanor bouillonnait. Melanie trouvait cette histoire excitante. Et George Hannah espérait que le taux d'audience de la radio allait continuer de grimper.

Ce n'était pas le cas. Sans les appels de John, le nombre des auditeurs retombait peu à peu à ce qu'il était auparavant — une audience qui était alors jugée excellente par tout le monde. George, ses associés et même Eleanor s'en satisfaisaient.

Mais plus maintenant.

— Ne vous en faites pas, ma belle, lui avait dit Eleanor. Au moins, ce pervers a disparu. Pour moi, c'est aussi bien. Quant à George, il n'a qu'à trouver un autre moyen plus orthodoxe d'attirer le public. Il ne nous reste plus qu'à espérer que John n'appellera plus.

Tout à fait d'accord, avait pensé Samantha. En même temps, elle aurait aimé pouvoir lui parler de nouveau, ne fût-ce que pour répondre à quelques interrogations. Savoir *qui* il était et *pourquoi* il l'avait appelée. La psychologue qu'était Samantha voyait en lui un intéressant sujet d'étude. Pour la femme, il était terrifiant.

Elle ferma la porte de la cabine. Se coiffant de son casque, elle s'assit, jeta un coup d'œil à son écran d'ordinateur, puis de l'autre côté de la vitre qui la séparait de Melanie. Son assistante était installée devant son pupitre et effectuait les derniers réglages. Elle tendit le pouce pour signifier qu'elle était prête. Tiny, qui se trouvait également là, s'assit à côté d'elle et lui glissa quelques mots que Samantha ne put entendre. Ils se mirent à rire, visiblement détendus, et Tiny ouvrit une canette de Coca light.

Lors de ses dernières émissions, Samantha avait volontairement évité les sujets évoquant de près ou de loin le péché, le châtiment et la rédemption, pour se concentrer sur les relations entre les êtres, ce qui constituait du reste le socle des *Confessions de minuit*. Tout rentrait dans l'ordre. Dans ce qu'était la vie avant que John n'appelle. Pourquoi, dès lors, la fébrilité qu'elle éprouvait chaque fois qu'elle se retrouvait dans sa cabine n'avait-elle pas diminué ? Pourquoi même avait-elle augmenté ?

Melanie lui fit signe et la musique du générique retentit. La voix de John Lennon chantant *A Hard Day's Night* jaillit des enceintes, avant de baisser de volume. Samantha se pencha sur son micro.

— Bonsoir, La Nouvelle-Orléans, et bienvenue aux *Confessions de minuit*, avec le Dr Samantha. J'attends de savoir ce que vous pensez...

Elle se détendit à mesure qu'elle parlait.

— Il y a deux jours, j'ai eu une conversation avec mon père. Bien que j'aie dépassé la trentaine, il pense qu'il peut toujours me dire ce que je dois faire. Il habite sur la côte Ouest. De plus en plus, j'ai le sentiment que je devrais me rapprocher de lui, qu'il va peut-être avoir besoin de moi, maintenant qu'il est moins jeune...

Elle poursuivit un instant, évoquant les relations entre parents et enfants, jusqu'à ce que les voyants des lignes téléphoniques commencent à s'allumer.

La première personne raccrocha avant que Samantha l'ait eue en ligne. Vint ensuite une femme dont la mère souffrait des séquelles d'une attaque, et qui était déchirée entre son travail, ses enfants, son mari et le sentiment que sa mère avait besoin d'elle. Samantha eut également en ligne une adolescente agressive, très remontée contre ses parents, malgré leurs efforts pour dialoguer. Ils ne la « comprenaient » tout simplement pas.

Cette intervention suscita des réactions. Des parents, mais aussi des enfants estimant que l'adolescente qui avait appelé devait écouter ses parents.

Samantha était à présent parfaitement détendue. Elle se sentait à l'aise derrière le micro. Le débat était bien lancé. Elle prit, sur la ligne 3, une certaine Annie.

— Bonsoir, dit-elle. Ici le Dr Samantha, qui est à l'appareil ?

— Annie.

La voix, fragile et juvénile, parut vaguement familière à Samantha.

Mais impossible de lui attribuer un visage. Sans doute s'agissait-il d'une habituée de l'émission.

— Et de quoi aimeriez-vous parler, Annie ?

— Vous ne vous rappelez pas ?

Samantha sentit les poils de sa nuque se hérisser.

Annie ?

— Désolée. Si vous pouviez…

— Je vous ai déjà téléphoné.

— Vraiment ? Et quand cela ?

— C'est mon anniversaire, jeudi. J'aurais eu vingt-cinq ans…

— Vraiment ? répéta Samantha.

Le souffle court, elle se sentit enveloppée d'un grand froid.

— Rappelez-vous. Je vous ai appelée il y a neuf ans, et vous m'avez dit d'aller au diable. Vous ne m'avez pas écoutée et…

— Oh, mon Dieu ! lâcha Samantha dans un souffle, les yeux écarquillés.

Son cœur s'arrêta de battre, terrassé par une cauchemardesque impression de vécu, de déjà-vu. Annie ? *Annie Seger ?* C'était impossible ! Déboussolées, ses pensées l'entraînaient vers une époque qu'elle avait tout fait pour oublier.

« Il faut que vous m'aidiez. Vous êtes médecin, non ? Je vous en prie. Vous êtes mon seul espoir. Aidez-moi. Aidez-moi, je vous en supplie… »

Alors qu'il lui semblait de nouveau entendre les paroles d'Annie, la culpabilité lui enserra la gorge d'une étreinte glacée. Seigneur ! Que se passait-il encore ?

— Qui est à l'appareil ? parvint-elle à demander.

Du coin de l'œil, elle regarda vers la cabine technique. Melanie secouait la tête en levant les bras, comme pour signifier qu'elle avait été de nouveau abusée. Tiny, lui, avait les yeux fixés sur Samantha, sa boîte de Coca dans la main.

— … et vous ne m'avez pas aidée, poursuivait d'un ton accusateur la voix légèrement essoufflée. Que s'est-il passé, docteur Samantha ? Vous vous en souvenez, non ?

La tête de Samantha n'était plus qu'une caisse de résonance qui vibrait des martèlements furieux de son cœur.

— Je vous ai demandé comment vous vous appeliez, Annie. Votre prénom et votre nom.

Clic.

On avait coupé. Samantha resta pétrifiée.

Annie Seger.

Non!

Son estomac se révulsa. Cela s'était passé il y a longtemps, presque une éternité, et voilà que tout revenait, comme un raz-de-marée qui déferlait en elle, ne laissant derrière lui qu'un immense froid désolé. Cette gamine était morte. A cause d'elle. Parce qu'elle ne l'avait pas aidée.

Mon Dieu! Ça n'allait pas recommencer!

— Samantha! Samantha! Secoue-toi!

La voix de Melanie lui parvint, mais elle était toujours incapable du moindre mouvement, de la moindre parole.

— Ressaisis-toi, bon sang!

Comme à distance, Samantha sentit les mains de Melanie sur ses bras, Melanie qui la tirait de sa chaise, à travers la cabine. Toujours en état de choc, Samantha tituba et sa cheville se tordit. Une onde de douleur la traversa et la sortit partiellement de son hébétude. Elle était de nouveau à La Nouvelle-Orléans, à l'antenne.

— On est en direct, bon sang! disait Melanie.

Elle se coiffa du casque de Samantha et se pencha vers le micro.

— Sors-la d'ici, dit-elle à Tiny, qui l'avait rejointe.

— Accordez-moi juste une minute! Ça va aller, ça va aller! assura Samantha, qui n'était pas disposée à abandonner sa place.

— Prouve-le.

Melanie la repoussa dans le couloir, vers Tiny et, allumant le micro, elle prit sa voix la plus suave.

— Pardon pour cette interruption, mais nous avons eu des soucis techniques. *Les Confessions de minuit* et le Dr Samantha Leeds reviendront dans quelques instants sur WSLJ. Merci de votre patience. En attendant, la météo…

Elle pressa les boutons qui allaient envoyer le bulletin météo préenregistré, suivi de deux spots de publicité.

— Mais qu'est-ce qui se passe ? demanda Tiny.

Il tenait toujours Samantha par les bras. Il la relâcha et s'écarta légèrement. Le couloir semblait sinistre, plus sombre que d'ordinaire ; les vitrines dans lesquelles dormaient les vieux vinyles diffusaient une lueur étrange, éthérée.

Samantha se secoua. Tout cela n'était qu'une impression, une projection de son intense nervosité. Le couloir et la discothèque n'avaient pas changé.

Elle prit quelques inspirations profondes, avant de se ressaisir. Elle ne pouvait pas laisser une autre mauvaise blague la déstabiliser ainsi.

— C'était qui, cette fille, au téléphone ? lui demanda Tiny.

— Je ne sais pas, avoua Samantha en se laissant aller contre le mur.

Elle se passa la main sur le front.

« Réfléchis, Samantha, réfléchis ! » se dit-elle.

— Non, je ne sais pas qui c'était. Je n'arrive pas à imaginer que quelqu'un soit capable d'une chose aussi ignoble, mais le fait est que cette personne a voulu me faire croire qu'elle était Annie Seger.

Neuf ans. Cela faisait neuf ans que l'adolescente était morte. Morte parce qu'Annie n'avait pas été capable d'analyser correctement la situation et de tenir compte des appels à l'aide de l'adolescente. Un battement sourd lui emplissait le crâne ; le café qu'elle avait bu un peu plus tôt lui pesait.

« Ne te laisse pas atteindre, Samantha ! Surtout pas ! »

— Tu as eu l'air terrifiée quand elle a dit qu'elle s'appelait Annie, remarqua Tiny. On aurait dit que tu la connaissais.

— Je sais… mais je ne la… je ne la connaissais pas. C'est… incroyable.

— Qu'est-ce qui est incroyable ?

Tiny parut sur le point de lui reprendre les bras ; au lieu de quoi il plongea les mains dans les poches de son jean baggy.

— Annie Seger est le nom d'une adolescente qui m'a appelée dans le cadre d'une autre émission, que j'animais à Houston. C'était il y a très longtemps.

Soudain, pourtant, cela paraissait très proche. Comme si cela s'était passé hier. Samantha se revoyait en train de presser le bouton et d'écouter une jeune fille qui lui expliquait d'une voix hésitante qu'elle était enceinte et morte de peur.

— Annie a téléphoné plusieurs soirs de suite pour me demander des conseils.

Annie semblait vraiment effrayée, mais quel que soit le conseil que lui offrait Samantha, elle le rejetait ; elle se plaignait de n'avoir personne à qui parler, personne à qui se confier — ni ses parents, ni le prêtre de sa paroisse, ni même le père de son enfant à venir.

— J'ai essayé de l'aider, mais elle a fini par se suicider...

Samantha repoussa les cheveux qui lui étaient tombés sur le visage et elle vit son reflet, pâle, dans la vitre de sa cabine. Derrière, Melanie était assise à sa place et parlait dans le micro, animant l'émission. C'était une impression irréelle que de se trouver là, très tard dans la soirée, dans ce couloir à peine éclairé, à se remémorer une époque de sa vie qu'elle pensait avoir presque rayée de sa mémoire.

— Tu penses que c'est ta faute, si elle s'est suicidée ? lui demanda Tiny.

— En tout cas, la famille d'Annie m'en a fait porter la responsabilité.

— C'est lourd.

— Très lourd, oui.

Samantha se frictionna les bras et tenta de recouvrer un peu de sérénité. Elle avait une émission à animer. Un travail à finir. Elle vit Melanie, qui retirait le casque et faisait rouler la chaise vers l'arrière. Quelques secondes plus tard, elle sortait de la cabine.

— Tu as soixante secondes avant de reprendre l'antenne, dit-elle à Samantha. Comment te sens-tu ?

— Pas terrible, reconnut Samantha.

Elle avait même le sentiment que jamais plus cela n'irait. Pourtant, en rejoignant la cabine, elle murmura :

— Mais je vais m'en sortir.

— Tu as Eleanor sur la 2.

— Je n'ai pas le temps.

— Elle est furieuse...

— J'imagine. Dis-lui que je lui parlerai après l'émission.

Elle ne se sentait pas en état d'affronter sa directrice des programmes. Pas tout de suite.

— C'était quoi le problème, avec la fille qui a appelé ? demanda Melanie alors que Samantha reprenait sa place et accomplissait les gestes habituels, de façon mécanique.

— J'espérais que tu me l'expliquerais ! Tu es supposée filtrer les appels...

— C'est ce que j'ai fait ! J'ai même enregistré notre conversation. Elle n'avait pas du tout cette petite voix. Elle m'a raconté qu'elle avait des soucis avec son ex-belle-mère et voulait ton avis.

Fixant Samantha d'un regard mauvais, Melanie ajouta :

— Tu es remise de tes émotions, maintenant ? Tu poursuis l'émission ? Si tu ne t'en sens pas capable, je m'en charge.

Sa voix s'adoucit légèrement et son attitude défensive disparut.

— Je peux y arriver, reprit-elle. Aucun problème. Tiny viendra prendre ma place — comme quand tu étais au Mexique.

— Ça va aller, je t'assure. Mais je te remercie.

Melanie lui adressa un sourire derrière lequel se cachaient des émotions difficiles à cerner.

— Tu sais que je suis une parente éloignée de Jefferson Davis, le président des Etats confédérés pendant la guerre de Sécession ?

— J'ai entendu dire ça, oui.

— Je suis prête à n'importe quel défi, s'il le faut. C'est dans mes gènes.

— Dieu merci, pour tes gènes, je vais bien.

Pas question pour Samantha de laisser une nouvelle mauvaise blague téléphonique lui faire abandonner son poste de travail.

— Je me charge de tout, assura-t-elle. Vous deux, dit-elle en désignant Tiny et Melanie, occupez-vous de filtrer les appels et de tout enregistrer. Il ne nous reste qu'un quart d'heure d'émission. Et dites à Eleanor de rester tranquille.

Elle ajusta ses écouteurs et rapprocha le micro de ses lèvres, attendant que la publicité pour un site internet local se termine.

— Et revoici le Dr Samantha, annonça-t-elle. Désolée pour cette interruption. Comme vous avez dû vous en rendre compte, la radio connaît quelques soucis techniques, ce soir.

C'était un mensonge énorme, et elle allait probablement perdre en crédibilité auprès de ses auditeurs ; mais elle ne se sentait pas en état d'affronter la question Annie Seger. Surtout pas en cet instant.

— Bien, revenons-en où nous en étions il y a quelques minutes. Nous parlions de nos parents. Nos parents qui interfèrent dans nos vies, tentent de nous dicter notre conduite. Nos parents qui ont besoin de nous. Mon père est le meilleur des pères, mais il semble incapable d'accepter le fait que je suis maintenant une femme. Je suis certaine que vous êtes nombreux à avoir des expériences similaires…

Les voyants des lignes téléphoniques clignotaient déjà. A défaut d'autre chose, les blagues téléphoniques suscitaient l'intérêt. Le premier correspondant, sur la ligne 1, était un certain Ty.

Fulgurante, une image s'imposa à elle, celle d'un grand brun au sourire ravageur et au regard aussi perçant qu'indéchiffrable. Elle eut beau se dire qu'il ne s'agissait pas forcément de son nouveau voisin, elle sentit son estomac se nouer.

— Bonsoir, comment vous appelez-vous ?

— Ty.

Elle éprouva un mélange de soulagement et d'appréhension en reconnaissant la voix. Elle s'interrogeait. Pourquoi écoutait-il l'émission ? Comment avait-il réussi à être le premier à appeler, après celle qui avait fait resurgir le nom d'Annie Seger sur les ondes ?

— Qu'est-ce que je peux faire pour vous, Ty ? Vous avez des problèmes avec vos parents ? Vos enfants ?

— En réalité, je suis un peu en dehors du sujet de ce soir. J'espérais votre aide pour une question… disons, relationnelle.

— Je ferai mon possible…

Tout en ignorant la moiteur soudaine de ses mains, Samantha se demanda où cela allait mener. Etait-ce une façon de lui dire qu'il n'était pas libre, qu'il y avait déjà une femme dans sa vie ? Dans ce cas, pourquoi s'être livré à ce flirt, l'autre après-midi ?

— De quoi s'agit-il, Ty ?

— Eh bien, je viens d'emménager dans un nouveau quartier et j'ai fait la connaissance d'une femme qui ne m'est pas indifférente.

Samantha sentit une partie de son appréhension s'envoler.

— Et le sentiment est réciproque ? demanda-t-elle, incapable de réprimer un sourire.

— Oui, je pense. Même si elle affecte une certaine froideur.

— Qu'est-ce qui vous permet de penser qu'elle a envie de mieux vous connaître ? Que sa froideur n'est pas une affectation, comme vous dites ?

— Je le vois dans ses yeux. Elle est intéressée. Plus qu'intéressée, même. Mais elle est trop fière pour l'admettre.

Le sourire de Samantha s'épanouit encore, et elle sentit une vague de chaleur lui embraser le cou.

— Elle est si… transparente ?

— Oui. Sauf qu'elle ne le sait pas.

« Super ! » pensa Samantha.

— Vous devriez peut-être lui révéler vos sentiments.

— J'y pense sérieusement, répondit Ty d'une voix traînante.

Le souffle court, Samantha sentit les battements de son cœur s'affoler. Elle se demanda ce que Melanie et Tiny pouvaient saisir des sous-entendus de cette conversation — Melanie et Tiny… ainsi que tous ceux qui écoutaient WSLJ en cet instant.

— Préparez-vous quand même à toutes les éventualités, Ty. Il se pourrait que cette femme ne soit pas aussi séduite que vous le pensez.

— Il faut que je sache. Je vais donc devoir faire un geste, selon vous ?

La poitrine de Samantha se serra.

— Ce… ce serait logique, oui.

— Malheureusement, la logique n'a guère de place dans ce qui peut se passer entre un homme et une femme, vous le savez comme moi…

Bien vu !

— Alors, que comptez-vous faire, Ty ?

Il y eut une hésitation, infime mais perceptible.

— Je vais tâcher de découvrir ce qu'elle aime, murmura Ty.

— Et comment ? demanda Samantha, la bouche sèche.

Des images de Ty Wheeler se succédèrent rapidement dans son esprit, terriblement sensuelles : ses épaules carrées, ses cheveux bruns, son regard intense. Accompagnées de pensées aussi fugaces que voluptueuses. Elle se demanda comment ce serait de l'embrasser, de le toucher, de faire l'amour avec lui…

Il se mit à rire.

— Ça, je devrais pouvoir trouver.

— Donc vous allez essayer de faire évoluer votre relation, de passer à l'étape suivante ?

— Absolument.

— Quand ?

— Au moment où elle s'y attendra le moins.

Elle en eut le souffle coupé.

— Eh bien… je vous souhaite bonne chance, Ty, parvint-elle à articuler.

— Moi aussi, docteur Samantha. Moi aussi.

Dans l'esprit de Samantha, la plus grande confusion régnait. Elle fixait les lumières clignotantes des lignes téléphoniques en se demandant si certains auditeurs avaient compris les allusions de cette conversation.

— Merci d'avoir appelé, Ty, dit-elle.

— Je vous prie. Docteur Samantha ?

— Oui ?

— Faites de beaux rêves.

12.

Pour la première fois de sa longue carrière radiophonique, Samantha se trouva incapable de prononcer un mot. Elle avait le visage en feu, la bouche affreusement sèche.

— Vous… aussi, balbutia-t-elle d'une voix méconnaissable. Faites de beaux rêves.

Puis, rapidement, avant de perdre le fil de ses pensées, elle pressa un bouton, tout en lisant ce que lui indiquait l'écran de son ordinateur.

— Bonsoir, Terry, vous êtes à l'antenne. Je vous écoute…

— Bonsoir, docteur Samantha, fit une voix féminine. C'était qui, l'homme qui vient d'appeler ? Vous le connaissez ?

Samantha fusilla Melanie du regard, de l'autre côté de la cloison vitrée. Quand allait-elle se décider à filtrer les appels, bon sang ?

— Avez-vous une question concernant directement notre sujet, Terry ?

— Et cette Annie, avant ? Qu'est-ce qui s'est passé ?

Melanie secouait la tête.

— Je l'ignore, répondit Samantha. Alors, pourquoi nous appeliez-vous ?

— Eh bien, c'est au sujet de mon fils, qui est adolescent.

— Que se passe-t-il ?

Terry en revint donc à son fils, mais les questions concernant Annie recommencèrent dès l'appel suivant. Les voyants des lignes téléphoniques clignotaient furieusement. Et tous les auditeurs que Samantha prit à l'antenne l'interrogèrent sur l'étrange adolescente qu'elle avait eue en ligne quelques instants plus tôt.

Heureusement, l'émission touchait à sa fin. Tandis que les

premières mesures de *Midnight Confession* passaient, elle livra son habituelle formule de conclusion.

— ... pensez qu'il y aura toujours un lendemain... Faites de beaux rêves...

Elle ferma aussitôt son micro, se débarrassa de son casque et sortit en trombe de sa cabine pour rejoindre Tiny et Melanie, à côté. Ils rangeaient divers papiers et effectuaient les réglages pour lancer le programme de nuit, *Extinction des feux*.

— Je croyais que tu filtrais les appels! lança-t-elle d'un ton accusateur.

— C'est ce que j'ai fait! répliqua Melanie. C'était un vrai cauchemar!

La cabine technique était plongée dans l'obscurité, à l'exception d'une lampe de bureau, des voyants lumineux de la console et du système d'éclairage, invisible, qui diffusait de la lumière sur toute une batterie d'ordinateurs et de matériel d'enregistrement.

Tiny vint à la rescousse de Melanie.

— Personne ne voulait parler d'autre chose que d'Annie.

— Ou de Ty. J'avais deux auditeurs qui souhaitaient t'interroger à son sujet.

Melanie écarta des boucles blondes de son visage, qui luisait sous un léger voile de transpiration.

— J'ai fait mon possible, Samantha. Mais parfois, c'est vraiment difficile...

Samantha se calma. Ce n'était tout de même pas la faute de son assistante si une femme avait appelé en se faisant passer pour Annie.

— Tu as gardé la trace de tous les appels? demanda-t-elle.

— Du premier au dernier, répondit Tiny en tapotant une feuille de papier. Tout est ici, sur la feuille de log. J'ai noté le numéro de téléphone *et* le nom, s'il était disponible. Bien sûr, certains des appels sont restés anonymes. S'ils sont passés depuis une entreprise disposant d'un système téléphonique privé, l'identificateur d'appels ne peut rien.

— A quoi sert-il, alors, cet identificateur?

Dégoûtée, Samantha se pencha vers la feuille de log de Tiny.

— C'était toujours un départ…, dit-il. Et nous avons presque tous les numéros.

Il fit tourner le tableau de données vers elle, avant de faire rouler sa chaise jusqu'aux ordinateurs afin de préparer le lancement des trois prochaines heures de programmes. Du regard, Samantha survola les informations que Tiny avait notées de son écriture tout juste lisible. Comme il l'avait indiqué, chaque appel téléphonique avait été consigné. Figuraient à côté un numéro, un nom et parfois même quelques annotations. Samantha laissa son index descendre le long de la liste, et elle s'arrêta sur le prénom « Annie », à côté duquel se trouvaient un numéro et le code d'identification d'un téléphone public.

Evidemment. La personne qui avait appelé était trop intelligente pour le faire depuis une résidence privée.

— Il me faudra une copie de cette liste.

— Pour la police ? demanda Melanie en fermant son porte-documents.

— Et moi-même.

— Mais qu'est-ce qui s'est passé, au juste ?

Du pouce, Melanie désigna le studio de Samantha, plongé dans la pénombre. La lumière des lampadaires, dans la rue, trois étages plus bas, filtrait à travers la fenêtre et donnait un relief étrange à tout ce qui se trouvait là, les micros au bout de leurs bras squelettiques, bizarrement tordus, ou le pupitre environné de boutons, de leviers et de voyants. C'était assez sinistre, presque effrayant.

Une impression absurde.

Melanie s'insinua dans le cours de ses pensées.

— Allez, Samantha… C'était qui, cette Annie ? Elle a fait comme si elle te connaissait. Et tu as eu l'air terrifiée.

— Tu n'as qu'à repasser la bande — le moment où elle a appelé et que tu lui as parlé, avant que je la prenne à l'antenne. Tu as enregistré votre conversation, à ce que tu m'as dit ?

— Oui, mais…

— C'est là, intervint Tiny. Juste une seconde… Voilà.

Une voix féminine se fit entendre juste après que Melanie eut répondu.

— Annie, à l'appareil. J'aimerais parler au Dr Samantha. C'est au sujet de ma belle-mère. Elle intervient trop dans mon couple.

— Très bien. Attendez une minute...

Samantha avait pris cette auditrice peu après — une auditrice dont la voix s'était curieusement modifiée.

En l'entendant de nouveau, Samantha eut la chair de poule.

Tiny arrêta de passer l'enregistrement et lui jeta un coup d'œil par-dessus son épaule.

— Qui est-ce ?

— Je n'en sais rien. Je sais simplement que ce n'était pas Annie Seger.

Mais qui pouvait appeler de la sorte et se faire passer pour Annie Seger ? Pourquoi quelqu'un irait-il ressusciter cette tragédie ?

— Curieusement, ajouta-t-elle, je suis certaine d'avoir déjà entendu cette voix. Ce n'est pas celle d'Annie... mais je la connais.

Elle ferma les yeux. Qui aurait intérêt à lui jouer ce mauvais tour ? Consciente du regard intrigué que Melanie et Tiny posaient sur elle, elle haussa les épaules.

— Je n'arrive pas à l'identifier. Mais cela viendra, j'en suis sûre.

Glacée, elle se frictionna les bras.

— C'était juste une sale blague.

— Une de plus, souligna Melanie. Comme les coups de fil de « John ».

— Oh, mais c'est autre chose...

Elle repensa alors à ces soirées horribles et solitaires où Annie Seger avait appelé la radio, à Houston ; l'émission avait alors pulvérisé ses records d'audience ; le nom du Dr Samantha était entré dans presque tous les foyers. Et une jeune fille enceinte s'était suicidée. Y avait-il eu négligence de sa part ? Avait-elle correctement analysé la situation ? Y avait-il seulement des indices des dispositions suicidaires d'Annie ? Ces questions, combien de fois se les était-elle posées ? Combien de nuits était-elle restée éveillée, à se remémorer ces appels téléphoniques, désespérés, ployant sous le poids de la culpabilité, se demandant si elle aurait pu faire quoi que ce soit pour aider la jeune fille.

— Bien sûr que c'est différent. C'est une femme qui a appelé, cette fois.

Le regard de Melanie passa de Samantha à Tiny, qui réglait le volume des programmes à venir. Samantha réalisa alors que Melanie ne connaissait pas l'histoire. Elle ne se trouvait pas avec eux, quand Samantha avait brièvement parlé d'Annie Seger à Tiny.

— Cette femme s'est fait passer pour une ado qui avait appelé Samantha lorsqu'elle travaillait à Houston et qui s'est suicidée, expliqua-t-il.

— Quoi ? fit Melanie avec un mouvement de recul. Mais c'est... dégueulasse !

— Pire que dégueulasse, renchérit Tiny en croisant les bras sur son torse. Il faut être malade.

— C'est ma spécialité, les malades. N'oubliez pas que je suis psy, souligna Samantha.

Le téléphone sonna, qui les fit sursauter tous les trois. Le témoin lumineux de la ligne 2 se mit à clignoter.

— Je le prends, dit Samantha. C'est probablement Eleanor. Allô ? Ici, Samantha...

— Heureux de te parler.

Elle se figea.

— Qui... qui est à l'appareil ?

Elle le savait très bien. Elle avait aussitôt reconnu la voix, feutrée, sexy. *John*. A l'affût, quelque part. Attendant son heure.

— Arrête de jouer ce petit jeu, Samantha. Tu sais qui je suis.

— C'est vous qui jouez.

— Vraiment ? Oui, c'est possible. Et est-ce qu'on s'amuse ?

Samantha fut tentée de raccrocher. Mais pour avoir une chance de coincer ce salaud, elle devait le garder en ligne. Tout en faisant de grands signes à Tiny, et en lui désignant un enregistreur numérique, elle continua de parler.

— Je ne sais pas si je parlerais d'*amusement*, John.

— J'ai écouté ton émission, ce soir.

Tiny, qui avait compris ce qui se passait, pressa un bouton et, d'un hochement de tête, signifia à Samantha que la conversation était enregistrée. Melanie fixait le haut-parleur, comme pétrifiée.

— Mais vous ne m'avez pas appelée.

— J'appelle maintenant, répliqua-t-il de sa voix bien modulée.

L'avait-elle déjà entendue, cette voix ? Cet homme l'avait-il déjà contactée sous une autre identité ? Etait-ce quelqu'un de proche ?

« Pense, Samantha ! Pense ! »

Ce fou se comportait comme s'il la connaissait. Comme s'ils s'étaient déjà rencontrés.

— J'aimerais te parler seul à seule. Sur un sujet très personnel.

— Je ne sais même pas qui vous êtes.

Il eut un gloussement, qui se répercuta dans la cabine technique.

Melanie se mordit la lèvre.

Tiny écarquilla les yeux derrière ses lunettes.

La petite pièce semblait soudain trop exiguë, sombre, dangereuse. Samantha respirait difficilement.

— Mais si, tu sais... *docteur.* C'est juste que tu ne te rappelles pas. Tu ne vois vraiment pas ? Pourtant, avec ton diplôme...

— Qu'est-ce que vous voulez ?

Elle s'assit et fixa le haut-parleur du téléphone, comme si le visage de son correspondant allait y apparaître.

— Pourquoi m'appelez-vous ?

Elle était à peine en état de penser ; elle savait juste qu'elle devait le garder en ligne le plus longtemps possible. Elle attrapa un crayon, dans un pot, retourna la feuille de log et écrivit : « APPELLE LA POLICE ». Elle fit glisser la feuille vers Melanie.

— Parce que je sais ce que tu es, Samantha. Une salope, une grosse chaude. Une imposture vivante. Ce diplôme dont tu es si fière, il ne vaut même pas le papier sur lequel il est imprimé.

Le ton s'était chargé de colère, soudain ; la voix trahissait une certaine agitation.

— Les femmes comme toi devraient être punies.

Melanie était sortie en courant de la cabine, pour aller rejoindre celle d'à côté. A travers la cloison vitrée, Samantha la vit qui faisait de la lumière dans le studio et se coiffait du casque. Utilisant une ligne téléphonique libre, elle composa un numéro et hocha la tête à l'intention de Samantha et Tiny. La lumière de la ligne 3 se mit à clignoter.

« Garde-le en ligne, Samantha, continue de lui parler. Il finira bien par commettre une bourde. »

Et peut-être que la police arriverait ; peut-être qu'il y aurait un moyen d'identifier l'appel.

— Tu n'es qu'une pute, *docteur* Samantha ! Une pute à cinquante dollars l'heure !

— Je ne comprends rien à ce que vous racontez.

Elle devait conserver son calme. Le faire parler. Tâcher d'en apprendre un peu sur lui. Elle avait les mains trempées de sueur et son cœur battait à se rompre.

— Tout est dans ton passé — ce passé que tu caches au monde. Mais je sais, moi. J'étais là-bas. Je me rappelle, quand tu te vendais dans les rues. Tu es une pute, et tu vas payer. Le salaire du péché, c'est la mort… Et tu vas mourir. Très bientôt.

Les doigts de sa main droite crispés sur le crayon, elle déglutit avec peine. Mais qui était-ce, à la fin ? Pourquoi était-il si en colère ? Qu'entendait-il par « j'étais là-bas » ? De quel endroit parlait-il ?

— Pourquoi me menacez-vous, John ? Qu'est-ce que j'ai pu vous faire ?

— Tu ne sais pas ? Tu ne te souviens pas ?

Il avait presque crié, sur ces derniers mots. Des mots qui faisaient étrangement écho à ceux d'Annie, un peu plus tôt.

« Vous ne vous rappelez pas ? »

— Non. Pourquoi ne me le dites-vous pas ? Où nous sommes-nous rencontrés ? demanda-t-elle avec un calme qui l'étonnait elle-même.

Elle pouvait à peine respirer. Elle avait chaud et se sentait en même temps habitée d'un froid intense.

John ne lui répondit pas. C'était encore plus glaçant. De savoir qu'il était là, à écouter, sans parler. A travers la paroi vitrée, Samantha croisa le regard de Melanie. Elle parlait, hochait la tête et faisait de grands gestes comme si la personne qu'elle avait en ligne était en mesure de la voir.

— John ? Vous êtes toujours là ?

— Tu es sur haut-parleur ? lui demanda-t-il soudain. Il y a de l'écho...

— Pourquoi m'appelez-vous, John ?

La sonnerie du téléphone retentit avec force, et le voyant lumineux de la ligne 4 se mit à clignoter. Samantha l'ignora.

— Qu'est-ce que vous me voulez ?

— Tu mens, sale pute ! Tu es sur haut-parleur. Je t'ai pourtant dit que cette conversation était personnelle.

— Mais nous sommes seuls, je vous assure ! Maintenant, dites-moi ce que vous attendez de moi...

— Je veux te punir. Je veux te voir à genoux, t'entendre implorer le pardon.

— Pour quoi ?

Mais cette fois, il avait coupé la communication.

— Merde ! lança Samantha.

Elle avait l'impression de trembler de l'intérieur. Elle se sentait sans force. Vulnérable. Violée.

« Ne le laisse pas te faire ça, se dit-elle. Ne le laisse pas t'atteindre... » Pourtant, la haine qu'elle avait perçue en lui, sa colère contre elle, la terrifiaient littéralement.

— J'ai tout, annonça Tiny tandis que Samantha pressait le bouton de la ligne quatre.

— WSLJ...

— Samantha, c'est vous ? fit la voix rugissante d'Eleanor. Mais que se passe-t-il, à la fin ? Vous étiez censée me rappeler. Tout le monde va bien ?

— Ça va, oui.

— Il s'est passé de drôles de choses au téléphone, ce soir. J'ai eu du mal à croire à ce que j'entendais quand cette fille a affirmé qu'elle était Annie Seger...

Il y eut une pause, et Eleanor demanda :

— Samantha, dites-moi que ça va.

— Je crois vous l'avoir déjà dit.

— Oui, mais je me rappelle ce qui s'est passé. J'y étais, à Houston.

Soudain consciente que Tiny ne perdait pas un mot de cette

conversation, et même qu'il l'enregistrait probablement, Samantha coupa court.

— Ecoutez, nous sommes tous fatigués. Ne parlons pas de ça maintenant. Faisons ça demain. J'arriverai plus tôt à la station. Nous avons d'autres questions à aborder.

— D'autres questions ? répéta Eleanor, aussitôt méfiante.

— L'autre mauvais plaisant, celui qui se fait appeler John, m'a de nouveau contactée. Je raccroche à l'instant.

— Il a téléphoné *après* l'émission ? Mais qu'est-ce que ça signifie ?

— Aucune idée. En tout cas, c'est la deuxième fois que cela arrive. Comme s'il voulait rendre les choses plus personnelles. La première fois, il m'a expliqué qu'il n'avait pas pu appeler pendant l'émission parce qu'il était occupé et que c'était ma faute. Là, il n'a pas donné de raison. Il a paru très énervé quand il s'est rendu compte que je l'écoutais sur le haut-parleur du téléphone ; il est devenu menaçant. Tiny a tout enregistré. Nous écouterons la bande demain.

— Ça ne me plaît pas, Samantha. Pas du tout.

— A moi non plus.

— Nous allons devoir contacter de nouveau la police.

— Melanie vient de s'en charger.

De l'autre côté de la cloison vitrée, Samantha vit son assistante, qui hochait la tête et faisait de grands gestes, tout en parlant au téléphone.

— Nous avons la situation en main, assura Samantha.

— Vous plaisantez ? C'est allé beaucoup trop loin. Désormais, je ne veux plus vous voir vous promener seule dans la rue le soir, c'est compris ? Faites-vous accompagner jusqu'au parking. Ou prenez un taxi pour y aller, s'il le faut. Vous m'entendez ?

— Cinq sur cinq.

Samantha vit Melanie, qui raccrochait, dans la cabine voisine.

— Je suis sérieuse, Samantha. Et dites à la police qu'ils ont intérêt à me retrouver rapidement ce salaud, ou ils auront affaire à moi !

— Ils vont en avoir, des sueurs froides…

— Je ne plaisante pas !

— Je sais, Eleanor.

— Tant mieux. Demain, nous irons au fond de cette histoire. Je propose que nous nous retrouvions tous, Tiny, Melanie et vous dans mon bureau, à 13 heures.

Eleanor laissa échapper un soupir.

— A demain. Et… soyez prudente.

Samantha raccrocha, et Melanie fit irruption dans la cabine technique.

— La police arrive, annonça-t-elle, avant de fixer le haut-parleur du téléphone. Il a dit quelque chose d'autre ?

— Ce type est un maniaque, déclara Tiny. C'était bizarre… Superbizarre.

Se massant la nuque, il ajouta :

— Je descends guetter l'arrivée des flics.

Il attrapa son blouson et quitta le studio, tout en fouillant dans ses poches à la recherche de son paquet de Camel.

— Et maintenant ? demanda Melanie.

— On attend la police.

— Je ne suis pas sûre qu'ils puissent faire grand-chose.

Pas question pour Samantha d'abonder dans son sens, et de reconnaître qu'elle-même pensait que John réussirait à échapper à la police.

Elle ne voulait même pas y songer.

Elle se rappela alors les paroles menaçantes qu'il avait proférées ; elle les entendit comme s'il les lui susurrait à l'oreille.

Le salaire du péché, c'est la mort… Et tu vas mourir. Très bientôt.

Il transpirait.

Son cœur palpitait à grands coups dans la nuit chaude, moite et pesante.

La tête vibrante de sa conversation, il sortit brusquement de la cabine téléphonique, dans St. Charles Avenue. Il traversa en dehors du passage pour piétons, enjamba les rails du tramway et longea les universités — Tulane et Loyola. Côte à côte, les deux ensembles en pierre et brique ressemblaient dans la nuit à des forteresses, à des châteaux édifiés à la gloire de l'université toute-puissante. Il eut la chair de poule quand il leva les yeux vers les bâtiments. Il lui semblait sentir le doux parfum, si séduisant, des jeunes esprits. Comme le sien l'avait été un jour.

L'université.

La philosophie.

La religion.

C'était là qu'il avait appris la vérité ; là qu'il avait compris sa mission.

Là que tout avait commencé.

Son mentor serait si fier !

Quelques étudiants traînaient sur la grande pelouse, à parler, à rire, à fumer — et sans doute pas que du tabac. Une douce lumière tombait de certaines fenêtres, mais il y prêta à peine attention tandis qu'il se frayait un chemin dans l'ombre, en courant presque, le cœur battant trop vite. Il avait la tête emplie des paroles du Dr Leeds, des mots qui ricochaient parmi ses pensées comme des projectiles brûlants.

« Pourquoi me menacez-vous, John ? Qu'est-ce que j'ai pu vous faire ? »

Elle ne se rappelait pas.

Elle ne se souvenait pas de l'horreur qui avait changé sa vie, l'avait ruinée.

Une vague de rage déferla dans ses veines, et il se mit à courir, de plus en vite, en direction du centre-ville, vers Bourbon Street et son chant des sirènes. Là, il pourrait se mêler à la foule qui circulait en permanence dans les rues, il pourrait s'y cacher et être en même temps près d'elle.

« Qu'est-ce que j'ai pu vous faire ? »

Elle saurait bientôt.

Elle comprendrait.

Et ce serait sa dernière pensée avant de mourir.

13.

— … et si vous pensez à autre chose, prévenez-nous, dit un des policiers qui avaient pris la déposition de Samantha.

Les deux hommes quittèrent la cuisine de WSLJ, où ils avaient consigné les déclarations de Samantha, Melanie et Tiny. Ce dernier n'avait pas cessé d'entrer et de sortir, vérifiant que l'enregistrement des programmes de la nuit passait sans incident technique.

— Ouf! Je suis contente que ce soit terminé! lança Melanie en attrapant son sac et son porte-documents. Ça n'en finissait plus.

— Ils ont juste été consciencieux.

— Tu penses qu'ils vont arrêter quelqu'un? demanda Tiny, qui fouillait dans les placards.

Il trouva un sachet de pop-corn qu'il glissa dans le four à micro-ondes.

— Je l'espère.

Samantha étouffa un bâillement. Elle était épuisée et ne voulait plus penser aux événements de la soirée. Il était près de 3 heures du matin. Tout ce qu'elle désirait, maintenant, c'était rentrer chez elle, se coucher et tout oublier. Elle avait la migraine, et sa cheville avait recommencé de la faire souffrir.

— Je crois que ce pop-corn est à Gator, remarqua Melanie alors que Tiny tournait le minuteur du micro-ondes.

— Il ne s'en rendra pas compte. Cela ne vous ennuie pas de partir seules, toutes les deux?

— On devrait s'en sortir, répliqua Samantha d'un ton acide.

Difficile d'imaginer Tiny en train de les protéger face à d'éventuels agresseurs.

— Allons-y, Melanie.

Elle rassembla ses affaires. Derrière le bourdonnement du four, les premiers « pop » des grains de maïs se firent entendre, et une odeur de beurre envahit la cuisine tandis que Melanie et elle quittaient la pièce et rejoignaient le bas de l'immeuble.

Ty était là, dehors, qui l'attendait.

Arrêté en stationnement interdit devant le bâtiment, accoté à sa Volvo, il fixait la porte du regard quand elles la franchirent. Il avait les bras croisés sur le torse, et même dans la lumière pâle des réverbères, elle remarqua l'ombre de ses joues mal rasées. Il était vêtu d'un jean, d'un T-shirt et d'un blouson en cuir, et ainsi il faisait penser à James Dean, en plus vieux. « Super », pensa-t-elle avec ironie. Exactement ce dont elle avait besoin.

Elle sentit pourtant un léger courant d'excitation la parcourir.

Il y avait l'odeur de la rivière toute proche, la touffeur de l'air, la complainte solitaire d'un saxophone, quelque part, par-dessus la rumeur des quelques voitures qui circulaient au cœur de la nuit — et cet homme, inconnu une semaine plus tôt, qui l'attendait.

Il s'écarta de sa voiture.

— Je me suis dit qu'il fallait que je vienne m'assurer que vous alliez bien.

— Je vais bien. Je suis juste morte de fatigue.

Pourtant, le simple fait de le voir la vivifiait.

— Ty Wheeler, dit-il à Melanie. Je suis un voisin de Samantha.

Avec un temps de retard, Samantha retrouva ses bonnes manières, alors qu'une voiture passait, toutes vitres baissées. Des basses énormes s'en échappaient.

— Oh, oui… Ty, voici Melanie Davis, mon assistante. Melanie, je te présente Ty. Il est écrivain, il a un chien et il achète des voiliers en piteux état.

Melanie le jaugea d'un rapide coup d'œil, que suivit un sourire cordial.

— Ecrivain ? demanda-t-elle, visiblement impressionnée.

Il hocha la tête.

— J'écris un roman.

— Quel est le sujet ?

— Imaginez quelque chose entre *L'homme qui murmurait à*

l'oreille des chevaux et *Le Silence des agneaux*. C'est une ferme qui fait le lien.

— Ben voyons…, murmura Samantha, tandis que Melanie gloussait.

— Où est votre voiture ? demanda Ty.

— A deux pâtés de maisons d'ici.

Malgré tous ses grands discours sur le féminisme et ses revendications de femme forte, c'était un réel soulagement d'avoir Ty à leurs côtés. Et pas seulement parce qu'il était un homme ; ils seraient d'autant plus en sécurité qu'ils seraient nombreux.

— C'est vous, le Ty qui a appelé ce soir ? devina Melanie.

Et Samantha entendit presque les rouages des pensées de son assistante tandis que celle-ci devait se remémorer les questions que Ty avait abordées.

— Oh, oui, j'y suis ! lança-t-elle, les yeux brillants.

— C'est moi qui ai téléphoné, en effet. Ce que j'avais entendu ne me plaisait pas, et j'ai eu envie de changer l'atmosphère. Et puis, en raccrochant, je me suis dit que Samantha aimerait être raccompagnée chez elle. En arrivant, j'ai vu la voiture de police et j'ai décidé d'attendre.

Melanie ne fit aucun commentaire. Elle se contenta de hausser un sourcil, tâchant visiblement d'élucider la nature des relations entre Ty et Samantha.

— Je pense que je ferais mieux de conduire, dit Samantha. Je n'ai pas envie de laisser ma voiture ici — et j'en aurai besoin pour revenir demain.

Il la regarda un instant en silence.

— Comme vous voudrez. Mais je vous accompagne jusqu'à votre voiture et vous me ramènerez jusqu'à la mienne.

— Vous n'êtes vraiment pas obligé…

Melanie avait une autre idée en tête.

— Voyons, Samantha ! M. Wheeler a fait ce chemin en pleine nuit pour s'assurer que tu n'avais pas de problème. Laisse-le venir jusqu'au parking avec toi — enfin, avec *nous*.

Elle semblait soudain presque jalouse, et Samantha s'interrogea sur son petit ami, dont elle ne parlait jamais. Avaient-ils rompu ?

Ce ne serait pas la première fois que Melanie se lancerait à corps perdu dans une histoire d'amour, pour y mettre un terme quelques semaines plus tard.

— Je serais plus rassuré, dit Ty en leur emboîtant le pas. Comme je vous l'ai expliqué, j'écoutais votre émission et j'ai entendu ce drôle d'appel. Cette Annie… Vous avez paru terrifiée.

— S'il n'y avait eu que ça…

Alors que Samantha aurait préféré lui révéler plus tard le coup de fil de « John », Melanie fut incapable de tenir sa langue. Elle raconta l'appel qu'ils avaient reçu, juste après l'émission.

— Donc il préfère vous parler seul à seule, observa Ty d'un ton grave.

Ils passèrent devant la cathédrale Saint-Louis, dont l'éclairage illuminait la façade blanche. Les trois flèches semblaient chercher à transpercer le velours noir du ciel.

— Qu'est-ce qu'il veut ?

— Se venger.

— De quoi ? demanda Ty, dont les mâchoires s'étaient serrées.

Samantha secoua la tête.

— Je ne sais pas.

— De tes péchés, intervint de nouveau Melanie.

Elle avait ouvert son sac à main, dans lequel elle farfouillait à la recherche de ses clés de voiture.

— Il parle toujours de tes péchés. On dirait une sorte de… prêtre, ou je ne sais quoi.

Ils atteignirent le bâtiment qui abritait le parking. Melanie trouva son trousseau et le sortit du sac. Les clés, au moins une dizaine, s'entrechoquèrent bruyamment.

— Je t'accompagne ? proposa-t-elle en déverrouillant les portières de sa voiture.

— Je suis au niveau un, répliqua Samantha d'un ton sec. Je devrais pouvoir y arriver.

Samantha n'avait pas besoin que son assistante en fasse autant ; elle n'était pas une poule mouillée.

— Je monte avec elle, dit Ty.

Et même si Samantha ignorait encore tout ou presque de son

nouveau voisin, elle ne pensait pas qu'il lui ferait le moindre mal. Il avait déjà eu de multiples opportunités de s'en prendre à elle, alors qu'ils se trouvaient seuls et que personne ne les savait ensemble. Et si jamais il avait été son persécuteur, il n'aurait pas pris le risque de l'agresser alors que Melanie les avait vus ensemble…

En vérité, elle se sentait en sécurité, avec lui. Elle se sentait bien.

— D'accord.

Melanie avait déjà pris place à bord de sa voiture, dont le moteur rugit. Elle quitta son emplacement et passa la main par la vitre ouverte de sa portière pour les saluer, donnant un coup de Klaxon qui résonna bruyamment dans le parking. La petite voiture bondit vers la sortie dans un nuage de fumée d'échappement.

— Elle ne passe pas inaperçue, observa Ty tandis qu'ils prenaient l'escalier.

— Elle a aussi un goût prononcé pour le mélodrame, et elle est terriblement efficace, dans le travail.

La Mustang rouge de Samantha était l'unique véhicule stationné au premier niveau du parking. Une bonne moitié des lampes de sécurité ne fonctionnaient plus, et celles qui éclairaient encore se concentraient autour de l'ascenseur et de l'escalier.

— On se croirait dans un film d'Hitchcock…, remarqua Ty.

— On en fait peut-être un peu trop, vous ne croyez pas ?

— J'espère juste que vous ne vous aventurez jamais seule ici, répliqua Ty d'un ton renfrogné.

Ses bottes claquaient sur le revêtement bétonné.

— Cela m'arrive. Mais je suis prudente.

Du regard, il balaya toutes les places inoccupées.

— Il n'empêche que ça ne me plaît pas.

L'irritation gagna Samantha, soudain. Ils se connaissaient à peine. Il n'avait pas à se glisser automatiquement dans le rôle du protecteur ou du grand frère.

— Je peux très bien m'en sortir.

« Bien sûr, Samantha. Tu t'en es d'ailleurs très bien sortie avec cette femme qui s'est fait passer pour Annie. Tu as perdu tes moyens, docteur. Et pas qu'un peu ! »

— Si vous le dites…

— Jusqu'à présent, cela s'est bien passé.

Elle avait ouvert son sac et récupéré ses clés — un double qu'elle avait fait faire depuis son retour du Mexique.

— Ecoutez, j'apprécie beaucoup votre prévenance. Vraiment. C'est… très gentil. Mais je suis une grande fille. Une adulte.

— Une jolie façon de dire : « Allez vous faire voir »…

— Pas du tout ! Je… je ne veux pas que vous vous sentiez obligé, d'une manière ou d'une autre. Ni que vous éprouviez le besoin de vous occuper de moi parce que je suis une de ces femmes, aussi fragiles que pathétiques, aux allures de poupées de porcelaine…

Il esquissa un sourire.

— Loin de moi cette idée, je vous assure.

— Tant mieux. Dans ce cas, nous nous comprenons.

— Je pense, oui.

Il s'approcha d'elle, et elle sentit le parfum de son eau de toilette, vit la façon dont ses yeux s'étaient assombris avec la nuit… Des yeux qui fixaient ses lèvres. Seigneur ! Allait-il l'embrasser ? Elle eut le souffle coupé à cette idée, et un frisson lui courut sur la peau. Il se pencha un peu plus sur elle, mais ce fut sur sa joue qu'il déposa un rapide baiser, très chaste.

— Soyez prudente, dit-il, avant de s'écarter tandis qu'elle déverrouillait sa portière et l'ouvrait.

Son cœur battait à un rythme affolé. Et dans son esprit défilaient des images, pleines de réalisme, de baisers plus ardents, de corps qui se touchaient, de peaux nues qui se collaient l'une à l'autre. Elle se glissait derrière le volant quand elle remarqua une enveloppe, sur le siège-baquet.

— Qu'est-ce que…

Elle la saisit, vit son nom inscrit sur l'enveloppe et, sans réfléchir, l'ouvrit.

— Non ! s'exclama-t-elle dans un souffle.

C'était une carte de vœux. On avait entouré de rouge la formule « Joyeux 25e anniversaire », qui avait été ensuite entaillée. Et à l'intérieur…

Samantha laissa tomber la carte, comme si elle lui brûlait les doigts. Elle n'avait plus de forces, soudain.

— Qu'y a-t-il ?

Ty se pencha pour ramasser la carte.

— Bon sang !

Il l'ouvrit et découvrit le mot, seul, tracé en lettres rouges.

« ASSASSIN. »

— Comment est-ce arrivé dans votre voiture ? demanda-t-il.

— Je… je ne sais pas.

Samantha ferma les yeux. Elle pensa à Houston et à Annie, cette adolescente qui s'était suicidée. Elle se laissa aller contre l'aile arrière de la Mustang, le pouls bourdonnant dans ses oreilles.

— Ça va ? demanda Ty en lui passant le bras sur les épaules. Il y a un lien avec cette femme qui se faisait appeler Annie ? Il me semble qu'elle a parlé de son anniversaire — jeudi.

— Oui. Annie Seger.

Mais *qui* irait faire une chose pareille ? Et *pourquoi* ? C'était de l'histoire ancienne, maintenant.

Neuf ans que c'était arrivé…

— Je ne comprends pas. Pourquoi cherche-t-on à me faire peur ?

— Et comment est-on parvenu à entrer dans votre voiture ? Elle était fermée à clé, n'est-ce pas ?

— Oui.

Ty examina la portière, la vitre, et il désigna des éraflures sur la peinture.

— Elles y étaient ?

— Non.

— Elle aurait donc été forcée. Quelqu'un dispose-t-il d'un double des clés ?

Samantha secoua la tête.

— Le double que j'avais se trouve quelque part dans les eaux du Pacifique. J'ai perdu le trousseau pendant mon séjour au Mexique.

— Vous n'avez donc que cette clé ?

— Il y en a une autre à la maison, dans un tiroir.

Elle sentit sa peur diminuer tandis qu'elle fixait les éraflures et puisait du réconfort dans le bras posé sur ses épaules.

— David en possédait une aussi, mais il me l'a rendue au Mexique. Le trousseau était dans mon sac qui est tombé à l'eau.

Devant le regard interrogateur de Ty, elle secoua la tête.

— C'est une longue histoire.

— Vous ne pensez pas que David aurait pu en faire une copie ?

— Mais non, voyons ! affirma Samantha, qui perçut la nuance de doute dans sa propre voix. Et, de toute façon, il est à Houston.

— C'est ce que vous pensez…

— Puisque je vous dis qu'il n'a rien à voir dans tout cela !

Et elle secoua la tête avec énergie, comme pour se convaincre elle-même. Elle s'éclaircit la gorge et s'arracha à l'étreinte de Ty. Elle n'avait pas besoin de s'effondrer, et surtout pas dans ses bras. Ses jambes avaient retrouvé de leur vigueur, et le sentiment horrifié qu'elle avait éprouvé se dissipait au profit de la colère. Elle ne laisserait pas qui que ce soit la menacer ou détruire sa vie.

— C'est… c'est terminé entre David et moi. Depuis déjà un moment.

— Il le sait ?

— Oui.

La moue de Ty semblait indiquer qu'il n'y croyait pas, mais il en resta là. Du regard, il fit le tour du parking désert, avant de revenir à Samantha.

— Qui est Annie Seger ?

— Une adolescente qui m'a appelée à la radio, au cours d'une émission que j'animais à Houston.

— Et c'est elle qui vous a téléphoné ce soir ?

— C'est ce qu'elle affirmait.

— Sauf qu'Annie est morte, devina Ty. Et ce pervers, celui qui vous appelle, il vous tient pour responsable… C'est ce que vous pensez ?

Elle hocha la tête.

— Oui. « John » — si tant est que ce soit son vrai nom — fait toujours allusion au péché, au châtiment, au fait que je suis coupable d'un crime. La dernière fois, il m'a plus ou moins traitée de prostituée. Tout ça n'a aucun sens, ça ne tient pas. Ce soir, il m'a même dit que j'allais mourir, quand il a appelé après l'émission.

Ty plissa les yeux.

— Il fait monter les enchères. Ses menaces sont de plus en plus précises.

— Oui.

— Bon sang! maugréa Ty en se passant la main dans les cheveux. Vous pensez qu'il a pu appeler et se faire passer pour une femme? A moins qu'il ait une complice... Ce serait une espèce de complot pour vous terrifier.

— Je ne sais pas...

Et de nouveau Samantha sentit un courant de faiblesse l'envahir. Elle détestait cette impression.

— Il faut aller voir la police.

La perspective ne l'enchantait guère, loin de là. Elle était à bout de forces et ne rêvait que de prendre un bain brûlant, avant d'aller se coucher pour dormir un bon millier d'heures.

— Je vais les appeler, proposa Ty.

Il sortit son téléphone portable de son blouson. Samantha commença à se préparer à une nouvelle épreuve. Combien de fois avait-elle été déjà interrogée? Quatre fois? Cinq? Elle ne comptait même plus.

Et l'homme qui la harcelait était toujours en liberté. Elle se massa la nuque tandis que Ty s'entretenait avec le *dispatcher*; on leur promit que des policiers les retrouveraient au parking aussitôt que possible.

Les deux policiers en uniforme firent leur apparition un quart d'heure plus tard. Ils pénétrèrent dans le parking avec la sirène et le gyrophare en marche. Sans perdre de temps, ils commencèrent à poser des questions, inspectèrent la voiture de Samantha, glissèrent la carte d'anniversaire et l'enveloppe dans un sachet en plastique et appelèrent des collègues, qui vinrent prendre les empreintes sur la Mustang et chercher d'autres indices éventuels à l'intérieur. Ils vérifièrent aussi le châssis du véhicule, pour s'assurer que Samantha pouvait rentrer chez elle.

Le temps que tous les policiers en aient fini avec leur tâche et soient partis, il était plus de 3 h 30 du matin.

— Je vais vous ramener chez vous, proposa aussitôt Ty.

Elle secoua la tête.

— C'est inutile. Je peux conduire.

Mais Ty était d'un tout autre avis.

— Ecoutez-moi, Samantha. La personne qui a fait ça est dérangée. Vous le savez comme moi. Ce soir, ce fou a trouvé le moyen de pénétrer dans votre voiture. Les policiers l'ont examinée, mais rien ne nous dit qu'il n'a pas trafiqué les freins, placé une bombe dans...

— Vous venez de le dire vous-même, ils ont vérifié.

— Ils ont pu laisser passer des choses.

— Je ne pense pas. J'ai bien l'intention de continuer à vivre normalement, sans avoir peur de mon ombre. Si j'abdique, il aura gagné. C'est ce qu'il cherche : me terroriser. Me pousser à bout. Son petit jeu est psychologique; s'il me tuait, ce serait terminé. Et piéger la voiture, ce serait... comment dire? Impersonnel. Or, ce type m'appelle, m'envoie des lettres, me fait savoir qu'il n'est pas loin... Il n'a pas apprécié d'apprendre que j'étais sur haut-parleur, lors de notre dernière conversation téléphonique. Il recherche une certaine intimité avec moi. Une relation personnelle. Il veut rentrer dans ma tête. Je le sais. Je le sens.

— Et est-ce que vous « savez » ou « sentez » que c'est peut-être un assassin? Bon sang, Samantha, il a menacé de vous tuer!

Elle réfléchissait activement, à présent. Se frictionnant les bras malgré la chaleur, elle commençait à saisir la psychologie de celui qui se faisait appeler John.

— Je sais, admit-elle. Mais il l'a dit lui-même, cela n'arrivera pas avant que je me sois repentie et que j'aie compris les péchés que j'avais commis. Il se place dans une espèce de démarche religieuse — le péché, le châtiment...

— Vous ne pouvez pas prendre ce risque. N'avez-vous pas déjà assez de preuves que ce type est cinglé et qu'il représente une menace majeure? Il vous a accusée de meurtre; il vous a débité tout un charabia biblique... Il se peut qu'il soit dans la logique des châtiments à la bonne vieille sauce « œil pour œil, dent pour dent ».

— Possible, mais ce n'est pas pour maintenant.

Si lasse qu'elle fût, elle avait la certitude de ne pas courir de réel danger dans l'immédiat. John voulait l'effrayer. Il trouvait un plaisir évident à la terrifier puis à la contacter en espérant qu'elle l'implorerait de la laisser.

— Ne vous inquiétez pas, dit-elle en regardant sa voiture. Ça va aller. Je commence à comprendre son fonctionnement.

— Moi, je persiste à croire que personne ne peut comprendre ce malade. Allez, laissez-moi vous ramener…

— Encore une fois, je suis sensible à tant d'attentions, sincèrement, mais je vais bien. Je suis une grande fille…

Et puis ses interrogations concernant Ty restaient sans réponse. Etait-ce une bonne idée de le laisser jouer les gardes du corps ? Elle ne le connaissait pas, ou si peu. Il semblait sincère, et elle éprouvait un indéniable sentiment de sécurité en sa présence, mais son apparition juste au moment où elle avait commencé à recevoir les appels soulevait forcément des questions.

Il la fixa un instant, puis hocha la tête.

— Entendu. Je vais examiner encore une fois la Mustang, et je vous suivrai jusque chez vous. Il faudra juste que vous me rameniez jusqu'à ma voiture.

— C'est d'accord, dit Samantha, trop fatiguée pour discuter encore. Si c'est vraiment ce que vous voulez…

— C'est ce que je veux. Vous auriez une lampe électrique ?

— Demande, et tu seras exaucé…, répondit Samantha en ouvrant le coffre.

— Je ne trouve pas ça drôle.

— Homme de peu de foi et d'humour…

Elle sortit une trousse de secours qui contenait une fusée éclairante, des allumettes, des panneaux réfléchissants et une lampe électrique. Ty passa les minutes suivantes à regarder sous le capot de la voiture, puis à inspecter le châssis, couché sur le revêtement crasseux du parking, braquant le faisceau de la lampe sur les essieux et le système d'échappement. Il vérifia que les écrous étaient bien serrés, avant de jeter un coup d'œil sur l'allumage et la colonne de direction. Il avait le visage ruisselant de sueur, quand il en eut terminé.

— J'imagine qu'il n'y a qu'un moyen d'être complètement certain, dit-il, avant de lui prendre les clés. Reculez.

— Pas question ! Je ne vais pas vous laisser…

— Trop tard.

Il se glissa derrière le volant.

— Ecartez-vous, au cas où j'exploserais en mille morceaux.

— C'est ridicule !

— Hé, mais c'est de l'humour — de l'homme de peu de foi et d'humour…

— Vous êtes impossible !

— On me l'a déjà dit.

Voyant qu'il ne céderait pas, elle recula de quelques pas. L'estomac noué, elle le vit qui faisait entrer la clé dans le contact, la tournait. Le moteur de la Mustang partit au quart de tour, dès la première tentative. Ty accéléra. De la fumée s'échappa du pot, dans le rugissement assourdissant des six cylindres.

Il n'y eut pas d'explosion.

— Je pense que ça va, annonça Ty par la vitre ouverte. Montez.

Se penchant vers la portière, côté passager, il l'ouvrit. Elle le rejoignit.

— Vous n'avez pas besoin de jouer les baby-sitters avec moi, lui dit-elle peu après, tandis qu'il descendait la rampe menant au niveau inférieur et à la rue.

Les lampadaires diffusaient une lumière bleuâtre. Il n'y avait presque aucune circulation.

— Parce que c'est ce que je fais ?

Alors qu'il ralentissait pour s'arrêter à un feu, il lui décocha un coup d'œil qui lui coupa le souffle. Il y avait chez lui une part de mystère, un je-ne-sais-quoi d'insaisissable qui la poussait à la prudence. Et en même temps, c'était plus fort qu'elle : elle ne pouvait pas lui résister, s'empêcher de lui faire confiance. Dans l'habitacle qui rougeoyait sous le feu de circulation, elle croisa de nouveau son regard et y trouva des promesses qu'elle préféra ignorer.

— Je fais du baby-sitting ? redemanda-t-il.

— Ça y ressemble.

Tout en s'efforçant de ralentir les battements de son cœur, elle tendit le pouce de sa main gauche.

— Un, vous avez appelé la radio juste après ce coup de fil étrange, celui d'Annie…

Le feu passa au vert alors qu'elle tendait l'index, à la suite du pouce.

— Deux, vous m'attendiez devant l'immeuble de la radio.

Le majeur se dressa à son tour, au moment où Ty s'arrêtait juste derrière sa Volvo.

— Trois, vous nous avez accompagnées, Melanie et moi, jusqu'au parking.

Le petit doigt de la main gauche se mit au garde-à-vous.

— Quatre, vous avez inspecté la voiture et m'avez conduite ici. Et cinq…, ajouta Samantha.

Elle tendit son annulaire et approcha sa main des yeux de Ty.

— Et cinq, vous allez maintenant me suivre jusque chez moi.

Il lui attrapa la main. Ses grands doigts se fermèrent sur les siens.

— Et six, poursuivit-il d'un ton grave, une fois là-bas, vous me laisserez rentrer chez vous.

— Mais vous n'avez pas besoin de…

— Je le *veux*, d'accord ?

Il riva ses yeux sombres aux siens et accentua la pression de ses doigts.

— Si jamais il vous arrivait quelque chose, je ne me le pardonnerais jamais, Samantha. On peut rester là toute la nuit à argumenter, mais je pense que nous devrions y aller, maintenant.

Elle avala péniblement sa salive. Puis libéra sa main.

— D'accord.

Il ne put réprimer un léger sourire.

— Je considère que vous venez de me donner votre parole.

La seconde d'après, il descendait de la voiture et courait jusqu'à la Volvo, se glissant au volant. Samantha passa par-dessus le levier de vitesse et prit sa place. Après avoir réglé la position du siège, elle jeta un coup d'œil dans le rétroviseur tandis qu'elle accélérait et s'éloignait du trottoir. La Volvo fit de même et la suivit.

Ty Wheeler semblait s'être désigné lui-même comme son garde du corps.

Qu'elle soit d'accord ou non.

14.

Sur le chemin du retour, Samantha alluma sa radio et profita de la fin d'*Extinction des feux* tandis qu'elle roulait dans des rues désertes en direction du lac et de Cambrai. Elle croisa peu de voitures. Son attention se portait surtout sur son rétroviseur et le reflet des phares de la Volvo, derrière elle. A quoi pensait Ty ? Pourquoi s'impliquait-il autant dans ses problèmes ? Qu'attendait-il d'elle, au juste ? Quand elle s'engagea enfin dans sa rue, d'autres questions s'imposèrent. Avait-il vraiment eu des ennuis techniques avec le moteur de son voilier ?

— Ça suffit ! lança-t-elle en tournant dans son allée.

Elle pressa le bouton d'ouverture automatique de la porte du garage. Elle était fatiguée, elle avait les nerfs à vif, et une certaine forme de paranoïa menaçait de prendre le contrôle de son esprit. Le garage avait été jadis une remise pour les attelages, avant que ces derniers ne laissent la place aux voitures, dans les années 20. Plus tard, on avait ajouté une petite galerie vitrée qui reliait le bâtiment dans la cuisine. Alors qu'elle descendait de la Mustang, Ty s'arrêta dans l'allée. Il ne lui fallut qu'une poignée de secondes pour quitter son véhicule et la rejoindre dans le garage.

— Pas de discussion ! dit-il en voyant qu'elle était sur le point de protester. Laissez-moi vérifier les lieux.

— Tout était fermé à clé.

— Votre voiture aussi.

Il passa devant elle et s'engagea dans la galerie vitrée comme s'il avait habité là toute sa vie. Une fois dans la maison, Samantha coupa le système d'alarme qu'elle avait pensé à brancher — n'étant pas habituée à l'utiliser, elle l'oubliait souvent. Mais Ty ne semblait pas pour autant satisfait. Il traversa lentement la cuisine, la salle à manger où, perché sur une des chaises, Charon l'observait avec de grands yeux soupçonneux.

« Tout va bien », lui dit Samantha en silence.

Elle suivit Ty dans son exploration de la maison, pièce après pièce. Sans se soucier de lui demander l'autorisation, il ouvrit portes, placards et armoires ; il alla jusqu'à tester le cadenas qui fermait la porte du placard à balais caché sous l'escalier. Puis il gravit deux à deux les marches de l'escalier pour rejoindre l'étage. Sans un mot, il fit son entrée dans la chambre d'invités, avec ses voilages en dentelles, le lit de repos et sa vieille commode. Il passa dans l'unique salle de bains. Et il termina avec la chambre de Samantha.

Elle éprouva une désagréable sensation de gêne. Elle se sentait exposée. Mise à nu. Le regard de Ty glissa vers l'immense lit à baldaquin, et il s'avança dans la penderie, où les vêtements, les chaussures et les sacs étaient rangés un peu n'importe comment.

Quand il en sortit, au bout de quelques secondes, elle s'accota à son armoire et demanda :

— Alors, satisfait ? Pas de croquemitaine ?

— Pour l'instant, non.

Il vérifia la fermeture des portes-fenêtres qui donnaient sur le balcon, tira sur la poignée, avant de laisser échapper un grognement, comme s'il était enfin convaincu que la maison était sûre.

— D'accord… Je crois que je peux vous accorder le label « sécurité ».

— Bien.

Samantha avait déjà rejoint la porte quand elle s'aperçut que Ty ne la suivait pas.

— Pourquoi ne m'avez-vous pas parlé d'Annie Seger ? demanda-t-il en laissant aller son épaule contre une des colonnes du lit. Je sais que vous êtes fatiguée, mais cela m'aiderait, de savoir pourquoi quelqu'un vous reproche sa mort.

— C'est une bonne question, reconnut Samantha.

Elle marqua une pause.

— A laquelle je n'ai pas de réponse à vous donner, puisque je n'y comprends rien moi-même…

Elle rejoignit le rocking-chair, qui se trouvait à côté des portes-fenêtres, et s'y assit, s'enveloppant jusqu'aux épaules de la couverture un peu passée que son arrière-grand-mère avait réalisée au crochet des décennies plus tôt. Ty avait été gentil et prévenant avec elle. Le moins qu'elle pût faire, c'était d'essayer de lui expliquer.

— J'animais une émission pareille à celle de WCLJ, mais sur une radio plus modeste. Je sortais de la fac, je me séparais de mon mari et, pour la première fois de ma vie, je me trouvais livrée à moi-même. L'émission connaissait un certain succès. Jeremy — mon ancien mari — pensait que cette réussite me montait à la tête et il a essayé d'en faire un problème, un catalyseur pour notre divorce. Mais c'était plus que cela. Bien plus... En tout cas, l'émission marchait relativement bien.

Samantha se rappelait comment, chaque jour, elle tentait de chasser de son esprit toute pensée de Jeremy et du divorce ; elle se répétait qu'il ne s'agissait pas d'un échec personnel, que ce mariage était de toute façon voué au fiasco. Après quoi, elle se rendait à la radio et s'immergeait dans son travail, elle écoutait les auditeurs qui appelaient et s'efforçait de résoudre les difficultés des autres à défaut d'avoir pu le faire pour elle-même.

— Un soir, cette fille a appelé. Elle a dit qu'elle avait besoin de conseils.

L'adolescente s'était montrée hésitante, au début ; elle semblait embarrassée, presque effrayée.

— Elle avait peur, reprit Samantha en serrant la couverture sur elle. Elle venait de découvrir qu'elle était enceinte et ne pouvait pas le dire à ses parents. Ils l'auraient très mal pris — ils risquaient même de la flanquer dehors, affirmait-elle. J'ai eu l'impression qu'ils étaient très stricts et religieux ; des gens pour qui il aurait été inacceptable que leur fille attende un enfant alors qu'elle n'était pas mariée. Je lui ai suggéré d'aller parler à la psychologue de son lycée, à son prêtre, quelqu'un en qui elle aurait confiance et qui serait en mesure de l'aider, de la guider dans ses décisions.

— Et elle ne l'a pas fait ? interrogea Ty, toujours accoté à une des colonnes du lit.

— Elle n'a pas eu le courage, j'imagine. Elle a rappelé quelques émissions après. Encore plus terrifiée. Son petit ami souhaitait qu'elle avorte, mais elle ne voulait pas en entendre parler; elle y était absolument opposée, pour des raisons personnelles aussi bien que religieuses. Je lui ai dit de ne rien faire qui ne lui convienne pas vraiment, car c'était de son corps et de son bébé qu'il s'agissait. Bien sûr, les gens ont entendu cela et les coups de fil se sont mis à pleuvoir à la radio. Chacun avait son opinion. Ou un conseil. Je lui ai demandé de me rappeler après l'émission, pour que je lui donne le nom de quelques psychologues et associations féminines, où elle bénéficierait d'une aide personnalisée.

Sous le poids de ces souvenirs douloureux, Samantha expira lentement.

— Je n'étais peut-être pas la mieux placée pour la conseiller, à cette époque, reconnut-elle. J'étais arrivée à Houston quelques mois plus tôt, et j'avais été engagée parce que la personne qui animait l'émission était partie. Je devais juste assurer l'intérim, en attendant la suite. Mais l'audience était bonne et on m'a proposé de continuer — on m'a même augmentée. Je suis donc restée.

Elle secoua la tête en songeant à sa naïveté. Elle donna un léger coup de pied par terre, et le rocking-chair commença de se balancer.

— Même si nous étions déjà engagés sur la route du divorce, cela ne plaisait pas à mon mari. Car pour une fois, c'était moi qui me trouvais sous les projecteurs, pas lui. Du coup, notre mariage s'est décomposé plus vite que je ne l'imaginais. En l'espace de quelques semaines — peut-être quelques jours —, il a trouvé quelqu'un d'autre… Il est d'ailleurs plus vraisemblable qu'il la voyait déjà depuis un moment… Mais c'est une autre histoire! s'exclama Samantha, surprise de s'être laissée aller à ces confidences.

Elle marqua une courte pause.

— Nous parlions d'Annie Seger. Au final, Annie n'a pas tenu compte de ma proposition; ce n'est pas après l'émission qu'elle m'a rappelée, mais *pendant*, presque tous les soirs. Les gens sont devenus comme fous, les coups de téléphone n'arrêtaient plus… Et tout le monde s'y mettait, aussi bien des anonymes que le président de la branche locale de Droit à la vie, des prêtres œuvrant auprès des jeunes ou des journalistes. Les choses n'ont cessé de prendre de l'ampleur. J'ai même été contactée par des avocats qui me proposaient de l'argent, au nom de couples désireux d'adopter le bébé d'Annie. Je recevais aussi des témoignages de jeunes femmes qui avaient avorté, subi des fausses couches, ou qui avaient fait des mariages malheureux parce qu'elles étaient enceintes et avaient été forcées d'épouser le père. Un vrai cirque! Au milieu duquel il y avait une gamine de seize ans, seule et terrorisée...

Samantha frissonna en se revoyant, assise dans la cabine sans fenêtre située au cœur de la radio, alors qu'elle prenait les appels en se demandant si ce serait encore Annie. George Hannah, le propriétaire, était sur un petit nuage, du fait des conséquences financières de ce battage; et Eleanor était enchantée des auditeurs toujours plus nombreux.

— A la station, tout le monde était transporté! lança Samantha d'un ton sarcastique. Nous étions en train d'écraser la radio concurrente, et rien d'autre ne comptait. Les chiffres explosaient! Les résultats financiers étaient excellents!

Mais, à côté de ce tapage, le désespoir d'Annie était toujours là. Samantha avait échoué. Malgré toutes les années, elle sentait encore le désespoir de l'adolescente. Sa peur. Sa honte.

— J'ai essayé de communiquer avec elle. En vain. Et elle ne trouvait pas la force de se confier à quelqu'un de proche, que ce soit dans sa famille, son lycée ou sa paroisse. Pour une raison ou une autre, elle a commencé à m'en vouloir. Comme si j'étais à blâmer. C'était affreux... Et puis, trois semaines après son premier coup de fil — elle avait dû rappeler une dizaine de fois —, elle a été retrouvée morte. Overdose médicamenteuse, les veines tranchées. A côté d'elle, il y avait les somnifères de sa mère, une bouteille de vodka bien entamée et un sécateur de jardin. Elle avait laissé un mot sur son ordinateur, où elle expliquait qu'elle avait honte, qu'elle se sentait seule, qu'elle n'avait personne à qui se confier, que ce soient ses parents, son petit ami ou moi.

Samantha n'avait pas oublié la une du journal local, le lendemain, avec une photo en noir et blanc d'Annie Seger. Une jolie fille, issue d'un milieu privilégié, capitaine de l'équipe de *chearleading*, une élève brillante qui s'était donné la mort.

Alors qu'elle était enceinte.

Et seule. Elle avait sollicité de l'aide et n'avait rien obtenu.

La photo de la lycéenne l'avait rendue encore plus réelle à Samantha; son destin lui était apparu encore plus tragique. Annie était si jeune! Samantha avait été anéantie. Et des images de la photo en noir et blanc, avec cette jeune fille souriante, revenaient encore la hanter.

— J'ai démissionné peu après. J'ai fait un break, je suis allée vivre quelque temps auprès de mon père. Ensuite, je suis entrée dans un cabinet de psychologues à Santa Monica. Jusqu'à ce qu'Eleanor vienne me convaincre de revenir derrière un micro et de présenter une nouvelle émission. Et voilà que tout recommence, maintenant!

— Si j'ai bien compris, Annie aurait vingt-cinq ans jeudi?

— J'imagine...

Samantha haussa les épaules. Glacée, alors qu'il devait faire plus de vingt-huit degrés dans sa chambre, elle serra la couverture contre elle.

— Mais je ne vois pas qui aurait intérêt à ressusciter tout ça.

— Moi non plus, avoua Ty, qui soutint son regard un peu plus longtemps que nécessaire. Ecoutez, si jamais vous entendez ou voyez quoi que ce soit qui vous inquiète — n'importe quoi —, vous me passez un coup de fil.

Il sortit un stylo de sa poche et s'approcha de la table de nuit pour écrire sur le bloc-notes qui se trouvait à côté du téléphone.

— Voilà mes numéros... à la maison et mon portable. Ne les perdez pas.

Il déchira le feuillet du haut et le donna à Samantha.

— Ça ne me viendrait pas à l'idée, assura-t-elle, avant d'étouffer avec peine un bâillement.

Ty jeta un rapide coup d'œil vers le lit.

— Allez donc vous coucher. La journée a été longue.

— Très longue, acquiesça-t-elle.

Elle lui avait même paru durer une éternité.

A sa grande surprise, Ty se pencha en avant et la souleva du rocking-chair, avec la couverture. Il l'amena contre lui, dans ses bras.

— Vous m'appellerez? demanda-t-il.

Toute idée de dormir abandonna soudain Samantha. La pièce mansardée parut rétrécir. Et s'emplir d'une chaleur nouvelle.

— S'il faut en arriver là…

— Même si vous êtes juste effrayée.

Il lui souleva le menton.

— Promis ?

— Oui, oui… Parole de scout.

Son cœur battait furieusement. Le parfum du vieux cuir se mêlait aux traces lointaines de l'eau de toilette de Ty et à cette odeur purement masculine, qu'elle n'avait pas respirée depuis bien longtemps.

— Je compte sur vous, dit-il en baissant les yeux sur ses lèvres.

Dans un éclair, elle eut la certitude qu'il allait l'embrasser.

La bouche sèche, elle sentit un picotement courir sous sa peau. Et comme s'il savait précisément ce qu'elle éprouvait, quel genre de réaction il avait suscitée en elle, il eut l'audace de sourire, un sourire effronté qui lui coupa le souffle.

— Bonne nuit, Samantha, dit-il, lui effleurant le front des lèvres, avant de la relâcher. Verrouillez toutes vos portes et appelez-moi au moindre problème.

« C'est toi le problème, pensa-t-elle alors qu'il gagnait la porte de la chambre. Tu m'embêtes diablement, Ty Wheeler ! »

Deux heures plus tard, Ty feuilletait ses notes, devant son ordinateur, avec le chien à ses pieds et les fenêtres ouvertes pour laisser entrer l'air. Un verre de whisky était posé sur le bureau. Il l'avait presque oublié, absorbé qu'il était par la relecture de ses informations concernant Annie Seger. Il connaissait les faits par cœur, mais il les étudiait comme s'il n'avait jamais entendu le nom d'Annie.

Ce qui était ridicule, puisqu'ils étaient parents. Une parenté assez lointaine ; il était son cousin au troisième degré. Cela avait suffi, en tout cas, pour qu'on lui retire l'affaire.

Il lut attentivement les coupures de journaux jaunies, revenant sur des faits qu'il avait mémorisés depuis bien longtemps déjà.

Trop effrayée pour avouer à ses parents qu'elle était enceinte, Annie avait cherché du réconfort et de l'aide auprès d'une psychologue animant une émission de radio, le Dr Samantha Leeds. Elle n'avait malheureusement pas tenu compte de ses recommandations. Elle avait eu le sentiment de n'avoir nulle part où aller, personne vers qui se tourner, et quand le père de l'enfant qu'elle portait lui avait annoncé qu'il ne voulait pas fonder de famille, elle était allée dans sa chambre, avait allumé son ordinateur, écrit quelques mots et, voyant que les somnifères et la vodka mettaient trop de temps à agir, elle s'était tranché les veines.

Le scandale avait ébranlé tout un pan de la bourgeoisie aisée de Houston. Peu après, l'émission du « Dr Samantha » avait cessé. Non en raison de mauvais résultats ; au contraire, le succès de l'émission avait connu un nouvel élan et la notoriété de son animatrice avait suivi la même trajectoire.

Mais Samantha Leeds avait mal supporté ce qui s'était passé ; c'était du moins ce qu'il semblait. Elle avait abandonné la radio, pour intégrer un cabinet privé de psychologues. Jusqu'à ce que, six mois plus tôt, les gens avec lesquels elle travaillait à Houston la persuadent de venir à La Nouvelle-Orléans.

Ty but une gorgée de whisky. Il croqua un petit morceau de glaçon.

Il avait été un des premiers à arriver sur place, chez Annie Seger, à être témoin du désastre qui s'était abattu sur elle et sur sa famille.

Annie était une jolie fille aux cheveux roux coupés court, avec quelques taches de rousseur sur le nez et des yeux bleu-vert qui étincelaient de vie.

Un gâchis.

Une honte.

Son verre à la main, Ty sortit écouter le clapotis de l'eau du lac contre le ponton. Sasquatch le suivit dehors et, le nez au vent, trottina dans le jardin. Il s'arrêta à côté d'un vieux chêne vert et leva la patte.

Les grillons crissaient, et un crapaud solitaire coassa tandis que le chien passait d'un arbre à l'autre en reniflant le sol. Ty regarda vers l'*Ange de lumière*, qui s'agitait doucement en tirant sur ses amarres. Une sirène faisait entendre sa plainte dans le lointain. Et les premières lueurs de l'aube, grisâtres, se devinaient à l'horizon.

Ty pensa à Samantha Leeds, qui se trouvait à moins de cinq cents mètres d'ici.

Une très belle femme.

Intelligente.

Sacrément fascinante.

Une femme à qui il se voyait très bien faire l'amour. Tout en se disant qu'il était un imbécile, il s'imagina en train de la porter jusque dans un lit… Il sentit presque son souffle irrégulier alors qu'il se couchait sur elle, le contact de sa peau douce comme la soie contre la sienne.

Elle lui faisait de l'effet, c'était évident.

Et il ne s'opposait pas à cette attirance.

C'était une erreur, une erreur colossale.

Il vida son verre et siffla son chien avant de regagner l'intérieur de la maison.

La dernière chose qu'il pouvait se permettre, c'était bien de perdre de sa résolution, de sa détermination. De son objectivité. Il s'était fait une promesse, et rien ni personne ne l'arrêterait.

— Pourquoi vous ne m'avez pas aidée, docteur Samantha? Pourquoi?

La voix était juvénile, fragile. Avec l'écran des arbres et des nappes de brouillard, elle paraissait lointaine. Le cœur battant, le souffle court, Samantha chercha à repérer l'endroit d'où elle venait. Elle essayait de percer les branches dégoulinantes de mousse espagnole qui lui bloquaient la vue.

— Annie? appela-t-elle. Où es-tu?

Sa voix résonnait avec force dans les bois.

— Par ici…

Samantha se mit à courir dans la pénombre, trébuchant sur les racines et les plantes grimpantes; à l'affût du moindre bruit, elle n'entendit que le ululement solitaire d'un hibou. Pourquoi Annie l'avait-elle attirée ici? Que voulait-elle?

— Je ne te trouve pas…

— Parce que vous ne regardez pas assez bien.

— Mais où…?

Elle se retrouva brusquement dans une clairière où elle vit la jeune fille, une magnifique jeune fille rousse aux cheveux courts, dont les traits étaient marqués par la peur. Elle se tenait au milieu de stèles et de pierres tombales, un cimetière protégé par un grillage métallique. Elle portait dans ses bras un bébé emmailloté dans des langes en loques. Le nourrisson pleurait et vagissait affreusement, comme s'il avait mal.

— Je suis désolée…, dit Samantha en s'avançant vers la clôture et en cherchant une ouverture. Je ne savais pas.

— Mais je vous ai appelée. Je vous ai demandé de l'aide. Vous m'avez rejetée.

— Non. Je voulais t'aider. Vraiment.

— Menteuse !

Samantha fit courir ses doigts le long des poteaux, tout en accélérant son allure. Mais elle avait beau se hâter, tourner et tourner dans la brume montante et les ténèbres, impossible de trouver une issue. Pas moyen de rejoindre la jeune fille et le bébé, dont les cris étouffés lui déchiraient le cœur.

— Trop tard, dit Annie. Il est trop tard.

— Non ! Je peux t'aider.

La jeune fille sortit alors de son immobilité et secoua les langes. Samantha poussa un hurlement en voyant la pièce de tissu s'ouvrir. Elle s'attendait à ce que l'enfant soit précipité au sol… au lieu de quoi elle découvrit qu'il n'y avait rien dans les langes.

Le bébé avait disparu.

— Trop tard, répéta Annie.

— Non ! Je vais t'aider. Je te le promets.

Soudain, Samantha éprouvait les pires difficultés à respirer, ainsi qu'à remuer ; il lui semblait que ses pieds pesaient des tonnes.

— Ne fais pas…

C'était une voix masculine qui venait de l'avertir.

La voix de Ty ?

Celle de John ?

Faisant volte-face, elle ne distingua rien parmi les arbres noyés dans l'obscurité.

— Qui êtes-vous ? cria-t-elle.

Personne ne lui répondit.

Quelque part, plus loin, on chantait *American Pie.*

Le brouillard avait gagné en épaisseur. Samantha tentait de courir plus vite, toujours plus vite. Mais ses jambes semblaient de plomb. Elle devait pourtant rejoindre Annie, lui parler, avant que…

Avant que *quoi* ?

Samantha ouvrit les yeux.

Son radio-réveil jouait les derniers accords de la chanson qu'elle avait entendue tout au long de son rêve.

La lumière du soleil se déversait par les portes-fenêtres. Au-dessus d'elle, au plafond, le ventilateur de sa chambre brassait l'air matinal.

Elle se trouvait chez elle. Dans son lit. En sécurité.

Le rêve s'éteignit lentement pour rejoindre les régions de son esprit auxquelles il appartenait. Mais Samantha était en nage, et son cœur battait à se rompre, à un rythme fou. Ce rêve avait été trop réel. Bien trop réel. Et il allait revenir, elle le savait.

15.

— Il faut qu'on parle, dit Eleanor.

Assise à son bureau, elle fit signe à Samantha d'entrer.

— Juste une minute. Asseyez-vous.

Alors que Samantha s'installait, Eleanor décrocha son téléphone.

— Melba, vous ne me passez aucun appel, d'accord ? Je suis avec Samantha, et je ne veux pas être interrompue. Sauf par Tiny et Melanie. Nous avons rendez-vous…

Elle jeta un coup d'œil à sa montre.

— … dans quinze minutes. Vous me les envoyez à 13 heures, entendu ?

Elle raccrocha et reporta son attention sur Samantha.

— Il se passe de drôles de choses, ici, dit-elle en croisant les bras. J'ai écouté la bande de votre émission, ce matin. J'avais demandé à Tiny d'ajouter à la suite le dernier coup de fil de votre cinglé. J'ai eu ensuite une discussion avec George, puis avec l'un des deux policiers qui sont venus cette nuit. A présent, j'aimerais entendre votre version des événements. Que se passe-t-il, à votre avis ?

— Hormis le fait qu'une personne essaie de me terroriser ?

— *Une* personne ?

— Une… ou deux, corrigea Samantha. Même si j'ai de la peine à croire à une conspiration contre le Dr Samantha.

— D'accord. Mais pourquoi ressusciter Annie maintenant ?

— Je n'en sais rien.

Le regard de Samantha se perdit un instant vers les toits et le ciel bleu, au-dehors.

— C'était il y a si longtemps… Je pensais vraiment que tout ça était loin derrière moi.

— Et moi donc! avoua Elanor, tout en retirant l'une de ses boucles d'oreilles. Je vais vous dire les choses comme je les pense. La femme qui s'est fait passer pour Annie a appelé alors que vous étiez à l'antenne; et environ une demi-heure après la fin de votre émission, c'est votre John qui a téléphoné. Il y a forcément un lien.

— Je suis d'accord. Il répète que j'ai commis des péchés, que je dois me repentir... Je sais maintenant pourquoi. Il me tient pour responsable de la mort d'Annie. Mais les deux coups de fil ne provenaient pas du même endroit. La prétendue Annie a utilisé la cabine d'un bar du centre-ville; John a également appelé d'une cabine, située dans le Garden District. La police tente d'utiliser ces pistes.

— Vous pensez donc que votre John a pu convaincre, d'une manière ou d'une autre, une femme de vous téléphoner? Ou qu'il a pu déguiser sa voix? En tout cas, j'ai expliqué à George que nous allions devoir enregistrer tous les appels entrants, et pas seulement ceux de votre émission. Cela ne pose pas de problème particulier...

Elle grimaça alors qu'elle rajustait sa dormeuse sur le lobe de son oreille.

— ... si ce n'est le fait que George est transporté par les chiffres de l'audience. Exactement comme à Houston. Nous avons gagné de nouveaux auditeurs depuis l'apparition de John.

— Formidable! ironisa Samantha. Il faudrait peut-être trouver d'autres cinglés pour qu'ils appellent.

— Je ne crois pas que cela fasse partie des projets de George. Mais il a son idée. Et les nombreux mails que nous recevons le confortent dans sa théorie... En fait, il envisage sérieusement d'étendre votre émission. Elle ne serait plus seulement programmée du dimanche au jeudi, mais aussi le vendredi et le samedi.

— Et ma vie personnelle, là-dedans?

— Nous nous arrangerions. Au début, l'émission serait votre bébé, puis nous pourrions faire intervenir d'autres animateurs, passer des programmes préenregistrés. Il faudrait étudier quelles soirées sont les plus suivies.

— Et vous êtes pour ce projet? demanda Samantha.

— Je suis pour toute initiative nous permettant de maintenir l'audience actuelle, tant que cela reste sans danger. Cela dit, les appels de « John » ne me disent rien de bon. Et je n'aime pas plus cette histoire avec Annie Seger. Je vais veiller à ce que la sécurité soit renforcée. De votre côté, promettez-moi de redoubler de prudence. Nous allons jouer ce coup en improvisant au fur et à mesure. Laissons-nous juste un peu de temps.

— Entendu. Mais il y a un nouvel élément dont vous devez être informée.

Les sourcils d'Eleanor se froncèrent.

— Quoi donc ?

— J'ai reçu une carte d'anniversaire, la nuit dernière, expliqua Samantha, avant de décrire ladite carte. Elle se trouvait dans ma voiture.

— *Dans* votre voiture ? Mais vous ne la fermez pas à...

D'un geste, Eleanor balaya sa propre question.

— Evidemment que vous verrouillez vos portières, vous n'êtes pas stupide. Que se passe-t-il, à la fin ?

— Je l'ignore, mais j'ai bien l'intention de le découvrir. J'en ai déjà parlé à la police.

— Vous avez eu une nuit agitée..., observa Eleanor. J'ai prévenu George que je voulais en permanence un garde à l'entrée de l'immeuble, mais aussi ici, dans les bureaux et studios. C'est à prendre ou à laisser. Et il en sera ainsi jusqu'à ce que la situation s'apaise. Si l'autre fou ne se contente plus de ses coups de fil, mais vous menace physiquement...

L'Interphone sonna et Eleanor répondit.

— Oui, envoyez-les, Melba. Merci. Tiny et Melanie vont se joindre à nous, expliqua-t-elle à Samantha. Il sera intéressant d'écouter leur point de vue sur la situation.

Quelques instants plus tard, on frappa un petit coup à la porte. Melanie entra, suivie de Tiny. Ils s'assirent sur le canapé deux places coincé entre un meuble classeur et une bibliothèque.

— Bien, reprit Eleanor. Samantha vient de me rapporter ce qui s'est passé hier soir. A présent, j'aimerais avoir vos impressions.

— Samantha est victime d'un maniaque qui la harcèle, expliqua Tiny en se frottant nerveusement les mains et en évitant le regard de Samantha. Je pense qu'il est dangereux.

Melanie ne semblait pas d'accord.

— Ce qui l'amuse surtout, c'est de lui faire peur, expliqua-t-elle.

Elle repoussa ses boucles blondes derrière ses épaules et ajouta :

— A mon avis, ça doit être un type branché religion et un peu énervé.

— Ce qui ne le rend pas moins dangereux, remarqua Eleanor. J'ai écouté les bandes à trois reprises, et je pense que Tiny a raison. Ce personnage est un déséquilibré. Je veux que tout le monde soit extrêmement prudent. Ne sortez pas seuls la nuit.

— Il n'en a qu'après Samantha...

— Jusque-là, coupa Eleanor. J'ai déjà évoqué avec George la possibilité de renforcer la sécurité et de moderniser notre matériel afin de pouvoir tracer les appels. Je n'ai pas encore eu de retour. Je ne sais même pas si c'est possible. Mais s'il faut faire venir la police, engager un détective privé ou je ne sais quoi encore, je veillerai à ce que ce soit fait. Nous devons surveiller tout ça.

— *Arrêter* tout ça, vous voulez dire, corrigea Samantha.

— Bien sûr. Arrêter.

Eleanor pointa le doigt vers chacun d'eux.

— Et si jamais quoi que ce soit d'inhabituel arrive, j'exige d'en être informée dans la seconde. N'attendez pas le lendemain. Vous avez mon numéro de portable. Vous pouvez me joindre à tout moment et n'importe où.

Le téléphone sonna et elle jeta un coup d'œil à sa montre.

— Flûte! Je pense que nous en avons terminé, de toute façon. J'espère simplement qu'il n'y aura plus de problème. Le gala de charité du Boucher House approche, et nous avons invité tous les médias. Je n'aimerais pas qu'ils aient vent de cette histoire...

— Mais nous *sommes* un média, rappela Samantha.

— Vous avez très bien compris ce que je voulais dire.

Le téléphone sonna de nouveau, et Eleanor tendit la main vers le combiné. La réunion était terminée. Tiny et Melanie avaient déjà pris la poudre d'escampette et Samantha rejoignait la porte.

— Samantha, un instant..., lança Eleanor.

Samantha se retourna. Le téléphone sonnait toujours.

— Rappelez la police et mettez-leur la pression. Flanquez-leur la trouille. Dites à l'inspecteur chargé de l'affaire qu'il a intérêt à épingler l'autre fou ou ça va barder.

— Voilà qui va faire avancer les choses, c'est certain, répliqua Samantha, moqueuse.

— Il y a intérêt !

— C'est pas votre psy de la radio ? demanda Montoya en faisant glisser la copie d'un rapport sur le bureau de Rick.

L'air conditionné était une fois de plus tombé en rade, et le bureau ressemblait à un sauna. Rick Bentz avait installé un ventilateur sur le meuble, derrière lui. L'appareil pivotait sur son socle en vrombissant, pulsant de l'air chaud dans toute la pièce.

— Ma quoi ? demanda-t-il, avant de voir le nom de Samantha Leeds. Merde !

Il leva les yeux sur son jeune collègue, qui empestait la cigarette et l'eau de toilette. Il portait une chemise noire, avec un jean et un blouson en cuir assortis, mais ne semblait pas incommodé par l'atmosphère étouffante. Rick, lui, transpirait abondamment.

— Elle a encore des soucis ?

— On dirait, oui.

Tandis qu'il lisait le document, Montoya prit le temps de redresser une photo de gratte-ciel accrochée au mur.

— Son pervers n'a pas disparu, à ce qu'on dirait, murmura Rick. Non seulement il a appelé la radio, mais il lui a laissé une lettre de menaces dans sa voiture…

— Mmm…

— La bagnole a été embarquée ?

— Non.

— Et on peut savoir pourquoi, bon sang ? maugréa Rick.

— On l'a passée au peigne fin sur place.

— Et alors ?

— Rien.

— C'est bizarre, mais je ne suis pas surpris… Comment ça se fait ?

Rick ouvrit son tiroir pour y récupérer un chewing-gum Nicorette. Il se demanda s'il n'était pas temps d'arrêter de fumer...

— Parce que vous commencez à avoir l'habitude de la façon dont ça se passe, dans cette histoire.

Montoya plongea la main dans sa poche de veste et en sortit une cassette. Il la laissa tomber sur le bureau de Rick, juste devant la canette de Pepsi à moitié vide et la photo de Kristi.

— C'est l'enregistrement de l'émission d'hier soir. Il y a du progrès, puisque cette fois elle a reçu deux appels.

— Du prétendu « John » ?

— Et d'une femme — une morte.

— Ça, je l'ai entendu, acquiesça Bentz en se laissant aller contre son dossier. Annie...

— Vous écoutiez l'émission ?

Un grand sourire étira les lèvres de Montoya. Il devait imaginer Rick assis à côté de sa radio, la main sur le téléphone, prêt à appeler la psy.

— Je l'écoute tous les soirs, depuis que je l'ai rencontrée. Sauf qu'hier soir, il n'y a pas eu de John...

— Exact... et faux. Notre ami John a bien appelé, mais après l'émission. C'est le technicien, Albert Pagano, dit « Tiny », qui a enregistré la conversation. Là-dessus, indiqua Montoya en désignant la cassette.

— Comme si on avait besoin de ça...

Rick espérait sérieusement que l'autre cinglé en aurait terminé avec ses appels téléphoniques. Apparemment, il avait été un peu trop optimiste.

— Comment tu as eu ça ? demanda-t-il.

Il trouva enfin un chewing-gum dans son tiroir et il l'enfourna.

— C'est Frank O'Keefe. Il était de service, hier soir, et il sait que vous êtes sur l'affaire. Ils avaient déjà interrogé le Dr Samantha au commissariat. Hier, ils sont allés la retrouver dans le parking de la radio, à cause du petit mot dans la voiture. A en croire O'Keefe, elle était plutôt secouée.

— Ça t'étonne ?

— Non.

Montoya joua pensivement avec le bouc qui ornait son menton, puis demanda :

— Qu'est-ce que vous en pensez ?

— Rien de bon, répondit Rick, tout en mâchouillant le chewing-gum insipide. C'est qui, au juste, cette Annie Seger ?

— Je ne sais pas. On devrait peut-être laisser l'affaire aux collègues spécialisés dans les histoires de harcèlement. Il n'y a pas de mort, ici.

— Pas encore.

— J'étais certain que vous auriez cette réaction.

— Merci.

Rick croulait sous le travail. Non seulement ils avaient peut-être un tueur en série sur les bras, avec en prime le FBI, mais il restait le quota habituel d'affaires criminelles — des disputes conjugales qui avaient mal tourné ou des fusillades, qu'elles soient liées aux gangs, à des affaires de drogue ou à des gens suffisamment en colère contre un proche ou un voisin pour utiliser un pistolet ou un couteau.

Montoya sortit un petit magnétophone de poche et passa la cassette, faisant avancer la bande jusqu'aux deux moments qui les intéressaient. La prétendue « Annie Seger » et le prétendu « John ». Rick entendit de nouveau la voix légèrement voilée d'Annie, puis celle de John, douce, suggestive, empreinte d'un calme qui s'érodait peu à peu, à mesure que sa conversation avec le Dr Samantha progressait.

Montoya arrêta la bande. Une guêpe entrée par la fenêtre bourdonnait furieusement contre la vitre en essayant de ressortir.

— Je crois bien que John n'est pas décidé à laisser tomber.

— Et les menaces se font de plus en plus précises, souligna Rick.

Les deux « conversations » lui laissaient la même impression désagréable — très désagréable, même. La guêpe fit l'erreur de venir vers lui, et il la repoussa avec un geste plein de colère. L'insecte retourna se heurter contre la vitre, tentant désespérément de rejoindre l'extérieur.

— Vraiment précises, oui.

Montoya récupéra un gros élastique sur le bureau. Il coinça une extrémité au bout de son pouce, tira sur l'autre et la relâcha. Clac ! La guêpe tomba par terre en même temps que l'élastique, morte.

— Vous pensez qu'il y a un lien entre Annie et John ?

— Possible.

C'était même certain. Rick ne croyait pas aux coïncidences.

— L'un peut avoir provoqué l'autre. Je m'explique : la fille a entendu John à la radio, et elle a décidé de s'y mettre, avec une histoire de son cru.

— Donc elle sait ce qui s'est passé avec Annie Seger.

— Quelqu'un sait forcément.

— D'accord. Et quand l'autre raconte que le Dr Samantha aurait été une pute ? Qu'elle aurait fait le trottoir ? Ç'a un sens ?

Rick mâchouilla pensivement son chewing-gum.

— On va vérifier. Je veux tout savoir du Dr Samantha — toute son histoire, heure par heure. Qui elle est, comment elle fonctionne, ce qui l'a amenée à devenir psy à la radio. Je veux tout savoir sur sa famille, ses petits amis, ce…

Il ouvrit une chemise et ajouta :

— … David Ross, un type avec qui elle s'est rendue au Mexique, récemment, et tous les John, Jack, Johnson, Jackson, Jonathan, Jay et autres, tous les hommes avec qui elle est sortie et qui pourraient être le salaud qui la harcèle.

Le téléphone sonna. Rick tendit la main vers le combiné, mais s'arrêta net au moment de décrocher. La femme dont il était question venait d'apparaître à la réception. Et à son regard, à son expression, il comprit que cette journée déjà pourrie n'allait pas s'arranger.

16.

Rick rassembla ses forces.

Samantha Leeds avançait au milieu des bureaux et se dirigeait droit vers sa porte.

Vêtue d'une jupe boutonnée devant et d'un chemisier blanc sans manches, elle était indéniablement très belle. Ses mâchoires serrées révélaient sa détermination ; elle était venue ici pour avoir des réponses, et elle ne repartirait pas avant de les avoir obtenues.

— Inspecteur Bentz ? dit-elle en passant la tête par la porte ouverte.

Ses cheveux roux encadraient son visage en cœur, avec des pommettes qui avaient de quoi rendre jalouses bien des mannequins. Ses yeux verts se rivèrent sur lui et ne le lâchèrent plus.

Montoya la jaugea d'un rapide coup d'œil, et apparemment il apprécia ce qu'il voyait. Alors qu'il était sur le point de quitter le bureau, il reprit sa place près du meuble-classeur. Elle lui jeta un rapide coup d'œil, avant de se pencher sur le bureau de Rick.

— Je peux vous parler ? demanda-t-elle. Maintenant ?

Le téléphone sonna de nouveau.

— Juste une seconde.

C'était un type du labo qui appelait. Ils évoquèrent les diverses fibres retrouvées sur les corps des deux prostituées. Il fut question des matériaux synthétiques utilisés pour la fabrication des perruques, en particulier les perruques rousses qu'on n'avait pas retrouvées sur les scènes de crime. Le rapport était en ce moment même faxé à Rick. Le technicien confirma que les cheveux étaient les mêmes. Au final, tous les éléments de preuve dont on disposait confirmaient qu'on était en présence d'un même assassin et de deux victimes. Pour l'instant. Les fédéraux allaient apprécier.

Rick raccrocha et fixa son attention sur la femme qui se tenait devant lui. Elle faisait de son mieux pour paraître froide et calme, mais c'était une vraie boule de nerfs. Ses doigts jouaient avec l'anse de son sac, et elle se balançait d'un pied sur l'autre.

— Asseyez-vous, proposa-t-il.

Il désigna Montoya.

— Mon équipier. L'inspecteur Montoya. Reuben, je te présente le Dr Leeds — le Dr Samantha.

Samantha prit place sur une des chaises fatiguées disposées devant le bureau.

— Ravi de vous rencontrer, dit Montoya en minaudant et en déployant son charme latin.

— Merci, répondit-elle avec un signe de la tête. J'imagine que vous êtes au courant de ce qui s'est passé hier soir ?

— Nous avons simplement eu le rapport.

— Qu'en pensez-vous ?

— Que ce type ne va pas lâcher le morceau de sitôt. C'est à une véritable vendetta qu'il se livre contre vous.

Il roula ses bras de chemise sur ses avant-bras et demanda :

— Mais *vous*, qu'en pensez-vous ?

— Je pense que la personne qui a laissé la carte d'anniversaire est persuadée que j'ai tué Annie Seger. Je crois aussi que l'homme qui m'appelle, « John », est d'une manière ou d'une autre lié à Annie. Comment ? Je l'ignore. Elle est morte…

— Vous pourriez m'en dire plus, à son sujet ?

Samantha Leeds prit tout son temps. Son sac serré contre elle, elle se lança.

— Il y a environ une dizaine d'années, j'animais une émission semblable à celle que je présente aujourd'hui. Une adolescente m'a appelée, Annie. Elle avait seize ans, elle était enceinte et morte de peur. J'ai essayé de l'aider, de la guider dans la bonne direction, mais…

Le visage pâle, elle regarda vers la fenêtre. Un de ses poings se ferma, avant de se rouvrir, lentement.

— Je… je n'avais pas mesuré l'ampleur de son désespoir et…

Le reste de sa phrase se perdit. Elle prit une profonde inspiration et s'éclaircit la gorge.

— Annie m'a juré qu'elle n'avait personne à qui se confier et… elle s'est suicidée. A l'évidence, quelqu'un me rend responsable de ce drame.

— Et la nuit dernière, pendant votre émission, une femme a téléphoné en se faisant passer pour Annie? intervint Montoya.

— Oui.

Samantha Leeds s'était mise à jouer avec la chaîne en or qu'elle avait autour du cou. Elle évita le regard de Rick.

— Ce n'était pas Annie, bien sûr. Je… je suis allée à son enterrement. Enfin… je m'y suis rendue et on m'a demandé de partir… Toujours est-il qu'Annie Seger, celle qui m'a appelée il y a neuf ans à Houston, est morte et enterrée.

Elle cligna les yeux, mais tint bon.

— On ne vous a pas laissée assister aux funérailles? demanda Rick.

— La famille m'en voulait.

Il prit son stylo.

— La famille?

— Ses parents. Estelle et Jason Faraday.

— Je pensais que son nom de famille était Seger…

— C'était le cas. Sa mère et son père biologique étaient divorcés.

Bentz prit note de l'information et glissa un coup d'œil vers Montoya. Dehors, dans la rue, un camion passa et emplit le petit bureau de son fracas.

— Et son père?

— Je… je ne sais pas. J'ai mené des recherches après les faits, mais… Je crois qu'il vivait quelque part dans le nord-ouest.

Elle fronça les sourcils, cherchant visiblement à se rappeler.

— Vous auriez son nom?

— Wally… Oswald Seger, je crois. Quelque chose comme ça.

Elle parvint à esquisser un léger sourire, sans humour.

— Il y a neuf ans, je savais tout cela par cœur. Je m'en suis nourrie. J'essayais de donner un sens à ces événements, et puis… j'ai fini par renoncer.

Ce n'était pas Rick qui allait l'en blâmer. Il lui faudrait pourtant exhumer cette histoire jusque dans ses moindres détails.

— Vous avez consigné des choses par écrit ? Noté des noms, des adresses ?

Les yeux plissés, elle hésita.

— Je pense. Je me rappelle avoir vu la caisse contenant les notes et les bandes enregistrées, quand j'ai déménagé. J'ai failli m'en débarrasser, et puis je l'ai rangée dans le grenier, avec les décorations de Noël et mes papiers. Je peux vous la descendre.

— Ça aiderait, oui. Appelez-moi quand vous l'aurez retrouvée. J'enverrai quelqu'un la chercher.

Il prit quelques notes et demanda :

— Qu'avez-vous encore comme souvenirs, concernant Annie ? Elle avait quelqu'un d'autre de sa famille, des amis ?

— Un frère. Ken… Non. Kent.

— Et le petit ami ? Le père de l'enfant ?

— Ryan Zimmerman, il me semble. Il devait avoir deux ans de plus qu'elle. Très athlétique, je crois, mais vraiment, j'ai du mal à me souvenir…

Elle secoua la tête.

— J'ai passé tant de temps à essayer d'oublier.

La tension avait creusé des rides au coin de ses yeux et de sa bouche. Elle continuait d'animer avec talent son émission, mais le harcèlement et les menaces dont elle était victime commençaient visiblement à l'atteindre. Elle transpirait. Les poches sombres, sous ses yeux, laissaient penser qu'elle n'avait pas beaucoup dormi ces derniers temps.

— J'ai écouté l'enregistrement, dit Rick. John parle encore de vous comme d'une prostituée. Qu'est-ce que cela signifie ?

— C'est un détraqué.

— Il n'y a donc aucun fond de vérité là-dedans ?

Dans la seconde, elle fut debout, penchée vers lui, les mains bien à plat sur le bureau. L'abattement dont il avait été le témoin un instant plus tôt avait disparu. Ses joues avaient retrouvé de la couleur.

— Je croyais avoir été déjà claire sur ce point! lança-t-elle, les yeux étincelant de colère. De ma vie, je n'ai jamais, d'une manière ou d'une autre, pratiqué la prostitution…

Sa voix mourut sur ce dernier mot. Elle ferma les yeux, comme pour se ressaisir.

Rick sentit sa gorge se serrer. Il vit Montoya se tendre, lui aussi. Ils venaient de tomber sur un filon. Il le sentait.

— Jamais je ne me suis vendue pour de l'argent, reprit Samantha, le visage de nouveau pâle, mais à une époque, quand j'étais à la fac, j'ai fait la connaissance de deux prostituées dans le cadre d'un travail de recherche… C'était ici, à La Nouvelle-Orléans. Je les ai suivies, j'ai vu de quelle manière elles gagnaient leur vie, le genre d'hommes à qui elles avaient affaire, comment elles s'y prenaient pour distinguer un bon client d'un mauvais… Toute la psychologie de la vie de la rue. Mon travail ne portait pas simplement sur la prostitution, mais sur la « culture de la nuit », comme on dit en sociologie.

Se rasseyant lentement, elle regarda Rick droit dans les yeux.

— Je ne vois pas trop le rapport avec…

— C'était dans le cadre d'un cours? demanda Montoya, qui semblait peu convaincu.

— Oui, répondit-elle en tournant la tête vers lui. Et j'ai eu une excellente note.

— Y a-t-il un moyen de vérifier tout cela?

— Ecoutez, je ne suis pas venue ici pour être humiliée. Si vous avez le moindre doute, vous n'avez qu'à vérifier auprès de mon professeur… Oh, mon Dieu!

Elle se mordit la lèvre et leva les yeux vers le plafond, comme si elle y cherchait des toiles d'araignées.

— Que se passe-t-il?

— Le professeur en question n'est autre que mon ancien mari, avoua-t-elle. Je… j'étais son étudiante. Vous n'avez qu'à l'appeler. Le Dr Jeremy Leeds, à Tulane.

— Nous verrons ça.

Elle paraissait soudain épuisée. Comme si son coup de colère l'avait vidée de toute son énergie. Mais elle allait se relever. Rick avait une certaine habitude des gens, et cette femme, il en avait la certitude, était une battante.

— Y a-t-il beaucoup de personnes à savoir où vous stationnez votre voiture, quand vous allez travailler ?

— Tout le monde à la radio, déjà, puisque nous utilisons tous le même parking. Et sans doute aussi certains de mes amis. C'est de toute façon le parking le plus proche de notre immeuble. Et ma voiture, une Mustang de 1966, est assez facile à repérer... Ecoutez, inspecteur, j'ai eu la peur de ma vie, la nuit dernière... Je n'aime vraiment pas ça.

— Je vous comprends. A votre place, je ne sortirais pas seule. Et je ne plaisantais pas quand je vous ai suggéré de changer vos verrous et de prendre un rottweiler. Peut-être même un garde du corps.

Elle s'était redressée, le dos bien droit, aiguillonnée par un nouvel accès de colère.

— Un garde du corps ? répéta-t-elle. Vous y allez un peu fort, non ? Vous savez, ça me rend folle que ce type soit en train de gagner, qu'il sache où j'habite, où je travaille, quelle voiture je conduis. Je ne devrais pas avoir à changer ma manière de vivre à cause d'un très mauvais plaisant !

— Vous ne devriez pas, non, mais c'est ce que vous faites, répliqua tranquillement Rick en la regardant droit dans les yeux. Selon moi, cet homme est dangereux, madame Leeds. Il se montre de plus en plus menaçant, de plus en plus téméraire, et tant que nous ignorons qui il est et ce qu'il cherche, vous avez intérêt à vous montrer extrêmement prudente. Que cela vous plaise ou non, vous allez prendre de nouvelles précautions. J'ai appelé mes collègues, au commissariat de Cambrai, pour m'assurer qu'ils effectuent des patrouilles régulières dans votre coin ; et nous ferons de même avec l'immeuble de WSLJ quand vous y travaillerez. Notre but est d'arrêter ce type, mais nous n'y parviendrons pas sans votre aide, compris ?

— C'est pour cette raison que je suis ici, dit-elle.

— Nous allons mettre le maximum de moyens en œuvre.

— Merci.

Elle se leva, lui tendit la main et fit de même avec Montoya, avant de passer la bandoulière de son sac sur son épaule et de sortir. Sans chercher à se cacher, Reuben suivit le balancement de ses hanches sous sa jupe tandis qu'elle s'éloignait en claudiquant légèrement.

Il émit un sifflotement.

— Si jamais elle décide qu'elle a besoin d'un garde du corps, prévenez-moi. Garder un corps pareil, ça me plairait...

— J'y penserai, promit Rick d'un ton sec, tout en s'interrogeant sur le lien entre « John » et une adolescente morte à Houston neuf ans plus tôt. On va faire le plein d'informations sur cette Annie Seger. Qui elle fréquentait, où elle vivait, sa famille, son petit ami... absolument tout. Il faut aussi se rancarder sur toutes les personnes liées au Dr Samantha.

Il tapota sa gomme sur le bord de son bureau.

— Cette affaire est de plus en plus bizarre.

— C'est peut-être le but de l'opération...

— Comment ça?

— Vous avez écouté l'émission, non? Ça vous a intéressé?

— C'était juste pour le boulot.

— Je sais, je sais, murmura Reuben, qui plissa les yeux, pensif. Mais je suis prêt à parier que l'audience de l'émission a fait un sacré bond, et que c'est excellent pour les affaires. C'est comme ça, avec le bizarre. Plus il y en a, mieux c'est.

— Tu penses que tout est bidon?

— On en avait déjà parlé, vous vous rappelez?

Montoya sourit.

— Je ne sais pas si vous connaissez ces émissions, à la télé, où l'animateur présente un couple apparemment normal. Sur ce, on fait entrer sur le plateau une fille qui est censée être la maîtresse du mari, et les deux femmes commencent à se crêper le chignon... sauf que tout est bidon et préparé à l'avance. Mais les téléspectateurs et le public présent dans le studio se laissent prendre. Jusqu'au moment où arrive un autre invité, le frère ou la sœur du mari, et on apprend qu'il ou elle a couché avec la femme. Là, les gens deviennent dingues!

Rick se laissa aller contre le dossier de son fauteuil. Il jouait avec un crayon, à présent.

— Et tu vois le Dr Samantha dans ce genre de scénario?

— Non… enfin, peut-être pas. Elle donne l'impression d'avoir été vraiment effrayée. Mais on a peut-être affaire à une actrice consommée. Elle fait de la radio, après tout. Je vous rappelle aussi qu'elle a déjà eu des histoires. Et elle travaillait avec la même équipe, alors. George Hannah et Eleanor Cavalier — peut-être d'autres. Je parierais une partie de mon salaire que *quelqu'un* sait ce qui se passe et qu'il y a du fric en jeu dans l'affaire.

— Tu rapportes toujours tout à l'argent, maugréa Rick.

Sauf qu'il n'était pas loin de penser comme son coéquipier. Il avait eu l'occasion de rencontrer George Hannah et il s'était fait son idée sur le personnage : un gros crétin prétentieux, au mieux; au pire, un escroc. La directrice des programmes, une Noire plutôt vive, avait quant à elle une jolie réputation de casse-couilles. Et Montoya avait raison, ils avaient tous deux travaillé avec le Dr Samantha à Houston. Il fit craquer ses doigts. Ce qui le gênait le plus, c'était sa certitude que le type qui avait appelé le Dr Samantha en pleine nuit avait un lien avec les meurtres des prostituées, d'une manière ou d'une autre. Mais les indices dont il disposait étaient minces — les cheveux des perruques rousses, semblables à ceux de Samantha Leeds, et la photo aux yeux découpés, qui rappelait les billets de cent dollars avec les yeux de Benjamin Franklin noircis au feutre. C'était léger.

— Et j'ai raison! affirma Montoya. Quatre-vingt-dix-neuf fois sur cent, dans ce genre d'affaires, l'argent joue son rôle.

— Mais pourquoi John appellerait-il après l'émission? Qu'est-ce que ça lui apporte, puisque personne ne l'écoute?

— Cela fait peut-être partie de l'arnaque. On va laisser filtrer dans la presse que le bonhomme téléphone non seulement durant l'émission, mais aussi après… Cela entretient le mystère et la pression sur le Dr Samantha — si elle n'est pas dans le coup.

Bentz avait du mal à avaler ça. Pourtant, il devait reconnaître une certaine logique au raisonnement.

— Prouve-le, lança-t-il à Montoya.

Son collègue lui adressa un sourire plein d'assurance.

— J'en ai bien l'intention!

*
* *

Des abrutis.

Les flics étaient des abrutis.

Ils n'avaient pas compris ? Ils n'avaient pas fait le lien ?

N'étaient-ils donc pas fichus de tirer des conclusions ?

Dehors, les crapauds emplissaient la nuit de leur coassement ; la brume entrait par la fenêtre, se faufilait entre les planches qui formaient les murs du cabanon. Il écrasa un moustique, tout en lisant l'article consacré à son dernier crime, un articulet perdu dans les profondeurs du journal, aussi loin que possible de la une.

Aucune allusion sur l'évidente relation entre les meurtres, alors qu'il avait fait en sorte de laisser un maximum d'indices. Merde ! pensa-t-il. Avec son couteau, il entreprit de découper cet article bien droit, en laissant des marges. Le clair de lune traversait le brouillard et venait joindre sa lumière laiteuse à celle de la lampe à pétrole. Il avait chaud. Il se sentait mal à l'aise. Agité. Il allait devoir encore passer à l'acte pour attirer leur attention. Le moment était venu. Il jeta un coup d'œil par la fenêtre et entrevit la silhouette d'une chauve-souris qui passait. Les battements de son cœur s'accélérèrent.

Il avait le souffle court quand il alluma sa radio et entendit, par-dessus les parasites, les premières mesures du *Hard Day's Night* des Beatles. Puis ce fut sa voix. Basse. Sensuelle. Sexy en diable.

— Bonsoir, La Nouvelle-Orléans. C'est le Dr Samantha, sur WSLJ, et il est l'heure des *Confessions de minuit*, l'émission qui fait du bien au cœur et à l'âme. Ce soir, nous allons parler du lycée. Vous vous rappelez ? Pour certains, c'est en ce moment même ; pour d'autres, c'était il y a longtemps — plus longtemps peut-être que vous ne voulez l'admettre. En tout cas, nous y sommes tous allés, dans des établissements publics ou privés, religieux ou laïques. Nous avons tous éprouvé la pression de nos pairs et le besoin de nous rebeller ; nous avons fait l'expérience des premières amours, de leurs délicieuses morsures, mais aussi de la douleur du rejet. Vous souvenez-vous de votre premier jour de cours ? De la nervosité que vous éprouviez, peut-être ? De votre premier coup de foudre ? De votre premier baiser ? Et bien d'autres choses encore... Racontez-moi, auditeurs de La Nouvelle-Orléans. Confessez-v...

Le sang afflua à son cerveau. Le lycée ? Cette salope voulait parler du lycée ? Des premières amours ?

Son visage se mit à transpirer abondamment. Des gouttes de sueur coulèrent dans son dos. Il se leva pour rejoindre le placard et il punaisa son trophée — le minuscule article — à l'intérieur de la porte.

Il se représenta le visage du Dr Samantha. La peau blanche parfaite, les cheveux d'un roux sombre et profond, des lèvres pleines, des yeux de la couleur du jade. Et tout aussi froids. Elle était vraiment bandante. Une vraie salope. Il l'écouta tandis qu'elle tentait de convaincre les auditeurs de l'appeler, de se confesser, de lui demander des conseils.

— Qui est à l'appareil ?

— C'est Randy.

« Rien que toi et moi », songea-t-il en sentant son sexe durcir.

— Que souhaitiez-vous nous raconter, Randy ?

— Eh bien, ç'a été un sacré moment, pour moi, le lycée. Je jouais au football, à Tallahassee, et... hum... c'est là-bas que j'ai rencontré ma femme. Elle avait été élue Reine de la ville et, ma foi, c'était un beau brin de fille. Pour tout dire, je n'avais jamais vu une fille aussi belle que Vera Jean.

« C'est ça, bien sûr. Mais qu'est-ce qu'on en a à foutre ? »

— Et qu'avez-vous fait, Randy ?

— Je l'ai épousée, voilà ce que j'ai fait. Voilà trente-cinq ans que nous sommes mariés. Nous avons eu quatre enfants, qui nous ont donné pour l'instant deux petits-enfants.

— Le lycée a donc été une bonne expérience, pour vous ?

— Oui. On peut le dire. Pour mes enfants, c'est une autre affaire. L'aîné a eu des problèmes avec la drogue. Pour la deuxième... il semble que tout se soit bien passé. Mais la troisième... elle est tombée enceinte. Le garçon qui l'avait mise dans cet état était un irresponsable, et il a refusé de l'épouser.

— Et où en est votre fille, aujourd'hui ? demanda le Dr Samantha, comme si elle était concernée, comme si elle pouvait offrir des conseils valables.

Il avait deux heures devant lui. Après quoi, il appellerait. Il lui donnerait un avertissement… Oui, il allait la prévenir que le moment était bientôt arrivé. Ensuite, il irait chasser.

Une autre femme.

Il écoutait le Dr Samantha, il avait une envie furieuse de se masturber. Il se caressa à travers son pantalon, la main sur la braguette… Non, pas de cette façon. Il avait des choses à faire. Des pécheurs à châtier. Les femmes… toutes ces femmes qui lui rappelaient Annie, ces putes qui tapinaient, s'allongeaient. Et il y avait aussi l'homme qui avait trahi Annie. Lui aussi, il allait devoir payer! La colère déferla dans ses veines à la manière d'un poison et lui emplit la tête d'un insupportable vacarme.

Son pouls battait à ses tempes, échauffé par la voix basse et mélodieuse qui lui parvenait depuis la ville, par-delà des marais.

Il avait une surprise pour elle. A l'occasion de l'anniversaire d'Annie. Si tout se passait comme il l'avait prévu, le Dr Samantha trouverait demain le cadeau qu'il lui destinait. Son seul regret était de ne pas être présent pour voir sa tête quand elle le découvrirait. Il ne pouvait pas prendre ce risque. Il devrait attendre le bon moment.

Qui était pour bientôt. Pour très bientôt. Le désir, la colère, le besoin de vengeance, l'excitation… il n'en pouvait plus! Il lui fallait de nouveau un substitut. Une pute qui apaiserait le feu qui le consumait, le besoin insatiable qui courait dans ses veines.

Il était un pécheur, il le savait. Mais c'était plus fort que lui. Il ne pouvait pas s'en empêcher.

Il sortit son rosaire de sa poche. Les grains aux arêtes tranchantes accrochèrent la lumière de la lanterne; ils semblaient lui parler, lui promettre de respecter ses volontés.

S'agenouillant, il se mit à prier.

Et tandis que le Dr Samantha continuait de lui parler à la radio, il manipula les grains et murmura :

— Gloire au Père, au Fils et au Saint-Esprit…

17.

Samantha manqua défaillir quand elle aperçut la silhouette d'un homme sur sa véranda, à l'avant de la maison. Puis elle s'avisa qu'il s'agissait de Ty. Elle réprima un sourire en le voyant ainsi, assis dans la balancelle, les jambes tendues, une bouteille de bière à la main, le visage caché dans l'ombre. Il semblait chez lui. Il se balançait paisiblement, bercé par le chant des cigales et la musique des carillons à vent.

En même temps, elle sentait toujours cette même impatience chez lui… Une part de mystère insaisissable. Un danger qui l'attirait autant qu'il l'emplissait d'effroi.

— N'exagère pas ! marmonna-t-elle, tout en activant l'ouverture de la porte du garage.

La Mustang roula doucement à l'intérieur, et elle coupa le moteur, puis glissa son trousseau dans son sac.

Que voulait-il ? Pourquoi était-il venu ? Qu'attendait-il ?

« Et toi, Samantha, qu'est-ce que tu attends ? »

Elle eut la gorge sèche, soudain, et des pensées furtives lui parasitèrent l'esprit. Quel effet cela ferait-il, de l'embrasser ? De le toucher ? De…

« Arrête ça tout de suite ! Tu ne le connais pas assez bien. Il ne te dit pas tout, il te cache quelque chose — quelque chose de sombre. Et puis on est en pleine nuit, bon sang ! Pourquoi t'attend-il ainsi, seul ? Ça n'augure rien de bon… »

Pourtant, elle sentit un courant d'excitation la parcourir.

Elle traversa le couloir de communication avec la maison, où Charon l'accueillit en venant miauler et se frotter contre ses chevilles.

— Oui, tu m'as manqué, toi aussi, lui dit-elle.

Elle posa son sac sur le comptoir et coupa l'alarme. Prenant le chat dans ses bras, elle alla tourner le verrou de la porte d'entrée et ouvrit.

Ty était toujours dans la balancelle, les yeux dans l'ombre. Il leva la tête vers elle, et elle sentit un picotement vif sur sa nuque, tel le souffle froid de l'hiver.

— Ça va devenir une habitude, fit-elle remarquer.

Charon sauta de ses bras et regagna l'intérieur de la maison.

— Une mauvaise habitude ? demanda-t-il d'une voix traînante.

— Ça se pourrait.

La balancelle couina tandis qu'il se levait. Ses yeux, d'une couleur noisette intense, attrapèrent le peu de lumière qui brillait sous la véranda.

— Peut-être que je vous trouve irrésistible.

— On dirait une mauvaise réplique de film. Un mauvais film, avec ça.

— Vraiment ?

Il haussa un sourcil. Il vida sa bouteille de bière d'une gorgée.

— Je pense que vous pouvez mieux faire.

— Peut-être que vous me surestimez…

Abandonnant sa bouteille vide sur la rambarde, il rejoignit la porte, où se tenait Samantha, les bras croisés sur la poitrine, l'épaule contre l'encadrement.

Un parfum légèrement musqué lui chatouilla les narines. Des yeux assombris par la nuit se posèrent sur elle, longuement, qui agirent directement sur ses nerfs. Le souffle court, elle se mit à transpirer. Il se rapprocha et posa le bras sur le chambranle de la porte, juste au-dessus du sien. Son haleine chaude lui caressa le visage.

— J'ai simplement voulu m'assurer que vous rentriez chez vous sans encombre. La plupart des femmes chercheraient à me remercier.

— Je ne suis pas « la plupart des femmes », répliqua Samantha avec une assurance qu'elle était loin d'éprouver.

— Non, Samantha, en effet.

Il était si près d'elle… Et les promesses dangereuses qu'elle lisait dans ses yeux n'étaient pas faites pour calmer les battements désordonnés de son cœur. Elle surprit son regard qui tombait dans l'échancrure de son chemisier tandis qu'il ajoutait :

— C'est probablement la raison pour laquelle je suis ici.

— Oh ! je vois, le chevalier dans son armure étincelante... C'est à ça que vous voulez me faire croire ?

— Pas du tout.

— Vos intentions ne seraient donc pas chevaleresques ?

Il eut un rire léger.

— Qui a dit que j'avais des intentions ?

— A d'autres ! Qu'est-ce que vous auriez fait, si je ne m'étais pas montrée ?

— Je serais allé vérifier.

— Et auprès de qui ?

— Les personnes qu'il fallait.

Etait-ce cette nuit de pleine lune, balayée par une douce brise chaude, ou quelque chose d'autre, de plus primitif, en elle ? Samantha se demanda en tout cas ce qu'elle éprouverait en sentant contre sa joue celle de Ty, hérissée d'une légère barbe... De quelle manière elle réagirait s'il posait les mains sur elle... C'était peut-être aussi le besoin d'échapper à ce vent de folie qui avait bouleversé sa vie, à cette peur et à cette tension qui étaient devenues ses compagnes ces dernières semaines. A moins... à moins que ce ne soit beaucoup plus prosaïque. N'était-ce pas simplement le fait qu'elle n'avait pas eu de relations avec un homme depuis trop longtemps, et qu'elle mourait d'envie qu'on la touche ?

— La moindre des choses, ce serait que vous m'invitiez à entrer, suggéra-t-il.

— J'y réfléchis...

Il n'était qu'à quelques centimètres d'elle, bien trop près.

— Il faut me promettre de bien vous tenir.

— Désolé, ma chère, mais c'est une promesse que je ne peux pas faire.

Il avait dit cela d'une voix traînante qui arracha des frissons à Samantha. Et de nouveau, des interrogations troublantes s'imposèrent à elle. Qu'est-ce que ce serait de faire l'amour avec lui ? De se blottir ensuite dans ses bras ? De se réveiller au matin avec lui et de croiser son regard, brillant de désir ?

— Je… je vous dois sans doute un verre de vin. Nous allons ouvrir la bouteille que vous avez apportée.

Elle se tourna pour rejoindre la cuisine, où il la suivit. Elle sortit la bouteille de riesling du réfrigérateur et, tout en se débarrassant de ses chaussures, elle prit le tire-bouchon.

— Vous avez besoin d'aide ? demanda-t-il.

— Inutile. J'ai été scout.

— Parce qu'ils apprennent à déboucher les bouteilles, chez les scouts ?

— J'ai l'écusson pour le prouver.

Elle se concentra sur sa tâche et tira de toutes ses forces. Le bouchon sortit de la bouteille avec un « pop » discret. Samantha l'approcha de sa bouche et souffla dessus, avant de le passer dans sa ceinture, avec le tire-bouchon, comme s'il s'agissait d'un revolver.

— Amusant…

— C'était le but, répliqua Samantha, par-dessus son épaule.

Elle se haussa sur la pointe des pieds pour récupérer des verres à vin dans un placard en hauteur.

« Un verre, juste un verre », se dit-elle en effectuant ensuite le service. Ty se tenait à la porte de la cuisine.

— Voilà, ajouta-t-elle.

Elle lui tendit l'un des verres et prit l'autre.

— A quoi pourrions-nous porter un toast ? demanda-t-il en haussant un sourcil.

— A des jours meilleurs.

— Des jours et des nuits.

Elle retint son souffle.

— Et des nuits, répéta-t-elle.

Ils trinquèrent, puis elle but une gorgée et l'observa alors qu'il faisait de même. Elle remarqua le mouvement de sa pomme d'Adam au-dessus du col ouvert de sa chemise ; et elle se rappela, avec un peu trop de netteté, les muscles bien dessinés de ses bras et de son torse.

Mais où avait-elle la tête ? Pourquoi ses pensées l'entraînaient-elles sur ce terrain, vers ces images de baisers brûlants, de caresses torrides ? Elle ne connaissait pas cet homme… L'idée de faire l'amour avec lui n'avait tout simplement aucun sens !

Pourtant, lorsqu'elle eut terminé son verre de vin, elle songea qu'elle comptait assez à ses yeux pour qu'il l'ait attendue cette nuit ; pour qu'il soit venu la chercher à la radio afin de la raccompagner chez elle ; pour qu'il risque sa propre vie en faisant démarrer le moteur de la Mustang…

Il ne lui voulait que du bien.

— Tout cela vous atteint, remarqua-t-il, comme s'il lisait dans ses pensées.

— Je suppose, oui.

— Cela ébranlerait n'importe qui.

Il la fixa de ses yeux noisette, dans la profondeur desquelles elle nota des filets de vert et de brun.

— Allez, dit-il en ôtant le tire-bouchon qu'elle avait toujours à la ceinture. Oublions tout ça pendant un moment.

Il lui prit le bras, saisit de son autre main la bouteille, et il leur fit traverser le salon.

— Un instant ! Où m'emmenez-vous ?

— Vous verrez. Tenez-moi ça.

Lui tendant la bouteille et son verre, il ferma les portes-fenêtres et entraîna Samantha dans le jardin.

La clarté de la lune pailletait les eaux sombres du lac et répandait une lumière argentée sur la pelouse, les buissons, les arbres et les deux mâts du voilier de Ty. Bien sûr ! Ne voyant pas sa voiture dans l'allée, elle avait pensé qu'il était venu chez elle à pied. En réalité, il avait utilisé son bateau.

— Attendez une minute ! lança-t-elle quand il lui prit la main et l'entraîna en direction du ponton. Qu'est-ce que vous avez en tête ?

— Nous avions évoqué la possibilité de faire un tour en bateau, vous vous rappelez ?

Ty accéléra l'allure. Même si elle était pieds nus, elle dut se mettre à courir pour suivre son rythme.

— Eh bien, je pense que le moment est venu.

L'*Ange de lumière* se balançait doucement devant eux.

— Et moi, je pense que vous êtes cinglé.

— Une opinion toute professionnelle, j'imagine.

Comme ils atteignaient le ponton, il l'aida à monter à bord du voilier.

— Sans aucun doute.

C'était complètement fou… et en même temps merveilleux. Elle serrait les verres et la bouteille contre elle quand Ty dénoua les amarres, fit démarrer le moteur, alluma les feux de position et s'éloigna du ponton. Il attendit d'avoir atteint des eaux plus profondes pour hisser les voiles.

— Ça n'est pas interdit ? demanda Samantha en les regardant claquer et gonfler dans le vent.

Jetant un coup d'œil vers l'arrière, elle vit le rivage s'éloigner, se noyer dans les ténèbres. Tout juste distinguait-on les lumières de quelques habitations.

— Qu'est-ce qui est interdit ?

— De naviguer de nuit.

Les mains sur la barre, bien campé sur ses jambes, il avait les yeux plissés.

— Je ne sais pas. Mais si c'est le cas, c'est vraiment dommage.

Elle se tenait à côté de lui, à la barre, les cheveux au vent, alors que le voilier fendait les eaux sombres. Après toutes ces nuits en solitaire, ces heures passées dans l'inquiétude et la tension, cette expérience aussi nouvelle qu'inattendue était euphorisante, libératrice. Les étoiles étincelaient sur le velours noir du ciel, l'eau paraissait s'étendre à l'infini. Ty manœuvrait la barre en veillant à ce que le bateau reste parfaitement dans le vent.

— C'est votre ligne de conduite, dans la vie ? demanda-t-elle alors qu'il tirait un bord.

— Comment cela ?

— Ne pas jouer selon les règles.

— Je suis peut-être les miennes.

— Vous évitez la question.

— Possible.

Il fit tourner la barre, et le voilier vira dans une gerbe d'écume.

Samantha perdit presque son équilibre. En voyant la chemise de Ty battre dans le vent, elle se rappela cette nuit où — elle en était certaine — il était venu naviguer près de chez elle et avait observé sa maison.

Bientôt, il ralentit en affaissant une des voiles et s'engagea dans une anse sombre, où il jeta l'ancre. Les étoiles scintillaient, la lune brillait d'un bleu délavé. Samantha songea qu'ils étaient complètement seuls. Un homme, une femme. Etrangers l'un à l'autre, ou presque.

« Personne ne sait que tu es ici. Avec lui. »

Quelque part sur le rivage, une chouette ulula.

— Et si vous me parliez un peu de vous ? suggéra-t-elle.

— Pour vous terrasser d'ennui ?

— Je ne bâillerai pas.

— Vous me le promettez ?

— Parole de scout ! lança Samantha avec le signe qui allait avec.

— Ah, oui, c'est vrai… Mais comme je l'ai dit, c'est une longue et ennuyeuse histoire.

— J'ai pourtant la certitude que rien de ce que vous me raconterez ne m'ennuiera.

Il se mit à rire, d'un rire troublant qui retentit dans la petite anse.

— Vous voulez que je sorte mes tripes pour mieux me psychanalyser, c'est ça ?

— Ne vous inquiétez pas. J'ai eu mon compte pour la nuit.

Elle s'adossa au mât.

— C'est votre tour, poursuivit-elle. Vous en savez beaucoup sur moi. Probablement plus que vous ne devriez. On va rendre les choses plus équitables.

— En m'obligeant à sortir mes tripes ?

Il but une gorgée de vin, tout en la fixant de son regard intense.

— Exactement. Allez, dites-moi tout.

Se tenant à la bôme, d'une main, elle se rapprocha de lui.

— Tout, y compris vos secrets les plus enfouis, les plus sombres…

— C'est comme dans « Action ou vérité » ?

— Le jeu d'enfants ?

De fait, cela rappelait des souvenirs à Samantha. Elle se revit ainsi à quatorze ans, avec Peter et deux de ses amis. Allongés sur le trampoline du jardin, ils faisaient tourner une lampe électrique, et la malheureuse victime devait soit révéler un lourd secret soit accepter un gage, souvent affreux, imaginé par les autres.

— Oui, c'est un peu ça, dit-elle. Alors, allez-y.

Elle fit tourner le vin qui restait dans son verre.

— Je choisis « Action », annonça Ty.

— Mais vous ne pouvez pas !

— Bien sûr que je peux ! répliqua-t-il en la regardant droit dans les yeux. Je choisis « Action ».

Elle sentit un curieux frisson d'appréhension et d'impatience la parcourir. L'eau clapotait sur les flancs du voilier. Même dans la pénombre, elle vit l'expression de défi dans les yeux de Ty ; et malgré la petite voix raisonnable qui lui soufflait qu'elle était en train de faire une monumentale erreur, elle but une gorgée de vin et annonça :

— D'accord, voici mon gage : vous devez dire la vérité.

— Tttttt ! fit-il en claquant de la langue contre ses dents. Vous trichez. Vous avez perdu votre tour.

Il termina son verre de vin et franchit la distance qui les séparait. La pointe de ses chaussures vint toucher le bout des pieds nus de Samantha.

— Attendez un peu ! Ça n'est pas comme ça qu'on jouait ! protesta-t-elle quand un bras passa autour de sa taille. Je ne peux pas perdre mon tour ainsi.

— C'est *mon* bateau. Ce sont *mes* règles.

La main de Ty se posa dans le bas de son dos. Malgré le tissu de son chemisier, elle en perçut la chaleur et, soudain, elle eut les plus grandes difficultés à respirer. Il était trop près. Son contact était bien trop sensuel.

— C'est comme ça que je joue, moi, lui chuchota-t-il à l'oreille. Alors, Samantha : Vérité ou Action ?

— Je… je ne sais pas.

Les battements de son cœur s'étaient complètement affolés ; son sang était brûlant, comme en feu.

— Mais si, voyons.

Elle déglutit avec peine, pensant confusément que le vin avait altéré ses facultés de concentration.

— Très bien… Allez-y.

— Alors, embrassez-moi.

Le bras qui l'enserrait accentua sa pression, la rapprochant encore de lui. Le voilier tanguait doucement. Au-dessus de leurs têtes, les mâts craquaient.

— Oui, embrassez-moi, répéta-t-il. Et ne vous arrêtez surtout pas.

— Jamais ?

— Jusqu'à ce que je vous le dise.

— Je… Cela pourrait être dangereux.

— Sans aucun doute. J'y compte bien.

Ses lèvres effleurèrent les cheveux de Samantha, qui sentit ses jambes se dérober.

— Mais…

— Vous ne devez pas poser de questions. Simplement faire ce que je vous ai dit de faire.

La main nichée dans le bas du dos de Samantha accentua sa pression, et elle se retrouva tout contre lui. Elle découvrit alors toute l'intensité du désir qu'il éprouvait.

Elle s'humecta les lèvres, et le geste ne put lui échapper. Leurs bouches ne s'étaient toujours pas touchées, mais c'était imminent. Elle comprit qu'elle allait lui obéir.

— Allons, Samantha… Embrassez-moi.

L'eau clapotait contre la coque du voilier. Le vent soupirait. Et un désir sombre irriguait les veines de Samantha. Elle se pencha en avant. Fermant les yeux, elle passa les doigts sur la nuque de Ty et attira son visage vers le sien. Comme elle entrouvrait les lèvres, il poussa un gémissement. Il ondula contre elle et força une jambe entre les siennes, en même temps que sa langue touchait la sienne.

« Ne fais pas ça, se dit-elle. Ne va pas si loin. Tu ne le connais pas… »

Un désir fou battait en elle, qui s'intensifia encore quand elle sentit une main qui déboutonnait son chemisier, exposant sa peau nue. Il y eut les lèvres et les dents de Ty sur ses seins, puis une main glissa dans la ceinture de sa jupe, explorant, touchant, embrasant son épiderme.

D'un geste vif, elle lui retira sa chemise et ferma les doigts sur sa ceinture tandis qu'il l'attirait sur le pont. Il respirait bruyamment. Ses mains et ses lèvres semblaient partout à la fois, et elle ne pouvait pas l'arrêter.

Vague et furtive, la pensée la traversa que c'était peut-être lui qui la terrorisait, mais elle s'évanouit presque aussitôt, balayée par le parfum musqué de Ty, le goût de sel sur sa peau.

— Tu as envie de moi…, chuchota-t-il alors qu'elle faisait descendre ses mains le long de ses bras musclés.

Il dégrafa son soutien-gorge, et le lui ôta.

— Non, répondit-elle dans un souffle. C'est… toi qui as envie de moi.

Il ferma les lèvres sur un sein et en agaça la pointe du bout des dents. Samantha s'agita. Elle avait la peau couverte de sueur.

— Tu as envie de moi, répéta-t-il.

— Non…

— Si.

Il lui baisa l'autre sein. Lui en mordilla la pointe. Et Samantha sentit soudain une main se poser sur son mollet.

— Oh…

Ty lui embrassa le ventre tandis que sa main remontait, lui effleurait l'intérieur du genou, passait sous sa jupe au moment où, de la pointe de la langue, il lui caressait le nombril. Elle pouvait à peine respirer. Tout son corps n'aspirait plus qu'à l'homme qui la mettait au supplice.

— Laisse-toi aller, Samantha.

Sa main, qui progressait toujours, vint se glisser entre ses cuisses.

Samantha se mit à onduler, d'un mouvement instinctif. Elle brûlait. Sa gorge était plus sèche qu'un désert.

Elle lui agrippa les cheveux lorsqu'il écarta l'élastique de sa culotte et effleura son intimité.

Elle laissa alors échapper une plainte sourde.

— Ty...

— C'est bon, Samantha.

Elle se mit à danser au rythme de ses caresses, à remuer les hanches en cadence avec la vague qui montait en elle.

Sans cesser de la caresser, il se redressa pour venir l'embrasser, sans douceur. Ses doigts aussi se firent moins doux. Ils accélérèrent leur mouvement, l'approfondirent.

— Je... je ne...

Elle était à bout de souffle, elle n'était plus en état de penser, de parler. Elle ne voulait plus qu'une chose : qu'il lui en donne davantage.

Elle venait de s'accrocher à son dos quand la première explosion survint, un plaisir aveuglant qui la tordit, la laissa pantelante. Mais Ty n'en cessa pas pour autant ses caresses; ses doigts poursuivirent leur délicieuse torture sans lui accorder le loisir de se détendre. Et presque aussitôt, elle sentit une nouvelle poussée de chaleur monter en elle. Plus intense encore.

— Tu as envie de moi, lui chuchota-t-il à l'oreille.

— Oh, oui! avoua-t-elle dans un soupir.

Elle tira sur la ceinture de son jean, tira encore, jusqu'à ce que les boutons cèdent. En quelques mouvements, fluides, il se débarrassa de ses chaussures et du pantalon, écartant aussitôt les jambes de Samantha avec son genou.

Elle leva les yeux vers lui, mais avec l'obscurité, elle ne distingua presque rien de son visage.

Il lui emprisonna la bouche en même temps qu'il la couchait sur le pont et la pénétrait. Il se mit alors à aller et venir en elle, la tenant avec force, comme s'il devait ne jamais la relâcher. Des ondes brûlantes se propageaient en elle, encore et encore.

Et elle en voulait plus. Toujours plus. Le rythme s'intensifiait. Le souffle rauque de Ty faisait comme un écho à ses gémissements. Elle entendit une plainte, lointaine, sans comprendre sur le moment que c'était sa propre voix. Elle s'affaissa, vidée, et Ty les fit tourner, de sorte qu'elle se retrouva sur lui, son corps trempé et brûlant offert à l'air de la nuit.

Sous elle, ses hanches fortes se mirent à remuer. Des mains lui couvrirent les seins, à les pétrir sans douceur. L'accrochant aux épaules, elle se mit à l'unisson du rythme que Ty lui imposait.

Une brise nocturne venue du lac effleura ses cheveux quand elle plongea les yeux dans le regard sombre et secret de l'homme qui était devenu son amant, cet homme qu'elle connaissait à peine. Elle crispa les mains sur ses épaules musclées.

Soudain, il retint son souffle, puis son corps se tendit et il laissa aller sa tête en arrière tandis qu'il jouissait. De violentes convulsions agitèrent Samantha, qui se laissa tomber sur lui, s'abandonnant à la nuit, s'abandonnant au monde, s'abandonnant à cet homme à qui elle n'aurait peut-être pas dû faire confiance.

18.

« Qu'est-ce que j'ai fait ? »

Alors que les premiers rayons de lumière filtraient à travers le minuscule hublot qui surplombait la couchette, Ty Wheeler se traitait de tous les noms d'oiseaux.

Samantha était étendue à côté de lui, emmêlée dans les draps. Les cheveux en bataille, les yeux fermés, elle respirait régulièrement. C'était lui qui l'avait portée jusque dans la cabine. Ils avaient fait l'amour au petit matin, et il avait pu l'entrevoir alors, il avait pu saisir des images fugitives de ce corps fin et souple, couché au-dessous de lui ou le chevauchant. Elle s'était montrée joueuse, tour à tour sexy et réservée, en tout cas une amante à nulle autre pareille. Le seul fait de penser à elle, au goût de sa peau, à cette animalité pure qui sommeillait en elle, lui procurait une sensation de chaleur.

Ils s'étaient ensuite rendormis, épuisés.

Ty s'était fait le serment de ne pas s'impliquer, de demeurer objectif ; au lieu de quoi, il avait oublié toute prudence, la nuit dernière, et fini au lit avec elle. A présent, alors qu'il faisait chauffer de l'eau sur une plaque électrique, il se répétait qu'il était vraiment un idiot de la pire espèce.

Elle s'agita un peu, bougea les lèvres et soupira dans son sommeil. Il eut de nouveau envie d'elle.

— Qu'est-ce que vous… tu regardes ? demanda-t-elle en ouvrant un œil.

S'étirant paresseusement, elle tendit un bras au-dessus de sa tête jusqu'à ce que sa main touche la cloison.

— Toi.

— Je dois faire peur…

Elle se tourna sur un coude en veillant à couvrir ses seins avec le drap.

— Quelle heure est-il ?

— 7 heures.

Elle poussa un grognement de protestation.

— Et tu es déjà levé ? Pourquoi ?

— Parce que nous nous trouvons au milieu du lac, et que les gens qui se réveillent pourraient nous voir. Je prépare du café.

— Fort, j'espère ?

— Un truc d'homme, bien corsé.

— Tout ce que j'aime !

Il lui adressa un clin d'œil et ajouta :

— Il est donc là, le secret de ton tempérament ?

— Justement… au sujet de ce qui s'est passé cette nuit… il faut qu'on en parle.

— « Parler »… Je reconnais là une manie bien féminine…

— Nous avons nos raisons.

Elle secoua la tête.

— Quant à nous… nous n'avons pas fait dans le *safe sex*, tu en conviendras. Or, je ne sais rien de toi. Tu pourrais aussi bien avoir une femme et une douzaine d'enfants quelque part.

— Il n'y a pas d'enfants, pas de femme, et pas même une fiancée. Cela fait plus d'un an que je n'ai pas eu d'aventure. Et je suis *clean* — pas de maladie, d'aucune sorte. Crois-le ou non, je me montre un peu plus prudent, d'ordinaire.

— Moi aussi.

— Et pas de mari ni d'enfants ?

Malgré la légèreté du ton, il s'avisa que la question avait de l'importance pour lui. Il voulait savoir si elle était engagée ou non dans une relation.

— J'avais un petit ami, il y a encore six mois. Mais après mon installation à La Nouvelle-Orléans, cela s'est mal passé.

Elle soupira et le fixa de ses incroyables yeux verts.

— Nous sommes allés au Mexique, le mois dernier. Il espérait que nous nous remettrions ensemble.

— Et ce n'est pas le cas ? Tu en es sûre ?

— Absolument certaine.

Elle pencha la tête sur le côté.

— Mais… ai-je rêvé, ou est-ce que tu avais proposé de préparer du café ?

— Tu n'as pas rêvé. C'est de l'instantané. Je peux le faire aussi fort que tu veux.

— Ça ira très bien.

— Ensuite, je pense qu'il faudra rentrer.

La cuisinette de la cabine se limitait à une plaque chauffante. Ty sortit du placard un pot de café instantané et ajouta de l'eau chaude dans deux gobelets en carton.

— Ty ?

— Oui ?

S'interrompant, il jeta un coup d'œil par-dessus son épaule. Samantha était toujours sous le drap, avec juste le haut du corps découvert, et ainsi elle était sexy en diable.

— Je tenais à ce que tu saches que je… que ce n'est pas du tout mon genre de coucher avec des hommes que je ne connais presque pas.

De la main, elle repoussa les cheveux qui lui tombaient sur le visage.

— Je ne sais pas ce qui m'a pris, la nuit dernière.

— Tu m'as trouvé irrésistible.

Il lui adressa son sourire le plus dévastateur, avant de saupoudrer le café dans les deux tasses.

— Oui, ça doit être ça, répliqua-t-elle sur le même ton.

Mais même aux oreilles de Samantha, sa remarque sonnait faux. Elle n'était pas comme ça.

Vraiment ?

Car il y avait cette part d'elle qui rêvait de marcher au bord du précipice, de s'aventurer dans les marges et de goûter aux fruits défendus, de ressembler à son frère. Peter n'avait jamais accepté les règles. Jamais.

Et cela lui avait coûté cher.

Après la mort de leur mère, alors qu'il n'avait aucune source de revenus, il avait disparu, ne reparaissant que de façon très occasionnelle. En général sans le sou et plein de folles histoires auxquelles Samantha ne croyait pas. Il n'y avait pas plus grand mystificateur que son frère.

Elle trouva sa jupe, épouvantablement froissée et impossible à arranger dans l'immédiat. Elle s'accabla de reproches tandis qu'elle se rhabillait. Elle ne pouvait même pas accuser le vin d'avoir joué un rôle, car elle n'en avait bu qu'un verre. En revanche, elle était fatiguée, tendue, et elle avait été soulagée de trouver Ty devant chez elle ; mais elle avait alors fait la sourde oreille à ce que pouvaient lui souffler la raison, l'intelligence et même la morale — et cela ne lui ressemblait pas. Si l'une de ses auditrices l'avait appelée pour lui avouer qu'elle avait couché avec un inconnu ou presque à cause d'un *gage*, en jouant à « Action ou vérité », le Dr Samantha l'aurait sévèrement chapitrée.

Elle s'était levée et baissait la fermeture Eclair de sa jupe quand Ty se tourna, les deux gobelets de café à la main.

— Et voilà, dit-il en lui tendant une tasse. Maintenant, je pense qu'on devrait remonter sur le pont et quitter cette anse. Oh ! Encore une chose…

Il toucha le gobelet de Samantha avec le sien, comme s'ils trinquaient.

— A « Action ou vérité », lança-t-il.

Ses yeux brillaient d'amusement, et elle éprouva un tiraillement dans la poitrine.

Il but une gorgée et s'avança vers l'échelle.

— La prochaine fois, on pourra jouer à la poste, proposa-t-il.

— Ou au jeu de la bouteille.

— Ou au docteur.

— Tu les connais tous, ma parole ! s'exclama-t-elle en le suivant.

Sur le pont, le vent s'était levé, et seuls quelques rayons de soleil avaient percé l'épaisse couverture de nuages. Ty s'activa, avec des gestes rapides et précis. Il remonta l'ancre, déploya les voiles et dirigea le voilier dans les eaux grises. Le trajet fut plus agité qu'à l'aller, et Samantha eut toutes les peines du monde à terminer son café sans tout renverser. Elle reconnut bientôt le rivage de Cambrai, dont ils se rapprochèrent, et sourit en repérant sa maison, avec le ponton délavé par le soleil, les grands chênes verts et les bougainvillées qui se détachaient sur la silhouette de la bâtisse ancienne.

— Et si tu me parlais de ce livre ? lança-t-elle quand le voilier ralentit alors que Ty affalait les voiles. Qu'est-ce que tu as dit à Melanie, déjà ? Que c'était entre *L'homme qui murmurait à l'oreille des chevaux* et…

— … *Le Silence des agneaux*. Je plaisantais. En réalité, j'écris autour de certaines affaires auxquelles j'ai participé quand j'étais flic.

— Tu as travaillé dans la police ? demanda-t-elle, surprise.

— Dans l'une de mes anciennes vies.

— Ton livre parle de crimes ayant vraiment eu lieu, alors ?

Il hésita.

— Disons qu'il s'agit de fiction inspirée des faits réels.

Les sourcils froncés, il engagea le bateau sur des eaux moins profondes. Samantha eut le sentiment qu'il ne lui disait pas tout.

— Et comment se passe la rédaction ?

— Ça va, je crois. J'ai buté sur quelques obstacles, mais je m'efforce d'en venir à bout.

C'était plutôt vague…

— Où est-ce que tu étais flic ?

— Au Texas.

— Tu étais ranger ?

— Inspecteur. Attrape ça, tu veux bien ?

Il désignait un cordage. Il mit en place les pare-battages pour ne pas abîmer la coque contre le ponton, puis noua les amarres.

— Je t'accompagne jusque chez toi.

— C'est inutile. Tout va bien. Il fait jour.

— Cela me rassurerait…

Il marchait déjà à grands pas vers le porche, à l'arrière de la maison, sans prêter l'oreille aux réserves qu'aurait pu émettre Samantha. Les portes-fenêtres n'étaient pas verrouillées et le système d'alarme n'était pas activé. Samantha n'avait pas pensé à ces détails, la veille au soir. Elle était loin de se douter qu'elle resterait absente aussi longtemps.

Trop tard, elle s'avisa qu'elle avait eu tort.

Charon se cachait sous une chaise de la salle à manger. Et il y avait quelque chose d'étrange, dans la maison — quelque chose qui ne lui disait rien qui vaille.

Elle en eut la chair de poule.

— C'est sans doute la fatigue, mais… j'ai une drôle d'impression. Comme si quelqu'un était venu.

Elle surprit son reflet dans le miroir biseauté, au-dessus du buffet ; elle était débraillée et ébouriffée. Elle s'avisa qu'elle avait vraiment peu dormi et ajouta :

— Je dois imaginer des choses…

Ty croisa son regard dans le miroir. Il avait les yeux sombres, la mâchoire serrée.

— On va vérifier, dit-il.

Tout en songeant qu'elle réagissait de façon excessive, Samantha inspecta le rez-de-chaussée, où elle ne trouva rien de suspect, ne remarqua aucun objet déplacé. Et pourtant… Pourtant, il n'y avait pas la même odeur, la même atmosphère. Ils gravirent les marches de l'escalier ensemble.

En entrant dans sa chambre, elle eut aussitôt la sensation que quelque chose n'allait pas. Mais il n'y avait personne, pas plus dans la chambre que dans la salle de bains. Ils visitèrent chaque pièce, contrôlèrent chaque placard, mais la maison était bien vide.

— Je dois imaginer des choses, répéta Samantha sans grande conviction tandis qu'ils regagnaient le rez-de-chaussée.

Charon se glissa sous la table de la salle à manger.

— Ça va aller ? demanda Ty.

— Oui… Bien sûr.

Elle était chez elle, tout de même ! Elle n'allait pas se sentir mal à l'aise, voire en danger, dans sa propre maison.

— Verrouille bien toutes tes portes et mets l'alarme.

— Je vais le faire, promit-elle tandis qu'ils ressortaient de la maison.

Il y avait moins de nuages, à présent, et la sensation de chaleur s'était accentuée. La surface du lac miroitait sous les rayons du soleil.

— Je te rappelle tout à l'heure, dit Ty.

— Je t'assure que ça va aller.

— Toi, peut-être, mais pas moi.

Elle se mit à rire, et il l'enlaça. Le visage tout près du sien, il chuchota :

— Sois raisonnable, Samantha.

Et il l'embrassa. Un baiser ardent qui réveilla des images et des sensations de la nuit dernière, jusqu'à ce qu'il s'écarte et murmure :

— Appelle-moi. A n'importe quel moment.

L'instant d'après, il était parti. Il sauta de la véranda, puis courut sur la pelouse mouchetée de lumière jusqu'au ponton où l'*Ange de lumière* tirait doucement sur ses amarres. Elle resta à l'observer jusqu'à ce que le voilier ait disparu.

Charon la suivit lorsqu'elle regagna l'étage. Elle se doucha, puis alla prendre un short et un T-shirt dans la penderie. Elle bouclait la ceinture et s'apprêtait à enfiler une paire de tennis quand son regard, passant dans l'entrebâillement de la porte, tomba sur sa commode ancienne. C'est ainsi qu'elle remarqua le second tiroir, qui n'était pas bien refermé.

Elle se dit aussitôt qu'elle recommençait à imaginer des choses, que c'était probablement elle-même qui ne l'avait pas bien poussé, ce tiroir… Pourtant, elle ne put s'empêcher d'aller jeter un coup d'œil. Il s'agissait du tiroir qui contenait ses sous-vêtements — culottes, soutiens-gorge, corsages et bodys. Elle vit aussitôt que son body rouge ne s'y trouvait pas. Elle n'en possédait que deux. Et si elle ne les avait pas portés depuis des mois, l'un comme l'autre, elle était certaine de ne pas se tromper : le rouge manquait à l'appel.

Elle ne l'avait pas emporté au Mexique et ne l'avait pas utilisé depuis… Cela remontait à la Saint-Valentin — elle était seule et avait voulu s'amuser. Où était-il, alors ? Elle entreprit de fouiller dans tous les tiroirs, dans sa penderie, mais le body demeurait introuvable.

Elle se mordit la lèvre, s'obligeant à ne pas paniquer. Sans doute l'avait-elle mal rangé.

Sauf qu'au fond d'elle-même elle savait que quelqu'un s'en était emparé.

En proie à un malaise grandissant, elle inspecta le reste de la maison. On n'avait pas touché à ses bijoux. Sa télévision, sa chaîne hi-fi, son ordinateur, son argenterie… rien n'avait bougé. Une seule chose manquait : son body en dentelle rouge. Or, il n'y avait qu'une personne pour s'intéresser ainsi à un effet aussi intime.

John.

19.

Jeremy Leeds, docteur en philosophie, était un parfait idiot. Pour Rick, ce fut une certitude à la seconde où il s'assit dans la pièce minuscule qui tenait lieu de bureau au professeur. Mais Leeds n'était pas seulement un de ces abrutis de base qui ont simplement leur bêtise écrite sur le visage, c'était un égoïste content de lui, moralisateur et intéressé — le genre de personnage qui vous sourit avec condescendance, tout en vous remettant fermement à votre place...

Etait-ce si surprenant ? Les psy n'étaient-ils pas tous bons à enfermer, d'une manière ou d'une autre ?

Il était tout de même difficile d'imaginer Samantha Leeds mariée à ce type. Rien que d'y penser, Rick en avait des aigreurs d'estomac. Il promena son regard dans le cagibi encombré que Jeremy Leeds appelait son bureau. Du sol au plafond, des étagères croulaient sous des ouvrages consacrés aux relations humaines, à la sexualité et aux complexes. La petite pièce mal aérée possédait une unique fenêtre, opaque de poussière, et un cactus de Noël tout ratatiné, qui avait dû être mis au rebut une dizaine d'années auparavant, se desséchait dans un coin.

Si le bureau ressemblait assez à ce que Rick avait imaginé, ce n'était pas le cas du bonhomme.

Grand et dégingandé, avec des cheveux assez longs et un regard d'aigle, le Dr Leeds n'avait rien du prof de fac ébouriffé et excentrique qu'on voit en général dans les films hollywoodiens. Sa chevelure argentée bouclait, mais passait visiblement de façon régulière sous le ciseau d'un coiffeur ; sa barbe était nette, dans l'air du temps, de même que ses lunettes à monture métallique et son blouson en cuir. Pas de vieille veste à chevrons avec des pièces en suédine aux coudes, pour ce professeur ; et il n'y avait pas non plus de râtelier à pipes, d'odeur de tabac dans l'atmosphère, même si le couvercle de verre d'un humidificateur laissait supposer que Jeremy Leeds avait un faible pour les bons cigares.

— Vous en voulez un ? proposa ce dernier en voyant que Rick observait la boîte.

— Non, merci.

— Ils viennent de Cuba. Roulés à la main. Mais n'allez pas le répéter. Cette partie de la conversation doit rester entre nous, entendu ?

— Uniquement cette partie, alors.

Leeds sortit de l'humidificateur un long cigare, qu'il huma longuement en le passant sous ses narines. C'était pour la galerie. Le parfum du tabac se diffusa dans le bureau.

Rick n'avait que faire des effets théâtraux de Leeds. Il voulait en terminer au plus vite avec cet entretien, même si le regard brillant de son interlocuteur lui donnait à penser que le professeur prenait plaisir à cette rencontre, et qu'il était heureux d'avoir la possibilité de se mesurer à un lourdaud de la police.

Un peu plus tôt, Rick avait appelé l'université, demandé les heures de permanence du Pr Leeds à son bureau, puis il s'était rendu sur place sans se soucier de prendre rendez-vous. Leeds était au téléphone, absorbé par une conversation animée, quand Rick était apparu à la porte ouverte de son bureau. Il avait légèrement sursauté et rapidement conclu son coup de fil :

— Oui, oui, je sais… J'ai dit que je reprendrais contact avec vous, et je le ferai.

Et il avait raccroché, sans se soucier de cacher son agacement. Il avait alors demandé à Rick :

— Puis-je faire quelque chose pour vous ?

— Seulement si vous êtes Jeremy Leeds.

Deux sourcils broussailleux s'étaient haussés.

— Le professeur Jeremy Leeds, avait précisé Bentz.

— Je préfère le « docteur ».

« Je l'aurais parié », avait pensé Rick en se présentant et en montrant ses papiers.

Leeds avait récupéré ses lunettes sur le bureau, examiné l'insigne, et il avait soupiré.

— Détective Bentz, avait-il dit, les lèvres pincées.

— Je préfère « inspecteur ».

Une étincelle avait fait briller les yeux du professeur.

— Très bien… inspecteur.

Il lui avait désigné une petite causeuse coincée entre un angle de mur et le bureau. Rick avait sorti son enregistreur et son carnet tandis que Leeds se livrait à son petit manège, avec son cigare.

Il se laissa aller contre le dossier de son fauteuil rembourré.

— Je suppose que c'est au sujet de mon ancienne femme. J'ai entendu dire qu'elle avait de nouveau des problèmes.

— De nouveau ?

— Vous êtes sûrement au courant de ce qui s'est passé à Houston. Un fiasco de première. Mais Samantha cherche bien ce genre d'ennuis.

Visiblement irrité, il jeta un coup d'œil vers la fenêtre entrouverte.

— Vous allez me trouver dur, sans doute, mais je n'accorde guère de crédit à la psychologie radiophonique. De la poudre aux yeux. Juste un moyen pour les gens de se répandre sur les ondes. Ce n'est pas bon pour la profession. Ça la déconsidère, c'est…

Il leva les mains avec exaspération.

— Je m'emporte, excusez-moi. Une monomanie toute personnelle, je suppose.

Il parvint à esquisser un sourire.

— Qu'est-ce que vous voulez ? Précisément ?

— Vous aviez vu juste. Je suis ici au sujet de Samantha Leeds. Vous avez été mariés voilà une dizaine d'années ?

— Brièvement, oui. Elle était une de mes étudiantes et nous… nous avons eu une liaison.

Son sourire disparut, et il fronça les sourcils, pensif.

— Ça n'a pas été une de mes périodes les plus brillantes, pour tout vous avouer. J'étais encore marié, mais séparé de mon épouse, et… Vous avez rencontré Samantha ? Elle est très belle. Intelligente. Et charmante, quand elle le veut. Comme ça n'allait vraiment plus, avec Louise, ma femme, je me suis tourné vers Samantha. La chose s'est sue. Alors que mon mariage était comme mort et que j'avais pris contact avec un avocat pour le divorce, il y a eu un scandale. Nous nous sommes enfuis.

— Après que le divorce a été prononcé, j'imagine ?

— Bien sûr.

Leeds paraissait irrité.

— Je ne suis quand même pas bigame ! En vérité, j'ai deux faiblesses. Le tabac de La Havane…

Son cigare toujours éteint, il désigna l'humidificateur.

— … et les jolies femmes.

— Louise était également une de vos étudiantes ?

— Non, répondit Leeds, les mâchoires serrées. Nous nous étions rencontrés à l'école primaire.

— Et vous vous êtes remarié, après avoir divorcé de Samantha ?

Leeds écarta les mains.

— Qu'est-ce que vous voulez que je vous dise ? Je suis un incurable romantique. Je crois en cette institution.

— A l'époque où elle était votre étudiante, Samantha a bien fait une recherche sur la prostitution ?

— Pas sur la prostitution en soi. Plutôt sur la psychologie des rues — ce qui amène des gens à vendre leurs corps, la drogue, ce genre de choses. Et elle m'a rendu un excellent mémoire. Comme je vous l'ai déjà dit, Samantha est incroyablement brillante.

Il se passa la main sur le menton, avant de quitter ses lunettes et de les poser sur le bureau.

— Quel dommage que ça n'ait pas marché !

— Quoi donc ? demanda Rick, même s'il savait.

— Notre mariage.

— Et qu'est-ce qui n'a pas marché ?

De nouveau, Leeds eut son petit sourire narquois.

— Je pourrais dire que nous avons évolué dans des directions différentes.

— Et je n'y croirais pas trop…

— Elle a suivi sa carrière.

— Et vous avez trouvé quelqu'un d'autre.

Une pointe d'agacement vint altérer l'expression satisfaite de Jeremy Leeds.

— Par sa nature même, l'homme n'est pas un animal solitaire. Vous le savez certainement, inspecteur.

— Vous avez donc des regrets de ne plus être marié à Samantha ?

Leeds plissa les yeux, comme s'il attendait un piège.

— J'ai simplement dit que j'étais désolé que les choses n'aient pas marché entre nous.

Rick n'était pas convaincu. Mais alors, pas du tout. Ce type était trop faux. Trop centré sur lui-même. Ses mains avaient dû récemment recevoir les soins d'une manucure, ses cheveux nets et bien coupés ceux d'un coiffeur. Son visage ne laissait pas apparaître une once de graisse. Si Rick avait eu des doutes sur sa vanité, le miroir accroché près du portemanteau les aurait effacés.

Il posa encore quelques questions, sans rien tirer d'intéressant de son interlocuteur. Il le fit soudain sortir de ses gonds lorsqu'il lui demanda où il se trouvait les soirs où « John » avait appelé la radio.

— Voyons, inspecteur, vous ne pensez pas sérieusement que j'aie quoi que ce soit à voir là-dedans ? Je ne veux aucun mal à Samantha ! Je ne me suis même pas soucié d'elle depuis qu'elle est revenue à La Nouvelle-Orléans.

Il se pencha par-dessus le bureau, pour rendre les choses plus personnelles, comme s'ils étaient deux amis.

— J'ai admiré l'étudiante qu'elle était. Je suis tombé amoureux d'elle. Elle a du charme. Je dirais même du charisme, à défaut de trouver un meilleur mot. Et c'était sans aucun doute l'une de mes plus brillantes élèves.

— Grâce à votre relation ?

Un nerf tressaillit, près de l'œil gauche de Leeds.

— Parce qu'elle était intelligente et possédait un esprit curieux. Voilà ce qui m'a attiré chez elle. Mais je vous mentirais, si je ne reconnaissais pas que je l'ai trouvée magnifique et que cela aussi a beaucoup compté…

Il eut un sourire nostalgique. Aussi faux que les gémissements de plaisir d'une prostituée. Tout ça, c'était du cinéma.

— Voilà longtemps que tout est terminé, entre Samantha et moi. Elle a dû vous dire la même chose, non ? C'est vraiment une coïncidence, que nous nous retrouvions de nouveau dans la même ville.

— Je ne demande qu'à vous croire.

— Vous pouvez, affirma Leeds, dont le regard s'était de nouveau aiguisé. Je n'ai jamais déménagé ni changé d'université. Samantha et moi, nous nous sommes séparés lorsqu'elle est allée travailler à Houston. Je ne voulais pas qu'elle parte, mais elle l'a quand même fait. Cela a sonné le glas de notre mariage.

— Et vous vous êtes mis à fréquenter une autre de vos étudiantes.

— Je plaide coupable, répliqua Leeds, nullement décontenancé.

La conversation se poursuivit encore quelques minutes. Si Rick n'apprit rien de nouveau, il eut le sentiment que le professeur, quoique contrarié d'avoir été dérangé au téléphone, prenait un réel plaisir à faire partie de l'enquête et qu'il trouvait amusant d'être interrogé par un policier. Ses réponses étaient précises, même s'il y avait toujours une pointe de condescendance dans sa voix ; lui, l'être au QI d'exception, n'éprouvait que dédain pour ceux que la nature n'avait pas dotés de la même intelligence que lui.

Il sortit du bureau avec Rick et l'accompagna dans le grand hall de l'université.

— Revenez quand vous voulez, inspecteur. Et si je peux vous aider en quoi que ce soit, n'hésitez pas.

Foutaises… Ce type passait son temps à jouer la comédie.

Au-dehors, Rick retrouva la chaleur oppressante. Des nuages lourds de pluie avaient envahi le ciel, masquant le soleil. Tout en traversant le parking, il se demanda comment une femme de la classe de Samantha Leeds avait pu un jour épouser une enflure telle que Jeremy Leeds, qu'il soit docteur en psychologie ou non. Cela semblait tout bonnement impensable.

Mais il n'était pas le mieux placé pour comprendre le jeu des relations entre hommes et femmes. Son propre mariage, un désastre, en était assez la preuve.

Se glissant au volant de sa voiture, il abaissa le pare-soleil au dos duquel était caché son paquet de Camel d'urgence. Il poussa l'allume-cigare et fourra une cigarette entre ses lèvres tandis qu'il roulait en direction d'une des issues du parking, sur St. Charles Street. Des gamins jouaient dans le parc, de l'autre côté de l'avenue. Toutes fenêtres ouvertes, un tramway s'arrêta, qui transportait des touristes et des habitants de la ville à travers le Garden District. L'allume-cigare sauta. En attendant de pouvoir s'engager sur l'avenue, Rick alluma sa cigarette et tira longuement dessus. Alors que la nicotine se diffusait dans son sang, il observa les passagers qui descendaient du tramway — deux gamins noirs avec sac à dos et lecteurs MP3, un vieux bonhomme avec une casquette écossaise et un type aux cheveux très bruns, avec des lunettes de soleil. Celui-ci regarda en direction de Rick, avant de traverser en courant l'avenue, vers Audubon Park, où il passa à côté du groupe d'enfants qui jouaient au ballon.

Quelque chose chez ce type intrigua Rick. Quoi ? Il n'en savait rien. Il n'aimait pas les flics ? Et après ? Il était loin d'être le seul… Rick le suivit des yeux, sans se soucier de la fumée qui s'accumulait derrière le pare-brise. Il vit son homme courir sur la pelouse bien tondue, jusqu'aux arbres et au lac qui se trouvait au-delà. Le tramway repartit. Rick mit sa sirène en marche et coupa la route, malgré la circulation, pour prendre la direction du quartier des affaires. En entendant la sirène, son client jeta un coup d'œil par-dessus son épaule, mais n'accéléra pas l'allure. Il disparut au milieu des arbres.

Probablement un camé que les quelques grammes de poudre qu'il avait sur lui rendaient paranoïaque.

Rien de plus.

Rick coupa la sirène et sortit l'individu de son esprit tandis qu'il se frayait une route au milieu de la circulation. Il pensa aux éléments qui constituaient l'affaire Samantha Leeds. Ils étaient nombreux, mais rien ne semblait se recouper.

Qui était ce John ?

Quel était son rapport avec Annie Seger ?

Pourquoi une femme s'était-elle fait passer pour une ado morte neuf ans plus tôt ?

Y avait-il un lien entre les événements survenus à la radio et les meurtres commis dans le Vieux Carré — ou bien n'était-ce qu'une coïncidence ? Rick s'était déjà entretenu avec les fédéraux ; il avait même passé un coup de fil à Norm Stowell. Stowell avec qui il avait travaillé à Los Angeles, et qui avait été profileur à Quantico, du temps où il bossait pour le FBI. Son instinct avait plus d'une fois fait des merveilles, et Rick se fiait bien plus à son opinion qu'à celle du gamin qu'on avait collé sur l'affaire. Stowell avait promis de jeter un coup d'œil aux informations que Rick lui avait faxées et de l'appeler aussi vite que possible.

Rick tira longuement sur sa cigarette alors qu'il venait de s'arrêter à un feu rouge, près de Lafayette Square. Fumer l'aidait à se concentrer, et Dieu sait s'il avait besoin de toute la concentration possible.

Il se mit alors à penser à Samantha. Elle pouvait avoir tous les hommes à ses pieds, c'était une évidence. Mais pourquoi était-elle allée épouser un type aussi imbuvable que Leeds ? Et son ancien petit ami à Houston, David Ross ? Quelle était sa place dans le puzzle ?

Le feu passa au vert, et Rick accéléra. Il y avait aussi Ty Wheeler, dont il sentait d'instinct qu'il n'était pas franc du collier. Quelque chose, chez lui, le tracassait. Les goûts de Samantha Leeds en matière d'hommes laissaient en tout cas beaucoup à désirer. Comment l'expliquer ?

Sa propre expérience lui avait appris que les pensées rationnelles n'avaient guère de place dès lors qu'il était question de désir ou d'amour. La plupart des gens, y compris lui-même, avaient malheureusement la manie de tout mélanger.

Et cela menait en général au désastre.

La vie amoureuse de Samantha Leeds en était l'illustration éclatante.

20.

Samantha poussa son exemplaire du Paradis perdu sur le côté de son bureau. Elle venait de passer deux heures à parcourir le texte, pour décider au final qu'elle s'était trompée. Sa certitude que « John » avait fait référence à ce long poème était sérieusement émoussée. Impossible de trouver le moindre lien. Et elle sentait les signes avant-coureurs d'une migraine. Elle alluma sa lampe de bureau. Dehors, le soir tombait sur le lac et le jardin, les ombres se faisaient plus profondes et les premières étoiles scintillaient dans le ciel.

Qui pouvait bien être « John » ? Elle prit un stylo et se mit à jouer avec, entre l'index et le médium. Que voulait-il ? Juste l'effrayer ? Tout cela n'était-il qu'un jeu pour lui ? Ou bien s'agissait-il de quelque chose de plus profond, et avait-il vraiment l'intention de s'en prendre à elle physiquement ? Elle allait ouvrir un livre sur la psychologie des *stalkers* quand le téléphone sonna et la fit sursauter.

Elle décrocha à la seconde sonnerie.

— Allô ?

Elle n'attendait pas vraiment de réponse. A deux reprises déjà, le téléphone s'était ainsi manifesté, et elle avait répondu, mais n'avait eu que le silence à l'autre bout de la ligne. Elle était d'autant plus nerveuse, aujourd'hui, qu'on était jeudi, le jour de l'anniversaire d'Annie Seger.

— Salut, Samantha ! lança une voix joyeuse.

— Corky !

Enchantée d'entendre son amie, Samantha se laissa aller contre le dossier de son fauteuil. Elle sourit en voyant par la fenêtre un écureuil qui escaladait un chêne en passant d'une branche à l'autre.

— Quoi de neuf ?

— C'est moi qui venais aux nouvelles. Ma mère a appelé hier, de Los Angeles. Elle est tombée sur ton père, au Country Club, et il lui a dit que tu avais des soucis. Tu te serais blessée à la jambe au Mexique et tu aurais maintenant une espèce de fou qui te harcèle... C'est vrai ?

— Les bonnes nouvelles circulent vite, à ce que je vois.

— A la vitesse de la lumière, quand ma chère mère est dans le coup. Alors, que se passe-t-il ?

Samantha soupira. Elle regretta soudain que son amie n'habite pas plus près.

— C'est une longue histoire...

— J'ai un peu de temps à tuer. Vas-y.

— Tu l'auras cherché...

Et Samantha mit Corky au courant des derniers événements ; elle lui parla de John, d'Annie, des appels téléphoniques, de la photo aux yeux découpés.

— Mon Dieu ! s'exclama Corky. Et c'est aujourd'hui l'anniversaire de cette fille ?

— Elle aurait eu vingt-cinq ans.

— Tu devrais peut-être engager un garde du corps.

— On me l'a suggéré, répondit Samantha d'un ton sec. On m'a aussi conseillé de remplacer mon chat par un rottweiler.

— Et si tu retournais t'installer avec David ?

Samantha réprima un soupir et ses yeux tombèrent sur la photo de David, dans son cadre, toujours posé sur le bureau, à côté du répondeur téléphonique. Oui, il était beau. Non, il ne ferait pas un bon mari.

— Il n'en serait pas question, même si David vivait à La Nouvelle-Orléans.

Et pour mieux affirmer son propos, y compris vis-à-vis d'elle-même, elle prit ce fichu cadre et le fourra dans le dernier tiroir de son bureau.

— C'est terminé, dit-elle.

— Mais tu es allée au Mexique avec lui, non ?

— Je l'ai retrouvé là-bas, nuance. Et le séjour a viré au cauchemar. Après ce qui s'est passé, je pourrai m'estimer heureuse, si David et moi nous restons amis. Le plus étrange, c'est que la police pense même qu'il pourrait être à l'origine des appels que je reçois.

— David Ross ! s'exclama Corky en riant. Impossible ! On voit qu'ils ne le connaissent pas.

— Et il est à Houston.

— Bon, alors, tu ne peux pas compter sur David pour te protéger... Qui d'autre ? Voyons, Samantha, tu n'as pas un ami un peu costaud susceptible d'emménager un moment chez toi ?

L'image de Ty Wheeler traversa aussitôt l'esprit de Samantha.

— Non. De toute façon, je n'ai pas besoin qu'un homme...

— Et Pete ?

Cette fois, Samantha posa les yeux sur la photo de sa remise de diplôme, avec ses parents et son frère.

— Tu plaisantes ? On ne l'a pas vu depuis des années !

— Moi, si. Je suis tombé sur lui, l'autre jour.

— Quoi ? demanda Samantha, incrédule. Tu parles de... mon frère ?

— Oui.

— Mais... mais...

Un flot d'émotions diverses la submergea, qui la laissa sans voix et les larmes aux yeux. Elle prenait conscience qu'elle avait plus ou moins accepté le fait qu'il soit mort.

— Je... Excuse-moi, Corky, mais c'est... incroyable. Il n'a plus donné signe de vie depuis une éternité. Comment va-t-il ?

— Il se porte comme un charme.

— Mais pourquoi n'appelle-t-il jamais ? Où est-il ? Que fait-il ?

— Hé, doucement ! protesta Corky. Une question à la fois.

Samantha tenta de maîtriser son agitation.

— D'accord, tu as raison... Commençons par le commencement. Où as-tu vu Pete ?

— Ici, à Atlanta, dans un bar. C'était le week-end dernier. J'ai eu du mal à croire que c'était bien lui.

« Et moi donc ! » pensa Samantha, la poitrine serrée.

— Comment était-il ?

— Ç'avait l'air d'aller. Mais il a toujours donné cette impression. Même quand il se droguait...

Il y eut une pause, et Samantha prit le cadre contenant sa photo de famille. Avec son blouson en cuir noir et ses lunettes de soleil, Peter, qui était le plus grand, paraissait distant, peu intéressé par ce qui se passait. « Tu n'es qu'un salaud dépourvu de sensibilité ! » lui dit Samantha en pensée. Combien de fois son père l'avait-il appelée à son sujet ? Cent ? Deux cents fois ?

— J'ai eu le sentiment qu'il s'est acheté une conduite, reprit Corky. Mais il ne m'a pas laissé de numéro, il ne m'a pas dit comment le joindre. Je lui ai suggéré de te passer un coup de fil, et il m'a promis d'y réfléchir.

— Trop aimable…

— Hé ! Laisse-lui au moins une chance. Je ne pense pas que sa vie ait été merveilleuse.

— Tu as toujours eu un faible pour lui, souligna Samantha d'un ton accusateur.

— C'est vrai. Autrefois. Mais qui n'avait pas un faible pour lui ? Du reste, il est toujours aussi craquant.

— Si tu le dis…

— Et je le maintiens ! Que veux-tu, je suis une incurable romantique…

— … qui a le don de se fourrer dans des situations impossibles.

Corky se mit à rire.

— Sans doute, oui. Surtout avec les beaux hommes.

Elle soupira.

— Les appels longue distance ne seraient pas aussi chers, je te téléphonerais tout le temps, pendant ton émission. Tu me donnerais des conseils sur ma vie amoureuse ! Car je n'ai pas renoncé à l'amour, *moi.*

— C'est que tu n'es pas une pragmatique, contrairement à *moi.*

Charon sauta sur les genoux de Samantha et se mit à ronronner.

— Pete a demandé de tes nouvelles, Samantha.

Un nouveau flot d'émotions la submergea. Mais aucune d'elles n'était agréable. Samantha avait un certain nombre de problèmes à résoudre avec son frère. De gros problèmes.

— Et papa ? Il en a parlé ? Cela fait des années qu'il attend un signe.

— Non, il n'a pas demandé de ses nouvelles.

Samantha éprouva une déception qui lui parut injustifiée. Pourquoi diable conservait-elle cet espoir que son frère allait soudain développer une conscience des liens familiaux ?

— Et que fait-il ? demanda-t-elle. Pour vivre, j'entends.

— Je n'en suis pas trop sûre. Il m'a parlé d'un travail pour une entreprise de téléphonie mobile — je crois qu'il s'agissait d'installer des antennes dans tout le Sud-Est. Mais j'ai eu l'impression que c'était terminé. Et s'il vivait ici, à Atlanta, il se comportait comme s'il était sur le point de déménager. Oh, j'ai un autre appel… C'est pour le travail. Je vais devoir te laisser. Juste le temps de te prévenir que je serai à La Nouvelle-Orléans dans deux semaines. Je te rappellerai quand j'aurai plus de détails. Je t'embrasse.

— Au…

Mais Corky avait déjà raccroché, et Samantha se retrouva seule sur la ligne. Les yeux fixés sur la photo de sa petite famille, elle raccrocha à son tour et tenta de dissiper le voile de dépression qui s'accrochait à elle chaque fois qu'elle pensait à son frère. Ou à sa mère.

Au fond, tout en sachant qu'il était plus que temps de se défaire de ces vieilles rancunes, Samantha en voulait toujours à Peter pour la disparition de leur mère. La photo en main, elle suivit du bout du doigt les contours de son visage, et elle sentit la tristesse monter en elle, immanquablement. Beth Matheson avait trouvé la mort peu de temps après que cette photo eut été prise. Un stupide accident automobile qui aurait pu être évité.

— Oh, maman…

Il pleuvait ce soir-là, à Los Angeles, et Beth avait pris sa voiture pour tenter de retrouver son fils. Elle était folle d'inquiétude. A moins de trois kilomètres de la maison, son véhicule avait glissé. Incapable de s'arrêter à un feu rouge, elle avait percuté une camionnette qui arrivait au carrefour et avait été tuée sur le coup.

Tout ça parce que Peter avait une histoire d'amour avec la cocaïne.

Ou plus exactement, une *dépendance* à la cocaïne, se rappela Samantha. Elle tenta d'évacuer la colère qui la submergeait parfois lorsqu'elle pensait à la mort prématurée de sa mère. Peter était un drogué. Il était malade. Et Beth Matheson avait été imprudente. Non seulement elle s'était tuée, cette nuit-là, mais elle avait aussi envoyé le conducteur de la camionnette à l'hôpital pour six semaines.

Depuis, de l'eau avait coulé sous les ponts.

Samantha reposa la photo. Elle devrait rappeler Corky pour tenter de retrouver Peter. Pour son père. « Pour toi aussi, Samantha », lui souffla une voix. C'était son unique frère. Le temps était peut-être venu de cesser de le rendre responsable.

« Mais il ne m'appelle jamais. Il n'appelle jamais papa. Il fait comme si sa famille n'existait pas. »

Plutôt que de ruminer des pensées sur un frère qui se moquait bien de savoir que sa famille le croie mort, Samantha décrocha le téléphone. De mémoire, elle composa le numéro professionnel de David ; on lui répondit qu'il était absent pour quelques jours.

Formidable ! Elle n'avait pas spécialement envie de lui parler ; elle cherchait juste la confirmation qu'il n'avait rien à voir dans les appels qu'elle recevait à la radio ou chez elle. Ça ne pouvait pas être David. Ne se trouvait-elle pas avec lui, au Mexique, quand elle avait reçu ce premier message sur son répondeur ?

Non, ce n'était pas David. Les policiers faisaient fausse route en le rangeant parmi les suspects.

Elle composa néanmoins son numéro personnel, attendit que le répondeur se mette en route, et elle raccrocha. Il n'était donc pas à Houston. Où, alors ?

Mais quelle importance ? Il était sorti de sa vie, à présent. Et c'était mieux ainsi. Elle ne l'avait jamais vraiment aimé ; simplement, quand elle l'avait rencontré, il lui était apparu comme le bon choix pour être un mari et le père de ses enfants.

Grâce à Dieu, elle avait ouvert les yeux avant de l'avoir épousé uniquement parce qu'il « convenait ».

— Tu ne vaux guère mieux que Corky, se dit-elle à voix haute.

Se tournant vers son ordinateur, elle ouvrit son logiciel de courrier électronique. Peu de messages méritaient son intérêt. Elle s'arrêta sur un e-mail en provenance du Boucher Center, signé Leanne.

« Chère Samantha,

» Ça ne va pas fort, ici. Ma mère est de plus en plus dingue, et Jay ne me rappellera pas. Il faut que je te parle d'un truc. Si tu as le temps, appelle-moi ou réponds à cet e-mail. »

Samantha répondit aussitôt, lui proposant de la rencontrer dès que possible devant un café. Puis elle téléphona chez elle. La ligne était occupée, et elle ne put laisser de message. Même si Leanne lui avait déjà envoyé des mails comparables à celui-ci, Samantha avait le sentiment que l'adolescente était confrontée à des problèmes sérieux, cette fois. Peut-être l'appellerait-elle au cours de l'émission du soir.

Comme Annie Seger l'avait fait ?

« Ça suffit ! » se dit aussitôt Samantha. Elle était nerveuse, trop nerveuse — parce que c'était l'anniversaire d'Annie, mais aussi à cause de tous ces coups de fil et messages menaçants. La situation difficile dans laquelle se débattait Leanne était tout autre chose.

Elle essaierait de la rappeler plus tard. Chassant Charon de ses genoux, elle se leva pour rejoindre l'escalier et monter. Dans sa penderie, elle écarta ses robes longues et se pencha pour ouvrir la porte du grenier. Comme elle allumait, elle entendit un bourdonnement menaçant, avant d'apercevoir le nid de frelons caché dans un coin du toit en pente. La lumière de l'unique ampoule se reflétait sur les gros insectes noirs qui voletaient au-dessus du nid lui-même. Samantha entrevit de grosses araignées dans les toiles tissées entre les poutres apparentes. Il devait aussi y avoir des chauves-souris, mais elle n'en repéra aucune.

Une forte odeur de moisi saturait l'air. Ce n'était évidemment pas un endroit pour entreposer des papiers importants. A leur intention, elle avait dû installer des placards dans son bureau et dans la chambre d'amis. Serrant les dents, elle se mit à ramper sur le plancher mal poncé. Elle s'immobilisa devant les boîtes qui se trouvaient là. C'était curieux. Il lui sembla qu'il y avait moins de poussière sur le sommet, comme si quelqu'un avait cherché à lire les étiquettes et…

Elle secoua la tête. Mais que lui arrivait-il, à la fin ? Personne n'était monté dans ce grenier. Et si les caisses paraissaient relativement épargnées par la poussière, c'était pour une raison toute simple : elle ne les avait rangées ici que six mois plus tôt. Elle n'était pas revenue depuis. Elle pas plus que quiconque.

Et pourtant… Impossible d'ignorer ce petit doute qui s'était insinué dans son cerveau et refusait d'en sortir.

Elle lut les étiquettes, l'une après l'autre. Il y avait là des vieux papiers relatifs aux impôts, à ses études, à ses patients… Enfin, elle trouva ce qu'elle cherchait : la caisse contenant, entre autres informations, celles qui concernaient Annie Seger. Elle la traîna jusque dans la penderie en essayant d'ignorer les frelons.

L'un des insectes l'avait malheureusement suivie. Alors qu'elle passait de nouveau à travers ses robes, il se posa sur sa tête et la piqua dans le cou quand elle voulut le chasser de la main.

— Merde !

Précipitamment, elle ferma la porte du grenier, poussa le verrou et rapporta la caisse dans sa chambre, où elle la laissa tomber sans douceur. Une douleur violente la lançait dans le cou. Elle allait devoir rapidement prendre des mesures contre ce nid, sous peine de voir des frelons envahir très bientôt sa penderie, sa chambre puis l'ensemble de la maison.

Dans la salle de bains, elle imprégna une serviette d'eau froide, avant d'observer sa piqûre dans le miroir, au-dessus du lavabo. Elle avait déjà une vilaine zébrure sur la peau, et le seul médicament adapté qu'elle trouva dans son armoire à pharmacie fut une vieille lotion à la calamine qu'elle appliqua sur son cou.

— Sale bestiole ! marmonna-t-elle.

Dehors, le chien de Mme Killingsworth se mit à aboyer. Samantha alla voir à l'avant de la maison, et elle entendit des bruits de pas sous la véranda. Sans attendre le tintement du carillon de l'entrée, elle gagna le rez-de-chaussée.

Le téléphone sonna.

— J'arrive tout de suite ! lança-t-elle à la personne qui se trouvait à la porte.

Elle se précipita dans son bureau et décrocha juste avant la troisième sonnerie.

— Allô ?

Aucune réponse.

— Allô ?

Toujours rien. Pourtant, il y avait quelqu'un au bout de la ligne, elle en était certaine.

— Qui est à l'appareil ? demanda-t-elle d'un ton irrité. Allô ?

Elle attendit quelques secondes, avant de dire :

— Ecoutez, je ne vous entends pas…

Elle n'arrivait pas à déterminer si elle percevait le bruit d'une respiration ou si c'était la communication qui était mauvaise. Mais quelle importance ? Sans rien ajouter, elle raccrocha en essayant de se convaincre que ce n'était rien.

Vraiment ?

Elle vérifia l'identificateur d'appel.

Aucune information disponible.

Comme pour les coups de fil qu'elle recevait à la radio.

« Ça suffit ! » pensa-t-elle une nouvelle fois. Cela n'avait aucun rapport. La personne allait rappeler.

Elle rejoignit l'entrée et, en arrivant à la porte, elle s'avisa soudain qu'on n'avait pas sonné ni frappé.

Etrange…

Elle posa l'œil contre le judas optique, mais ne vit personne. Sans ôter la chaîne, elle entrouvrit alors la porte et alluma les lampes de la véranda.

Celle-ci était vide. Les carillons à vent tintèrent dans le vent. De l'autre côté de la rue, Hannibal faisait un raffut de tous les diables en aboyant, tourné dans sa direction.

Samantha ôta la chaîne et sortit sous la véranda. Elle était seule. Mais l'assise de la balancelle oscillait doucement. Comme si quelqu'un ou quelque chose l'avait poussée.

Elle se figea, le souffle court. Elle regarda devant elle, dans le jardin, dans l'allée.

— Ohé ? lança-t-elle dans le crépuscule naissant. Il y a quelqu'un ?

Il y eut un bruit sur le côté — le craquement des vieilles planches sous un poids inhabituel. A moins que son imagination ne se fût mise à lui jouer des tours.

Le cœur battant trop vite, elle gagna l'angle de la véranda et regarda sur le côté de la maison, plongé en partie dans l'ombre. Hormis les flaques de lumière sous les fenêtres de la salle à manger, la nuit s'était refermée sur le jardin.

Elle plissa les yeux. Il lui sembla alors distinguer un mouvement du côté de la haie qui séparait son terrain de celui des voisins. Mais il pouvait tout aussi bien s'agir du vent à travers les feuilles ou d'un écureuil qui escaladait les branches d'un arbre, voire d'un chat qui se glissait furtivement dans l'ombre.

« Tu déraillles ! Samantha, pensa-t-elle en revenant vers la porte. Tu imagines des choses… »

Pourtant, la vieille balancelle bougeait toujours, comme pour se moquer d'elle, la narguer ; et la sensation qu'elle n'était pas seule, que des yeux invisibles l'observaient lui arracha des frissons. *Qui ?* se demanda-t-elle en rentrant chez elle et en verrouillant bien la porte. Le téléphone sonna alors et la fit violemment sursauter.

« Reprends-toi ! »

Elle laissa sonner. Plusieurs fois. Et puis, le cœur battant bruyamment, elle se décida à décrocher.

— Allô ?

— Bonsoir, docteur Samantha.

C'était la voix de John. Elle se laissa aller contre son bureau.

— Tu sais quel jour on est, bien sûr ? demanda-t-il.

— Le 22.

— L'anniversaire d'Annie.

— Si vous le dites… Qui est cette fille qui a appelé, l'autre soir ?

— As-tu réfléchi à tes péchés ? Au fait que tu devais te repentir ?

— Me repentir de quoi ?

Samantha sentit un filet de sueur glacée lui couler dans le dos.

Jetant un coup d'œil vers la fenêtre, elle se demanda s'il n'était pas dehors, en ce moment même, si c'étaient ses pas qu'elle avait entendus sous la véranda, s'il l'appelait d'un téléphone portable. Elle s'approcha de la fenêtre et laissa son regard se perdre dans la nuit.

— A toi de me le dire.

— Je ne suis pas responsable de la mort d'Annie.

— Ce n'est pas la bonne attitude, Samantha.

— Mais qui êtes-vous ? s'exclama-t-elle, affreusement tendue, la tête lourde. Nous nous sommes déjà rencontrés ? Je vous connais ?

— Je veux juste que tu saches que ce qui se passe ce soir est ta faute. C'est à cause de tes péchés. Il faut te repentir, Samantha. Implorer le pardon !

Samantha était transie de froid.

— Qu… qu'est-ce que vous allez faire ?

— Tu verras.

— Je vous en prie. Ne…

Clic. Il avait raccroché.

Hagarde, Samantha se laissa tomber dans son fauteuil. Elle enfouit son visage dans ses mains. C'était le mal incarné qu'elle avait entendu dans cette voix, une cruauté presque palpable. Il allait se passer quelque chose. Quelque chose d'horrible.

Et ce serait sa faute.

« Reprends-toi ! Ne le laisse pas t'abattre. Tu dois l'arrêter. Réfléchis, Samantha, réfléchis ! Appelle la police. Préviens Bentz. Et ensuite… ensuite, fais ce que tu peux. »

Elle composa le numéro de la police, à La Nouvelle-Orléans. Elle crut devenir folle quand on lui répondit que Rick Bentz serait prévenu de son appel sur son *pager* et qu'il la contacterait.

— Précisez-lui que c'est très urgent, dit-elle avant de raccrocher.

Que faire, maintenant ? Comment empêcher John de mettre à exécution ses projets, quels qu'ils soient ? Elle tressaillit quand le téléphone sonna de nouveau. Elle décrocha aussitôt, se préparant à de nouvelles menaces.

— Allô ?

— Bentz, à l'appareil. Je viens de recevoir un message. Il était question d'une urgence…

— C'est John. Il vient de m'appeler. Ici, chez moi.

— Qu'est-ce qu'il a dit ?

— Toujours le même refrain. Il veut que je me repente, ou bien je paierai pour mes péchés. Cette fois, il a ajouté que quelque chose de terrible allait se passer. Ce soir. A cause de moi.

— Le fils de… Une minute ! On va reprendre. Lentement. J'imagine que vous n'avez pas pu enregistrer la conversation ?

— Je n'y ai pas pensé. Tout est allé si vite…

— Dites-moi exactement ce qu'il a raconté.

Samantha lui rapporta tout, sans rien omettre. Elle mentionna aussi les coups de fil mystérieux qu'elle avait reçus, ainsi que la disparition supposée de son body rouge ; elle lui fit également part de son impression que la maison était surveillée. Bentz l'écouta avec attention. Il renouvela toutes ses recommandations : elle devait être prudente, bien verrouiller ses portes, acheter un chien de garde, mettre le système d'alarme…

— … et vous devriez envisager sérieusement de vous trouver de la compagnie. Jusqu'à ce que tout ça soit terminé.

Quand elle raccrocha, elle se sentait un peu rassurée. Elle savait toutefois qu'elle ne pourrait pas rester assise à attendre, alors que John allait mettre sa mystérieuse menace à exécution. Elle devait absolument découvrir qui il était.

Avant qu'il ne soit trop tard.

— … tu veux que je porte ça ? demanda la fille.

Le type qu'elle avait ramassé près du Mississippi lui tendait une perruque aux longs cheveux roux et un body rouge en dentelle.

— Exactement.

Il était très calme. Etrange, aussi. Et ses lunettes de soleil, qui lui cachaient les yeux, n'arrangeaient pas les choses.

Il lui était déjà arrivé de lever des types bizarres, quand elle avait vraiment besoin d'argent, des malades qui lui avaient demandé de faire des trucs tordus. Mais lui, il était un peu inquiétant.

Et après ? Tout ce qu'elle avait à faire, c'était récupérer son argent et se débarrasser rapidement de lui.

Il marcha jusqu'à la fenêtre et s'assura que les rideaux de la petite chambre d'hôtel minable étaient bien tirés. Il n'avait pas été très content en apprenant que ce serait à lui de la payer.

Il avait des marques sur le visage, des griffures qu'il n'arrêtait pas de regarder dans le miroir fixé au dos de la porte. Il semblait mécontent.

Elle était assise sur un banc du parc presque désert, près des quais. Elle suivait du regard les bateaux qui glissaient sur le fleuve, plongée dans ses pensées, à se demander ce qu'elle allait faire ; elle ne l'avait pas entendu approcher. Il avait surgi de nulle part et lui avait fait des propositions. Il avait paru furieux quand elle lui avait expliqué qu'elle n'avait nulle part où aller. Elle avait cru qu'il s'en tiendrait là, mais il s'était montré tenace.

Il lui avait offert cent dollars.

Alors que cinquante auraient suffi.

Elle l'avait donc amené dans cette petite chambre malodorante, tout près du Vieux Carré. Elle n'arrêtait pas de se poser des questions, depuis qu'il lui avait fait part de ses exigences. Mais tout argent était bon à prendre. Et quelle importance, s'il lui demandait d'enfiler un body rouge et de couvrir sa courte tignasse poil de carotte d'une perruque de cheveux plus longs, entre le roux et l'auburn ? Plus vite elle se plierait à ses caprices, plus vite elle pourrait aller s'acheter du crack. Ça n'était pas grand-chose. Elle avait fait autrement pire que de porter les affaires d'une autre femme. A qui appartenait-il, ce body ? A sa femme ? A sa petite amie ? Quel genre de cinglé se cachait derrière les verres opaques de ces lunettes de soleil ?

Il la regardait de nouveau. Et il manipulait un rosaire, constata-t-elle. Elle en eut la chair de poule. Elle n'avait rien d'une grenouille de bénitier, mais elle avait reçu une éducation religieuse, et il ne lui semblait pas très correct qu'il ait apporté ce rosaire. C'était une forme de sacrilège.

Mais… bon. Elle avait absolument besoin de sa dose de crack. Avec de la chance, dans un peu plus d'une demi-heure, ce serait réglé. Elle jeta un coup d'œil vers la table de nuit, où était posé le billet de cent dollars. Il était bizarre, lui aussi. Les yeux de Benjamin Franklin étaient tout noirs.

Son client était en train de manipuler la radio, sur l'autre table de chevet. Il poussa des boutons et effectua des réglages jusqu'à ce qu'il tombe sur une émission qu'elle connaissait. Elle déglutit avec peine en entendant la voix du Dr Samantha.

— On… on ne pourrait pas écouter de la musique ? demanda-t-elle.

Elle se sentait coupable. Comme si Samantha se trouvait avec eux dans cette chambre miteuse.

— Non.

— Mais…

— Déshabille-toi.

Les lèvres serrées, il faisait aller les grains du rosaire entre son pouce et son index. On aurait cru que sa vie en dépendait. Les verres foncés de ses lunettes et l'égratignure sur sa joue la convainquirent de se taire.

Otant ses chaussures, elle se tint pieds nus sur le tapis, près du lit, et se tortilla pour quitter son bustier. Dans quelques minutes, ce serait terminé, et elle pourrait s'en aller.

La voix du Dr Samantha poursuivait :

— Alors, je vous écoute, auditeurs de La Nouvelle-Orléans. Parlez-moi des lettres d'amour et des lettres de rupture que vous avez reçues ou écrites. J'attends vos appels, que vous soyez un homme ou une femme, que vous vous appeliez Anna ou John, que…

Le type se figea. Elle crut l'entendre marmonner quelques mots, puis il se retourna pour l'observer. Il ne dit pas un mot tandis qu'elle retirait son short et enfilait le body en dentelle. Elle songea fugitivement qu'il était plutôt beau mec, quoique dans un genre un peu sinistre. Elle se concentra sur son physique, pour ne pas entendre ce que disait le Dr Samantha. Elle allait faire semblant. Comme toujours. Et une fois qu'elle aurait expédié ce boulot, elle le ficherait dehors et s'en irait.

Elle arrangea ses cheveux sous la perruque, et leva le menton pour regarder son client avec un rien de défi.

— Ça va, comme ça ?

Il se contenta de la fixer, comme on étudiait les insectes au microscope pendant ce stupide cours de biologie — qu'elle avait d'ailleurs laissé tomber. Elle secoua ses cheveux, ou plutôt ceux de la perruque, qui lui balayèrent le haut du buste.

— Parfait, dit-il enfin, avec un début de sourire. Absolument parfait.

Il s'approcha d'elle et lui toucha l'oreille, jouant avec les boucles accrochées à son lobe. Il allait enfin s'y mettre !

Des lèvres, il lui effleura le cou et elle laissa échapper un gémissement feint. Alors qu'elle rejetait la tête en arrière, les yeux fermés, en simulant le plaisir, elle sentit qu'il lui passait quelque chose par-dessus la tête, quelque chose d'étrange et de froid qui se retrouva autour de son cou.

Qu'est-ce que c'était que ça ?

Elle s'écarta brusquement et s'aperçut que le rosaire était à présent autour de son cou, avec ses grains aux arêtes coupantes.

— Hé, un instant !

Pour la première fois, elle le vit vraiment sourire. Un sourire glacé. Mortel. Ses lèvres fines découvrirent des dents d'une blancheur éclatante. Elle tenta de s'éloigner, mais il tira sur le rosaire pour la retenir ; et dans le même temps, il effectua un mouvement de torsion du poignet. Les grains lui mordirent douloureusement la peau, pénétrèrent la chair, lui coupèrent le souffle.

Un courant de panique la traversa. Ça n'allait plus du tout… Elle essaya de crier. Et en fut incapable. Tout comme elle était incapable de respirer. Elle agita les bras et chercha à lui donner des coups de pieds dans les genoux, dans le bas-ventre. Mais il évita sans peine ses pieds nus, et ses poings ne purent rien contre son torse musclé. Quand elle voulut lui griffer le visage, il serra un peu plus fort le rosaire. Des gouttes de sueur apparurent sur son front. Sous l'effort, il avait les lèvres affreusement retroussées et les dents serrées.

« Oh, mon Dieu, non ! Au secours ! Que quelqu'un m'aide ! »

Elle avait les poumons en feu. Il lui semblait qu'ils allaient exploser.

« A l'aide ! Personne n'entend ce qui se passe ? Personne ne va venir me secourir ? »

Elle balança un poing vers les lunettes de soleil, mais il rejeta la tête en arrière. Elle vit le reflet de sa propre terreur dans les verres foncés. Elle allait mourir, elle le savait. Et le bébé, cet enfant qu'elle n'avait pas voulu… lui aussi, il allait mourir.

Il se déhancha pour passer dans son dos, et elle eut une seconde de répit. Ses jambes se dérobèrent. Elle suffoqua. Chercha à s'enfuir.

Elle inspira une dernière fois. Sentit le goût de son propre sang dans sa bouche. Elle trébucha en avant, sans vraiment croire qu'elle allait pouvoir s'échapper.

Et il serra de nouveau le rosaire.

21.

— C'est bon ! lança Melanie alors que le générique des *Confessions de minuit* laissait la place à une publicité.

Ecartant sa chaise du pupitre, Samantha soupira longuement. Elle avait été à cran tout le long de l'émission, certaine que John allait de nouveau appeler, qu'il n'avait téléphoné chez elle que pour lui prouver qu'il pouvait le faire.

Pour l'effrayer.

Mais il ne s'était pas manifesté.

En revanche, il avait dû écouter, elle en était persuadée. Il attendait, tranquillement, sachant dans quel état de nervosité il la mettait. Elle avait décidé de l'appâter, ce soir : *Les Confessions de minuit* avaient notamment été consacrées aux lettres d'amour, de rupture et même aux lettres de menaces.

Les auditeurs avaient réagi en nombre, mais John n'avait pas appelé, lui. Du moins, pas encore. Il était toujours temps, même si on était à présent vendredi — le lendemain de l'anniversaire d'Annie Seger.

Elle éteignit ses appareils et resta un instant à observer les voyants des lignes téléphoniques, éteints. Puis elle alla retrouver Melanie et Tiny dans le couloir.

— Pas de cinglé, ce soir, remarqua Tiny.

— Jusque-là...

Tiny fit remonter ses lunettes sur son nez.

— Tu es déçue ? Ça t'excite, quand il appelle ?

— Si ça m'excite ? répéta Samantha, piquée au vif. C'est simplement qu'on ne pourra pas le trouver, s'il se cache !

Elle préféra garder pour elle ses manœuvres pour l'appâter, le ferrer et faire en sorte qu'il ne terrorise plus jamais qui que ce soit.

Certes, elle avait l'envie un rien perverse de comprendre comment il fonctionnait ; mais bien plus que cela, elle voulait le voir disparaître de la circulation, le plus loin possible de son existence.

— Tu pensais qu'il appellerait de nouveau, après l'émission ? demanda Melanie, qui sortit de son sac une petite boîte métallique de Tic-Tac. Ce serait un peu pousser la chance, non ? Il doit bien se douter que tu as prévenu la police, maintenant ; et il n'est pas obligé de savoir qu'ils ne tracent pas les appels et que nous ne le faisons pas non plus.

Elle fit tomber dans le creux de sa main une demi-douzaine de petits bonbons à la menthe, qu'elle engloutit aussitôt.

— Mais il sait peut-être quel genre de radin est George Hannah…, marmonna Tiny, qui agita aussitôt les mains. Bon, je n'ai pas dit ça, d'accord ? Je ne veux pas en entendre parler au cours de la prochaine réunion.

— C'est ce que nous pensons tous, de toute façon, répliqua Melanie.

Etouffant un bâillement, elle tendit sa boîte de Tic-Tac, qui était presque vide.

— Quelqu'un en veut ?

— C'est bon, répondit Tiny en secouant la tête.

— Si tu le dis…

Samantha secoua également la tête.

— Non, merci.

Melanie bâilla de nouveau.

— Je suis morte, ce soir. Quelqu'un partagerait un Coca Light avec moi ?

Elle se dirigeait déjà vers la cuisine.

— J'ai le mien, dit Tiny, qui alla s'installer devant sa console de contrôle pour lancer *Extinction des feux*.

— Plus de caféine pour moi, répondit Samantha.

Elle avait néanmoins emboîté le pas à Melanie. Il était 1 heure du matin, et sa semaine était terminée. Elle songea à la possibilité, évoquée par Eleanor, qu'elle travaille désormais le vendredi et le samedi. Cela paraissait difficilement envisageable.

— Tu pourrais me prêter un dollar pour la machine ? demanda Melanie.

Elles longèrent le mur orné des photos de célébrités locales interviewées sur WSLJ.

— Après ce que tu as fait pendant mon absence à la maison ? Je te dois au moins ça, oui.

Samantha prit son portefeuille et en sortit un billet d'un dollar qu'elle tendit à Melanie alors qu'elles arrivaient dans la cuisine. Les premières mesures d'un morceau instrumental emplirent les couloirs. *Extinction des feux* avait débuté, et il n'y avait pas eu de coup de fil.

— Eleanor n'a pas parlé de la possibilité que *Les Confessions de minuit* soient programmées sept jours sur sept, au lieu de cinq ? demanda Samantha.

— C'est un bruit qui court. Gator n'est pas trop content, tu...

Melanie s'était tue.

— Qu'est-ce que... Ce serait mieux que tu ne rentres pas, Samantha.

Elle s'était arrêtée dans l'encadrement de la porte et regardait sur sa gauche, vers les portes-fenêtres. Le billet de Samantha lui avait échappé de la main.

— Pourquoi ?

Samantha tendit le cou pour regarder par-dessus l'épaule de son assistante.

Elle se pétrifia en apercevant le gâteau — un gâteau nappé d'un glaçage blanc, avec une douzaine de bougies rouges allumées dessus.

— Mon Dieu...

— Cela a un rapport avec Annie ? demanda Melanie.

Samantha la contourna et rejoignit la table. Elle avait la tête lourde, son cœur battait à grands coups.

— Qui a fait ça ? Qui a mis ça ici ?

— Je... je ne sais pas.

« *JOYEUX ANNIVERSAIRE, ANNIE* » : c'est ce qu'on pouvait lire en lettres rouges sur le glaçage blanc. Les bougies se consumaient et, en fondant, la cire coulait sur les côtés du gâteau, formant des lignes qui faisaient immanquablement penser à des filets de sang. Un trait de fumée montait au-dessus de chacune des flammes minuscules.

Samantha compta les bougies. Vingt-cinq. L'âge d'Annie Seger, si elle avait toujours été en vie.

— C'est toi qui as fait ça ? demanda-t-elle en se tournant vers Melanie.

— Moi ? Mais… pourquoi dis-tu ça ? Tu es folle ? J'ai passé toute la soirée dans la cabine ! Tu le sais bien : j'étais en face de toi !

Son visage se froissa, elle cligna les yeux comme si elle allait pleurer.

— Comment peux-tu penser que…

Mais Samantha ne l'écoutait pas.

— Tiny ! appela-t-elle en criant.

Elle sortit dans le couloir en courant presque, ivre d'un mélange de sentiments contrastés. Elle arriva devant la cabine technique où Tiny réglait le volume des programmes enregistrés. Il leva les yeux, la vit et leva la main pour lui faire signe d'attendre. Les poings serrés, elle eut toutes les peines du monde à ne pas faire irruption dans le studio pour le secouer dans tous les sens.

— Tu fais une drôle de tête, observa Tiny en la rejoignant. On dirait que tu vas cracher du feu.

— Ça se pourrait ! répliqua-t-elle d'un ton furieux. J'ai trouvé le gâteau.

— Le gâteau ? Quel gâteau ?

— Le gâteau d'anniversaire d'Annie Seger !

— Annie Seger ? La fille qui a appelé l'autre jour ? Mais qu'est-ce que tu racontes ?

Il semblait sincèrement déconcerté.

— Tu ne sais pas ?

— Bon sang, Samantha, excuse-moi, mais tu… tu parles comme une folle !

Il était écarlate. De colère ? De honte ? De regret ?

Melanie, qui avait suivi Samantha dans les couloirs, lui dit :

— Tu ferais mieux d'aller voir par toi-même.

— Qu'est-ce qui se passe, encore ?

Il s'élança à son tour dans les couloirs, avec Samantha et Melanie à sa suite. Il fit irruption dans la cuisine, et s'arrêta net.

— Qu'est-ce que… Merde!

— C'est exactement mon avis.

— Qui a fait ça?

Il était très pâle, à présent. Des perles de sueur coulaient sur son visage, et ses boutons d'acné se détachaient plus que d'ordinaire.

— Je pense que c'est toi ou Melanie. Il n'y a personne d'autre, ici.

— A part le garde de la sécurité, souligna Melanie.

— Il ne me connaît même pas…

Alors que la colère refluait, Samantha recouvra un peu de raison. Comment imaginer que Melanie ou Tiny auraient pu lui en vouloir de la sorte, au point de commettre un acte aussi stupide et cruel? Melanie était son assistante et son amie, quelqu'un à qui elle faisait assez confiance pour lui abandonner son travail, sa maison et son chat pendant son absence. Quant à Tiny, non seulement il était tombé amoureux d'elle à la seconde où elle était arrivée à WSLJ, mais il était trop intelligent pour s'abaisser à des blagues de collégien pour le seul but d'attirer son attention.

Qui, alors?

— Quelqu'un aurait pu payer le garde, suggéra encore Melanie.

Tiny, lui, semblait sincèrement révolté.

— Tu m'accuses, Samantha? Tu penses vraiment que je ferais une chose pareille? A toi?

Derrière les verres épais de ses lunettes, elle vit dans son regard qu'il était blessé.

— Je ne sais pas. Je ne sais plus…

Tout cela était irrationnel. En tout cas, si on cherchait à l'ébranler et à lui faire perdre son sang-froid, c'était mission accomplie.

— Et Gator était encore ici il y a une heure, remarqua Tiny. Ainsi que Ramblin' Bob. Je l'ai vu qui cherchait de vieux disques à passer demain.

— Il y avait aussi le patron, ajouta Melanie. J'ai aperçu George dans son bureau, au téléphone.

— Super ! commenta Samantha.

C'était donc au moins la moitié du personnel qui aurait pu lui jouer cette très mauvaise plaisanterie.

— Tu ne me fais pas confiance ? demanda Tiny.

Les lèvres pincées, il fixait Samantha comme si elle venait de le traiter de judas.

— Mais si, bien sûr.

— Alors, ça suffit !

— Et ne me regarde pas comme ça ! lança Melanie. Nous ne nous sommes pas quittées de la soirée !

Tiny secoua la tête.

— Sauf au moment de ta pause, rappela-t-il.

— Pour aller aux toilettes, nom d'une pipe ! C'est bien la première fois que je regrette que George ne soit pas un maniaque de la surveillance et que nous n'ayons pas des caméras partout !

— Pareil pour moi, acquiesça Samantha.

Elle sentit un courant d'air sur sa nuque et remarqua seulement alors la rumeur étouffée de la ville qui filtrait dans la pièce — la circulation, les notes d'une trompette et le vent dans les palmiers de Jackson Square. Elle se précipita vers les portes-fenêtres qui ouvraient sur le balcon condamné. Elles étaient entrebâillées.

— Ils ont dû passer par là, chuchota-t-elle.

Elle ouvrit les fenêtres en grand, laissant entrer tous les bruits de la rue. Des moteurs de voiture et des rires portés par le souffle tiède du vent. Un rire, la trompette, toujours.

— « Ils » ? releva Tiny en s'approchant d'elle. Tu penses qu'il y avait plus d'une personne ?

— Si seulement je savais…

Samantha s'avança sur le balcon et scruta les alentours de l'immeuble. Qui avait pu pénétrer dans les bureaux de la radio, et de quelle façon ? Ses yeux survolèrent le jardin jusqu'à la cathédrale éclaboussée de lumière, avec le cadran de l'horloge qui luisait comme une pleine lune, les flèches qui s'élançaient vers le ciel noir. Devant, le jardin était à présent vide et fermé, normalement. Se pouvait-il que son tourmenteur ait escaladé la grille et qu'il soit en ce moment même caché au milieu des palmiers, dans l'ombre, en train de l'observer?

Cette idée la glaça.

— Salaud! chuchota-t-elle.

Des yeux, elle sonda les profondeurs de Jackson Square, puis porta son regard vers le sud, passant les vieux immeubles majestueux, suivant les rues étroites jusqu'aux quais et au fleuve. Etait-il caché dans un renfoncement de porte, sur un balcon couvert tel que celui-ci, d'où il l'épiait?

— J'appelle le garde, annonça Melanie, dans la cuisine.

— Entendu.

Samantha baissa les yeux sur la rambarde et le sol du balcon. A la faveur de la lumière de la cuisine, elle ne distingua que des fientes de pigeons.

— Je vais appeler Eleanor sur une autre ligne. Si je ne le fais pas, elle risque de me passer un savon. Et toi, ajouta Samantha en se tournant vers Tiny, préviens la police. Vérifie qu'il n'y a pas de problème avec *Extinction des feux* — et que personne n'appelle, aussi.

— Tu penses vraiment que John va téléphoner, n'est-ce pas? lança-t-il d'un ton brusque.

Sa véhémence surprit Samantha. Etait-ce de la jalousie qu'elle avait perçue dans sa voix?

Elle jeta un coup d'œil vers la table et le gâteau.

— Non, Tiny.

Regagnant l'intérieur, elle vint s'arrêter devant les bougies.

— Je pense qu'il l'a déjà fait.

Elle se pencha et souffla pour éteindre toutes les bougies.

Le téléphone sonna alors et la fit sursauter.

— J'y vais! lança Melanie.

Mais Samantha était à proximité de la réception et du téléphone le plus proche. Elle vit le voyant de la ligne 1 clignoter.

Elle hésita une fraction de seconde, rassembla ses forces et se pencha par-dessus le comptoir derrière lequel officiait Melba.

— WSLJ…

— Samantha?

Elle manqua défaillir en reconnaissant la voix de Ty. C'était si bon de l'entendre!

— Salut! fit-elle, en même temps qu'elle contournait le comptoir pour aller s'asseoir à la place de Melba. Qu'y a-t-il?

— Je venais m'assurer que tout se passait bien. J'ai écouté l'émission. Et je me demandais si tu aimerais que je passe te prendre.

Au même moment, le garde chargé de la sécurité, un homme au crâne rasé, un peu bedonnant, d'environ trente-cinq ans, passa la porte.

— Ça va aller, dit-elle à Ty. Nous avons eu droit à une petite surprise, ici, et je m'apprêtais à appeler la police.

Rapidement, elle lui raconta la découverte du gâteau d'anniversaire.

— J'arrive! annonça aussitôt Ty. Je serai là-bas dans une vingtaine de minutes.

— C'est inutile. Wes ne refusera pas de m'accompagner jusqu'à la voiture, dit Samantha en regardant en direction du garde.

— Wes, mon cul! Sa présence n'a pas empêché quelqu'un de s'introduire dans les locaux de la radio. Pourquoi est-ce qu'il n'a rien entendu? Pourquoi l'alarme ne s'est-elle pas déclenchée? Tu vas m'attendre. Mais que ça ne t'empêche pas d'appeler la police. Et tout de suite! J'arrive.

— Mais je t'assure que…

Il raccrocha et le voyant de la ligne s'éteignit.

— Vous devriez aller jeter un coup d'œil dans la cuisine, dit-elle à Wes en raccrochant.

Un détail la frappa, alors. Ty venait d'appeler sur la ligne 1 — pour une raison toute simple : c'était le numéro qui figurait dans l'annuaire ou qu'on donnait aux renseignements. Si la ligne 1 était occupée, les autres appels basculaient automatiquement sur la ligne 2, puis la 3, la 4, et ainsi de suite, en fonction du nombre de lignes occupées. En cas d'encombrement, les appels pouvaient s'accumuler dans l'attente d'une réponse.

John, lui, avait appelé sur la ligne 2, alors qu'aucune des autres lignes n'était occupée. Il connaissait donc le numéro, d'une façon ou d'une autre. Parce qu'il se trouvait dans le bâtiment, qu'il travaillait pour la compagnie téléphonique, ou bien encore à WSLJ.

Un vertige glacé envahit Samantha. Etait-ce possible ? Se pouvait-il que quelqu'un de la radio se cache derrière cette mécanique infernale ? Comment, sinon, expliquer la présence du gâteau dans la cuisine ? Il fallait que John, ou un éventuel complice, connaisse ce vieux bâtiment dans les moindres détails, n'ignore rien du fonctionnement de WSLJ, et possède un motif de vengeance personnelle contre elle.

Qui ?

George Hannah ?

Tiny ?

Melanie ?

Eleanor ?

Tous avaient sa confiance. Y compris ceux qu'elle connaissait le moins, comme Gator et Ramblin' Bob, certains techniciens et commerciaux, ou encore Melba. Ils formaient comme une famille.

« Pourtant, l'un d'eux te hait, Samantha. Il te hait suffisamment pour chercher à t'effrayer par tous les moyens. »

Elle baissa les yeux sur le téléphone, silencieux. Derrière elle, avec le rétroéclairage au néon, les photos de célébrités, les récompenses dans leur cadre, les poupées vaudoues et les bébés alligators étaient plus sinistres que jamais, dans la réception envahie par une semi-pénombre.

Celui ou celle qui avait décidé de lui faire peur, de la terrifier, même, avait parfaitement réussi son coup.

Elle ne se sentirait plus jamais en sécurité tant qu'elle n'aurait pas découvert qui se cachait derrière les événements qui avaient bouleversé sa vie ces dernières semaines.

22.

« C'est ta faute. »

Ty ignora les messages de sa conscience, mais la culpabilité était bien là, enfouie en lui, quand il ouvrit la portière de son break et siffla son chien. D'une manière ou d'une autre, c'était sa faute si quelqu'un s'acharnait sur Annie Seger. Il avait mené des recherches et il connaissait l'histoire jusque dans ses moindres détails ; pourtant, il n'arrivait pas à comprendre comment le livre qu'il écrivait sur cette affaire pouvait engendrer de telles conséquences.

A part son éditeur, son agent et lui, personne n'était au courant de son projet. Même avec Samantha, il n'avait pas été complètement honnête ; elle serait folle de rage quand elle le découvrirait.

Sasquatch aboya depuis l'intérieur de la maison.

— Sois sage ! lui lança Ty avant de se glisser au volant de la Volvo et de démarrer.

Dès le départ, il avait prévu de rencontrer la jeune femme ; en revanche, il n'était pas dans ses intentions d'avoir une aventure avec elle, et évidemment pas de déclencher une vague de crimes.

La rue était déserte. La maison de Samantha était plongée dans l'obscurité ; le porche de Mme Killingsworth, lui, était éclairé.

Son idée de faire la connaissance de Samantha Leeds et, par la même occasion, d'apprendre ce qu'elle savait de l'affaire avait eu des répercussions très inattendues. Avant même qu'il ait commencé, ce type, ce « John », s'était mis à appeler Samantha pendant ses *Confessions de minuit*. Puis il y avait eu cette femme qui avait téléphoné en affirmant qu'elle était Annie. Qu'est-ce que ça voulait dire ? Qui était-elle ?

Il ralentit à un carrefour et tourna, s'engageant sur la route qui longeait le lac en direction de La Nouvelle-Orléans. Au loin, on apercevait les lumières de la ville.

Les noms de toutes les personnes liées à Annie Seger tournoyaient dans sa tête. Sa mère, Estelle, froide, bigote et garce en même temps ; Wally, son père naturel, un type instable qui passait sans cesse d'un boulot à l'autre. Il y avait le frère, Kent, d'un an et demi son aîné, qui n'avait jamais joui de la même popularité que sa sœur. Ils avaient été élevés par Jason Faraday, leur beau-père, un médecin ambitieux. Le petit ami d'Annie, Ryan Zimmerman, était un excellent étudiant et le capitaine de l'équipe de jeu de crosse... avant que son goût trop prononcé pour la fête et la drogue ne lui attire des ennuis. Quant à la supposée meilleure amie d'Annie, il s'agissait de Priscilla « Prissy » McQueen, une adolescente narcissique qui avait craqué sur le petit ami d'Annie avant elle.

Au détour d'un virage, Ty s'arrêta et sortit son téléphone portable. Il composa un numéro qu'il connaissait par cœur. Que cela lui plaise ou non, l'heure était venue d'appeler la cavalerie.

Driiiiing...

« Oh, non ! pensa Rick en ouvrant les yeux dans son appartement plongé dans le noir. Pas maintenant. »

Le téléphone sonna de plus belle.

Roulant sur le côté, il jeta un coup d'œil à son réveil et grogna. 2 h 30 du matin, bon sang ! Il s'agissait forcément d'une mauvaise nouvelle. Personne n'appelait à une heure pareille pour bavarder. Il alluma la lampe de chevet et décrocha avant que ce foutu appareil ait eu le temps de faire réentendre sa sonnerie.

— Bentz, maugréa-t-il en se passant la main sur le visage.

— Il semblerait qu'on en ait une autre, annonça Montoya.

— Merde !

Rick balança les jambes sur le côté du lit. Il avait l'esprit clair, soudain. Il pensa à l'avertissement qu'avait reçu Samantha Leeds.

— Où ça ?

— Près de Garden District.

Montoya donna l'adresse et précisa :

— Au premier étage.

— Même mode opératoire ?

— A peu près. Mais pas totalement identique. Le mieux, ce serait que vous veniez voir.

— Laisse-moi vingt minutes. Et personne ne touche à quoi que ce soit, hein ? Je compte sur toi.

— Comme toujours, non ?

Montoya raccrocha, et Rick se demanda pourquoi il n'avait pas été prévenu en premier. Il récupéra un jean posé au bout de son lit, puis ses chaussures, à côté de la commode. Sans perdre de temps avec ses chaussettes, il enfila un T-shirt et, dans le même mouvement, il prit ses clés, son badge puis son holster avec son Glock. Il passa une veste par-dessus et se coiffa d'une casquette des Saints.

La chaleur lui tomba dessus quand il sortit de son immeuble. Et il n'était que 2 h 30, bon sang ! Ça n'était pas la chaleur sèche du désert, mais un truc humide, poisseux qui le fit aussitôt transpirer. Il courut en petite foulée jusqu'à sa voiture.

« Une autre femme tuée », songea-t-il en démarrant.

Il s'en voulait. Jamais il n'aurait dû accorder autant d'attention au Dr Samantha et à ces fichus messages de menaces, alors qu'un fou dangereux essaimait des cadavres en ville.

Sauf que ces meurtres étaient peut-être bien liés à la psy.

Il fit hurler ses pneus en prenant un virage un peu trop vite. Il alluma sa radio, branchée sur la fréquence de la police, et entendit qu'il y avait un problème dans le Vieux Carré. Quand on donna l'adresse, il la reconnut aussitôt : l'immeuble dans lequel se trouvait WSLJ. Il eut alors la certitude que l'affaire était en rapport avec Samantha Leeds. Son estomac se noua. John avait dû la contacter, avant de frapper de nouveau.

La nuit s'annonçait chargée.

Il conduisit comme un fou et trouva rapidement l'adresse que lui avait donnée Montoya. Il s'arrêta entre deux voitures de patrouille. Il retrouva l'air collant de la nuit, sans le moindre souffle de vent. En nage, il se fraya un chemin dans la foule qui s'était déjà amassée devant le vieil immeuble d'habitation. Il passa le filtre des flics postés à l'entrée, gagna le premier étage et pénétra dans l'appartement.

L'équipe criminelle était sur place, au travail. Un photographe de la police prenait des clichés de la morte. Celle-ci était nue, couchée sur le ventre, à même la moquette, et on lui avait rasé le crâne. Des entailles étaient visibles, ici et là, sur le cuir chevelu. Une grosse tresse de cheveux noirs était coincée dans une de ses mains. En plus de l'odeur habituelle de la mort, Rick en remarqua une autre, étrange, douceâtre. La fille avait une peau lisse, couleur moka clair.

Rick comprit qu'ils avaient un autre tueur sur le bras.

— Ça ne va pas du tout, maugréa-t-il pour lui-même, les yeux fixés sur la victime.

— Je ne vous le fais pas dire.

C'était Montoya, qui contournait le photographe pour le rejoindre.

Rick s'accroupit. Il toucha la grosse natte de cheveux. Elle était huileuse, et sentait vaguement le patchouli. Qu'est-ce que c'était que ça, bon sang ?

— Qui est la victime ? interrogea-t-il en levant les yeux vers Montoya.

— Cathy Adams, d'après son permis de conduire. Mais elle se faisait aussi appeler « Cassie Alexa » ou « Princesse Alexandra ».

— Une pute ?

— Elle se partageait entre le trottoir, ses études à Tulane et le Playland, où elle était danseuse.

Rick connaissait le Playland. Un club avec des danseuses nues, situé dans Bourbon Street.

Il se redressa alors et examina la pièce. Propre. Bien rangée. Mobilier usé, mais coquet. Quelques affiches sur les murs. Martin Luther King était punaisé au-dessus d'une chaise longue fatiguée, et juste au-dessus de la tête de la victime, il y avait un portrait en couleur du Christ.

— C'est chez elle ?

— Ouais. Elle partageait l'endroit avec un petit copain — à ce que raconte le proprio, qui le soupçonnait d'être aussi son mac. Mais le gars, un certain Marc Duvall, a déménagé il y a trois semaines, après une des scènes de ménage dont le couple était coutumier. Le truc habituel : elle a appelé le 911, mais le temps que les flics se pointent, elle s'était calmée, et malgré son coquard de première, elle n'a pas voulu engager de poursuites ; elle a raconté que c'était une erreur, etc. Son jules a été embarqué puis libéré sous caution. La fille l'a quand même flanqué à la porte, et plus personne ne l'a revu depuis. Quand il a eu vent de l'histoire, le proprio a envoyé un avis de congé à Cathy. De mon côté, j'ai fait lancer un avis de recherche pour le copain, mais je suis prêt à parier qu'il a quitté la ville — et aussi l'Etat.

Rick continuait de promener son regard sur les lieux.

— Ce n'est pas notre client qui a fait ça, dit-il.

Il venait de faire connaissance avec un nouvel être malfaisant, il le sentait. Il s'accroupit de nouveau pour avoir un meilleur aperçu de la victime. Elle avait été étranglée, mais pour ce qu'il voyait de ses contusions au cou, l'arme utilisée n'était pas la même que pour les autres crimes.

— Je sais, acquiesça Montoya. Quartier plus relevé. Pas de billet de cent dollars. Pas de radio allumée. Et elle n'a pas été étranglée avec le truc habituel.

— Toutes les victimes étaient blanches, aussi.

— N'empêche que c'était une pute, qu'elle a été tuée dans son appartement, et que le cadavre a été positionné d'une certaine manière.

Montoya avait raison. Personne ne serait tombé ainsi, le visage contre le sol, les bras bien tendus au-dessus de la tête, les jambes serrées. Sans parler de la tresse de cheveux, ses propres cheveux, dans une de ses mains.

— Différemment. Il a été positionné *différemment*.

Rick réfléchissait, tout en regardant Cathy Adams. Il s'interrogeait à son sujet. Avait-elle des enfants ? Un mari caché quelque part ? Des parents encore vivants ?

Il se tourna vers Montoya.

— Interroge les voisins sur sa famille, ses amis, ses petits copains — autres que Duvall. Trouve dans quoi elle trempait encore. Va faire un tour au club où elle dansait et bavarde avec le propriétaire, les autres filles.

Montoya hocha la tête, et il fronça les sourcils en baissant les yeux sur la victime.

— Il se pourrait que l'autre salaud passe à la vitesse supérieure, ou bien qu'il mute. C'est peut-être juste sa signature qui a changé.

— Il y a trop de différences, Reuben, répondit Rick, qui n'aimait pas le tour que prenaient ses pensées. Je suis prêt à parier que nous avons un nouveau client. A défaut d'autre chose, un *copycat*.

Montoya prit dans sa veste un paquet de Marlboro. Il sortit une cigarette, mais ne l'alluma pas.

— J'ai du mal à y croire dit-il. Ils ne courent pas les rues, quand même... Ils représentent quoi ? Dix pour cent des tueurs en série ?

— Quelque chose comme ça, oui.

— Quelles sont les probabilités pour qu'un truc pareil arrive ?

— Elles sont faibles, Dieu merci, murmura Rick.

Et pourtant, son intuition lui tint un tout autre langage alors qu'il visitait le reste du petit appartement, s'éloignant de l'odeur écœurante du patchouli.

La chambre était aussi nette que le salon, le lit n'avait même pas été dérangé. La salle de bains, elle, était encombrée d'affaires typiquement féminines. La douche était cachée derrière un rideau bien propre, du shampoing et de l'après-shampoing étaient posés au bord de la baignoire. A l'aide d'un mouchoir, il ouvrit l'armoire à pharmacie, derrière le miroir installé au-dessus du lavabo, et trouva toutes sortes de flacons et de tubes de maquillage, des médicaments sans ordonnance, des pansements et des tampons. La seule indication des activités de la défunte était une boîte de préservatifs, ouverte, à côté de l'Alka-Seltzer. Aucune trace de médicaments sur ordonnance ou de drogue.

Les serviettes propres étaient rangées dans un petit placard, et les divers produits de toilette sous le lavabo.

Rick décida qu'il en avait vu assez et rejoignit l'entrée de l'appartement, où une petite foule s'était formée devant les policiers en uniforme chargés de tenir les curieux à distance.

— Je veux que cet endroit soit passé au peigne fin, dit-il à la femme qui dirigeait l'équipe des techniciens.

Elle lui décocha un coup d'œil peu amène.

— Comme si nous avions l'habitude de laisser des indices derrière nous ! Lâchez-moi, d'accord ?

Rick leva la main en signe d'apaisement.

— Désolé.

— Et laissez-nous un peu de place. Plus vite nous en aurons fini, plus vite vous aurez votre rapport.

— Pigé.

Montoya et lui sortirent de l'appartement et passèrent au milieu des curieux rassemblés dans le couloir.

— Il va falloir interroger tout le monde, ici.

— C'est en cours, répondit Montoya. Mais jusque-là, personne n'a rien remarqué d'anormal.

— Je veux les dépositions dès que possible. Tu appelles le labo et tu leur mets la pression, pour qu'ils se grouillent un peu. Tu insistes bien sur les perruques. Qu'ils comparent tous les échantillons récoltés sur place — sperme, sang, cheveux et autres — avec ceux des affaires en cours. Et même avec celles qui ont été résolues. Pas simplement les meurtres, mais aussi les viols et les agressions de ces cinq dernières années.

— Ça fait beaucoup…, maugréa Motoya.

Dans le couloir, un policier était occupé à interroger les voisins, tandis que l'autre tenait les habitants à distance de la scène de crime.

— Pas tant que ça. On a des ordinateurs. Et le FBI.

Rick se passa la main sur la nuque et jeta un coup d'œil vers l'appartement de Cathy Adams.

— Où sont-ils, justement, les fédéraux ?

Montoya esquissa un sourire en coin.

— On dirait que j'ai oublié de les prévenir…

— Ça va faire du grabuge.

— Vous l'avez dit vous-même, c'est visiblement une autre affaire.

Fourrant sa cigarette entre ses lèvres, Montoya chercha son briquet.

— D'accord, mais ils vont vouloir quelques informations…

— Que je leur transmettrai demain matin.

— Fais ça, oui, marmonna Rick alors qu'ils descendaient.

Il n'avait pas plus de sympathie que Montoya pour les fédéraux.

Pour autant, il n'avait pas l'intention d'aller contre le système. On trouvait de bons agents, au Bureau, des types avec qui il était capable de travailler. Comme Norm Stowell, du temps où celui-ci appartenait au FBI.

— Comment ça se fait, que tu aies été appelé le premier ? demanda Rick.

Montoya trouva son briquet, et il alluma sa cigarette en même temps qu'ils parvenaient au rez-de-chaussée.

— En fait, j'étais au commissariat en train de vous rédiger un rapport sur les relations d'Annie Seger.

Il tira sur sa cigarette et recracha un épais nuage de fumée.

— Je vous ai laissé un tirage sur votre bureau. J'étais sur le point de m'en aller quand le téléphone a sonné. J'ai répondu, je suis parti aussitôt et je vous ai appelé.

Ceci expliquait cela, songea Rick.

— Quand vous aurez le temps, ajouta Montoya, jetez un coup d'œil au rapport. Annie Seger n'avait pas forcément le profil de « reine de promo » qu'on pouvait attendre.

— Je n'imaginais rien.

— Et il y a d'autres trucs troublants. Le type à qui Samantha Leeds a été marié…

— Le Dr Leeds.

— C'est ça, oui. Il est toujours dans le coin, et toujours prof à Tulane. Il en est à sa femme numéro trois. Un mariage qui est en bonne voie de connaître le même sort que les autres.

— J'ai déjà eu l'honneur de rencontrer le monsieur. Drôle de lascar.

— J'imagine. A part ça, vous jetterez un coup d'œil à la liste des patients du Dr Samantha quand elle exerçait — une liste partielle, confidentialité oblige, mais la police de Houston a pu rassembler quelques infos.

— Je regarderai ça.

Montoya tira sur sa cigarette, recrachant la fumée par le coin de la bouche.

— Ensuite, allez voir le nom du flic qui est arrivé en premier chez Annie Seger, la nuit où elle est morte.

— Quelqu'un qu'on connaît ?

Les yeux de Montoya étincelèrent, comme chaque fois qu'il avait découvert une information particulièrement inattendue.

— On peut dire ça, oui.

De l'épaule, il poussa la porte de l'immeuble.

Dehors, il y avait toujours du monde, peut-être même davantage — des gens qui passaient par là, des voisins, des curieux qui prêtaient l'oreille à la radio de la police et trouvaient une certaine griserie à être au cœur de l'action.

Parmi eux se cachait peut-être le meurtrier.

Les tueurs en série étaient connus pour venir contempler le résultat de leurs méfaits. Ils se délectaient du spectacle des policiers en train de chercher des indices qu'ils avaient pris soin de ne pas laisser derrière eux. Certains avaient même le cran, ou l'inconscience, de proposer leur « aide ».

Une camionnette de la télé était arrêtée de l'autre côté du ruban jaune de balisage, et une femme bien habillée, une journaliste, s'entretenait avec son cameraman. Quand elle vit Rick se baisser pour passer sous le ruban, elle interrompit net sa conversation et fila vers lui. Le cameraman la suivit.

— Voilà l'enquiquineuse en fringues de luxe, chuchota Montoya.

— Inspecteur ! appela-t-elle, sans même se fendre d'un sourire. Barbara Linwood, de WBOK. Que se passe-t-il ? Encore un meurtre ?

Rick garda le silence.

— J'ai surpris quelques conversations, ici. On dit que la victime était une prostituée. Or, plusieurs femmes ont été récemment assassinées — toutes des prostituées. Cela ressemble à un tueur en série, non ?

Son expression ne cachait rien de son impatience, de son excitation. Elle *voulait* qu'un tueur en série rôde dans les rues de La Nouvelle-Orléans. Elle *rêvait* d'une histoire de ce genre.

Mais Rick demeura silencieux. Et son *pager* sonna.

— Allez, inspecteur ! Donnez-moi une chance, sur ce coup. C'est bien une autre femme qui a été tuée ? Une prostituée ?

Un coup de vent la décoiffa, mais elle ne s'en rendit pas compte. Toute son attention était concentrée sur Rick.

— Nous avons bien une femme décédée, lui dit-il. Mais je n'ai pour l'instant aucune déclaration à faire. Il est trop tôt.

— Oh ! Epargnez-moi la langue de bois !

C'était une femme vive, d'environ un mètre soixante, avec des traits anguleux, un maquillage voyant et de la suite dans les idées. Elle ne s'adressait pas seulement à Rick, mais aussi à Montoya.

— Le public a le droit de savoir si un tueur en série sévit dans les rues de la ville. C'est une question de sécurité. Vous voulez bien m'accorder un court entretien ?

Rick jeta un coup d'œil à la caméra posée sur l'épaule du cameraman. Celui-ci n'avait pas ouvert la bouche, mais un voyant rouge révélateur brillait. Il avait tout filmé.

— C'est ce que je viens de faire, non ?

— Qui était la victime ?

— Il y aura sûrement un communiqué de presse demain.

— Mais...

— Il y a des règles à suivre, mademoiselle Linwood. Les proches doivent notamment être d'abord informés. Je ne peux rien ajouter pour l'instant.

Il lui tourna le dos, bien obligé d'admettre qu'elle avait vu juste. Un monstre rôdait dans les rues de La Nouvelle-Orléans, et il faudrait à un moment ou à une autre avertir le public. D'autant qu'il n'y avait peut-être pas un tueur, mais *deux*.

— Et vous ? demanda-t-elle à Montoya.

Elle n'obtint pas plus de résultat. Reuben pouvait légitimement avoir envie de parler aux médias et d'obtenir ainsi sa part de gloire — Dieu sait s'il aimait cet aspect du boulot. Mais il s'exposait alors aux foudres de Melinda Jaskiel ou du procureur. Il avait trop de bon sens, et il était trop ambitieux pour tout fiche en l'air par souci de gloriole.

Du coin de l'œil, Rick vit Montoya se débarrasser de la journaliste et jeter sa cigarette par terre.

Rick passa devant deux voitures de patrouille, avec les gyrophares en marche, et il rejoignit son propre véhicule. Il examina son *pager* et rappela aussitôt le commissariat. Le message était simple : il y avait encore eu des problèmes à WSLJ. Le Dr Samantha avait reçu des menaces — sous la forme cette fois d'un gâteau d'anniversaire pour Annie Seger, dans la cuisine de la radio. Quelqu'un avait vraiment décidé de persécuter la psy.

Il se mit aussitôt en route pour le commissariat, ouvrant les fenêtres en grand pour laisser le vent chaud de la Louisiane circuler dans l'habitacle. Le type qui harcelait Samantha Leeds, John, avait un drôle de sens de l'humour. L'un dans l'autre, c'était un vrai cauchemar qu'il faisait vivre à la jeune femme. Etait-ce une coïncidence si on avait assassiné une prostituée le jour de l'anniversaire d'Annie Seger ? Y avait-il un lien entre les meurtres et les menaces dont Samantha Leeds était l'objet ? Ou bien devait-il cesser de se raccrocher à cet espoir ?

A un feu, près de Canal Street, il passa à l'orange et ralentit aussitôt. Le fait qu'un meurtre ait été commis la nuit même où Samantha Leeds était victime d'une mauvaise farce ne signifiait rien. Et il n'y avait pas de billet de cent dollars avec les yeux de Benjamin Franklin noircis au feutre, cette fois — détail qui, soit dit en passant, constituait un lien assez ténu avec la photo aux yeux découpés qu'on avait adressée à Samantha... Toutes les références au péché et au pardon étaient absentes des meurtres... Il n'y avait pas de radio branchée sur l'émission *Extinction des feux*, cette fois...

Et pourtant, impossible d'écarter de son esprit la possibilité d'un lien. Il passait à côté de quelque chose, il en était sûr. Quelque chose d'évident. Il négociait un virage quand cette évidence le frappa de plein fouet, comme un coup de poing.

Ce n'était pas *Extinction des feux*. C'était l'émission d'avant. Ses mains serrèrent le volant avec force. Bien sûr ! Les meurtres avaient évidemment lieu avant qu'on ne découvre les cadavres ; et il était prêt à parier un mois de salaire que les radios des différentes victimes diffusaient *Les Confessions de minuit* au moment de leur mort.

Pourquoi n'y avait-il pas pensé plus tôt ?

Le meurtrier tuait ces femmes en écoutant le Dr Samantha.

— Le fils de pute ! lâcha Rick.

Mais il sentit la montée d'adrénaline, ce coup de fouet qui l'électrisait chaque fois qu'il était sur le point de résoudre une affaire. Il était là, le lien ! Et l'explication de la perruque rousse s'imposait d'elle-même — c'était parce que Samantha était rousse. Comment avait-il pu passer à côté de telles évidences ?

Il arriva au commissariat et trouva sans problème une place sur le parking. Il n'était pas de service, pas avant cet après-midi, mais savait qu'il ne servirait à rien de rentrer chez lui pour tenter de dormir un peu. Avec les questions et les théories qui lui tourbillonnaient dans la tête, il serait incapable de trouver le sommeil.

Il restait dans le fond de la cafetière de quoi remplir une tasse ; il se servit et apporta le mug dans son bureau. Les tubes fluorescents déversaient déjà leur lumière crue, mais il alluma sa lampe de bureau et s'installa dans son vieux fauteuil, puis alluma son ordinateur. Il lui suffit de quelques clics de souris pour faire apparaître à l'écran, côte à côte, les photos de Rosa Gillette et de Cherie Bellechamps, prises sur les lieux de leurs meurtres.

Elles avaient forcément été tuées par le même type. Les deux femmes avaient été étranglées par le même lien ; les entailles qu'elles avaient au cou étaient identiques. Le tueur avait laissé la radio allumée, sur la même fréquence, et il avait disposé les corps pour donner l'illusion que ses victimes priaient. Elles avaient toutes deux été violées. Et dans les deux cas, on avait retrouvé un billet de cent dollars, altéré de la même façon.

Autant de similitudes qu'on ne retrouvait pas dans l'affaire Cathy Adams.

Cathy Adams, qui avait été assassinée le jour de l'anniversaire d'Annie Seger. La belle affaire ! Beaucoup de gens étaient nés le 22 juillet... Cela ne signifiait rien. Rien du tout. Il n'y avait aucun lien.

Et pourtant...

Il allait attendre les différents rapports sur cette dernière victime. Jetant un coup d'œil aux documents qui se trouvaient dans sa corbeille à courrier, il s'arrêta sur celui du sommet, les quelques pages que Reuben Montoya avait imprimées à son intention. Il survola les notes concernant Annie Seger, avant de les relire avec plus d'attention. Montoya avait raison. Annie Seger n'était pas tout à fait conforme à l'image qu'il s'en était faite. Estelle et Oswald Seger, ses parents, avaient divorcé alors qu'elle était âgée de quatre ans. Son frère, Kent, en avait deux de plus. Estelle s'était remariée alors que l'encre de sa signature, sur les papiers du divorce, n'avait pas eu le temps de sécher. Son nouveau mari, et le beau-père d'Annie, était un certain Jason Faraday, un médecin de Houston. Oswald, surnommé aussi « Wally », avait disparu de la vie de ses enfants quand il avait déménagé dans le nord-ouest, du côté de Seattle. A en croire différents documents émanant du tribunal, Wally avait toujours été défaillant dans le paiement de la pension alimentaire, jusqu'au jour où Estelle lui avait envoyé ses avocats.

Autant pour l'image idyllique d'une famille unie et sans histoires. Rick but une gorgée de café, une mixture amère, trop réchauffée, qui lui arracha une grimace.

Il se laissa aller contre le dossier de son fauteuil et, posant un talon sur le coin de son bureau, continua de feuilleter le document. Montoya avait fait les choses à fond, récupérant toutes sortes d'infos au lycée d'Annie Seger. Si on en croyait ses bulletins scolaires et l'annuaire de son établissement, c'était une étudiante aussi brillante que populaire ; elle était *cheerleader* et participait aux concours de rhétorique et d'éloquence. D'après le dossier que la police de Houston avait composé en interrogeant la famille et les amis, Annie avait eu plusieurs petits amis avant de nouer une relation avec Ryan Zimmerman. Celui-ci avait été capitaine de l'équipe de jeu de crosse, jusqu'à ce que des problèmes avec la drogue l'obligent à quitter le lycée.

Un excellent choix pour le père de l'enfant qu'attendait Annie Seger.

Car soudain, l'adolescente s'était retrouvée seule et enceinte. Visiblement désespérée, elle avait appelé à plusieurs reprises le Dr Samantha dans le cadre de son émission, avant de mettre fin à ses jours dans sa chambre. C'était il y a neuf ans.

Des photos d'Annie accompagnaient ces informations. Dans son uniforme de *cheerleader*, en train de sauter, ses gros pompons au bout des bras. Pendant ses vacances en famille, avec sa mère, son beau-père et son frère, tous en short de randonnée et T-shirt, posant à côté d'une colline boisée. Et bien sûr, la scène où elle était écroulée sur son clavier d'ordinateur, les poignets entaillés, les bras couverts de sang… une image violente et tragique qui contrastait avec ce qu'on entrevoyait de la chambre : le lit bien fait couvert d'animaux en peluche, l'épaisse moquette blanche, la bibliothèque avec une chaîne stéréo coincée entre les livres de poche et les CD.

Rick leva les yeux et regarda le cadre en diptyque contenant les photos de sa propre fille. Perdre Kristi était tout simplement inimaginable. Il n'avait rien de plus important au monde; elle était sa raison de vivre, son unique rempart contre l'alcool et la déchéance.

Les sourcils froncés, il tourna la page et tomba sur une liste partielle des patients du Dr Samantha. Il n'y en avait que cinq. Un nom s'imposa aussitôt, celui de Jason Faraday, le médecin qui se trouvait être le beau-père d'Annie Seger.

— L'enfoiré, murmura Bentz, dont le cerveau venait soudain de s'emballer de nouveau.

Samantha Leeds n'avait jamais évoqué le fait qu'elle avait compté Faraday au nombre de ses patients. Mais elle ne le pouvait pas. Il y avait des lois pour ça. Rick termina son café et passa à la dernière page du document qu'il avait en main.

D'après les notes de Montoya, Estelle et Jason Faraday avaient divorcé seize mois après le décès d'Annie. Estelle habitait toujours à Houston, dans la maison où sa fille s'était donné la mort. Jason, lui, avait quitté le Texas et il était parti pour Cleveland, où il s'était remarié et avait eu deux enfants. Des adresses et des numéros de téléphone complétaient ces informations.

Montoya avait accompli un sacré boulot. Comme il l'avait indiqué, il avait aussi établi la liste de tous les hommes de la police de Houston impliqués dans l'affaire. Le premier flic à arriver sur les lieux avait été l'inspecteur Tyler Wheeler.

— Nom de Dieu!

Rick lut la suite. La participation de Wheeler à l'enquête sur le suicide d'Annie Seger n'avait pas duré longtemps. On lui avait retiré l'affaire aussitôt après qu'il eut admis son lien de parenté avec la victime. Annie Seger était sa cousine au troisième degré, du côté du père de la jeune fille.

Rick sentit son estomac se serrer.

L'inspecteur Wheeler avait donné sa démission.

Il habitait en ce moment même à Cambrai, en Louisiane.

Dans la même rue que le Dr Samantha Leeds.

Coïncidence ?

Evidemment que non !

Comment croire qu'un flic avec plus de dix ans d'expérience au compteur pouvait tout abandonner pour s'adonner à une activité aussi pépère que l'écriture ? Et pourquoi diable avait-il atterri ici, en Louisiane, à un jet de pierre de chez Samantha Leeds, avec qui il avait fait ami-amie ?

Rick comprit qu'il était temps d'aller s'intéresser de près à l'individu.

23.

— Je t'emmène chez moi ? proposa Ty alors qu'ils quittaient la ville.

Ils laissaient derrière eux la radio, la police, ce maudit gâteau et toute la folie qui se cachait derrière. Il était tard, et Samantha était épuisée. Elle n'avait pas beaucoup dormi durant la nuit dernière, passée sur le voilier de Ty ; et avec la découverte du gâteau, suivie des inévitables questions de la police, elle avait les nerfs plus tendus que les cordes d'un violon.

— Ça va aller, dit-elle, trop fatiguée pour s'expliquer. J'ai le système d'alarme et un chat de garde.

— Je suis sérieux, Samantha. Juste pour cette nuit — c'est l'anniversaire d'Annie Seger.

— C'était *hier*, corrigea-t-elle en baissant la vitre de sa portière.

L'air de la nuit s'engouffra dans la voiture. Le calme et la fraîcheur du lac Pontchartrain les enveloppèrent agréablement.

— Fais-moi plaisir. Juste pour cette nuit. Reste avec moi.

Il posa la main sur la sienne, et Samantha en frissonna, à son grand désarroi.

— D'accord… d'accord, dit-elle.

Elle se massa le cou, à l'endroit où le frelon l'avait piquée. Elle ressentait une démangeaison de plus en plus vive.

— J'imagine que tu n'as rien contre les maux de tête, dans ta voiture ?

— A la maison. Je vais m'occuper de toi, promit Ty en se tournant vers elle.

Samantha était bien trop endormie pour lui rappeler qu'elle pouvait se prendre en charge toute seule. A quoi bon ? Elle soupçonnait aussi, de plus en plus, un lien entre celui qui la harcelait et la station de radio ; il était même possible que cette personne y travaille. Et cela n'avait rien de rassurant.

Qui, parmi ses collègues, en arriverait à de pareilles extrémités ? Et à quelle fin ? Ce n'était certainement pas Gator ; il était déjà assez inquiet de voir son émission réduite, si jamais on décidait d'allonger celle de Samantha. L'idée de la faire craquer et quitter la radio aurait pu l'effleurer, mais il n'avait aucun intérêt à ce que *Les Confessions de minuit* deviennent trop populaires. Il en allait de même pour les autres présentateurs et DJ. Seul Ramblin' Bob était peut-être assez retors pour lui jouer un mauvais tour de ce genre, si l'envie lui en prenait. Pour susciter quelques rires à ses dépens. Il était possible qu'il ait entendu parler d'Annie Seger, l'affaire appartenant presque au domaine public, vu que George et Eleanor se trouvaient eux aussi à Houston, à l'époque du drame. C'était peut-être cela, d'ailleurs, qui avait tout déclenché : quelqu'un avait découvert ce qui s'était passé à Houston et avait décidé d'exploiter ces événements…

« Dans quel but ? Pour te rendre folle ? Pour te pousser à démissionner ? Pour te faire passer pour une folle ? Ou pour attirer une plus grosse audience ? »

Mais alors pourquoi la photo aux yeux découpés et les appels chez elle ? Pourquoi cette carte laissée dans sa voiture ? Pourquoi les coups de fil de John hors antenne, après l'émission ? Comment penser que de telles actions pourraient avoir une quelconque influence sur l'audience ?

De fait, elles n'en avaient aucune. La piste que suivait Samantha ne menait nulle part. Il y avait donc autre chose, un lien qui lui échappait.

Mais lequel ?

Sa migraine s'intensifiait à chaque seconde. Elle ferma les yeux et se laissa aller contre l'appuie-tête. Elle ne voulait plus penser à John, aux appels, à Annie Seger. Pas cette nuit. Demain, quand elle aurait l'esprit clair et aurait comblé son retard de sommeil… alors, tout s'éclairerait. Il le fallait.

Ty alluma la radio, et ils écoutèrent la fin d'*Extinction des feux*, une sélection musicale composée pour l'essentiel de versions instrumentales de chansons connues, une programmation qui était censée endormir les plus réfractaires au sommeil. C'était Tiny qui veillait à la bonne marche de ces émissions de nuit. Tiny, qui connaissait la radio mieux que quiconque. Tiny encore, qui y travaillait depuis le plus longtemps. Il avait commencé à temps partiel alors qu'il était au lycée, puis il était entré à Tulane, et Eleanor lui avait offert un poste à plein temps.

Et lui, alors ? se demanda Samantha, bercée par le frottement des pneus sur le bitume et le grondement régulier du moteur. Peut-être n'était-il pas aussi innocent qu'il en avait l'air... Il y avait aussi Melanie. Dieu savait quelle ambition l'habitait ! Et elle semblait si secrète, parfois... Il ne fallait pas oublier Melba, sous-payée par rapport à son niveau de diplômes. A moins que Trish LaBelle, de WNAB, ne se cache derrière ces agissements. Ce n'était un secret pour personne que Trish convoitait la place de Samantha et...

« Ça suffit, Samantha ! Tout cela ne mène nulle part. »

Une version instrumentale de *Bridge Over Troubled Water*, de Simon et Garfunkel, passait sur les ondes. Samantha s'aperçut confusément que la voiture entrait dans Cambrai. Il était agréable de se trouver en cet instant avec Ty, de se détendre, de pouvoir se reposer sur quelqu'un. Les yeux entrouverts, profitant de la lumière des lampadaires sous lesquels ils passaient ou des rares véhicules que croisait la Volvo, elle scruta son profil, ses pommettes saillantes et son expression sombre.

Dire qu'elle ne le connaissait que depuis quelques semaines... Elle réprima un sourire en songeant combien Mme Killingsworth serait fière de voir que ses petites manœuvres avaient porté leurs fruits. La voiture ralentit, et Ty tourna pour s'engager sur la route qui longeait le lac.

Quand ils passèrent devant la maison de Samantha, plongée dans le noir, elle faillit changer d'avis et proposer à Ty de rester avec elle, Charon et les frelons. Mais à quoi bon ? L'aube allait bientôt se lever. Elle finirait la nuit en compagnie de Ty. Malgré son épuisement, elle sentit un frémissement d'excitation à l'idée de se retrouver seule avec lui. Elle avait pensé toute la journée à ce qui était arrivé la nuit précédente. Pour se souvenir des meilleurs moments, mais aussi se rappeler à l'ordre : avec les hommes, il lui était arrivé de prendre les mauvaises décisions, dans le passé, de faire de mauvais choix. Ty Wheeler était un quasi-étranger pour elle. Que savait-elle de lui, sinon le fait qu'il était apparu dans sa vie au moment même où quelqu'un commençait à la terrifier ? Les émotions qu'il lui inspirait étaient tout à fait exagérées.

Elle ne tomberait pas de nouveau amoureuse. Pas de Ty. Ni d'aucun autre homme. Elle avait compris la leçon…

C'était du moins ce qu'elle se répétait tandis qu'il arrêtait la voiture. Il la fit entrer chez lui, une petite maison où le mobilier se réduisait à un bureau, un canapé convertible et une télévision. Sasquatch s'étira et s'avança vers eux, la queue battante. Ty le laissa sortir derrière.

— Faim ? demanda Ty à Samantha.

— Je dirais plutôt morte de faim.

Il siffla à l'attention du chien et entraîna Samantha vers une volée de marches menant au grenier. Là, un immense lit était poussé sous les fenêtres ouvertes qui donnaient sur l'arrière de la maison. Le clair de lune miroitait sur le lac.

— Je ne sais pas si c'est une bonne idée, que je reste ici, fit remarquer Samantha.

— Pourquoi ? demanda Ty en ôtant ses chaussures.

— J'ai peur de faire quelque chose que je regretterais ensuite.

Il esquissa un sourire fatal en même temps qu'il lui soulevait le menton et la regardait dans les yeux.

— C'est bien ce que j'espère…

— Tu es impossible !

L'attirant dans ses bras, il l'embrassa longuement, jusqu'à ce qu'elle n'ait plus qu'une idée en tête : faire l'amour avec lui.

« Ne recommence pas, Samantha ! Réfléchis, utilise ton cerveau. Quelle preuve as-tu que tu peux lui faire confiance ? »

La réponse était simple. Aucune. Pourtant, c'était plus fort qu'elle. Impossible de lutter contre ce besoin qu'elle avait de se perdre, d'en finir avec la peur et la douleur, de croire en quelqu'un — ne fût-ce que pour une nuit. Elle ferma les yeux, et ils roulèrent sur le lit, dans le monde de Ty, dont Samantha ignorait de quoi il était fait. Vérité ? Mensonges ? Trahison ?

« Qu'est-ce qu'il attend de toi ? »

Elle l'ignorait et ne tenait pas à le savoir dans l'immédiat. Les yeux toujours fermés, elle passa les bras autour de son cou. Il avait les lèvres chaudes, presque brûlantes, et sa langue se fit si insistante qu'elle entrouvrit la bouche avec impatience. Il l'attira à lui si fort qu'il lui écrasa les seins sur son torse. Et d'une main posée sur ses fesses, il la plaqua contre lui et lui fit mesurer la violence de son désir.

Le souffle court, elle sentit des doigts soulever sa jupe, épouser la forme de ses fesses, se glisser dans leur sillon, pour l'obliger à se coller au plus près de lui, toujours plus près. Ce contact créa une onde de chaleur et d'électricité qui se diffusa en elle.

Elle avait envie de lui. Et le gémissement qui lui échappa n'était que le commencement. Elle passa une jambe entre les siennes, et il lui souleva la tête pour plonger son regard dans les profondeurs du sien.

— Comme je l'ai déjà dit, tu as envie de moi, murmura-t-il, alors que le vent qui se glissait par une des fenêtres venait lui caresser la nuque. Et j'ai envie de toi.

— Vraiment ?

Les doigts sur les fesses de Samantha affermirent leur pression.

— Qu'est-ce que tu en penses ?

— Je pense… que j'ai des ennuis.

— Nous en avons tous les deux.

Il lui avait chuchoté ces quelques mots dans le creux de l'oreille, et un frisson courut sur l'épiderme de Samantha. Se laissant aller sur le dos, dans le lit, il s'empara de nouveau de ses lèvres. Un baiser féroce, affamé, sans douceur. Et ses mains s'activèrent pendant ce temps pour débarrasser Samantha de sa jupe et de son corsage. Elle se révéla plus rapide que lui et fit passer sa chemise par-dessus sa tête, effleurant au passage les muscles noueux de ses bras. Il y avait peu de lumière, mais elle entrevit son visage, son expression intense, qui s'imprégna de sensualité quand il lui ôta son chemisier et parcourut des lèvres le haut de sa poitrine.

Les pointes de ses seins durcirent. La fièvre qui montait en elle gagna en vigueur.

— Je savais que ce serait comme ça avec toi, murmura-t-il.

Il dégrafa le soutien-gorge, et l'air chaud venu du dehors effleura les deux globes libérés.

— Comme quoi ?

Elle le vit baisser la tête, avant de sentir la douce morsure de ses dents sur sa peau, la caresse de sa langue.

— Comme ça…

Et, sans cesser de jouer avec la pointe de ses seins, il glissa la main dans la ceinture de sa jupe. Elle écarta les cuisses — ou plutôt ce furent ses cuisses qui s'écartèrent d'elles-mêmes. Et elle se mit à jouer des hanches, de plus en plus impatiente, en proie à un désir presque douloureux.

Ty défit le petit crochet de la ceinture et fit glisser la fermeture Eclair, avant de baisser à deux mains, d'un même mouvement, la jupe et la culotte de Samantha. Elle se retrouva allongée au-dessous de lui, nue.

Les baisers de Ty et les caresses de sa langue, les morsures de ses dents, descendirent lentement sur sa peau, vers la toison nichée au creux des jambes de Samantha. Les yeux fermés, elle se laissa submerger par un torrent de sensations. Il lui écarta les cuisses, la toucha, joua avec elle, il la goûta tandis qu'elle s'agitait, les deux mains crispées sur le drap, l'esprit parcouru d'images torrides, le corps traversé d'ondes de plaisir.

« Ne le laisse pas faire… Ne le laisse pas te rendre vulnérable… »

Mais elle ne pouvait plus rien arrêter. Ni elle ni lui. Le désir était trop fort, le feu qui brûlait en elle impossible à éteindre. Son corps, ses pensées convergeaient vers un seul point, là où il la touchait, l'emportant toujours plus haut, toujours plus vite… Soudain, tout vola en éclats, dans une explosion de lumière. Secouée de violents spasmes, elle cria, et il la tint, les deux mains plaquées sur ses hanches, jusqu'à ce qu'elle se laisse aller, pantelante, trempée de sueur.

Encore prisonnière de son plaisir, elle demanda :

— Et toi ?

Il souleva la tête, et lui sourit.

— On va s'occuper de ça.

— Maintenant ?

— Oh, oui ! Maintenant, dit-il en se redressant. Crois-moi, tu ne vas pas t'en tirer comme ça. Je ne suis pas aussi noble.

— Noble ? répéta-t-elle avec un rire léger. Loin de moi cette idée !

— Et quelle idée tu as de moi, au juste ?

Il se mit à califourchon sur elle.

— Je t'écoute...

Elle leva les yeux vers lui, vers cet homme dont elle avait si facilement fait son amant, cet inconnu qui avait réussi à lui faire oublier tous ses doutes, toutes ses inquiétudes à son sujet. Que savait-elle de lui ? Rien, ou presque. En cet instant, son sourire n'était que pur péché. Torse nu, les muscles luisant de sueur, son jean bas sur la taille, il posa les mains sur la poitrine de Samantha et demanda :

— Alors ?

— Eh bien...

Il se mit à lui pétrir les seins, joua des pouces avec leurs pointes, réveillant une nouvelle vague de désir en elle. Elle avait le plus grand mal à rassembler ses pensées.

— La première fois que je t'ai vu, je me suis dit que tu étais dangereux...

— Ça me plaît.

— ... que je ne devrais peut-être pas te faire confiance...

— Tu ne devrais pas, en effet.

— ... mais je t'ai quand même trouvé...

— Irrésistible ?

— Oui.

— Alors, je crois que nous en sommes au même point, conclut Ty.

Il porta la main à sa braguette. Lentement, il défit le bouton du haut. Samantha regarda, la gorge serrée, tandis qu'il faisait sauter les boutons l'un après l'autre. Elle se mordit la lèvre quand le jean glissa jusqu'aux chevilles de Ty et qu'il s'en débarrassa.

— Tu vois, dit-il, il n'y a guère de noblesse ici.

Il se laissa aller tout contre elle, lui embrassant le ventre, pour remonter ensuite vers ses seins.

De nouveau, elle éprouva cette chaleur moite, humide, entre ses jambes, qui semblait vouloir la consumer tout entière. Et de nouveau elle sentit la caresse de cette langue qui goûtait, explorait, laissait derrière elle un sillon humide sur sa peau.

— Tu sais quoi ? Une femme ne devrait pas avoir le droit d'être aussi belle et appétissante que toi.

— Vrai… vraiment ?

— Absolument.

— Qu'est-ce que je peux dire ? Qu'un homme ne devrait pas avoir le droit de faire ce que tu me fais ?

Il se mit à rire.

— La flatterie risque de ne t'attirer que des ennuis supplémentaires, j'en ai peur.

— Comme si je n'en avais pas déjà assez !

— Un peu plus ne te fera pas de mal.

Les lèvres de Ty trouvèrent celles de Samantha, leurs langues se mêlèrent, et tandis qu'il l'embrassait, Ty plongea en elle, plusieurs fois, de plus en plus profondément. Puis, lentement, il se retira.

Les bras passés autour de son cou, Samantha souleva les hanches, lui demandant davantage. Elle voulait être avec lui, le garder en elle, pour se fermer à la nuit et aux menaces qui l'entouraient. Cette nuit, elle voulait se laisser aller et tout oublier.

Ty revint en elle, et il poursuivit son mouvement, de plus en plus rapide. Il respirait avec force, leurs deux cœurs semblaient battre à l'unisson. Samantha bougeait avec lui, accrochait ses lèvres aux siennes. Courbant le dos, elle entendit son souffle s'accélérer, puis elle sentit tous ses muscles se tendre alors qu'il jouissait en elle ; elle se laissa également aller, aspirée par les spasmes violents qui la secouèrent une nouvelle fois. Ty laissa échapper un râle qui ressemblait à un rugissement, avant de retomber sur elle, s'accrochant à elle, le corps trempé de sueur. Samantha soupira. Et, confusément, elle pensa qu'elle se perdait dans cet inconnu, sombre et intrigant, un homme à qui elle n'était même pas sûre de pouvoir faire confiance.

*
* *

Samantha était endormie. Plongée dans un profond sommeil. Dans son lit.

La clarté de la lune s'écoulait par la fenêtre ouverte, jouant sur le visage de la jeune femme, et Ty fut frappé par la pensée désagréable qu'il tenait trop à elle, plus qu'il n'aurait dû. Peut-être même était-il en train de tomber amoureux d'elle.

Il l'avait utilisée, ni plus ni moins. Et en faisant cela, il l'avait mise en danger, purement et simplement. Inutile de se voiler la face. Doucement, il sortit de son étreinte. Elle gémit dans son sommeil et roula sur le côté, sans ouvrir les yeux. Le lit, les draps comme les oreillers, était en désordre. L'air gardait un souvenir de son parfum, auquel se mêlait l'odeur du sexe. Lui faire l'amour n'était pas dans ses intentions, mais il n'avait pas pu s'arrêter. Il était là, le problème — lui qui s'était toujours montré prudent avec les femmes, lui qui protégeait ses propres intérêts avec la même ardeur que son cœur, il perdait ses moyens dès qu'il se trouvait en présence de Samantha. Et il les perdait complètement. Il scruta les lignes de son visage, la courbe de ses cils, ses lèvres à peine entrouvertes.

Arrachant son regard au spectacle qu'elle offrait, il songea à ce qu'il avait à faire — des activités dont elle devait tout ignorer, c'était préférable. Sourd à la voix de sa conscience, il se leva et enfila juste un short, sans se soucier de mettre une chemise.

Les chiffres rouges du radio-réveil lui indiquèrent qu'il était 4 h 30 du matin. Il descendit rapidement, Sasquatch sur ses talons. Si jamais Samantha se réveillait, il avait une excuse toute prête : il était sorti promener le chien.

Sans bruit, il ouvrit la porte qui donnait sur la rue. Celle-ci était déserte, baignant dans la lumière bleuâtre des lampadaires. La nuit était immobile, en ce moment qui précède l'aube et où le monde entier semble endormi. On n'avait pas encore lancé le journal du matin dans son allée, et il n'y avait aucune fenêtre allumée dans les maisons du voisinage. Pas de forcenés du jogging en train de courir, et pas de voiture dans la rue étroite. Dans cette partie de Cambrai, c'était toujours la nuit.

Tandis que Sasquatch gambadait ici et là dans le jardin, à l'avant, Ty suivit l'allée jusqu'au magnolia qui veillait sur sa boîte aux lettres. Les feuilles de l'arbre bloquaient la lumière des lampadaires, dans la rue, créant une zone d'ombre plus profonde autour du tronc. Ty attendit, fouillant l'obscurité du regard et guettant le moindre bruit.

Il n'entendit rien. Pourtant, au bout de quelques secondes, une silhouette émergea du feuillage dense. Tout habillé de noir, les épaules voûtées, le visage presque invisible, André Navarrone semblait se fondre dans la nuit.

— Tu parles d'une heure pour sortir ! chuchota-t-il.

— Je ne pouvais pas faire autrement.

Ty jeta un coup d'œil en arrière, vers la maison, avant de revenir à l'homme qu'il avait connu pendant presque la moitié de sa vie, un autre flic qui s'était reconverti. Il était aujourd'hui détective privé. Il n'avait passé que peu d'années au sein de la police de Houston, le temps d'une courte carrière mouvementée. Il n'avait jamais tout à fait accepté que les méthodes apprises durant la guerre du Golfe, comme agent spécial, ne puissent pas être appliquées en milieu urbain. Il avait donc préféré travailler en indépendant. Ce qui était aussi bien pour tout le monde.

Ty regarda son ami droit dans les yeux.

— J'ai besoin de toi.

— Ça, je m'en doutais. Tu ne m'aurais pas appelé, sinon.

Le sourire de Navarrone découvrit largement ses dents blanches. Il ne demanda pas à Ty ce qu'il voulait, comme toujours.

Jusque-là, il n'avait jamais échoué.

Samantha roula sur le côté et sentit que quelque chose n'était pas normal.

Elle n'était pas dans son lit.

Puis les souvenirs lui revinrent et elle laissa échapper un soupir de contentement, le sourire aux lèvres. Elle était avec Ty, malgré toutes les bonnes raisons qu'elle avait pu invoquer pour l'éviter. Des images passionnées défilèrent derrière ses paupières. Il lui sembla sentir la chaleur de sa peau, sa saveur, ses caresses… Elle tendit la main vers lui, mais ne trouva sous ses doigts que des draps froids.

Elle se tourna et se souleva sur un coude. Elle cligna les yeux. Elle était indéniablement seule. Il y avait encore l'empreinte de son corps, mais l'emplacement était froid. Il avait dû se lever pour aller dans la salle de bains ; dans la cuisine, boire un verre d'eau ; ou bien… le chien. C'était ça. Il avait dû sortir le chien.

Elle trouva sa culotte dans l'obscurité et l'enfila. Elle entendit la voix étouffée de Ty par la fenêtre ouverte, un chuchotement, et elle pensa qu'il encourageait Sasquatch à faire en vitesse ce qu'il avait à faire. Mais, en regardant par la fenêtre, elle n'aperçut pas l'animal, pas plus que son maître, sur la pelouse qui s'étendait entre la maison et le lac. Intriguée, elle descendit. Une lampe tenait lieu de veilleuse et diffusait une lumière doucement teintée de vert sur un grand bureau. Elle permit à Samantha de se déplacer sans avoir à allumer d'autres lampes.

Dans la cuisine, elle se pencha sur l'évier pour s'asperger le visage d'eau et, tout en se passant les doigts dans les cheveux, elle regarda par la fenêtre qui donnait sur la rue. Rien. Ty ne devait pourtant pas être loin. Comment croire qu'il la laisserait seule, après être allé la chercher en ville et avoir insisté pour qu'elle ne reste pas chez elle ? Et puis elle avait entendu sa voix, elle en était certaine. Elle scruta les ténèbres et, cette fois, du coin de l'œil, elle surprit un mouvement. C'était Sasquatch, qui venait d'apparaître à l'angle de la maison et trottina jusqu'au bout de l'allée, où il s'assit au pied du grand arbre qui se trouvait là. Il y eut un autre mouvement, sous ce même arbre, et Samantha entrevit un homme… ou plutôt, *deux* hommes. L'un d'eux était forcément Ty, sans quoi Sasquatch ne se serait pas comporté comme il venait de le faire.

Samantha se mordilla la lèvre. Ty et qui ? Un homme qui avait quitté son lit au cœur de la nuit. Un homme dont il ne lui avait jamais parlé. Les yeux plissés, elle se pencha au-dessus de l'évier et sonda la nuit, là où le clair de lune tachetait de sa lumière le sol et les deux hommes.

Elle reconnut Ty sans l'ombre d'un doute. Mais avec qui s'entretenait-il à une heure pareille ? Quelle affaire importante l'avait donc tiré du lit en pleine nuit ? Un voile de soupçon obscurcit les pensées de Samantha. La police n'avait-elle pas insisté sur le fait qu'elle ne devait faire confiance à personne, à commencer par les inconnus ?

Mais Ty semblait bien n'avoir que de bonnes intentions à son endroit. Il était venu la chercher à la radio, non pas une, mais *deux* fois, poussé par le sentiment qu'elle pouvait avoir besoin de lui. Il avait insisté pour la conduire jusque chez elle, pour inspecter la maison, pour s'assurer qu'elle était en sécurité. C'était d'ailleurs la raison pour laquelle elle se trouvait chez lui cette nuit, non ?

A moins que tout cela ne soit qu'une vaste comédie…

Elle envisagea de sortir dans le jardin et d'aller lui demander des explications… avant de se raviser ; elle devait tenir bon, garder la foi. Quoi qu'il fasse en cet instant, il était dévoué et honnête. Elle devait arrêter de se poser des questions et l'attendre. Elle l'interrogerait lorsqu'il regagnerait la maison.

Facile à dire…

Elle était tendue, soudain. Sur les nerfs. Ses pensées étaient agitées des mille raisons qui avaient pu lui faire quitter le lit — et aucune ne la satisfaisait. Imaginer qu'elle allait se rendormir était inconcevable ; de même qu'il n'était pas dans sa nature d'attendre docilement et de laisser un homme décider de son destin.

Elle revint dans le salon, résolue à rejoindre l'étage, à s'habiller et à rentrer chez elle. Mais en passant à côté du bureau, avec l'ordinateur portable allumé, l'écran occupé par les dessins colorés d'un économiseur d'écran, elle marqua une pause. Et alors qu'elle se rapprochait du bureau, une voix lui souffla qu'elle violait la confiance de Ty. Mais il fallait qu'elle sache pourquoi il l'avait abandonnée en pleine nuit, tout en ayant la conviction qu'elle n'aimerait pas ce qu'elle allait découvrir.

Elle se pencha sur le clavier. Il ne lui fallut qu'une poignée de secondes pour ouvrir le logiciel de traitement de texte. Apparurent sur l'écran des numéros de fichiers correspondant à des chapitres et des thèmes de recherches.

Qu'avait-il dit au sujet de son livre, déjà ? Que c'était entre *L'homme qui murmurait à l'oreille des chevaux* et *Le Silence des agneaux* ?

Elle ouvrit le premier fichier.

Et elle eut le souffle coupé en découvrant le titre du livre :

Mort d'une cheerleader *: le meurtre d'Annie Seger.*

— Oh, mon Dieu ! lâcha-t-elle dans un souffle.

Un *meurtre* ? Mais Annie s'était suicidée !

Un grand froid envahit Samantha. Comment Ty était-il au courant de cette histoire ? D'où tirait-il ses informations ? Elle parcourut du regard les premières pages.

Et une main glacée se ferma sur son cœur à mesure qu'elle découvrait l'ampleur de la trahison.

De quelle façon était-il mêlé à tout cela ? Se pouvait-il que... qu'il soit John ? Non, elle se refusait d'y croire. Pourtant, il y avait forcément un lien.

— Espèce de salaud ! murmura-t-elle en songeant à ce qu'ils avaient partagé un peu plus tôt, à l'étage, dans le lit.

La chaleur. L'intensité. La passion.

« Pourquoi ne s'est-il pas confié à toi ?

» Pourquoi t'a-t-il menti ?

» Tu as couché avec lui, Samantha. Vous avez fait l'amour. »

Son estomac se serra douloureusement. Un goût de bile lui emplit bouche.

Mais à quelle sorte de jeu jouait-il, au juste ?

S'il lui voulait du mal, il avait eu des dizaines d'occasions de s'en prendre à elle.

Elle n'y comprenait rien.

Elle devait s'en aller, quitter cet endroit, tout de suite. Elle s'écartait du bureau quand elle remarqua une clé USB sur le côté de l'ordinateur. Les doigts tremblants, elle y enregistra les fichiers du livre de Ty. Puis elle retira la clé et se redressa. Elle devait se dépêcher. Elle ignorait combien de temps encore il allait rester dehors, combien de temps durerait son entretien avec l'autre homme.

Dans le grenier, elle ne se risqua pas à allumer, préférant chercher ses affaires dans la pénombre. Elle ne prit même pas le temps de s'habiller et se résigna à laisser sa ceinture, qu'elle ne trouvait pas. En revanche, elle avait besoin de son sac... avec ses clés. Où était-il ? La tête emplie des battements sourds de son cœur, elle fouilla tout le grenier, à la seule lumière que la lune apportait par la fenêtre. A tâtons ou presque, elle tomba sur son soutien-gorge… sur le portefeuille de Ty… Mais aucune trace de son sac.

Où avait-elle donc pu le laisser?

« Réfléchis, Samantha! Réfléchis! »

Elle revint par la pensée en arrière. Elle se rappela son soulagement quand Ty s'était montré à la radio. Puis le trajet en voiture. Ses réticences quand il lui avait proposé de venir chez lui. Profitant de sa fatigue, il avait fini par la convaincre : elle serait plus en sécurité avec lui, affirmait-il.

Quelle bonne blague!

Puis ils avaient fait l'amour.

Elle sentit sa résolution faiblir lorsqu'elle se souvint de quelle manière il l'avait caressée, embrassée, comment il l'avait emportée vers le plaisir, encore et encore…

Quelle idiote!

Avec quel empressement elle s'était laissée tomber dans son lit! Et dire qu'elle avait même été tout près de lui faire don de son cœur… mais elle préférait ne pas penser à cela maintenant. Elle trébucha presque sur une de ses chaussures, avant de tâtonner du pied pour tenter de repérer l'autre. Où pouvait bien être son sac, avec ses papiers et ses clés? Elle l'avait avec elle, quand elle était entrée dans la maison. Puis Ty l'avait embrassée, entraînée à l'étage et… et elle n'avait plus ce fichu sac, alors, elle en était certaine.

Par la fenêtre ouverte, elle entendit des pas crisser sur le gravier de l'allée.

Il revenait!

Elle devait s'en aller, vite! Impossible de feindre le sommeil et de se comporter comme si de rien n'était. Abandonnant son unique chaussure, le cœur en déroute, elle descendit sans bruit. Elle manqua perdre l'équilibre sur la dernière marche. Elle avait chaud, elle était en nage. Tandis qu'elle s'avançait dans cet intérieur qu'elle ne connaissait pas, elle aperçut enfin son sac. Il était sur la table de la cuisine. Elle l'attrapa au passage et gagna, presque en courant, l'arrière de la maison. Elle ouvrit les portes-fenêtres. Elle se retrouva sur une véranda, face à une petite pelouse qui s'étendait jusqu'au lac. Dans le pire des cas, elle pouvait escalader la clôture pour passer chez le voisin, ou encore choisir le lac et nager jusqu'à…

Elle traversa la véranda et survola les trois marches. La lune nimbait de sa lumière argentée l'eau sombre et le voilier amarré au ponton. Elle passa sur le côté du jardin, le long de la haie qui le bordait, marchant en direction du lac. Elle entendit un aboiement étouffé sur la gauche de la maison.

« Non, pas ça. Je vous en supplie, mon Dieu… »

— Samantha ? appela la voix de Ty.

Elle semblait venue de nulle part.

Samantha s'arrêta net.

— Qu'est-ce que tu fabriques ?

Elle glissa la clé USB dans son sac, avant de se tourner vers la maison. Torse nu, vêtu seulement d'un short, Ty se penchait à la rambarde de la véranda et regardait dans sa direction.

Trop tard. Il l'avait repérée.

— Samantha ?

Elle expira longuement.

— Je… je prenais la fuite, pour être honnête.

— Et tu fuyais quoi ?

— A toi de me le dire, répliqua-t-elle sans esquisser un mouvement vers la maison. Qu'est-ce que tu fais dehors à une heure pareille ? Et je t'en prie, épargne-moi l'excuse ridicule du chien, parce que ça ne marchera pas.

— J'avais rendez-vous avec un ami.

— Qui se promène comme ça, dans les rues, sur le coup de 4 heures du matin ? Allons, monsieur Wheeler, je pense que tu peux trouver mieux…

Elle serra ses affaires contre elle.

— Je ne sais pas ce qui se passe ici, poursuivit-elle, mais je crois préférable que je m'en aille. Ça devient trop… trop fou.

Il se redressa, et la lune éclaira soudain son visage. Dieu ! qu'il était beau…

— Tu as sans doute raison, oui, dit-il en passant la main dans ses cheveux, pour se dégager le front. J'ai une confession à te faire.

Elle ne bougea pas. Les paroles de Ty survolaient la pelouse pour lui parvenir et résonner en elle.

— Tu sais, déclara-t-elle, ce ne sont pas forcément les mots que j'ai envie d'entendre en ce moment. Ces dernières semaines, il a beaucoup trop été question à mon goût de confession, de péché et de repentir.

— Que dirais-tu d'une explication, alors ?

— Ce serait une très bonne idée. Excellente, même.

Quelques secondes passèrent, au terme desquelles Ty reprit la parole.

— La vérité, c'est que j'avais entendu parler d'Annie Seger bien avant de te connaître.

— Sans blague ? s'exclama Samantha.

Sans doute cet aveu l'aurait-il touchée en d'autres circonstances, au lieu d'intervenir après la découverte qu'elle venait de faire.

— Tu aurais pu m'en parler !

— J'étais sur le point de le faire.

— Quand cela ?

— Très bientôt.

Elle n'y croyait pas. S'imaginait-il qu'elle était stupide à ce point ? Elle sentit une nouvelle bouffée de colère enfler en elle.

— Ah, oui ? Est-ce qu'il t'aurait échappé qu'il m'arrive des choses désagréables, ces derniers temps ? Les appels et les messages de « John », le coup de fil d'« Annie », sans parler du gâteau ou du carton d'anniversaire… Alors, dis-moi, Ty, quand avais-tu l'intention de me parler ? Une fois que ce détraqué aurait mis ses menaces à exécution ? A moins que ton implication dans l'histoire ne soit plus profonde. Tu connais peut-être John ?

— Non ! coupa-t-il avec colère.

De la colère, mais aussi une autre émotion qu'elle entrevit dans ses yeux — de la culpabilité, lui sembla-t-il. Elle en fut mortifiée. Glacée. Comment avait-elle pu lui faire confiance ? Décidément, rien ne changerait jamais avec les hommes qui l'attiraient. Elle avait cru Ty Wheeler différent ; or, à l'instar de son ancien mari et de son dernier petit ami en date, ce n'était qu'un manipulateur de plus.

— A moins que tu ne sois John.

Il descendit les marches de la véranda et se dirigea vers elle.

— Tu ne peux pas croire une chose pareille.

— Je ne sais plus ce qu'il faut croire, avoua Samantha, au désespoir.

— Ecoute, je suis désolé… J'aurais dû te parler plus tôt.

Il était tout près d'elle, à présent. Trop près.

— Voilà une remarque pleine de sagesse. A présent, je dois rentrer chez moi.

— Pas encore.

Il lui prit les bras, et elle se libéra aussitôt.

— Je ne vois pas en quoi tu aurais ton mot à dire, d'accord?

Elle tenta de le contourner, mais il l'attrapa de nouveau et, cette fois, les tentatives de Samantha pour se libérer échouèrent.

— Laisse tomber, Ty.

— Je te demande juste de m'écouter.

— Pourquoi? Tu crois que j'ai envie d'entendre de nouveaux mensonges?

Elle commença à marcher vers la maison, et Ty, qui ne l'avait pas lâchée, marcha à son côté.

— Il faut que tu saches ce qui se passe.

— Comme si tu allais me le dire! A d'autres! Si tu te confies à moi maintenant, c'est parce que tu sais que je t'ai vu avec quelqu'un dehors et que j'ai jeté un coup d'œil sur le contenu de ton ordinateur. Alors, laisse-moi partir, ou cette conversation va se poursuivre au commissariat, d'accord?

— Attends! dit-il en accentuant son emprise, au lieu de la relâcher. Ecoute mes explications. Tu me dois au moins ça.

— Je ne te *dois* rien!

Ils avaient atteint les marches de la véranda.

— Tu ne m'as raconté que des mensonges depuis notre rencontre, j'en ai maintenant la certitude. Et je suis même sûre que cette histoire de moteur défaillant était bidon, ajouta Samantha en désignant le voilier de la tête.

— Je parlerais plutôt de *prétexte.*

— Inutile de jouer sur les mots!

— Tu dois savoir un certain nombre de choses…

— Sans blague ? Et si tu m'expliquais ton rapport avec Annie Seger, pour commencer ?

— J'étais son cousin au troisième degré. Et je suis le premier policier arrivé chez elle le soir où on a découvert son corps. L'affaire m'a été retirée à cause de notre lien de famille. J'ai toujours pensé que l'enquête avait été bâclée. Aujourd'hui, le père d'Annie veut que je le prouve.

— Son père biologique, précisa Samantha.

Malgré elle, elle était à présent intriguée. Mais peut-être se laissait-elle abuser par une nouvelle série de mensonges…

— Oui. Wally. Il n'a jamais cru au suicide d'Annie.

— Il pense qu'elle aurait été assassinée ? Pourquoi ?

— C'est précisément ce que j'essaie de découvrir.

— Et pour le reste ? demanda Samantha en ouvrant les portes-fenêtres du salon. Les coups de fil à la radio ? Le gâteau ? Les menaces ?

— Je n'ai pas d'explication. Je ne sais pas non plus qui est derrière tout cela. Et j'ai peur d'avoir plus ou moins tout déclenché, malheureusement. Quelqu'un a dû découvrir que je travaillais sur le livre, que ce soit à cause de mes recherches ou d'une fuite — un employé de mon agent ou de la maison d'édition, par exemple… Je l'ignore. Pour l'instant, du moins.

Il serra la mâchoire, trahissant toute la violence de sa colère contenue.

— Pour moi, ce n'est évidemment pas une coïncidence si on a commencé à te harceler au moment où je commençais moi-même à travailler à ce livre.

— Et c'est pour cela que tu passes du temps en ma compagnie et que tu joues les chevaliers servants ? Parce que tu te sens coupable ? Voyons, Ty, tu n'avais pas besoin de coucher avec moi pour veiller à ma sécurité ou soulager ta culpabilité !

D'un mouvement vif, elle dégagea son bras. Il fallait qu'elle s'en aille. Maintenant.

— La culpabilité n'a rien à voir là-dedans.

— Tu parles !

Les yeux brûlant de larmes de rage, Samantha fit irruption dans la maison. « Ne craque pas ! se dit-elle. Ne craque surtout pas ! »

— Je voudrais que tu te calmes et que tu m'écoutes encore un peu, dit Ty, qui l'avait suivie.

— Je crois en avoir déjà assez entendu.

Elle traversa la maison en direction de la porte d'entrée.

— Je n'avais pas prévu qu'il se passerait quelque chose entre nous.

Son sac et ses vêtements toujours serrés contre elle, Samantha fit volte-face.

— Mais il s'est passé quelque chose, n'est-ce pas ?

— C'est bien le problème.

— Le problème ? Allons, Ty, le problème n'est pas qu'il se soit passé *quelque chose*, mais le mensonge sur lequel tout ça repose ! Je m'en vais…

— Tu ne peux pas faire ça.

— Bien sûr que je le peux ! Qu'est-ce que tu comptes faire ? Me retenir ici ? Me garder prisonnière ?

— Tu as besoin de mon aide.

— Pas du tout ! Je dirais même que c'est plutôt *toi* qui as besoin de mon aide.

— Ecoute-moi, Samantha… Il y a un dingue dans le coin, pas du genre à plaisanter. Et tu es sa cible. Pour quelle raison ? Je l'ignore. Mais ce serait une erreur de prendre tout cela à la légère. L'ami, celui que tu as aperçu, est venu pour nous aider.

— Il n'y a pas de « nous », Ty.

Samantha ouvrit la porte et sortit. Sa maison était à moins de cinq cents mètres. A l'est, le ciel commençait à s'éclairer ; quelques oiseaux s'étaient mis à gazouiller. Elle était pieds nus, mais elle y arriverait. Elle le devait. Avant de faire des sottises qu'elle regretterait — comme de lui accorder de nouveau sa confiance, par exemple.

— Le problème, Samantha, c'est que j'ai peur d'être en train de tomber amoureux de toi, déclara alors Ty.

Elle eut l'impression qu'une main se fermait sur son cœur, pour ne plus le lâcher. Au prix d'un effort terrible, elle se tourna pour faire encore face à Ty.

— Tu as raison d'avoir peur, lui dit-elle. Ce serait une épouvantable erreur. Parce que moi, *jamais* je ne tomberai amoureuse de toi !

24.

« Le problème, Samantha, c'est que j'ai peur d'être en train de tomber amoureux de toi… »

C'est ça, oui !

Un mensonge de plus.

Samantha avait la tête lourde à cause du manque de sommeil. Sa cheville blessée la faisait de nouveau souffrir, sans parler de ses pieds alors qu'elle courait sans chaussures en direction de sa maison. Poussée par sa colère, elle était secrètement heureuse que personne ne soit encore levé dans le quartier. Mieux valait qu'aucun de ses voisins ne la voie à moitié nue dans la rue. L'aube se levait, et les étoiles s'éteignaient peu à peu dans le ciel couleur lavande.

Les derniers mots de Ty se répétaient interminablement dans sa tête. Mais pas question de leur accorder le moindre crédit. Les déclarations d'amour avaient déjà causé sa chute, par le passé. Et la « déclaration » de Ty n'était sans doute qu'un mensonge supplémentaire, une ultime tentative pour assurer son emprise sur elle. Ty Wheeler était probablement prêt à s'abaisser plus bas que terre, tout cela pour son livre sur Annie Seger. Son intérêt pour Samantha était uniquement commandé par des exigences liées à sa carrière et à sa petite gloire.

Ça, et rien de plus.

— Salaud !

Tout ce qu'elle désirait, à présent, c'était ne plus penser à lui et prendre une douche brûlante pour se débarrasser du souvenir de cet homme et de ce qu'ils avaient pu faire ensemble. Que Ty Wheeler fasse divinement bien l'amour, qu'il soit de loin le meilleur amant qu'elle ait jamais eu n'y changeait rien.

Il savait s'y prendre avec une femme au lit ? Et après ? On pouvait attendre d'autres qualités d'un homme. Et de toute façon, il y en aurait d'autres après lui, non ?

Qu'il aille au diable !

Comme elle arrivait à hauteur de la maison de Mme Killingsworth, Samantha résista à la tentation de regarder derrière elle pour voir si Ty se tenait toujours au bout de son allée, s'il la suivait des yeux tandis qu'elle rentrait chez elle d'un pas résolu, vêtue en tout et pour tout de sa petite culotte. Grâce à Dieu, elle n'avait croisé personne, pas même le livreur de journaux.

Son soulagement se volatilisa d'un coup lorsqu'elle parvint devant chez elle.

Une voiture blanche était arrêtée au milieu de l'allée circulaire, et David Ross était assis sur la balancelle de la véranda. Il se redressa légèrement en la regardant approcher. Samantha s'aperçut qu'il n'était pas rasé et qu'il avait les yeux injectés de sang, que ce soit à cause du manque de sommeil, de l'alcool ou d'une combinaison des deux ; il avait desserré son nœud de cravate, et sa chemise et son pantalon étaient tout froissés, comme s'il avait dormi avec. Il avait les cheveux ébouriffés.

— Où est-ce que tu étais, bon sang ? lança-t-il en se levant. Que s'est-il passé ? On dirait que…

Il parut soudain prendre conscience de la tenue de Samantha, des vêtements qu'elle serrait contre elle.

— … que… tu as passé une sale nuit.

C'était un bel euphémisme.

— En effet.

— Où étais-tu ?

Samantha tenta de contenir son exaspération. De quoi se mêlait-il ? Et pourquoi fallait-il qu'il débarque chez elle maintenant ? Vraiment, elle n'était pas d'humeur. Son orteil heurta une des dalles de l'allée, et elle gravit les marches de la véranda en serrant les dents.

— J'étais chez un ami. Mais parlons d'autre chose, d'accord ?

— Un ami…, répéta David d'un ton lourd de sous-entendus. Pourquoi est-ce que je n'ai pas réussi à ouvrir la porte avec ma clé ?

— Parce que j'ai changé les verrous, comme me l'a suggéré la police à la suite des menaces que j'ai reçues.

— Il y en a eu d'autres?

L'hostilité de David se nuança d'inquiétude. Il fronça les sourcils.

— Tu ne m'en as pas parlé.

— Je m'en tire très bien, assura Samantha, qui commença à chercher ses clés dans son sac.

— Tu en es certaine? Ça m'a l'air sérieux, Samantha.

On ne pouvait plus sérieux, en effet, songea-t-elle. Mais il n'était pas question de lui en faire l'aveu. Elle n'avait pas besoin d'une démonstration théâtrale de compassion.

— Qu'est-ce que tu fais ici?

— Je t'attendais.

— J'avais cru m'en rendre compte, oui. La question est plutôt : « Pourquoi ? »

Elle tourna la clé, ouvrit la porte d'entrée d'un coup d'épaule et rentra rapidement pour désactiver le signal d'alarme.

— Il faut qu'on parle, Samantha.

— Tu aurais pu téléphoner.

Alors qu'elle laissait tomber ses affaires sur un fauteuil du salon, Charon apparut derrière une plante en pot et vint pousser de petits miaulements en se frottant contre ses jambes nues.

— Oui, dans une minute, lui dit-elle, avant de transpercer David d'un regard peu amène. Ecoute, je ne sais pas trop ce que tu espérais en débarquant ici, mais le moment est assez mal choisi…

— Je voulais juste te voir.

Il l'avait suivie dans le salon et se tenait près d'elle, assez près pour qu'elle puisse sentir les relents de la nuit, dominés par le cigare et l'alcool.

— C'est un péché? demanda-t-il.

Samantha eut l'impression que tous ses muscles se tétanisaient.

— Qu'est-ce que tu dis?

Elle s'écarta quand il voulut lui poser la main sur l'épaule.

— J'essaie de te faire comprendre combien tu m'as manqué…

J'aimerais que nous puissions parler et trouver un moyen de revenir ensemble.

« Tu réagis de manière excessive, se dit Samantha. C'est David. Il a ta confiance. Vous avez failli vous marier, quand même ! » Et voilà maintenant qu'elle l'imaginait lié d'une manière ou d'une autre à tout ce qui lui arrivait : John, Annie Seger et le reste. Elle perdait la tête, par moments.

— Il est trop tard pour nous deux, dit-elle en se penchant pour ramasser Charon et le serrer contre elle.

Tout en le caressant, elle secoua la tête.

— Je pense que tu devrais t'en aller, David. Nous avons déjà parlé de tout cela. C'est terminé.

— Parce que *tu* l'as voulu, souligna-t-il, la voix soudain chargée de colère.

— C'est exact.

Samantha se sentait bien trop fatiguée pour ce genre de discussion. Elle avait les pieds sales, les cheveux dans un état épouvantable, et elle était nue ou presque. Comme s'il avait suivi le fil de ses pensées, David demanda :

— Qu'est-ce que tu fais dans cette tenue ?

— J'ai dû m'en aller en hâte.

— De chez ton *ami* ?

Elle se hérissa.

— Je ne suis pas d'humeur, David…

— Un ami qui te renvoie sans tes chaussures… ?

Samantha vit très précisément le changement qui s'opéra dans le regard de David tandis qu'il commençait à tirer des conclusions.

— Et ta voiture ? J'ai regardé dans le garage, par la fenêtre. Elle n'y est pas.

— Je l'ai laissée en ville.

— Et tu as passé la nuit avec ton ami.

— Ce qui restait de la nuit, plus précisément.

— Je ne suis pas sûr que tout ça me plaise.

— C'est probable. Mais ce ne sont pas tes affaires.

Samantha chassa des cheveux tombés sur son front.

— Tu n'es pas ma nounou, David. Tu te rappelles ? C'était

une partie du problème, entre nous. Ta manie de vouloir tout contrôler !

— Je travaille là-dessus.

— Tant mieux.

Samantha estimait qu'elle n'avait pas d'autres explications à donner. Mais, de son côté, David ne semblait pas décidé à s'en aller. Avant qu'elle ait pu se montrer plus explicite, en lui disant de fiche le camp, elle entendit le grondement familier d'un moteur. De façon stupide, elle sentit son cœur s'emballer en apercevant la Volvo de Ty par la porte ouverte.

Formidable ! pensa-t-elle avec dépit. Exactement ce dont elle avait besoin : un autre mâle persuadé de savoir ce qui valait mieux pour elle.

Elle n'était pas surprise pour autant. Elle s'était bien doutée qu'à la seconde où elle disparaîtrait, Ty prendrait sa voiture pour la suivre. Il l'avait laissée partir pour lui donner le temps de se calmer. Si l'attention dont elle était l'objet la flattait, elle éprouvait aussi un profond agacement. Car cela ne changeait rien au fond. Ty Wheeler restait un maître du mensonge, de la manipulation et autres travers typiquement masculins.

— Qui est-ce ? interrogea David, alors que Ty coupait le moteur de son break.

Avant que Samantha ait eu le temps de répondre, il hocha la tête, l'air entendu.

— Oh ! J'y suis…

— Oui. Mon ami.

L'expression de David se fit impitoyable, et il lança d'un ton accusateur :

— Tu es allée vite en besogne, à ce que je vois.

— Je ne te le fais pas dire.

Ty remontait l'allée. Il avait pris le temps d'enfiler un T-shirt. Il était incroyablement beau. Et déterminé. Samantha se hérissa, prête à une nouvelle confrontation dont elle se serait bien passée. Elle vint l'accueillir à la porte, et Charon sauta de ses bras. Il rebondit sous la véranda, avant d'aller se perdre dans les buissons.

— Je n'ai pas été assez claire ? lança-t-elle.

— Non.

Ses yeux noisette étincelèrent, et il esquissa un grand sourire plein d'une assurance teintée d'arrogance. Ses yeux s'attardèrent sur les lèvres de Samantha, juste une seconde, puis il regarda derrière elle et son expression changea. Le regard espiègle se fit défiant.

Il venait d'apercevoir David.

« Nous y voilà », pensa-t-elle. Elle se chargea des présentations. Les deux hommes étaient tendus, se jaugeaient l'un l'autre.

— David, voici Ty Wheeler.

Elle aurait donné cher pour pouvoir les faire disparaître d'un coup de baguette. L'air s'était brusquement saturé de testostérone, bien trop pour une heure pareille.

— Ty… Voici David Ross.

Ty tendit la main. David fit comme s'il ne l'avait pas vue. Ou comme si elle n'existait pas.

Formidable…

— David et moi, nous nous connaissons depuis des années, dit-elle en s'écartant de la porte pour laisser entrer Ty. Et Ty est l'ami dont je te parlais, ajouta-t-elle à l'intention de David.

Elle n'avait aucune raison de mentir sur l'endroit où elle se trouvait. Et ce n'était pas plus mal que David soit confronté à une certaine réalité.

Elle sortit un imperméable de la penderie de l'entrée et l'enfila.

— Je vais préparer du café. Si l'un de vous en veut, pas de problème. Mais je préfère vous prévenir tout de suite que je ne laisserai personne me dicter ma vie.

David était pratiquement sur ses talons quand elle rejoignit la cuisine.

— Il faut que je te parle, lui chuchota-t-il. Seul à seule.

— Je ne vois pas pourquoi.

— J'ai fait le voyage en avion pour ça. Le moins que tu puisses faire, c'est de…

— Arrête ça tout de suite! coupa-t-elle.

Elle prit un paquet de café moulu dans le garde-manger, referma la porte d'un coup de hanche et ajouta :

— Il me semble te l'avoir déjà dit, tu aurais dû d'abord appeler. Point final.

Elle versa le café dans le filtre de la machine et alla remplir la verseuse au robinet.

Ty se tenait contre le comptoir, silencieux, et observait l'échange entre Samantha et David.

— C'est incroyable ! reprit celui-ci. Qu'est-ce que tu sais de ce type ?

« Bonne question », se dit Samantha.

— J'en sais suffisamment, mentit-elle.

Elle vit les lèvres de Ty remuer.

— Mais avec tous les problèmes que tu as à la radio, tu ne penses pas que tu devrais te montrer plus… *raisonnable*… te renseigner au moins à son sujet ?

— Je pense que je vais mener les choses à ma façon.

Tout le corps de David se tendit, et son visage prit une drôle d'expression.

— Il est bien là, le problème, Samantha. Tu as toujours fait les choses à ta façon.

— Et alors ? C'est de *ma* vie qu'il s'agit, non ?

— D'accord. Si c'est ainsi que tu envisages les choses…

— C'est ainsi. Et ça me va très bien.

Elle ponctua sa phrase en pressant le bouton de la cafetière tandis que David, le visage en feu, tournait les talons et quittait la cuisine. Quelques instants plus tard, la porte d'entrée claqua derrière lui.

— Ne dis rien, surtout, lança-t-elle alors que la cafetière émettait ses premiers glouglous. Pas un mot. Je ne suis pas d'humeur.

— Loin de moi l'idée de commenter tes goûts en matière d'hommes…

Les yeux de Ty étincelaient d'amusement.

— C'est très bien. Maintenant, je monte prendre une douche. Quand je redescendrai, si jamais tu es toujours là, tu me raconteras tout ce que tu sais au sujet d'Annie Seger.

Elle dirigea vers lui son regard le plus perçant.

— J'en ai assez d'être prise pour une idiote.

Sur ces mots, elle gagna l'escalier et sa chambre. La boîte qu'elle avait sortie du grenier se trouvait toujours là où elle l'avait laissée, au pied de son lit. Tous ses documents concernant Annie Seger étaient entreposés à l'intérieur.

Pouvait-elle faire confiance à Ty? A chaque fois qu'elle se posait la question, la réponse était la même : « Non. » Pourtant, elle avait couché avec lui quelques heures plus tôt, et l'idée qu'il puisse lui faire du mal, physiquement, lui semblait tout bonnement inacceptable.

« Mais c'est un menteur. Il ne t'a rien dit pour Annie. Il t'a utilisée. »

Et il avait une raison précise : son livre. Il n'était pas là pour lui faire peur ou lui faire du mal; il était là pour son intérêt personnel.

Et après? Cela n'avait vraiment rien d'extraordinaire.

Elle ôta sa culotte et alla se glisser derrière le rideau de sa douche. L'eau brûlante se mit à ruisseler sur elle. Elle serait volontiers restée là des heures. Mais elle n'avait pas de temps à perdre, surtout pas avec Ty qui l'attendait en bas. Elle ne s'attarda que cinq minutes, le temps d'un shampoing. Elle s'habilla ensuite rapidement, d'un short et d'un T-shirt. Elle glissa ses pieds dans des tongs, passa un peigne dans ses cheveux mouillés et se mit un peu de rouge à lèvres. C'était bien suffisant.

Lorsqu'elle rejoignit Ty dans la cuisine, il faisait griller des bagels et préparait des œufs brouillés.

— Je n'ai rien trouvé d'autre, observa-t-il sur le ton de l'excuse.

Samantha n'avait rien mangé depuis la veille.

— Pour une fois que quelqu'un fait la cuisine pour moi, je ne vais pas me plaindre.

— Tant mieux. Je me targue d'être un chef de premier ordre, mais j'ai besoin des bons ustensiles et des bons ingrédients…

— Oh, ça va, Wheeler! dit Samantha en souriant malgré elle.

Tandis qu'il déposait dans le four à micro-ondes un bol contenant du lait, des oignons et du fromage râpé, elle prit un couteau à beurre et sortit un brick de *cream-cheese* du réfrigérateur.

— Eh, attention! lança-t-elle en agitant le couteau vers lui. Tu n'es pas tiré d'affaire. Je suis toujours aussi en colère contre toi.

— J'ai cru comprendre.

Elle pointa la lame du couteau dans sa direction.

— Tous ces mensonges… je n'ai pas aimé. Pas aimé du tout !

— Je ne recommencerai plus.

— Tu as intérêt, ou je pourrais avoir envie d'utiliser cette arme-là où elle fera le plus de dégâts.

Elle lança le couteau à beurre et Ty l'attrapa au vol. Il se mit à rire.

— D'accord, là, j'ai vraiment peur.

— J'espère bien ! répliqua Samantha.

En même temps, elle se demanda pourquoi elle n'arrivait pas à rester durablement fâchée contre lui.

Les œufs grésillaient dans la poêle.

— On y est presque, annonça-t-il. On pourrait manger dehors, non ? proposa-t-il en désignant du menton la véranda, à l'arrière.

— Et ensuite tu me diras tout sur Annie Seger, rappela Samantha.

Se laissant aller contre le comptoir, elle le regarda jouer les cuisiniers dans son short et son T-shirt, qui épousait étroitement son torse. Elle s'attarda sur sa taille étroite, ses jambes musclées, bronzées, discrètement poilues. Que cela lui plaise ou non, Ty Wheeler lui faisait de l'effet. Il exerçait sur elle un pouvoir de séduction intense, presque animal.

— Je te dirai tout ce que tu veux savoir, promit-il, sa cuillère de bois à la main.

Elle se rappela alors ce qu'il avait affirmé un peu plus tôt, qu'il craignait de tomber amoureux d'elle.

— Tout ?

Il lui jeta un coup d'œil par-dessus son épaule — un coup d'œil ardent.

— Tout.

Samantha sentit sa gorge s'assécher. Au même moment, les bagels sautèrent dans le grille-pain et le four à micro-ondes tinta.

— Qu'est-ce qui te fait penser qu'Annie Seger a été assassinée ? La police a toujours affirmé qu'elle s'était suicidée.

Samantha repoussa son assiette sur le côté. Ty et elle étaient assis sur la table au plateau de verre, sous la véranda. Elle avait attendu qu'ils aient fini de manger pour poser la question qui accaparait ses pensées depuis des heures.

Un colibri voletait au milieu des fleurs des bougainvillées. Des voiliers sillonnaient le lac tandis que, dans le ciel sans nuages, le sillage blanc d'un avion à réaction se dissipait peu à peu. Une tondeuse à gazon faisait entendre son bourdonnement.

Ty posa un talon sur un des fauteuils vides et il fronça les sourcils.

— Donc tu n'as pas eu le temps de lire la clé USB ?

Sans même lui laisser le temps de protester, il ajouta :

— Je sais que tu l'as prise. Si tu avais pu voir ce qu'elle contient, tu aurais compris.

Il se pencha au-dessus de la table, se rapprochant d'elle.

— Annie Seger était déprimée, oui, et elle avait bu. Elle s'était rendue à une fête, où d'autres ados l'avaient vue abuser de l'alcool. Elle s'était violemment disputée avec son petit copain, Ryan Zimmerman, probablement à cause du bébé et de ce qu'il fallait faire. Là encore, il y avait des témoins. Puis Annie a demandé à son amie Prissy de la ramener chez elle. Il n'y avait personne à la maison, et elle a essayé de vous rappeler. Mais elle a raccroché presque aussitôt. A partir de là, ça devient plus flou. Est-ce qu'elle est allée chercher les somnifères dans la salle de bains de sa mère ? S'est-elle rendue dans le garage, où elle a trouvé le sécateur, avant de remonter, d'écrire son mot d'adieu et de s'ouvrir les veines devant l'ordinateur ? Tout cela est-il seulement possible, compte tenu de la quantité d'alcool qu'elle avait déjà dans le sang ?

— J'ai cru que ça s'était passé ainsi.

— Il fallait que tout le monde le croie, et c'était l'explication la plus simple. Mais il y avait des empreintes de pas autres que les siennes, sur la moquette épaisse. La bonne avait passé l'aspirateur, durant l'absence d'Annie ; et en plus des empreintes de la jeune fille, on en a remarqué de plus profondes, laissées par un pied plus gros.

— Mais il y a eu beaucoup de monde sur place, non ? La police, les urgences…

— Bien sûr. Et Jason, le père, a expliqué qu'il était lui-même venu jeter un coup d'œil dans la chambre. Puisque c'est lui qui a découvert le corps, personne n'y a rien trouvé à redire.

— Une empreinte de pas sur la moquette. Ça n'est pas grand-chose, remarqua Samantha. Ça n'est même rien.

— Je sais. Il y avait aussi du terreau sur la moquette, en provenance de l'abri de jardin. Or, on n'a trouvé aucune trace de terreau sur les chaussures d'Annie.

— Toujours léger, comme preuve…

— Que dis-tu de ça, alors ? On a relevé les empreintes d'Annie sur le sécateur, c'est vrai. Mais elle était droitière. Il aurait donc été logique qu'elle s'entaille les veines du bras gauche. Or, c'est le contraire…

Samantha resta un instant songeuse, puis secoua la tête.

— Ça n'est tout de même pas suffisant pour écrire un livre ou remettre en question son suicide, souligna-t-elle.

Elle suivit Charon du regard, alors qu'il se glissait dans les buissons. Elle passa la main sur la nuque et sentit le bouton qu'avait laissé la piqûre du frelon.

— Pourquoi quelqu'un aurait-il voulu la tuer ? Pour quel motif ?

— Je pense que cela a un rapport avec le bébé.

Samantha sentit son estomac se nouer. Aussi horrible qu'il soit de penser qu'Annie avait mis fin à ses jours, l'idée de cet enfant mort en même temps qu'elle était encore plus douloureuse.

— Je ne crois pas qu'elle aurait tué son bébé, expliqua Ty. Son ami était partisan d'un avortement, mais elle s'y refusait. C'était contre ses principes moraux. Contre sa foi. N'oublie pas qu'elle avait reçu une éducation catholique. Se suicider et tuer le bébé qu'elle portait, c'étaient deux péchés mortels.

— Elle était déprimée, tu l'as dit toi-même.

— Déprimée, mais pas suicidaire. Cela fait une grosse différence. Et puis personne n'y a prêté attention, mais Ryan Zimmerman ne pouvait pas être le père de son enfant. Les tests sanguins l'ont établi.

Samantha sentit un frisson lui courir sur la nuque.

— Tu penses que quelqu'un aurait pu tuer Annie pour l'empêcher de parler… de désigner le père véritable de l'enfant ?

— C'est possible. Un homme marié, par exemple. Elle était mineure. Si le type était plus âgé qu'elle, il encourait des poursuites pour détournement de mineure. Ça pourrait aussi être quelqu'un de sa famille. Là, cela relève de l'inceste. N'oublions pas son petit copain. Il aurait pu craquer et la tuer dans un accès de jalousie. Ça, c'est la partie que je n'ai pas réussi à éclaircir.

Il se laissa aller contre le dossier de son fauteuil, les yeux rivés à ceux de Samantha.

— Mais je compte bien y arriver. Et j'espère aussi découvrir quel est lien de tout ça avec les coups de fil que tu as reçus à la radio. Car, d'une façon ou d'une autre, il y a un rapport entre John et l'affaire Annie Seger. Tout ce qu'il faut, c'est découvrir quoi, puis mettre la main sur l'autre salaud.

25.

— … et ça ne peut pas être le même type, à moins d'avoir affaire à une personnalité éclatée, expliquait Norm Stowell au téléphone, depuis l'Arizona.

Pour Rick, cela n'avait rien d'une surprise. Il avait déjà décidé depuis un moment qu'ils avaient deux tueurs sur les bras. Il jeta un coup d'œil aux photos, sur l'écran de son ordinateur.

— Le mode opératoire peut évoluer, on le sait, poursuivit Stowell. Le tueur apprend peu à peu ce qui fonctionne le mieux pour lui, et il effectue d'infimes ajustements dans son approche. La signature reste constante. Dans cette affaire, tu as deux bonshommes. Un du genre bordélique — il laisse derrière lui toutes sortes d'indices, comme s'il se moquait que tu le retrouves grâce à ses cheveux, ses empreintes ou son sperme. L'autre… il est du genre propre. Soigneux. Deux clients bien distincts.

— C'est ce que je craignais, murmura Rick, qui poussa sur le côté de son bureau un rapport concernant les perruques.

— Je te faxerai mon profil des tueurs dès que je serai rentré chez moi. Et j'en envoie une copie à l'agent de terrain du FBI, pour info. A propos du Bureau, il semblerait que ton collègue n'ait pas été très réglo avec ces messieurs. Ils sont en pétard.

— Je lui parlerai. Il est encore jeune. Mais il est efficace.

— Si tu le dis…

Norm ne semblait pas très impressionné. Mais il en fallait beaucoup pour l'impressionner.

— Donc voici ce que tu dois rechercher pour l'assassin de Bellechamps et Gillette. Un Blanc, aux alentours de la trentaine, peut-être un peu plus. Il ne doit pas avoir d'antécédents judiciaires, car comme on l'a dit, il s'inquiète assez peu de laisser derrière lui des empreintes, des cheveux et les divers fluides corporels. Il est intelligent et il a un travail — mais rien de prestigieux. Il est probablement issu d'une famille dysfonctionnelle, avec sans doute des problèmes de maltraitance. Il a dû souffrir d'un sentiment d'abandon ou de haine profonde à l'égard d'un membre de cette famille. Une femme — mère, belle-mère, sœur aînée ou grand-mère. Il est même possible qu'il ait été victime de sévices sexuels. Dans son histoire, on doit pouvoir retrouver quelques tendances à la pyromanie, des actes de cruauté à l'égard d'animaux et d'enfants. Il a dû faire pipi au lit assez tard. Et récemment, il lui est arrivé quelque chose, quelque chose d'important, qui l'a amené à tuer. La perte d'un travail, d'une petite amie, à moins qu'il n'ait été coupé de sa famille, qui constituait peut-être sa principale source de revenus.

— Un mec remarquable…, commenta Rick au téléphone.

— Et très dangereux. Il peut aussi bien vivre seul qu'être marié ou avoir une petite amie — dans tous les cas, la personne avec qui il cohabite est en danger. Ton client monte en puissance, Rick. Tu devrais informer le public de ce qui se passe. Par mesure de sécurité, mais aussi parce que quelqu'un peut avoir remarqué un type qui se comportait de façon bizarre, récemment, ou qui paraissait particulièrement stressé. Il n'est pas impossible qu'il se soit mis à boire ou à se doper. S'il est avec une femme, elle doit être consciente du danger qu'elle court, quelle que soit la nature de leur relation. Il est tout à fait envisageable qu'elle soit au courant de ce qu'il fait, et le problème est alors plus complexe. Nous savons tous les deux que de nombreuses femmes sous l'emprise psychologique d'un conjoint tyrannique pourront prendre part à ses activités criminelles. Toujours est-il que cette femme a probablement été témoin de sa violence, et qu'elle en a peut-être même souffert. Elle court le risque d'être sa prochaine cible, à moins que nous n'ayons la possibilité de l'utiliser pour nous livrer son compagnon.

Rick pensa que la possibilité d'un tel scénario se situait entre l'« infime » et le « nul » sur l'échelle des probabilités. Il ne fallait pas rêver.

— Mais ce ne sont que les grandes lignes, souligna son interlocuteur.

Je vais te faxer tout ce que j'ai trouvé, et je me mettrai au travail sur ton autre client.

— Merci, Norm.

Quand il raccrocha, Rick songea que ses pires soupçons se confirmaient. Deux monstres se promenaient en liberté dans La Nouvelle-Orléans, deux tueurs dépourvus de conscience, des assassins nourris de la même haine des femmes. Sur son ordinateur, il ouvrit divers fichiers concernant des affaires en cours, qui peinaient à être résolues ou contenaient des éléments étranges. Quelques-unes se détachaient du lot. La plus grotesque était sans doute celle de cette femme dont on avait retrouvé le cadavre carbonisé près du French Market, le 30 mai dernier. C'était l'endroit où on avait découvert le corps qui donnait à l'affaire son caractère étrange : au pied de la statue de Jeanne d'Arc, cette héroïne française qui avait, elle aussi, péri dans les flammes...

Parfois, Rick se demandait pourquoi il persévérait dans ce boulot.

Il trouva un paquet de Doublemint à moitié plein dans le tiroir du haut de son bureau. Il prit un chewing-gum et marcha jusqu'à la fenêtre pour regarder dans la rue. Beaucoup de voitures, beaucoup de piétons, mais il ignora toute cette agitation. Il tira sur son col. Sa chemise lui collait au dos. Même si la porte de son bureau était ouverte, il n'entendait pas le bourdonnement des ordinateurs et des conversations dans le bureau ouvert. Ayant ainsi repoussé le monde extérieur, il réfléchit à la possibilité de deux tueurs en série, en même temps, dans la même ville. L'un d'eux serait en outre lié au harcèlement dont était victime Samantha Leeds, d'une manière ou d'une autre. Il n'avait pas de preuve concrète, aucun élément tangible, mais ce petit nœud dans son ventre le lui disait : celui qui appelait était forcément impliqué dans les meurtres. Les billets de cent dollars avec les yeux de Franklin noircis rappelaient la photo mutilée de Samantha Leeds ; il y avait aussi les radios branchées sur son émission au moment de chaque meurtre ; le fait que les victimes se prostituaient et que John l'avait justement traitée de pute. Mais ces histoires de péché, de rédemption ? Quel pouvait être le lien avec Annie Seger, bon sang ?

Il s'approcha du magnétophone posé sur son retour de bureau et poussa le bouton « lecture ». Pour la centième fois, il allait réécouter certains des appels, notamment celui de la femme qui avait dit s'appeler Annie... Il se l'était déjà passé, encore et encore, comme l'avaient fait les spécialistes du labo, et en était arrivé à la conclusion que tout avait été enregistré à l'avance. Il n'y avait personne au bout de la ligne. Celle qui se faisait passer pour Annie ne répondait pas directement aux questions du Dr Samantha ; elle se contentait de marquer des pauses entre ses diverses déclarations. Comme si cette personne avait prévu le genre de sujets que le Dr Samantha aborderait durant son émission ce soir-là.

Cela signifiait déjà qu'une femme était impliquée dans cette affaire.

Mais qui ?

Quelqu'un qui connaissait Annie Seger ?

Une relation du Dr Samantha ?

Quelqu'un qui travaillait avec John ?

Et de quelle manière l'appel était-il passé à travers le filtrage que subissaient tous les auditeurs qui téléphonaient à la radio ?

Bentz fit claquer son chewing-gum. Il récupéra son mouchoir dans sa poche arrière et s'épongea le front. Comment Montoya faisait-il pour porter un blouson en cuir par un temps pareil, sans paraître incommodé ? La chaleur était suffocante. Insupportable. Ce qu'il fallait à Rick, c'était une bière. Une bonne pinte, bien fraîche. Et aussi un paquet de Camel. Tout son corps semblait habité par ce besoin d'alcool et de nicotine... Mâchant furieusement son chewing-gum, il revint à son bureau, sur lequel s'empilaient des relevés d'appels téléphoniques.

La ligne qui l'intéressait concernait un coup de fil en provenance de Houston, un téléphone portable enregistré au nom de David Ross. Il avait appelé le domicile de Samantha et la radio les mêmes soirs que John ; et il bénéficiait du service empêchant ses correspondants de l'identifier. D'après les relevés de la radio, toutefois, ses appels n'avaient pas abouti. Il avait appelé, puis s'était dégonflé, ou avait décidé d'aller utiliser une cabine téléphonique.

Au cours des dernières semaines, Ross était venu à La Nouvelle-

Orléans à deux reprises. Mais Samantha avait été formelle ; son histoire avec lui était terminée.

Il était possible que ça n'ait pas plu à Ross…

Possible aussi qu'il ait cherché à se venger, d'une manière ou d'une autre.

Le téléphone sonna. Rick décrocha.

— Bentz.

— Encore une, on dirait, annonça Montoya. Je roule en direction du Saint-Pierre, un hôtel qui se trouve sur Royal Street. Tout ce que je sais pour l'instant, c'est qu'il y a une femme étranglée et qu'elle a de drôles de blessures dans le cou. Elle a été découverte par une femme de chambre qui est entrée malgré le panneau « Ne pas déranger » — la chambre devait être libérée. Le type qui avait pris la chambre est parti, mais on a peut-être de la chance ; l'employé qui travaillait à la réception la nuit dernière se souvient de lui. Je devrais être là-bas dans dix minutes.

— Je t'y retrouve.

Rick raccrocha sans douceur. La chance allait peut-être enfin leur sourire.

Samantha était nerveuse quand elle entra dans son bureau. Le dernier appel de « John » l'avait mise à cran, et cette tension n'était pas retombée. Elle passait à côté de quelque chose, elle le sentait, un élément important qui lui permettrait de découvrir qui se cachait derrière cette voix menaçante.

Plus tôt, Ty l'avait amenée à La Nouvelle-Orléans pour qu'elle y récupère sa voiture. Ils étaient revenus ensemble. Il avait fait un détour par chez lui et l'avait rejointe, avec Sasquatch et son ordinateur portable. Il était à présent installé sur le canapé, son portable sur les genoux et ses notes étalées sur la table basse. Son chien était couché près des portes-fenêtres. Alors que les informations de la mi-journée passaient à la télévision, il avait entrepris de trier le contenu de la caisse de vieux documents que Samantha lui avait descendue.

On était vendredi, et Samantha ne pensait qu'au week-end à venir, à cette période de calme et de repos qui l'attendait jusqu'à sa prochaine émission, dimanche soir. En même temps, elle devait composer avec cette certitude tenace que quelque chose allait arriver — ou était déjà arrivé. L'avertissement de « John » passait en boucle dans son esprit : « Je veux juste que tu saches que ce qui se passe ce soir est ta faute. C'est à cause de tes péchés. Il faut te repentir, Samantha. Implorer le pardon ! »

Le ton était si familier, si direct... Il l'avait même appelée Samantha.

Elle avait d'abord pensé qu'il faisait allusion au gâteau, qu'il cherchait simplement à l'effrayer un peu plus. Mais, à force d'analyser le ton de sa voix, cet avertissement glacé, la malignité de cette menace, elle avait fini par se convaincre qu'il y avait autre chose.

Sauf que rien n'était arrivé.

Du moins, pas encore.

C'était peut-être le calme avant la tempête...

Elle tenta — sans résultat — de se persuader que le jour anniversaire d'Annie Seger était maintenant derrière elle. S'il n'était rien arrivé de pire que le gâteau, elle pouvait être soulagée. Malheureusement, ce n'était que la partie émergée de l'iceberg, elle en avait l'intuition.

Elle s'assit à son bureau et remarqua la façon dont Charon était recroquevillé sur le dessus de la bibliothèque.

— Sasquatch est un bon chien, lui assura-t-elle. Tu vas t'habituer à lui.

« De la même façon que tu vas t'habituer à avoir Ty auprès de toi ? lui souffla une voix. N'oublie pas qu'il t'a menti depuis le début ; et à présent, il cherche à consolider sa théorie si peu convaincante... »

Elle fit une boule de papier qu'elle lança vers le chat. Ce fut plus fort que lui, il sortit de son immobilité et attrapa le jouet improvisé.

Ty était convaincu qu'Annie Seger avait été assassinée, et que son meurtrier n'avait jamais été inquiété. Samantha avait moins de certitude que lui.

Etait-il pensable que la police de Houston se soit trompée à ce point ? Qu'elle ait été si négligente ? Ou même qu'elle ait étouffé l'affaire ? Cela semblait improbable. Et même si l'assassin d'Annie avait pu se glisser entre les mailles du filet, neuf ans plus tôt, quel lien établir entre John, la femme qui s'était fait passer pour Annie et le drame survenu à Houston ?

Etait-il pensable que quelqu'un de la radio essaie de ressusciter une affaire oubliée, uniquement pour la publicité ? Il était envisageable aussi qu'un des employés de WSLJ ait livré sans s'en rendre compte les informations concernant le fonctionnement des lignes téléphoniques de la station… Ou que…

« Ça suffit ! »

Cela pouvait être n'importe qui. Un salarié de l'entreprise téléphonique ou quelqu'un qui aurait travaillé à la radio dans le passé ; un invité, un dépanneur ou un visiteur qui aurait examiné le système pendant que Melba avait le dos tourné. De toute façon, avec les technologies actuelles, n'importe qui ou presque était en mesure de se procurer les numéros. Cela n'avait rien de compliqué.

Ecartant son fauteuil du bureau, Samantha s'empara du téléphone. Elle devait appeler son père pour l'avertir que Corky avait vu Peter, que celui-ci était donc vivant et qu'il paraissait même en avoir fini avec la drogue. « C'est à Peter de s'en charger », lui glissa une petite voix. Mais elle l'ignora. Son père avait tout de même le droit de recevoir des nouvelles de son fils. Elle téléphonerait ensuite à Leanne Jaquillard.

Elle avait décroché et commencé de composer le numéro de son père quand elle remarqua le voyant du répondeur qui clignotait. Son estomac se noua. Cela faisait presque deux jours qu'elle n'avait pas écouté ses messages. Avait-elle reçu un nouvel appel de John ? D'autres menaces ? Elle pressa le bouton de lecture.

Cela commença par le cliquetis d'un correspondant qui raccrochait.

Samantha réprima un juron.

Un autre cliquetis, semblable au premier, suivit. Elle eut la chair de poule, soudain. Elle était certaine qu'il s'agissait de John.

Pourtant, ce fut la voix de Leanne qui sortit du petit haut-parleur.

— Salut, docteur Samantha. Je me demandais si… si on pourrait se voir… Il faut que je vous parle d'un truc — et ça ne peut vraiment pas attendre la prochaine réunion. Je… j'aimerais vous parler seule à seule, si c'est possible. Vous m'appelez ou vous m'envoyez un e-mail.

Clic.

Le répondeur s'arrêta.

Samantha laissa échapper un soupir de soulagement. Il n'y avait pas d'autre message, et aucune manifestation de John. Elle alluma son ordinateur, jeta un coup d'œil à son courrier et trouva un e-mail de Leanne, qui lui demandait de l'appeler.

Charon sauta sur ses genoux, et Samantha se mit à le caresser, machinalement. Une question sérieuse tracassait Leanne, c'était évident. Jamais elle ne l'avait appelée à la maison. Elle chercha le numéro de la jeune fille dans son répertoire électronique et le composa.

« Pourvu qu'elle soit chez elle… », songea-t-elle alors que les sonneries se succédaient.

On répondit à la quatrième. Une voix de femme.

— Allô ?

C'était la mère de Leanne. Elle semblait assez agacée. Samantha rassembla ses forces.

— Bonjour, madame, c'est Samantha Leeds, la conseillère de Leanne au Boucher Center. Leanne est-elle là, s'il vous plaît ?

— Non, elle est pas ici. Même que cette petite péteuse est pas rentrée de la nuit. Je me disais que j'allais peut-être appeler la police pour signaler sa disparition, mais j'imagine qu'elle va bien finir par se pointer, cet après-midi…

Samantha se hérissa et se mit à jouer avec un crayon à papier. Charon sauta de ses genoux et quitta prudemment le bureau.

— Leanne m'a laissé deux messages et j'aimerais entrer en contact avec elle.

— Pareil pour moi. Ça fait deux heures que je devrais être à mon travail. J'ai personne pour garder Billy. C'est Leanne qui s'occupe de lui quand elle va pas en cours. En tout cas, c'est la dernière fois qu'elle me fait ce coup-là. J'ai pas dormi de la nuit tellement j'étais inquiète…

Marletta était en colère, mais sa voix trahissait aussi une inquiétude sincère.

— Elle a replongé, poursuivit-elle. Bon sang, vous pourriez pas discuter de ça avec elle, pendant ces groupes stupides ?

Samantha fit de son mieux pour garder son calme.

— Elle fait cela souvent? demanda-t-elle. De ne pas revenir à la maison, je veux dire?

— Trop souvent, c'est sûr.

— Mais vous devriez prévenir la police.

— Pourquoi? A chaque fois que je fais ça, ils me racontent des salades, ils me font cavaler d'un bureau à un autre. Et puis ça m'est déjà arrivé plein de fois que j'appelle et que Leanne débarque à la maison comme si de rien n'était. J'en ai ras le bol de lui courir après.

— Pourtant...

— C'est pas votre problème.

Samantha n'en était pas certaine. Elle posa son crayon sur le bureau et conclut :

— Dites-lui que je l'ai appelée, s'il vous plaît.

— C'est ça, oui... si elle reparaît.

— Merci.

Samantha raccrocha. Elle avait le cœur serré en pensant à Leanne. Privée de père, affligée d'une mère comme Marletta, elle n'avait vraiment pas de chance. Samantha se promit de la rappeler le lendemain, au cas où le message n'aurait pas été transmis. Elle lui envoya aussi un e-mail. Elle composa ensuite le numéro de son père. Elle éprouva un pincement de déception en tombant sur le répondeur.

— Salut, papa, c'est Samantha. Tu es sorti... avec la jolie veuve, c'est ça? Ne fais pas de bêtises, surtout, et rappelle-moi dès que tu pourras. Je voulais t'avertir que Corky est tombée sur Peter, l'autre jour, et qu'il va bien. Je n'ai pas pu lui parler, bien sûr, mais il fallait que je te transmette la nouvelle. Appelle-moi, d'accord? Je t'aime.

Elle raccrocha, déçue, et entendit la voix de Ty.

— Samantha? Je crois qu'il y a ton flic à la télé...

— Mon flic?

Quand elle entra dans le salon, Ty se tenait devant l'écran, debout, la télécommande à la main. L'inspecteur Rick Bentz occupait l'écran. Une journaliste les interrogeait, son collègue et lui, alors qu'ils sortaient d'un immeuble du Garden District. A toutes les questions, Bentz offrait un « pas de commentaire » sec et définitif.

— Qu'est-ce qui s'est passé ? demanda Samantha.

— Un meurtre, apparemment.

La journaliste se tourna alors vers la caméra.

— C'est donc encore une femme qui vient d'être assassinée. Une femme liée au milieu de la prostitution. On peut désormais se poser la question d'un rapport entre les crimes de ces derniers temps. Un tueur en série sévirait-il ici, à La Nouvelle-Orléans ? Tout porte à le penser.

26.

— Bentz a l'air de ne pas chômer, ces derniers temps, remarqua Ty.

Il pressa un bouton de la télécommande et éteignit la télévision.

— Les criminels n'ont pas de week-end de repos, répliqua Samantha.

Ce qu'elle venait d'entendre l'avait ébranlée. Cette hypothèse d'un tueur en série la ramenait à une réalité violente et cruelle ; elle lui rappelait aussi qu'elle n'était pas la seule à avoir des problèmes ici, en ville.

— Alors, qu'est-ce que tu as découvert ? demanda-t-elle en désignant les notes, photos et dossiers répandus sur la table basse.

— Rien de plus que ce que je savais déjà.

Ty se passa la main sur la nuque.

— Je dispose d'une liste partielle des personnes qui connaissaient Annie, avec un aperçu de leurs activités ces neuf dernières années et l'endroit où elles résident actuellement.

— C'est un point de départ. Tu m'en parles ?

— D'accord.

Il rejoignit le canapé, s'assit et se pencha sur son ordinateur, posé sur la table basse. Les yeux plissés, il fit glisser le curseur sur l'écran.

— Oswald… Wally, le père d'Annie, est toujours dans le nord-ouest… à Kelso, plus précisément, dans l'Etat de Washington.

— Je vois où c'est. C'est lui qui t'a demandé de mener des recherches.

— Ce bon vieil oncle Wally, oui. Aussi peu assorti que possible à Estelle. Elle, issue d'un milieu très aisé ; et lui, d'origine plus modeste.

Professionnellement très instable. Mais ils étaient jeunes, quand ils se sont mis ensemble, et Estelle est tombée enceinte de Kent. Ils se sont mariés. Ensuite, ils ont divorcé alors que les enfants étaient encore jeunes, et Estelle a trouvé quelqu'un qui lui allait mieux en la personne du Dr Faraday. Wally ne s'est jamais remarié, il vit seul sur un terrain pour mobil-homes et travaille dans une exploitation forestière.

Ty jeta un coup d'œil à Samantha.

— Vu que c'est lui qui m'a demandé d'enquêter sur la mort de sa fille, je ne le considère pas vraiment comme un suspect — mais je l'ai pas complètement écarté de la liste. On voit des choses étranges, parfois.

— Je me doute.

Samantha contourna le canapé et se pencha sur le dossier, lisant l'écran de l'ordinateur par-dessus l'épaule de Ty. Leurs têtes se touchaient presque.

— Estelle habite toujours la maison où Annie est morte, à Houston. Elle ne s'est jamais remariée, on ne lui connaît même pas de liaisons. Elle consacre beaucoup de son temps aux activités bénévoles de son église, et vit de ses investissements et de ce qu'elle a obtenu grâce à son divorce. Une fine mouche, la tante Estelle. D'un petit héritage, elle a fait une vraie fortune. Je l'ai eue au téléphone, et elle a accepté de me recevoir. Je ne fais pas précisément partie des gens qu'elle adore, et je ne suis pas non plus sur sa liste noire. L'idée qu'on raconte l'histoire d'Annie lui déplaît, mais puisque ça doit être fait, elle préfère livrer sa propre version.

Il esquissa un sourire en coin.

— Elle aime contrôler les choses. Elle doit imaginer que je vais prendre ce qu'elle va me dire pour paroles d'Evangile et que je vais tout reproduire mot à mot.

— Ce qui n'est pas ton intention.

— Evidemment. La vérité reste la vérité. Tu peux lui donner la couleur que tu veux, ou même essayer de la décolorer, elle reste la vérité. Estelle est sans doute une grande manipulatrice, mais on ne me contrôle pas comme ça.

Il la regarda par-dessus son épaule.

— En tout cas, ce sera intéressant d'entendre ce qu'elle a à me raconter.

Samantha n'avait pas oublié cette femme glaciale qui lui avait interdit d'assister au service funèbre de sa fille. Grande, élégante, avec des yeux bleu clair et des cheveux ramenés vers l'avant, elle avait toisé Samantha aux portes du cimetière.

— Je vous en prie, c'est une cérémonie privée. Juste la famille.

— J'étais venue lui rendre un dernier hommage, avait répondu Samantha, le cœur déchiré par la culpabilité.

— Ne croyez-vous pas que vous avez fait assez de mal ? Ma famille est anéantie par ce qui s'est passé, et c'est votre faute. Si vous l'aviez aidée...

Le masque impassible d'Estelle avait commencé de se fendiller, ses lèvres s'étaient mises à trembler. Les larmes aux yeux, elle avait ajouté :

— Vous... vous ne comprenez pas. Je vous en prie, ce serait mieux pour tout le monde que vous vous en alliez.

Malgré une épaisse couche de fond de teint, le visage d'Estelle avait notablement pâli. Elle s'était séché les yeux avec un mouchoir en prenant soin de ne pas étaler son mascara.

— Je ne peux pas... pas maintenant...

Elle s'était tournée vers un grand homme aux épais sourcils bruns, bronzé et aux traits marqués par le chagrin. Samantha avait reconnu le mari d'Estelle, et le beau-père d'Annie, Jason Faraday.

— C'est affreux, avait bredouillé Estelle tandis que du regard il implorait Samantha de s'en aller. Je... je ne veux pas de cette femme ici.

— Chut... Ne t'en fais pas, lui avait-il chuchoté en passant un bras protecteur sur son épaule. Viens.

Il l'avait entraînée vers le tas de terre fraîchement retournée, au milieu d'une immense pelouse verdoyante ponctuée de pierres tombales et de caveaux de famille.

Samantha avait compris le message. Quelques semaines plus tard, la lettre de condoléances qu'elle avait envoyée à la famille lui avait été retournée. Elle n'avait même pas été ouverte.

— Je te souhaite bien du courage, dit-elle à Ty en secouant la tête. Je ne pense pas qu'Estelle ait joué un rôle dans la mort d'Annie. Pour être honnête, je reste persuadée qu'il s'agit d'un suicide. La police est arrivée à cette conclusion.

— J'étais là-bas, Samantha. Et j'étais flic. On m'a retiré l'affaire à cause de mon lien de parenté avec la victime et parce que je n'étais pas trop d'accord avec la façon dont était menée l'enquête. Et je le faisais savoir.

— Tu ne m'as toujours pas convaincue qu'Annie a été assassinée. La police de Houston n'est pas incompétente à ce point, tout de même…

Elle croisa les bras sur le dos du canapé tandis que Ty faisait défiler des pages sur l'écran de son ordinateur.

— Un peu de patience, dit-il. Voilà. C'est là que les choses deviennent intéressantes. Jason et Estelle ont divorcé un an après la mort d'Annie. Dès qu'il a pu, d'un point de vue légal, Jason s'est remarié avec une infirmière qui faisait partie de son personnel, il a vendu les parts qu'il possédait dans la clinique où il exerçait comme chirurgien, et il est allé s'installer à Cleveland avec la nouvelle Mme Faraday.

Ty claqua des doigts.

— Comme ça ! Mais ces derniers mois, il est venu à plusieurs reprises à La Nouvelle-Orléans, pour donner des conférences. La sœur de son épouse habite à Mandeville, de l'autre côté du lac.

— Un instant ! intervint Samantha. Je ne comprends pas. Tu penses donc qu'un assassin qui a réussi à échapper à la police m'appelle, neuf ans après, et fait soudain remonter l'affaire à la surface ? Pourquoi ? Il n'y a pas prescription. Et n'oublie pas que John, quel qu'il soit, me tient pour responsable de la mort d'Annie. S'il l'a tuée, pour quelle raison m'en voudrait-il ? Et surtout, pourquoi venir remuer le passé et ne pas laisser les gens continuer de croire qu'Annie s'est suicidée ? Si tout ce que tu dis est exact, il s'est visiblement donné beaucoup de mal pour faire accepter l'idée de ce suicide. Pourquoi tout gâcher maintenant ? Ça ne rime à rien.

— Sauf que nous n'avons pas affaire à un homme complètement sain d'esprit… La personne qui t'appelle souffre visiblement de complexes liés au péché, à la repentance, à l'expiation. Je pense qu'un événement est survenu, récemment, qui a suscité en lui le besoin de te contacter et de ramener en pleine lumière la tragédie d'Annie. Il a peut-être entendu ton émission de radio, un élément est survenu dans sa vie personnelle... Tout est possible.

Bien que peu convaincue, Samantha décida de jouer le jeu.

— Admettons par exemple que le meurtrier soit Jason Faraday.

— C'est une possibilité. Estelle et lui se sont très vite séparés, et il lui a pratiquement tout donné, lors du divorce. Ensuite, il a ramassé les billes qui lui restaient, à droite et à gauche, et il est parti du jour au lendemain. Il a recommencé une nouvelle vie. Avec des attaches ici.

— Qui d'autre ? demanda Samantha en récupérant des feuilles mortes de la grande fougère qui poussait dans un pot, près du canapé.

— Le frère d'Annie. Kent et elle étaient très proches. Ils ont connu ensemble le divorce de leurs parents et le remariage de leur mère. La mort d'Annie a plongé Kent dans une sérieuse dépression. Il ne faisait plus rien. Et le second mariage de sa mère s'écroulait. A cette époque, il a été interné quelque temps dans un établissement psychiatrique de Californie méridionale, Notre-Dame de la Miséricorde.

— Un établissement catholique ? Pour gosses de riches ?

— Des gosses perturbés, oui.

— Mais une maison dépendant de l'Eglise catholique.

— Estelle est très croyante. Ses enfants ont reçu une éducation religieuse.

Ty se tourna vers elle et ajouta :

— Ça n'est pas un péché, tu sais.

— Je sais. Quel genre d'éducation est-ce que j'ai reçue, à ton avis ?

Elle se leva et gagna la cuisine pour déposer les fragments de fougère desséchée dans la poubelle.

— Je n'ai pas besoin de deviner, c'est dans ton dossier.

— Je vois. Tu sais, Ty, je devrais être en colère. C'est une atteinte à ma vie privée.

S'époussetant les mains, elle revint dans le salon et reprit sa place, derrière le canapé.

— Je suis un salaud, c'est ça ? demanda Ty avec un grand sourire.

— Ajoute à ça « insupportable », « impétueux » et « intransigeant ».

— Bref, tout à fait ton genre d'homme…

— Dans tes rêves !

— Là aussi, oui.

Il lui décocha un coup d'œil intense qui la laissa sans voix. Les choses allaient vite — probablement trop vite. Alors que sa vie était complètement chamboulée, elle avait besoin d'espace pour respirer, réfléchir, comprendre pourquoi un fou la tourmentait. Le moment était des plus mal choisis pour s'engager sérieusement dans une aventure, et pourtant… pourtant…

Elle s'éclaircit la gorge et tira sur une petite peluche qui sortait d'un coussin.

— Tu me parlais de la famille d'Annie, rappela-t-elle.

— Et j'ai eu une idée.

Il tourna en partie le buste pour lui faire face.

— Puisque tu es une célébrité dans ton domaine, la psychologie, tu pourrais peut-être aller mener ton enquête dans cet hôpital, poser des questions sur Kent, découvrir en quoi consistait sa dépression, sa maladie.

— Je suis psychologue, pas psychiatre… ce qui représente une sacrée différence dans le domaine médical. J'ai mon doctorat, on peut m'appeler « docteur », mais je ne suis pas docteur en médecine.

— Il s'agit d'un hôpital psychiatrique. Ils te prendront au sérieux.

— Je n'en suis pas si sûre. La profession ne me voit pas forcément d'un bon œil. Pour certains, je ne suis qu'une animatrice de radio.

— Tu as vécu dans la région ?

— Oui. Et à une certaine époque, une de mes copines de fac travaillait là-bas.

— Tu as donc un moyen d'entrer.

— Les dossiers restent confidentiels.

— Je ne te demande pas de faire quoi que ce soit d'illégal, affirma Ty d'un ton qui semblait dire tout le contraire. Juste d'essayer de trouver des informations sur Kent.

— Pour te permettre de les imprimer dans un livre. Je pense que c'est plus qu'illégal. C'est contraire à l'éthique et moralement condamnable.

— Tu as ma promesse, je n'utiliserai pas ce que tu pourras découvrir.

— Entendu. Ecoute, je vais appeler mon amie. Mais c'est tout. Et ça doit rester confidentiel.

— D'accord.

— Pour en revenir à Kent, le frère, où est…

Samantha s'interrompit.

— Il est ici, à La Nouvelle-Orléans, c'est ça ? Sans quoi, il ne t'intéresserait pas.

— Il est à Baton Rouge, pour être précis. Il a fini par remonter la pente et il a terminé ses études à All Saints College. Il a un diplôme d'études générales.

— Il est marié ?

— Non. Il souffre d'une certaine instabilité, avec les femmes. Il a rompu avec la dernière en mai dernier. Et il a dû en retrouver une autre depuis. Il a l'air de ne pas supporter la solitude…

— Et professionnellement ?

— Il travaille à mi-temps pour une agence d'intérim. Des emplois peu lucratifs. Je pense qu'Estelle doit continuer de payer une bonne partie de ses factures.

— Tu as bien travaillé, commenta Samantha, tendue.

Se pouvait-il que Ty ait raison ? Samantha avait vécu pendant des années avec la conviction qu'Annie Seger s'était donné la mort ; à présent, si la théorie de Ty se vérifiait, tout ce qu'elle avait cru s'écroulait brusquement, et l'horreur du passé, avec cette culpabilité secrète qu'elle avait tenté d'enfouir au plus profond, resurgissait, plus forte que jamais.

Les appels de John ne constituaient-ils pas une preuve ?

Contournant le canapé, elle vint chevaucher un des accoudoirs rembourrés.

— Tu penses vraiment qu'un membre de sa famille est responsable de sa mort ? Son père, son beau-père ou son frère ?

— Je ne me limite pas à la famille. On peut élargir le cercle des suspects à celui de ses connaissances. Il pourrait s'agir de son petit copain. Ryan Zimmerman vit à White Castle, un peu plus haut sur le Mississippi. Sa scolarité a été interrompue, comme celle de Kent, et il a sombré dans la drogue pendant une assez longue période. Mais il a pu s'en sortir. Il a repris ses études et il a fini à Loyola — rien que ça.

— Tu l'as rencontré ?

— Pas encore. A l'origine, j'avais prévu de commencer avec les acteurs secondaires de l'histoire, pour obtenir leur vision des proches d'Annie. Il s'agissait de ne pas dévoiler mon jeu.

— Et Ryan ? Où en est sa vie amoureuse ?

Ty fit mine de consulter son ordinateur, mais Samantha était persuadée qu'il avait l'information bien en tête.

— Ryan s'est marié l'an dernier… et séparé il y a environ trois mois de sa femme. Il l'avait rencontrée pendant ses études. Elle veut le divorce, mais il s'y oppose. Cela va à l'encontre de sa foi. C'est un catholique fervent.

— Donc Ryan s'est marié à l'église, et moins d'un an après, sa femme demande le divorce. Pourquoi ?

— Je cherche toujours. Peut-être à cause de son manque d'ambition. Alors qu'il pourrait être enseignant — il a le diplôme —, il continue de travailler comme chauffeur de camion.

Ty déplaça le curseur sur l'écran de son ordinateur.

— J'ai pu parler à deux autres filles avec qui il était sorti. Toutes deux ont reconnu qu'il ne s'était jamais remis de son premier amour.

— Annie, devina Samantha.

Elle se laissa descendre de l'accoudoir sur l'assise du canapé.

— Exact. Elle l'avait piqué à sa meilleure amie, Priscilla McQueen, une autre *cheerleader*.

— C'est digne de *Peyton Place*. Et qu'est-elle devenue, cette Priscilla ?

— Elle vit toujours à Houston. Elle est mariée et elle a un enfant. Son mari travaille pour une compagnie pétrolière.

— Tu as tout ça là-dessus ? demanda Samantha en désignant l'ordinateur portable.

— Et sauvegardé sur ma clé USB.

— Faisons le point. Tu penses donc que Ryan n'était pas le père de l'enfant d'Annie, ce que l'on a découvert grâce à l'analyse des groupes sanguins ?

— Encore exact.

— Qui est le père, alors ?

Se nichant dans l'angle du canapé, elle se contorsionna de manière à poser ses pieds nus contre la cuisse de Ty.

— C'est là que les choses se compliquent sérieusement. Comme on n'a procédé à aucun test ADN, le géniteur peut être n'importe lequel des hommes ou garçons qui faisaient alors partie de la vie d'Annie. Le sang du bébé avait un facteur rhésus positif — et il était négatif chez Annie, ce qui signifie que celui du père doit être positif. Le facteur rhésus de Ryan Zimmerman est négatif. En revanche, on trouve du positif chez le père d'Annie, chez son frère et chez son beau-père. J'ai pu vérifier tout ça grâce à un ami de la police de Houston qui a eu accès aux dossiers médicaux. L'unique certitude, c'est que l'enfant ne pouvait pas être de Ryan.

— Compris, murmura Samantha. Mon frère et moi, nous sommes positifs, comme notre père. Mais ma mère avait un rhésus négatif, et il a fallu lui faire à chaque grossesse une injection d'un sérum « antirhésus » pour éviter les complications.

— Ça ne nous aide pas spécialement, remarqua Ty.

Il prit l'extrémité des orteils de Samantha dans sa main et les massa doucement.

— La plus grande partie de la population a un rhésus positif.

Sasquatch vint s'aventurer de leur côté, et Samantha tendit le bras pour le caresser entre les oreilles. Mais toutes ses pensées étaient dirigées vers la théorie de Samantha et la façon dont ses éléments s'articulaient. Une idée s'imposa soudain.

— John… On connaît son rhésus ? Son groupe sanguin ? La police dispose-t-elle de cette information ?

Ty eut un sourire étrange, presque sinistre.

— Je travaille déjà là-dessus. Comme je sais qu'ils ne me donneront probablement pas le tuyau, je mène des « recherches » par l'entremise d'un ami. C'est l'homme que tu as aperçu avec moi, la nuit dernière.

— Il va t'obtenir le renseignement ?

— J'y compte bien, acquiesça Ty en éteignant son ordinateur. Pendant que je serai à Houston, pour interroger Estelle. J'imagine que tu ne veux pas m'accompagner ?

— Je ne pense pas que ce soit une bonne idée.

Samantha n'avait pas oublié la douleur agressive de cette femme.

— Ma présence serait mal acceptée. Tu en obtiendras beaucoup plus en y allant seul.

— D'accord, mais j'aurais apprécié un peu de compagnie.

Lui prenant la main, il l'attira à lui. Son souffle lui effleura la joue.

— On pourrait passer un bon moment…

C'était plus que tentant.

— Je n'en doute pas. Mais j'ai des choses à faire, ici.

— Quoi, par exemple ? demanda-t-il en lui passant le bras sur les épaules.

— Récupérer un peu de mon sommeil. On m'en a privé, ces derniers temps.

— Et tu te plains ?

Cette fois, ce furent ses lèvres qui caressèrent la joue de Samantha. Comme chaque fois qu'il la touchait, elle sentit un brusque afflux de chaleur, une sensation désormais familière.

— Me plaindre ? Moi ? protesta-t-elle en feignant l'innocence. Jamais ! Mais sérieusement, j'ai de quoi m'occuper. Pendant que tu vas travailler sur un des versants de cette histoire, je vais m'attaquer à l'autre.

— John, tu veux dire ?

Le sourire de Ty disparut. Le bras, sur les épaules de Samantha, se tendit.

— Quelques détails m'intriguent. Ainsi, quand il a appelé à la radio, après l'émission, la ligne 1 — celle qui est dans l'annuaire et dont je donne le numéro à l'antenne — était libre. Or, il a appelé sur la ligne 2. Comment connaît-il ce numéro ?

— Tu penses à quelqu'un qui travaillerait à WSLJ ?

— Je ne sais pas. En tout cas, c'est une possibilité sérieuse.

— Tu en as parlé à la police ?

— Pas encore. Je n'ai rien voulu dire, la nuit dernière, pour n'effrayer personne.

— Ni éveiller des soupçons...

— Tiny et Melanie n'ont pas pu appeler.

— Ils pourraient avoir un complice.

Samantha secoua la tête.

— C'est possible, oui... Mais je ne crois pas qu'ils feraient une chose pareille. Melanie convoite ma place, même si elle ne veut pas forcément l'admettre ; elle espère toujours que je vais arrêter, partir ailleurs. Mais elle préférerait que l'audience de l'émission s'effondre, ce qui lui permettrait de proposer ses services... Tout ça reste un peu tiré par les cheveux. Quant à Tiny... il est fou amoureux de moi, vraiment. Aucun d'eux ne me veut du mal. Nous sommes trop proches. Mon hypothèse, c'est que quelqu'un a donné le numéro à une relation sans penser à mal.

— Sans penser à mal, mais peut-être de son plein gré, nuança Ty. Et il ne faut pas complètement écarter la possibilité que John soit une personne qui travaille avec toi.

Il lui pressa l'épaule, affectueusement, mais son regard était dur et inflexible.

— Et si ce fils de pute a le moindre lien avec la radio, on va l'avoir, crois-moi.

27.

— Regardez son cou, dit Montoya en s'accroupissant près de la victime.

Elle avait les jambes ouvertes et les mains unies, comme si elle priait. La même pose que les autres.

— Toujours les mêmes marques, à ceci près, ajouta-t-il en désignant un point, juste au-dessus. Il y a une différence, là. Une autre empreinte. Là, vous voyez ? Ça pourrait être un médaillon, une amulette, une croix... Comme si elle avait été étranglée avec son propre collier.

— Ou celui de l'assassin, remarqua Rick, le ventre noué. Il a apporté son joujou.

— Et il est reparti avec un souvenir. Jetez un coup d'œil à son oreille gauche. Toutes ces boucles en métal... il en manque une.

— La radio était allumée ?

— Et branchée sur WSLJ.

Rick leva les yeux vers la table de chevet de la petite chambre d'hôtel minable. Il vit le billet de cent dollars, avec Benjamin Franklin et ses yeux noirs. La marque de fabrique de l'autre malade. Mais ces billets, que signifiaient-ils ? Pourquoi noircir ainsi les yeux de Franklin ? Pour le rendre aveugle ? L'empêcher de voir et reconnaître le meurtrier ?

— Quelle est l'heure estimée du décès ?

— Autour de minuit, pense-t-on. Le légiste est en route, il devrait nous permettre de préciser ça.

Montoya fit claquer sa langue.

— Elle est plus jeune que les autres, observa-t-il.

Plus jeune que Kristi, pensa Rick, la mâchoire serrée. Pute ou pas pute, la victime devait avoir des parents, des amis, une sœur peut-être, voire un enfant... Quel genre d'enfoiré pouvait faire une chose pareille ?

— C'est une fille du coin, elle avait déjà été embarquée pour des petits délits.

Montoya tendit un sachet contenant les papiers de la victime.

— Et regardez ça...

A travers le plastique, il déplaça le permis de conduire, la carte de Sécurité sociale et quelques photos pour découvrir une carte de visite écornée.

— C'est pas ce que vous recherchiez ?

Le nom et le logo de WSLJ figuraient sur la carte, laquelle était personnalisée, dans un coin, au nom du Dr Samantha Leeds, *alias* Dr Samantha, présentatrice de l'émission *Les Confessions de minuit*.

— Nom de Dieu !

Rick se retourna vers le corps, sur le lit. Les techniciens étaient en train de passer leur petit aspirateur tandis que le photographe prenait des photos des lieux.

— Vous étiez si sûr qu'il y avait un lien..., rappela Montoya. Apparemment, vous aviez raison. Cette gamine connaissait la psy, d'une manière ou d'une autre.

Ce qui n'était pas une bonne nouvelle. Rick travaillait sur une théorie ; elle ne tenait pas vraiment la route, mais il était incapable de s'en débarrasser. Et si le tueur ne choisissait pas ses victimes au hasard ? S'il y avait une progression dans ses actions, plus fréquentes et de plus en plus proches de sa cible principale ? Et si son dessein ultime était de tuer Samantha Leeds ?

Les choses ne se passaient pas ainsi, normalement. Mais cette affaire était tout sauf normale. Le tueur ne communiquait pas avec la police ou les journaux, il n'essayait pas de retirer une quelconque gloire de ses crimes. Il se contentait d'appeler Samantha. Ça n'était pas un client comme les autres.

Les yeux fixés sur les marques imprimées dans le cou de la victime, il eut soudain la conviction que l'espacement de ces marques avait son importance, une signification précise.

— Tu ne m'as pas dit que la réceptionniste de l'hôtel avait pu voir le type ?

— Si, confirma Montoya en se déplaçant pour laisser le photographe travailler. Elle est en bas dans le bureau de l'hôtel.

Il feuilleta son calepin.

— Elle s'appelle Lucretia Jones et travaille ici depuis neuf mois. Elle a déjà fait sa déposition. Je lui ai demandé de rester en pensant que vous aimeriez lui parler.

Rick hocha la tête.

— Autre chose ?

— Il a signé le registre de l'hôtel sous le nom de John Fathers.

— Il a indiqué une adresse ?

— A Houston, oui.

Rick fixa Montoya sans rien dire, puis demanda :

— Quelqu'un a vérifié ?

— Du bidon. Le nom de la rue existe bien — c'est celle où habitait Annie Seger —, mais pas le numéro.

Les deux hommes sortirent dans le couloir, encombré de l'habituel lot de curieux.

— Encore un lien, cette adresse…, murmura Montoya.

Mais, pour une fois, Rick n'était pas sûr de se réjouir de la justesse de son intuition.

— Les clients ne sont pas tenus de présenter une pièce d'identité, permis de conduire ou autre ?

— Pas ici, apparemment. Il a juste tendu un billet de cent dollars — pour une chambre qui en vaut moins de la moitié, quarante-neuf. Pas de bagages. Cela arrive assez souvent dans ce genre d'hôtel, des types qui ramassent une pute et qui viennent prendre une chambre. Personne ne pose de questions.

Ils s'arrêtèrent devant l'ascenseur. Montoya pressa le bouton d'appel.

— Allons voir cette réceptionniste, déclara Rick.

Le hall de l'hôtel avait dû être élégant, à une époque ; à présent, il était tout juste miteux. Témoin de ces temps plus prospères, le lustre chandelier du plafond n'avait plus que quelques ampoules en état de marche. Les plantes en pot, près des portes, étaient entre la vie et la mort. Et la moquette était usée jusqu'à la corde. Un aspirateur attendait dans un coin, oublié.

Deux femmes vêtues de la même tenue, une jupe noire, une veste assortie et un chemisier blanc, travaillaient derrière le bureau de la réception. Elles fixaient l'écran d'un ordinateur presque déplacé dans cet environnement vieillot et décrépit. Un type costaud, qui pouvait être un garçon d'étage ou le concierge, sirotait un café devant une porte donnant sur l'arrière. Rick sortit son insigne, expliqua ce qu'il voulait, et la plus grande des deux femmes les fit passer, Montoya et lui, derrière le comptoir de réception.

— Lucretia est ici, indiqua-t-elle. Mais elle a déjà parlé à un des policiers.

— Ce ne sera pas long, lui assura Rick.

Ils suivirent un petit couloir qui menait à une pièce éclairée vivement. Il y avait là un ordinateur, une table émaillée de traces de tasses de café et un vieux canapé poussé contre un mur, à côté d'un four à micro-ondes et d'un réfrigérateur. Une fille noire, toute mince, buvait une canette de Coca light. Ses yeux immenses, grands ouverts, étaient légèrement proéminents, comme sous le coup d'une frayeur intense. Ses cheveux, assemblés en une centaine de tresses minuscules, étaient tirés vers l'arrière et réunis dans sa nuque.

Elle se leva quand ils entrèrent, et la réceptionniste qui les avait conduits se chargea des présentations, avant de s'éclipser. Rick fit signe à la fille de se rasseoir tandis qu'il prenait place sur une chaise pliante. Montoya, lui, resta dans l'entrée.

— Vous étiez donc de service, la nuit dernière ? demanda Rick.

Elle hocha la tête.

— Oui.

— Et vous vous êtes chargée de l'enregistrement de la personne qui a pris la chambre où on a trouvé la victime ?

— Oui. Je… j'ai montré la fiche à l'autre policier.

Du coin de l'œil, Bentz consulta Montoya, qui confirma d'un léger mouvement de la tête. La police avait déjà récupéré la fiche d'enregistrement.

— Vous avez donc pu voir distinctement cette personne ? demanda Rick.

— Oui.

— Et qu'est-ce que vous pouvez m'en dire ?

— Ce que j'ai déjà dit à l'autre fl… policier. Il devait avoir trente ans, il était grand, fort… pas gros, hein ? mais baraqué. Il devait faire de la muscu, ou quelque chose de ce genre. Blanc, les cheveux brun foncé, presque noirs. Et il portait des lunettes de soleil, très sombres, ce qui était plutôt bizarre, mais bon…

Elle haussa les épaules, pour indiquer qu'elle en avait vu d'autres.

— Autre chose ?

— Eh bien, je me souviens qu'il avait le visage égratigné, comme si quelqu'un lui avait griffé la joue.

— Et ses vêtements ?

— Il était habillé tout en noir — son T-shirt, son jean et son manteau en cuir. Ça aussi, ça m'a paru bizarre, vu la chaleur. En tout cas… il m'a fait une drôle d'impression.

— Comment ça, une drôle d'impression ?

La fille détourna les yeux.

— Il y avait quelque chose, chez lui… C'est étrange. Il semblait dangereux et en même temps assez cool. Je ne sais pas comment expliquer… Ses lunettes me rendaient nerveuse, mais il avait un sourire vraiment sympa. Rassurant.

Elle baissa les yeux sur sa canette.

— J'aurais dû me fier à mon premier instinct.

Visiblement, elle s'en voulait de ce qui était arrivé à la victime.

— Vous pouvez nous aider, maintenant, Lucretia, lui dit Rick.

Il se pencha en avant, vers elle, cherchant à accrocher son regard.

— J'aimerais que vous veniez au commissariat et que vous décriviez l'homme à un spécialiste des portraits-robots. Il fera un dessin, qu'il améliorera ensuite avec un ordinateur, pour le rendre plus réel. Cela nous aiderait beaucoup.

Elle cligna les yeux.

— Entendu. Tout ce que vous voudrez.

Malgré son calme apparent, Rick sentit une montée d'adrénaline. Il se rapprochait de son homme, il en était de plus en plus près — et il espérait pouvoir arrêter ce salopard avant qu'il ne frappe de nouveau.

Estelle Faraday avait vieilli. Neuf années, le chagrin et de trop nombreuses heures passées à jouer au tennis sous le soleil implacable de Houston l'avaient dépossédée de cette vitalité dont Ty avait gardé le souvenir. Elle l'avait invité à venir s'asseoir dehors, sous le toit en surplomb qui ombrageait sa terrasse. Les pales de ventilateurs tournaient au-dessus de leurs têtes. Un peu plus bas, une grande piscine s'étendait jusqu'aux buissons qui dissimulaient en partie la clôture. Une statue de la Vierge Marie, les bras grands ouverts, était flanquée de deux pots en terre cuite débordant de pétunias roses et blancs. Une soubrette avait apporté du thé glacé et des biscuits au citron, avant de franchir les baies vitrées pour regagner l'intérieur de l'immense maison en stuc, à deux niveaux, située dans un quartier résidentiel aisé. Estelle et Ty n'avaient pas touché aux gâteaux. Dans leurs verres de thé, les glaçons fondaient lentement.

— Tu dois bien comprendre que si j'ai accepté de te rencontrer, c'est uniquement pour te demander de ne pas écrire ton livre sur ma fille, déclara Estelle.

Ses plis d'amertume, de chaque côté de sa bouche, se creusèrent un peu plus.

— Cela ne servirait qu'à embarrasser la famille, à raviver son chagrin. Or, je crois que nous avons tous assez souffert.

— Je pense au contraire qu'il est temps d'écrire la vérité.

— Oh ! Je t'en prie, Tyler !

Du plat de la main, elle donna un coup sur la table. Son bracelet de tennis, tout en diamant, étincela à son poignet.

— Ce n'est pas de vérité qu'il est question, mais bien d'argent ! Une espèce de roman de gare sordide inspiré de la réalité. Il n'y a que les insinuations et les détails croustillants qui vous intéressent, ton agent et toi. Tu utilises une tragédie familiale — ta propre famille — pour en tirer un profit personnel. Alors, je t'en prie, épargne-moi ton numéro. Ce qui t'intéresse, ce n'est pas servir les intérêts de la vérité, mais bel et bien garnir ton portefeuille. Je suis certaine que Wally est dans le coup, lui aussi. Il n'a jamais consacré beaucoup de temps à sa fille, quand elle était encore vivante. J'ai dû passer par un tribunal pour l'obliger à verser sa misérable pension alimentaire. Wally ne cherche qu'un moyen de se faire un peu d'argent.

— Si tu le dis.

— Et tu sais que j'ai raison.

Pour Ty, il n'était pas question de se laisser déstabiliser. Il s'était douté dès le départ que cette rencontre ne serait pas une promenade de santé.

— Je pensais que tu aurais aimé connaître la vérité sur ce qui est vraiment arrivé à Annie et à son bébé. Ton petit-fils.

Une ombre voila les yeux opalescents d'Estelle, des yeux qu'elle détourna, laissant son regard s'attarder sur la surface unie de l'eau, dans la piscine.

— Ça n'a pas d'importance, dit-elle dans un murmure. Ils sont partis, Tyler. Tous les deux partis.

— J'ai la conviction qu'Annie a été assassinée.

— Oh! Mon Dieu! s'exclama Estelle en secouant la tête. Des rumeurs ont toujours couru, bien sûr, mais cela n'a aucun sens! Annie était une enfant très perturbée, elle avait peur. Trop peur pour s'adresser à moi…

Sa voix s'érailla et son menton se mit à trembler légèrement.

— Je dois vivre avec ça, tu sais? Ma fille s'est tournée vers quelqu'un d'autre, une animatrice de radio, une soi-disant psychologue qui n'a sans doute même pas de diplôme…

Son poing droit s'ouvrit et se ferma.

— Elle… elle a appelé cette femme au lieu de… se confier à moi.

— C'est difficile, je sais.

— Difficile? *Difficile?*

Elle le transperça d'un regard plein de mépris et de haine.

— Ça n'a rien de difficile, Tyler. Ce qui est difficile, c'est de divorcer et d'affronter l'ostracisme de l'Eglise et de la famille. Ce qui est difficile, c'est de voir ses parents décliner et mourir, de s'occuper d'une enfant dont le cœur a été brisé par un père négligent. Non, le suicide d'Annie n'a pas été *difficile*. Ç'a été l'enfer!

— Mais si elle a été assassinée, tu ne veux pas qu'on trouve le meurtrier et qu'il soit jugé, puni?

— Elle n'a pas été assassinée.

— J'ai des preuves...

— Oh! J'ai déjà entendu ces théories, ces histoires d'herbe ou de terre sur le tapis, le sécateur... la façon dont ses poignets étaient entaillés... ce n'est rien. Absolument *rien*! Je t'en prie, Tyler, oublie tout ça, ne fais pas encore souffrir la famille.

Elle parut très vieille, soudain, malgré son maquillage impeccable et sa coûteuse tenue de tennis blanc et or; durant une seconde, Ty douta de sa propre mission.

— Qui était le père de l'enfant d'Annie? demanda-t-il.

— Je l'ignore, répondit-elle, les lèvres pincées. Sans doute cet affreux garçon avec qui elle sortait, le drogué.

— C'est impossible. Les groupes sanguins ne concordent pas.

Deux minuscules sillons apparurent entre les sourcils d'Estelle.

— Je ne sais pas, alors.

— Mais si, tu sais.

— Je t'ai toujours dit que ma fille ne s'était pas confiée à moi. Peut-être... Elle en a peut-être parlé à cette femme, celle de la radio.

— Non, et tu le sais très bien. Etait-ce ton mari?

Elle devint livide et balbutia :

— N... non.

— Ton fils?

— Aurais-tu perdu la tête? Tu... tu es chez moi! Tu n'as pas le droit!

— Elle fréquentait quelqu'un d'autre, alors?

— Je te préviens, si tu penses pouvoir impunément souiller le souvenir de ma fille, sa réputation, détruire ce qui reste de dignité à cette famille, tu te trompes. Et tu vas le regretter!

— Seule la vérité m'intéresse.

— C'est faux. Tu veux travestir les faits afin de vendre un livre. Comme c'est noble…

— Après la mort d'Annie, Jason et toi, vous avez divorcé. Il a déménagé. Kent a fait une dépression, et il a fallu l'envoyer dans un établissement psychiatrique. Ryan a sombré dans la drogue et la dépression…

— Tous les ingrédients scabreux pour un roman ou un téléfilm *trash*. Jamais je n'aurais dû te parler, ni te permettre de venir chez moi. Tu ne comprends donc pas ? Annie est morte. Mon bébé est mort…

Sous le coup de l'émotion, sa voix s'altéra. Mais elle poursuivit.

— Et ça, rien ne saura le changer. Tu ne vas pas amener un criminel devant la justice. Non. Tout ce que tu vas réussir à faire, c'est infliger un peu plus de chagrin et de souffrance à une famille à laquelle tu n'appartiens pas. Epargne-moi tes justifications altruistes, je n'y crois pas un seul instant.

Rassemblant ses forces, elle se pencha en avant, les coudes posés sur le plateau de verre de la table.

— Si tu persistes dans cette… chasse aux sorcières, je te traînerai devant les tribunaux. Tu dépenseras une fortune pour assurer ta défense — une fortune que tu n'as pas, je m'en doute. Aucun éditeur n'osera publier ton livre, de peur des poursuites. J'ai déjà parlé à mon avocat, qui est prêt à lancer des poursuites pour empêcher toute publication. Il m'a parlé de « détresse extrême », « traumatisme émotionnel », « dommages-intérêts punitifs », « procès en civil et en diffamation »… Aucun éditeur sain d'esprit ne prendra le risque de publier ton torchon. A présent, je pense qu'il serait préférable que tu t'en ailles.

Ce fut Ty qui se pencha en avant, cette fois. La fixant par-dessus les deux verres de thé auxquels ils n'avaient pas touché, il déclara :

— Tu peux me menacer autant que tu veux, Estelle. Tu peux utiliser tout le charabia juridique du monde et dépenser des milliers de dollars pour engager les meilleurs avocats du pays. Ce n'est qu'un écran de fumée. Jamais je ne renoncerai. Quelque chose n'est pas net, dans la mort de ta fille, et tu le sais aussi bien que moi.

Il se leva et baissa les yeux sur elle. Il la vit se raidir.

— Ce qui nous sépare, c'est que j'ai décidé de découvrir ce qui s'est passé, alors que tu ne le veux pas. Parce que tu as peur de la vérité. Pourquoi ? Pour quelle raison te fait-elle autant peur ?

— Va-t'en, lança-t-elle d'une voix faible.

— Je trouverai, tu sais ? D'une manière ou d'une autre.

— Va-t'en ou j'appelle la police.

— Tu ne ferais pas ça, Estelle. Je pense que les policiers sont les dernières personnes que tu tiens à voir mettre leur nez ici. Mais il est trop tard, maintenant. Que cela te plaise ou non, la vérité sur la mort d'Annie est sur le point de sortir.

— Va en enfer ! lança-t-elle en se levant.

Il lui décocha un sourire dépourvu d'humour.

— Mon petit doigt me dit que je suis sur le bon chemin.

28.

— Est-ce qu'il ressemble à l'homme qui s'en est pris à vous dans le parc, hier soir ? demanda Rick.

Il fit glisser sur son bureau le portrait-robot réalisé sur ordinateur. La fille, Sonja Tucker, était assise en face de lui. Elle était venue porter plainte tôt ce matin. Un « type avec des lunettes de soleil » l'avait agressée la veille, tard dans la soirée. Quand Rick avait eu vent de l'histoire, à son retour du Saint-Pierre, il l'avait appelée et lui avait demandé de revenir au commissariat. Il avait à présent en face de lui, visiblement nerveuse, une étudiante en deuxième année de l'université de Tulane, qui suivait les cours d'été et qui avait bien de la chance d'être en vie aujourd'hui.

— C'est possible, dit-elle en s'emparant du portrait pour l'étudier.

Elle avait expliqué au policier chargé de prendre sa déposition qu'elle se rendait à une soirée costumée, la nuit précédente, déguisée en prostituée. Elle attendait le tramway quand un homme l'avait abordée, lui avait fait des propositions et avait insisté malgré son refus. Il était devenu pressant, et quand il lui avait pris le bras, elle avait réagi en le griffant au visage. Elle avait ensuite retiré ses chaussures à talons hauts pour s'enfuir à toutes jambes à travers Audubon Park, et elle s'était cachée dans des buissons, près du zoo.

A présent, elle semblait terrifiée.

— Il faisait sombre, expliqua-t-elle en se mordillant la lèvre.

— Mais… vous l'avez bien vu, non ?

— Un peu. Il y avait un réverbère. Mais il portait des lunettes de soleil, il était mal rasé et…

Elle resta un instant à scruter le portrait-robot, qui se mit à trembloter entre ses doigts.

— Oui, ça lui ressemble, dit-elle.

Elle paraissait avoir recouvré un peu d'assurance et de certitude dans l'examen du visage réalisé grâce à un logiciel spécifique.

— Et vous ne le connaissiez pas ?

— Non... non, je ne l'avais jamais vu. Je pense que je me serais souvenue de lui.

— Pourquoi ?

Sonja s'absorba de nouveau dans la contemplation du portrait.

— Si étrange que ça puisse paraître, il était... séduisant. Un charme... ténébreux. Dangereux. Mais quand il a voulu me forcer à le suivre, ce n'était plus du tout pareil.

— Et sa voix ? Vous la reconnaîtriez ?

— Peut-être. Je... je n'en sais rien.

Rick, qui n'avait pas l'intention de se laisser décourager, poussa le bouton de lecture du magnétophone qu'il avait posé sur sa corbeille à courrier. Il avait fait monter les uns à la suite des autres les appels téléphoniques de John à WSLJ, à l'antenne ou hors antenne. La voix enregistrée emplit le bureau.

La fille secoua la tête, et sa queue-de-cheval dansa derrière elle.

— Je ne sais pas, avoua-t-elle, les sourcils froncés. C'est possible... Je peux réécouter ?

Rick rembobina la cassette et la fit passer de nouveau.

Sonja écouta, concentrée.

— Ça... ça ressemble beaucoup, dit-elle enfin. Mais je ne suis pas sûre.

Il avait obtenu la même réponse de Lucretia, la réceptionniste du Saint-Pierre. Et il se sentait frustré. Le portrait qu'ils avaient réalisé était peut-être trop vague ; il pouvait s'agir de n'importe quel homme blanc aux cheveux noirs prenant soin de son physique et de sa forme.

— Vous auriez autre chose à me dire à son sujet ?

— Non. Il faisait sombre. Et c'est allé très vite. Quand j'ai voulu lui arracher ses lunettes, il a paniqué. Comme s'il avait un problème aux yeux, je ne sais pas...

La jeune fille haussa les épaules.

— Il a essayé de m'entraîner, mais je lui ai donné un coup de pied dans le tibia, je l'ai griffé et je me suis enfuie. Je... je crois bien que j'ai eu de la chance, non ?

— Beaucoup, oui, déclara Rick d'un ton grave.

Elle s'éclaircit la gorge.

— Il a tué des filles, c'est ça ?

— C'est ce que nous pensons, en effet.

— Et c'était le Dr Samantha, la psy de la radio, qu'il menaçait sur cette cassette ?

— Oui.

— J'aurais tellement aimé vous aider...

— Vous nous avez aidés, affirma Rick en se levant. Merci.

— Je vous en prie.

Sonja ramassa son sac à dos, mais son regard s'attarda sur le bureau de Rick.

— C'est... votre fille ? demanda-t-elle en désignant le cadre contenant les deux photos de Kristi.

Il sourit.

— Oui. L'une a été prise il y a longtemps, alors qu'elle allait pour la première fois à l'école. Et l'autre date de l'année dernière — à l'occasion de sa remise de diplôme.

— Elle est très belle.

— Elle ressemble à sa mère.

— Non, non, assura Sonja en plissant son petit nez constellé de taches de rousseur. Elle vous ressemble beaucoup.

Et elle s'en alla. Un de ces porte-clés spirale au poignet et son sac à dos suspendu à une épaule, elle sortit en martelant le sol de ses sandales à plate-forme. Elle avait raison quand elle disait avoir eu de la chance. A quelques minutes près, Sonja Tucker avait échappé à la mort. Mais sa bonne fortune avait fait le malheur d'une autre ; en la perdant, le monstre s'était mis en quête d'une autre proie. Cette fois, c'était Leanne Jaquillard qu'on avait retrouvée étranglée. Sonja avait juré ne pas connaître le Dr Samantha, sinon par son émission, qu'elle avait écoutée une ou deux fois.

Pour la victime, il en allait autrement. Leanne et le Dr Samantha se connaissaient bien.

Etait-ce une coïncidence ?

Il se massa la nuque, affreusement nouée, tout en réfléchissant à la suite des opérations. D'abord, ils allaient annoncer publiquement qu'un tueur en série sévissait à La Nouvelle-Orléans ; ensuite, ils allaient mettre en place un système pour tracer tous les appels qui arriveraient à la radio. Le lien était maintenant avéré entre le tueur et le Dr Samantha, et ils devaient protéger la jeune femme. Son domicile serait surveillé jour et nuit. Ils allaient aussi passer au crible la liste de toutes les personnes connaissant le Dr Samantha *et* Annie Seger.

Il baissa les yeux sur le portrait-robot de John Fathers — en supposant que ce soit son vrai nom, ce qui était peu probable. Mâchoire carrée, avec une fossette profonde au menton, des pommettes hautes, des cheveux drus légèrement dégarnis sur les côtés et les yeux dissimulés derrière des lunettes de soleil.

Et aussi, sur la joue gauche, les éraflures qu'avaient laissées les ongles de Sonja. Qui était cette ordure ? Rick songea à tous les hommes qui avaient — ou avaient eu — une place dans la vie de Samantha. David Ross, Ty Wheeler, George Hannah. Ils étaient grands, en bonne forme physique, avec des cheveux bruns et des traits bien dessinés. Le spécialiste de la conception des portraits avait retiré à John sa barbe de trois jours, il lui avait ôté ses lunettes, il lui avait imaginé des yeux, et même d'autres cheveux… mais rien n'y avait fait : ce croquis arrangé ne menait à rien. Le portrait, avec ses yeux cachés, semblait se moquer de lui. Quelle était la signification de ces lunettes de soleil et des yeux noircis au feutre sur les billets de cent dollars ? Et ces empreintes étranges, sur le cou des victimes, à quoi correspondaient-elles ? Que voulait dire tout ce salmigondis sur le péché et la rédemption ?

Rick rédigea un mémo pour qu'on effectue des vérifications sur les faits et gestes des hommes en rapport avec Samantha, depuis qu'elle était revenue de son séjour au Mexique… séjour au cours duquel elle avait perdu ses clés, ses papiers, ses cartes de crédit. Et avait décidé de rompre définitivement avec David Ross.

Il passait à côté de quelque chose, il le sentait. Quelque chose d'évident. « Réfléchis, Rick, réfléchis ! » Qui se trouvait à Houston il y a neuf ans ? Et qui retrouvait-on aujourd'hui à La Nouvelle-Orléans ? Pourquoi voulait-on exhumer le suicide d'Annie Seger ?

Il pensa à Ty Wheeler, qui s'était imposé dans la vie de Samantha Leeds après son retour du Mexique. D'après ses informations, Samantha et lui étaient amants. Cette nouvelle lui restait en travers de la gorge. Il n'aimait pas ce type, il ne lui faisait pas confiance. Wheeler avait admis écrire un livre sur la mort d'Annie Seger — il avait même sa théorie, selon laquelle l'adolescente ne se serait pas suicidée, mais aurait été tuée. Pour Rick, c'était du pipeau. La police de Houston avait conclu à un suicide, et cela lui suffisait. Tout ce qui intéressait Wheeler, c'était de gagner le plus d'argent avec cette histoire, quitte à affabuler.

Il passa deux coups de fil et reçut un fax du labo. Il apprit notamment, sans être vraiment surpris, qu'on avait découvert des cheveux d'une perruque rousse dans la chambre d'hôtel.

Quelques minutes plus tard, Melinda Jaskiel apparut à la porte de son bureau.

— J'aimerais que vous me donniez le fond de votre pensée sur les meurtres.

Les bras croisés, elle laissa aller son épaule contre le chambranle. Derrière, le grand bureau ouvert résonnait d'une rumeur de voix, de sonneries de téléphone et du cliquetis de claviers d'ordinateurs.

— Je pense qu'on a un détraqué de première sur les bras. Peut-être même deux.

— C'est ce que j'ai entendu.

Rick lui exposa sa théorie et mentionna le rapport de Norm Stowell, que Melinda avait déjà lu. Ils évoquèrent un certain nombre de généralités, pour en revenir au meurtre de Leanne Jaquillard.

— La mère de la jeune fille a été prévenue ? demanda Rick en regardant les photos de la dernière victime, étalées sur son bureau.

Melinda Jaskiel hocha la tête. Elle prit un des clichés et se renfrogna.

— Je m'adresse à la presse dans une heure. Ce sera bref, mais je compte annoncer que nous avons un tueur en série à La Nouvelle-Orléans. Je vais conseiller aux femmes de bien fermer les verrous et de ne pas sortir seules, surtout la nuit. Nous allons distribuer le portrait-robot et demander au public d'être prudent. Nous expliquerons que notre homme monte indéniablement en puissance dans ses crimes. Le truc habituel. Nous allons garder secrets certains éléments, que seul le tueur connaît, pour éviter de nous retrouver avec les dingos habituels qui viennent s'accuser des crimes. Le FBI est d'accord sur toute la ligne.

— Aucune allusion au lien avec le Dr Samantha et *Les Confessions de minuit*?

— Pas encore. Vous lui avez parlé?

— J'attends Montoya pour me rendre chez elle. J'ai pensé qu'il était préférable d'y aller, plutôt que de lui passer un coup de fil. J'ai cru comprendre que Leanne Jaquillard et elle étaient assez proches. La gamine faisait partie d'un groupe d'adolescentes à problèmes que Mme Leeds voit toutes les semaines au Boucher Center.

Rick se laissa aller contre le dossier de son fauteuil, qui recula en émettant des craquements de protestation.

— La victime devait avoir des soucis familiaux, ajouta-t-il. Pas de père et une mère qui a l'air d'être un cas.

— J'ai parlé à Marletta Vaughn. C'est visiblement un numéro — et certainement pas une June Cleaver.

L'allusion à cette héroïne de feuilleton des années 50, mère au foyer modèle, fit sourire Rick.

— Vous savez, la dernière fois que l'autre tordu a appelé Samantha Leeds à la radio, il l'a menacée. Il lui a dit… un instant, que je retrouve les mots exacts.

Il fit rouler son fauteuil pour se rapprocher de son bureau et il feuilleta rapidement son calepin.

— Ah, voilà… Je cite : « Je veux juste que tu saches que ce qui se passe ce soir est ta faute. C'est à cause de tes péchés. Il faut te repentir, Samantha. Implorer le pardon ! »

Il posa son carnet sur le côté.

— Bien que nous ayons trouvé cette autre victime — Cathy Adams — le jour de l'anniversaire d'Annie Seger, il semble que ce soit une coïncidence. Il s'agirait d'un autre tueur, sans rapport. J'espérais en tout cas qu'il n'arriverait rien d'autre que ce gâteau d'anniversaire laissé à la radio. Je me suis trompé. Cette fille…

Il tapota du doigt une des photos.

— … Leanne Jaquillard, a vraisemblablement été assassinée par l'homme enregistré à l'hôtel sous le nom de John Fathers, et qui est sans doute le « John » qui appelle le Dr Samantha à la radio. Tout concorde, Melinda.

— D'accord. Admettons que vous ayez raison, et que tout soit lié… Comment expliquez-vous l'appel téléphonique de cette femme, celle qui a dit s'appeler « Annie » ?

— Je travaille toujours là-dessus, reconnut Rick.

— Vous pensez à une personne proche de John qui lui serait assez dévouée pour obéir à ses ordres ?

— C'est une piste. On peut aussi avoir affaire à une personne qui hait Samantha Leeds. Quelqu'un de jaloux, sur le plan personnel ou professionnel. Quelqu'un encore qui pense, à tort ou à raison, qu'elle lui a causé du tort. Une femme à qui elle aurait piqué son petit ami, la première Mme Jeremy Leeds, par exemple. C'est peut-être l'actuelle épouse du Dr Leeds, qui n'apprécie pas de voir l'ancienne Mme Leeds attirer autant l'attention sur elle. On peut encore imaginer une collègue à qui elle aurait porté préjudice sans s'en rendre compte en gravissant les échelons, ou une rivale comme Trish LaBelle, sur WNAB… Je n'en sais rien.

— Et si John avait payé quelqu'un ? proposa Melinda. Vous pensez que l'appel de la fausse Annie avait été préenregistré, n'est-ce pas ? Il aurait donc très bien pu louer les services d'une femme pour qu'elle se charge de cet enregistrement.

— Voilà que vous raisonnez comme Montoya. Avec lui, dès qu'il y a un crime, il y a forcément de l'argent dans l'histoire.

Jaskiel haussa un sourcil.

— C'est généralement le cas, Rick. Les idéalistes pétris de noblesse ne sont pas légion.

— Je n'en vois même aucun. En tout cas, pas ici.

— Vraiment ?

Jaskiel se mit à rire, et elle parut soudain moins imposante, plus féminine.

— Vous avez peut-être raison, reprit-elle. Pourtant, il me semble avoir déjà entendu les martèlements de sabots de Rossinante retentir dans les couloirs — et c'est presque toujours ici qu'ils s'arrêtent.

— De quoi est-ce que vous parlez?

C'était Montoya qui venait d'apparaître, toujours aussi frais malgré la chaleur.

— Laisse tomber, lui dit Rick.

Jaskiel se tourna vers Montoya.

— Rossinante est la monture de Don Quichotte.

— Comment est-ce que vous connaissez ça? demanda Montoya.

— Je lis. Et vous devriez connaître, cela fait partie de votre héritage hispanique.

— Comme si je m'en souciais...

— Elle fait aussi des mots croisés et regarde *Jeopardy* à la télé, expliqua Rick.

— Quand j'en ai le temps. A ce propos, dit Jaskiel en consultant sa montre, il faut que je me dépêche. J'ai rendez-vous avec le « quatrième pouvoir ». Je m'en voudrais de faire attendre ces dames et ces messieurs...

— Je préfère être à ma place plutôt qu'à la vôtre, maugréa Rick juste avant qu'elle ne disparaisse.

— Prêt pour le show? demanda Montoya.

— A peu près.

Il tendit le portrait-robot à Montoya.

— C'est notre homme?

— En théorie.

— Ça pourrait être n'importe qui...

— J'ai demandé à ce qu'on me trouve une photo de tous les hommes qui ont côtoyé à un titre ou un autre Samantha Leeds et Annie Seger — uniquement ceux de groupe sanguin A. Pas de chance, c'est leur cas à presque tous. On va scanner et numériser ces photos, les entrer sur l'ordinateur, qui va les comparer à notre portrait-robot. Cela nous permettra peut-être d'y voir plus clair.

— Ouais, espérons..., marmonna Montoya sans grande conviction.

— Allons-y.

Rick reprit le portrait à Montoya, puis il récupéra son arme et sa veste. Il n'était pas particulièrement impatient d'apprendre à Samantha Leeds la mort de Leanne Jaquillard, mais il était préférable qu'elle l'entende de sa bouche, plutôt qu'au cours d'un flash d'informations.

Priscilla McQueen n'était pas heureuse de voir Ty. Mais alors, pas du tout.

Il s'en moquait. Son but, durant le temps de son séjour à Houston, était d'interroger le plus de personnes au sujet d'Annie Seger. Si la plupart des amis de la jeune fille avaient déménagé, Prissy était toujours en ville; elle habitait à moins d'une demi-heure de l'aéroport. Ty se tenait devant chez elle, le dos offert aux derniers rayons du soleil de fin d'après-midi.

— Je ne vois pas pourquoi je vous parlerais d'elle, déclara Priscilla en lui bloquant l'entrée du petit bungalow.

Derrière elle, il entrevit le parquet jonché de jouets. Il aperçut aussi un parc d'enfant et une balancelle pour bébé. Mais pas de bébé. Celui-ci devait faire la sieste.

— Je m'efforce simplement de découvrir la vérité à son sujet. Vous étiez sa meilleure amie. Vous saviez qu'elle était enceinte — et vous saviez peut-être aussi que le père n'était pas Ryan Zimmerman.

— Quelle importance, maintenant?

— Je pense qu'elle a été assassinée.

— Il y a eu de nombreuses rumeurs de ce genre, toutes ces années, mais il n'en est jamais rien sorti, affirma Prissy, les yeux plissés à cause du soleil.

Elle était vêtue d'un petit haut rose et d'un short assorti, portait des sandales et un collier orné d'une croix en or. C'était une petite femme séduisante, aux cheveux couleur miel tirés vers l'arrière en queue-de-cheval.

— C'est drôle, tout de même, ajouta-t-elle. D'abord, c'est Ryan qui m'appelle, et vous voilà sur le pas de ma porte pour me parler d'Annie.

— Ryan vous a téléphoné?

— Bien sûr. Vous ne saviez pas? Lui et moi, on sortait ensemble quand Annie l'a mis dans sa ligne de mire. Ça s'est terminé comme ça.

Les commissures de sa bouche s'affaissèrent.

— C'était ainsi, avec elle — chaque fois qu'elle voulait quelque chose, elle l'obtenait.

Prissy croisa les bras sur sa poitrine et, à l'intérieur de la maison, un bébé se fit entendre.

— Vous êtes quand même restés amis, lui et vous.

— Pas tout de suite. C'est arrivé par la suite. Ryan a commencé à se droguer, il s'est détourné du Seigneur...

— Et vous l'avez abandonné à Annie, avec votre bénédiction.

— Je n'ai rien abandonné. Cela s'est passé ainsi, voilà tout. Et puis j'ai rencontré Billy Ray à l'église, et le courant est passé entre nous. Nous nous sommes mariés dès que j'ai obtenu mon diplôme.

Priscilla jeta un coup d'œil à sa montre.

— Ecoutez, je... je ne voudrais pas qu'il sache que je vous ai parlé. Il n'a déjà pas apprécié que Ryan appelle. Il lui arrive de se mettre en colère.

— Et pourquoi Ryan a-t-il appelé?

Priscilla leva les yeux au ciel.

— Il voulait que je le retrouve quelque part — à La Nouvelle-Orléans. Sa femme et lui ont rompu, il a perdu son travail. Il était seul. Incroyable mais vrai, il a pensé à moi...

Elle eut un sourire glacé.

— Il a besoin de moi, *aujourd'hui*. Je lui ai dit de laisser tomber.

Le bébé se mit à pleurer.

— Oh! Billy junior se réveille. Il faut vraiment que vous partiez.

— Ryan vous a-t-il laissé un numéro?

— Non. Je crois qu'il loue une chambre à la semaine dans un motel, jusqu'à ce qu'il se remette sur pied... Mais je n'en suis pas certaine.

Le bébé commença à glapir.

— Je dois aller le voir.

Ty lui saisit la main.

— Vous feriez une faveur à Annie en m'aidant, insista-t-il. Qui fréquentait-elle en même temps que Ryan ?

— Je ne sais pas, je vous assure. C'était un gros, gros secret. J'ai toujours pensé qu'il devait s'agir d'un homme marié, un ami du Dr Faraday, par exemple, parce que ça la contrariait beaucoup. Et quand elle est tombée enceinte, elle n'a pas pu en parler à ses parents. Ils l'auraient tuée.

A peine les mots avaient-ils franchi ses lèvres que Priscilla sembla prendre la mesure de leur signification. Elle se corrigea.

— Enfin, ils ne l'auraient pas vraiment tuée. Mais Estelle aurait eu une attaque.

Comme les glapissements du bébé devenaient inquiétants, Ty relâcha la main de Prissy.

— Si jamais vous vouliez reparler de tout ça, appelez-moi.

Il sortit une carte de visite de son portefeuille et la lui tendit. Mais elle secoua la tête, refusant de la prendre.

— Annie était mon amie, d'accord ? Je l'aimais beaucoup, même si ce qui s'était passé avec Ryan m'avait mise en colère. Mais pour ce qui me concerne, elle a fait une énorme bêtise, elle n'a pas su affronter ses parents ou Ryan pour le bébé, et elle s'est suicidée. Je ne vous contacterai pas. Jamais. Ça ne plairait pas à Billy Ray.

Elle rentra chez elle, et Ty glissa sa carte dans l'encadrement de la porte moustiquaire. Même s'il n'y croyait guère, il restait toujours une chance, très mince, pour que Priscilla McQueen change d'avis.

— Mais ce n'est pas toi qui as parlé à Peter, et tu ne l'as pas vu, souligna le père de Samantha.

Il l'avait rappelée. Dans sa voix, elle sentait de la résignation, de la fatigue. Elle se hérissa.

Coinçant le combiné entre sa joue et son épaule, elle ouvrit une boîte d'aliments pour chats et versa le mélange de thon et de poulet dans une coupelle. Charon miaulait en se frottant contre ses pieds nus.

— Non, dit-elle à son père. Mais le fait que Pete se soit assis pour bavarder avec Corky me paraît encourageant, tu ne trouves pas ?

— J'aimerais tellement lui parler…, murmura William Matheson d'un ton empreint de mélancolie.

« Comme moi », songea Samantha, qui ravala sa colère et tâcha de se faire positive.

— Disons que c'est un progrès. A ma connaissance, voilà des années que personne n'avait entendu parler de lui. Et il a abordé Corky dans un bar.

Elle prenait quelques libertés avec la vérité. Corky n'avait pas dit que c'était Pete qui avait provoqué la conversation ; mais son père avait besoin de ce genre d'encouragement.

— En tout cas, si j'ai d'autres nouvelles, je te préviens aussitôt.

Elle rinça la boîte de conserve vide sous le robinet de l'évier, avant de se baisser pour la mettre à la poubelle.

— Je vais appeler les renseignements d'Atlanta, déclara William Matheson. Ils ont peut-être son numéro.

— Peut-être, oui.

Samantha en doutait fort, en réalité.

— Mais il est probablement sur liste rouge, poursuivit son père. C'était le cas, lorsqu'il vivait à Houston.

Samantha se figea.

— Un instant… Quand était-il au Texas ?

— Il y a des années. J'avais engagé un détective privé pour le rechercher. Et il avait fini par le retrouver, pas si loin de l'endroit où tu vivais toi-même.

— Tu es en train de me dire que Pete était à Houston, que tu le savais et que tu ne m'en as jamais parlé ?

— Je n'avais aucune certitude — il pouvait s'agir d'un autre Peter Matheson. Je ne suis jamais entré en contact avec cette personne, et toi… toi, tu avais déjà bien assez à faire avec ton divorce et toute cette histoire, avec Annie Seger.

Une histoire qui refaisait surface aujourd'hui, pensa Samantha.

— Je me suis dit que tu n'avais pas besoin de stress supplémentaire. Cela n'aurait pas manqué, si tu avais appris qu'il était dans la même ville que toi et qu'il ne t'appelait pas. Mais encore une fois, je ne suis même pas sûr que c'était bien Pete. Les photos que j'ai vues étaient de mauvaise qualité, et chaque fois, il portait des lunettes de soleil, détournait la tête ou je ne sais quoi d'autre.

— Mais il était là-bas en même temps que moi, et tu ne m'en as rien dit… Enfin, papa, même si ce n'était pas le même Peter Matheson, tu ne crois pas que tu aurais pu me prévenir ?

Pour Samantha, il était incompréhensible que son père lui ait dissimulé une chose pareille. Ça ne lui ressemblait pas du tout.

— Rends-toi compte que, depuis des années, chaque fois que nous nous parlons, tu me demandes si j'ai eu des nouvelles de Pete ! Pas une fois tu n'as fait allusion au fait qu'il avait pu habiter à Houston.

— Quel intérêt ? répliqua son père, soudain sur la défensive. Quelle différence, qu'il soit à dix, cent ou mille kilomètres de toi ?

— Mais, papa ! Je ne savais même pas s'il était toujours vivant…

— Moi non plus. Comme je te l'ai dit, je n'étais pas sûr qu'il s'agissait bien de notre Pete.

« Notre Pete ? releva Samantha. Cela fait des années qu'il n'est plus *notre* Pete. »

Mais il était inutile de discuter. Elle tâcha de se calmer et conclut rapidement cette conversation téléphonique. Son père avait raison, au fond. Quelle importance, si Pete était à Houston à cette époque ? Il ne connaissait pas Annie Seger… Il ne pouvait pas. Ce n'était qu'une lycéenne parmi des dizaines de milliers d'autres, et Houston était une immense métropole qui s'étendait sur des kilomètres et comptait des millions d'habitants.

Mais si Pete s'était bien trouvé là-bas, pour quelle raison ne l'avait-il pas contactée ? Avec tout le battage mené autour des coups de fil d'Annie Seger à la radio et de son suicide, il avait forcément entendu dire qu'elle vivait là-bas et qu'elle se débattait au milieu de la polémique et de la tragédie qu'avait engendrées la mort d'Annie. Où était Peter quand la presse la harcelait, quand la police l'interrogeait, quand la famille d'Annie l'accusait de tous les maux — de s'être moquée publiquement des problèmes de la jeune fille ou d'avoir commis une faute professionnelle, entre autres ?

Ça ne pouvait pas être lui, se dit-elle tandis que Charon sautait sur la table de la cuisine et commençait sa toilette. Pourtant... pourtant, la possibilité existait bien que Peter se soit trouvé à Houston, à cette époque, de la même façon qu'il refaisait soudain surface, neuf ans plus tard, alors que le nom d'Annie Seger surgissait, lui aussi, des profondeurs du passé.

Mais à quoi bon ce petit jeu stérile des conjectures ? Elle reposait le combiné du téléphone sur son socle quand il sonna de nouveau. Elle sursauta.

— Sans doute papa qui veut s'excuser, dit-elle à Charon. Maintenant, descends, toi ! Allô ?

— Samantha...

Elle se pétrifia, glacée, en reconnaissant la voix de John.

« Reste calme. Tâche d'en découvrir plus sur lui. »

— Oui, c'est moi.

Elle regarda à travers la fenêtre de la cuisine. De l'autre côté de la rue, Edie Killingsworth bêchait dans son jardin et Hannibal courait sur la pelouse. Comme si tout était normal. Comme si elle n'était pas au téléphone avec un monstre.

— Pourquoi m'appelez-vous chez moi ?

— Il y a quelque chose que tu dois savoir.

« Seigneur ! » songea Samantha, le souffle coupé.

— Et de quoi s'agit-il, John ?

Elle aperçut une voiture de la police qui ralentissait devant chez elle pour s'engager dans son allée. Si elle parvenait à garder son correspondant en ligne...

— J'ai tenu ma promesse, dit-il.

— Votre promesse ?

L'étau de la peur se ferma sur elle.

— Vous voulez parler du gâteau ? J'ai compris le message.

— Non, il y a autre chose.

— Qu... quoi ? parvint à demander Samantha.

— J'ai fait un sacrifice. Pour toi.

— Un sacrifice ? Mais quel sacrifice ?

Clic.

Il avait raccroché.

— Mais de quoi est-ce que tu parles, espèce d'ordure ? s'écria Samantha dans le vide.

Elle remit violemment le téléphone sur sa base. Par la fenêtre, elle vit l'inspecteur Bentz et son collègue qui descendaient de voiture et s'engageaient dans l'allée. Ils avaient l'un comme l'autre le visage fermé et dur. Elle se précipita dans l'entrée, ouvrit la porte et observa les deux hommes tandis qu'ils gravissaient les marches du porche.

— Que se passe-t-il ? demanda-t-elle en les dévisageant tour à tour.

— De mauvaises nouvelles, j'en ai peur, dit Bentz. Cela concerne une de vos protégées, Leanne Jaquillard.

— N… non.

Un sentiment d'irréalité s'abattit sur Samantha. Elle eut la conscience confuse que ses jambes ne la portaient plus, que ses poumons avaient presque cessé de fonctionner. Elle se laissa aller contre le chambranle de la porte. Les quelques bruits qui lui parvenaient, la voix de Bentz, les jappements d'Hannibal et le chant moqueur d'un oiseau, lui paraissaient lointains, tout juste audibles par-dessus le bourdonnement de dénégations qui lui emplissait le crâne.

— Elle est morte, dit encore Bentz. Elle a été assassinée la nuit dernière.

Samantha eut l'impression que quelque chose se brisait en elle.

— Pas… pas Leanne. Il… il n'a pas pu.

Elle serra les poings. Des larmes se mirent à couler de ses yeux.

— Nous pensons qu'elle a été victime de l'assassin qui a tué les deux autres femmes — cet homme qui se fait appeler John et qui vous appelle à la radio. Madame Leeds ? Samantha ? Vous vous sentez bien ? Ça va aller ?

— Non ! Il vient de m'appeler. Ce… cette ordure vient de m'appeler pour me dire qu'il s'était livré à un sacrifice, que c'était ma faute, parce que je refusais d'expier… Oh ! Mon Dieu ! Non ! Pas ça…

Elle luttait pour ne pas s'effondrer complètement, alors que de lourds sanglots enflaient en elle.

— Ce n'est pas tout, murmura Bentz.

Il lui prit le bras et, doucement, il la poussa dans l'entrée.

— Non… non, répétait Samantha.

Leanne avait tenté de la joindre, elle avait même appelé.

— Ça n'est pas possible. Elle a téléphoné ici, elle voulait me parler… Je ne peux pas y croire. Il y a sûrement une erreur.

— Non, pas d'erreur possible, assura Bentz.

Montoya ferma la porte derrière lui, laissant au-dehors le soleil torride et la chaleur étouffante.

— Vous avez dit que ce n'était pas tout…, rappela Samantha en croisant les bras sous sa poitrine.

— Oui. Elle était enceinte.

— Oh ! non, pas encore !

Elle se laissa tomber sur les premières marches de l'escalier.

— Elle portait un body rouge, quand elle a été assassinée, expliqua Bentz. Vous m'avez dit que vous aviez constaté la disparition du vôtre, qu'il vous avait peut-être été dérobé. J'aimerais que vous passiez au commissariat pour voir s'il s'agit du même.

Samantha enfouit son visage dans ses mains et se mit à pleurer, franchement. Leanne était morte. Elle n'avait pas réussi à la joindre, elle n'avait pas été en mesure de l'aider. John avait assassiné la jeune fille tout comme il avait déjà tué d'autres femmes auparavant.

Bentz vint s'asseoir à côté d'elle, sur la marche.

— Ça va aller ? Je sais que c'est un choc. Mais j'ai la certitude que votre vie est menacée et je tiens à vous mettre en garde. Cet homme est dangereux, Samantha. Vous comprenez ? Il a déjà tué trois femmes, peut-être plus, et nous pensons que vous serez son ultime victime.

Au même moment, le téléphone sonna.

29.

— Répondez, ordonna Bentz.

Samantha prit sur elle pour se lever. Elle gagna la cuisine, suivie des deux policiers, et décrocha.

— Allô ?

— Samantha ?

En reconnaissant la voix de Ty, elle crut défaillir. Elle se retint au comptoir de la cuisine.

— Il se passe quelque chose ? Samantha ?

— C'est… Leanne. Une adolescente que je suis au Boucher Center. Il l'a tuée, Ty. Il l'a tuée ! Et il m'a appelée pour m'avertir qu'il avait fait un sacrifice. La police est ici et… il va falloir que j'aille au commissariat et…

Elle inspira profondément, tâchant de se reprendre.

— Ne bouge pas, lui dit Ty. Je suis toujours à Houston, mais j'arrive à l'aéroport. Je serai de retour dans quelques heures. Tu restes avec eux, surtout, et tu ne sors pas. Bon sang ! Je n'aurais jamais dû m'en aller. Il a tué cette fille ?

— Et d'autres. Je… je n'ai pas eu le temps de parler aux policiers, ils viennent d'arriver. Mais… Leanne était enceinte… comme Annie.

— Le fils de pute ! marmonna Ty, qui jura encore. Tiens bon, Samantha, j'arrive. Tiens bon !

— Ça va aller.

Samantha raccrocha et se tourna vers ses deux visiteurs. Ils paraissaient mal à l'aise, un peu déplacés dans sa cuisine.

— Maintenant, je… j'aimerais que vous me disiez ce qui… s'est passé.

Elle s'essuya les yeux. Elle se sentait engourdie, sans force. Leanne… Comment avait-il pu assassiner Leanne ?

Ils prirent place autour de la petite table de la cuisine, et Bentz entreprit d'exposer sa théorie. John était un tueur en série, lié d'une manière ou d'une autre à Annie Seger, et Samantha serait sa dernière victime.

— Nous ne sommes pas ici pour vous effrayer, mais juste pour vous dire ce qui se passe, expliqua-t-il. Je vais parler à la police de Cambrai et demander des patrouilles supplémentaires ; nous allons faire surveiller votre maison et l'immeuble de la radio ; et nous allons aussi mettre tous les téléphones sur écoute, ici comme là-bas.

Une ombre de culpabilité obscurcit ses yeux.

— Tout cela aurait dû être fait plus tôt, mais nous n'avions pas établi de lien entre les meurtres et lui. Nous avons deux témoins, la réceptionniste d'un hôtel et une autre jeune fille qu'il a probablement agressée et qui a pu s'enfuir. Elles nous ont livré une description.

Il sortit de sa poche une feuille qu'il déplia et fit glisser sur la table.

— Vous connaissez cet homme ?

En regardant le portrait-robot, Samantha se sentit glacée. Si le dessin était assez net, les traits restaient peu définis.

— Qu'est-ce que c'est ? demanda-t-elle en désignant des marques sur la joue gauche du suspect. Une cicatrice ?

— Des égratignures. La victime qui lui a échappé a pu le griffer.

Samantha contempla le document un instant.

— Je… je ne crois pas connaître cet homme, dit-elle en secouant la tête. Ça pourrait être n'importe qui.

— Il est A positif. Nous effectuons toutes les recherches et recoupements possibles.

Charon, qui surveillait les policiers avec méfiance, avait sauté sur les genoux de Samantha. Elle le caressa machinalement, tout en répondant aux questions des deux hommes. Ils l'interrogèrent sur les appels téléphoniques qu'elle avait reçus, lui demandèrent si elle remarqué des rôdeurs. Quelqu'un l'avait-il abordée ? Son système d'alarme fonctionnait-il ? S'agissait-il d'une simple sirène destinée à effrayer les intrus, ou bien d'une installation reliée à une entreprise de sécurité ?

Et, pendant tout ce temps, le portrait-robot était posé sur la table, comme s'il l'observait derrière ses lunettes de soleil. Curieusement, il semblait à la fois familier et inconnu.

Lorsqu'ils en eurent terminé avec les questions préliminaires, les deux inspecteurs proposèrent à Samantha de l'emmener à La Nouvelle-Orléans, au commissariat, afin d'identifier le body rouge que Leanne portait quand elle avait été tuée. Cette idée la rendait malade. Le seul fait d'imaginer qu'elle avait une responsabilité dans la mort de Leanne était insupportable. Et quand elle pensait aux derniers instants de la jeune fille, à sa terreur, sa douleur...

Si seulement elle avait pu intervenir, répondre à ses appels à l'aide, songea-t-elle en s'installant à l'arrière de la voiture. Montoya était au volant. Un bras passé par-dessus l'appuie-tête, Bentz était tourné vers l'arrière, de manière à pouvoir la surveiller. La climatisation fit entendre son bourdonnement tandis que la radio de la police livrait ses messages entrecoupés de parasites.

— Nous pensons qu'il les habille pour qu'elles vous ressemblent, expliqua Bentz.

La voiture longeait le lac Pontchartrain. A travers la vitre, Samantha scruta les eaux sombres. Quelques voiliers étaient encore visibles, alors que les premières étoiles s'étaient allumées dans le ciel. La surface d'apparence paisible semblait cacher quelque noir secret. Aussi noir que l'âme du monstre qui se tapissait dans l'ombre, prêt à frapper.

— Nous avons décidé de composer avec les médias, poursuivit l'inspecteur. Nous leur avons confié le portrait-robot et les descriptions du suspect, avec l'espoir que quelqu'un le reconnaîtra. En revanche, il ne sera fait aucune mention de vous ni des coups de fil passés à la radio, ni de ce qui s'est passé à Houston avec Annie Seger. Nous comptons quand même pouvoir l'amener à se trahir.

— Ou à tuer encore.

Bentz ne répondit rien.

— Il le fera de toute façon, remarqua Montoya en changeant soudain de file.

Les lumières de La Nouvelle-Orléans se rapprochaient. Le policier n'avait pas le pied léger, sur l'accélérateur. Leur voiture doublait tous les véhicules qui roulaient dans le même sens.

— Ce serait mieux de l'arrêter avant, dit Samantha.

— C'est l'idée, acquiesça Bentz, qui avait commencé de mastiquer un chewing-gum. Le commissariat entend faire tout son possible pour…

— Au diable le commissariat ! Combien de femmes sont-elles déjà mortes ? Trois, avez-vous dit ? Peut-être plus ? Par ma faute, celle de mon émission et Dieu sait quoi d'autre…

Samantha se mit à réfléchir résolument, livrant au fur et à mesure le résultat de cette réflexion.

— Jusque-là, vous n'avez pas sauvé la moindre vie, n'est-ce pas ? D'une certaine façon, je suis votre lien avec lui. Nous devons utiliser cet atout. Essayer de l'atteindre par le biais de mon émission.

— Tout cela ne regarde que la police.

— Vraiment ? Je pense plutôt que c'est une affaire on ne peut plus personnelle… John a tout fait pour ça. Il m'a appelée, il m'a envoyé des menaces, il s'est introduit chez moi et il vient de tuer quelqu'un qui m'était cher. Pour moi, c'est très personnel.

Montoya rangea sa voiture le long du trottoir, et Bentz conduisit Samantha à travers le commissariat, jusqu'à son bureau. Elle était furieuse. Contre l'assassin, contre la police, contre elle-même et contre Leanne, qui avait accepté de suivre ce malade. Qu'est-ce qui l'avait amenée à se prostituer de nouveau ?

« Elle a essayé de te joindre, Samantha, mais tu n'étais pas là pour elle. De la même façon que tu n'avais pas été là pour Annie. Et maintenant, son bébé et elle sont morts. Morts ! Tout ça parce que tu n'étais pas là… »

Elle s'avança dans l'atmosphère étouffante du bureau de Bentz et le regarda sortir d'un placard fermé à clé un sachet en plastique. Son body rouge se trouvait à l'intérieur. Elle reconnut le motif de dentelle qui couvrait les seins, vit le petit morceau de l'étiquette qu'elle avait découpée après avoir acheté l'article de lingerie ; elle eut l'impression de recevoir un coup de pied dans le ventre.

Leanne le portait donc au moment de sa mort. Pourquoi ? Quelle épouvante ! Elle n'était qu'une enfant…

Quelqu'un avait donc volé le body chez elle. Cela s'était vraisemblablement produit durant la nuit qu'elle avait passée avec Ty sur son voilier. Qui donc avait pénétré chez elle et dérobé un effet aussi personnel ? Leanne ? John ? Un complice ?

Elle se laissa tomber sur une des chaises du petit bureau surchauffé.

— C'est bien le mien, oui, annonça-t-elle d'une voix atone.

En elle, pourtant, ce n'était qu'un grand cri de révolte. Tout cela n'avait aucun sens. Il devait s'agir d'un cauchemar, dont elle allait enfin se réveiller et…

— Il se rapproche de vous, déclara Bentz en la ramenant au réel. Mais nous allons l'avoir.

Samantha croisa son regard déterminé.

— Oui, trouvons-le, ce salaud. Jetons-le dans un cachot bien sombre et débarrassons-nous de la clé.

— C'est une peine bien trop douce pour lui, murmura Bentz, qui s'approcha d'un ventilateur, derrière son bureau, et le régla à la vitesse maximale. Je le verrais plutôt pendu et écartelé, comme au bon vieux temps…

— Pour ça, il faut déjà lui mettre la main dessus, souligna Montoya.

Il se pencha vers Samantha et ajouta :

— Et pour lui mettre la main dessus, on a besoin de votre aide.

— Vous l'avez, assura-t-elle. Je ferai tout ce que vous me demanderez.

Cette salope l'avait griffé.

Il contempla son reflet dans le miroir qu'il avait accroché au-dessus de son évier de fortune, posé sur un support. Il ne s'était pas rasé depuis trois jours, et malgré cela on voyait distinctement la blessure, trois lignes bien nettes que les ongles de cette pute avaient laissées. Il n'aurait pas dû la laisser s'échapper. C'était une erreur que son instructeur n'aurait jamais commise.

« Ne pense pas à lui. C'est toi qui es aux commandes, maintenant. Toi. Le Père John. »

Il éprouvait un sentiment mélangé de désespoir, de colère et d'impatience. Il regarda autour de lui, dans ce cabanon qui était maintenant son seul véritable foyer ; pas vraiment conforme à ses critères d'autrefois, et pourtant il avait l'impression d'appartenir à cet endroit. Il n'y avait qu'ici, dans le bayou, qu'il trouvait l'apaisement ; c'était ici et nulle part ailleurs que les tambourinements, dans sa tête, lui laissaient un peu de répit.

Quel destin d'en arriver là, alors qu'il avait grandi dans un milieu privilégié. Il pensa à sa mère... son père... sa sœur... Il n'avait plus de famille, aujourd'hui. Il en avait été banni des années plus tôt. Il était seul. Même son mentor l'avait abandonné, cet homme qui l'avait aidé à composer avec le monstre qui était en lui et lui avait montré le chemin.

Oui, il était vraiment seul.

Si Annie avait vécu...

Une pute... elle méritait de mourir. Elle l'avait demandé. Cette traîtresse... Cette Jézabel... Comment avait-elle pu coucher avec un autre homme ?

Dans son nécessaire à rasage, il trouva un tube de pommade et un petit flacon de fond de teint. Une fois qu'il eut étalé la crème sur ses blessures, il appliqua le maquillage sur les zones de peau décolorée. Plissant les yeux pour y voir à la lumière de la lampe à pétrole, il ajouta du mascara à sa barbe naissante jusqu'à ce que les balafres aient disparu.

Un gémissement s'éleva derrière lui. Il regarda par-dessus son épaule, vers le coin du cabanon où se trouvait son prisonnier. Une chose pathétique, ligotée, bâillonnée, droguée à mort, qu'il réveillait seulement quand il jugeait nécessaire que son captif mesure l'ampleur de ses péchés.

Le prisonnier ouvrit des yeux au regard hanté, cligna les paupières. Puis, comme si ce qu'il entrevoyait lui était insupportable, il referma les yeux.

John se contempla de nouveau dans le miroir ; il affronta son propre regard et se hérissa. Ses yeux en avaient trop vu. A présent, ils l'accusaient des crimes qu'il avait commis, des péchés pour lesquels il n'y avait pas de repentir possible. Pourtant, rien que de penser à tout cela — la chasse… la capture… la terreur de sa proie… la mise à mort… —, il sentit un frisson d'impatience courir sur sa peau, et le sang se mit à pulser fiévreusement dans ses veines.

Il plongea la main dans la poche où se trouvait son rosaire, avec ses grains froids et coupants. Une jolie petite arme, redoutablement fatale, qui symbolisait le bien, la pureté, et qui était en même temps capable de donner une mort épouvantable. Il aimait cette ironie.

Il songea aux femmes qu'il avait tuées. Annie, bien sûr, mais cela s'était passé avant sa rencontre avec le maître et l'enseignement qu'il avait reçu de lui. Avant qu'il n'ait compris sa mission. Avant qu'il n'ait perfectionné sa méthode et commencé d'utiliser son garrot bien-aimé. Il avait longuement regardé couler le sang de sa première victime — il coulait si lentement… Ensuite était venue la première prostituée. Le projet s'était formé en lui après qu'il eut été trahi par la femme qu'il aimait, la femme qui aurait dû être sienne à tout jamais.

Jusqu'au soir où il avait entendu la voix du Dr Samantha. Cela s'était passé ici, loin de Houston, loin d'Annie… Il avait compris que c'était à cause de Samantha Leeds, si Annie était morte. A cause du Dr Samantha qu'il avait été obligé de tuer Annie.

Il fallait qu'elle paye.

D'autant que cette salope avait eu le toupet de recommencer. Elle avait refait une émission où elle délivrait son absurde charabia psychologique et pouvait en toute impunité fiche en l'air la vie des gens. Heureusement, il allait bientôt y mettre un terme.

Il pensa aux femmes qui avaient payé pour les péchés de Samantha Leeds. La première victime avait été le fruit du hasard, une pute qui racolait dans Bourbon Street, aguichant les hommes et leur offrant son corps. Quelle jouissance que le spectacle de ses yeux quand elle avait compris qu'il s'apprêtait à l'étrangler avec le rosaire !

Ce souvenir l'excita, et il se rappela la deuxième victime, une autre pute qui l'avait abordé près de la brasserie. Elle avait été coriace, elle ne voulait pas porter la perruque, mais elle avait fini par céder. Il l'avait tuée sans se presser, comme la première, en contemplant son regard horrifié, en la regardant se débattre. Il était si excité qu'il avait failli jouir dans son pantalon.

La meilleure, toutefois, et de loin, ç'avait été la petite Jaquillard. Il n'avait pas prévu de la tuer cette nuit-là, mais quelques jours plus tard. Sa proie était une petite salope qu'il avait trouvée près des universités, une fille déguisée en pute qui l'avait griffé, lui avait échappé et l'avait laissé seul et désemparé.

Il s'était alors lancé sur les traces de la fille Jaquillard. Il lui avait semblé assez opportun que cette ado, proche de Samantha, meure le jour de l'anniversaire d'Annie. Frustré d'avoir perdu une victime, il avait pris le tramway jusqu'à Canal Street et avait rejoint à pied l'appartement de Jaquillard. Il l'avait guettée dans la pénombre. Elle avait quitté son appartement un peu après la tombée de la nuit et avait marché vers la rivière; elle paraissait à cran. Il l'avait suivie et l'avait approchée alors qu'elle était assise sur un banc, face au Mississippi. Elle était perdue dans ses pensées, mais elle s'était révélée impatiente de gagner de l'argent quand il lui avait proposé son marché.

La suite n'avait pas posé de difficulté. Comme le vol du body du Dr Samantha.

Il se demanda comment celle-ci avait pris la mort de la fille. Elles étaient assez liées; il les avait vues ensemble et savait par sa source que Leanne Jaquillard occupait une place particulière dans le cœur du Dr Samantha. Il aurait donné cher pour voir sa réaction.

Samantha devait savoir, intimement, que l'adolescente était morte à cause d'elle.

Il se rappela ce qui s'était passé. La manière dont la petite l'avait supplié.

Son sang s'échauffa.

Entra en fusion.

Accéléra encore sa course dans ses veines.

Il eut une violente érection en pensant à Samantha, à ses cheveux roux, ses yeux verts. Il aurait ce plaisir, bientôt.

Il baissa la main, se caressa, ferma les yeux en imaginant le moment où Leanne Jaquillard…

La sonnerie de son téléphone portable l'arracha à son rêve; elle fit même sursauter la créature pathétique allongée sur le lit de camp. Agacé, il traversa le salon plongé dans la pénombre et décrocha.

— Ouais ?

— Salut !

La voix était guillerette et impatiente. Il sourit. C'était une jolie petite chose, ambitieuse, et prête à faire tout qu'il demandait.

— Je ne travaille pas ce soir, et j'ai pensé qu'on pourrait se voir.

— Peut-être, oui.

Il baissa les yeux sur son prisonnier, en train de se réveiller. Le moment était venu de lui administrer une nouvelle dose de ces somnifères qu'il avait volés à Houston.

— Il y a un nouveau restaurant, dans Chartres Street. J'ai lu un article dans le journal. De l'authentique cuisine française, à ce qu'il paraît — mais c'est ce qu'ils racontent chaque fois. On pourrait aussi manger chez moi… je te ferais la cuisine.

Il repensa à la chasse, à la mise à mort de Leanne, et l'excitation revint aussitôt. Cette femme aussi, même si elle ne s'en doutait pas, goûterait à la douce torture de son rosaire autour du cou.

— Sortons, dit-il.

Il avait envie de sentir la nuit au plus près de lui ; il voulait se perdre dans la foule, se mêler à la multitude qui emplissait Bourbon Street.

— J'aimerais écouter du jazz. Retrouvons-nous à… 22 heures, proposa-t-il en consultant sa montre. Au carrefour de Bienville Street et de Bourbon Street.

— J'ai hâte ! dit-elle avant de raccrocher.

« Et moi, donc ! » pensa-t-il. Il regarda autour de lui tous les souvenirs qu'il avait conservés, ces vestiges d'une époque heureuse et si lointaine. Des photos d'Annie, des photos de Samantha, des médailles et des trophées sportifs — une raquette de tennis, une série de clubs de golf, une crosse, une canne à pêche et des skis. Des témoignages de ce que sa vie avait été et aurait pu être.

« Mais tu es un pécheur. »

Il le savait. Il n'avait pas besoin qu'on le lui rappelle.

Ce soir, il allait se fondre dans la foule. Il allait boire, prendre de la cocaïne. Il se mêlerait à la masse et plus tard… oui, plus tard, il reviendrait ici, dans cet endroit sombre et perdu, et il arracherait des hurlements à son prisonnier, des supplications désespérées pour qu'il lui accorde la mort.

Il jeta un coup d'œil à son captif gémissant et sortit la seringue de son nécessaire à rasage. En le voyant arriver, l'autre fit entendre des halètements et des sanglots étouffés par son bâillon, et se débattit, comme pour fuir. Mais il ne pouvait rien faire, évidemment. Ses mains étaient ligotées dans son dos ; il avait les jambes attachées. Ses yeux exorbités s'emplirent de terreur, sa tête se balança d'avant en arrière, et il crachouilla dans son bâillon.

— C'est ça ou les alligators, lui dit-il.

Il lui prit le bras gauche et plongea l'aiguille dans la peau.

— Et tu n'es même pas assez bon pour les alligators.

Le prisonnier commença de pleurnicher.

Pathétique… Ce serait tellement plus simple de le tuer maintenant. Mais cela gâcherait tout.

— Ferme-la ! ordonna-t-il.

L'autre se mit à miauler, et il lui donna un violent coup de pied dans le tibia.

— Ferme ta putain de gueule !

Son prisonnier se tut, mais continua de pleurer en silence. Il lui attrapa le poignet, lui emprisonna les doigts et tira pour lui retirer une bague. Incapable de réprimer un sourire, il ouvrit l'armoire où il rangeait ses trésors, les trophées qu'il dérobait à ses victimes, et il ajouta l'anneau orné d'un solitaire. Le prisonnier se mit à hurler de nouveau derrière son bâillon, mais il suffit d'un regard pour le faire taire.

Il concentra alors ses pensées sur sa dernière victime.

Le Dr Samantha.

Une douce, douce vengeance… Il avait de grands projets pour elle. Il l'amènerait ici, lui ferait mesurer toutes ses erreurs ; il la garderait en vie jusqu'à ce qu'elle implore son pardon.

Ensuite, quand il en aurait assez de jouer, il la tuerait avec son arme favorite.

Il fit son signe de croix, puis tendit la main vers son rosaire.

30.

— Pas question que tu restes ici ! déclara Ty d'un ton catégorique.

Il venait d'entrer chez Samantha, qui s'était aussitôt précipitée dans ses bras.

— Je vais t'emmener dans un endroit sûr.

Il ferma la porte d'un coup de pied, et Samantha s'accrocha à lui, de peur de s'effondrer.

— C'est épouvantable, balbutia-t-elle. Ça recommence. Exactement la même chose. Leanne… Mon Dieu, Ty ! Elle était enceinte… Comme Annie.

— Chhhhut… Calme-toi. Ça va aller.

— Mais non, ça ne va pas aller. Ça n'ira jamais plus !

Resserrant son étreinte, il lui embrassa le front, puis les paupières.

— Mais si, insista-t-il. C'est une question de temps.

— Du temps, nous n'en avons pas. Il… là… dehors !

— Nous l'aurons, je te le promets.

Il baisa ses joues humides de larmes et descendit jusqu'à sa bouche. Ses lèvres avaient la même fermeté que ses paroles.

— Tu ne me quittes plus, d'accord ? ajouta-t-il. Tout va bien se passer.

Elle voulait tant le croire ! Mais le cauchemar était toujours là ; et malgré tout ce que pouvait dire Ty, elle doutait que la vie pût reprendre comme auparavant.

Un bras passé sur ses épaules, il l'entraîna jusque dans son bureau.

— Dis-moi ce qui est arrivé, maintenant.

Elle réprima un sanglot.

— Ce… c'était horrible.

Il la guida vers son fauteuil. Tandis qu'elle s'asseyait devant son ordinateur, il se percha sur le coin du bureau.

Samantha lui raconta ce qui s'était passé pendant son absence. Elle avait tenté de joindre son amie qui travaillait à l'hôpital Notre-Dame de la Miséricorde ; mais c'était le week-end, et elle avait dû se contenter de laisser un message sur un répondeur. Elle avait aussi essayé de contacter Leanne, sans résultat… Et pour cause, la malheureuse était déjà morte. Tout en jouant nerveusement avec un crayon, elle rapporta le coup de fil de son père, avec son lot de surprises, puis cette ignoble conversation téléphonique avec John, juste avant que la police n'arrive pour lui annoncer que Leanne Jaquillard avait été assassinée par un tueur en série.

— Bon sang…, dit Ty, les dents serrées. J'aurais dû être là.

— Qu'est-ce que cela aurait changé ? Tu n'aurais rien pu faire…

Elle laissa échapper le crayon et se laissa aller contre le dossier du fauteuil.

— Seigneur, je suis épuisée !

— J'ai ce qu'il te faut.

Il gagna la cuisine, où elle l'entendit fouiller dans les placards, puis ouvrir le robinet de l'évier. Il reparut quelques secondes plus tard avec un verre d'eau.

— Merci.

Elle but une gorgée, posa le verre contre son front, avant d'évoquer son aller-retour à La Nouvelle-Orléans, au commissariat.

— Depuis que l'inspecteur Montoya m'a raccompagnée, j'ai passé mon temps à parcourir mes manuels de cours et tous les livres que j'ai pu acheter au fil des ans sur la psychologie criminelle, la psychose et les troubles divers qui caractérisent les tueurs en série.

Elle but une autre gorgée.

— Pour le bien que ça m'a fait ! Ce que j'ai pu être stupide, naïve, arrogante ! J'ai pensé que je commençais à comprendre. J'ai vraiment cru que, pour John, ce n'était qu'un jeu. Je sentais bien qu'il y avait un fonds de violence en lui, c'était évident depuis qu'il m'avait envoyé cette photo aux yeux découpés… mais jamais… non, jamais je n'ai pensé qu'il pouvait s'agir d'un tueur.

Elle ferma les yeux pour se reprendre, et tenter de repousser le vacarme de culpabilité qui l'empêchait de penser clairement.

— Nous allons le trouver, assura Ty.

— Mais qui est-il ? La police dispose d'échantillons de sperme. Ils comparent l'ADN à celui de tous les hommes ayant un lien avec les victimes du tueur, avec Annie ou encore avec moi. Le problème, c'est que cela risque de prendre du temps.

— N'oublie pas que je dispose d'une partie de l'information, grâce à la grossesse d'Annie.

Il prit le combiné du téléphone sans fil.

— Quel est le nom de ton inspecteur, déjà ?

— Rick Bentz.

— Je vais l'appeler et lui exposer tout ce que je sais, lui proposer mes dossiers, lui dire ce que j'ai découvert et essayer de le convaincre que toute cette histoire a commencé avec Annie Seger. Celui qui l'a tuée est l'homme qu'ils recherchent.

— Il va déjà falloir les convaincre qu'Annie ne s'est pas suicidée…

— Je m'en charge. Tu as la ligne directe de Bentz ?

— Sa carte de visite est sur la porte du frigo.

Ty ne perdit pas de temps. Il gagna une nouvelle fois la cuisine et composa le numéro du commissariat de La Nouvelle-Orléans. Dès qu'il eut Bentz en ligne, il lui exposa sa théorie sur la mort d'Annie.

Samantha, pendant ce temps, se prépara du café. Il fallait qu'elle s'occupe, afin de repousser les démons qui lui répétaient à l'envi qu'elle était responsable de la mort de Leanne.

Et pas simplement de Leanne. D'au moins deux autres femmes.

« C'est à cause de toi qu'il les a tuées, Samantha. Parce que tu n'as pas aidé Annie Seger et qu'il y a vu une terrible injustice, dont il a été aussi la victime… »

Absurde ! C'était précisément ce qu'il voulait l'amener à penser. Elle ne devait pas entrer dans ses manipulations malsaines. Il lui fallait se ressaisir, concentrer toute son énergie pour tenter de découvrir qui était ce fou.

Elle inspira, se redressa et, tout en prêtant une oreille distraite à la conversation de Ty, récupéra le bloc et le stylo qu'elle gardait à côté du téléphone, tandis que le café passait.

Qui se trouvait à Houston à l'époque de la mort d'Annie ?

Elle commença par son propre nom et poursuivit avec tous ceux qui lui venaient à l'esprit : George Hannah, Eleanor Cavalier, Jason Faraday, Estelle Faraday, Kent Seger, Prissy McQueen, Ryan Zimmerman, David Ross et Ty Wheeler. Et aussi Peter Matheson… Elle ne devait pas oublier que son cher frère se trouvait là-bas. Son ventre se noua alors qu'elle traçait un point d'interrogation à côté de son nom. Elle s'interrogea sur les femmes. Si l'une d'elles jouait un rôle dans l'affaire, c'était en tant que complice, et rien d'autre ; aucune d'elles ne pouvait être l'assassin. Elle biffa donc tous les noms.

D'après les notes de Ty, elle savait que Jason Faraday et Kent Seger étaient de groupe sanguin O positif. Comme Pete. Elle ne connaissait pas le groupe sanguin de Ty ni celui de George Hannah et de David. Elle élimina Ty de la liste. Il n'était pas le tueur. Son frère non plus — Pete n'avait jamais rencontré Annie Seger.

« Qu'en sais-tu, Samantha ? Tu ne l'as pas vu depuis des années. Tu ne savais même pas qu'il était à Houston… »

Cette information était-elle seulement vraie ? Elle n'avait aucune preuve. Mais pas Peter… Non, ça n'était pas possible. De souvenirs la traversèrent, de ce frère qui prenait un malin plaisir à la dominer, que ce fût à vélo, à la nage lorsqu'ils allaient au lac Shasta, ou à ski quand leurs parents les avaient amenés à la montagne… Elle se rappela son sourire, ses yeux verts espiègles, si semblables aux siens… Jusqu'à ce qu'il glisse dans un monde dominé par la cocaïne, le crack et toutes les drogues qui offraient un bien-être aussi rapide qu'artificiel.

Comme Ryan Zimmerman.

Mais jamais Pete…

Elle laissa tout de même son nom sur la liste, alors que Ty raccrochait.

— Qu'est-ce qu'il a dit ? demanda-t-elle sans lever les yeux de ses notes.

— En gros, de bien rester dans les clous. Rien d'illégal. Je ne suis pas sûr qu'il me fasse confiance.

— Il ne fait confiance à personne, à mon avis.

— Déformation professionnelle.

Ty regarda par-dessus l'épaule de Samantha.

— Tu essaies de réduire le champ de recherche ?

— J'essaie, comme tu dis.

— Les flics procèdent de la même façon.

Il se pencha et tendit le bras pour désigner son nom.

— Pourquoi est-ce que tu m'as rayé de la liste ?

— Parce que… parce que tu ne peux pas avoir fait une chose pareille.

La machine à café fit entendre un dernier crachotement, puis une sonnerie discrète pour annoncer que le café était prêt. Mais Samantha l'ignora.

— C'est exact, acquiesça Ty. Néanmoins, tu te fondes sur tes émotions plus que sur des faits.

— Tu veux que je te rajoute sur la liste ?

— J'aimerais juste que tu penses de façon plus éclairée.

Il se redressa et alla fouiller dans le placard, dont il sortit deux mugs.

— Et l'instinct, alors ? On entend souvent les flics parler de ce qu'ils ressentent « dans leurs tripes »…

Elle posa son stylo. Elle ne disposait pas de suffisamment d'informations sur tous ces gens pour tirer des conclusions, encore moins pour se livrer à une déduction logique sur leur culpabilité ou leur innocence.

— Je ne suis plus flic, mais je suis aussi attentif à ce que peuvent me dire mes « tripes » qu'à l'intuition féminine.

Il remplit chaque mug et en déposa un devant Samantha. Celui-ci était ébréché et elle le tenait de sa mère.

— Merci.

Les yeux fixés sur la liste de suspects, elle but son café à petites gorgées, mais la chaleur de la boisson ne put rien contre le froid intense qui l'habitait. Rien ne le pourrait tant que le monstre tueur de femmes serait en liberté.

L'assassin se trouvait parmi ces hommes, songea-t-elle en parcourant les noms inscrits sur son bloc. Elle en était certaine. Mais qui ? George Hannah ? Non. Tuer serait trop salissant ; il n'irait pas risquer de tacher un de ses costumes Armani.

« N'oublie pas que l'assassin a appelé sur la ligne 2. Il a donc un lien avec la radio. Et tu ne connais pas George aussi bien que tu le penses. »

Elle passa au nom suivant. Ryan Zimmerman ? Que savait-elle sur le petit ami d'Annie ? Que ce garçon sportif avait sombré dans la drogue, avant d'en sortir et de se remettre. Guère plus.

Kent Seger ? Un autre mystère. Il avait connu une grave dépression et des problèmes psychiques après la mort de sa sœur. Samantha devait absolument appeler Notre-Dame de la Miséricorde.

Et Jason Faraday, le beau-père qui avait abandonné sa famille pour se remarier très vite ? Quelle était son histoire ? Elle tapota le bloc, à côté de son nom.

— Tu peux le retirer, lui déclara Ty, comme s'il suivait le fil de ses pensées. Il semblerait que l'assassin ait laissé quelques empreintes derrière lui. Or, Jason Faraday est passé par l'armée et il a eu quelques soucis au Viêt-nam. Si c'était notre homme, la police et le FBI l'auraient déjà arrêté.

Elle raya le nom du beau-père d'Annie.

— Moi aussi, j'ai mes empreintes dans les fichiers centraux, souligna Ty. C'est pour cette raison, et non pour des considérations personnelles, que tu aurais pu enlever mon nom.

— Elémentaire, mon cher Watson, dit-elle.

Mais sa plaisanterie tomba à plat. Ils étaient tous les deux trop fatigués, physiquement et psychologiquement. Samantha se laissa aller en arrière, dans son fauteuil ; elle repoussa les cheveux qui lui tombaient devant les yeux et sentit la transpiration sur son front.

— Allons chez moi, proposa Ty. Tu as besoin de te reposer.

— Il faut que je reste ici. John pourrait rappeler.

— Ou même se montrer. Je serais plus rassuré si tu restais avec moi. N'oublie pas qu'il est déjà venu — et peut-être plus d'une fois. Il a bien fallu que quelqu'un prenne ce body rouge.

— Nous n'avions rien fermé à clé, rappela Samantha. A présent, mon système d'alarme fonctionne, la police surveille la maison, et la ligne téléphonique est sur écoute. Et ton ami, le détective privé, il n'est pas dans le coin ?

— André ? Si, mais…

— Cesse de discuter. Je pense que John va de nouveau appeler, Ty. En fait, je l'espère. Cette fois, je serai prête, et la police pourra tracer son appel.

Ty fronça les sourcils. Il n'était à l'évidence pas convaincu.

— Et si jamais John décidait de te rendre visite ?

— Je viens de te le dire, la maison est surveillée.

— Pourquoi est-ce que ça l'empêcherait de rentrer chez toi ? Je te rappelle qu'il a commis quelques meurtres sans être inquiété le moins du monde.

— Je sais, mais…

Samantha détourna la tête et joua avec les boutons de son chemisier.

— J'espérais que vous viendriez ici, Sasquatch et toi : un garde du corps et un chien d'alarme…

— Ne serais-tu pas en train d'user d'artifices typiquement féminins ?

— Je m'efforce juste de te convaincre, répliqua Samantha, vexée qu'il ait si facilement vu clair dans son jeu. J'aimerais que tu restes ici, un point c'est tout. Est-ce assez clair ?

Il fronça de nouveau les sourcils et parut sur le point de discuter encore. Elle lui posa l'index sur les lèvres pour lui intimer de se taire.

— Je t'en prie, Ty, nous devons faire tout ce qui est en notre pouvoir pour empêcher ce fou de nuire. Pour qu'il soit arrêté le plus vite possible.

— Je suis bien d'accord avec toi. D'autant que j'ai très peur que tu ne sois sa prochaine cible.

— Alors, reste avec moi.

— Entendu. Mais au moindre problème, on s'en va d'ici, d'accord ?

— Marché conclu.

Ty termina d'un trait son café.

— Allons chez moi. Nous récupérerons le chien, des vêtements de rechange, et puis, si tu n'as toujours pas renoncé à passer la nuit ici, nous reviendrons.

— Je ne renoncerai pas, assura Samantha en chaussant une paire de tongs, avant de déposer les mugs dans l'évier de la cuisine.

Elle brancha le système d'alarme, sortit, ferma à clé derrière elle et suivit Ty jusqu'à sa voiture.

La nuit était sombre et humide, avec un ciel lourd de nuages qui masquaient la lune. Des insectes voletaient près des lampes de la porte d'entrée, d'autres rampaient sur les vitres des fenêtres. Dans la rue silencieuse, quelques lumières brillaient ici et là, et par les fenêtres ouvertes s'échappaient des bruits étouffés — télévision, lave-vaisselle, musique, conversations. Samantha se demanda si elle se sentirait de nouveau en sécurité ici, un jour; si elle pourrait ouvrir ses fenêtres et laisser entrer chez elle le souffle du vent, écouter le concert des criquets; ou si elle resterait à jamais paralysée par la peur, enfermée à double tour dans sa maison.

« Ne laisse pas John y parvenir, se dit-elle. Ne le laisse surtout pas gagner. Et trouve-le! »

Plusieurs voitures étaient stationnées dans la rue. Elle en identifia certaines; d'autres lui étaient inconnues.

Ty surprit son regard.

— La deuxième voiture sur la gauche, dit-il. Ce sont tes gardes du corps.

— Comment le sais-tu?

— J'ai été flic, n'oublie pas.

Samantha monta à bord de la Volvo, côté passager, et claqua la portière.

— Oui, et c'est à peu près tout ce que je sais de toi, remarqua-t-elle. Le reste est plutôt vague.

Il lui décocha un sourire désarmant tandis qu'il manœuvrait le break pour quitter l'allée circulaire et rejoindre la rue.

— Et dire que je croyais qu'on lisait en moi à livre ouvert… Qu'est-ce que tu veux savoir?

Autant aller jusqu'au bout, songea Samantha en bouclant sa ceinture de sécurité.

— D'abord, je suppose qu'il n'y a pas de Mme Wheeler ?
— Rien que ma mère. Elle vit à San Antonio. Elle est veuve.
Dans son rétroviseur extérieur, Samantha vit la voiture banalisée qu'elle avait remarquée s'écarter du trottoir. Les phares s'allumèrent.
— Pas très discrets, hein ? murmura Ty. J'ai été marié, il y a longtemps de ça. Une petite amie de lycée qui, un jour, n'a plus supporté d'être l'épouse d'un flic. Nous avons divorcé avant d'avoir eu des enfants. Par la suite, je n'ai pas éprouvé le besoin de renouveler l'expérience.
— Des liaisons ?
— Une dans chaque port, répondit-il sur le ton de la plaisanterie. Non, sérieusement, je n'ai pas vraiment eu le temps. Autre chose que tu aimerais savoir ?
— Sans doute. Mais je me soucierai de ça plus tard.
Ty tourna le volant pour s'engager dans son allée. Quand il coupa le moteur, Samantha tendit la main pour ouvrir sa portière, mais il lui attrapa le bras.
— Je sais que nous ne nous connaissons pas depuis très longtemps, Samantha, et je veux bien admettre que mes raisons de te rencontrer n'étaient pas les plus franches qui soient… Je t'ai menti, nous le savons l'un et l'autre. C'était une erreur. Je n'avais pas du tout l'intention de m'engager dans une histoire avec toi. Mais je ne te cache rien, d'accord ? Je ne te dissimule pas de noirs secrets… Si je pouvais tout recommencer, je jouerais la carte de l'honnêteté avec toi dès le départ. Il se trouve que ça s'est passé différemment.
Il l'attira contre lui et lui déposa un léger baiser sur les lèvres.
— Crois-moi, ma chérie… Je ferai tout ce que je peux pour te tirer de ce cauchemar. Tout.
Du doigt, il suivit la ligne de sa bouche, avant de laisser retomber sa main.
— J'ai le sentiment que ce qui t'arrive, ce qui est arrivé à ces femmes… tout est ma faute.
Une douleur véritable assombrit son regard.
— Je vais te protéger, je te le jure… Je te demande juste de… d'avoir foi en moi.

La gorge nouée, Samantha plongea les yeux dans ceux de Ty. Il semblait si sincère, si déterminé… Si accablé par la culpabilité, aussi.

— J'ai confiance en toi, chuchota-t-elle.

Elle se garda d'en dire plus, d'ajouter qu'elle avait peur d'être tombée amoureuse de lui. Une telle déclaration aurait paru aussi banale que ridicule. Et, en vérité, elle ne pouvait s'en remettre à ses propres sentiments.

Des phares éclairèrent l'allée quand la voiture banalisée passa à leur hauteur.

— Nous devrions rentrer, dit Ty en la relâchant.

Ils gagnèrent ensemble la maison. Samantha eut l'impression que cela faisait une éternité qu'elle avait quitté ce même endroit comme une furie, folle de rage parce que Ty lui avait menti. Tant de choses s'étaient passées, depuis.

A commencer par la mort de Leanne.

Le cœur lourd, elle le suivit dans son grenier aménagé et se laissa tomber sur un coin de son lit tandis qu'il jetait quelques vêtements et ses affaires de toilette dans un sac de sport. Samantha pensa encore à Leanne. Si seulement elle avait pu l'aider. Si seulement elle lui avait répondu plus tôt et avait réussi à la joindre. Si seulement…

Stop! Cela ne rimait à rien! Les mains nouées entre ses genoux, elle fixa la moquette. Il lui semblait soudain porter le poids du monde sur ses épaules.

— Si j'avais pu lui parler, si nous nous étions retrouvées quelque part, tout cela aurait peut-être été évité, dit-elle.

Ty croisa son regard dans le miroir qui se trouvait au-dessus de sa commode.

— John… Il a dit qu'il avait fait un sacrifice pour moi, poursuivit Samantha. C'est à cause de moi, s'il l'a tuée… Elle essayait de me joindre, et je n'étais pas là…

Ty ferma son sac, puis il vint s'accroupir devant elle. D'un doigt, il lui souleva le menton, pour la forcer à le regarder dans les yeux.

— Tu ne sais pas ce qui se serait passé. Il aurait pu aussi bien vous tuer toutes les deux. Je t'en prie, Samantha, arrête ça. Dieu sait si c'est une tragédie épouvantable, mais tu dois cesser de tout te reprocher de la sorte.

— Facile à dire. Tu n'as pas éprouvé de culpabilité, dans la voiture, tout à l'heure ?

— Mais j'en suis sorti.

Des larmes emplirent soudain les yeux de Samantha.

— C'est parce qu'elle me connaissait qu'elle a été tuée. Si elle…

— Ça suffit, Samantha, lui dit-il doucement. Nous avons une mission, à présent : faire arrêter ce type. C'est ce que Leanne voudrait.

— C'est ce que n'importe qui voudrait.

Clignant les yeux, Samantha rassembla tout le bon sens qu'elle put trouver en elle.

— Tu as raison, déclara-t-elle avec une conviction nouvelle. Occupons-nous de ce monstre.

Ty hocha la tête. Il ouvrit le tiroir du haut de sa commode et en sortit un pistolet.

Samantha se figea.

— Un pistolet ? Tu as un pistolet ?

— Je pensais qu'il était clairement établi que j'ai appartenu à la police de Houston. Ne t'inquiète pas, j'ai un permis.

Il engagea un chargeur dans l'arme et poussa le cran de sûreté. Il enfila ensuite un holster d'épaule, glissa le pistolet dans l'étui, cachant le tout sous la veste qu'il enfila.

— C'est juste au cas où, précisa-t-il.

— Je n'aime pas les pistolets, avoua Samantha.

— Et moi, je n'aime pas les types qui prennent leur pied en tuant des femmes. Si quelqu'un essaie de s'en prendre à toi, il le regrettera.

Samantha pensa tout d'abord qu'il en rajoutait pour l'aiguillonner, mais à l'éclat plein de dureté qu'elle surprit dans ses yeux, elle comprit qu'il était sérieux. Mortellement sérieux.

« Si ce type est vraiment le bon, comme tu l'as dit à Samantha, pourquoi est-il aussi difficile à joindre ? »

Melanie, qui venait de composer le numéro de son petit ami, se laissa aller dans la baignoire. Comment se faisait-il qu'il ne soit pas chez lui en pleine nuit ? Il était possible qu'il ait juste coupé son portable pour ne pas être réveillé à des heures indues.

Ou alors il était en compagnie d'une autre femme.

Cette idée fut comme un coup de couteau qui lui transperça la poitrine.

« Ma petite Mel, on dirait que tu es bien accro… »

Les yeux fixés sur une goutte d'eau suspendue au bec du robinet, elle attendit ; elle savait qu'il ne répondrait pas et qu'elle allait laisser un troisième message sur son portable. Qu'est-ce qu'il avait donc, qui le rendait à ses yeux aussi irrésistible ?

— « … et laissez un message », dit la voix enregistrée.

— Salut, c'est encore Melanie. Je me demandais juste ce que tu faisais.

Elle s'efforçait de garder un ton léger, mais elle se sentait franchement idiote. Elle lui courait après, ainsi qu'elle l'avait fait avant lui avec plus d'une dizaine d'hommes, qui l'avaient pareillement séduite et traitée sans la moindre considération. Quelque chose n'allait pas, chez elle — inutile d'avoir étudié la psychologie pour se rendre compte qu'elle était toujours attirée par le mauvais type d'homme. Pourtant, elle se sentait incapable de changer. Une vraie droguée, se dit-elle en posant le combiné du téléphone sans fil à côté de la baignoire. Elle ferma les yeux. Elle avait ajouté des sels de bain dans l'eau chaude et inspira leur parfum alors que la vapeur montait vers le plafond. Oui, elle était une esclave de l'amour. Comme sa mère. Comme sa sœur. Toutes les femmes de sa famille avaient souffert de l'inconséquence et du manque de considération des hommes. Sa mère avait été mariée cinq ou six fois sans jamais trouver le bonheur ; sa sœur était toujours mariée à ce pauvre type qui la battait chaque fois qu'il avait bu ; et elle, Melanie l'indépendante, elle était toujours à courir après de grands types au charme sombre et dangereux.

Les choses allaient bien finir par s'arranger. Demain, elle appellerait encore une fois Trish LaBelle, à WNAB. Elle ne l'avait toujours pas eue en ligne, mais elle ne désarmait pas. Elle était aussi opiniâtre avec son petit ami qu'avec la perspective d'un meilleur boulot — que ce soit à WSLJ ou à une radio concurrente.

Il était temps de progresser dans le monde. Elle sourit en s'imaginant derrière un micro, en train de présenter *Les Confessions de minuit*. Les deux semaines qu'avait passées Samantha au Mexique avaient été pour Melanie les plus belles de sa vie… Elle était pour ainsi dire devenue le Dr Samantha, allant même jusqu'à passer ses fins de nuit chez celle-ci. Elle avait rencontré son amant une semaine plus tôt environ, et ils avaient vraiment flashé. Elle se rappela comment il l'avait aimée dans le grand lit de Samantha, et tout son corps se tendit d'impatience.

Oui, pensa-t-elle, les choses étaient sur le point de changer pour le mieux. Et Melanie se savait prête à tout pour que cela arrive, d'une manière ou d'une autre.

Rick tentait de voir à travers le pare-brise constellé d'insectes écrasés, alors que Montoya roulait en ignorant comme à son habitude les limitations de vitesse. Il faisait chaud, dans la voiture, où régnait une désagréable odeur de tabac froid.

— Tu ne trouves pas ça bizarre, que trois de nos bonhommes manquent à l'appel ? demanda Rick. Ils ont tous un lien avec Annie Seger ou Samantha Leeds, et ils vivaient à Houston à l'époque de la mort d'Annie.

— Tout est bizarre, dans cette foutue affaire ! répliqua Montoya.

Il jeta dehors le mégot de la cigarette qu'il fumait et remonta sa vitre. L'air conditionné eut alors une chance de rafraîchir l'habitacle surchauffé de la voiture. Ils revenaient de White Castle, où ils avaient interrogé Mme Ryan Zimmerman, une femme à la langue acérée qui n'avait pas de mots assez durs pour son mari.

— J'aurais dû écouter ma famille et ne pas l'épouser, avait-elle expliqué. C'est un bon à rien. Je ne sais pas où j'avais la tête. Rendez-vous compte qu'il a perdu son travail, maintenant ! Et cela fait plus d'un jour qu'il ne s'est pas montré. Comment peut-on être aussi irresponsable ?

Elle était assise dans le salon de son appartement, environnée de cartons — preuve qu'elle déménageait ou qu'elle avait demandé à Ryan de partir.

— Pourquoi est-ce que vous venez m'interroger à son sujet, d'ailleurs ?

Quand Montoya lui avait expliqué qu'il « intéressait » la police dans le cadre de l'enquête sur le meurtre de Leanne Jaquillard, elle avait changé de ton et d'attitude en un clin d'œil.

— Ryan ne ferait jamais quelque chose de ce genre ! Comprenez-moi, il a son caractère, mais ce n'est pas un assassin.

Sans rien perdre de son calme, Montoya lui avait indiqué qu'ils souhaitaient simplement s'entretenir avec son mari. Mais Mme Ryan Zimmerman avait décidé de ne plus rien leur dire, sinon de s'en aller. S'ils voulaient de nouveau lui parler, ce serait en présence d'un avocat.

— Donc Zimmerman a disparu : pas d'adresse, pas de boulot, déclara Montoya en dépassant un semi-remorque qui filait sur la route nationale.

Rick tapota la poche poitrine de sa chemise, à la recherche d'un paquet de cigarettes qui ne s'y trouvait pas. Il dut se contenter de la nicotine du dernier chewing-gum de son paquet. Montoya chaussa ses lunettes de soleil.

— Et Kent Seger a aussi disparu, dit-il. Il a quitté All Saints sans qu'on lui connaisse la moindre source de revenus.

— Ouais…

Rick fit la grimace alors que Montoya arrivait à hauteur d'une berline conduite par un vieux bonhomme penché sur son volant. A côté de lui, sa femme était si petite qu'on l'entrevoyait à peine sur le siège passager ; on n'apercevait que ses cheveux gris. Quelque chose brillait à l'intérieur de la voiture, un objet aveuglant qui se balançait au rétroviseur. Rick dut baisser son pare-soleil.

— Et puis il y a le frère de Samantha Leeds, poursuivit Montoya. Pour sa famille, il a complètement disparu. A ceci près qu'il a travaillé à Houston, où vivait et travaillait également sa sœur, juste au moment des « événements ». Tout ça me paraît quand même un peu gros. Je commence à m'interroger sur la théorie de Wheeler, selon qui Annie Seger aurait été assassinée.

Rick dut admettre que cette hypothèse avait certains mérites, mais il perdit le fil de la conversation quand Montoya passa à côté de la berline et qu'il identifia l'objet qui l'avait aveuglé. C'était un rosaire, suspendu au rétroviseur intérieur de la voiture, et ses grains, parfaitement polis, reflétaient la lumière intense du soleil.

— Nom de Dieu ! s'exclama Rick alors que Montoya se rabattait devant la berline, juste avant de s'engager sur la bretelle de sortie. Tu as vu ça ?

— Quoi ? La Taurus ?

— Je te parle de ce qu'il y avait à l'intérieur. Le vieux couple. Ils avaient un rosaire accroché à leur rétroviseur intérieur.

— Ah, oui ? Ils avaient sans doute aussi un Jésus en plastique, non ?

Montoya s'arrêta à un feu rouge. Visiblement, il ne comprenait pas.

— Un rosaire ! lui répéta Rick. Avec des grains espacés les uns par rapport aux autres, de façon précise.

— Mais qu'est-ce que vous racontez ? Je sais ce que c'est qu'un rosaire. Ça sert à...

Il abandonna la fin de sa phrase et se tourna vers Rick, incrédule.

— Vous ne pensez quand même pas que notre gus utilise un rosaire comme garrot ?

— Je pense en tout cas que c'est une hypothèse à vérifier.

— Ça signifie quoi, au juste ? Que ce type est une sorte de prêtre ?

Un camion plateau passa devant eux.

— Probablement pas, répondit Bentz. Tu peux trouver ce type d'objet un peu n'importe où, sans doute même sur internet.

Le feu passa au vert.

— Nom de Dieu ! s'exclama Montoya en pressant la pédale de l'accélérateur.

La voiture bondit en avant.

— C'est vraiment une histoire de dingues ! Un truc de malades !

31.

— Tu sais bien que je ne peux pas communiquer de renseignements sur les patients, Samantha.

Dania Erickson avait gardé la même voix qu'à l'époque où Samantha et elle assistaient ensemble aux cours de psychologie à Tulane — une voix bien modulée, qui paraissait sous-entendre en permanence : « Je sais mieux que toi. » A force de persévérance, Samantha avait réussi à la joindre à Notre-Dame de la Miséricorde. Son interlocutrice était visiblement mécontente qu'on la dérange.

« Dur… », se dit Samantha. Elle se trouvait dans le bureau ouvert qu'elle partageait avec les autres animateurs et programmateurs, et elle avait les yeux posés sur le portrait-robot du tueur, devant elle. Un morceau de jazz très cool passait sur l'antenne de la radio, se mêlant au bruit des conversations.

Dania avait toujours eu quelque chose à dire, du temps de Tulane ; elle avait toujours cherché à s'attirer les bonnes grâces de professeurs, y compris celles de Jeremy Leeds, qui avait fini par épouser Samantha. Celle-ci soupçonnait Dania de n'avoir jamais digéré ce mariage. Et à présent, elle se montrait intraitable. Après une semaine passée à tenter de la joindre, Samantha se heurtait à présent à un mur.

— Tout ce que j'ai, ce sont des informations confidentielles.

— Je comprends bien, mais c'est un tueur en série que nous avons ici, à La Nouvelle-Orléans. La police a établi un lien entre Annie Seger, la sœur de Kent, et lui. Kent est peut-être un assassin, Dania.

— Ça ne change rien, tu le sais très bien. J'ai soigné Kent, il y a une dizaine d'années, après le suicide de sa sœur. Il m'est impossible de t'en dire plus. Cela pourrait me coûter mon poste.

— Nous parlons de vies humaines. De femmes qui ont été tuées. D'autres qui pourraient l'être.

— Je suis désolée, Samantha. Mais vraiment, je ne peux pas t'aider.

Sur ces mots, elle raccrocha.

— Super..., marmonna Samantha.

On était jeudi après-midi, et dans moins d'une demi-heure, elle était censée participer à une réunion exceptionnelle du personnel de la radio. Tout le monde était sur des charbons ardents. La police avait installé des systèmes d'écoute et de traçage sur tous les téléphones ; et alors que le personnel avait été invité à ne pas dire un mot sur le lien entre *Les Confessions de minuit* du Dr Samantha et le tueur en série, il y avait eu une fuite. A présent, en ville, Samantha était tenue pour responsable du monstre qui hantait les rues ; on faisait d'elle une Pandore qui aurait ouvert sa boîte et libéré les fléaux qu'elle contenait.

WSLJ avait été très vite assaillie de coups de fil. La presse voulait des interviews. Les auditeurs demandaient des informations. Les voyants des lignes téléphoniques clignotaient sans cesse.

George Hannah, lui, était au comble de l'excitation. En l'espace d'une nuit, l'audience des *Confessions de minuit* avait augmenté dans des proportions considérables. C'était l'émission à écouter, *le* sujet de conversation — le matin au Café du monde, devant des beignets et un café au lait, le soir dans les bars du quartier de Bourbon Street, ou même dans la journée, dans les entreprises, près des machines à café ou des distributeurs d'eau. Les chauffeurs de taxi, les pompistes, les barmans, les comptables, les étudiants... tout le monde s'intéressait aux *Confessions de minuit*. Samantha Leeds, *alias* Dr Samantha, était la nouvelle vedette de « Big Easy », pour le pire plus que pour le meilleur. En tout cas, George Hannah était aux anges ; et les rumeurs selon lesquelles il allait vendre la station pour une somme indécente circulaient dans « l'aorte » et tous les couloirs de la radio.

Eleanor, de son côté, était malade d'inquiétude. Elle voulait annuler l'émission. Si la popularité était une excellente chose, cette effervescence était plus qu'elle n'en pouvait supporter.

Melba était débordée; elle ne s'en sortait plus avec le téléphone.

Autant cette affaire rendait Gator maussade, autant elle paraissait amuser Ramblin' Bob. « C'est un sacré truc, que tu as créé là », avait-il dit à Samantha un peu plus tôt dans la semaine. Il lui avait assené une bonne claque dans le dos, avant de partir d'un éclat de rire qui s'était terminé dans une violente quinte de toux. On aurait cru que ses poumons allaient exploser.

Tiny ne savait plus où donner de la tête et Melanie, qui paraissait fatiguée, se plaignait d'avoir trop de travail; elle voulait une augmentation et un rôle plus important dans l'émission — mieux encore, elle serait ravie d'avoir *sa* propre émission.

Pour sa part, Samantha avait reçu des propositions d'une autre radio de la ville. Et une espèce d'agent spécialisé dans les médias lui avait téléphoné pour lui expliquer qu'il y avait de plus gros marchés que la Louisiane, qu'elle devrait songer à déménager à Los Angeles.

Ce qui n'était pas une si mauvaise idée, à bien y réfléchir. En revenant sur la côte Ouest, elle serait plus près de son père...

« Et à des milliers de kilomètres de Ty », lui souffla une petite voix. Elle était tombée amoureuse de lui, il n'y avait aucun doute à ce sujet. Au cours des deux dernières semaines, il était devenu un élément important de sa vie : lui et son gros chien indolent avaient quasiment emménagé chez elle. Quant à savoir si lui l'aimait, c'était une autre histoire. Il cherchait surtout à protéger ses propres intérêts et à se faire absoudre, persuadé d'être à l'origine de tout ce qui se passait.

L'un dans l'autre, la vie de Samantha était devenue littéralement folle.

Et pendant ce temps, un tueur rôdait dans les rues de la ville.

Un tueur qui n'avait pas fait parler de lui depuis près d'une semaine.

Mais il n'était pas parti, Samantha en était certaine. Il attendait son heure, il guettait, prêt à frapper. Elle sentait cette présence chaque fois qu'elle décrochait le téléphone; chaque fois qu'elle pressait un des voyants lumineux clignotants pour prendre un appel, pendant son émission; tous les soirs, lorsque le soleil se couchait.

Ce n'était qu'une question de temps.

Samantha avait assisté aux funérailles de Leanne Jaquillard, dans une petite chapelle surchauffée située près du fleuve. Celles-ci s'étaient déroulées dans une relative discrétion, en présence d'à peu près toutes les filles du Boucher Center. La mère de Leanne, Marletta, était là, bien sûr. Quand Samantha avait voulu lui présenter ses condoléances, elle s'était détournée. Elle ne s'était pas montrée aussi ouvertement hostile qu'Estelle Faraday, des années plus tôt, mais le message était le même : Marletta lui en voulait pour la mort de sa fille. Que pouvait objecter Samantha ? Leanne serait sans doute en vie, aujourd'hui, si elle ne l'avait pas connue.

La police avait pensé que l'assassin assisterait peut-être à la cérémonie. On avait donc posté ici et là des policiers en civil, dans la petite église, tandis que des photographes, cachés, avaient été chargés de prendre en photo l'assistance.

Mais John n'était pas venu.

En tout cas, personne ne l'avait vu.

Entre-temps, Samantha avait passé des journées à étudier ses notes. Ses nuits, c'était dans les bras de Ty qu'elle les passait. Ils faisaient l'amour comme si chaque nuit devait être la dernière. Samantha ne s'autorisait pas à penser à l'avenir de cette relation. Celle-ci était condamnée. Non seulement elle avait commencé avec des mensonges, mais elle reposait presque exclusivement sur le besoin mutuel qu'ils avaient de traîner l'assassin en justice.

Samantha prenait aussi le temps de lire les documents que Ty avait rassemblés sur sa famille ; elle s'imprégnait de tout ce qu'elle trouvait au sujet des tueurs en série et de la psychologie du meurtre, essayant de donner un sens aux indices dont elle disposait sur l'identité de John et ses mobiles. Et que signifiaient ces lunettes noires ? Pourquoi les portait-il toujours ? Cela faisait-il partie de son déguisement ?

Samantha finit par se forger une théorie.

Elle composa le numéro du commissariat et laissa un message à Bentz. Elle était en train de trier ses messages électroniques, sur son ordinateur, quand il la rappela.

— Vous vouliez me parler ?

— J'aimerais vous soumettre une idée.

— Je vous écoute…

— Depuis que j'ai reçu cette photo, celle avec les yeux découpés, j'ai le sentiment que celui qui me l'a envoyée ne voulait pas seulement me faire peur, mais qu'il essayait aussi de me transmettre un message. Un message subliminal dont lui-même n'a peut-être pas conscience.

— Quel genre de message ?

— Il ne veut pas que je le voie, ou que je le reconnaisse. Et je pense qu'il y a une symbolique dans ces yeux mutilés.

Samantha souleva le portrait-robot qui se trouvait devant elle.

— Les deux témoins ont affirmé que le suspect portait des lunettes de soleil, alors qu'il faisait nuit, n'est-ce pas ?

— Exact.

— J'ai cru au départ que c'était une partie intégrante de son déguisement, mais il y a peut-être un autre message : il ne supporte pas de voir ce qu'il a fait. Il ne veut pas être le témoin de ses propres actes.

Elle marqua une pause. Bentz ne dit rien.

— Ensuite, poursuivit-elle, toutes ces références religieuses, quand il appelle… Une de mes premières idées a été qu'il faisait allusion au *Paradis perdu* de Milton. Lui-même dit s'appeler John, qui était le prénom de Milton. Il pouvait aussi s'agir d'une allusion à saint Jean-Baptiste. Ce n'était pas très clair… J'ai fini par écarter cette idée. Et à présent, je ne suis plus très sûre. Je pense que d'une certaine manière il s'identifie à Lucifer. Il estime avoir été chassé du ciel, ou du paradis. Et tout en me tenant pour responsable, il s'en veut aussi.

— C'est votre théorie ? demanda Bentz.

— En partie, oui.

— Ecoutez, je vais y réfléchir. Et pendant ce temps, faites attention à vous. Ce malade n'en a pas fini.

— George aurait dû annuler, déclara Eleanor en scrutant la foule massée dans la cour du vieil hôtel.

Les palmiers étincelaient de centaines de petites ampoules décoratives ; des grands pots avaient été plantés de fleurs odorantes. Et on avait disposé des mannequins vêtus de tenues diverses à travers les couloirs, la cour et le hall de l'hôtel. Des serveurs passaient au milieu des invités avec des plateaux de coupes de champagne et de canapés, tandis qu'un orchestre de jazz avait été installé sur le deuxième des trois balcons.

Le champagne coulait d'une sculpture en glace du logo de la station. Vêtu d'un smoking, un sourire étudié accroché aux lèvres, George Hannah était dans son élément. Il se frayait son chemin dans la foule, serrait des mains, échangeait quelques mots et, comme toujours, cherchait des investisseurs pour WSLJ.

— Non, il ne pouvait pas annuler, dit Samantha. Il était trop tard. Cela faisait des mois que tout était prévu.

— Il aurait pu faire les choses correctement, alors, et trouver un endroit décent. Tout s'effondre, ici.

Le regard sombre, Eleanor leva les yeux vers les murs en stuc et les balcons des chambres, avec leurs volets verts et leurs garde-corps ajourés. Il y avait des lézardes dans le plâtre, et la peinture s'écaillait ici et là.

— Il est en pleine rénovation, souligna Samantha en cherchant Ty parmi les invités. J'ai vu des équipes aller et venir, cet après-midi, pendant que nous installions tout.

— Cet hôtel aurait dû être démoli il y a une cinquantaine d'années.

— Il fait partie de l'histoire de La Nouvelle-Orléans.

Samantha savait pourquoi on avait choisi ce petit établissement. Il avait du caractère, il était situé dans le quartier français, et il était bon marché. Une excellente affaire pour le Boucher Center, qui devait récolter les bénéfices de la soirée. Certes, ils avaient eu quelques soucis avec les ouvriers qui travaillaient à la rénovation des chambres les plus anciennes, mais toutes les parties en chantier avaient été protégées par des cordons de sécurité, et le personnel de l'hôtel s'était mis en quatre pour recevoir les invités dans les meilleures conditions.

La cour résonnait des conversations et de la musique de l'orchestre. Samantha s'efforçait de rester aussi placide que possible, malgré les coups d'œil furtifs qu'elle s'attirait. Elle comprenait la curiosité dont elle était l'objet. Son nom était régulièrement cité dans les journaux ou les bulletins d'informations locales, chaque fois qu'il était question de la série de meurtres dont La Nouvelle-Orléans était le théâtre.

Elle songea à Leanne, qui attendait avec tant d'impatience cet événement. La jeune fille était morte, à présent. Son cœur se serra douloureusement. La culpabilité était toujours là, pesante, oppressante. Si seulement elle avait appelé Leanne plus tôt, si seulement elle avait lu son courrier électronique, si seulement...

Comme toujours, ces hypothèses appelèrent des questions. Comment John connaissait-il Leanne ? Comment connaissait-il le lien étroit qui les unissait ? Et qui était-il, à la fin ? Quelqu'un de proche d'elle ? Quelqu'un qu'elle considérait peut-être comme un ami ? Au travers d'une tonnelle, elle aperçut Gator ; il rôdait près du bar et vidait un verre après l'autre. Tiny, étriqué dans son smoking trop petit, se tenait à l'écart de la foule et fumait une cigarette, visiblement nerveux. Ramblin' Bob bavardait avec une présentatrice de la télévision locale et Melanie, dans une tenue lamée, perchée sur des talons d'au moins huit centimètres, surveillait de près tous les mouvements de George Hannah.

Renee et Anisha, en robes longues et talons hauts, semblaient rayonner tandis qu'elles expliquaient, avec les directeurs du centre, le programme du Boucher Center aux invités intéressés.

Leanne aurait dû être ici.

Samantha tenta d'ignorer la culpabilité qui ne la quittait pas depuis la mort de l'adolescente.

« Elle est morte parce qu'elle te connaissait. Assassinée par un fou, un maniaque. »

— Cessez donc de vous torturer, lui dit Eleanor comme si elle avait lu dans ses pensées.

Vêtue d'une élégante robe noire chatoyante qui mettait en valeur ses bijoux, elle aussi observait les gens réunis autour de la table d'informations du Boucher Center.

— Je sais ce que vous êtes en train de vous dire. Vous ne pouviez rien faire.

— Pas si sûr. Je pense que si je lui avais répondu, si je l'avais rappelée plus tôt ou avais agi différemment, elle serait avec nous, aujourd'hui.

— Je vous en prie, Samantha, arrêtez de vous accabler de la sorte. Cela ne la fera pas revenir.

Eleanor paraissait elle-même nerveuse ; malgré son maquillage, elle avait les traits tirés. Elle avait demandé avec insistance la présence de policiers en civil, et Bentz avait accepté. La sécurité de l'hôtel était censée se fondre dans la foule, mais Samantha avait la sensation angoissante que si John avait décidé de venir ici, il le ferait. Le portrait-robot n'aurait aucun effet de dissuasion. Elle repéra Bentz, qui passait la main sous son col de chemise ; il montait la garde à une des portes et semblait mal à l'aise. De l'autre côté de la cour, Montoya se tenait contre un pilier et surveillait également les invités.

— Essayez de vous amuser, ajouta Eleanor.

— Vous aussi.

— Je suis prête à sourire si vous le faites !

Eleanor esquissa alors un sourire, tandis que George Hannah la rejoignait pour la présenter à des personnalités de la ville.

Samantha s'obligea également à sourire. Au même moment, pourtant, elle remarqua deux personnes qu'elle voulait à tout prix éviter. Son ancien mari, qui s'avançait au milieu des invités dans sa direction ; et Trish LaBelle, qui se trouvait au bar, entourée de sa petite cour.

— Samantha ! lança Jeremy.

Elle serra les dents quand il la rejoignit et lui déposa un baiser léger sur la joue.

— Ne fais pas ça, lui dit-elle.

— Pourquoi ?

— Parce que je te le demande, c'est tout.

Elle vit la colère traverser ses yeux, mêlée à quelque chose d'autre, de plus sombre encore.

— Cela me met mal à l'aise, ajouta-t-elle.

Où Ty pouvait-il être ?

— Un simple baiser sur la joue ? Et moi qui pensais que tu étais disposée à accepter tous les amis qui se présenteraient, avec tout ce qui se passe…

— Il faut bien que je mette certaines limites.

— Et tu commences avec tes ex-maris ?

— Je n'en ai qu'un, souligna Samantha d'un ton sec, alors qu'il prenait une coupe de champagne sur un plateau qui passait.

— Jusque-là.

— Et c'est définitif.

— Si tu veux mon avis, Samantha, et c'est le professionnel qui parle, toute cette amertume, cette violence montrent bien que tu n'en as pas réellement terminé avec moi.

— Oh, je t'en prie, Jeremy ! C'est fini, tu le sais aussi bien que moi. Qu'est-ce que tu veux, sinon ? Tu as parlé de quelque chose qui se passait dans ma vie. A quoi faisais-tu allusion ?

L'orchestre, avec un chanteur à la voix éraillée, se lança dans une version lente de *Fever.*

— Tu t'es attiré l'attention d'un maniaque. Qui pourrait être un tueur en série. On en a parlé à la télé, dans les journaux… Pourquoi y a-t-il tout ce monde, ce soir, à ton avis ?

Samantha se sentit mal, soudain. Parce que son ex-mari était trop près d'elle ; peut-être aussi parce qu'elle avait eu la même pensée que lui. Tous ces gens n'étaient pas tant ici pour soutenir une bonne œuvre que pour voir une bête curieuse : elle-même.

Jeremy but une gorgée de champagne et fit signe à quelqu'un, dans la foule des invités.

— Au moins, tu as obtenu ce que tu avais toujours cherché, ajouta-t-il. La célébrité. Une drôle de célébrité, à vrai dire. Et la bonne nouvelle, dans tout ça, c'est que cette notoriété s'étend aussi à la radio.

— Bonne nouvelle ? Des femmes sont mortes, Jeremy ! Je ne vois pas en quoi on peut voir là une bonne nouvelle.

Elle se détourna et alla se mêler à un groupe de femmes qui parlaient politique. Le sujet n'intéressait pas Samantha, qui cherchait avant tout à échapper à son ancien mari.

— Ça va ?

Reconnaissant la voix de Melanie, Samantha se retourna. Son assistante la fixait.

— Tu es toute pâle. Comme si tu avais vu un fantôme.

— Le fantôme de mon mariage, en fait, et crois-moi, il est hideux.

— Où est le nouvel homme de ta vie, Ty ?

— Il est en chemin, j'espère.

Du coin de l'œil, Samantha aperçut George Hannah en grande conversation avec Trish LaBelle — une conversation très animée. L'expression de Melanie, qui les observait aussi, se durcit légèrement.

— Et toi ? lui demanda Samantha. Où est ton nouvel ami ?

— Occupé, répondit Melanie avec un soupir. Comme d'habitude.

— J'aimerais bien le rencontrer.

— Un jour, j'espère…

Au même moment, Ty apparut dans l'entrée, et Samantha sentit les battements de son cœur s'accélérer. Il la chercha du regard et se dirigea droit vers elle dès qu'il l'eut aperçue. Un smoking noir avait pris la place des habituels jean et T-shirt.

— Je vais m'éclipser, annonça Melanie avec une pointe de jalousie dans la voix. Le Mâle avec un grand « M » arrive.

Elle se glissa à côté d'un énorme pot qui débordait de fleurs, puis contourna un mannequin vêtu d'un magnifique costume ancien, sans doute antérieur à la guerre de Sécession.

— Désolé d'être en retard, dit Ty en rejoignant Samantha. C'est André. Son sens de la ponctualité laisse à désirer. Et pour ne rien arranger, il y avait de la circulation.

Il saisit le pied d'un verre de vin sur le plateau que lui proposa un serveur qui semblait prodigieusement s'ennuyer.

— J'ai réussi à survivre sans toi, lui dit-elle d'un ton badin.

— C'est vrai ? Et moi qui pensais que tu te languissais affreusement de ma personne…

Un sourire sexy éclaira son visage.

— Rêve donc, mon ami !

Le groupe attaqua une nouvelle chanson, mais le son disparut bientôt, comme si les haut-parleurs avaient soudain lâché. La plupart des invités ne remarquèrent rien, apparemment, puisque les conversations se poursuivirent. Ty leva les yeux vers le balcon.

— Des problèmes techniques, dit-il en regardant le bassiste qui allait examiner son ampli.

— Ça ne devrait pas durer. Il y a ici des gens de la radio, dont beaucoup ont de bonnes connaissances techniques — que ce soit Tiny, Bob, George, Melanie ou même moi.

De nouvelles personnes s'aperçurent que la musique s'était arrêtée. Eleanor se dirigea vers Tiny en lui désignant l'étage. Alors qu'il se tournait vers l'escalier, l'attention de tous les invités fut attirée par les crachotements d'un micro et un désagréable effet de Larsen.

— Qu'est-ce que c'est que ça ?

De la musique se fit entendre. Mais ce n'était pas le groupe qui jouait. Et Samantha reconnut aussitôt les premiers accords de *A Hard Day's Night*.

— Oh, non ! dit-elle dans un souffle.

Le volume de la musique baissa peu à peu, et la voix de Samantha envahit la cour.

— Bonsoir, La Nouvelle-Orléans, et bienvenue aux *Confessions de minuit*...

— C'est toi qui as enregistré ça ? demanda Ty.

— Non.

Elle vit George Hannah, qui s'arrêtait de parler, tandis qu'Eleanor courait après Tiny. Dans la cour de l'hôtel, toutes les conversations avaient cessé.

— ... ce soir, nous allons parler de...

Samantha sentit des centaines d'yeux braqués sur elle.

— ... sacrifice et de... châtiment...

Il avait effectué un montage à partir d'enregistrements de son émission, comprit-elle. Le cœur battant à grands coups, elle parcourut la foule des yeux. Il était ici. Elle le savait. Mais où ? Elle scruta les entrées, les balcons... Où se cachait-il ?

Tiny était monté au balcon et Eleanor, qui avait reporté son attention sur Samantha, traversa la foule pour la rejoindre.

— Vous étiez au courant de tout ça ?

— Evidemment que non !

— Faites-la sortir d'ici, ordonna Eleanor à Ty.

— C'est l'heure des *Confessions de minuit*, et je vous propose de m'appeler… Qu'avez-vous en tête, La Nouvelle-Orléans ? Dites-le-moi…

— Mais qu'est-ce qui se passe ? s'exclama George en fusillant Eleanor du regard. Une plaisanterie ? Si c'est le cas, elle est du plus mauvais goût.

— Je ne vous le fais pas dire.

Eleanor se tourna vers Bentz, qui les rejoignait en parlant dans un talkie-walkie.

— Trouvez-moi d'où ce machin est diffusé, dit-il, avant de couper la communication pour s'adresser à George. Il faudrait faire sortir tout le monde d'ici. J'ai des renforts qui arrivent, et nous allons rassembler les invités sur le parking, de l'autre côté de la rue.

George s'avança, jusqu'à ce que son visage touche presque celui du policier.

— Vous plaisantez ? Vous ne pouvez pas traiter nos invités comme du bétail !

— Vous êtes-vous déjà sacrifié ?

Bentz claqua des doigts alors qu'un policier en uniforme passait à côté d'eux.

— Hé, vous ! Je veux le nom et l'adresse de toutes les personnes qui sont entrées dans ce bâtiment au cours de la semaine. Je parle aussi bien des ouvriers qui travaillent sur le chantier de rénovation que du personnel de l'hôtel, des clients, des livreurs… Tout le monde ! Allez-y.

Les invités se dirigeaient déjà en nombre vers la sortie.

Le talkie-walkie de Bentz crachota, et il plaça le combiné sur son oreille.

— Bentz, j'écoute.

Il eut un rapide échange avec son correspondant et expliqua ensuite :

— Il semblerait qu'on ait trouvé.

Il se tourna et prit la direction d'un escalier. Alors que Samantha lui emboîtait le pas, il jeta un coup d'œil par-dessus son épaule et lui lança :

— Cela ne regarde que la police. Vous restez ici.

— Pas question ! Il me semble que c'est surtout moi que ça regarde, non ?

Bentz fit volte-face. Il avait le visage tout rouge et le front luisant de transpiration.

— Vous allez faire ce que je vous dis, bon sang ! Vous resterez ici jusqu'à ce que l'endroit ait été sécurisé et que nos techniciens aient pu passer les lieux au peigne fin.

Il se tourna vers Ty et ajouta :

— Faites en sorte qu'elle obéisse.

Rick laissa le Dr Samantha vociférer derrière lui. Qu'est-ce qu'elle avait dans la tête ? Ne se rendait-elle pas compte du danger ? Il s'engagea dans un escalier pour rejoindre, au sous-sol, une grande pièce dans laquelle se trouvaient déjà plusieurs policiers.

— C'est ça ?

— On dirait, répondit un des policiers en uniforme. Une salle de rangement, qui a été vidée pour le temps des travaux.

Sauf qu'elle n'était pas vide… Un magnétophone relié à des fils qui passaient à travers les murs était posé par terre. Mais le plus étrange était sans aucun doute ce mannequin assis sur une chaise pliante, au milieu de la pièce. Il était nu, à l'exception d'un masque de mardi gras, d'une perruque rousse et d'un rosaire passé autour du cou.

— Nom de Dieu ! fit Rick.

Il utilisa des gants pour retirer la chevelure puis le masque. Un nouveau juron franchit ses lèvres. On avait noirci les yeux, avant de creuser les orbites.

Cette fois, il en était certain : Samantha Leeds serait la prochaine sur la liste.

32.

Presque une semaine s'était passée, et Samantha se trouvait à son bureau de la radio, essayant de lire son courrier électronique ; il était beaucoup trop volumineux pour qu'elle puisse espérer répondre à tous les mails. Elle essayait aussi de se remettre des contrecoups de cette horrible réception à l'hôtel. La police n'avait pas trouvé de coupable ni même de véritable suspect. L'hypothèse qui prévalait était que quelqu'un s'était fait passer pour un ouvrier du chantier afin d'entrer dans le bâtiment. Un des mannequins avait été dérobé et caché au sous-sol. Et une personne dotée de connaissances basiques en sonorisation avait relié le magnétophone à la table de mixage du groupe. Les policiers avaient interrogé tout le monde, les invités comme le personnel ou les ouvriers. Ty avait suivi l'enquête d'un regard critique, un peu à l'écart, avec André Navarrone, tandis que Samantha continuait d'employer tout son temps libre à lire des textes consacrés aux tueurs en série, aux psychotiques, à tout ce qui pouvait avoir un rapport avec John. Rick Bentz avait encore renforcé la sécurité autour d'elle, que ce soit à La Nouvelle-Orléans ou à son domicile.

Mais John n'avait pas donné le moindre signe de vie.

Samantha réprima un frisson en songeant au mannequin, énucléé et dénudé. C'était un message à son intention.

Les chiffres d'audience des *Confessions de minuit* continuaient de flirter avec les sommets, pour le plus grand bonheur de George Hannah. Du coup, certains policiers commençaient sérieusement à se demander si les derniers événements n'avaient pas été mis en scène, s'il ne s'agissait pas d'un stratagème destiné à faire parler de la radio.

Samantha n'y croyait pas. En revanche, elle avait l'intuition toujours plus vive que deux forces étaient à l'œuvre. Un monstre dont l'objectif était de tuer et quelqu'un d'autre qui s'amusait. Deux forces qui s'incarnaient peut-être en une seule et même personne. Quelqu'un de la radio, qui aurait un lien avec Annie Seger ? Mais qui ?

Elle entendit des pas dans le couloir. Un instant plus tard, Melanie passa la tête dans le bureau.

— C'est bientôt l'heure ! annonça-t-elle. L'heure de la…

Elle fit des guillemets imaginaires, avec ses doigts, et ajouta à voix basse :

— … réunion.

— Mais qu'est-ce que tu fais ici, à une heure pareille ? lui demanda Samantha. Moi, on m'a convoquée. Mais toi… Tu n'as pas de vie sociale ?

Melanie eut un grand sourire. Ses yeux étincelèrent.

— J'ai une *supervie* sociale !

— Ton nouvel homme mystère ?

— Mmm…, fit Melanie, dont le sourire s'accentua. Je crois bien que c'est le bon, cette fois.

— Ça semble sérieux, en effet.

— Je croise les doigts… et même les orteils !

Le visage de Melanie était radieux. Samantha se souvint qu'elle n'avait même pas vingt-cinq ans.

— Qui est-ce, alors ? Je le connais ?

Melanie secoua la tête, mais une lueur espiègle traversa son regard.

— Non.

— Quand vais-je pouvoir le rencontrer ?

— Bientôt. Je l'amènerai. Mais tu ferais mieux d'y aller, à cette réunion. « Boy George » n'aime pas qu'on le fasse attendre.

— Et il n'aimerait pas non plus savoir que tu l'as affublé de ce surnom…

— L'appeler comme ça, moi ? s'exclama Melanie, l'air faussement outré. Je ne me permettrais pas !

La réunion à venir n'enthousiasmait guère Samantha. Quelque chose se préparait. Il y avait dans l'air cette électricité qui ne trompait guère. Elle avait aussi l'intuition que le succès de son émission, si discutable qu'il soit, serait le sujet du jour.

Depuis la réception à l'hôtel, la station était submergée de coups de fil de journalistes désireux de l'interviewer. Et les appels avaient plus que triplé durant *Les Confessions*. Ils étaient chaque soir des centaines à appeler Samantha pour échanger quelques mots avec elle, obtenir ses conseils et entendre leur voix sur les ondes. Sans parler des mauvais plaisants qui se faisaient passer pour John ou un autre cinglé.

Melanie avait de plus en plus de mal à filtrer, et l'inspecteur Bentz avait demandé qu'on instaure un contrôle supplémentaire. Ainsi, tous les coups de fil reçus entre 21 heures et 2 heures du matin étaient vérifiés *deux* fois. C'était Melanie qui répondait, puis une femme policier que Bentz avait lui-même désignée se faisait passer pour le Dr Samantha. Les appels étaient enregistrés et tracés.

Jusque-là, John était resté silencieux.

Si la police restait confiante dans son arrestation, les communiqués de presse et la publication du portrait-robot n'avaient donné aucun résultat. John semblait se terrer. Et, en vérité, le portrait-robot restait très vague. Tout homme de vingt-cinq à trente-cinq ans, d'environ un mètre quatre-vingts, brun et assez bien bâti, pouvait faire un suspect.

— Tâche de glisser un mot à mon sujet, suggéra Melanie. J'ai trop de travail, je suis sous-payée et même si je suis la plus loyale des assistantes, je vendrais mon âme au diable pour avoir ma propre émission…

— Je transmettrai, promit Samantha d'un ton sec en se levant.

Elle gagna l'une des plus grandes pièces de la station, qui n'était autre que la bibliothèque. C'était là que se tenaient les réunions qu'organisaient George ou le service commercial.

— Ah ! Samantha ! Entrez, entrez ! s'exclama George quand elle fut sur le seuil.

Vêtu d'un élégant costume gris, avec une chemise blanche et une cravate aux couleurs vives, il était assis à une extrémité de la grande table qui occupait une partie de la pièce. Eleanor, une expression renfrognée sur le visage, était installée à sa droite. Quelques dossiers et un ordinateur portable étaient posés sur la table.

— J'irai droit au but, déclara George alors que Samantha prenait place en face de lui. J'ai l'intention d'augmenter la tranche horaire de votre émission.

— Autant que vous sachiez tout de suite que je ne suis pas d'accord, Samantha, intervint Eleanor. Ce serait une erreur, à mon avis. George pense surtout aux taux d'audience, à la publicité qu'ils génèrent et aux résultats financiers de la radio... Or, il y a des paramètres qu'on devrait prendre en compte, il me semble.

— J'en suis bien conscient, affirma George avec son sourire le plus désarmant. Je mesure la gravité de ce qui se passe. Cela ne m'empêche pas de croire que nous devons tirer avantage de la situation.

Le regard d'Eleanor étincela.

— Tirer avantage de la situation ? Dites plutôt « exploiter » ! Et ce n'est pas une « situation », c'est un vrai cauchemar ! Quelqu'un s'est introduit chez Samantha, elle a reçu des lettres et des appels de menaces, sans parler de ces histoires de gâteau et de mannequin. Et maintenant, nous savons avec certitude que l'auteur de tout cela est aussi un boucher, un tueur en série ! Il assassine des femmes !

— Des prostituées, crut bon de préciser George.

— Des *femmes*. Nous nageons en pleine terreur. Alors, à votre place, je songerais plutôt à mettre l'émission au repos, le temps que la situation s'apaise. Ce dont nous avons vraiment besoin ici, c'est d'une sécurité accrue — et je ne parle pas de ce vigile que vous avez engagé. Dans l'immédiat, nous pouvons compter sur la police pour enregistrer les appels et les tracer. Ces méthodes, il faudra les poursuivre durablement en installant notre propre système. Nous devons aussi faire changer *tous* les verrous. Il y a quelques semaines, quelqu'un s'est introduit dans la cuisine en passant par le balcon. Nous avons donc fait poser un verrou neuf. Mais rien ne nous assure qu'il ne reviendra pas. Ce type est un maniaque, un assassin, nom d'une pipe !

Elle reprit son souffle.

George se laissa aller en arrière, sur sa chaise, et lança son stylo sur la table.

— C'est ce que j'aime bien, avec vous. Toujours à souligner les éléments positifs.

— Il n'y a absolument rien de positif dans cette histoire !

— Cela semble pourtant intéresser le public.

— Au diable le public ! Ce dont je vous parle, c'est de la sécurité de mes… *nos* employés.

George se mordilla la lèvre.

— Samantha, reprit-il au bout d'un instant, vous allez peut-être pouvoir me venir en aide. Mes projets sont clairs : augmenter votre audience, étendre votre émission sur toute la semaine et faire en sorte que vous en profitiez. Le but, ce serait qu'on puisse vous entendre sur tous les grands réseaux, d'ici jusqu'aux montagnes Rocheuses.

Samantha haussa un sourcil.

— D'accord, d'accord, j'exagère un peu, reconnut George. Mais ça pourrait être un objectif à atteindre.

— Seigneur ! s'exclama Eleanor. Est-ce que vous avez conscience de ce que vous dites ?

— Eleanor, je ne vous paye pas pour me contredire systématiquement, vous savez ?

— Bien sûr que si ! C'est pour vous aider à garder les pieds sur terre et un certain sens de la réalité que je suis là.

— Si vous le dites… Bon, je vous ai écoutée, j'ai pris note de vos remarques, mais je pense quand même que nous devrions profiter de cette opportunité. Nous allons encore renforcer la sécurité, changer les verrous, faire escorter Samantha jusqu'à sa voiture, au parking, ou même la raccompagner chez elle s'il le faut. La sécurité du personnel passe avant tout.

Eleanor se laissa aller contre le dossier de sa chaise et croisa les bras sur son ample poitrine. Elle déclara simplement :

— Faites en sorte que ce ne soient pas des paroles en l'air, George.

— Je vous le jure.

Elle ne fit aucun commentaire.

Samantha décida de mettre un frein à l'enthousiasme de son patron.

— Il y a un souci autre que la sécurité. Je n'ai aucunement l'intention de travailler sept jours sur sept…

Elle était déjà épuisée, et la perspective de passer toutes ses soirées devant un micro était inconcevable.

— A moins que vous n'envisagiez d'engager quelqu'un d'autre pour supporter la charge de travail supplémentaire.

— Melanie pourrait le faire…, proposa Eleanor sans enthousiasme.

George secoua la tête.

— Pas Melanie. Nous avons perdu des auditeurs pendant les vacances de Samantha.

— Quelqu'un d'autre, alors, insista Samantha.

— Personne ne peut prendre votre place. C'est à vous que le public identifie l'émission. Je mesure que ce serait un surcroît de travail, un gros investissement de votre part, mais cela vous vaudrait une augmentation significative, et une prime si les nouvelles tranches horaires fonctionnent. Au bout d'un moment, vous pourriez partager l'antenne avec qui vous voulez — Melanie, Ramblin' Bob ou Gator — jusqu'à ce que les auditeurs adoptent ces nouveaux animateurs. Ils voleraient alors de leurs propres ailes et se chargeraient seuls de l'émission plusieurs soirs par semaine.

— Bob et Gator ne sont pas psychologues. Ce sont des animateurs radio spécialisés dans la musique, avec chacun sa personnalité. Leurs propres émissions perdraient en crédibilité.

— Et Trish LaBelle, alors ? J'ai entendu dire ici et là que ses relations avec WNAB étaient de plus en plus tendues. Peut-être serait-elle intéressée.

— Trish LaBelle ? répéta Samantha, abasourdie.

Le style de Trish était plutôt rude. Elle jugeait les autres et elle n'avait pas sa langue dans sa poche, c'était le moins qu'on pût dire. Pour Samantha, elle allait trop loin. Il lui arrivait d'humilier les auditeurs qui appelaient, de tourner en dérision leurs problèmes avec un sens de l'humour pour le moins discutable.

Eleanor fit entendre un claquement de langue.

— Impossible que Trish LaBelle accepte de jouer les seconds rôles. Avec qui que ce soit. Et cette femme est un vrai poison. Je n'aime pas son style. Désolé, George, mais je ne mange pas de ce pain-là. Et de grâce, épargnez-moi vos « j'ai entendu dire ici et là que… ». Je sais très bien que vous lui avez parlé et que vous êtes déjà en pleins pourparlers.

George pinça les lèvres.

— Je me dois de faire ce que je pense être le mieux pour cette radio.

— Dans ce cas, commencez donc par assurer la sécurité de vos employés.

— Je vous ai déjà dit que j'allais m'en occuper. Pour le reste, j'ai offert à Samantha une nouvelle définition de son poste, mais elle a refusé ma proposition. Nous avons ensuite examiné le profil des personnes qui font déjà partie du personnel…

George tendit les mains, les paumes offertes, comme s'il était désolé.

— … et Samantha pense qu'ils n'ont pas les diplômes requis.

— En effet, confirma Samantha.

— C'est la raison pour laquelle je propose Trish.

— Elle ne fait pas plus l'affaire. Elle a un diplôme de sociologie, avec juste une option psycho.

Ce qui restait du sourire de George disparut.

— Possible, mais c'était bien assez pour WNAB — et je pense qu'il en ira de même chez nous. Elle va nous amener ses auditeurs des ondes moyennes. Vous pourriez former un formidable tandem, toutes les deux. Je vous laisse le choix : ou bien vous assurez la présentation de toutes les émissions, ou bien vous faites équipe avec Trish.

— Une minute ! s'exclama Eleanor. A vous entendre, on croirait que l'affaire est entendue, que vous avez déjà engagé Trish.

— Pas encore. Nous en sommes encore au stade des négociations. Tout dépend de Samantha. Mais d'une manière ou d'une autre, j'entends bien capitaliser sur le succès des *Confessions de minuit*. L'émission sera programmée toute la semaine, dorénavant.

— L'objet de cette réunion était donc de nous mettre devant le fait accompli, déclara Eleanor avec froideur.

— Et cette réunion est terminée, répliqua George en tapant des deux mains sur la table. Communiquez-moi vite votre réponse.

Il se leva brusquement, arrangea le col de sa chemise et quitta la pièce.

Eleanor soupira et leva les bras.

— Je me demande parfois pourquoi je reste ici, moi.

— Parce que vous aimez ça.

— Dans ce cas, je serais bien inspirée de vous consulter. Je souffre peut-être de graves problèmes psychologiques...

— Je ne le pense pas, dit Samantha alors qu'elles quittaient à leur tour la bibliothèque, pour rejoindre la réception. Vous êtes la personne la plus raisonnable que je connaisse.

— Alors, nous sommes tous dans un sacré pétrin. A plus tard, Samantha.

Une fois seule, Samantha consulta sa montre. Il lui restait plusieurs heures avant son émission, et elle avait de nombreuses courses à faire.

— Alors ? Quoi de neuf ?

Elle leva les yeux et découvrit Melanie. Elles quittèrent ensemble le bâtiment. Il faisait un soleil éclatant dehors.

— Ils projettent de donner plus d'importance à l'émission.

Un immense sourire illumina aussitôt le visage de Melanie.

— Je le savais ! C'est une supernouvelle ! Mais... de quoi s'agit-il, au juste ? Etendre la tranche horaire ou programmer aussi l'émission le week-end ?

— La seconde solution. Même si rien n'est encore décidé.

— Tu ne vas pas pouvoir assurer tout toute seule...

— C'est ce que je leur ai dit.

Samantha fouilla dans son sac et en sortit des lunettes de soleil qu'elle chaussa aussitôt.

— Et moi ? demanda Melanie. Tu as pu glisser un mot à mon sujet ?

— Oui, bien sûr, mais... en fait, George a déjà des idées bien établies.

— Des idées ?

Melanie s'arrêta net. Tout son enthousiasme avait disparu d'un coup.

— Merde, je le savais ! Il va confier l'émission à quelqu'un d'autre, c'est ça ?

Elle donna un coup de pied furieux à un petit caillou qui alla rebondir contre une benne à ordures.

— Le fils de pute !

— Tu devrais peut-être parler à Eleanor, dit Samantha, surprise par la véhémence de son assistante.

Elle pouvait comprendre sa déception. Mais c'était plus que de la déconvenue, qui s'exprimait là. Melanie était furieuse, presque enragée.

— Après tout ce que j'ai fait, toutes ces heures à travailler, tous ces sacrifices !

Samantha sursauta, comme chaque fois qu'elle entendait ce mot, désormais.

— Des sacrifices ? répéta-t-elle. Mais c'est ton travail…

Melanie ne l'entendit sans doute pas. Elle revenait déjà vers l'immeuble de la radio, martelant le trottoir de ses chaussures.

— Ça, c'est le truc en trop, maugréait-elle.

Rick se laissa aller en arrière, dans son fauteuil, et il contempla le type pathétique qui se tenait en face de lui.

David Ross avait peur. Il tremblait presque.

— Je pense que je vais avoir besoin d'un avocat, dit-il.

Il avait le front luisant de sueur, les mains crispées l'une à l'autre. Ses cheveux étaient ébouriffés, sa chemise froissée. Il avait la tête d'un homme qui n'a pas dormi depuis deux semaines.

— Vous êtes venu de votre propre chef, lui rappela Rick.

— Je sais, je sais, mais…

Ross déglutit avec peine.

— … je ne pensais pas que ça irait si loin. Je…

Il ferma les yeux et parut légèrement se reprendre.

— … je m'inquiétais pour Samantha. Je suis… enfin, j'*étais* son fiancé. Nous nous sommes brouillés et nous avons essayé de recoller les morceaux au Mexique. Ça n'a malheureusement pas marché. J'étais désespéré et j'ai… j'ai fait des choses que je n'aurais pas dû faire.

Il sortit de sa poche un porte-clés et un portefeuille.

— On mes les a rendus pendant que nous étions encore au Mexique — j'ignore si tout s'y trouve. Je ne les ai pas retournés à Samantha, et quand toutes ces histoires ont commencé, j'ai tout gardé en me disant qu'elle allait avoir peur, qu'elle reviendrait vers moi et… en fait, ça ne s'est pas passé comme ça. Je ne connaissais sans doute pas aussi bien Samantha que je le croyais.

Les lèvres tremblantes, il esquissa un vague sourire.

— Elle est forte… Bref, fit-il en s'éclaircissant la voix. Je savais que quelqu'un la harcelait, j'avais entendu parler des appels et, je le reconnais, j'ai moi-même composé le numéro de son émission — mais ça n'est jamais allé au-delà. Je me doutais bien qu'elle aurait reconnu ma voix.

— C'est certain, acquiesça Rick.

Il essayait d'y voir clair en David Ross. Il attendit la suite, mâchouillant tranquillement son chewing-gum. Il savait que ce type n'était pas l'assassin : son groupe sanguin ne correspondait pas, et Ross ne ressemblait absolument pas au portrait-robot. Mais il était à l'évidence rongé par la culpabilité, et Rick était tout disposé à l'écouter.

— Je pensais la récupérer, et tout est allé de travers. La Nouvelle-Orléans vit à présent sous la menace d'un tueur en série, et j'ai entendu dire que c'était peut-être l'homme qui l'a appelée pendant son émission… J'ai aussi appris qu'une personne que connaissait Samantha a été assassinée. Je… j'ai peur.

— Et vous vous présentez ici parce que vous avez oublié de rendre ses clés à votre ex-fiancée ? demanda Rick.

Il se pencha en avant, les coudes posés sur les dossiers empilés sur son bureau.

— Je voulais juste que mon nom soit mis hors de cause…

— En avait-il besoin ?

Le visage de Ross s'empourpra.

— Je ne serais pas venu, sinon. C'était peut-être une erreur, en fait, ajouta-t-il en reprenant un peu du poil de la bête. Je tenais à ce que les choses soient claires, voilà tout.

Rick le croyait. Il n'y aurait eu qu'une façon pour que David Ross soit mêlé aux meurtres — qu'il en soit le commanditaire, qu'il tire les ficelles et utilise l'assassin comme une marionnette. Sauf que les tueurs en série ne fonctionnaient pas ainsi. Ils œuvraient en solitaires, mus par un objectif unique : tuer. Et s'il était à l'origine des meurtres, pour quelle raison David Ross serait-il venu se présenter de lui-même ?

Non, il n'avait rien à voir avec John, le « tueur au rosaire », comme l'appelait désormais Rick. Car non seulement on avait retrouvé un rosaire au cou du mannequin, lors de la soirée donnée au profit du Boucher Center, mais les empreintes qui marquaient le cou des victimes avaient été formellement identifiées ; c'était à l'évidence un rosaire qui les avait laissées. Et la marque étrange sur la gorge de Leanne Jaquillard était probablement due à un crucifix.

— Vous vouliez me dire autre chose ? demanda-t-il à l'ex-fiancé de Samantha Leeds.

— Oui, trouvez-le. D'accord ?

Ross plissa le nez, comme s'il avait senti une mauvaise odeur.

— Arrêtez ce salaud, tuez-le, faites ce que vous voulez, mais empêchez-le de nuire. Avant qu'il ne s'en prenne vraiment à Samantha.

— C'est bon ! Je donne ma démission ! annonça Melanie, incapable de contrôler sa voix.

Folle de rage, elle était plantée devant le bureau d'Eleanor et parvenait à peine à maîtriser ses tremblements.

— Je vous rappelle, dit Eleanor à son correspondant.

Elle raccrocha le téléphone et leva les yeux vers Melanie.

— Asseyez-vous et racontez-moi ce qui vous arrive. De toute façon, vous ne pouvez pas partir comme ça, vous savez… Vous êtes tenue à deux semaines de préavis et…

— Pas question ! Pas après la façon dont je viens d'être traitée. Lorsque j'ai été engagée, on m'a assuré que je pouvais espérer une promotion, qu'avec mon diplôme et mon expérience en psychologie, j'aurais un jour ma propre émission.

— Un jour, oui.

Eleanor désigna de nouveau la chaise, de l'autre côté de son bureau.

— Cela pourrait se faire, en effet.

— *Pourrait?* répéta Melanie avec un grognement exaspéré. J'ai une maîtrise, et je connais tout de la technique radio — j'en sais autant que Tiny. Et puis j'ai remplacé Samantha pendant son absence, non? J'ai été si mauvaise que ça?

— Non, bien sûr que non.

— Et à qui faites-vous appel, quand elle est malade? Hein? A moi.

Elle se désigna du pouce.

— Oh! Et puis à quoi bon? Je me tire d'ici!

Elle fit volte-face et sortit, percutant presque Ramblin' Bob au milieu de « l'aorte ». Ce vieux schnock avait dû tout entendre. Et après? Elle s'en moquait. Ce type lui était insupportable. Et, à la réflexion, c'était la même chose pour tous les autres. George Hannah n'était qu'un vieux pervers, et Gator, lui, on ne savait pas trop ce qu'il fabriquait derrière sa porte. Melanie préférait ne pas y penser. Ses yeux... ils lui flanquaient une trouille de tous les diables. Plus elle y réfléchissait, et plus elle se demandait ce qu'elle faisait encore ici. Elle allait parler à Trish LaBelle, et peut-être réussirait-elle à décrocher un travail à WNAB. Elle n'aurait plus à supporter cette grande asperge de Tiny. C'était un nul, qui se mettait à baver chaque fois que Samantha se trouvait près de lui.

Elle rejoignit l'escalier et descendit avec fracas les marches. Sa colère augmenta encore tandis qu'elle songeait à tout ce qu'elle avait donné à cette fichue radio, à tout ce qu'elle avait investi de sa vie dans *Les Confessions de minuit*. Bien sûr, personne n'avait la moindre idée de sa créativité. Elle était l'employée dévouée et disponible, toujours souriante, toujours prête à se mettre en quatre pour les autres... Des apparences dont elle avait profité pour intriguer et se rapprocher du poste de Samantha. Du moins l'avait-elle cru.

Poussant d'un coup d'épaule la porte de l'escalier, elle passa devant cette grosse larve qui assurait la sécurité. Elle ne le salua pas, pour une fois. Si cet abruti savait ce qu'elle s'apprêtait à faire… Et ce qu'elle avait fait, aussi — comment elle avait manigancé pour en finir avec le Dr Samantha. Et comment ses manœuvres lui avaient explosé en pleine figure.

Une chape d'air brûlant lui tomba dessus lorsqu'elle se retrouva dans la rue. Elle chercha ses lunettes de soleil dans son sac. Quelle chaleur ! Elle pourrait songer à partir pour une autre ville, à l'atmosphère moins étouffante. Mais c'était prématuré. Elle s'était acquis une certaine réputation, à La Nouvelle-Orléans.

Un capital précieux qu'elle venait peut-être de réduire à néant en démissionnant sans préavis.

Sous un soleil torride dont les rayons faisaient étinceler le revêtement du trottoir, elle gagna le parking pour y récupérer sa voiture, tout en remâchant l'injustice de ce qui s'était passé.

Personne, à WSLJ, ne pouvait mesurer tout ce qu'elle avait donné, ni combien elle s'était sacrifiée ; personne ne savait, non plus, jusqu'où elle était allée pour sa carrière.

Elle était allée très loin, songea-t-elle avec une pointe de culpabilité. Mais après tout, c'était Samantha qui lui avait présenté l'opportunité sur un plateau en lui demandant de s'occuper de sa maison et de son chat en son absence.

Melanie avait sauté sur l'occasion. Dès que Samantha était partie pour le Mexique, elle s'était confortablement installée dans la maison de Cambrai, sur les rives du lac Pontchartrain. Là, elle avait fouiné dans les affaires du « Dr Samantha » ; elle avait ainsi trouvé des documents concernant Annie Seger dans cet ignoble grenier infesté de frelons. Elle s'était même amusée à essayer des vêtements de Samantha.

D'humeur fantasque, elle avait invité son nouveau petit ami à venir étrenner le lit de Samantha. Pour l'occasion, elle avait passé une des chemises de nuit de sa patronne, une chose en dentelle blanche avec de fines bretelles, et elle avait allumé des bougies dans toute la chambre. Ce qui était arrivé ensuite s'apparentait à une véritable orgie, ni plus ni moins, un moment de frénésie sexuelle comme elle n'en avait plus connu. Le souvenir de cette soirée la remua tout entière alors qu'elle prenait place dans sa voiture. Le seul fait de se retrouver dans le grand lit à baldaquin de Samantha avait paru rendre dingue son ami. Une excitation qui n'avait fait que grandir lorsque Melanie lui avait glissé à l'oreille la rumeur qui circulait à propos de cette maison : un homme très jaloux y aurait assassiné sa maîtresse…

Par la suite, quand elle lui avait parlé d'Annie Seger, il avait imaginé un plan aussi sombre qu'audacieux — un peu à son image. Le but était de harceler Samantha, comme dans le film *Hantise*, de George Cukor, jusqu'à lui faire perdre la raison. En laissant la carte d'anniversaire dans sa voiture; en arrangeant la mise en scène avec le mannequin, lors de la soirée donnée au profit du Boucher Center; en déguisant la voix de Melanie pour enregistrer une bande sur laquelle elle disait être Annie — l'enregistrement avait été effectué sur le répondeur de Samantha, avec l'une de ses cassettes vierges. Le résultat était allé au-delà de leurs espérances. Samantha avait été épouvantée.

C'est vrai, il s'était montré excellent. Il avait encouragé et conseillé Melanie. Même si les coups de fil qu'il avait donnés en se faisant passer pour John l'avaient décontenancée, et même vaguement inquiétée, elle savait qu'il faisait tout cela par amour pour elle afin que Samantha démissionne et qu'elle puisse prendre sa place et présenter *Les Confessions de minuit*.

Sauf que cela n'avait pas fonctionné. Samantha s'était accrochée et l'émission avait même gagné en audience. L'étoile du Dr Samantha s'était envolée dans le firmament, au point que la direction de WSLJ envisageait maintenant de donner plus d'importance à l'émission, sans que Melanie ait droit au moindre avancement.

Merde!

Ce n'était pas seulement injuste, c'était stupide. Melanie était capable de prendre la place de Samantha au pied levé. Elle était plus jeune, plus intelligente, et prête à tout pour promouvoir l'émission.

En nage, elle marchait aussi vite qu'elle pouvait sur le trottoir surchauffé. Elle traversa la rue sans se soucier des feux ni des voitures, puis rejoignit sa voiture. L'habitacle était une véritable étuve. Melanie y fit à peine attention. Elle baissa la vitre de sa portière.

Elle avait besoin qu'on la conseille ; un conseil solide qui vienne de quelqu'un qui s'intéressait à elle, à sa carrière et à ses besoins.

Elle ne voyait qu'une personne.

Elle sortit son téléphone portable de son sac et appela son ami. Il fallait qu'elle lui parle, qu'elle lui explique ce qui se passait. Peut-être qu'il parviendrait à l'apaiser. Ils se donneraient rendez-vous et célébreraient sa liberté nouvelle.

Avec un peu de chance, ils feraient même l'amour. Il s'était montré un peu paresseux sur ce chapitre, ces derniers temps. Sans doute à cause de la cocaïne. Mais ce soir…

En attendant que la connexion s'effectue, elle joua avec son porte-clés, la réplique miniature d'une plaque minéralogique louisianaise, gravée de son prénom. C'était lui qui la lui avait offerte, après lui avoir emprunté sa voiture, au moment de leur rencontre. Enfin, il répondit.

— Allô ? fit cette voix qui agissait sur elle comme un baume.

— Si tu savais comme je suis heureuse de t'entendre !

Elle dut combattre les larmes qui lui brûlaient soudain les yeux et annonça :

— J'ai eu une journée épouvantable ! J'ai… j'ai donné ma démission.

— Pourquoi ?

— *Les Confessions de minuit* prennent du galon. L'émission va être diffusée tous les jours, maintenant. Mais ils ne veulent pas de moi pour l'animer. C'est le Dr Samantha, et personne d'autre.

Elle se laissa aller contre le dossier de son siège.

— C'est dégueulasse, ajouta-t-elle.

— Tu as pris la bonne décision.

— J'espère. Je vais contacter WNAB, maintenant.

— Pourquoi est-ce que tu n'attendrais pas un peu ? Pour commencer, on va sortir. Qu'est-ce que tu en dis ?

— Je ne sais pas si je serai de très bonne compagnie…

— Mais si ! répliqua-t-il en riant. Et j'ai ce qu'il faut pour te débarrasser de toute cette humeur sombre.

— Quoi donc ?

— C'est une surprise.

Il avait dit cela de cette voix basse et sexy qui la mettait dans tous ses états. Elle fut parcourue d'un frisson d'excitation. Toujours cette part obscure de lui qui l'attirait irrésistiblement.

— Est-ce que je vais aimer ? demanda-t-elle.

— Comment te dire ? Cette soirée, tu t'en souviendras à tout jamais. Je te le promets.

John, qui se tenait devant la statue d'Andrew Jackson, dans Jackson Square, coupa son portable. Il réprima un sourire. Tout se déroulait merveilleusement… comme par la grâce d'une intervention divine.

A travers les verres de ses Ray-Ban, il observa un mime qui s'était installé à l'entrée du parc. Il avait vu Melanie sortir de l'immeuble de la radio ; il savait qu'elle l'appellerait, qu'elle chercherait à le voir. C'était toujours ainsi, avec elle. Elle était si prévisible… Malgré ses dehors piquants, émancipés, elle cachait de nombreuses faiblesses ; c'était une fille seule, séparée de sa famille de Philadelphie, en manque d'affection. Une proie facile.

Il contempla d'un regard absent la cathédrale Saint-Paul. Sa pierre blanche était presque aveuglante sous la lumière crue du soleil ; ses hautes flèches et ses croix sombres se détachaient avec force sur le ciel céruléen. A l'intérieur se pressaient des fidèles. Des touristes. Des curieux.

Il suivit l'allée menant à un des portails en fer forgé qui gardaient l'entrée du petit parc. Oui, songea-t-il, Melanie s'était révélée aussi accommodante qu'utile. Elle avait parfaitement rempli son emploi ; elle l'avait aidé à atteindre ses objectifs sans se douter un instant de son identité. Elle était si enthousiaste, si facilement manipulable ! Il s'était intéressé à elle en découvrant qu'elle travaillait au côté du Dr Samantha, comme assistante. Il l'avait abordée dans un bar de Bourbon Street et lui avait fait son grand numéro de charme. Très vite, il avait découvert son point faible, cette incroyable ambition qui la dévorait, et il s'en était servi pour l'utiliser. A son avantage. Et pour précipiter la chute de Samantha.

Tout avait été si simple…

Comme toujours, du reste, songea-t-il en passant à la hauteur du mime. Une valise était ouverte devant lui, avec quelques malheureux dollars à l'intérieur. Des pigeons, posés sur le trottoir, s'envolèrent à l'approche de John.

De même qu'il avait été facile de découvrir le point faible de Melanie, il n'avait eu aucun mal à trouver ce dont son prisonnier avait besoin. C'était un véritable boulimique de toutes les substances chimiques qui pouvaient être avalées, reniflées, fumées ou injectées dans le corps ; et John avait obligeamment assouvi cette faim, lui proposant des produits qui l'affaiblissaient, le laissaient sans force. Le secret du succès était là : trouver les faiblesses de l'ennemi, ses désirs, et satisfaire ses addictions tout en faisant mine de l'aider.

Il quitta Decatur Street pour s'engager dans North Peter Street. Il pressa l'allure. La nuit allait bientôt tomber. Il appréciait l'obscurité ; il l'attendait avec une impatience toute particulière, ce soir, car Melanie Davis allait payer pour ses péchés.

Il passa devant le vieux French Market et poursuivit son chemin en direction du fleuve, s'imprégnant de son parfum entêtant. La main dans sa poche, il effleura son arme sacrée, ses grains coupants ; elle ne le trahirait pas, il le savait. Les battements de son cœur se firent plus rapides alors qu'il traversait les rails du tramway, puis gravissait la butte herbeuse. Au sommet de la levée, il put contempler le Mississippi, qui s'écoulait paresseusement. Dieu, qu'il était magnifique ! Immense. Sombre. Toujours en mouvement. Si attirant…

Un court instant, il ferma les yeux et laissa libre cours à ses pensées. Il songea à la soirée à venir. A Melanie Davis et aux projets qu'il avait pour elle. Ses doigts se fermèrent sur le rosaire — cet instrument de mort si délicat pour les pécheurs.

En cet instant, Melanie s'attendait à une surprise magnifique, la plus belle de sa vie.

Elle ignorait que ce serait la dernière.

33.

— Il se prépare quelque chose, maugréa Montoya avec nervosité.

Il se trouvait dans la cuisine de Rick, en sa compagnie. Trois rosaires étaient posés sur la table, à côté d'une grosse cuvette en plastique. Quelques grains qui luisaient sous la lumière crue de la pièce étaient disposés dans des éléments de vaisselle variés — soucoupes, assiettes et même de vieux pots de margarine.

— Comment ça, quelque chose ? demanda Rick. Qu'est-ce que tu veux dire ?

Il prit un des grains et le fit tourner entre ses doigts.

Montoya alla mettre le nez dans le réfrigérateur. Il en sortit une bouteille de bière sans alcool et demanda :

— Vous n'avez rien de plus fort ?

Bentz secoua la tête.

— Pour ça, tu as un pub à deux blocs d'ici.

— Vous n'êtes plus de service…

— Je suis toujours en service, marmonna Rick.

Montoya fixa la tasse de café à moitié bue que son collègue avait laissée sur le comptoir. La verseuse presque pleine posée près de la cuisinière, avec du pain rassis et un pot de beurre de cacahuètes allégé, donnaient une indication du dîner de Rick.

— C'est à la limite de l'antiaméricanisme, tout ça, observa Montoya en dévissant la capsule de la bouteille.

— Pas de gras, pas d'alcool, pas de nicotine. C'est que je vieillis, moi…

— Vous avez à peine dépassé la quarantaine, bon sang ! Et ne venez pas me dire en plus « pas de sexe », parce que là, je ne veux même pas en entendre parler.

Du pied, Montoya déplaça une chaise de la cuisine et prit place dessus.

— C'est quoi, tout ça ? demanda-t-il en désignant la table et ce qui s'y trouvait.

— A ton avis ? répondit Rick.

Montoya siffla la moitié de sa bouteille.

— Aucune idée.

— Fais un effort.

— D'accord. Je dirais que vous réfléchissez à l'arme qu'utilise le tueur. Mais cet aspect de l'affaire est réglé, non ? On a analysé les blessures des victimes et il est entendu que ce malade étrangle bien ses victimes avec un rosaire. Il en a d'ailleurs laissé un sur le mannequin, à la soirée. C'est sans doute un catholique qui a pété les plombs. Il y en a pas mal, par ici…

— Méfie-toi, mon gars, répliqua Rick en le foudroyant du regard. J'en suis un, de catholique.

— Moi aussi… Enfin, je l'étais.

— Tu y reviendras, assura Rick. On y revient tous.

— Encore un truc de l'âge ?

— Oui, c'est ça. Bon, maintenant, regarde bien… Ça, c'est une copie du rosaire qu'on a trouvé autour du cou du mannequin.

Rick prit le chapelet, avec ses grains clairs. Il le plaça ensuite dans la grande bassine en plastique, le tenant à deux mains, et il tira d'un coup sec. Les grains s'éparpillèrent, seuls ou par grappes, dans le fond du récipient.

— Pas très résistant, observa-t-il. Et difficilement utilisable comme arme.

— Ça aussi, on le savait, répliqua Montoya, qui saisit trois grains retenus ensemble à un fil de fer très fin. Mais alors, où a-t-il acheté la version super-résistante ?

— Il ne l'a pas achetée, à mon avis.

Rick prit un des grains et l'amena à la lumière, scrutant le reflet des facettes.

— Je serais prêt à parier qu'il fabrique son « arme » lui-même, poursuivit-il. Il sélectionne des grains vraiment coupants, assez tranchants pour couper la peau, il les enfile sur un fil très résistant — tout en respectant l'ordre et la disposition des rosaires. Peut-être même qu'il récite un *Notre Père* ou un *Je vous salue Marie* à chaque grain.

— Ce ne serait pas plus simple d'utiliser une corde ou du fil de fer ?

— Plus simple, oui, mais symboliquement moins fort. Tout ça, ces références religieuses, ça excite notre bonhomme… Tu sais, je commence à penser que Samantha Leeds voit juste quand elle dit que le tueur agit en référence au *Paradis perdu*. Je vais aller m'en acheter un exemplaire.

— Je dois bien avoir le *Profil d'une œuvre* quelque part, avoua Montoya.

Et en voyant Rick qui se mettait à sourire, il ajouta :

— C'est que j'en avais des trucs à faire, à la fac… J'ai beaucoup utilisé ce genre de bouquins et internet — ça économise du temps et de l'argent…

Rick se frotta les mains l'une contre l'autre et reprit sa tasse de café.

— Tu as dit que quelque chose te tracassait.

— Ouais… J'ai essayé de remonter la piste des deux suspects de Houston — le petit ami d'Annie Seger et son frère. Ils sont tous les deux censés habiter là-bas, on est d'accord ? Un à White Castle et l'autre à Baton Rouge. Ils ont chacun un boulot, aussi. Seulement, voilà… tous les deux sont portés manquants. Disparus. Pourquoi ?

Il but une nouvelle gorgée de bière sans alcool et fit la grimace.

— Ça m'ennuie de le reconnaître, mais je serais tenté de suivre Wheeler lorsqu'il affirme que tout ça a un rapport avec la mort d'Annie Seger. Elle ne s'est peut-être pas suicidée.

— Tu penses que John l'aurait tuée ?

— Oui. Et je pense aussi que John est soit Kent Seger, soit Ryan Zimmerman.

— D'accord, mais quel est le mobile ?

Rick eut un sourire sans joie pour ajouter :

— Et ne va pas me raconter que c'est encore une histoire d'argent. Je n'y croirais pas.

— Moi non plus. Pas cette fois. Nous ignorons quelque chose au sujet d'Annie Seger…

Montoya vida sa bouteille et la posa sur la table, près de la cuvette où se trouvaient les grains du rosaire. Se levant, il demanda :

— Où sont Zimmerman et Seger, bon sang?

— Bonne question.

Une question à laquelle Rick n'avait pas de réponse. Du moins, pas encore.

— J'ai un mauvais pressentiment au sujet de cette histoire.

— Seulement maintenant? répliqua Rick. Moi, c'est depuis le début que je l'ai.

La messagerie vocale s'enclencha aussitôt, sans laisser une chance à Ty de parler à Estelle Faraday. Il allait devoir une fois de plus laisser un message.

— Estelle, c'est Ty Wheeler. J'ai parlé à la police de La Nouvelle-Orléans, et je leur ai donné toutes les informations dont je disposais. Au cas où tu n'aurais pas toi-même tiré certaines conclusions, il semble de plus en plus certain que le tueur en série qui sévit ici ait un lien avec la mort d'Annie, d'une manière ou d'une autre. Au diable les secrets de famille, Estelle! Des gens meurent. Si tu sais quoi que ce soit et que tu caches certaines informations, tu t'exposes à de graves ennuis avec la justice. C'est une affaire sérieuse. Tu peux me parler, ou bien t'adresser à la police de La Nouvelle-Orléans; mais sache que si une autre femme meurt, je t'en tiendrai pour responsable personnellement. Tu as mon numéro.

Il raccrocha sans douceur et fit quelques pas dans son salon. Une heure plus tôt, il avait déposé Samantha à la radio; son émission allait débuter dans trois quarts d'heure.

Il alluma la radio et écouta la fin du programme de Gator Brown. Du jazz, une musique qui avait tendance à le crisper plutôt qu'à l'apaiser. Mais il était de toute façon agité, ce soir-là. Sur les nerfs. Il sentait cette électricité qui précède les orages. Il consulta sa montre. Navarrone était censé passer, pour lui communiquer de nouvelles informations.

Sauf qu'il ne s'était toujours pas montré. Ty ne s'inquiétait pas spécialement. Navarrone était une créature de l'ombre qui, après des années passées au sein de la CIA, avait fait de la nuit son territoire de prédilection.

Ty siffla son chien et sortit avec lui. Le vent s'était levé, et l'*Ange de lumière* tirait sur ses amarres. La lune était masquée par de gros nuages. Il faisait chaud — une chaleur oppressante, moite, qui donnait à Ty l'impression de porter une seconde peau, détrempée.

Il pensa à John, qui devait se terrer quelque part dans les profondeurs de la ville. Il attendait. Prêt à bondir.

« Où es-tu, fils de pute? se demanda Ty, alors que Sasquatch reniflait autour d'un massif d'arbustes. Et qu'est-ce que tu nous prépares pour ce soir? »

Il faisait nuit, et Estelle Faraday était assise au bord de la piscine. Un projecteur immergé donnait à l'eau une luminosité aigue-marine, claire et changeante. Une grande cruche de verre de Cosmopolitan, son cocktail favori du moment, à base de vodka, de liqueur d'orange et de jus de canneberge, était posée sur la table. Elle avait à la main un verre à pied presque vide. Ce soir, le cocktail lui paraissait plus amer que d'ordinaire, mal dosé, mais peu importait. Prenant une nouvelle gorgée, elle chercha à s'affranchir des démons qui lui occupaient la tête.

Mais ils ne voulaient rien savoir. Ils restaient là, impitoyables, s'acharnant sur son pauvre cerveau.

Elle redoutait depuis longtemps qu'on en arrive là; elle avait prié pour que ses craintes soient sans fondements. A présent, elle savait que c'était terminé. Les messages pressants de Ty Wheeler sur son répondeur étaient assez clairs : il n'abandonnerait pas. Elle s'en était doutée lorsqu'il était venu lui rendre visite à Houston. Malgré tout, elle l'avait menacé, en espérant naïvement qu'il abandonnerait.

Au lieu de quoi, il l'avait mise au pied du mur.

Il n'était pas le premier.

Oui, vraiment, elle avait été naïve, songea-t-elle alors que la nuit tombait, se refermant un peu plus sur elle. Elle songea à sa fille — belle, brillante et attirée par les garçons qui ne lui convenaient pas… des garçons avec qui elle n'aurait jamais dû se trouver.

Et c'était avec l'un d'eux qu'elle s'était retrouvée enceinte. Une tradition, dans la famille; une tare génétique qu'Estelle lui avait transmise.

Des larmes de regret et de honte lui brûlèrent les paupières. Elle vida son verre, pour le remplir aussitôt, s'essuyant les yeux du dos de la main. Il n'y avait personne à la maison. Elle était seule, une nouvelle fois. Même la bonne avait pris sa soirée pour aller voir ses enfants et ses petits-enfants.

Seigneur, se demanda-t-elle confusément, comment s'y était-elle prise pour finir dans une telle solitude? Jeune, elle avait tout pour elle. Elle était belle, elle avait de l'argent, elle était promise à un avenir brillant. Mais elle avait aussi son caractère, et elle voulait montrer à ses parents qu'elle était capable de prendre elle-même certaines décisions.

Elle n'avait jamais aimé Wally. Elle le savait maintenant avec certitude. Sans doute le savait-elle aussi à l'époque, mais il était séduisant, plein d'esprit et à cent lieues des garçons qu'on lui destinait. Il n'avait pas fait Yale, Harvard ni même Stanford — il n'avait même pas suivi de cours du soir à l'université locale. Il était fruste, farouche, et passait tout son temps à bricoler sa maudite moto. Et il était si gentil, avec elle, à une époque de sa vie où les marques d'attention étaient aussi rares que l'eau dans le désert.

Estelle avait donc trouvé Wally délicieusement différent. Ses parents, eux, avaient été horrifiés. Elle n'avait jamais eu l'intention de l'épouser, bien sûr, mais les circonstances en avaient décidé autrement.

— N'embrasse pas les garçons, lui répétait sa mère lorsqu'elle était entrée au lycée. C'est le démon qui les guide. N'oublie jamais qu'il n'y a que deux types de filles — les bonnes et les mauvaises. Tu n'auras jamais de respect pour toi-même si tu te conduis mal. Crois-moi, sois une bonne fille. Tu ne le regretteras pas.

Mais Estelle avait embrassé beaucoup de garçons, et rien de mal ne lui était arrivé. Elle aimait ça, en vérité, surtout quand le garçon y mettait la langue. Ensuite, elle y pensait encore et encore, elle revivait ces instants. Les choses s'étaient un peu précisées quand les garçons avaient commencé à glisser les doigts sous son soutien-gorge pour la caresser. Là encore, malgré sa conscience de briser certains tabous, elle avait aimé le déferlement soudain du sang dans ses veines, ce désir brûlant qui battait entre ses cuisses. Lorsqu'un garçon avait passé la main sous sa jupe et l'avait touchée, elle en avait tout de suite voulu davantage. Elle s'était comportée comme un animal — elle haletait, ondulait des hanches, implorait presque pour qu'on la caresse. Elle avait lu tant de choses sur la passion, pendant des années, cachée sous ses draps avec une lampe de poche ; elle sentait alors son visage s'enflammer tandis qu'entre ses jambes elle éprouvait cette sensation étrange, presque douloureuse, qui lui faisait aspirer à toujours plus. Et elle avait fini par trouver le moyen d'assouvir ce besoin.

Quand elle laissait un garçon la toucher pour la première fois, après cinq ou six rendez-vous et des promesses d'amour, elle savait que c'était un péché, un de ces péchés qu'elle ne pouvait pas confesser au prêtre, mais c'était plus fort qu'elle. Elle aimait ça. Elle en avait besoin. Contrairement à tout ce que lui avait dit sa mère, les garçons se montraient plein d'attentions, ils étaient impatients de l'embrasser et de la caresser, tout disposés à lui dire combien elle était belle, combien ils l'aimaient.

Et stupidement, elle les croyait.

Elle avait perdu sa virginité à seize ans, avec un garçon qui était un parti idéal aux yeux de sa mère. Leur histoire s'était arrêtée là, il ne l'avait plus jamais appelée ; en revanche, il était allé se vanter de ses exploits auprès de ses copains. Tous, alors, avaient voulu coucher avec elle. Quand elle les repoussait, ils se mettaient en colère et lui rappelaient la facilité avec laquelle elle avait ouvert les cuisses à Vincent Miller.

Estelle avait pour la première fois compris le sens des paroles de sa mère. Laquelle faisait mine de ne se rendre compte de rien et continuait de lui demander des nouvelles de Vincent, ce qu'il était devenu, pourquoi ils ne sortaient plus ensemble… D'une certaine manière, Estelle avait pris du plaisir à la scandaliser. Jusqu'à ce qu'elle cède aux avances d'un garçon qu'elle aimait vraiment et se retrouve enceinte. L'avortement était évidemment hors de question. Comme elle était mineure, elle s'était laissé convaincre par sa mère de mentir ; elle dirait autour d'elle qu'elle allait « passer un semestre à l'étranger, dans un établissement privé », alors qu'elle devait en réalité se rendre à Austin, où elle donnerait le jour à son enfant, qui serait adopté.

— C'est la solution la plus raisonnable et la moins difficile, avait insisté sa mère.

Estelle avait fini par céder, commettant la plus grosse erreur de sa vie. Elle était partie et avait accouché. Jamais elle n'oublierait le regard glacé, vaguement réprobateur, du médecin qui avait donné le jour à son enfant quand il avait tendu le nouveau-né à une infirmière pour qu'elle l'emporte.

Bêtement, Estelle avait blâmé sa mère et, en revenant à Houston, elle était allée voir Oswald Seger. Au moins Wally avait-il été gentil, lui. Il avait pris en compte sa fragilité, ses sentiments ; il ne l'avait pas pressée. Et quand ils avaient fini par succomber l'un à l'autre, il lui avait téléphoné le lendemain et lui avait envoyé une rose. Jamais elle n'avait oublié ce geste.

Au fil des mois, Wally avait montré de lui un visage inattendu ; à côté du passionné de mécanique, elle avait découvert un garçon romantique. Ils avaient attendu qu'elle ait dix-huit ans, et ils s'étaient enfuis.

Kent était né dix mois plus tard ; Annie au cours des deux années suivantes. Ses parents, horrifiés, avaient rompu les liens, ne se manifestant qu'à la naissance de leur petit-fils. Mais il était trop tard. Et le reste, comme on dit, n'était que de l'histoire — une histoire qu'elle préférait oublier. Alors que les enfants étaient encore petits, elle avait pris conscience qu'elle ne serait jamais heureuse avec un mari qui avait les mains plongées dans l'huile de vidange en permanence… Et que la fascination de Wally pour les motos et les bateaux allait de pair avec son incapacité fondamentale à équilibrer un compte ou économiser un dollar.

Et puis elle avait rencontré Jason Faraday. Malheureusement. Même si, sur le moment, elle avait pensé que c'était une grande chance. A présent, après son troisième Cosmopolitan, bien imprégnée par l'alcool, elle n'en était pas certaine. D'autres secrets étaient venus s'ajouter aux siens, des secrets auxquels elle ne s'était jamais intéressée de trop près, mais qui la hantaient de jour comme de nuit. Elle ne survivrait pas à un autre scandale… Il y en avait eu trop.

Elle avait la tête qui tournait. Elle regarda vers la piscine, son eau limpide aux couleurs changeantes. A côté s'élevait la statue de la Vierge. Pâle dans le crépuscule de plus en plus épais. Elle avait les bras écartés, comme dans un geste de bienvenue.

Des larmes sillonnaient les joues d'Estelle quand elle termina le broc, vidant son verre d'une longue gorgée. Elle se redressa. Ses genoux flageolèrent et elle fut prise d'un léger vertige, mais elle savait ce qu'elle faisait lorsqu'elle rejoignit la piscine. Elle pensa aux gens qu'elle avait aimés… si sottement. A ceux qu'elle avait perdus. Elle pensa à ses enfants. Tous. Ils étaient partis. Elle les avait trahis, d'une manière ou d'une autre, et l'un d'eux était devenu un horrible monstre.

« Quel genre de mère es-tu ? »

Elle ôta ses sandales, puis contourna la piscine pour rejoindre le côté où l'eau était plus profonde, la lumière plus vive. L'alcool lui faisait décidément plus d'effet que d'ordinaire, ce soir, comme si… comme si on y avait ajouté quelque chose. Mais c'était impossible.

A moins que… non, son dernier visiteur ne pouvait pas avoir trafiqué la vodka Absolut. Bien sûr que non. Et cela n'avait de toute façon aucune importance. Plus maintenant. Elle chancela, parvint à recouvrer son équilibre, l'esprit en pleine confusion. Son regard mal assuré fixa la statue de Marie — la Sainte Mère — la Sainte Vierge.

— Pardonnez-moi, chuchota-t-elle.

Puis elle ferma les yeux et se laissa tomber en avant.

34.

— Comment ça, Melanie ne vient pas ? demanda Samantha alors qu'elle gagnait son studio.

Elle avait passé la journée à étudier dans le détail la vie d'Annie Seger, du moins ce qu'on en connaissait, sans trouver de nouvelle indication permettant de découvrir qui était John. Parallèlement aux efforts de la police, l'associé de Ty, le mystérieux André Navarrone, essayait également de reconstituer le puzzle.

Avant que l'assassin ne frappe de nouveau.

— Je viens de te le dire, marmonna Tiny en haussant les épaules. Melanie ne reviendra pas. Jamais. Elle est devenue comme folle, aujourd'hui : elle a fait irruption dans le bureau d'Eleanor et elle a donné sa démission. Eleanor est dans tous ses états parce qu'elle n'a même pas donné son préavis de deux semaines.

Il eut un vague sourire pour conclure :

— C'est la vie.

— Et la femme policière ?

— Elle va arriver, je crois. Mais en attendant, c'est juste toi et moi, ma jolie.

— « Ma jolie » ? répéta Samantha, qui était déjà à bout de nerfs.

Elle fit volte-face.

— Comment m'as-tu appelée ? « Ma jolie » ? Ecoute, Tiny, j'aimerais que tu me fasses une faveur, d'accord ? Plus jamais de « ma jolie », « ma belle », « ma poule », ou je ne sais quel terme machiste et désobligeant.

— Hé, mais c'était comme un compliment pour moi !

— Eh bien, pas pour moi ! répliqua Samantha d'un ton sec.

Elle remarqua alors le regard blessé de Tiny et se reprocha son emportement.

— On dirait que je suis plus stressée que je ne pensais... Excuse-moi. Mais tu as mis le doigt sur un point sensible.

— Je tâcherai de ne pas recommencer...

Toujours piqué au vif, il rejoignit la cabine technique, voisine de celle de Samantha. Celle-ci jeta un coup d'œil à sa montre. Elle avait le temps, avant de prendre l'antenne, de passer un coup de fil à Melanie pour la convaincre qu'elle avait besoin d'elle. Plutôt que de toucher aux réglages de sa cabine, elle revint à la réception et décrocha un des téléphones de Melba ; elle composa le numéro de Melanie et attendit, tout en promenant son regard sur la collection d'objets hétéroclites éclairés par le néon.

— Allez, allez ! dit-elle en consultant de nouveau sa montre.

Le répondeur de Melanie se mit en marche.

— Bonjour, je ne suis pas là, mais vous connaissez la chanson : laissez-moi un message après le bip...

Et le bip en question se fit entendre.

— Melanie ? Melanie... tu es là ? C'est Samantha. Allez, décroche, tu veux ? On a vraiment besoin de toi, ici. Je t'en prie. Melanie ? Melanie...

Le répondeur fut coupé.

— Mel...

Cette fois, c'est la communication qui fut interrompue.

Samantha décida qu'il était inutile d'insister. Melanie était vraiment énervée, et rien ne saurait la persuader de changer d'avis. Pas ce soir. Elle avait sans doute besoin de faire le point. Revenant en vitesse vers sa cabine, Samantha manqua entrer en collision avec la femme policier, Dorothy. Celle-ci avait un gobelet de café à la main, et elle réussit à ne rien renverser.

— Oups ! fit-elle, avant d'ajouter : Des années de pratique... J'ai entendu dire que nous étions seules, ce soir ?

— C'est ce que je viens d'apprendre, oui, répondit Samantha.

Elle arriva devant son studio, dont elle commença à ouvrir la porte. A côté, Tiny était déjà en place, son casque sur les oreilles.

— Ne vous inquiétez pas, dit Dorothy.

Elle passa devant Samantha et, de sa main libre, elle ouvrit complètement la porte.

— Je connais la marche à suivre. Et entre vous, Tiny et moi, nous devrions nous en sortir.

— J'espère.

Il n'empêche, Samantha n'aurait pas cru Melanie aussi versatile et butée. Malgré ses défauts, elle était enjouée et positive, la tête toujours occupée par un projet ambitieux. C'est peut-être son problème, du reste, songea Samantha. Elle avait trop d'ambition pour son propre bien.

Dès qu'elle eut fermé la cabine de son studio derrière elle, Samantha mit Melanie de côté. Elle avait du travail. Et un plan à mettre en œuvre. Elle n'en avait fait part à personne — que ce soit Ty, Eleanor ou la police. Jamais elle n'aurait tenté une chose pareille si elle n'avait pas eu le sentiment d'être en sécurité. Ty l'avait amenée en voiture à la station, l'immeuble était verrouillé, un garde était posté à l'entrée et la police surveillait le bâtiment.

Elle modifia l'orientation du micro, arrangea son casque, vérifia le niveau sonore et s'assura que le système informatique fonctionnait correctement. Tiny leva la main et l'abaissa, en face d'elle, et les premières mesures du générique passèrent à l'antenne. Elle attendit que le volume de la musique commence à baisser pour s'incliner sur son micro.

— Bonsoir, La Nouvelle-Orléans. Vous êtes avec le Dr Samantha, sur WSLJ, et vous écoutez *Les Confessions de minuit*, une émission aussi bonne pour le cœur que pour l'âme. Ce soir, nous allons aborder le thème du sacrifice.

C'était le sujet qu'elle avait choisi, persuadée qu'elle obligerait ainsi John à se manifester.

— Des sacrifices, nous en faisons tous. Tous les jours. Généralement, pour une personne que nous aimons, ou pour notre patron, ou pour obtenir quelque chose que nous désirons. Cela fait partie de la vie. Pourtant, nous avons parfois le sentiment de trop nous sacrifier, l'impression que nous donnons, donnons encore, sans que cela soit reconnu — ou pas assez.

Déjà, des voyants lumineux de la console s'allumaient. Les lignes

1, 2, 3 et 4 étaient occupées. Tout en continuant sa présentation, elle vit du coin de l'œil Tiny et la policière qui parlaient, hochaient la tête. Ils filtraient les appels. Le premier nom apparut sur l'écran de Samantha. Arlene.

Samantha pressa le bouton correspondant.

— Bonsoir, vous êtes à l'antenne. Qui est à l'appareil ?

— Bonsoir, c'est Arlene.

— Bienvenue aux *Confessions de minuit*, Arlene. J'imagine que vous nous appelez pour livrer votre témoignage sur le thème de cette soirée. Le sacrifice...

— Oui. En fait, je suis maman de trois enfants et...

Arlene entreprit d'expliquer comment elle donnait tout à ses enfants, à commencer par un amour inconditionnel. Pendant ce temps, Samantha lisait les autres prénoms qui s'affichaient sur l'écran de son ordinateur.

Mandy sur la 2.

Alan sur la 3.

Jennifer sur la 4.

Elle les prit à l'antenne, l'un après l'autre. On en arriva à la moitié de l'émission. John, jusque-là, n'avait pas mordu à l'hameçon.

Samantha espérait que ce n'était qu'une question de temps.

— Tu veux que je fasse comme si j'étais le Dr Samantha ? demanda Melanie en ouvrant de grands yeux.

A son arrivée chez elle, elle était toujours sous le coup de la colère, après ce qui s'était passé à la radio, et elle avait vidé deux verres de vin l'un après l'autre. Elle se tenait à présent dans la cuisine en alcôve de son studio, où elle coupait des citrons verts pour préparer des cocktails. Son petit ami, vêtu d'un jean, d'un T-shirt et d'un blouson, tous noirs, faisait les cent pas dans le petit appartement. Il semblait nerveux, ce soir ; et ce frisson d'excitation qu'il lui arrachait par sa simple présence était plus fort que jamais. Elle ne savait pas grand-chose de lui, mais il lui apparaissait comme le *nec plus ultra* du *bad boy*, un type irrévérencieux qui se fichait des conventions sociales et de ce que les gens pouvaient penser.

Le chardonnay commençait à faire son effet. Elle, d'ordinaire si habile avec un couteau, se montrait un peu maladroite.

— Ce serait un petit jeu… intéressant, répondit-il en jetant un coup d'œil par la fenêtre, avant de fermer les rideaux.

— J'avais oublié à quel point tu aimais ça, les jeux.

— Comme tout le monde, non ?

— Non… pas vraiment.

Elle pressa les citrons au-dessus de deux verres anciens dans lesquels elle avait déjà versé du gin et du Tonic.

— Tu n'as pas besoin de fermer les rideaux, tu sais ? Il fait nuit, dehors.

— Je sais. Mais j'ai de nouveau des soucis avec mes yeux.

— Oh !

Il lui avait expliqué un jour qu'il avait un problème avec ses pupilles, qui ne se dilataient pas normalement ; il devait donc se protéger en permanence des sources de lumière trop importantes. Ici, dans l'appartement, elle avait éteint toutes les lampes, pour ne laisser que quelques bougies.

— Tout ce que tu voudras.

Elle n'était pas d'humeur à discuter. Elle commençait même à se détendre ; ce qui aiderait vraiment, songea-t-elle, ce serait une longue nuit passée à faire l'amour. Elle jeta un coup d'œil furtif vers son canapé-lit et s'imagina, nue, alors qu'il allait et venait furieusement en elle, comme cela s'était passé quelques semaines plus tôt dans le lit de Samantha.

— *Tout ce que tu voudras*, répéta-t-il. Voilà qui est intéressant…

Il eut ce sourire irrésistible, et elle sentit son cœur s'affoler. Un *bad boy*, vraiment. Pas le genre de petit ami à présenter à ses parents. Un de ces hommes qu'on n'épouse évidemment pas. Mais elle s'en fichait.

— En ce qui me concerne, tous les gens de WSLJ peuvent aller se faire foutre ! lança-t-elle. J'en ai terminé avec eux. Il y a tout le travail qu'on veut, dans cette ville. Je n'ai pas à supporter toute leur merde !

— Bien sûr que non.

Il s'approcha de la chaîne, qu'il alluma, et la voix de Samantha envahit la pièce à travers les enceintes du système *home theater* de Melanie.

— Le sacrifice est-il donc une bonne chose ? Le pensez-vous nécessaire ? demandait le Dr Samantha aux auditeurs.

Melanie en aurait presque vomi. Comment avait-elle pu travailler aussi longtemps avec cette garce si satisfaite d'elle ?

— Elle essaie toujours d'amener John à l'appeler, remarqua-t-elle.

— Je parie que ça va marcher.

— Elle ne va pas être déçue, dans ce cas. Tu sais qu'il la terrifie ?

— J'imagine...

Melanie apporta les deux verres dans la pièce à vivre.

— Je devrais peut-être appeler..., proposa-t-elle. Non, j'ai mieux : *tu* devrais appeler. En te faisant passer pour John. D'ailleurs, parfois, je pense que... enfin, ça va te paraître dingue, mais je me suis demandé plusieurs fois si tu n'étais pas John.

— Si c'était le cas, tu aurais peur, non ? remarqua-t-il en la fixant avec intensité.

— C'est sûr. Ce type est vraiment bizarre. Et maintenant, la police pense que c'est aussi un assassin. Tu avoueras quand même que la coïncidence est étrange ; il a passé son premier appel au moment où nous avons commencé à nous occuper du Dr Samantha et à ressusciter toute l'histoire d'Annie Seger.

Elle lui tendit un des verres.

— Forcément, je me suis posé des questions.

— Quel genre de questions ?

Il but une gorgée de cocktail, tout en la fixant à travers les verres de ces fichues lunettes de soleil — un modèle qui rappelait le portrait-robot du tueur, d'ailleurs. Etait-ce possible que... ? Mais non, c'était absurde !

— Parfois, je me dis que tu joues avec moi, dit-elle en vidant d'un coup la moitié de son verre. Tu *aimes* me faire peur. Ça t'excite. Tu veux me faire penser que tu pourrais être ce cinglé.

— Je ne t'ai pas dit que j'aimais jouer, il y a un instant ?

Elle gloussa. Puis elle but une nouvelle gorgée de cocktail. Elle se sentait pompette. Libre. Sans aucune entrave. Quitter WSLJ était peut-être une bonne chose, en fin de compte.

— Sauf que tu te débrouilles toujours pour avoir l'avantage sur moi, lui reprocha-t-elle.

— Et tu aimes ça.

— C'est vrai.

Elle lui passa la main sur la nuque, sans le quitter des yeux.

— Oui, j'aime ça.

— Et moi aussi.

Il avait dit cela d'une voix basse et sexy, avec cette pointe d'accent texan qu'elle trouvait excitant.

— Alors, fais-moi plaisir. Assieds-toi là et imite-moi le Dr Samantha en train de présenter son émission.

Il l'entraîna vers le canapé.

— Et toi, qui seras-tu ? demanda Melanie.

A la radio, une petite voix pleurnicharde passait sur l'antenne. L'auditrice se plaignait parce qu'elle devait s'occuper de ses parents âgés. « Oh, la ferme ! » pensa Melanie.

— Qui je serai ? Mais John, bien sûr.

— Bien sûr, répéta Melanie, qui ajouta dans un souffle : J'aurais dû m'en douter.

— C'est... c'est le genre de tenue qu'elle porte ? demanda-t-il en désignant le short et le dos-nu de Melanie.

— Ça ? Cette snobinarde de médecin venue de L.A. ? Impossible !

— Alors, change-toi.

— Hein ?

— Il faut que l'illusion soit parfaite.

— Mais... je n'ai pas envie.

— Allez, Melanie, fais-moi plaisir. Fais-moi plaisir...

En réalité, elle aimait cette idée. Elle alla prendre dans sa penderie sa jupe-portefeuille kaki et un chemisier blanc sans manches — une tenue terriblement Dr Samantha... Elle se glissa ensuite dans la salle de bains, où elle ôta ses vêtements. Elle hésita un instant en regardant ses sous-vêtements, dans le miroir, et elle décida de les retirer. Si elle tenait à sa folle nuit de sexe, elle devait tout faire pour attirer l'attention de son amant. Elle revêtit son « déguisement », arrangea ses cheveux, puis alla le retrouver. Il avait leurs deux verres en main.

— Je t'ai resservi, dit-il en tendant le sien à Melanie.

Il porta un toast.

— Au passé que tu laisses derrière toi, dit-il.

— En particulier WSLJ.

Elle but une longue gorgée et grimaça. Le cocktail avait un drôle de goût.

— Tu n'aimes pas? demanda-t-il.

— C'est... c'est juste un peu fort, mentit-elle pour ne pas le vexer.

— Je pensais que tu étais d'humeur à faire la fête, ce soir.

— C'est le cas.

Elle avait la bouche pâteuse, la tête lui tournait. L'alcool agissait d'autant plus vite qu'elle n'avait rien mangé. Et elle avait bu deux verres de vin... peut-être même trois, avant son premier cocktail... Et maintenant...

— Je devrais peut-être m'asseoir.

Il sourit.

— Tout ce que tu voudras. Et si tu jouais le Dr Samantha, à présent?

A l'évidence, il ne renoncerait pas. Mais quelle importance? Melanie lui lança un regard dévergondé, avant de prendre le combiné de son téléphone sans fil. D'une voix basse et profonde, elle murmura :

— Bonsoir, La Nouvelle-Orléans, c'est l'heure des *Confessions de minuit*, avec le Dr Samantha. Racontez-moi tout ce que vous aimeriez faire, ouvrez-moi votre cœur, confessez-moi vos péchés et...

— Un instant, coupa-t-il.

— Pourquoi? Ce...

Elle avait vraiment la tête qui tournait.

— Ce n'est pas ce que tu vou... voulais?

— Presque. Ça pourrait être mieux.

— Mieux ? répéta-t-elle, avec l'impression que sa langue lui collait au palais.

Elle pouvait à peine parler. Et c'était tout juste si elle était capable de penser clairement.

— Il te faut ça.

— Quoi, ça ?

Elle le vit sortir de l'intérieur de son blouson une longue perruque rousse. Elle fit aussitôt le rapprochement avec les cheveux de Samantha.

— J'ai vraiment besoin de… ?

— Oui, Samantha.

— Hé, mais je ne suis pas Samantha…

Il se pencha vers elle et lui ramena les cheveux sur le sommet de la tête. Il tira un peu trop fort.

— Aïe ! Doucement… je… je vais le faire…

Mais ses mains refusaient de lui obéir, soudain. C'était étrange. Elle était vraiment ivre… Non, c'était autre chose, en fait. Comme si elle avait pris… comme si on avait mis quelque chose dans son cocktail…

— Voilà, dit-il.

Confusément, elle s'aperçut qu'il avait le visage en feu et transpirait.

— C'est bien mieux comme ça.

Il la fixa avec une sorte de mépris glacial qui la fit violemment frissonner.

— Maintenant, écoute…

Il s'était tourné vers la chaîne, qui diffusait toujours *Les Confessions de minuit.*

— Mais je croyais que…

— Ta gueule ! Je t'ai dit de la fermer, d'accord ?

Elle en resta sans voix. Pourquoi était-il si méchant avec elle, soudain ? Elle sentit des larmes jaillir de ses yeux.

— Allons, allons…, fit-il en se radoucissant soudain.

Il se pencha de nouveau vers elle et l'embrassa. Elle se sentit tout de suite mieux, même si elle avait toujours la tête qui tournait.

— Pourquoi tu ne te déshabillerais pas, Samantha ?

— Mais je ne suis pas…

— C'est un jeu.

Un jeu. Oui, elle se rappelait. Elle se débattit avec les boutons de son chemisier, sans trop de résultat, et il prit le relais.

— Tu dois te repentir.

— Hein ?

— Pour tes péchés.

Le chemisier était ouvert, exposant ses seins nus.

— Tu vois, Samantha… Tu n'es qu'une pute.

— Mais je ne suis pas…

Vaguement, très vaguement, elle eut conscience qu'il lui passait quelque chose par-dessus la tête. C'était dur, froid. Un collier qu'elle sentit autour de son cou. A travers le bourdonnement confus qui lui emplissait la tête, elle entendit le Dr Samantha qui parlait de péché, de sacrifice, de…

Le collier lui serra la gorge, lui mordit la peau. La douleur transperça le désordre de ses pensées. Tout ça n'était pas normal…

— Hé ! Tu… tu me fais mal !

Mais il serra un peu plus le collier. Ça allait trop loin. « Arrête ! Je n'arrive plus à respirer ! » Elle chercha à crier, mais aucun son ne parvint à franchir sa gorge. Elle porta les mains à sa gorge pour tenter de se débarrasser du garrot qui l'étranglait affreusement. Ce n'était plus un jeu, elle l'avait bien compris. Son regard affolé se fixa sur le visage de son amant. Les yeux toujours cachés derrière les verres foncés de ses lunettes de soleil, il avait les lèvres retroussées et les dents affreusement découvertes. On aurait dit une bête sauvage.

« Non ! Je t'en prie… »

Soudain, tous les doutes, toute la peur qu'elle avait consciencieusement refoulés et repoussés dans un coin de son esprit jaillirent.

« C'est John ! L'homme qui appelle. Qui assassine des femmes. Il va te tuer. Il avait tout prévu. »

Ses poumons étaient en feu, sa peau brûlait. Elle voulut crier, encore une fois, sans résultat. Elle s'agita, battit des pieds. Mais il était trop fort, beaucoup trop fort.

— Allez, La Nouvelle-Orléans, appelez-moi, venez me parler des sacrifices que vous avez consentis…

Lointaine, la voix du Dr Samantha s'effaça peu à peu.

John tordit son collier rosaire, les dents serrées, le regard plongé dans ces yeux dorés qui lui avaient fait confiance. Pauvre, pauvre et stupide fille, songea-t-il lorsqu'elle cessa de se débattre. Son corps se relâcha complètement, privé de vie, libéré de son âme de pécheresse. Il avait les mains douloureuses, les phalanges blanchies par l'effort.

Le sang en ébullition, excité par cette mort qu'il venait de donner, il avait dans les oreilles les derniers râles qu'elle avait laissé échapper en même temps que la voix mélodieuse de sa prochaine victime.

« C'est bientôt ton tour, Dr Samantha… J'ai des projets bien précis pour toi. Bientôt, très bientôt. »

Il relâcha peu à peu le rosaire et, sans se presser, ôta sa jupe à Melanie. Il bandait comme un fou. La voix de Samantha ne faisait qu'augmenter son désir, que renforcer son excitation. Chevauchant le cadavre, il ferma les yeux. Il était avec Samantha. Corps et âme. Ils étaient dans son lit, cet incroyable lit à baldaquin ; cela se passait comme avec Melanie, lorsqu'elle s'était baissée sur lui et l'avait pris dans sa bouche, dans l'intimité de Samantha, cet univers imprégné de son odeur, de sa présence… Il s'était senti si près d'elle, alors… Et il le serait bientôt de nouveau. Il serait même encore plus proche. L'appel qu'elle avait lancé ce soir, au sujet du sacrifice, lui était destiné.

A lui et lui seul.

Elle était prête, il le savait. Elle allait expier ses péchés, puis elle se sacrifierait. Pour lui.

Ty jeta un coup d'œil à sa montre. Il ne restait plus que trois quarts d'heure avant la fin de l'émission de Samantha, et il était temps pour lui d'aller la chercher. Sauf que Navarrone ne s'était toujours pas montré. Il finit son verre et porta machinalement la main à son holster d'épaule, pour vérifier que son pistolet était en place.

— Et vous pensez donc que le sacrifice fait partie de la vie? demandait Samantha à son auditeur.

L'inquiétude de Ty monta encore d'un cran. A quoi jouait-elle? Elle excitait le tueur?

— Exactement, répondit un homme à la voix nasillarde. J'en ai plus qu'assez d'entendre les autres gémir là-dessus.

Par la fenêtre ouverte, Ty entendit les jappements bien reconnaissables du chien de Mme Killingsworth. Il faisait un raffut de tous les diables. Sasquatch, qui était couché sur le tapis, près de la porte, se redressa soudain, les oreilles dressées. Un grondement sourd monta de sa gorge.

— C'est bon, lui dit Ty.

Il gagna la baie vitrée coulissante et sortit. Le son de la radio s'éloigna, supplanté par le vrombissement des insectes. Il y avait quelque chose d'anormal. Il ne savait pas quoi, mais il le sentait, aussi sûrement que la caresse du vent brûlant sur sa peau. Il plissa les yeux et tenta de percer l'obscurité, vers le bateau. Il lui sembla voir une ombre bouger, sans trop savoir.

Il ne pouvait pas attendre plus longtemps. Pas s'il voulait s'assurer que Samantha rentrerait chez elle en toute sécurité. Il entendit sa voix, à l'intérieur, alors qu'elle continuait de répondre aux questions et de dispenser des conseils.

— Viens, dit-il au chien.

Sur sa nuque, ses cheveux se hérissèrent. Il porta la main à son pistolet en ajoutant :

— Allons-y.

Il venait de fermer la porte derrière lui quand il vit une silhouette se détacher de la pénombre. Ses doigts se crispèrent sur la crosse de son arme.

— Navarrone?

— C'est moi.

Les deux hommes se rejoignirent à côté de la Volvo.

— Qu'est-ce que tu fabriquais, bon sang?

— Monte, et je t'expliquerai, dit simplement Navarrone en allant s'installer dans la voiture, côté passager. Je crois que j'ai découvert qui est le tueur.

*
* *

Samantha jeta un coup d'œil à la pendule. L'émission arrivait à son terme. Elle avait pris les auditeurs à mesure qu'ils appelaient, l'un après l'autre ; les muscles noués, les nerfs tendus comme les cordes d'un piano, elle les écoutait patiemment, leur offrait des conseils.

John n'avait pas donc appelé pendant le direct. Ce n'était pas vraiment une surprise. Il allait téléphoner juste après. Ou lorsqu'elle serait rentrée chez elle.

— Donc vous ne vous sacrifieriez pour personne ? dit-elle à une certaine Millie.

Du coin de l'œil, elle aperçut Tiny, qui lui faisait de grands gestes et lui désignait l'écran de son ordinateur. Elle baissa les yeux. Le prénom John était apparu sur la ligne 3.

— J'ai assez donné pendant mon mariage, expliqua Millie.

Samantha devait la garder en ligne, la faire parler le plus longtemps possible. Si John écoutait l'émission, il saurait qu'elle était coincée et ne pouvait pas le prendre à l'antenne. Et pendant ce temps, la police allait tenter de déterminer l'endroit d'où il appelait.

— Et si vous vous remariiez ?

— Quand les poules auront des dents ! s'exclama Millie.

« Ne t'arrête pas, Millie, continue, surtout », songea Samantha. Elle transpira abondamment, soudain. Il fallait qu'elle prenne John juste avant qu'il ne raccroche. Il devait se douter que les lignes de la radio étaient désormais sur écoute ; il était possible qu'il soit en train de mesurer la durée de son appel.

— Merci de votre témoignage, dit-elle.

La policière venait d'apparaître au côté de Tiny. A travers la vitre de séparation, elle lui faisait comprendre à grand renfort de gestes qu'elle devait prendre John à l'antenne et le garder le plus longtemps possible.

Samantha pressa le bouton de la ligne 3.

— Allô ? Ici le Dr Samantha. Vous êtes à l'antenne…

Aucune réponse.

— Allô ? Le Dr Samantha vous écoute.

Elle attendit encore. Le voyant de la ligne 3 continuait de clignoter ; son correspondant n'avait pas raccroché.

— Vous m'entendez ? Vous vouliez parler du sacrifice ? Allô, allô ? Il y a quelqu'un ?

A travers la paroi vitrée, la policière leva la main et pressa le bouton de la ligne 3 pour garder l'appel, tout en faisant signe à Samantha de prendre un autre auditeur.

Samantha passa donc à la personne suivante, Amy. Elle était bien consciente que le voyant de la ligne 3 était toujours allumé et que le nom de John restait inscrit sur son écran ; il devait être quelque part, à écouter l'émission et à tenter de la joindre.

Une pensée terrible s'imposa à elle : et s'il était sur le point de tuer quelqu'un ?

« C'est ce qu'il fait, Samantha. Il assassine des femmes en écoutant ton émission. Cela s'est passé ainsi avec Leanne, comme avec les autres. Et en ce moment, il est peut-être en train de… »

Tiny, en face d'elle, agitait de nouveau les bras avec frénésie, pour attirer son attention. Samantha comprit qu'elle avait eu un moment d'absence. Amy avait raccroché.

— Pardonnez-moi, dit-elle dans le micro. Il semblerait que nous connaissions quelques problèmes techniques. Il nous reste encore deux minutes d'émission, alors profitez-en, appelez.

La ligne 1 s'était mise à clignoter. Le prénom affiché sur l'écran était John.

Il avait rappelé. Elle pressa le bouton.

— Bienvenue aux *Confessions de minuit*, avec le Dr Samantha. Qui est en ligne ?

— Tu le sais très bien, Samantha. Je suis John. Les sacrifices, ça me connaît. Je viens d'ailleurs juste d'en faire un.

35.

— Allô ? Allô ?

A l'antenne, la voix de Samantha s'était emplie de panique.

Ty eut l'impression que son cœur s'arrêtait presque de battre. Il avait pu rouler vite, jusque-là, mais alors qu'ils venaient d'arriver aux abords de La Nouvelle-Orléans, il était obligé de ralentir. Trop de circulation. Ça n'avançait plus qu'au ralenti.

— Tu as entendu ça ? demanda-t-il à Navarrone.

— C'est Kent Seger. Il a appelé.

— *John, vous êtes toujours en ligne ? C'est le Dr Samantha.*

Ty donna un coup de poing sur le volant. Il sortit son téléphone portable et composa automatiquement le numéro de WSLJ.

— *Allô ?* répétait Samantha.

— Il a raccroché, indiqua Navarrone tandis que Ty attendait qu'on lui réponde, à la radio.

A quoi diable pensait Samantha, quand elle avait appâté Kent Seger, le provoquant sur les ondes avec cette histoire de sacrifice ? Ty serra les dents en imaginant ce monstre près d'elle, qui lui parlait…

— Allez, allez ! maugréa-t-il dans l'émetteur, tout en s'engageant dans une petite rue, sur la droite.

Il était très tard, et d'ordinaire, le jeudi, il y avait peu de circulation. Pas ce soir. Il jeta un nouveau coup d'œil vers Navarrone.

— Tu es sûr que c'est bien Seger notre tueur ? Pas Peter Matheson ou Ryan Zimmerman ?

Il eut droit au regard de Navarrone — un regard éloquent qui lui demandait, sans un mot, s'il se serait avancé ainsi sans avoir de certitude.

— C'est Seger, confirma-t-il. C'est forcément lui. Matheson

n'habite pas dans la région. Zimmerman n'a pas le même groupe sanguin que l'assassin. Ça ne laisse que le frère d'Annie.

Personne ne répondait à la radio. Ty sentit un filet de transpiration couler sur sa tempe.

Navarrone ne s'était jamais trompé, à sa connaissance. Jamais. Mais il y avait toujours une première fois…

— C'est quoi ce foutoir, bon sang ? rugit-il en se trouvant immobilisé dans un nouveau ralentissement.

Des sirènes hurlaient dans la nuit. Les automobilistes se portèrent sur le côté pour laisser passer deux voitures de police et une ambulance, gyrophare en action.

Ty entendit enfin un cliquetis, à l'autre bout de la ligne.

— WSLJ ?

Une voix de femme qu'il ne connaissait pas. Il pensa qu'il devait s'agir de la policière qu'on avait envoyée à la radio.

— Ty Wheeler, à l'appareil. J'aimerais parler à Samantha Leeds, s'il vous plaît.

— Désolée, monsieur, mais l'émission est terminée.

— C'est personnel. Samantha est une amie.

— L'émission est terminée.

— Bon sang ! Dites-lui que j'arrive, alors !

On raccrocha.

Il se passait quelque chose d'anormal.

Samantha ôta son casque et pressa le bouton pour lancer le morceau *Midnight Confession* et signifier ainsi la fin de l'émission. Dès les premières notes, elle descendit de son tabouret et sortit de sa cabine.

Dorothy Hodges était déjà dans le couloir.

— On l'a eu ! annonça-t-elle. Je viens de recevoir un appel de l'inspecteur Bentz. On a pu remonter jusqu'à une cabine téléphonique de Chartres Street, à quelques blocs d'ici. Il y a déjà une voiture sur place. D'autres arrivent.

Les yeux brillant de satisfaction, elle ajouta :

— Son compte est bon, à ce salaud.

— Il était temps, dit Tiny.

Il se tenait à la porte de la cabine technique, un micro-casque autour du cou.

— Allons-y, dit Samantha en se dirigeant vers la sortie.

— Un instant! Vous n'allez nulle part!

Dorothy avait mis son enthousiasme et son sourire de côté. Le policier, en elle, avait soudain repris le dessus.

— Vous restez ici, tous les deux. C'est le travail de la police, pas le vôtre.

— Mais...

— Je suis sérieuse! Vous ne bougez pas d'ici!

Samantha avait peine à y croire.

— Mais c'est grâce à moi qu'il a pu être appréhendé...

— C'est aussi grâce à vous qu'il a commencé, souligna Dorothy en pointant un index accusateur sur elle. L'inspecteur Bentz pense que vous êtes la dernière victime sur la liste de ce cinglé. Vous allez donc rester bien tranquille jusqu'à ce que tout soit terminé. Vraiment terminé. Il n'a pas encore été appréhendé.

Impassible, elle bloquait le passage alors que Samantha avait presque rejoint la réception. Elle eut l'impression étrange de se retrouver soudain dans le camp ennemi.

— Et pour être certaine de bien me faire comprendre, déclara Dorothy, je vais demander à Wes, en bas, de ne laisser entrer et sortir personne. C'est clair?

— C'est clair, mais je ne suis absolument pas d'accord!

— Ecoutez, madame Leeds, l'homme que nous avons traqué, et peut-être enfin trouvé, vous a gravement menacée. Je vous ordonne de rester ici. C'est ça, ou je vous passe les menottes et vous amène au commissariat.

— Mais je serai avec vous...

— Cela ne change rien au problème. Maintenant, ça suffit!

Et Dorothy Hodges partit, laissant Samantha et Tiny à côté du bureau de Melba.

— Elle a raison, déclara Tiny. De toute façon, je suis obligé de rester, moi. Je dois surveiller la diffusion d'*Extinction des feux*.

— Pas moi...

— Voyons, sois raisonnable. Dorothy a raison. Tu ferais mieux de rester ici, Samantha. Au moins jusqu'à ce que ton ami se montre. Il vient d'appeler.

Du pouce, il désigna Dorothy, qui s'en allait.

— Il l'a prévenue qu'il arrivait.

Crispant la mâchoire, Samantha consulta sa montre. Rester assise à attendre sans rien faire lui était insupportable. John avait pris contact avec elle ; elle était concernée au premier rang par ce qui se passait. Mais si elle voulait tant se rendre là-bas, ce n'était pas seulement pour assister à sa chute, au moment où il serait démasqué et arrêté, c'était aussi pour évacuer le doute qui l'habitait. Quelque chose n'allait pas. Cela semblait trop facile. Il était plus intelligent que ça — il l'avait amplement démontré jusqu'ici. Pourquoi prendre tous les risques en restant au téléphone, ce soir, et en jouant avec la police, alors qu'il devait se douter que les lignes de la station de radio étaient surveillées ?

Non, quelque chose clochait.

Et Ty était en retard.

Elle regarda de nouveau l'heure.

Ça ne lui ressemblait pas.

— Résumons-nous, dit Ty à Navarrone en garant la Volvo à environ un bloc de l'immeuble de la radio. Ryan Zimmerman a été adopté, et sa mère biologique serait Estelle…

— En gros, c'est ça, oui. Elle est tombée enceinte avant son mariage avec Wally. La famille a cherché à étouffer l'affaire. On a dit qu'elle était partie à l'étranger dans une école privée… alors qu'en réalité, elle accouchait dans une clinique privée, un établissement catholique. Le bébé a été adopté par un couple de Houston qui, par hasard, est venu habiter dans le même secteur scolaire qu'Estelle et ses enfants. Elle était loin de se douter que Ryan était son fils, évidemment. Jusqu'à ce qu'Annie se mette à le fréquenter, à se montrer avec lui. Et un jour, elle a glissé à sa mère qu'il lui avait confié être un enfant adopté. Il ressemblait assez au père naturel du bébé qu'elle avait abandonné pour qu'elle juge nécessaire de procéder à certaines vérifications. Elle a engagé un privé. C'est de lui que je tiens l'info.

Il leva les yeux vers l'immeuble qui abritait les studios et bureaux de WSLJ.

— Et ce n'est pas tout…

— Le nom de l'autre garçon avec qui Annie avait des relations ? devina Ty.

— Tout juste.

— Et alors ?

— Apparemment, Annie se tapait les deux frangins. Ryan… et Kent.

Même s'il l'avait vue venir, cette révélation laissa Ty un instant sans voix. Il s'immobilisa alors qu'il récupérait ses clés dans le contact.

— Les deux ?

— Oui, mais dans un des deux cas, ça ne lui plaisait pas trop. Mais quand elle est allée voir sa mère pour lui dire qu'elle était victime des agressions sexuelles de Kent, Estelle n'y a pas cru. Elle s'est refusée à y croire.

Ty eut comme un goût de bile dans la bouche.

— Une mère formidable…

— Une des meilleures.

— Et donc Kent serait le père de l'enfant d'Annie ?

— Il semblerait.

— Je comprends un peu mieux pourquoi Estelle refusait d'en parler.

— Ça peut se comprendre, remarqua Navarrone en ouvrant sa portière. J'ai touché deux mots de tout ça à Bentz. Tout le monde est sur la même longueur d'ondes.

— Hé, vous avez entendu ça ? lança Montoya en négociant de justesse un virage, alors que la radio de la police faisait entendre ses habituels craquements. Il y a eu un accident…

— … du côté du bloc où se trouve la cabine téléphonique d'où John a appelé, compléta Rick, à côté de lui. Nom de Dieu, mais qu'est-ce qui se passe ?

Il finissait sa phrase quand ils débouchèrent dans Chartres Street et découvrirent un attroupement. Une ambulance était sur place, éclaboussant les alentours de la lumière rouge et blanche de son gyrophare. Les piétons étaient massés sur les trottoirs, jusque sur la chaussée. La circulation était paralysée.

Rick sauta du véhicule alors que celui-ci ne s'était pas encore complètement immobilisé, son Glock dans une main et son insigne dans l'autre. Des policiers en uniforme et en civil tenaient les curieux à l'écart — des passants, de plus en plus nombreux, qui ne pouvaient s'empêcher de regarder. La nuit était chaude. Suffocante. Bentz chassa un moustique, tout en observant la scène de l'accident. Un monospace au pare-brise étoilé et au pare-chocs enfoncé était arrêté, et devant le véhicule accidenté, un homme était étendu sur la chaussée. Des sauveteurs des urgences étaient penchés sur lui, en train de lui prodiguer les premiers soins ; et de loin, Bentz jugea que les choses s'annonçaient mal pour le pauvre homme.

A quelques mètres de là, la conductrice du monospace pleurait en se tordant les mains. C'était une femme aux yeux exorbités, qui racontait avec un débit saccadé et de grands gestes ce qui s'était passé.

— Il… il a surgi de nulle part !

Elle semblait choquée, mais elle n'était apparemment pas blessée.

— Il titubait, zigzaguait, et… j'ai écrasé la pédale de frein, mais… Oh, mon Dieu, je l'ai percuté ! Au niveau du pare-chocs, puis il a rebondi sur le capot et le pare-brise. C'était affreux… Affreux !

Une autre femme, probablement une passagère du véhicule, essaya d'apaiser la conductrice. Celle-ci demanda d'une voix affolée :

— Il n'est pas mort, hein ? Il… il va s'en sortir, n'est-ce pas ? Il ne peut pas être mort…

— J'ai vu ce qui est arrivé, moi, dit alors un homme qui venait de se glisser entre deux voitures stationnées.

Coiffé d'une casquette de base-ball, il était vêtu d'un T-shirt et d'une espèce de grand short trop large.

— C'est comme elle a dit. Le type, là, il courait à moitié dans la rue, azimuté, en baragouinant je sais pas quoi. Il avait l'air de plus savoir où il était. Et là, boum ! Elle se l'est payé…

La conductrice sursauta en entendant ce récit, et le témoin se reprit :

— Oh ! Excusez-moi… Mais il était vraiment à la ramasse, le gars. C'était comme si… comme s'il avait même pas vu la voiture. Il est peut-être bourré. Ou défoncé.

— Vous avez pu l'identifier ? demanda Rick à l'un des médecins.

— Pas encore. On tâche de le sauver.

La conductrice laissa échapper un petit couinement.

— On le stabilise et on l'embarque, annonça un membre des secours.

Son collègue s'adressa à Rick.

— J'ai son portefeuille. Je voulais vérifier qu'il n'y avait pas de mises en garde contre d'éventuelles allergies.

Il tendit le portefeuille à Bentz, qui l'ouvrit aussitôt. Il contenait un permis de conduire au nom de Kent Seger.

— Enchanté, John Fathers, marmonna Rick pour lui-même.

Il jeta un coup d'œil à ce que contenait encore le portefeuille. Rien que de très ordinaire. Sept dollars. Une carte de Sécurité sociale. Une carte d'étudiant pour l'All Saints College. Une carte Visa.

Et une photo d'Annie Seger.

— Vous avez trouvé autre chose ? demanda-t-il.

— Oui, regardez ça… On dirait un rosaire. Comme si ce gars était prêtre, ou quelque chose de ce genre.

— Mettez-moi ça dans un sachet, dit simplement Rick.

Une fois le petit sac en main, avec le rosaire à l'intérieur, il contempla Kent Seger. Il respirait à peine. Il n'en avait sans doute plus pour très longtemps. Rick songea que ce ne serait pas une grosse perte pour l'humanité. D'une certaine manière, la conductrice du monospace avait rendu service à la ville.

Sur la chaussée, il remarqua la monture brisée d'une paire de lunettes de soleil ; les verres étaient plus loin, contre le trottoir. Le visage de l'homme qui gisait par terre ressemblait assez au portrait-robot qu'on avait établi de John Fathers. Son visage était meurtri, plein de coupures et d'ecchymoses, il avait les yeux fermés, mais la ressemblance était là.

« Bon débarras », pensa Rick.

— Hé, par ici !

C'était Montoya qui lui faisait signe depuis une cabine téléphonique, dont les parois de verre jetaient d'étranges reflets sous les lumières du gyrophare de l'ambulance. Le combiné se balançait au bout du cordon.

— Regardez ça…

Rick sentit son ventre se nouer — d'instinct, il savait que ce que voulait lui montrer Montoya n'allait pas lui plaire. Il passa entre quelques curieux, sentit l'odeur douceâtre de la marijuana.

— C'est de là que John a passé son dernier appel à la radio, annonça Montoya.

— D'après ses papiers, il s'agit de Kent Seger.

Plissant les yeux, Montoya regarda du côté du lieu de l'accident.

— Vous pensiez que Kent Seger était John, non ?

— C'était un de mes suspects. Un parmi d'autres. Il a le même groupe sanguin que John. Et il y a une demi-heure, j'ai reçu un coup de fil d'un certain André Navarrone. Il a une théorie intéressante — avec tout ce qu'il faut pour la soutenir, affirme-t-il. Selon lui, Kent Seger abusait sexuellement de sa sœur — il y a de ça dix ans, à Houston. Et Annie serait tombée enceinte de lui. Il a la conviction que c'est Kent qui a tué Annie, mais qu'il a rejeté la responsabilité sur Samantha. Il pense aussi qu'un événement précis a mis en branle sa folie meurtrière… Peut-être le fait que sa mère lui a coupé son aide financière, ou même le simple fait d'avoir entendu la voix du Dr Samantha à la radio. Ça cadre assez avec ce que Norm Stowell a dit.

Rick jeta un nouveau coup d'œil vers la scène de l'accident.

— J'ai peur qu'on ne sache jamais ce qui l'a vraiment poussé à tuer.

— Il a laissé quelque chose, dit alors Montoya.

— Quoi ?

— Je ne sais pas trop… ça ressemble à un Dictaphone.

Montoya, qui s'était baissé, utilisa son mouchoir pour ramasser l'objet. Ils découvrirent dessous un petit trousseau de clés.

Le sentiment qu'avait Rick d'une catastrophe imminente s'accentua. Montoya utilisa encore son mouchoir pour récupérer les clés.

— Vous pensez que ce sont celles de Seger?

Rick regarda du côté de l'ambulance. Le chauffeur avait remis la sirène pour passer à travers la foule des curieux qui encombraient la chaussée. Puis il revint aux clés.

— Je ne crois pas, non. Regarde.

A la faveur de la lumière du réverbère tout proche, il avait écarté les clés avec l'une des siennes, découvrant un porte-clés en forme de cœur.

— Tout ça me paraît plutôt féminin. Tiens, vise un peu ça.

Il venait de dégager, entre les clés, la réplique miniature d'une plaque minéralogique de Louisiane, avec cette inscription en lettres capitales : MELANIE.

— Merde! fit Montoya dans un souffle. L'assistante du Dr Samantha...

Le nœud que Rick avait au ventre se transforma en pierre. Lourde, douloureuse.

— D'après Dorothy Hodges, Melanie Davis a donné sa démission aujourd'hui. Elle n'était pas présente pour l'émission, ce soir.

— Peut-être parce qu'elle ne pouvait pas venir...

— Peut-être.

Rick sortit son téléphone portable et appela le dispatcher. Il ordonna l'envoi immédiat d'une voiture au domicile de Melanie Davis.

— Je veux être prévenu dès qu'on l'aura retrouvée, précisa-t-il. J'ai mon *pager*.

Il raccrocha, puis regarda le petit enregistreur que Montoya avait posé sur l'étroite console de la cabine.

— Voyons si John nous a laissé un message.

Prenant soin de ne pas effacer d'éventuelles empreintes sur l'appareil, il pressa le bouton de lecture avec une de ses clés. Moins d'une seconde après, en dépit du brouhaha qui régnait à l'extérieur de la cabine, le minuscule haut-parleur de l'enregistreur fit entendre une voix féminine.

« C'est Annie, et j'aimerais parler au Dr Samantha. Au sujet de mon ex-belle-mère. J'espérais qu'elle pourrait m'aider. »

Il y eut une assez longue pause, et la voix reprit, plus aiguë :

« *Annie.* »

Encore une pause.

« Vous ne vous rappelez pas ? »

— Il l'a enregistrée, dit Montoya pendant une nouvelle pause.

« Je vous ai déjà téléphoné… C'est mon anniversaire, jeudi. J'aurais eu vingt-cinq ans. »

— Le fils de pute, maugréa Montoya.

Et ils écoutèrent toute la bande, avec l'espoir qu'après cet étrange monologue ils en entendraient plus et parviendraient à découvrir l'identité de cette femme. Mais il n'y avait rien d'autre.

— Vous croyez que Melanie pourrait être dans le coup ? demanda Montoya. Que ce serait elle, sur la bande, et qu'elle aurait filtré son propre appel ?

— Ça expliquerait beaucoup de choses, non ? Il fallait un complice à l'intérieur de WSLJ, quelqu'un qui déverrouille la porte pour qu'on puisse apporter le gâteau, quelqu'un qui connaisse le numéro privé de la radio…

Rick avait envie de fumer, soudain.

— Pourquoi est-ce qu'ils ne rappellent pas, bon sang ?

— Vous pensez qu'elle est morte, hein ?

Rick hocha la tête.

— Il y a des risques, oui.

— Merde…

Le regard de Montoya se perdit à travers la paroi de verre crasseuse de la cabine, vers le monospace accidenté.

— John aurait donc laissé tout ça ici, en partant précipitamment, et il aurait été percuté par la voiture ?

— Qu'est-ce que tu en dis ?

— Je dis que ç'a dû se passer comme ça…

Montoya fronça les sourcils.

— Et maintenant ? Qu'est-ce qui se passe ?

— Rien de bon, Reuben. Rien de bon.

Le *pager* de Rick se manifesta alors.

— Fais passer cette cabine au peigne fin, dit-il. Et toute cette partie de la rue, pendant qu'on y est. Qu'on me signale tout ce qui sort de l'ordinaire.

Il sortit son téléphone portable et composa le numéro qui s'affichait sur son *pager*. Il écouta le message.

Un message lapidaire. Les dents serrées, la rage au ventre, il raccrocha et jura. Son regard croisa celui de son coéquipier.

— Melanie Davis a été retrouvée morte. Etranglée. Avec des marques profondes autour du cou. Sans doute un rosaire.

36.

Assise dans un des fauteuils de la véranda, Samantha caressait le pelage noir de Charon. Le crépuscule s'installait lentement. C'était donc terminé. Enfin. Mais l'onde de choc, elle, risquait de se prolonger longtemps, très longtemps. Tant de gens étaient morts… La dernière victime n'était autre que Melanie, qui, selon la police, s'était fait passer pour Annie Seger. On ne possédait pas tous les éléments de l'histoire, mais Melanie sortait visiblement avec Kent Seger. C'était lui, le nouveau petit ami dont elle avait tant parlé.

— Ça donne à réfléchir, quand même, fit-elle remarquer au chat.

Kent était toujours entre la vie et la mort, à l'hôpital, sous bonne garde policière. La presse, elle, était un peu partout, à l'affût du moindre élément nouveau. Samantha avait décroché son téléphone et refusait de répondre aux coups de sonnette à sa porte. Elle avait besoin de temps. Pour se ressaisir, pour réfléchir à ce qu'elle allait faire de sa vie.

Si Kent survivait à ses blessures, on aurait peut-être les réponses à toutes les questions qui demeuraient en suspens, et il irait en prison jusqu'à la fin de ses jours ; s'il mourait, le monde s'en porterait sans doute mieux. Samantha n'avait jamais vraiment cru en la peine de mort ; pourtant, lorsqu'elle songeait à toutes les malheureuses qu'il avait tuées, à commencer par sa propre sœur et le bébé qu'elle portait, elle se disait qu'il méritait le châtiment que Dieu ou les représentants de la justice humaine lui infligeraient. C'était une chance incroyable qu'il ait été arrêté. Mais avec le mélange de crack et de poudre d'ange qui imprégnait son organisme, il devait être dans un état second, halluciné, et après l'avoir appelée, il était allé se jeter sous les roues d'une voiture qui passait.

Ce détail constituait une des nombreuses zones d'ombre qui restaient à éclairer. Car lorsqu'elle l'avait eu en ligne, il semblait maître de lui. En même temps, il n'avait pas beaucoup parlé…

Elle s'étira et suivit du regard un papillon qui voletait au-dessus de l'herbe, près du lac.

« Et toi, Samantha ? Qu'est-ce que tu vas faire ? »

Peut-être accepter le poste qu'on lui avait proposé à Los Angeles.

— Qu'est-ce que tu en penses ? demanda-t-elle à Charon, qui fit le dos rond sous ses caresses. Devenir un chat hollywoodien, ça te dirait ?

Elle serait plus près de son père — et loin d'ici, surtout. Malgré ce qui s'était passé, et le retentissement que les médias avaient donné à l'affaire, elle n'avait reçu aucune nouvelle de Peter. Elle avait pourtant espéré qu'il se manifesterait, lui adresserait un signe de vie. Il n'en était rien. Son père n'avait pas reçu de nouvelles non plus. Certaines choses ne changeaient décidément pas.

« Et Ty ? Tu pourrais vraiment le quitter ? »

En pensant à lui, elle sentit son cœur se serrer. Une main en visière au-dessus des yeux, elle regarda vers le lac et aperçut le voilier, l'*Ange de lumière*, qui cinglait à pleines voiles. Ty avait décidé d'aller chercher Sasquatch chez lui et de le ramener en bateau. Elle aurait dû l'accompagner, sans doute, mais elle avait éprouvé le besoin de ces quelques instants de solitude pour réfléchir. Ils devaient dîner ensemble, une fois qu'elle aurait pris une douche. Elle ne put s'empêcher de sourire en apercevant le chien, assis sur le pont, le nez au vent.

Dix-huit heures s'étaient écoulées depuis sa dernière émission. Dix-huit heures au cours desquelles sa vie avait changé.

Melanie était morte.

Comme Leanne.

Comme Annie.

Comme toutes celles qui avaient eu l'infortune de croiser le chemin de Kent Seger.

Son cœur se serra un peu plus quand elle songea à Melanie, qui, dans l'espoir de lui ravir sa place, avait suivi Kent dans sa folie. Sa trop grande ambition lui avait été fatale. Samantha se leva et fit signe à Ty, qui lui répondit. Difficile d'imaginer que quelques semaines plus tôt, elle était persuadée d'avoir vu l'*Ange de lumière* en pleine nuit, au large de sa propriété, avec à la barre un inconnu qu'elle soupçonnait de l'espionner, de lui vouloir du mal…

Plusieurs éditeurs avaient manifesté de l'intérêt pour le livre de Ty. Son agent, tout en continuant de présenter ici et là le projet, faisait tranquillement monter les enchères.

Oui, il s'était passé beaucoup de choses, au cours de ces dix-huit dernières heures.

Soulevant Charon, Samantha regagna l'intérieur de la maison. Par habitude, elle ferma la porte à clé, puis rejoignit l'étage et sa chambre. Elle laissa la porte entrebâillée, pour que le chat puisse entrer et sortir à sa guise. Un pantalon de Ty était posé au bout du lit. Il habitait toujours chez elle, et Samantha n'était pas certaine de vouloir qu'il retourne s'installer chez lui. Ils étaient bien ensemble, songea-t-elle en se déshabillant. Elle gagna la salle de bains, nue, et tourna le robinet de la douche. Par la fenêtre, entrouverte pour éviter la formation de vapeur et de buée, elle entendit les jappements familiers d'Hannibal, toujours prêt à alerter le quartier lorsqu'il débusquait un écureuil ou n'importe quelle autre créature. Samantha alluma la radio. De sa voix rude, Ramblin' Bob expliquait aux auditeurs qu'il allait chercher dans la discothèque un vieux titre de Patsy Cline, la chanteuse country. Le premier à appeler en donnant l'année de la chanson gagnerait un mug à l'effigie de WSLJ.

Samantha enveloppa une serviette sur sa tête, avant de s'avancer sous le jet. Les yeux fermés, elle tâcha de chasser les démons qui la hantaient. Comment était-il possible qu'elle n'ait pas mesuré à quel point Melanie était jalouse d'elle ? Comment se pouvait-il qu'elle ait travaillé toutes ces nuits avec elle sans se douter de rien, qu'elle ait poussé la confiance jusqu'à lui laisser sa maison et son chat ? Et David ? Sa trahison était encore pire. Il avait essayé de profiter de ce qui se passait avec John pour l'amener à revenir dans ses bras. Samantha avait même reçu un coup de fil de son ex-mari, qui lui disait combien il était désolé pour l'épreuve qu'elle avait traversée.

Désolé ? Elle doutait que Jeremy ait jamais été désolé de quoi que ce soit.

Tout en se savonnant le corps, elle entendit, derrière le jet, la voix mélancolique de Patsy Cline. La palme revenait sans doute à Kent Seger, cet homme obsédé par sa sœur puis par Samantha. Il lui reprochait la mort d'Annie, mais c'était bien lui qui l'avait tuée, faisant passer son crime pour un suicide. Il était jaloux de Ryan Zimmerman, sans savoir qu'il s'agissait de son demi-frère.

Une histoire sordide. Totalement abjecte.

Elle se rinça en songeant à Estelle. La veille, dans la matinée, on l'avait retrouvée dans sa piscine. Elle avait été incapable de supporter la perspective d'un nouveau scandale. Wally, son premier mari et le père d'Annie, avait été terriblement choqué lorsque Ty lui avait appris la nouvelle. Il se sentait responsable.

Beaucoup de gens, ici, allaient d'ailleurs devoir supporter longtemps le fardeau de la culpabilité.

Tournant les robinets pour couper l'eau, Samantha entendit la porte d'entrée s'ouvrir, en bas. Ty avait dû accoster. Elle retira la serviette qui lui protégeait les cheveux et enfila son peignoir.

— Je n'ai pas encore commencé à préparer le dîner ! lança-t-elle en rejoignant la chambre. Tu n'as qu'à te servir un verre !

Elle serra la ceinture du peignoir sur sa taille et jeta un coup d'œil vers le lac, par la fenêtre. A l'horizon, elle aperçut la silhouette familière de l'*Ange de lumière*, toujours en mouvement.

Mais… c'était impossible ! Comment le voilier pouvait-il être encore sur l'eau, alors qu'on venait d'ouvrir la porte, au rez-de-chaussée ? Une porte fermée à clé. Sur sa nuque, ses cheveux se hérissèrent.

— Ty ? appela-t-elle.

Elle se dit qu'elle était stupide. Kent Seger était à l'hôpital, plus mort que vif. Le frère de Samantha et Ryan Zimmerman avaient été lavés de toute culpabilité.

Et de toute façon, il n'y avait personne d'autre qu'elle dans la maison.

C'est alors qu'elle entendit les pas dans l'escalier. Lourds et rapides.

Seigneur !

Son cœur se mit à battre à grands coups. Elle eut la gorge nouée, soudain. Sa poitrine se comprima douloureusement. Par la fenêtre, elle aperçut le voilier qui se dirigeait vers son ponton. Ty à la barre, Sasquatch à son côté. En sifflant furieusement, Charon se glissa par la porte entrouverte de la chambre et alla se réfugier sous le lit.

Samantha chercha fébrilement une arme. En vain. Puis elle pensa soudain à la fenêtre. Mais oui ! Si elle parvenait à attirer l'attention de Ty… Elle souleva le châssis en même temps que la porte s'ouvrait dans son dos.

— Salope !

La voix de John !

— Ty ! hurla-t-elle.

Puis elle fit volte-face, alors que son agresseur fondait sur elle. Il était grand, portait des lunettes de soleil et son expression rageuse était terrifiante.

— Qui… qui êtes-vous ?

— Ton pire cauchemar…

Samantha remarqua alors le mouchoir qu'il avait dans la main.

Une odeur forte l'enveloppa.

— Laissez-moi ! cria-t-elle.

De nouveau, elle chercha de quoi se défendre. Ses yeux se posèrent sur la lampe. Mais avant qu'elle ait pu s'en emparer, il était sur elle. Il l'enserra d'un bras tandis que, de son autre main, il lui appliquait le mouchoir sur le visage.

Elle se débattit, donna des coups de pieds, cria encore. Mais il était trop fort pour elle. Elle ne pouvait plus respirer. L'odeur, l'horrible odeur de l'éther, envahit ses narines, lui brûla la gorge. Elle se mit à pleurer, à tousser. Elle suffoquait.

L'odeur submergeait tout.

En cherchant à hurler, elle ne réussit qu'à accélérer l'effet de l'éther. Un voile d'obscurité tomba sur elle, sur sa conscience. Elle voulut le griffer, et il se mit à rire. Elle balançait entre la pénombre et la lumière. Ses bras et ses jambes étaient trop lourds. Ses paupières aussi. Impossible de garder les yeux ouverts. Elle ne pouvait plus lutter.

Avant de sombrer, elle vit son sourire et, du coin de l'œil, elle entrevit le reflet que jeta la lumière sur un chapelet de petits grains rouge sang.

— Nom de Dieu! On s'est trompés de client!

Les yeux fixés sur le dossier médical suspendu au pied du lit de Kent Seger, Rick laissa échapper un juron. Un policier en uniforme montait la garde à la porte de la chambre; d'autres policiers, en civil, étaient postés un peu partout dans l'hôpital. Mais ça n'avait aucune importance. L'homme allongé dans le lit, relié à tout un réseau de tubes et de fils, n'était pas Kent Seger.

— Trompé de client? répéta Montoya.

Il vidait un paquet de chips qu'il avait acheté un peu plus tôt à la cafétéria.

— Regarde son groupe sanguin.

— Mais...

— Je ne sais pas qui est ce type, mais ça n'est ni Kent Seger ni John. On s'est fait baiser.

Bentz sortit de la chambre en courant.

— Vous, vous ne bougez pas! lança-t-il au policier qui gardait la porte. Vous ne laissez entrer ni sortir personne. Pas même un toubib. C'est compris?

— Mais...

— Pourquoi est-ce que personne n'a vérifié son groupe sanguin, bon sang? maugréa Rick, qui poursuivit sa course jusqu'à la sortie la plus proche.

Montoya lui avait emboîté le pas.

— Qui c'est, alors?

Rick ne lui répondit pas tout de suite. Ils coururent jusqu'à la voiture de Montoya.

— On s'en fout! L'important, c'est que notre tueur est toujours en liberté, lui.

Rick, qui avait sorti son portable, appela le dispatcher.

— Contactez la police de Cambrai. Qu'ils envoient tout de suite quelqu'un au domicile de Samantha Leeds, sur Lake View Drive. C'est urgent!

Il se glissa au volant de la voiture.

— Je peux conduire…, proposa Montoya.

— Pas question. Tu roules trop lentement. Allez, monte, bon sang!

Montoya avait à peine eu le temps de mettre sa ceinture que Rick accéléra et quitta sa place dans un terrifiant hurlement de pneus. Il traversa le parking pied au plancher, et mit la sirène dès que le véhicule déboucha dans la rue. Il lança son portable à Montoya.

— Appelle Samantha Leeds. Dis-lui ce qui se passe.

Pendant que Montoya tentait de joindre la jeune femme, Rick utilisa la radio de la police pour prévenir d'autres unités.

— Ça ne répond pas, dit Montoya.

— Bordel de merde! Essaye avec Ty Wheeler, alors… chez lui ou sur son portable. Appelle les renseignements, mais grouille-toi, bon sang!

Il prit un virage serré, un peu trop vite, et fit de nouveau hurler les pneus du véhicule. Il fallait une vingtaine de minutes pour atteindre Cambrai par la route. Avec un peu de chance, il pouvait être là-bas en un quart d'heure.

Il espérait simplement que ce ne serait pas trop long.

Ty aperçut Samantha à sa fenêtre. Elle lui faisait signe… ou plutôt elle venait de soulever le châssis de la fenêtre à guillotine pour l'appeler. Elle…

Il vit alors une silhouette derrière elle. L'apparition lui coupa le souffle. Il y avait quelqu'un dans la chambre. Un homme. Vêtu de noir. Qui portait des lunettes de soleil et s'en prenait à elle. Samantha se débattait. Elle criait.

Elle se faisait agresser, sous ses yeux ou presque, et il ne pouvait rien faire.

Tout en sachant que le temps risquait de lui manquer, il affala les voiles et se mit au moteur, qu'il poussa à son maximum.

Il garda les yeux fixés sur la fenêtre, entrevoyant de façon intermittente cette horreur qu'il avait crue derrière eux. Le monstre était libre. D'une façon ou d'une autre, il avait réussi à s'échapper. Et il était en train de tuer Samantha, là, sous ses yeux.

Un hurlement rageur et désespéré s'éleva de la gorge de Ty.

Il faisait sombre… si sombre… Elle s'en rendait compte, bien que ses yeux soient toujours fermés. Il y avait aussi ces sons, étranges. Une espèce de bourdonnement sourd et profond.

Elle avait mal à la tête.

Elle aurait aimé se rendormir, sombrer de nouveau dans le confort du sommeil, mais une force, en elle, la poussa à entrouvrir les yeux. Les ténèbres, toujours. Elle eut conscience d'un mouvement et s'avisa qu'elle se déplaçait… Dieu, que sa tête était douloureuse ! Sans parler de cette nausée… Où était-elle ? Elle tenta de s'asseoir et eut aussitôt le vertige. Elle pensa même qu'elle allait tourner de l'œil. Puis les souvenirs arrivèrent. Des images, des flashes. Elle était dans sa chambre. Un homme avec des lunettes de soleil l'attaquait…

Seigneur ! John… il avait réussi à s'échapper de l'hôpital !

Elle tâtonna un peu, tout en inspirant profondément. Cela sentait l'essence. Elle songea d'abord qu'elle se trouvait dans le coffre d'un véhicule. Non, il y avait trop de place. C'était plutôt le plateau d'un camion, couvert d'une bâche. John devait être au volant et l'emmenait quelque part. Mais où ?

Il ralentit, et le cœur de Samantha, qui battait déjà trop vite, s'emballa. Il allait la tuer, cela ne faisait aucun doute. Il voulait simplement agir dans son coin, pour prendre son temps. Elle pensa aux autres victimes de ce monstre, au supplice qu'elles avaient enduré, et elle comprit qu'elle allait subir le même martyre.

Si seulement elle pouvait se repérer, réfléchir clairement… Elle était dans un camion. Il y avait donc peut-être des outils. Un virage, trop sec, l'envoya glisser sur le côté et rouler contre le passage de roue, que sa tête heurta. « Réfléchis, Samantha, réfléchis, où est-ce qu'il t'emmène ? » Dans un endroit reculé, de toute évidence. D'ordinaire, pourtant, il tuait ses victimes dans des chambres, en les étranglant avec un rosaire… La police avait fini par laisser filtrer certaines informations. Samantha chercha de nouveau à tâtons, jusqu'à ce que ses doigts rencontrent quelque chose. Une boîte à outils ! Etait-il possible qu'elle ait cette chance ? Elle essaya de l'ouvrir, mais elle était cadenassée. « Ne panique pas, surtout. Réfléchis encore. » Elle tenta de forcer le couvercle, mais il ne bougea pas.

Les pneus firent crisser des gravillons. Le camion roulait très lentement, à présent. Le cric! Où était-il? Elle explora chaque centimètre du plateau, chercha le long des passages de roues, mais tout ce qu'elle trouva, ce fut une canne à pêche. Un modèle léger, en bambou. Et pour ne rien arranger, il était solidement fixé à la bâche.

Bon sang!

Le camion s'arrêta en dérapant légèrement. Samantha examina les options qui se présentaient à elle. Elle pouvait se précipiter sur lui quand il ouvrirait, à l'arrière; mais il était possible qu'il s'y attende. Le mieux était encore de lui faire croire qu'elle était toujours inconsciente. Si jamais il tentait de lui glisser quelque chose autour du cou, elle réagirait.

S'allongeant de nouveau, elle fit de son mieux pour se détendre, alors qu'elle était si crispée qu'elle arrivait à peine à respirer.

On coupa le moteur.

« Mon Dieu, aidez-moi... »

La portière s'ouvrit, côté conducteur, puis des pas s'approchèrent.

« Reste calme. »

Elle était immobile et respirait lentement, les yeux fermés.

L'arrière du camion s'ouvrit à son tour, et un air chaud et fétide entra, accompagné d'un concert de grenouilles et du vrombissement d'une multitude d'insectes.

Le bayou, comprit Samantha, aussitôt envahie d'une vague de désespoir. Jamais on ne les trouverait, ici.

— Tu es déjà réveillée? demanda-t-il de sa voix enveloppante. Docteur Samantha?

Il posa la main sur un de ses pieds nus et le secoua. Elle n'eut aucune réaction.

— Hé! Tu vas te réveiller, oui?

Sa voix était agitée, soudain. Mais elle resta figée.

— Tu fais la morte, c'est ça?

Il lui chatouilla la plante du pied, et Samantha eut le plus grand mal à rester impassible.

— Allez!

Il la tira vers l'arrière du camion et la prit sous les aisselles pour l'en faire sortir. Elle se laissa aller contre son torse. Il la traîna ainsi sur quelques mètres, puis la nature du sol changea, sous ses pieds. Du bois.

Elle entrouvrit les yeux un court instant, le temps d'entrevoir les planches d'un ponton.

— C'est peut-être mieux que tu dormes maintenant, dit-il. Parce qu'on doit faire la fête, plus tard.

Il la laissa tomber dans un petit bateau amarré au ponton. Elle s'affaissa comme un pantin désarticulé, inerte, alors qu'elle était morte de peur.

— Le même genre de fête qu'avec Melanie… sauf que cette fois, on ne pourra pas t'écouter à la radio. Il faudra passer une bande. J'ai toutes tes émissions, toutes. J'ai apporté un enregistrement.

Elle crut se trouver mal. Ce monstre projetait vraiment de la tuer en écoutant sa voix et une de ses émissions… Il s'affairait pour détacher l'amarre du bateau. Samantha songea qu'elle avait besoin d'une arme, n'importe quelle arme. Comme il lui tournait le dos, elle en profita pour regarder dans la minuscule embarcation, à la recherche de… quelque chose, n'importe quoi. Elle remarqua un panier à pêche coincé sous le banc. Mais ça ne lui serait pas d'une grande utilité… C'est alors qu'elle vit la rame. En faisant assez vite, elle avait une chance de l'atteindre et de le frapper dans le dos pour le faire basculer dans l'eau. Il lui faudrait alors fuir le plus vite possible.

Des images de certaines des créatures du bayou lui traversèrent l'esprit — alligators, serpents, chauves-souris… Qu'est-ce qui était le pire ? La nature, avec ses pièges et ses dangers, ou le monstre qui l'avait enlevée ? Elle n'avait pas encore l'esprit complètement clair. Elle n'avait pas recouvré toute son énergie.

Il entreprit de repousser le ponton de la main pour s'en éloigner.

Maintenant !

Elle se redressa d'un coup, trébucha, attrapa la rame et frappa de toutes ses forces.

Crac !

Elle l'atteignit en plein crâne, à l'arrière.

Il rugit de douleur et tituba vers l'avant. Elle lui donna un nouveau coup, et il se tourna avant qu'elle ait pu lui en assener un troisième.

— Espèce de salope!

Attrapant l'extrémité de la rame, il la lui arracha des mains.

— Petite pute!

Il plongea vers elle, mais elle avait déjà sauté par-dessus bord. Une eau épaisse la submergea, dans laquelle elle tenta de nager sans y parvenir. Quelque chose la retenait... Il avait agrippé le bas de son peignoir et la tirait vers lui. Elle tenta de desserrer le nœud de la ceinture, mais il était serré, trop serré. Et mouillé.

Tout en jurant, il la ramena à lui. Elle battit des pieds, essayant encore de dénouer sa ceinture. Rien n'y faisait. Soudain, elle sentit des doigts se fermer sur sa cheville.

« Non! Non! »

Ses poumons la brûlaient, elle ne pensait plus clairement. Et elle tentait encore et encore de défaire le nœud de sa ceinture.

Il tira d'un coup sec. Remonta sa main sur sa jambe, et elle battit violemment des pieds. Au même moment, le nœud se défit. Aiguillonnée par la terreur, elle se glissa hors de son peignoir et nagea vers le fond, ignorant le feu qui lui dévastait la poitrine. A grands mouvements des bras et des jambes, elle chercha à s'éloigner autant que possible du ponton, jusqu'à ce qu'il lui soit impossible de tenir plus longtemps sous l'eau.

Elle émergea en soulevant une grande gerbe d'eau. Consternée, elle découvrit qu'elle se trouvait à six ou sept mètres à peine de lui. Elle s'accorda à peine le temps de reprendre son souffle avant de replonger, mais cela suffit pour lui permettre de braquer une lampe électrique sur elle et de faire tourner le bateau dans sa direction.

Comment allait-elle lui échapper? Comment sauver sa vie? Elle se mit à nager sous l'eau, aveuglément. « Plus vite, Samantha. Plus vite. » Ses poumons semblaient de nouveau sur le point d'exploser, quand elle ferma ses doigts sur les racines d'un cyprès. Elle le contourna et sortit lentement la tête de l'eau, aspirant goulûment l'air en faisant le moins de bruit possible et en cherchant à se repérer. « Aidez-moi, mon Dieu! » implora-t-elle, désespérée. Mais c'était sur elle et elle seule qu'elle devait compter. Il n'y avait personne, ici, dans ce que la Louisiane offrait de plus rude et sauvage.

Il lui faudrait échapper à ce monstre, ou bien le tuer.

Nue et frissonnante, elle avait du mal à entendre autre chose que le tambourinement de son cœur ; elle avait aussi toutes les peines du monde à tempérer la panique qui inondait ses veines de flots d'adrénaline. L'odeur forte des marais était suffocante. Elle sentit quelque chose glisser contre sa jambe, mais ne bougea pas. Elle finit par entendre le bruit des rames dans l'eau. Il ne cessait d'allumer puis d'éteindre la lampe. Il devait le faire exprès ; les pupilles de Samantha avaient du mal à s'acclimater à ce passage incessant entre nuit et lumière.

— Tu ne t'échapperas pas, tu sais ?

Sa voix était proche. Bien trop proche. Où était-il ?

Elle eut la réponse quand il alluma de nouveau la lampe, à moins de deux mètres d'elle. En silence, elle se glissa sous l'eau, nagea entre les nénuphars et fit surface dans un groupe de grands arbres squelettiques. Elle se plaqua contre un cyprès décoloré.

— Tu ne pourras pas rester longtemps là-dedans. Les alligators vont t'avoir. Eux, ou autre chose. Allons, Samantha…

Il avait un ton enjôleur, qui se voulait serein, mais Samantha sentait bien la frustration démente qui l'habitait.

— Tout est parti de toi, tu sais ? Tu as conseillé à Annie de se confier à quelqu'un, et elle est allée voir maman, elle lui a tout dit.

Il claqua de la langue.

— Sauf que maman ne l'a pas crue. Non, elle n'a pas cru que je pouvais niquer ma petite sœur.

Il se mit à rire.

— Et Annie… elle aimait ça, qu'elle ait voulu l'admettre ou non. Je la faisais mouiller… comme je vais te faire mouiller.

Une terreur glacée se planta dans le cœur de Samantha. Il fallait qu'elle parte de là. Tout de suite. Avant qu'il ne la trouve. Avant que l'épuisement n'ait raison d'elle. Et avant que sa chance ne l'abandonne. Elle risqua un coup d'œil derrière le tronc d'un arbre et aperçut la silhouette du camion, dont la carrosserie luisait dans le clair de lune. C'était sa seule chance.

Sans bruit, elle plongea de nouveau sous la surface. Elle nagea en silence en s'éloignant de sa voix, en direction du ponton. Avait-il laissé les clés sur le contact ? Les avait-il prises avec lui et empochées ? Avait-il verrouillé les portières ?

Il lui fallait trouver un moyen de s'échapper, un moyen de transport, quel qu'il soit. Sinon, elle ne pouvait pas espérer aller très loin, sans vêtements et pieds nus.

« Nage. Rejoins le rivage. Va-t'en. »

Un feu intense lui déchirait les poumons quand elle fit surface à travers les petites lentilles d'eau. Elle prit quelques secondes pour respirer.

La lampe électrique s'alluma.

Et son faisceau tomba juste sur elle, l'aveuglant. Soit il avait eu de la chance, soit il avait suivi sa progression en comprenant qu'elle cherchait à rejoindre le ponton.

Elle replongea aussitôt, paniquée, pour aller trouver refuge sous le ponton et émerger de l'autre côté. Regardant par-dessus le bord de la plate-forme de bois pourri, elle vit la lumière qui brillait de façon irréelle dans la brume naissante. Le petit bateau n'avait pas bougé, ou presque. Etait-il possible qu'elle l'ait semé ? Abandonnerait-il aussi facilement ? Non. A moins qu'elle ne l'ait blessé plus sérieusement qu'elle ne le pensait, avec la rame.

Elle se tourna vers le rivage et aperçut comme une lumière à travers les arbres. Son cœur fit un bond. Des phares ? Etait-ce possible ? Seigneur, se pouvait-il que quelqu'un circule sur ces routes désertes ? Il était possible qu'elle se trouve, sans le savoir, à proximité d'un grand axe routier… Portée par un espoir nouveau, elle accéléra ses mouvements. Ses pieds nus trouvaient difficilement des appuis dans la boue qui tapissait le fond du marais. Elle sentit encore une fois quelque chose lui effleurer la jambe. Un poisson ? Un alligator ? Un serpent ?

Elle trébucha en avant.

Des doigts glacés lui enserrèrent la cheville.

« Non ! »

Il l'avait retrouvée ! Elle donna un grand coup de pied. Sans résultat.

Et la seconde suivante, il était sur elle. Pesant de tout son poids pour l'entraîner vers le fond. Malgré sa panique, Samantha comprit que la lampe allumée se trouvait toujours à bord du bateau, qu'il avait laissé l'embarcation dériver pour se glisser dans l'eau et nager vers elle sans être vu.

La main était comme une menotte, elle la tirait vers le fond. Samantha se débattit, donna des coups de pied, tout en cherchant désespérément à respirer. Son talon entra en contact avec quelque chose de solide. Il fit alors brusquement surface et l'attira hors de l'eau à sa suite.

— Salope ! éructa-t-il.

Il était torse nu, sa peau blanche luisait dans la nuit sombre. Il avait perdu ses lunettes de soleil, révélant de grands yeux aux iris incroyablement clairs.

— Tu vas payer !

L'eau ruisselait de ses cheveux sombres sur son visage. Il se tenait debout, la tête hors de l'eau. Samantha, qui était plus petite, ne touchait pas le fond. D'un geste rageur, il la poussa sous la surface. Elle hoqueta, avala une gorgée d'eau stagnante, qu'elle recracha en toussant, suffocante.

Elle chercha à l'atteindre aux testicules, avec les mains ou les pieds, mais il la plongea de nouveau sous l'eau. Et de nouveau, elle but la tasse. Elle remonta brusquement. Elle vomit à moitié l'eau qu'elle avait avalée.

Il lui agrippa les cheveux et lui tira la tête en arrière.

— Maintenant, tu vas te repentir, *docteur* Samantha.

— Qu... quoi ?

— Te repentir pour tes péchés.

Il lui replongea la tête sous l'eau, cette eau stagnante, opaque, nauséabonde. A bout de souffle, épuisée, elle eut la certitude qu'il allait la noyer. Ses forces commencèrent à la quitter, et des formes étranges dansèrent devant ses yeux.

Jusqu'au moment où il tira encore une fois sur ses cheveux pour lui sortir la tête du marais. Elle ne lui opposa pas la moindre résistance.

— C'est ça, fais la morte. Pour ce que ça t'a réussi...

Il l'entraîna vers le rivage. Ses pieds touchaient le fond, à présent, et elle tenta de courir, de lui échapper. Mais il la tenait avec force. De sa main libre, il parut chercher quelque chose dans son pantalon. Quelques secondes plus tard, elle vit luire les grains dans la lumière du clair de lune. Son rosaire.

Elle recouvra de l'énergie pour se débattre, sans résultat. Il était beaucoup trop fort, beaucoup trop grand. Il connaissait le marais. Si seulement elle avait eu une arme, une branche, un gros caillou, n'importe quoi ! Il lui sembla voir de nouveau ces phares, au loin, entre les arbres. Des lumières qui bougeaient, se rapprochaient.

— Fais ta prière, docteur Samantha, lui ordonna Kent en passant le rosaire par-dessus sa tête.

Les grains avaient la froideur de la mort. Il effectua un mouvement de torsion, et le contact glacé se transforma en une morsure brûlante qui lui coupa le souffle. Une douleur inhumaine irradia tout son corps.

— Repens-toi ! ordonna-t-il encore en se penchant vers elle. Et embrasse-moi, misérable pute !

Elle plongea vers lui et lui mordit la joue, à pleines dents.

Il poussa un hurlement de bête et la laissa aller, assez pour qu'elle passe à la nage sous le ponton, se débarrasse du rosaire en l'arrachant et rejoigne l'autre côté. Elle l'entendit qui plongeait à sa poursuite, mais elle continua de nager, jusqu'au bateau, où elle s'empara de la lampe et l'agita désespérément en direction des lumières, dans les arbres. Elle perçut distinctement le moteur d'une voiture, des gravillons qui crissaient sous des pneus.

Ses pieds touchèrent le rivage, accrochèrent tant bien que mal la terre meuble, détrempée.

— Ici ! hurla-t-elle.

Mais Kent était juste derrière elle. Il plongea en avant alors que la voiture s'arrêtait.

Des portières s'ouvrirent. Confusément, elle crut voir deux hommes et un chien jaillir du véhicule.

— Police ! gronda une voix forte. C'est fini, Seger !

La main de Kent se ferma sur l'épaule de Samantha, qui tomba dans l'eau peu profonde.

Un craquement assourdissant transperça l'air humide.

La détonation d'un fusil.

Kent laissa échapper une plainte sourde et fut repoussé en arrière. Il se débattit, sur le dos. Son sang commença à se mêler à l'eau sombre du bayou.

— Nom de... Dieu! lança-t-il dans un gargouillement à peine audible.

A bout de souffle, tremblante, Samantha s'élança de nouveau vers le rivage, se débattant frénétiquement à travers les nénuphars et les jacinthes d'eau. Elle suffoquait, paniquée, persuadée que Kent allait une fois de plus reparaître et l'entraîner de nouveau sous l'eau.

— Samantha!

C'était la voix de Ty.

Elle manqua défaillir d'espoir et de soulagement.

— Ici!

Elle avait voulu crier, mais n'avait pu émettre qu'un murmure, à peine audible. Elle s'avança sur le rivage. Ses jambes étaient trop lourdes; elle n'y arrivait plus.

Elle le vit, enfin. Eclairé par les phares. Il courait vers elle, avec le chien à sa suite. Elle se mit à sangloter, de violents sanglots qui semblaient ne jamais devoir s'arrêter, même quand il la prit dans ses bras et la serra contre lui.

— Samantha... Samantha? Est-ce que ça va?

— Oui... non... oui.

Elle s'accrochait à lui; si elle le lâchait, elle allait s'effondrer, tomber en morceaux.

— Par ici! cria Ty en tournant la tête derrière lui. Apportez-moi une serviette.

Il revint à elle.

— Mon Dieu, Samantha, jamais je n'aurais dû te laisser. Je suis désolé... désolé...

Elle s'aperçut alors qu'elle avait quelque chose dans la main. Le rosaire. Révulsée par le contact de cet objet de mort, elle le laissa glisser dans le sol détrempé. Elle tremblait, frissonnait; elle s'accrochait à Ty pour ne pas défaillir. Elle devait tenir. Elle eut alors conscience qu'on lui passait une couverture sur les épaules.

— J'aurai besoin de votre déposition…

C'était la voix de l'inspecteur Bentz. Elle serra la couverture sur elle. Et se rappela confusément qu'elle était nue.

Elle entrevit d'autres phares, qui arrivaient.

— La cavalerie, expliqua Bentz. J'ai pensé que nous pouvions avoir besoin de soutien.

Une chouette ulula tandis qu'il regardait autour de lui et sortait de sa poche un paquet de cigarettes.

— Je devrais aller récupérer cette ordure, dit-il. Mais d'abord, je vais m'en griller une. Avec un peu de chance, les alligators se chargeront du boulot pour moi.

Son fusil sous le bras, il alluma sa cigarette et il s'avança sur le ponton, lentement, fouillant du regard les eaux sombres. L'extrémité incandescente de sa cigarette luisait dans la nuit moite.

— Co… comment est-ce que vous m'avez retrouvée ? interrogea Samantha, dont les pensées restaient confuses.

— Navarrone a appris que Seger possédait un cabanon dans le coin — la seule chose que lui ait laissée sa mère quand elle a décidé de lui couper les vivres. Nous avons eu de la chance…, murmura Bentz.

— De la chance ? Et moi qui pensais que c'était le résultat d'un brillant travail de policier !

— Il y a un peu de ça. Mais la chance a joué un rôle primordial.

— Voilà qui est rassurant…, murmura Samantha en secouant la tête.

Elle serra un peu plus étroitement la couverture contre elle. Cesserait-elle un jour de trembler ?

Elle vit sur sa main et son bras une traînée rougeâtre. Du sang. Pas le sien, celui de Kent Seger. Elle frémit et s'essuya aussitôt.

— On peut s'en aller ? demanda-t-elle.

— Un peu, oui !

Ty lui déposa un baiser sur le sommet de crâne, puis il siffla pour appeler son chien.

— Rentrons à la maison.

Épilogue

— Affaire classée, alors ? lança Montoya en entrant dans le bureau de Rick.

Toujours aussi indifférent à la chaleur, il portait son habituelle veste en cuir, un pantalon noir et une chemise blanche. Il avait troqué son bouc contre une moustache ; et ce n'était plus un, mais deux anneaux qu'il avait à l'oreille.

La rumeur de la nuit s'insinuait par la fenêtre ouverte, avec ses bruits familiers — la plainte lointaine d'un saxophone, le bourdonnement de la circulation, un rire. Une soirée comme une autre à La Nouvelle-Orléans.

— Affaire classée, oui, à ceci près qu'on n'a pas retrouvé le corps de Kent Seger, souligna Rick.

— Vous pensez qu'il a pu s'en sortir ?

— Avec tous les alligators qui grouillent là-bas ? Franchement, non.

Rick se mit à mâchouiller le chewing-gum qu'il avait sorti de son tiroir et il se laissa aller en arrière, dans son fauteuil.

— Il a eu ce qu'il méritait…, murmura-t-il.

— Vous arrêtez encore de fumer ?

— Pour l'instant.

— C'est une erreur, à mon avis.

— Je pense comme toi…

— Des nouvelles du Dr Samantha ?

— Que du bon, répondit Rick avec le sourire.

Il avait encore parlé à la jeune femme aujourd'hui. Il était surpris de voir la manière dont elle surmontait cette histoire. Elle était forte, vraiment.

— Elle a trouvé une nouvelle assistante — et elle a refusé la proposition qui lui était faite d'animer son émission sept jours sur sept. George Hannah n'a pas insisté, il a trop peur de la perdre. Il a bien raison de se méfier : elle a reçu des propositions de nombreuses autres radios, plus importantes. Y compris une grosse station de Chicago.

— Pourquoi est-ce qu'elle reste ?

— Il y a Ty Wheeler, pour commencer.

Rick se tourna et alluma son ventilateur, qui se mit à brasser l'air chaud du petit bureau.

— Vous ne l'aimez pas trop, lui, hein ?

— Pas trop. Pour moi, un gars qui quitte la maison pour écrire des bouquins joue la carte de la facilité.

— Ça peut être aussi un signe d'intelligence... Vous l'avez quand même laissé monter à bord avec vous, rappela Montoya. Lui et son chien.

— Je l'aime bien, son chien.

— Pour en revenir à Kent Seger, c'était juste un gamin qui a très mal tourné.

— Très mal, oui. J'ai pu avoir accès à son dossier médical. Dépression, drogue, violence.

— Et Ryan Zimmerman ?

Bentz fronça les sourcils.

— Il va probablement essayer d'arranger les choses avec sa femme, s'il sort un jour de l'hôpital. Il est psychologiquement très fragile. D'après ses premières déclarations, il est tombé un soir sur Seger, dans un bar — il venait de perdre son boulot et s'était fait jeter de chez lui. Kent était un ancien copain, du moins c'est ce qu'il croyait, et il avait des relations. Ainsi qu'une provision de dope digne d'un hypermarché. Il a gavé Zimmerman et l'a enlevé. Il l'a gardé prisonnier dans son petit repaire secret, où il le torturait.

— Le cabanon dont Navarrone a découvert l'existence...

— Là où nous avons trouvé les trophées...

Rick mastiqua avec force son chewing-gum. Découvrir ces objets récoltés par le tueur sur ses victimes l'avait ébranlé. Il y avait là des boucles d'oreilles, des bracelets de cheville, ainsi qu'un médaillon avec le portrait de Kent et d'Annie à l'intérieur — qu'il avait sans doute pris la nuit où il avait tué sa sœur. Selon Bentz, c'était la photo de Ryan Zimmerman qui s'y trouvait à l'origine, et Kent l'avait remplacée par la sienne. La perte de Kent Seger ne serait pas un drame pour l'humanité. Vraiment pas.

— La nuit où Melanie a été tuée, Seger a emmené Zimmerman en ville. Drogué jusqu'aux yeux, tenant à peine debout. Le but, c'était de lui faire porter le chapeau et de nous entraîner sur une fausse piste. C'est Seger qui a passé le coup de fil au Dr Samantha, cette nuit-là; après quoi, il a relâché Zimmerman. L'accident avec la voiture n'était pas forcément prévu au programme. Zimmerman lui doit peut-être même la vie. S'il n'avait pas eu de lavage d'estomac à l'hôpital, il y serait passé.

— Tout comme Samantha Leeds.

Rick grommela.

— Oui, il s'en est fallu de peu...

Par la fenêtre ouverte, il jeta un coup d'œil au-dehors, vers les lumières de la ville, et songea à la façon dont Kent Seger avait pu s'introduire chez la jeune femme : grâce à la clé du seul verrou qu'elle n'avait pas fait refaire lorsqu'elle les avait tous changés, celui de la porte qui donnait accès aux fondations, sous son escalier. Il avait suffi à Kent de se glisser sous la véranda, de se faufiler jusqu'à la porte et de pénétrer dans la maison. Simple comme bonjour.

Montoya se laissa aller contre le meuble classeur et croisa les chevilles.

— Et le frère de la dame? Pete... ou Peter. J'aurais pensé qu'il avait son rôle dans l'histoire.

— Pour ce que j'en sais, il ne s'est toujours pas manifesté. Il a travaillé un temps pour un opérateur de téléphonie mobile, mais ça n'a pas duré. A ma connaissance, personne n'a eu de ses nouvelles depuis un bail, que ce soit Samantha, son père ou les gars des impôts.

— Qu'est-ce qu'il faut en conclure?

— Que c'est peut-être un type un peu secret, rien de plus.

— Ou un junkie.

— Il y en a beaucoup, ici, des gars comme ça, murmura Rick, les yeux toujours perdus au-dehors. Je pense que Samantha et son père auront de ses nouvelles le jour où le coroner viendra frapper à leur porte — si ça arrive.

— Donc c'est fait, l'affaire est classée.

— Il reste quelques points à régler. Je dois encore interroger un certain nombre de personnes qui se sont discrètement éclipsées quand les cadavres ont commencé à s'accumuler. Des colocataires, des ex, des putes et autres. Mais je pense que tout ce petit monde n'est pour rien dans les meurtres — ils devaient juste traîner quelques casseroles gênantes, des petites affaires qu'ils préféraient garder loin des yeux de la police. Mieux valait prendre le large un temps.

Il pensait notamment à Marc Duvall, l'ami et mac d'une des victimes, ou encore à Sweet Candy, *alias* Sweet Sin, qui avaient curieusement disparu de la circulation. Tôt ou tard, il s'occuperait d'eux. En particulier de Marc Duvall.

— Pour en revenir à ta question, oui, je crois qu'on en a terminé, avec cette affaire, reprit Rick. Mais nous avons deux meurtres non résolus à élucider, maintenant, rappela-t-il.

Il revint à l'écran de son ordinateur, où étaient affichées les photos de deux cadavres. Celui de cette femme non identifiée, retrouvé carbonisé au pied de la statue de Jeanne d'Arc ; et celui de Cathy Adams, cette strip-teaseuse, étudiante et prostituée qu'on avait découverte, le crâne rasé, dans son appartement.

Elle avait presque l'âge de sa fille. Cette seule idée le rendait malade.

— On va résoudre ça, affirma Montoya, qui ne doutait jamais de lui-même.

— J'espère.

Rick, lui, était moins convaincu. Une drôle d'intuition, désagréable, l'habitait : celle qu'un autre tueur en série était à l'œuvre dans les rues de La Nouvelle-Orléans. Un autre salopard aux rituels barbares. Les deux morts portaient-elles sa signature ? Il espérait que non. Il était possible que les deux affaires en souffrance sur son bureau n'aient rien à voir l'une avec l'autre. Sauf que… sauf qu'il avait cette maudite intuition, au creux de son ventre, qui semblait dire tout le contraire.

— Eh bien, je ne sais pas pour toi, lança-t-il, mais je suis d'humeur à fêter tout ça. Qu'est-ce que tu en penses ?

— J'en pense que c'est une excellente idée !

— Quelle heure est-il ?

Rick jeta un coup d'œil à sa montre, puis il se leva et s'approcha du meuble classeur sur lequel se trouvait la radio. Il l'alluma alors que le *Hard Day's Night* des Beatles cédait la place à la voix de Samantha Leeds.

— Bonsoir, La Nouvelle-Orléans. Vous êtes avec le Dr Samantha, sur WSLJ, et vous écoutez *Les Confessions de minuit*. Ce soir, nous allons parler de la chance…

REMERCIEMENTS

Avant toute chose, je tiens à remercier la police de La Nouvelle-Orléans pour son aide et sa courtoisie, même si j'ai pris quelques libertés avec les règles pour les besoins de mon histoire.

J'aimerais aussi remercier les personnes suivantes, qui m'ont offert leur soutien, leurs connaissances et leur expertise, sans quoi ce livre n'aurait pu voir le jour. Merci à Nancy Berland, Eric Brown, Ken et Nancy Bush, Matthew Crose, Michael Crose, Alexis Harrington, Jenny Hold, Richard Jaskiel, Michael Kavanaugh, Mary Clare Kersten, Debbie Macomber, Arla Melum, Ken Melum, Ari Okano, Kathy et Bob Okano, Betty et Jack Pederson, Jim et Sally Peters, Jeff et Karen Rosenberg, Robin Rue, Jon Salem, John Scognamiglio, Larry et Linda Sparks, Mark et Celia Stinson, Jade Thornton, les LO Rowers et, bien sûr, Pline l'Ancien.

Mes excuses à ceux que j'aurais oubliés.

Si, comme nous l'espérons, vous avez aimé *Un danger dans la nuit*, les pages suivantes vous permettront de découvrir un extrait de *Visions*, le deuxième roman de cette série consacrée aux inspecteurs Rick Bentz et Ruben Montoya, à paraître le 1er novembre 2010.

— Non !

Olivia ouvrit grand les yeux.

L'écho de son propre cri flottait encore dans la petite chambre. Le chien aboya.

— Oh ! Mon Dieu, non ! Non !

Son cœur battait comme un tambour. Elle était trempée de sueur. Et son rêve était toujours là, comme si elle venait d'assister à un meurtre. Une fois encore !

La vision était incroyablement précise et réaliste. Elle sentait l'odeur de la fumée. Elle entendait les grandes orgues. Elle avait la bouche sèche et la gorge irritée. Sans parler de cette terrible migraine qui venait de naître dans le bas de sa nuque et qui remontait lentement.

Elle jeta un coup d'œil au réveil. 3 h 15.

Les mains tremblantes, elle repoussa ses cheveux en arrière.

Au pied du lit, Harry, le chien de sa grand-mère, avait levé la tête et la regardait. Il bâilla puis aboya de nouveau.

— Viens ici ! lui dit-elle.

Il s'étira puis sauta sur le lit.

Elle aurait aimé lui dire que tout allait bien. Mais c'était impossible. Enfouissant son visage dans sa fourrure, elle tenta de se calmer. Peut-être qu'elle se trompait et qu'il s'agissait juste d'un rêve…

Non. Elle savait ce que les images signifiaient.

— Merde !

Elle se redressa.

Calme-toi.

Mais elle tremblait encore.

— Va au diable, Grannie Gin ! marmonna-t-elle.

Les bruits de la nuit s'insinuaient dans la chambre par la fenêtre ouverte — le bruissement du vent à travers les arbres, la rumeur de la circulation, les semi-remorques sur l'autoroute lointaine.

Elle entreprit de se masser les tempes.

« Pourquoi moi ? » se demanda-t-elle.

Les visions avaient commencé alors qu'elle était très jeune. Les rares fois que Bernadette était venue vivre avec sa fille et sa mère, entre deux maris, elle n'avait jamais voulu croire qu'Olivia ait hérité du don de sa grand-mère.

— C'est une coïncidence, lui avait-elle dit un jour. Tu inventes. Tu cherches à te faire remarquer. Alors, arrête ça, Livvie, et cesse d'écouter grand-mère. Elle a perdu la boule, et si tu ne te méfies pas… Tu m'écoutes ?

Elle l'avait secouée, comme pour faire sortir les monstres tapis à l'intérieur de son crâne.

— Si tu ne te méfies pas, tu seras atteinte, toi aussi. Pas par un prétendu don de vision, comme dit grand-mère, mais par le diable. Satan ne dort jamais. Tu m'entends ? Jamais !

Elles se trouvaient dans la cuisine de cette même maison, où l'odeur du bacon frit se mêlait à celle du parfum bon marché. Bernadette venait de quitter son service. Elle travaillait dans un restaurant de routiers, près de la nationale. Elle était pieds nus sur le linoléum craquelé, dans sa tenue de travail : un chemisier blanc et une jupe noire. Les bretelles de son soutien-gorge étaient visibles, et une petite croix en or accrochée à un collier se perdait dans le profond sillon, entre ses seins.

— Ecoute-moi, ma fille, avait-elle dit d'un ton grave. Je ne plaisante pas. Tout ce tralala, ces histoires sur le vaudou, c'est de la connerie. Tu m'entends ? De la connerie. Ta grand-mère se prend pour une prêtresse vaudoue, ou je ne sais quoi, mais c'est de la pure invention. Elle n'est pas médium, et toi non plus. C'est bien compris ? Bon, maintenant, file : va faire du vélo, du skate ou ce que tu voudras.

Elle avait allumé une cigarette, puis s'était haussée sur la pointe des pieds pour prendre une bouteille de whisky dans un placard. Sa récompense après une dure journée de travail au cours de laquelle

elle avait enduré les regards concupiscents des clients, leurs œillades et même quelques pincements de fesses.

Après avoir bu une gorgée de whisky, elle s'était de nouveau tournée vers sa fille.

— T'es curieuse, Livvie, lui avait-elle dit avec un soupir. Je t'aime plus que tout, tu le sais, mais t'es différente. N'empêche que si t'utilises ta tête et que t'arrêtes de débiter toutes ces âneries, tu te trouveras un bon mari — peut-être même quelqu'un de riche. Seulement, faut pas foutre la trouille aux hommes en leur racontant ces drôles de trucs !

Elle avait fait tourner le verre dans sa main, tout en regardant fixement les cubes de glace qui s'entrechoquaient.

— Je sais de quoi je parle, crois-moi. Un jour, va falloir que tu te tires de ce trou à rats. Tu te débrouilleras pour avoir une belle maison. Comme Scarlett O'Hara !

Elle avait eu un grand sourire pour conclure :

— Et à ce moment-là, tu t'occuperas de ta maman, d'accord ?

En y repensant, Olivia laissa échapper un soupir. *Maman, si seulement tu savais...* Olivia aurait tout donné pour que ses démons intérieurs se calment. Mais c'était loin d'être le cas depuis son retour en Louisiane.

Elle devait absolument faire quelque chose au sujet de ces visions. Et sans tarder.

« Cette femme est morte, Olivia. Tu ne peux plus rien pour elle. De toute façon, personne ne te croira. Tu le sais. Tu as déjà essayé de contacter les autorités. Tu as tenté de convaincre ta famille, tes amis — jusqu'à ton fichu fiancé. Personne ne t'a crue. Personne ne te croira jamais. »

Et puis c'était un rêve. Juste un rêve...

Lentement, elle sortit du lit en entraînant l'édredon de sa grand-mère avec elle, et elle ouvrit les portes-fenêtres qui donnaient sous la véranda, à l'arrière de la maison. Le chien la suivit tandis qu'elle sortait pieds nus dans la fraîcheur de ce matin d'hiver. Le bayou était calme, silencieux. Le brouillard se levait lentement sur les eaux stagnantes dont on entendait le clapotis tout proche, derrière les immenses cyprès.

Elle posa la main sur la rampe de la balustrade. Une créature des ténèbres fila à travers les broussailles pour rejoindre le marais, dans un froissement de feuilles sèches et de brindilles. Un frisson courut sur les bras d'Olivia. Alors que son regard se perdait vers les eaux sombres et immobiles, elle s'efforça de chasser le rêve de son esprit. Mais il demeurait là, comme ancré en elle.

C'était plus qu'un cauchemar.

Olivia le savait avec une certitude glaçante. Car ce n'était pas la première fois qu'elle « assistait » à la mort de quelqu'un. Les visions n'avaient cessé d'aller et venir, toutes ces années, mais dès qu'elle s'était retrouvée ici, dans cette partie du bayou, elles ne lui avaient pas laissé de répit. C'était l'une des raisons pour lesquelles elle était restée éloignée aussi longtemps.

Pourtant, elle était de retour ici, en Louisiane. Et les visions avaient déjà recommencé, avec une fureur qui la terrifiait.

— C'est ta faute ! chuchota-t-elle, comme si sa grand-mère pouvait l'entendre.

Les doigts d'Olivia se fermèrent sur la rambarde. Aussi clairement que si elle s'était trouvée dans la minuscule salle de bains, elle vit de nouveau le meurtrier. Alors que la fumée avait envahi la petite pièce, le prêtre au visage masqué levait son sabre et l'abattait soudain. Non pas une, mais trois fois…

Elle ferma les yeux, pressa les paupières de toutes ses forces, mais la vision ne voulait pas se dissiper.

Un prêtre ! Un homme de Dieu !

Elle devait faire quelque chose. Tout de suite.

Cette nuit, quelque part, une femme avait été assassinée.

Machinalement, Olivia se signa. Puis elle se frictionna les bras et serra l'édredon autour de son corps, alors qu'un vent léger soupirait dans les arbres. L'odeur humide des marais lui emplit les narines. Elle ne pouvait se comporter comme s'il ne s'était rien passé. Seulement, si elle parlait, personne ne la croirait.

Elle pivota sur ses talons et rentra en toute hâte. Derrière elle, les pattes d'Harry cliquetèrent sur le parquet, tandis qu'elle rejoignait son bureau. Elle alluma la petite lampe, fourragea dans les compartiments de rangement, parmi les stylos, les cartes postales,

les dés à coudre et autres rouleaux de ruban adhésif, jusqu'à ce qu'elle trouve ce qu'elle cherchait : une coupure de journal toute froissée. C'était un article paru dans le *Times-Picayune* à la suite d'une succession de meurtres à La Nouvelle-Orléans. D'après le journaliste, l'affaire avait été en grande partie résolue par l'inspecteur Rick Bentz. C'était lui qui avait découvert le lien entre plusieurs crimes étranges. Des crimes qui étaient eux-mêmes en rapport avec le « Dr Sam », Samantha Leeds, l'animatrice de l'émission de radio *Les Confessions de minuit.*

L'émission qu'Olivia avait « entendue », cette nuit, dans sa vision.

Elle ne put réprimer un frisson en relisant l'article qu'elle avait découpé dans le journal, quelques mois plus tôt.

C'était à Bentz et à son coéquipier, Ruben Montoya, que revenait le mérite d'avoir résolu l'affaire du « Tueur au rosaire », une affaire dans laquelle plusieurs prostituées avaient été assassinées par un certain « père John », un monstre qui avait semé la terreur dans les rues de La Nouvelle-Orléans. L'homme, qui faisait une fixation sur le Dr Sam et son émission, exigeait de ses victimes qu'elles portent des perruques rousses afin de ressembler au Dr Sam. Il leur écrivait des dialogues, insistait pour qu'elles se repentent de leurs crimes... de la même façon que le prêtre, dans la vision d'Olivia, contraignait cette malheureuse à implorer clémence et pardon.

Un froid intense l'envahit.

D'abord, un homme qui se faisait appeler « père John ». Et, maintenant, un prêtre.

Elle devait parler à l'inspecteur Bentz, dès que possible. Au commissariat, personne ne l'avait prise au sérieux. Elle avait été cataloguée comme folle. Mais elle était habituée au ridicule. Rick Bentz allait peut-être réagir autrement.

Il le fallait.

Elle rejeta l'édredon pour s'emparer de son jean et de son pull. Elle prit aussi la petite bouteille d'Ibuprofène sur la table de nuit. Elle avala quatre comprimés en espérant ainsi chasser sa migraine. Elle devait penser clairement, pour expliquer...

Elle prit son sac, enfila une paire de mocassins et fila vers l'escalier.

Harry dégringola les marches à sa suite. Mais alors qu'elle passait devant le petit meuble bibliothèque, près de la porte d'entrée, elle sentit un courant d'air — comme un souffle sur sa peau. Un souffle malfaisant.

Elle s'arrêta net et jeta un coup d'œil par la fenêtre de l'entrée. Le chien gronda. Les poils, sur son cou, se dressèrent. Et de nouveau, par la fenêtre ouverte, elle entendit le froissement des feuilles mortes, une bourrasque de vent entre les branches. Son imagination lui jouait-elle encore des tours, ou bien y avait-il quelqu'un dehors… quelqu'un qui rôdait dans les ténèbres ?

Elle s'approcha de la fenêtre, tenta de percer le brouillard et l'obscurité. Mais elle ne vit personne. La nuit était absolument immobile. Même le vent, soudain, était tombé.

Elle referma violemment la fenêtre et tira les rideaux. Ce n'était pas le moment de paniquer. Pourtant, en repassant devant la bibliothèque, elle éprouva de nouveau cette sensation glaçante.

« Tu réagis de manière excessive. Arrête ça tout de suite, Livvie ! »

Elle avait la chair de poule, l'impression que quelqu'un se trouvait avec elle dans la pièce. Elle chercha son reflet dans le miroir accroché au mur, près de la bibliothèque, et frissonna. Elle avait les cheveux en bataille, le visage très pâle, l'air terrifié — et elle *était* terrifiée.

Elle devait y aller, pourtant.

Elle fouilla dans son sac et y récupéra son trousseau. Elle prit la plus longue des clés entre ses doigts, comme s'il s'agissait d'une arme, puis gagna la porte d'entrée. Harry la suivait, la queue entre ses pattes arrière.

— Tu dois rester ici, lui dit-elle.

Mais alors qu'elle ouvrait la porte, la petite boule de poils se faufila dans l'entrebâillement et rejoignit la vieille camionnette. Olivia verrouilla la porte, sans cesser de regarder par-dessus son épaule. Elle courut dans l'allée, où le chien couinait et sautait contre la portière.

— C'est bon, monte ! lui dit-elle.

Elle ouvrit, côté conducteur, et Harry grimpa. Il prit sa place favorite, côté passager, les pattes avant posées sur la boîte à gants. Il haletait, la langue pendante.

— Ce n'est pas une promenade, lui rappela Olivia.

Elle fit marche arrière pour effectuer un demi-tour, et ses phares éclairèrent la façade de la petite maison. Elle ne vit pas d'étranger en train de rôder, pas de silhouette cachée derrière les meubles en osier, sous la véranda. Son imagination l'avait-elle une fois de plus entraînée trop loin ?

C'était forcément ça.

Son cœur, pourtant, battait à tout rompre.

Avec un grondement sourd, son vieux Ford Ranger s'élança, faisant gicler des gravillons dans son sillage. L'allée, longue et sinueuse, serpentait à travers les arbres et franchissait un petit pont avant de rejoindre la route.

Il lui faudrait une vingtaine de minutes pour atteindre La Nouvelle-Orléans. Il était encore tôt, et l'inspecteur Bentz ne serait sans doute pas encore au commissariat. Mais elle l'attendrait aussi longtemps qu'il le faudrait.

Alors que la route tournait vers le sud, elle remarqua une lueur, à l'horizon, une lumière orangée visible à travers les cyprès et les chênes verts.

Le feu.

Seigneur !

Elle sut avant tout le monde, avant les pompiers ou les policiers, que, quelque part dans cet enfer, il y avait le corps d'une femme suppliciée. La femme qui lui était apparue dans sa vision.

DANS LA MÊME COLLECTION

Par ordre alphabétique d'auteur

BEVERLY BARTON	*Dans l'ombre de l'assassin*
OLGA BICOS	*Nuit d'orage*
OLGA BICOS	*La mort dans le miroir*
LAURIE BRETON	*Ne vois-tu pas la mort venir ?*
BARBARA BRETTON	*Le lien brisé*
JAN COFFEY	*La dernière victime*
JAN COFFEY	*L'accusé*
JASMINE CRESSWELL	*La Manipulatrice*
JASMINE CRESSWELL	*Le secret brisé*
JASMINE CRESSWELL	*La mort pour héritage*
JASMINE CRESSWELL	*Soupçons mortels*
JASMINE CRESSWELL	*Je saurai te retrouver*
CAMERON CRUISE	*La perle de sang*
MARGOT DALTON	*Amnésie*
MARGOT DALTON	*Kidnapping*
MARGOT DALTON	*Le sceau du mal*
MARGOT DALTON	*Crimes inavoués*
WINSLOW ELIOT	*L'innocence du mal*
ANDREA ELLISON	*Elles étaient si jolies*
ANDREA ELLISON	*La signature écarlate*
LYNN ERICKSON	*Le Prédateur*
SUZANNE FORSTER	*Le cercle secret*
SUZANNE FORSTER	*Secrets*
MICHELLE GAGNON	*Le cercle de sang*
MICHELLE GAGNON	*La forêt de la peur*
TESS GERRITSEN	*Présumée coupable*
TESS GERRITSEN	*Crimes masqués*
TESS GERRITSEN	*Ne m'oublie pas*
HEATHER GRAHAM	*L'invitation*
HEATHER GRAHAM	*L'ennemi sans visage*
HEATHER GRAHAM	*Le complot*
HEATHER GRAHAM	*Soupçons*
HEATHER GRAHAM	*La griffe de l'assassin*
HEATHER GRAHAM	*Prémonition*
HEATHER GRAHAM	*L'ombre de la mort*
HEATHER GRAHAM	*Danse avec la mort*
HEATHER GRAHAM	*Noires visions*
HEATHER GRAHAM	*Nuits blanches*
HEATHER GRAHAM	*Apparences*
HEATHER GRAHAM	*La crypte mystérieuse*
HEATHER GRAHAM	*Sombre présage*
HEATHER GRAHAM	*Hantise*
HEATHER GRAHAM	*Dangereuse vision*
HEATHER GRAHAM	*La nuit écarlate*
HEATHER GRAHAM	*L'héritage maudit*
CAROLYN HAINES	*Les fiancées du Mississippi*

.../...

DANS LA MÊME COLLECTION

Par ordre alphabétique d'auteur

KAREN HARPER	*Testament mortel*
KAREN HARPER	*Le saut du diable*
KAREN HARPER	*L'œuvre du mal*
KAREN HARPER	*Les portes du mal*
KAREN HARPER	*Une femme dans la nuit*
KAREN HARPER	*Mortel mensonge*
KAREN HARPER	*Intention mortelle*
KATHRYN HARVEY	*La clé du passé*
BONNIE HEARN HILL	*La disparue de Sacramento*
BONNIE HEARN HILL	*Mortelle perfection*
CHRISTIANE HEGGAN	*Miami Confidential*
CHRISTIANE HEGGAN	*L'Alibi*
CHRISTIANE HEGGAN	*Intime conviction*
CHRISTIANE HEGGAN	*Labyrinthe meurtrier*
CHRISTIANE HEGGAN	*Par une nuit d'hiver*
CHRISTIANE HEGGAN	*Troublantes révélations*
CHRISTIANE HEGGAN	*Intention de tuer*
CHRISTIANE HEGGAN	*Meurtre à New York*
METSY HINGLE	*Le masque de la mort*
METSY HINGLE	*La fille de l'assassin*
METSY HINGLE	*Noces noires*
GWEN HUNTER	*Faux diagnostic*
GWEN HUNTER	*Virus*
GWEN HUNTER	*Les mains du diable*
GWEN HUNTER	*Le triangle du mal*
GWEN HUNTER	*La piste du mal*
LISA JACKSON	*Dans l'ombre du bayou*
LISA JACKSON	*Noire était la nuit*
LISA JACKSON	*Les disparues de la nuit*
LISA JACKSON	*L'hiver assassin*
LISA JACKSON	*Piège de neige*
LISA JACKSON	*Un danger dans la nuit*
CHRIS JORDAN	*L'étau*
CHRIS JORDAN	*Disparue*
PENNY JORDAN	*De mémoire de femme*
PENNY JORDAN	*La femme bafouée*
R.J. KAISER	*Qui a tué Jane Doe ?*
ALEX KAVA	*Sang Froid*
ALEX KAVA	*Le collectionneur*
ALEX KAVA	*Les âmes piégées*
ALEX KAVA	*Obsession meurtrière*
ALEX KAVA	*Le Pacte*
ALEX KAVA	*En danger de mort*
RACHEL LEE	*Neige de sang*
RACHEL LEE	*Le lien du mal*
RACHEL LEE	*Secret meurtrier*
P.D. MARTIN	*La marque du mal*

.../...

DANS LA MÊME COLLECTION

Par ordre alphabétique d'auteur

DINAH McCALL	*Le silence des anges*
DINAH McCALL	*Les disparus de l'hiver*
DINAH McCALL	*Mélodie mortelle*
HELEN R. MYERS	*Mortelle impasse*
HELEN R. MYERS	*Les ombres du doute*
HELEN R. MYERS	*Mort suspecte*
HELEN R. MYERS	*Suspicion*
HELEN R. MYERS	*La marque du diable*
CARLA NEGGERS	*L'énigme de Cold Spring*
CARLA NEGGERS	*Piège invisible*
CARLA NEGGERS	*La dernière preuve*
CARLA NEGGERS	*Le voile noir*
CARLA NEGGERS	*La nuit du solstice*
CARLA NEGGERS	*Noirs desseins*
CARLA NEGGERS	*Une femme en fuite*
BRENDA NOVAK	*L'étrangleur de Sandpoint*
BRENDA NOVAK	*Noir secret*
BRENDA NOVAK	*Noirs soupçons*
BRENDA NOVAK	*Noire révélation*
MEG O'BRIEN	*Le piège*
MEG O'BRIEN	*En lettres de sang*
MEG O'BRIEN	*Pluie de sang*
MEG O'BRIEN	*La déchirure*
MEG O'BRIEN	*Spirale meurtrière*
SHIRLEY PALMER	*Zone d'ombre*
SHIRLEY PALMER	*Le bûcher des innocents*
EMILIE RICHARDS	*Le refuge irlandais*
EMILIE RICHARDS	*Mémoires de Louisiane*
EMILIE RICHARDS	*Le testament des Gerritsen*
EMILIE RICHARDS	*L'héritage des Robeson*
EMILIE RICHARDS	*L'écho de la rivière*
EMILIE RICHARDS	*Promesse d'Irlande*
EMILIE RICHARDS	*Du côté de Georgetown*
NORA ROBERTS	*Possession*
NORA ROBERTS	*Le cercle brisé*
NORA ROBERTS	*Et vos péchés seront pardonnés*
NORA ROBERTS	*Tabous*
NORA ROBERTS	*Coupable innocence*
NORA ROBERTS	*Maléfice*
NORA ROBERTS	*Enquêtes à Denver*
NORA ROBERTS	*Crimes à Denver*
NORA ROBERTS	*L'ultime refuge*
NORA ROBERTS	*Une femme dans la tourmente*
NORA ROBERTS	*Clair-obscur*
NORA ROBERTS	*Le secret du bayou*
NORA ROBERTS	*Le souffle du danger*
NORA ROBERTS	*La maison du mystère*
FRANCIS ROE	*L'engrenage*
FRANCIS ROE	*Soins intensifs*

.../...

DANS LA MÊME COLLECTION
Par ordre alphabétique d'auteur

KAREN ROSE	*Le lys rouge*
KAREN ROSE	*Et tu périras par le feu*
KAREN ROSE	*Je te volerai ta mort*
KAREN ROSE	*Le cercle du mal*
KAREN ROSE	*Le sceau du silence*
KAREN ROSE	*Les roses écarlates*
M. J. ROSE	*Le cercle écarlate*
M. J. ROSE	*La cinquième victime*
M. J. ROSE	*Rédemption*
JOANN ROSS	*La femme de l'ombre*
SHARON SALA	*Sang de glace*
SHARON SALA	*Le soupir des roses*
SHARON SALA	*Meurtre en eaux troubles*
SHARON SALA	*L'œil du témoin*
SHARON SALA	*Expiation*
SHARON SALA	*Si tu te souviens*
SHARON SALA	*Dans les pas du tueur*
MAGGIE SHAYNE	*Noir paradis*
MAGGIE SHAYNE	*Un parfait coupable*
TAYLOR SMITH	*Le carnet noir*
TAYLOR SMITH	*La mémoire assassinée*
TAYLOR SMITH	*Morts en série*
ERICA SPINDLER	*Rapt*
ERICA SPINDLER	*Black Rose*
ERICA SPINDLER	*La griffe du mal*
ERICA SPINDLER	*Trahison*
ERICA SPINDLER	*Cauchemar*
ERICA SPINDLER	*Pulsion meurtrière*
ERICA SPINDLER	*Le silence du mal*
ERICA SPINDLER	*Jeux macabres*
ERICA SPINDLER	*Le tueur d'anges*
ERICA SPINDLER	*Collection macabre*
ERICA SPINDLER	*Et vous serez châtiés*
ERICA SPINDLER	*L'innocence volée*
AMANDA STEVENS	*N'oublie pas que je t'attends*
AMANDA STEVENS	*La poupée brisée*
AMANDA STEVENS	*Juste après minuit*
AMANDA STEVENS	*Le repaire du mal*
ANNE STUART	*La veuve*
TARA TAYLOR QUINN	*Enlèvement*
ELISE TITLE	*Obsession*
CHARLOTTE VALE ALLEN	*L'enfance volée*

.../...

DANS LA MÊME COLLECTION
Par ordre alphabétique d'auteur

LAURA VAN WORMER	*La proie du tueur*
GAYLE WILSON	*Les disparus du Mississippi*
GAYLE WILSON	*Rumeurs*
GAYLE WILSON	*Le secret de Maddie*
GAYLE WILSON	*L'innocence trahie*
KAREN YOUNG	*Passé meurtrier*

5 TITRES À PARAÎTRE EN NOVEMBRE 2010

MIRA

Composé et édité par les
éditions Harlequin

Achevé d'imprimer en Allemagne
par GGP Media GmbH, Pößneck
en août 2010

Dépôt légal en septembre 2010
N° d'éditeur : 15196